SANDRA BROWN

Trügerischer Spiegel
Schöne Lügen

BÜCHER

Trügerischer Spiegel

Die Fernsehreporterin Avery Daniels kommt bei einem Flugzeugunglück nur knapp mit dem Leben davon. Doch als sie aus dem Koma erwacht, ist sie eine andere geworden: Man hat sie als die Frau eines texanischen Senators identifiziert und ihr auch deren Gesichtszüge verliehen. Es ist ein Spiel mit dem Feuer, aber für Avery auch die Chance ihres Lebens. Bald gerät sie in einen Strudel aus ungezügelter Leidenschaft und tödlichem Verlangen, als sie entdeckt, wie sehr sie ihren »Ehemann« liebt …

Schöne Lügen

Nach vielen Jahren verzweifelter Suche gelingt es der jungen Erin O'Shea endlich, ihren Bruder Ken aufzuspüren. Doch sie trifft auf einen intriganten, jähzornigen Fremden, den zu lieben ihr schwer fällt. Sie ahnt nichts von der dunklen Vergangenheit ihres Bruders – und dem wohlgehüteten Familiengeheimnis. Erst als der attraktive FBI-Agent Lance Barrett eingreift und ihr die Augen öffnet, erkennt sie die Gefahr, in der Ken und sie schweben …

AUTORIN

Sandra Brown ist eine der erfolgreichsten internationalen Autorinnen, die mit jedem ihrer Bücher die Spitzenplätze der »New York Times«-Bestsellerliste erreicht! Sie lebt mit ihrer Familie abwechselnd in Texas und South Carolina.

VON SANDRA BROWN BEREITS ERSCHIENEN:

Celinas Tochter (35002) · Die Zeugin (35012) · Blindes Vertrauen (35134) · Im Haus meines Feindes (35289) · Nacht ohne Ende (35447) · Nachtglut (35721) · Kein Alibi (35900) · Betrogen (36189) · Ein Hauch von Skandal (36273) · Envy – Neid (36370) · Sündige Seide (36388) · Scharade (36470) · Rage – Zorn (36838) · Crush – Gier (36608) · Weißglut (36986) · Eisnacht (geb. Ausgabe, 0222) · Warnschuss (geb. Ausgabe, 0307)

Verliebt in einen Fremden (36519) · Ein Kuss für die Ewigkeit (36620) · Wie ein Ruf in der Stille (36695) · Zum Glück verführt (36694) · Ein skandalöses Angebot (37050) · Heißer als Feuer (37131)

SANDRA BROWN

Trügerischer Spiegel

Schöne Lügen

Zwei Romane in einem Band

Deutsch von Sabine Beckmann
bzw. Elke Iheukumere

blanvalet

Die Originalausgabe von »Trügerischer Spiegel« erschien 1990 unter dem Titel »Mirror Image« bei Warner Books, New York.
Die Originalausgabe von »Schöne Lügen« erschien 1982 unter dem Titel »A Treasure Worth Seeking«, bei Dell Publishing Group, Inc., New York, unter dem Autorenpseudonym Rachel Ryan. Die Neuauflage wurde 1992 bei Warner Books, Inc., New York, veröffentlicht.

FSC
Mix
Produktgruppe aus vorbildlich bewirtschafteten Wäldern und anderen kontrollierten Herkünften
Zert.-Nr. SGS-COC-1940
www.fsc.org
© 1996 Forest Stewardship Council

Verlagsgruppe Random House FSC-DEU-0100
Das für dieses Buch verwendete FSC-zertifizierte Papier
Holmen BookCream liefert Holmen Paper, Hallstavik, Schweden

3. Auflage
Taschenbuchausgabe Juni 2009 bei Blanvalet,
einem Unternehmen der Verlagsgruppe
Random House GmbH, München.

Umschlaggestaltung: HildenDesign, München
Umschlagfoto: Mauritius Images / Eyecandy Images
ES · Herstellung: RF
Druck und Einband: GGP Media GmbH, Pößneck
Printed in Germany
ISBN: 978-3-442-37277-5

www.blanvalet.de

SANDRA BROWN

Trügerischer Spiegel

Roman

Deutsch von Sabine Beckmann

Prolog

Der Wahnsinn dabei war, daß es keinen besseren Tag zum Fliegen hätte geben können. Der Januarhimmel war grell und so blau, daß man ihn kaum ansehen konnte. Unbegrenzte Sicht. Eine kühle, harmlose Brise wehte aus nördlicher Richtung.

Der Flugverkehr war mäßig bis dicht für diese Tageszeit, aber das Bodenpersonal arbeitete effektiv, und die Flugpläne wurden eingehalten. Nur wenige Maschinen warteten darauf, daß die Startbahn für sie freigegeben wurde.

Es war ein ganz gewöhnlicher Freitagmorgen auf dem internationalen Flughafen von San Antonio. Den Passagieren des Aire-America-Fluges 398 war es höchstens unangenehm, daß es auf den letzten eineinhalb Kilometern der Hauptverkehrsader vor dem Flughafen wegen Straßenbauarbeiten einen Stau gegeben hatte.

Die siebenundneunzig Passagiere kamen rechtzeitig an Bord, verstauten ihr Handgepäck in den Gepäckfächern über ihren Köpfen und machten es sich mit Büchern, Zeitungen und Zeitschriften in ihren Sitzen bequem. Die Crew im Cockpit erledigte routiniert den letzten Checkup vor dem Start. Die Flugbegleiter erzählten sich Witze, während sie Getränkewagen beluden und Kaffee kochten, der nie ausgeschenkt werden würde. Dann wurde die Gangway zurückgeschoben. Das Flugzeug rollte zur Startbahn.

Die freundliche Stimme des Flugkapitäns ertönte über Lautsprecher und teilte den Passagieren mit, daß der Start unmittelbar bevorstand. Dann berichtete er noch, daß die augenblicklichen Wetterverhältnisse über ihrem Zielflughafen Dallas ausgezeichnet seien, und forderte die Besatzung und die Passagiere auf, sich zum Start anzuschnallen.

Niemand an Bord ahnte, daß der Flug 398 nur weniger als dreißig Sekunden in der Luft bleiben würde.

»Irish!«

»Hmm?«

»Beim Flughafen hat es gerade einen Absturz gegeben.«

Irish McCabe sah plötzlich auf. »Abgestürzt?«

»Es hat Feuer gefangen. Am Ende der Startbahn herrscht ein wahres Inferno.«

Der Nachrichtendirektor sprang trotz seines Alters und seiner untrainierten Verfassung erstaunlich behende hinter seinem unordentlichen Schreibtisch hervor und hastete durch die Tür seines kleinen, mit Glaswänden abgeteilten Büros, wobei er fast den Reporter umrannte, der ihm den Zettel aus dem Nachrichtenraum gebracht hatte.

»Beim Start oder bei der Landung?« fragte er im Laufen.

»Unklar.«

»Überlebende?«

»Unklar.«

»Linienflug oder Privatmaschine?«

»Unklar.«

»Zum Teufel, seid ihr überhaupt sicher, daß es einen Absturz gegeben hat?«

Eine Gruppe von Reportern, Fotografen, Sekretärinnen und anderen hatte sich mit ernsten Gesichtern schon bei der Reihe von Polizeifunkgeräten eingefunden. Irish stieß sie zur Seite und drehte an einem Lautstärkeknopf.

»...Startbahn. Zur Zeit kein Zeichen von Überlebenden. Die Flughafenfeuerwehr rast auf das Feuer zu. Überall Rauch und Flammen. Hubschrauber kreisen. Rettungswagen sind auf –«

Irish brüllte Anordnungen, deren Lautstärke die Geräte übertönte. »Du«, sagte er und zeigte auf den Reporter, der erst vor wenigen Sekunden in sein Büro gestürmt war, »besorge dir eine Aufnahmeausrüstung und sieh zu, daß du so schnell wie möglich verschwindest, um dir vor Ort anzuschauen, was eigentlich los ist.« Der Reporter und ein Kameramann mit seiner Videokamera hasteten zum Ausgang. »Wer hat uns den ersten Bericht hereingefunkt?« wollte er wissen.

»Martinez. Er war auf dem Weg zur Arbeit und ist vor dem Flughafen im Stau steckengeblieben.«

»Ist er noch in der Nähe?«

»Ja, er hat vom Autotelefon aus angerufen.«

»Sagt ihm, er soll versuchen, so nah wie möglich zur Absturzstelle zu fahren und Videoaufnahmen machen, bis die mobile Hilfstruppe eintrifft.«

Er überblickte suchend die Gesichter. »Ist Ike hier irgendwo?« fragte er. Ike war der Redakteur für das Morgenprogramm.

»Der ist auf dem Scheißhaus.«

»Geht und holt ihn. Sagt ihm, er soll sich ins Studio setzen. Wir machen eine aktuelle Sendung. Ich will eine Stellungnahme von jemandem aus dem Tower, von der Flughafenleitung, der Fluglinie, der Polizei – *irgendwas,* damit wir eine Sendung hinkriegen, noch bevor die Jungs von der NTSB wieder alle knebeln. Übernimm du das, Hal. Und dann soll jemand Avery zu Hause anrufen und ihr sagen –«

»Geht nicht, sie fliegt doch nach Dallas heute, wissen Sie nicht mehr?«

»Scheiße, hatte ich vergessen. Nein, ich hab's«, sagte Irish hoffnungsvoll und schnippte mit den Fingern. »Vielleicht ist sie ja noch auf dem Flughafen. Dann kann sie vor allen anderen da sein. Wenn sie es schafft, in die Abflughalle von AireAmerica zu kommen, kann sie die Story aus der menschlichen Perspektive aufziehen. Falls sie anruft, will ich sofort informiert werden.«

In der Hoffnung auf neueste Informationen wandte er sich wieder den Funkgeräten zu. Eine Portion Adrenalin schoß durch seinen Kreislauf. Also kein Wochenende. Sondern Überstunden und Kopfschmerzen, kaltes Essen und abgestandener Kaffee, aber Irish war in seinem Element. Es gab doch nichts Besseres am Ende einer Nachrichtenwoche als so ein richtiger Flugzeugabsturz.

Tate Rutledge parkte das Auto vor dem Haus. Er winkte dem Vorarbeiter der Ranch zu, der gerade mit seinem Pick-up die Ausfahrt hinunterfuhr. Eine Promenadenmischung, im wesentlichen Collie, sprang auf und rieb sich an seinen Knien, so daß er stehenbleiben mußte.

»Hi, Shep.« Tate bückte sich und strich über den zotteligen Kopf des Tieres. Der Hund sah mit uneingeschränkter Heldenverehrung zu ihm auf.

Zehntausende von Menschen verehrten Tate Rutledge auf ähnliche Art. Und es gab auch eine Menge an ihm zu bewundern. Von seinem Schopf zerzausten braunen Haars bis hinunter zu den Spitzen seiner abgenutzten Stiefel war er der Inbegriff eines Mannes, den sich Frauen erträumen.

Aber er hatte ebenso viele Feinde wie Bewunderer.

Er machte Shep klar, daß er vor der Tür bleiben solle, betrat die weite Eingangshalle des Hauses und nahm die Sonnenbrille ab. Seine Stiefelabsätze hallten auf dem Fliesenboden, als er sich auf den Weg in die Küche machte, aus der Kaffeeduft drang. Sein Magen knurrte und erinnerte ihn daran, daß er vor seiner Fahrt nach San Antonio nicht gefrühstückt hatte. Er stellte sich ein zartes Frühstückssteak vor, perfekt gegrillt, eine große Portion lockeres Rührei und ein paar Scheiben heißen, gebutterten Toast. Sein Magen knurrte noch lauter.

Seine Eltern saßen in der Küche an dem runden Eichentisch, den es schon gab, solange Tate denken konnte. Als er hereinkam, drehte sich seine Mutter mit betroffener Miene zu ihm um. Sie war beunruhigend bleich. Nelson Rutledge, sein Vater, stand sofort auf und kam mit ausgestreckten Armen auf ihn zu.

»Tate.«

»Was ist los?« fragte er verwirrt. »Wenn man euch beide so sieht, könnte man meinen, eben wäre jemand gestorben.«

Nelson zuckte zurück. »Hast du denn im Auto nicht Radio gehört?«

»Nein. Kassette. Warum?« Der erste Anflug von Panik umklammerte sein Herz. »Was, zum Teufel, ist los?« Sein Blick wanderte zu dem tragbaren Fernsehgerät auf dem gefliesten Küchenschrank. Seine Eltern hatten gebannt darauf gestarrt, bevor er hereingekommen war.

»Tate, Kanal zwei hat gerade mitten im Programm aktuelle Nachrichten gebracht. Vor ein paar Minuten ist auf dem Flughafen ein Flugzeug kurz nach dem Start abgestürzt.« Tates Brust hob und senkte sich, als er schnell und lautlos einatmete.

»Es ist immer noch ungewiß, welche Flugnummer es genau war, aber sie nehmen an –« Nelson schwieg und schüttelte kummervoll den Kopf. Zee, die noch am Tisch saß, drückte sich ein zerknülltes Papiertaschentuch auf die Lippen.

»Caroles Maschine?« fragte Tate heiser.

Nelson nickte.

Kapitel 1

Sie schob sich mühsam durch den grauen Nebel.

Dahinter mußte es eine Öffnung geben, auch wenn sie sie noch nicht sehen konnte. Einen Augenblick hatte sie gedacht, daß es gar nicht der Mühe Wert sein würde, sie zu erreichen, aber irgend etwas hinter ihr war so grauenhaft, daß es sie immer weiter vorantrieb.

Sie war erfüllt von Schmerzen. Immer häufiger tauchte sie aus einem segensreichen Vergessen wieder auf in grelles Bewußtsein, das von so durchdringendem, so umfassendem Schmerz erfüllt war, daß sie nicht wußte, woher er kam. Er war überall – in ihrem Innern, auf ihrer Haut. Mehr wäre nicht möglich gewesen. Und dann wieder, wenn sie dachte, sie könne den Schmerz keinen Augenblick länger ertragen, wurde sie von einer warmen Welle von Gefühllosigkeit überströmt, als flösse ein Zaubertrank durch ihre Adern. Und kurz darauf versank sie wieder in das ersehnte Vergessen.

Doch die Momente, in denen sie bei Bewußtsein war, wurden länger. Trotz ihrer verschwommenen Wahrnehmung drangen gedämpfte Laute bis zu ihr durch. Sie konzentrierte sich, so sehr sie konnte, und allmählich erkannte sie das unaufhörliche Schnaufen eines Beatmungsgeräts, das ständige Piepsen elektronischer Instrumente, Gummisohlen, die auf gefliesten Böden quietschten, Telefone.

Einmal, als sie aus ihrer Bewußtlosigkeit an die Oberfläche kam, hörte sie eine geflüsterte Unterhaltung in ihrer Nähe.

»... unwahrscheinliches Glück gehabt. Ihr Körper war voller Kerosin. Verbrennungen, aber im wesentlichen oberflächlicher Art.«

»Wie lange dauert's noch, bis sie reagiert?«

»Geduld. Ein derartiges Trauma betrifft mehr als nur den Körper.«

»Wie wird sie aussehen, wenn alles verheilt ist?«

»Der Chirurg wird Sie informieren.«

»Wann?«

»Wenn die Gefahr einer Infektion gebannt ist.«

»Haben die Verletzungen Auswirkungen auf den Fötus?«

»Fötus? Ihre Frau ist nicht schwanger.«

Die Worte waren bedeutungslos und flogen wie Meteoriten aus der dunklen Tiefe auf sie zu. Sie wollte ihnen ausweichen, weil sie in ihr friedliches Nichts eindrangen. Sie sehnte sich danach, absolut nichts zu spüren, also blendete sie die Stimmen aus und sank wieder in die weichen Kissen des Vergessens hinab.

»Mrs. Rutledge, können Sie mich hören?«

Sie reagierte instinktiv, und ein tiefes Ächzen formte sich in ihrer schmerzenden Brust. Sie versuchte, die Augenlider zu heben, schaffte es aber nicht. Das eine wurde von einer Hand aufgezogen, und ein Lichtstrahl durchdrang grell ihren Schädel. Schließlich verlosch das schreckliche Licht.

»Sie kommt langsam zu sich. Rufen Sie gleich ihren Mann an«, sagte die körperlose Stimme. Sie versuchte, den Kopf zu drehen, stellte aber fest, daß sie unfähig war, sich zu bewegen. »Haben Sie die Nummer seines Hotels?«

»Ja, Herr Doktor. Mr. Rutledge hat sie uns gegeben, für den Fall, daß sie zu sich kommen sollte, wenn er nicht hier ist.«

Die letzten Fetzen des grauen Nebels lösten sich auf. Worte, die sie vorher nicht verstanden hatte, bekamen jetzt wieder eine Verbindung zu erkennbaren Begriffen in ihrem Gehirn. Sie verstand die Worte, und doch erschienen sie ihr irgendwie sinnlos.

»Ich weiß, daß Sie sich sehr unwohl fühlen, Mrs. Rutledge. Wir tun unser möglichstes, um das zu ändern. Sie können nicht sprechen, also sollten Sie es am besten auch nicht versuchen. Entspannen Sie sich. Ihre Familie wird bald hier sein.«

Der schnelle Pulsschlag dröhnte in ihren Ohren. Sie wollte atmen, konnte aber nicht. Eine Maschine atmete für sie. Durch einen Schlauch in ihrem Mund wurde die Luft direkt in ihre Lungen gepumpt.

Sie versuchte noch einmal vorsichtig die Augen zu öffnen. Auf der einen Seite gelang es ihr schließlich zumindest teilweise. Durch den Spalt sah sie Licht. Es tat weh, den Blick auf etwas zu richten, aber sie strengte sich weiter an, bis sie schließlich undeutliche Formen wahrnehmen konnte.

Ja, sie war tatsächlich in einem Krankenhaus. Das hatte sie schon begriffen.

Aber wie war es dazu gekommen? Warum? Es hatte sicher etwas mit diesem Alptraum zu tun, den sie im Nebel hinter sich zurückgelassen hatte. Sie wollte sich jetzt aber nicht daran erinnern und beschränkte sich auf die Gegenwart.

Sie konnte sich nicht rühren, so sehr sie sich auch bemühte. Auch den Kopf konnte sie nicht bewegen. Sie fühlte sich, als wäre sie in einem steifen Kokon eingesponnen. Diese Lähmung jagte ihr Angst ein. War sie bleibend?

Ihr Herz schlug noch wilder. Fast im selben Augenblick tauchte neben ihr etwas oder jemand auf. »Mrs. Rutledge, Sie brauchen keine Angst zu haben. Sie werden wieder völlig in Ordnung kommen.«

»Ihr Puls ist zu schnell«, bemerkte jemand, der auf der anderen Seite ihres Bettes stand.

»Ich glaube, sie ist desorientiert und weiß nicht, was sie von alldem hier halten soll.«

Eine weißgekleidete Gestalt beugte sich über sie. »Es wird alles wieder gut. Wir haben Mr. Rutledge angerufen, und er ist schon unterwegs. Sie sind doch bestimmt froh, ihn zu sehen, oder? Er ist so erleichtert, daß Sie wieder bei Bewußtsein sind.«

»Die Arme. Kannst du dir vorstellen, wie es ist, wenn man plötzlich in einem Krankenhaus zu sich kommt?«

»Ich kann mir überhaupt nicht vorstellen, einen Flugzeugabsturz zu überleben.«

Ein tonloser Schrei hallte lautlos durch ihr Hirn.

Sie erinnerte sich wieder!

Schrill knirschendes Metall. Kreischende Menschen. Rauch, dicht und schwarz. Flammen und furchtbare Angst.

Sie hatte automatisch die Sicherheitsanweisungen befolgt, die ihr auf Hunderten von Flügen von unzähligen Flugbegleitern eingeschärft worden waren.

Als sie erst einmal dem brennenden Treibstoff entkommen war, rannte sie wie blind durch eine blutige Welt und schwarzen Qualm. Auch wenn es furchtbare Schmerzen bereitete, sich zu bewegen – sie lief und drückte dabei etwas an sich.

Drückte etwas an sich? Sie erinnerte sich nur daran, daß es etwas Bedeutsames war – etwas, das sie in Sicherheit bringen mußte.

Sie war gefallen. Noch im Sturz glaubte sie, die Welt das letzte Mal zu sehen. Sie spürte nicht einmal den Schmerz des Aufpralls auf dem harten Boden. Vergessen umhüllte sie und bewahrte sie vor dem Schmerz und der Erinnerung.

»Herr Doktor! Ihre Pulsfrequenz ist plötzlich stark angestiegen.«

»Na gut, dann wollen wir sie ein wenig ruhig stellen. Mrs. Rutledge«, sagte der Arzt im Befehlston, »so beruhigen Sie sich doch. Es ist alles in Ordnung. Kein Grund zur Sorge.«

»Dr. Martin, Mr. Rutledge ist angekommen.«

»Sorgen Sie dafür, daß er draußen bleibt, bis wir ihren Zustand stabilisiert haben.«

»Was ist los?« Die neu hinzugekommene Stimme schien wie aus großer Entfernung zu kommen, hatte aber doch einen sicheren und bestimmten Klang.

»Mr. Rutledge, bitte geben Sie uns noch ein paar –«

»Carole?«

Plötzlich spürte sie ihn. Er war sehr nah, beugte sich über sie, sprach mit weicher, beruhigender Stimme zu ihr. »Du brauchst dir keine Sorgen zu machen, du kommst schon wieder in Ordnung. Ich weiß, daß du Angst hast und verwirrt bist, aber es wird alles wieder gut. Auch bei Mandy, Gott sei Dank. Sie hat nur ein paar Knochenbrüche und oberflächliche Verbrennungen an den Armen. Mama bleibt bei ihr im Krankenhauszimmer. Aber sie wird sich bald erholen. Hörst du mich, Carole? Du und Mandy, ihr habt überlebt, und das ist im Moment das einzig Wichtige.«

Direkt hinter seinem Kopf war eine grelle Neonlampe, darum blieb sein Gesicht undeutlich, aber sie konnte genug von seinen kräftigen Zügen erkennen, um sich in etwa eine Vorstellung davon zu machen, wie er aussah. Sie klammerte sich an jedes seiner

Trostworte. Und weil er so voller Überzeugung sprach, glaubte sie ihm.

Sie griff nach seiner Hand – oder versuchte es wenigstens. Er mußte ihr stummes Flehen nach einer menschlichen Berührung gespürt haben, denn er legte seine Hand leicht auf ihre Schulter.

Ihre Angst schwand unter seiner Berührung, vielleicht wirkte auch nur das starke Beruhigungsmittel, das in ihren IV-Schlauch gespritzt worden war. Sie ließ es zu, daß die Ruhe sie überkam, weil sie sich neben diesem Fremden irgendwie sicherer fühlte.

»Sie döst. Sie sollten jetzt wieder gehen, Mr. Rutledge.«

»Ich bleibe.«

Sie schloß das eine Auge, und sein undeutliches Bild verschwand. Das Medikament lullte sie ein, schaukelte sie wie ein Boot in den sicheren Hafen der Sorglosigkeit.

Wer ist Mandy? fragte sie sich.

Sollte sie diesen Mann kennen, der sie mit Carole ansprach?

Warum sagten immer alle Mrs. Rutledge zu ihr?

Glaubten die etwa, sie wäre mit ihm verheiratet?

Das stimmte natürlich nicht.

Sie kannte ihn nicht einmal.

Er war da, als sie wieder aufwachte. Sie wußte nicht, ob seitdem Minuten, Stunden oder Tage vergangen waren. Da die Tageszeit in einer Intensivstation keine Rolle spielte, wuchs ihre Verwirrung noch weiter.

In dem Augenblick, als sie das eine Auge öffnete, beugte er sich über sie und sagte »Hallo«.

Es war wirklich nervenaufreibend, daß sie ihn nicht klar erkennen konnte. Aber es war unmöglich, mehr als nur ein Auge zu öffnen. Erst jetzt wurde ihr langsam bewußt, daß ihr ganzer Kopf bandagiert war, darum konnte sie ihn auch nicht bewegen. Wie der Arzt schon angekündigt hatte, konnte sie nicht sprechen, der untere Teil ihres Gesichts schien wie versteinert.

»Verstehst du mich, Carole? Weißt du, wo du bist? Blinzle, wenn du mich verstehst.«

Sie blinzelte.

Er machte eine Handbewegung. Sie nahm an, er strich sich

übers Haar, war aber nicht sicher. »Gut«, sagte er und seufzte. »Man hat mir gesagt, daß ich dich nicht beunruhigen soll, aber wie ich dich kenne, willst du alles genau wissen. Habe ich recht?«

Sie blinzelte.

»Erinnerst du dich daran, wie du an Bord des Flugzeugs gegangen bist? Das war vorgestern. Du wolltest ein paar Tage mit Mandy nach Dallas zum Einkaufen gehen. Erinnerst du dich an den Absturz?«

Sie versuchte verzweifelt, ihm irgendwie mitzuteilen, daß sie nicht Carole war und nicht wußte, wer Mandy war, aber sie blinzelte als Antwort auf die Frage, ob sie sich an den Absturz erinnere.

»Insgesamt haben nur vierzehn Passagiere überlebt.«

Sie wußte nicht, daß Tränen aus ihrem Auge sickerten, bis er sie mit einem Papiertuch abtupfte. Seine Berührung war sehr sanft dafür, daß seine Hände so kräftig aussahen.

»Irgendwie – der Himmel weiß, wie – hast du es geschafft, mit Mandy aus dem brennenden Wrack zu kommen. Erinnerst du dich daran?«

Sie blinzelte nicht.

»Na ja, macht nichts. Aber auf jeden Fall hast du es geschafft und ihr das Leben gerettet. Natürlich ist sie jetzt sehr mitgenommen und ängstlich. Ich fürchte, ihre Verletzungen sind insgesamt eher seelischer als körperlicher Art und deswegen schwieriger zu behandeln. Ihr gebrochener Arm ist eingerichtet worden, sie hat keinen bleibenden Schaden erlitten. Sie wird für ihre Verbrennungen nicht einmal eine Hautverpflanzung brauchen. Weil du sie«, und bei diesen Worten sah er sie durchdringend an, »mit deinem Körper vor den Flammen geschützt hast.«

Sie verstand diesen Blick nicht so recht, aber es hatte beinah den Anschein, als bezweifle er die Tatsachen, von denen er ihr gerade berichtete. Aber er wandte schließlich als erster den Blick ab und setzte seine Erklärung fort.

»Die NTSB untersucht den Absturz. Sie haben den Flugschreiber gefunden. Alles schien völlig normal zu verlaufen, dann ist plötzlich eine der Turbinen explodiert. Das Flugzeug verwandelte sich in einen Feuerball. Du hast es geschafft, durch einen Notausgang auf den Flügel hinauszukommen, mit Mandy auf dem Arm.

Einer der anderen Überlebenden hat erzählt, er hätte gesehen, wie du erst vergeblich versucht hast, ihren Sicherheitsgurt aufzubekommen. Er sagte, drei Leute hätten den Weg durch den Rauch zum Notausgang gefunden. Er meinte auch, dein Gesicht sei dort schon blutüberströmt gewesen, das heißt, die Verletzungen mußt du durch den Aufprall bekommen haben.«

Sie erinnerte sich an nichts derartiges. Sie erinnerte sich nur daran, daß sie glaubte, im Rauch ersticken zu müssen, wenn sie nicht zuerst verbrennen würde. Er würdigte ihr mutiges Handeln während der Katastrophe, dabei war sie doch einfach nur ihrem instinktiven Überlebenswillen gefolgt.

Vielleicht würden die genaueren Erinnerungen an die Tragödie Stück für Stück wieder zurückkehren. Vielleicht auch nicht. Sie war nicht sicher, ob sie sich überhaupt daran erinnern wollte. Diese schrecklichen Augenblicke nach dem Absturz im Geiste noch einmal durchzuleben, erschien ihr, als müsse sie noch einmal in eine Hölle hinabsteigen.

Wenn nur vierzehn Passagiere mit dem Leben davongekommen waren, mußte es unzählige Todesopfer gegeben haben. Und sie hatte unglaublicherweise überlebt. Durch eine Laune des Schicksals war sie am Leben geblieben, und sie würde niemals eine Erklärung dafür finden.

Ihr Gesichtsfeld verzerrte sich, und ihr wurde klar, daß wieder Tränen der Grund waren. Wortlos tupfte er sie mit dem Papiertuch weg. »Sie haben dein Blut untersucht und daraufhin entschieden, daß du das Beatmungsgerät brauchst. Du hast eine Gehirnerschütterung, aber keine ernsthafte Schädelverletzung. Beim Sprung von dem Flügel hast du dir das rechte Schienbein gebrochen.

Deine Hände sind wegen der Verbrennungen bandagiert und geschient. Gott sei Dank waren bis auf die Rauchvergiftung alle deine Verletzungen nur äußerlich.

Ich weiß, daß du dir Sorgen um dein Gesicht machst«, sagte er etwas unbehaglich. »Ich will dir nichts vormachen, Carole, ich weiß, daß du das nicht willst.«

Sie blinzelte. Er zögerte und sah sie unsicher an. »Dein Gesicht ist am stärksten betroffen. Ich habe den besten plastischen Chirurgen des Landes beauftragt. Er ist spezialisiert auf wiederherstellende Operationen bei Unfallopfern und Verletzten.«

Ihr Auge blinzelte jetzt wie wild, nicht als Ausdruck ihres Verstehens, sondern ihrer Beunruhigung. Ihre weibliche Eitelkeit war also geblieben, obwohl sie unbeweglich in der Intensivstation eines Krankenhauses lag und von Glück sagen konnte, daß sie noch am Leben war.

»Deine Nase und ein Wangenknochen sind gebrochen. Der andere ist völlig zertrümmert. Darum ist auch das Auge bandagiert, es gibt keine Stütze mehr darunter.«

Sie machte ein kleines Geräusch, ein Ausdruck ihres Entsetzens. »Nein, du hast das Auge nicht verloren. Gott sei Dank. Der Oberkieferknochen ist auch gebrochen. Aber der Chirurg kann das wieder in Ordnung bringen – alles. Dein Haar wird wieder wachsen. Du wirst Zahnimplantationen bekommen.«

Sie hatte keine Zähne und keine Haare mehr.

»Wir haben ihm Fotos von dir gebracht, neuere Fotos, die dich aus allen Perspektiven zeigen. Er wird dein Gesicht perfekt wiederherstellen können. Die Verbrennungen haben nur die äußerste Hautschicht in Mitleidenschaft gezogen, daher wirst du keine Hauttransplantationen brauchen. Wenn sich die Haut erneuert hat, wird es wie nach einer Schälkur sein, du wirst zehn Jahre jünger wirken, hat der Arzt gesagt. Das sollte dich beruhigen.«

Die sanften Andeutungen in seinen Erklärungen machten ihr einiges deutlich, auch wenn er sich nur auf die wesentlichsten Worte beschränkte. Die Erkenntnis, die laut und klar durch alles zu dringen schien, war, daß sie unter all den Verbänden aussah wie ein Monstrum.

Panik überkam sie, und das mußte sich ihm mitgeteilt haben, denn er legte wieder seine Hand auf ihre Schulter.

»Carole, ich habe dir nicht erklärt, wie es um dich steht, um dich zu erschrecken. Ich weiß, daß du Angst hast. Ich dachte nur, es wäre das beste, offen zu sein, damit du dich in Gedanken auf all das vorbereiten kannst, was dir bevorsteht.

Es wird nicht leicht werden, aber die ganze Familie steht hundertprozentig hinter dir.« Er hielt inne und senkte seine Stimme. »Im Moment werde ich meine persönlichen Überlegungen hintansetzen und mich ganz darauf konzentrieren, daß du wieder gesund wirst. Ich werde dich mit aller Kraft unterstützen, bis du mit dem Ergebnis der plastischen Chirurgie zufrieden bist. Das verspreche ich dir. Ich bin es dir schuldig, weil du Mandy das Leben gerettet hast.«

Sie versuchte, den Kopf zu schütteln, um all dem etwas entgegenzusetzen, was er gesagt hatte, aber es war sinnlos. Sie konnte sich nicht rühren. Wenn sie versuchte, um das Rohr in ihrer Kehle herum zu sprechen, wurde der Schmerz in dem von Rauch angegriffenen Gewebe einfach zu groß.

Ihre Verzweiflung steigerte sich weiter, bis eine Krankenschwester hereinkam und ihn bat zu gehen. Als er schließlich die Hand von ihrer Schulter nahm, fühlte sie sich verlassen und allein.

Die Krankenschwester verabreichte ihr eine Dosis Beruhigungsmittel. Es breitete sich schleichend in ihren Adern aus, und sie widersetzte sich der betäubenden Wirkung. Doch das Medikament war stärker als sie, und schließlich mußte sie aufgeben.

»Carole, kannst du mich hören?«

Sie schreckte zusammen und stöhnte mitleiderregend. Durch das Medikament fühlte sie sich schwer und leblos, als wären die letzten lebenden Zellen in ihrem Gehirn tot.

»Carole?« flüsterte die Stimme ganz dicht an ihrem verbundenen Ohr.

Das war nicht der Mann, den sie Rutledge nannten, seine Stimme hätte sie wiedererkannt. Sie konnte sich nicht daran erinnern, ob er fortgegangen war, und wußte nicht, wer jetzt mit ihr sprach. Vor dieser Stimme hätte sie sich am liebsten verkrochen. Sie war nicht so wohltuend wie die von Mr. Rutledge.

»Du bist nach wie vor in schlechtem Zustand, und sie wissen nicht, ob du durchkommst. Aber wenn du das Gefühl hast, daß du sterben wirst, dann mach bitte keine Bekenntnisse auf dem Totenbett, falls du das bis dorthin können solltest.«

Sie fragte sich, ob sie träumte, und öffnete ängstlich das eine

Auge. Wie gewöhnlich war der Raum hell erleuchtet. Das Beatmungsgerät zischte rhythmisch. Derjenige, der gerade mit ihr gesprochen hatte, stand außerhalb ihres Gesichtsfeldes. Sie spürte seine Anwesenheit, konnte ihn aber nicht sehen.

»Wir zwei haben immer noch mit dieser Sache zu tun. Und du steckst auf jeden Fall schon zu tief drin, um jetzt noch herauszukommen, also würde ich dir empfehlen, daran nicht mal nur zu denken.«

Vergeblich versuchte sie ihre Verwirrung und die durch das Medikament bewirkte Mattigkeit niederzukämpfen. Der Sprecher blieb nicht mehr als ein vager Eindruck, ohne Form oder klare Bestimmtheit – eine körperlose, finstere Stimme.

»Tate wird seinen Amtsantritt nicht erleben. Dieser Flugzeugabsturz kommt uns etwas ungelegen, aber das können wir zu unserem Vorteil nutzen, wenn du nicht in Panik gerätst. Hörst du? Wenn du alles hinter dir hast, werden wir dort weitermachen, wo wir stehengeblieben waren. Es wird niemals einen Senator Tate Rutledge geben. Er wird vorher sterben.«

Sie drückte ihr Auge fest zu in dem Versuch, ihrer ständig wachsenden Panik Herr zu werden.

»Ich weiß, daß du mich hören kannst, Carole. Tu nicht so, als könntest du's nicht.«

Nach wenigen Momenten öffnete sie das Auge wieder und drehte es so weit nach hinten, wie sie konnte. Sie sah niemanden, und sie spürte, daß ihr Besucher fort war.

Weitere Minuten vergingen, zu denen das Beatmungsgerät den Takt schlug. Sie war an der Grenze zwischen Schlaf und Wachen, immer noch bemüht, die Wirkung des Medikaments und ihre Angst zu bekämpfen.

Kurz darauf kam eine Krankenschwester herein, überprüfte ihre Infusionsflasche und maß ihren Blutdruck. Sie benahm sich ganz normal. Die Krankenschwester hätte es doch sicher bemerkt, wenn jemand in ihrem Zimmer war oder es gerade erst verlassen hatte, aber sie schien zufrieden mit dem Zustand ihrer Patientin zu sein und ging.

Als sie schließlich wieder einschlief, war es ihr gelungen, sich einzureden, daß sie nur einen Alptraum gehabt hatte.

Kapitel 2

Tate Rutledge stand am Fenster seines Hotelzimmers und betrachtete den Verkehr auf der vierspurigen Straße. Rote Rücklichter und weiße Scheinwerfer spiegelten sich auf der feuchten Fahrbahn in wäßrigen Leuchtstreifen.

Als er hörte, wie sich die Tür hinter ihm öffnete, drehte er sich um und nickte seinem Bruder zur Begrüßung zu.

»Ist Vater noch nicht wieder da?«

Tate schüttelte den Kopf und ließ die Gardine fallen, bevor er sich vom Fenster abwandte.

»Mir knurrt der Magen«, sagte Jack. »Hast du keinen Hunger?«

»Ich denke schon. Ich habe noch gar nicht darüber nachgedacht.« Tate sank in den Sessel und rieb sich die Augen.

»Du wirst weder Carole noch Mandy einen Gefallen damit tun, wenn du nicht auf deinen eigenen Zustand achtest, Tate. Du siehst grauenvoll aus.«

»Danke.«

»Ich meine das ernst.«

»Das weiß ich«, sagte Tate, ließ die Hände sinken und sah seinen Bruder mit einem matten Lächeln an. »Du bist ganz offen und bar jeden Taktgefühls. Deswegen bin ich Politiker und nicht du.«

»Ich versuche ja nur, dir zu helfen.«

Tate senkte müde den Kopf, spielte an der Fernbedienung des Fernsehgerätes und sah ohne Ton die Kanäle durch. »Ich habe Carole gesagt, wie es mit ihrem Gesicht steht.«

»Wirklich?«

Jack Rutledge setzte sich auf die Bettkante, beugte sich vor und stützte die Ellenbogen auf die Knie. Ganz anders als sein Bruder trug er eine Anzughose, ein weißes Hemd und eine Krawatte dazu. Doch so spät am Tag sah er schon etwas zerknittert aus. Das gestärkte Hemd wirkte verwelkt, die Krawatte hatte er gelockert und die Ärmel aufgekrempelt.

»Wie hat sie darauf reagiert?«

»Wie soll ich das denn wissen?« murmelte Tate. »Außer ihrem rechten Auge kann man nichts von ihr sehen. Tränen kamen heraus, also kann ich sagen, daß sie geweint hat. Und da ich ihre Eitelkeit kenne, nehme ich an, daß sie unter all den Bandagen absolut hysterisch ist.«

Jack ließ den Kopf hängen und betrachtete seine Hände, als versuche er sich vorzustellen, wie es sich anfühlen würde, wenn sie Verbrennungen erlitten hätten und von Verbänden bedeckt wären. »Glaubst du, daß sie sich noch an den Absturz erinnert?«

»Sie hat mir zu verstehen gegeben, daß es so ist, aber ich weiß nicht genau, an wieviel sie sich erinnert. Ich habe die häßlichen Einzelheiten ausgelassen und ihr nur erklärt, daß sie und Mandy und zwölf andere überlebt haben.«

»Heute abend haben sie in den Nachrichten gebracht, daß man immer noch dabei ist, verkohlte Leichenteile zusammenzustellen, um sie irgendwann zu identifizieren.«

Tate hatte die Berichte in der Zeitung gelesen. Demnach war das Unglück wirklich so grauenhaft, daß nicht einmal Hollywood einen schrecklicheren Film hätte drehen können als die Wirklichkeit, wie sie sich jetzt dem amtlichen Leichenbeschauer und seiner Truppe von Helfern darstellte.

Immer wenn Tate daran dachte, daß Carole und Mandy auch zu dessen verstümmelten Opfern hätten gehören können, wurde es ihm flau im Magen. Er konnte nächtelang nicht schlafen, weil er immer daran denken mußte.

In seiner Vorstellung fügte Tate der Liste der Todesopfer noch die Namen von Carole und Mandy hinzu: *Die Frau und die dreijährige Tochter des Bewerbers um den Senatorenposten Tate Rutledge waren ebenfalls unter den Opfern von Flug 398.*

Aber das Schicksal hatte anders entschieden. Wegen Caroles erstaunlichem Mut hatten sie die Katastrophe überlebt.

»Mein Gott, draußen regnet's wirklich wie aus Eimern.« Nelsons Stimme dröhnte durch die Stille, als er hereinkam, wobei er eine große, viereckige Pizzaschachtel balancierte und mit der anderen Hand seinen tropfenden Regenschirm ausschüttelte.

»Wir sind völlig ausgehungert«, sagte Jack.

»Ich bin so schnell wie möglich zurückgekommen.«

»Es duftet wunderbar, Dad. Was willst du dazu trinken?« fragte Tate, während er sich auf den Weg zum Kühlschrank machte. »Bier oder alkoholfrei?«

»Zu Pizza? Bier.«

»Jack?«

»Bier.«

»Wie war's im Krankenhaus?«

»Er hat Carole die Wahrheit über ihre Verletzungen gesagt«, erklärte Jack, indem er Tate vorgriff.

»Ach ja?« Nelson biß in ein dampfendes Stück Pizza. Mit vollem Mund murmelte er: »Bist du sicher, daß das richtig war?«

»Nein. Aber wenn ich an ihrer Stelle wäre, würde ich auch wissen wollen, was los ist, du etwa nicht?«

»Ich denke schon.« Nelson trank einen Schluck von dem Bier, das Tate ihm gebracht hatte. »Wie ging es deiner Mutter, als du gegangen bist?«

»Sie war ziemlich erschöpft, wollte aber bleiben, weil Mandy sich jetzt schon so an sie gewöhnt hat.«

»Das hat sie dir gesagt«, meinte Nelson. »Aber wahrscheinlich hat sie nur einen Blick auf dich geworfen und beschlossen, daß du den Schlaf mehr brauchst als sie.«

»Vielleicht kann ja die Pizza etwas zu meiner Wiederbelebung beitragen.« Tate versuchte, seiner Stimme einen humorvollen Klang zu geben.

»Sei nicht so leichtfertig mit deiner Gesundheit, Tate«, meinte Nelson ernst.

»Das habe ich auch nicht vor.« Er prostete ihnen mit seiner Bierdose zu, trank und ergänzte dann ruhig: »Jetzt, da Carole weiß, was ihr bevorsteht, werde ich eher zur Ruhe kommen.« Tate tupfte sich mit einer Papierserviette den Mund ab und faßte sich. Jetzt würde er sie auf die Probe stellen. »Trotzdem sollte ich vielleicht lieber noch sechs Jahre warten und erst dann zur Wahl antreten, wenn ich bedenke, was uns noch alles erwartet.«

Ein paar Sekunden vergingen, dann redeten Jack und Nelson gleichzeitig, wobei jeder versuchte, den anderen zu übertönen.

»Und die ganze Arbeit, die wir schon investiert haben?«

»Zu viele Menschen zählen schon auf dich.«

»Du solltest nicht einmal einen Gedanken daran verschwenden, jetzt aufzugeben, kleiner Bruder.«

Tate hob die Hände, um sie zum Schweigen zu bringen. »Ihr wißt, wie gern ich antreten möchte. Mein Gott, das einzige, was ich immer sein wollte, war Regierungsmitglied. Aber ich kann nicht das Wohl meiner Familie aufs Spiel setzen, nicht einmal für meine politische Karriere.«

»Carole verdient derartige Rücksichten doch gar nicht.«

Tates rasiermesserscharfer grauer Blick traf auf den seines Bruders. »Sie ist meine *Ehefrau*«, stellte er fest.

Wieder entstand gespanntes Schweigen. Nelson räusperte sich und sagte: »Natürlich sollst du so viel wie möglich an Caroles Seite sein. Es ist bewundernswert, daß du zuerst an sie und dann erst an deine Karriere denkst. Diese Art von Selbstlosigkeit hätte ich auch von dir erwartet.« Um dem, was er als nächstes sagen wollte, mehr Nachdruck zu verleihen, beugte sich Nelson über die geplünderte Pizzaschachtel, die offen auf dem kleinen Tisch stand. »Aber denk daran, wie sehr dich Carole dazu ermutigt hat, den Schritt zur Kandidatur zu wagen«, sagte er und streckte warnend den Zeigefinger aus.

»Und wenn man versuchen würde, eine ganz gefühlskalte und drastische Perspektive einzunehmen«, fuhr er fort, »dann könnten wir diesen Unfall vielleicht auch zu unserem Vorteil nutzen. Durch ihn bekommen wir kostenlos Reklame.«

Tate fand diese Bemerkung abstoßend. Er stand auf und wanderte ziellos im Zimmer umher. »Hast du das schon mit Eddy besprochen? Er hat nämlich praktisch dasselbe gesagt, als ich ihn vorhin anrief.«

»Er ist dein Wahlkampfmanager. Er wird dafür bezahlt, daß er dir gute Ratschläge gibt.«

»Dafür, daß er auf mir herumreitet, meinst du wohl.«

»Eddy will, daß Tate Rutledge Senator der Vereinigten Staaten wird, genau wie wir alle.« Nelson lächelte breit, stand auf und schlug Tate auf den Rücken. »Du wirst im November zur Wahl antreten. Carole würde dir da als erste gut zureden.«

»Also gut«, sagte Tate ruhig. »Ich wollte nur wissen, ob ihr wirklich hinter mir steht. Die Anforderungen, die mich in den nächsten Monaten erwarten, werden mich ungeheuer in Anspruch nehmen.«

»Du hast unsere ganze Unterstützung, Tate«, sagte Nelson.

»Und kann ich auch auf eure Geduld und euer Verständnis zählen, wenn ich es nicht schaffe, an zwei Stellen gleichzeitig zu sein?« Tate ließ seinen fragenden Blick hin und her wandern.

»Wir ziehen mit dir an einem Strick«, versicherte ihm Nelson.

»Was hat Eddy noch gesagt?« fragte Jack, erleichtert darüber, daß die Krise vorüber war.

»Er hat Freiwillige mobilisiert, die Fragebögen in Umschläge stecken, damit sie Ende der Woche verschickt werden können.«

»Wie ist es mit öffentlichen Auftritten? Sind noch irgendwelche eingeplant?«

»Eine kleine Rede vor Oberschülern. Ich habe ihn gebeten, den Termin abzusagen.«

»Warum?«

»Ich muß Prioritäten setzen. Carole und Mandy werden viel von meiner Zeit in Anspruch nehmen, also muß ich genauer auswählen, wann ich wohin gehe. Jede Rede soll Gewicht haben, und eine Rede in einer Oberschule kann nicht besonders bedeutend sein.«

»Wahrscheinlich hast du recht«, meinte Nelson beschwichtigend.

Tate merkte, daß sich sein Vater bemühte, nett zu ihm zu sein, aber es war ihm egal. Er war müde und voller Sorgen, wollte ins Bett und wenigstens versuchen zu schlafen. So taktvoll wie möglich machte er das seinem Vater und seinem Bruder klar.

Als er sie hinausbegleitete, drehte sich Jack noch einmal um und drückte ihm kurz die Hand. »Tut mir leid, wenn ich dich gedrängt habe. Ich weiß, daß du viel im Kopf hast.«

»Wenn du es nicht tätest, wäre ich wahrscheinlich schon nach kürzester Zeit dick und faul. Ich verlasse mich darauf, daß du mich drängst.« Tate warf ihm das ermutigende Lächeln zu, das auch die Wahlplakate zierte.

»Wenn ihr einverstanden seid, werde ich morgen früh nach Hause fahren«, sagte Jack. »Jemand sollte dort nach dem Rechten sehen. Wer weiß, was die da so treiben.«

»Als ich zuletzt zu Hause war«, erklärte Nelson, »schien nicht alles in Ordnung zu sein. Deine Tochter Francine hat seit Tagen niemand gesehen, und deine Frau... nun, du weißt ja, in welchem Zustand sie war, Jack. Die Dinge stehen nicht gut, wenn ein Mann so wenig Einfluß auf seine Familie hat wie du.« Er sah Tate an. »Oder auch du. Ihr beide habt eure Frauen in letzter Zeit tun lassen, wozu sie gerade Lust hatten.«

Dann wandte er sich wieder an Jack und sagte: »Du solltest dich darum kümmern, daß Dorothy Rae möglichst bald geholfen wird, bevor es zu spät ist.«

»Vielleicht nach der Wahl«, murmelte er. Dann sah er seinen Bruder an und fügte hinzu: »Ich bin ja nur eine Stunde Fahrt entfernt, falls ihr mich brauchen solltet.«

»Danke, Jack.«

»Hat der Arzt schon gesagt, wann sie operieren wollen?«

»Erst wenn das Infektionsrisiko nicht mehr so groß ist«, erklärte ihnen Tate. »Der Rauch hat ihr Lungengewebe angegriffen, deswegen müssen sie vielleicht noch zwei Wochen warten. Und das ist ein Problem für ihn, denn wenn er zu lange wartet, werden ihre Gesichtsknochen so verheilen, wie sie jetzt sind.«

»Mein Gott«, sagte Jack. Dann fügte er mit schlecht gespielter Fröhlichkeit hinzu: »Also, grüß sie von mir. Auch von Dorothy Rae und Fancy.«

»Mach' ich.«

Jack ging den Flur hinunter zu seinem Zimmer. Nelson blieb noch einen Augenblick stehen. »Ich habe heute morgen mit Zee gesprochen. Sie ist, während Mandy schlief, in der Intensivstation gewesen. Sie hat gesagt, Carole biete einen schlimmen Anblick.«

Tates breite Schultern sanken ein wenig. »Ja, stimmt. Ich hoffe wirklich, daß der Chirurg sein Handwerk versteht.«

Nelson legte in einer schweigenden Geste der Beruhigung eine Hand auf Tates Arm. Tate berührte die Hand seines Vaters. »Dr. Sawyer, das ist der Chirurg, hat heute die Videobilder gemacht. Dabei hat er Caroles Gesicht elektronisch auf einen Bildschirm gezeichnet, anhand der Fotos, die wir ihm gegeben hatten. Es war wirklich bemerkenswert.«

»Und er geht davon aus, daß er während der Operation dieses Videobild reproduzieren kann?«

»Das behauptet er. Er meinte, es würde natürlich ein paar kleine Unterschiede geben, doch die meisten zugunsten von Carole.« Tate lachte trocken. »Wogegen sie sicher nichts einzuwenden hat.«

»Vielleicht wird sie noch denken, daß jede Frau in Amerika ein solches Glück haben sollte«, meinte Nelson mit seinem typischen Optimismus.

Aber Tate dachte an dieses eine Auge, blutunterlaufen und geschwollen, das voller Angst zu ihm aufgesehen hatte. Er fragte sich, ob sie wohl Angst vor dem Tod hatte. Oder davor, ohne dieses faszinierende Gesicht leben zu müssen, das sie bei jeder Gelegenheit zu ihrem Vorteil eingesetzt hatte.

Nelson zog sich in sein Zimmer zurück. Tief in Gedanken versunken, stellte Tate das Fernsehgerät ab und schaltete die Lichter aus, dann ging er ins Bett.

Blitze durchdrangen die Vorhänge und erleuchteten für Augenblicke das Zimmer. Der Donner krachte ganz in der Nähe, und die Fensterscheiben schepperten. Er starrte die flimmernden Muster an der Wand mit trockenen, schmerzenden Augen an.

Sie hatten sich zum Abschied nicht einmal geküßt.

Weil sei sich erst vor kurzem so schrecklich gestritten hatten, stand auch an jenem Morgen noch eine unangenehme Spannung zwischen ihnen. Carole wollte unbedingt ein paar Tage zum Einkaufen nach Dallas fliegen. Am Flughafen war noch Zeit für eine Tasse Kaffee.

Mandy tropfte ein bißchen Orangensaft auf ihr Kleid, und Carole reagierte viel zu heftig. Als sie aus dem Café gingen, versuchte sie, den Fleck von Mandys zerknittertem Rock zu reiben, und schimpfte mit ihr, weil sie so unvorsichtig gewesen war.

»Mein Gott, Carole, man kann den winzigen Fleck ja kaum erkennen«, sagte Tate.

»*Ich* sehe ihn schon.«

»Dann schau eben nicht so genau hin.«

Sie warf ihrem Mann daraufhin diesen mörderischen Blick zu, der ihn schon lange nicht mehr verärgerte. Dann trug er Mandy bis zum Abflugterminal und unterhielt sich dabei mit ihr darüber, was für aufregende Dinge sie in Dallas sehen und tun würde. Beim Ausgang kniete er sich vor sie und drückte sie an sich. »Viel Spaß, Süße. Bringst du mir was mit?«

»Darf ich, Mami?«

»Sicher«, antwortete Carole abwesend.

»Sicher«, erklärte ihm Mandy mit einem breiten Lächeln.

»Darauf freue ich mich.« Er umarmte sie noch einmal zum Abschied.

»Komm nicht zu spät, um uns abzuholen«, rief Carole noch, während sie Mandy durch den Ausgang zerrte, wo ein Angestellter der Fluggesellschaft darauf wartete, ihre Bordkarten entgegenzunehmen. »Ich hasse es, auf dem Flughafen warten zu müssen.«

Kurz bevor sie in dem Durchgang zum Flugzeug verschwanden, drehte sich Mandy noch einmal um und winkte ihm zu. Carole würdigte ihn keines Blickes mehr. Selbstsicher und zielbewußt ging sie zur Maschine.

Vielleicht war das der Grund, warum dieses eine Auge jetzt so ängstlich wirkte. Die Grundlage von Caroles Selbstvertrauen – ihr gutes Aussehen – war ihr vom Schicksal genommen worden. Sie haßte alles Häßliche. Vielleicht hatten ihre Tränen gar nicht jenen gegolten, die beim Absturz umgekommen waren, wie er ursprünglich angenommen hatte. Vielleicht wünschte sie sich, sie wäre gestorben, statt entstellt zu sein, auch wenn es nur vorübergehend war.

Bei Carole würde ihn das nicht überraschen.

In der Rangordnung der Helfer des Leichenbeschauers im Landkreis Bexar war Grayson der unterste. Deswegen überprüfte er mehrmals seine Informationen, bevor er sich mit seiner verwirrenden Entdeckung an seinen direkten Vorgesetzten wandte.

»Haben Sie kurz Zeit?«

Ein erschöpfter, mißgelaunter Mann mit Gummischürze und Handschuhen warf ihm einen finsteren Blick über die Schulter zu. »Was hatten Sie sich vorgestellt – eine Runde Golf?«

»Nein, ich habe das hier.«

»Was?« Der Vorgesetzte wandte sich wieder seiner Arbeit an dem schwarzen Haufen zu, der einmal ein Mensch gewesen war.

»Der zahnmedizinische Bericht von Avery Daniels«, sagte Grayson, »Fall Nummer siebenundachtzig.«

»Sie ist schon identifiziert und obduziert worden.« Der Vorgesetzte warf einen Blick auf die Liste an der Wand, um ganz sicherzugehen. Ihr Name war mit einer roten Linie durchgestrichen. »Ja, genau.«

»Ich weiß, aber –«

»Sie hatte keine lebenden Verwandten. Ein enger Freund der Familie hat sie heute nachmittag identifiziert.«

»Aber dieser Bericht –«

»Hör zu, junger Mann«, sagte der Vorgesetzte streng. »Ich habe Körper ohne Köpfe, Hände ohne Arme, Füße ohne Beine. Und die da oben wollen, daß ich bis heute abend fertig bin. Wenn also jemand schon sicher identifiziert ist, dann nerv mich nicht mit Berichten, okay?«

Grayson steckte die Röntgenaufnahmen zurück in den Umschlag, in dem sie angekommen waren, und ließ sie in Richtung Papierkorb segeln. »Von mir aus. Alles klar. Leck mich doch!«

»Kein Problem. Sobald wir diese ganzen verkohlten Typen hier identifiziert haben, jederzeit.«

Grayson zuckte mit den Schultern. Er wurde schließlich nicht dafür bezahlt, Dick Tracy zu spielen. Wenn sich sonst keiner um diese seltsamen Unstimmigkeiten kümmerte, warum sollte er es dann tun? Er machte sich wieder daran, zahnärztliche Berichte mit den Leichen zu vergleichen, die noch nicht identifiziert waren.

Kapitel 3

Es sah so aus, als ob das Wetter auch in Trauer wäre.

Am Tag von Averys Beerdigung regnete es. In der vergangenen Nacht waren heftige Gewitter über das Hügelland von Texas gezogen, die einen jämmerlichen, kalten Regen hinterlassen hatten.

Mit bloßem Kopf stand Irish McCabe unerschütterlich neben dem Sarg. Er hatte darauf bestanden, daß er mit gelben Rosen geschmückt war, denn er wußte, daß das ihre Lieblingsblumen gewesen waren. Mit ihrer leuchtenden Farbe schienen sie sich über den Tod lustig zu machen. Das war ihm ein Trost.

Tränen rollten über seine Wangen. Seine fleischige, mit Äderchen gezeichnete Nase wirkte roter als sonst, obwohl er in letzter Zeit nicht mehr so viel getrunken hatte. Avery hatte immer deswegen geschimpft, denn übermäßig viel Alkohol sei nicht gut für seine Gesundheit.

Sie hatte auch mit Van Lovejoy wegen seiner Suchtneigung Streit, aber er war jetzt trotzdem high von billigem Scotch und einem Joint. Die altmodische Krawatte um seinen schlechtsitzenden Kragen war ein Zugeständnis an das ernste Ereignis und belegte die Tatsache, daß er Avery mehr geschätzt hatte als die meisten anderen Exemplare der Gattung Mensch.

Van Lovejoy war bei anderen Leuten auch nicht beliebter als sie bei ihm. Avery hatte zu den ganz wenigen gehört, die ihn ertragen konnten. Als der Reporter, der den Auftrag hatte, für KTEX über ihren tragischen Tod zu schreiben, Van fragte, ob er das Video dazu drehen würde, hatte ihn der Fotograf nur vorwurfsvoll angesehen, ihm einen erhobenen Mittelfinger entgegengestreckt und war wortlos aus dem Nachrichtenraum geschlurft – typisch für Van.

Nach dem kurzen Zeremoniell am Grab machten sich die Trauernden auf den Weg zu den auf der Straße geparkten Autos, so daß nur Irish und Van am Grab zurückblieben. In diskretem Abstand warteten Friedhofsangestellte darauf, ihre Arbeit beenden zu können, um möglichst bald ins Trockene zu kommen.

Van war in den Vierzigern und dünn wie ein Bohnenstange. Sein Haar hing von der Mitte seines Kopfes aus gerade nach unten bis fast auf seine gebeugten Schultern und umrahmte sein hageres, schmales Gesicht. Er war ein alternder Hippie, der nie über die sechziger Jahre hinausgekommen war.

Im Gegensatz dazu war Irish kurz und stämmig. Während Van wirkte, als könnte ihn ein kräftiger Windstoß davonblasen, sah Irish aus, als würde er auf ewig stehenbleiben, wenn er seine

Füße nur fest genug gegen den Boden stemmte. So unterschiedlich sie dem Wesen nach auch sein mochten, heute glichen sich ihre Haltungen und Mienen.

In einer seltenen Geste des Mitgefühls legte Van eine magere, bleiche Hand auf Irishs Schulter. »Komm, wir besaufen uns.«

Irish nickte abwesend. Er trat einen Schritt vor und pflückte eine der gelben Rosen von dem Sargschmuck, dann ließ er Van vor sich aus dem provisorischen Zelt und den Weg hinuntergehen. Regentropfen klatschten in sein Gesicht und auf seinen Mantel, aber er beschleunigte seinen gemessenen Schritt nicht.

»Ich bin mit dem Leichenwagen hergekommen«, sagte er, als wäre es ihm gerade eingefallen, weil er ihn dastehen sah.

»Willst du damit auch zurückfahren?«

Irish warf einen Blick auf Vans ziemlich ramponierten Lieferwagen. »Ich komme mit dir.« Er kletterte in den Lieferwagen. Das Innere war noch schlimmer als das Äußere. Die zerrissenen Sitzpolster waren mit einem abgewetzten Strandlaken bedeckt, und der braune Teppichstoff, mit dem die Wand bespannt war, roch nach abgestandenem Marihuana-Rauch.

Van ließ den Motor an, steckte mit nikotingelben Fingern eine Zigarette an und gab sie Irish.

»Nein, danke.« Nach kurzem Nachdenken nahm Irish die Zigarette dann doch und inhalierte tief. Avery hatte ihn dazu gebracht, das Rauchen aufzugeben. Er hatte schon seit Monaten keine Zigarette mehr in der Hand gehabt. Jetzt zog der Rauch beißend über seine Zunge und durch die Kehle. »Mein Gott, ist das gut«, seufzte er und nahm den nächsten Zug.

»Wohin?« fragte Van um die Zigarette herum, die er gerade für sich anzündete.

»Egal. Hauptsache, es kennt uns keiner. Könnte gut sein, daß ich heute auffallen werde.«

Ein paar Minuten später schob Van Irish durch die rotbespannte Tür einer Bar irgendwo in den düsteren Randbezirken der Stadt. »Werden wir hier drin ausgeraubt?« fragte Irish.

»Man wird am Eingang nach Waffen durchsucht.«

»Und wenn du keine hast, geben sie dir eine«, griff Irish den angestaubten Witz auf.

Die Stimmung war gedämpft. Sie setzten sich in eine dunkle Nische. Die vormittäglichen Besucher waren ähnlich abgewetzt wie die Glitzergirlande, die vor ein paar Jahren zu Weihnachten an die matten Deckenlampen gehängt worden war. In lebhaftem Kontrast zu der schläfrigen Stimmung dröhnte wilde Musik aus der Musikbox.

Van bestellte eine Flasche Scotch. »Ich sollte wirklich mal was essen«, murmelte Irish wenig überzeugt.

Der Videokameramann zuckte mit den Schultern und füllte die beiden Gläser, die der Wirt ihnen brachte. »Seine bessere Hälfte kocht auch, wenn man was bestellt.«

»Ißt du öfter hier?«

»Gelegentlich«, erwiderte Van und zuckte noch einmal lakonisch mit den Schultern.

Das Essen kam, aber nach ein paar Bissen merkte Irish, daß er eigentlich doch keinen Hunger hatte. Er schob den Teller zur Seite und griff nach seinem Whisky. Der erste Schluck traf seinen Magen wie ein Flammenwerfer. Tränen stiegen ihm in die Augen, und er holte pfeifend Luft.

Aber mit der Übung eines professionellen Trinkers erholte er sich schnell und nahm noch einen Schluck. Die Tränen blieben in seinen Augen. »Ich werde sie verdammt vermissen.«

»Ja, ich auch. Sie konnte verflucht lästig sein, aber längst nicht so wie die meisten anderen.« Die Musikbox verstummte.

»Sie war wie meine Tochter, weißt du?« fragte Irish rein rhetorisch. Van rauchte weiter und zündete sich die nächste Zigarette an der Spitze der letzten an. »Ich erinnere mich an den Tag, als sie geboren wurde. Ich war auch im Krankenhaus und schwitzte zusammen mit ihrem Vater. Wir warteten. Gingen auf und ab. Und jetzt muß ich mich an den Tag erinnern, an dem sie gestorben ist.« Irish kippte einen kräftigen Schluck Whisky hinunter und füllte sein Glas wieder. »Weißt du, ich bin einfach gar nicht auf den Gedanken gekommen, daß das ihre Maschine war, die abgestürzt ist. Und ich habe sie nach Dallas geschickt.«

»Mensch, mach dir deswegen keine Vorwürfe, du hast nur deine Arbeit gemacht. Du konntest es doch nicht wissen.«

Irish starrte in die bernsteinfarbene Flüssigkeit in seinem Glas.

»Mußtest du schon mal einen Toten identifizieren, Van?« Er wartete nicht auf eine Antwort. »Sie lagen alle in einer Reihe, wie –« Er seufzte unsicher. »Verflucht, ich weiß es nicht. Ich war nie im Krieg, aber so ähnlich muß es gewesen sein. – Sie war in einer schwarzen Plastiktüte mit Reißverschluß. Sie hatte kein einziges Haar mehr«, sagte er, und seine Stimme bebte. »Es war alles verbrannt. Und ihre Haut... mein Gott!« Er bedeckte die Augen mit seinen gedrungenen Fingern. »Wenn ich nicht gewesen wäre, wäre sie nicht mit dieser Maschine geflogen.«

»Mensch, Irish.« Mit diesen beiden Worten war Vans Wortschatz an mitfühlenden Ausdrücken erschöpft. Er füllte Irishs Glas nach, zündete noch eine Zigarette an und gab sie dem trauernden Mann. Er selbst ging inzwischen zu Marihuana über.

Irish zog an seiner Zigarette. »Gott sei Dank mußte ihre Mutter sie nicht so sehen. Wenn sie nicht ihr Medaillon fest in der Hand gehabt hätte, hätte ich sie nicht einmal als Avery erkannt.« Sein Magen drehte sich ihm fast um, wenn er daran dachte, was durch den Absturz aus ihr geworden war. »Ein Glück, daß ihre Mutter sie nicht so sehen mußte.«

Irish drehte seinen Drink hin und her, bevor er seinen Blick hob. »Ich habe sie geliebt – Rosemary meine ich. Averys Mutter. Zum Teufel, ich konnte nicht anders. Cliff, ihr Vater, war fast ständig weg, in irgendeinem fernen Höllenloch irgendwo auf der Welt. Jedesmal, wenn er wegfuhr, hat er mich gebeten, mich um sie zu kümmern. Er war mein bester Freund, aber mehr als einmal hätte ich ihn dafür am liebsten umgebracht.«

Er schlürfte an seinem Drink. »Ich bin sicher, daß Rosemary es wußte, aber wir haben nie auch nur ein Wort darüber verloren. Sie liebte Cliff. Das wußte ich.«

Irish war seit Averys siebzehnten Lebensjahr so etwas wie ein Ersatzvater gewesen. Cliff Daniels, ein bekannter Fotoreporter, war bei einem Kampf um irgendein unbedeutendes, unaussprechliches Dorf in Mittelamerika ums Leben gekommen. Ohne viel Aufhebens zu veranstalten, hatte Rosemary nur wenige Wochen nach dem Tod ihres Mannes ihrem Leben ein Ende gemacht und Avery allein und ohne einen Menschen außer Irish, dem standhaften Freund der Familie, zurückgelassen.

»Ich bin genausosehr Averys Daddy wie Cliff es war. Vielleicht sogar noch mehr. Als ihre Eltern starben, wandte sie sich an mich. Und zu mir ist sie auch gekommen, nachdem sie sich letztes Jahr in D. C. so in Schwierigkeiten gebracht hatte.«

»Damals hat sie wirklich voll danebengehauen, aber sie war trotzdem eine gute Journalistin«, meinte Van durch eine dicke Wolke süßlichen Rauchs.

»Es ist tragisch, daß sie mit dem Bewußtsein von diesem Reinfall sterben mußte.« Er nahm einen Schluck. »Weißt du, Avery hatte Schiß vor dem Versagen. Vor nichts fürchtete sie sich mehr. Cliff war nicht oft da, als sie klein war, und so hatte sie immer versucht zu erreichen, was seine Billigung gefunden hätte, und seinem Namen Ehre zu machen. Deswegen war die Sache in D. C. auch so katastrophal für sie. Sie wollte versuchen, das wiedergutzumachen, ihre Glaubwürdigkeit und ihr Selbstwertgefühl zurückzugewinnen. Verdammt noch mal, sie ist gestorben, während sie sich für eine Versagerin hielt.«

Der Kummer des älteren Mannes weckte ein seltenes Gefühl in Van. Also bemühte er sich noch einmal, Irish zu trösten. »Mit dieser anderen Sache – du weißt schon, wie du für ihre Mutter empfunden hast – das hat Avery gewußt.«

Irishs rote Augen konzentrierten sich auf Van. »Woher weißt du das?«

»Sie hat's mir mal erzählt«, sagte Van. »Ich fragte sie, wie lange ihr euch eigentlich schon kennt. Sie sagte, daß sie dich schon kennt, solange sie sich erinnern kann. Sie ahnte, daß du im stillen ihre Mutter geliebt hast.«

»Sah es so aus, als bedeute ihr das etwas?« fragte Irish sofort. »Ich meine, hattest du den Eindruck, daß es ihr etwas ausmachte?«

Van schüttelte sein langes, strähniges Haar.

Irish zog die welkende Rose aus der Brusttasche seines dunklen Anzugs und strich über die zarten Blütenblätter. »Mein Gott, da bin ich aber froh. Ich habe sie alle beide geliebt.«

Seine schweren Schultern bebten. Er schloß die Finger um die Rose zu einer harten Faust. »O verdammt«, stöhnte er, »ich werde sie so vermissen.«

Er senkte den Kopf bis auf den Tisch und schluchzte krampfartig, während Van ihm gegenübersaß und auf seine Art versuchte, mit seinem Kummer zurechtzukommen.

Kapitel 4

Als Avery wach wurde, wußte sie wieder, wer sie war.

Eigentlich hatte sie es gar nicht wirklich vergessen. Sie war nur verwirrt gewesen. Wer wäre nicht durcheinander, wenn er aus einer längeren Bewußtlosigkeit erwachen und feststellen würde, daß er sich nicht bewegen, nicht sprechen und nur ganz wenig sehen kann? Sie war selten krank gewesen, und deshalb war es schockierend für sie, so schwer verletzt zu sein.

Die ständige Beleuchtung und Geschäftigkeit der Intensivstation waren an sich schon genug, um jede normale Gehirntätigkeit zu behindern. Was Avery aber endgültig verwirrte, war die Tatsache, daß man sie mit einem falschen Namen ansprach. Wie hatte es dazu kommen können, daß man sie für eine Frau namens Carole Rutledge hielt? Selbst Mr. Rutledge schien davon überzeugt zu sein, daß er mit seiner Frau sprach.

Irgendwie mußte sie versuchen, diesen Irrtum klarzustellen. Aber sie wußte nicht wie, und das machte ihr angst.

Ihr Name war Avery Daniels. Sie nahm an, daß wohl alle ihre Papiere beim Absturz vernichtet worden waren.

Erinnerungen von diesem Ereignis versetzten sie nach wie vor in Panik, also schob sie sie entschlossen zur Seite, um sich später damit auseinanderzusetzen, wenn sie mehr Kraft haben würde.

Wo war Irish? Warum war er nicht gekommen, um ihr zu helfen?

Die offensichtliche Antwort auf diese Frage erschreckte sie. Es war unerträglich, aber doch offensichtlich. Wenn man sie für Mrs. Rutledge hielt und annahm, Mrs. Rutledge sei am Leben, dann wurde Avery Daniels für tot gehalten.

Sie stellte sich den Kummer vor, den Irish jetzt wohl durchmachte. Ihr ›Tod‹ würde ihn schwer treffen. Doch im Augenblick konnte sie nichts unternehmen, um ihn in seinem Leid zu trösten. Nein! Es mußte einen Weg geben. Sie mußte sich konzentrieren.

»Guten Morgen.«

Sie erkannte seine Stimme sofort. Die Schwellung in ihrem Auge war wohl etwas besser, denn jetzt konnte sie ihn deutlicher sehen.

Seine buschigen, klar geformten Augenbrauen trafen sich beinahe über seiner langen, geraden Nase. Sein Unterkiefer und sein Kinn waren stark und ließen an Sturheit denken. Seine Lippen waren fest, lang und schmal, die Unterlippe nur wenig voller als die Oberlippe.

Er lächelte, allerdings nicht mit den Augen, stellte sie fest. Ihm war nicht wirklich zum Lächeln zumute, es sprach ihm nicht aus der Seele. Avery fragte sich, warum das so war.

»Man hat mir gesagt, daß du eine ruhige Nacht hattest. Nach wie vor keine Anzeichen für eine Lungenentzündung. Das ist wirklich erfreulich.«

Sie kannte dieses Gesicht und diese Stimme. Nicht erst seit gestern. Schon seit längerem. Aber sie konnte sich nicht erinnern, wo sie diesem Mann begegnet war.

»Mama hat Mandy kurz alleingelassen, um dich zu besuchen.« Er wandte den Kopf zur Seite und bedeutete jemandem, näher heranzukommen. »Du mußt dich hierhin stellen, Mama, sonst kann sie dich nicht sehen.«

Das außergewöhnlich hübsche Gesicht einer Frau mittleren Alters erschien in Averys Blickfeld. Das weiche, dunkle Haar der Frau war in sehr schmeichelnder Weise gezeichnet durch einen silbernen Streifen.

»Hallo, Carole. Wir sind alle erleichtert, daß es dir schon wieder besser geht. Tate hat gesagt, daß die Ärzte zufrieden sind mit deinen Fortschritten.«

Tate Rutledge, natürlich!

»Erzähl ihr von Mandy, Mama.«

Pflichtschuldig berichtete die Fremde von einer weiteren fremden Person. »Mandy hat heute morgen fast ihr ganzes Frühstück gegessen, damit sie besser schläft. Der Gips an ihrem Arm ist ihr lästig, aber ich denke, das war zu erwarten. Sie ist der Liebling der Kinderabteilung und wickelt das ganze Personal um den Finger.« Tränen stiegen ihr in die Augen, und sie tupfte sie mit einem Papiertaschentuch weg. »Wenn ich daran denke, was...«

Tate Rutledge legte seiner Mutter den Arm um die Schultern. »Aber es ist nicht so gekommen, Gott sei Dank.«

Da wurde Avery klar, daß es wohl Mandy Rutledge gewesen war, die sie aus dem Flugzeugwrack getragen hatte. Sie erinnerte sich wieder an die Schreie des Kindes, während es wie wild versucht hatte, sich von seinem verklemmten Sicherheitsgurt zu befreien. Als er sich schließlich öffnete, hatte sie das völlig verstörte Kind an sich gedrückt und war mit der Hilfe eines weiteren Passagiers durch den dichten, beißenden Rauch gestolpert auf einen Notausgang zu.

Weil sie das Kind trug, hatte man sie für Mrs. Carole Rutledge gehalten. Aber das war nicht alles. Sie hatten auch die Plätze getauscht.

Ihr Gehirn begann ungeschickt, die Teile eines Puzzles zusammenzusetzen, das nur sie kannte. Sie erinnerte sich daran, daß auf ihrer Bordkarte die Nummer eines Fensterplatzes gestanden hatte, doch als sie zu ihrer Reihe kam, saß dort schon eine Frau. Sie hatte nicht versucht, das zu korrigieren, sondern sich statt dessen auf den Sitz am Gang gesetzt. Und das Kind saß auf dem Sitz zwischen ihnen beiden.

Die Frau hatte dunkles, schulterlanges Haar gehabt, ganz ähnlich wie Avery. Und sie hatte ebenfalls dunkle Augen. Sie waren sich ähnlich. Genaugenommen hatte die Flugbegleiterin sogar gefragt, welche der beiden Frauen die Mutter und welche die Tante wäre, weil sie Avery und Carole Rutledge für Schwestern gehalten hatte.

Ihr Gesicht war bis zur Unkenntlichkeit zerstört. Mrs. Rutledge war vermutlich bis zur Unkenntlichkeit verbrannt. Man hatte sie verwechselt wegen des Kindes und der Änderung der Sitzplätze, von der niemand etwas wußte. Mein Gott, sie mußte es ihnen irgendwie mitteilen!

»Vielleicht gehst du jetzt besser zurück, bevor Mandy Angst bekommt, Mama«, sagte Tate. »Sag ihr, daß ich auch bald komme.«

»Also, dann auf Wiedersehen, Carole«, sagte die Frau zu ihr. »Ich bin sicher, daß du nach der Operation von Dr. Sawyer genauso hübsch sein wirst wie zuvor.«

Ihre Augen lächeln auch nicht, dachte Avery, als die Frau verschwand.

»Bevor ich es vergesse«, sagte Tate und trat wieder nah ans Bett, so daß sie ihn sehen konnte, »Eddy, Vater und Jack lassen dich grüßen.

Jack ist heute morgen nach Hause gefahren«, fuhr Tate fort, ohne zu wissen, daß er nicht mit seiner Frau sprach. »Ich bin sicher, daß er sich Sorgen wegen Dorothy Rae macht. Außerdem weiß man nie, was Fancy tut, selbst wenn Eddy sie bei den Freiwilligen in der Wahlkampfzentrale mitarbeiten läßt. Du wirst sie alle nicht sehen dürfen, solange du noch in der Intensivstation bist, aber ich nehme auch nicht an, daß du sie besonders vermissen wirst, oder?«

Er dachte, daß sie genau wußte, über wen oder was er redete. Wie konnte sie ihm nur mitteilen, daß sie auch nicht die leiseste Ahnung hatte, was er meinte? Sie kannte diese Leute nicht. Sie mußte irgendwie Irish verständigen. Dieser Mann mußte erfahren, daß er Witwer war.

»Und was den Wahlkampf betrifft, Carole, wollte ich dir auch noch etwas sagen.« Angesichts der Bewegung, die seine Schultern machten, nahm sie an, er habe die Hände in die Hosentaschen gesteckt. »Ich werde ihn fortsetzen wie geplant. Vater, Jack und Eddy sind einverstanden, sie haben mir ihre Unterstützung zugesagt. Es wird ein harter Kampf werden. Aber ich bin dazu verpflichtet.«

Tate Rutledge hatte in letzter Zeit Schlagzeilen gemacht. Daher kannte sie ihn, auch wenn sie ihm persönlich nie begegnet war. Er hoffte darauf, im Mai die Vorwahlen zu gewinnen, und wollte dann bei der Wahl im November gegen den amtierenden Senator antreten.

»Ich werde meine Verantwortung dir und Mandy gegenüber nicht vergessen, während ihr noch auf dem Weg der Besserung seid, aber ich habe mich mein ganzes Leben lang darauf vorbereitet, eines Tages Mitglied des Kongresses zu werden. Ich möchte nicht noch sechs Jahre bis zur nächsten Wahl warten, sonst verliere ich all den Schwung und die Wähler, die ich jetzt schon gewonnen habe. Jetzt ist der richtige Augenblick.«

Er sah auf seine Armbanduhr und sagte: »Ich denke, ich gehe jetzt besser. Ich habe Mandy versprochen, daß ich sie mit Eis füttere. Jetzt, da ihre Arme eingegipst sind und so weiter – na ja«, fuhr er fort und sah auf ihre verbundenen, in Schienen aufgehängten Hände, »du weißt, was ich meine. Heute hat sie die erste Sitzung beim Psychologen. Aber du brauchst dir keine Sorgen zu machen«, setzte er noch schnell hinzu, »das sind vor allem Vorsichtsmaßnahmen.«

Er hielt inne und sah sie vielsagend an. »Darum glaube ich auch, daß es besser ist, wenn sie dich jetzt noch nicht sieht. Ich weiß, das hört sich grausam an, aber all diese Verbände würden ihr Angst einjagen. Wenn der Chirurg erst einmal mit der Arbeit an deinem Gesicht begonnen hat, werde ich sie öfter auf einen kurzen Besuch vorbeibringen.«

Avery versuchte zu sprechen, aber der Atemtubus war seitlich an ihrem Mund festgeklebt. Sie hatte gehört, wie eine Krankenschwester sagte, durch den scharfen Rauch seien ihre Stimmbänder vorübergehend geschädigt worden. Und den Kiefer konnte sie auch nicht bewegen. Sie blinzelte angestrengt, um ihre Verzweiflung zum Ausdruck zu bringen.

Er mißverstand den Grund dafür und legte ihr tröstend eine Hand auf die Schulter. »Ich verspreche dir, Carole, daß deine Entstellung nur vorübergehend ist. Dr. Sawyer sagt, daß es viel schlimmer aussieht, als es eigentlich ist. Er kommt heute noch vorbei, um dir zu erklären, wie er vorgehen wird. Er weiß, wie du früher ausgesehen hast, und garantiert, daß du am Ende seiner Arbeit wieder genauso aussehen wirst.«

Sie versuchte den Kopf zu schütteln. Tränen der Angst und des Schreckens rannen aus ihrem Auge. Eine Schwester kam herein und schob ihn zur Seite. »Ich glaube, Sie sollten sie jetzt besser ruhen lassen, Mr. Rutledge. Ich muß sowieso ihre Verbände wechseln.«

»Ich bin dann bei meiner Tochter.«

»Ja, wir werden Sie rufen, wenn wir Sie brauchen. Ach ja, da fällt mir noch ein, daß man mich von unten angerufen hat, um Sie daran zu erinnern, daß Mrs. Rutledges Schmuck noch im Krankenhaussafe liegt. Sie haben ihn ihr bei ihrer Ankunft in der Unfallstation abgenommen.«

»Danke, ich werde ihn später abholen.«

Nein, jetzt! Geh und hol ihn jetzt, schrien Averys Gedanken. Das war sicher nicht Carole Rutledges Schmuck im Safe des Krankenhauses, sondern ihrer. Und wenn sie ihn sahen, würden sie bemerken, daß sie einen furchtbaren Irrtum begangen hatten.

Aber was geschah, wenn Mr. Rutledge nicht den Schmuck seiner Frau abholte, bevor der plastische Chirurg aus ihrem Gesicht das von Carole Rutledge machte?

Das war der letzte bewußte Gedanke, bevor das Schmerzmittel wieder die Oberhand gewann.

Tate wird seinen Amtsantritt nicht erleben.

Sie erlebte den Alptraum noch einmal. Sie versuchte verzweifelt, ihn abzuschütteln. Wieder konnte sie ihn nicht sehen, aber sie spürte seine finstere Gegenwart ganz in ihrer Nähe. Sein Atem strich über ihr Auge.

Es wird nie einen Senator Tate Rutledge geben. Tate wird es nicht erleben. Senator Tate Rutledge wird vorher sterben. Es wird nie dazu kommen... nie erleben...

Avery erwachte mit einem Schrei. Es war natürlich ein lautloser Schrei, aber er dröhnte durch ihren Schädel. Sie öffnete das Auge und erkannte die Lichter über sich, den Krankenhausgeruch, das zischende Geräusch ihres Beatmungsgeräts. Sie hatte geschlafen, also war es diesmal wirklich ein Alptraum gewesen.

Aber gestern abend war es Wirklichkeit. Gestern abend hatte sie ja noch nicht einmal Mr. Rutledges Vornamen gekannt! Sie hätte nicht davon träumen können, wenn sie ihn nicht gekannt hätte, und sie erinnerte sich ganz präzise an jene drohende, gesichtslose Stimme, die ihr voller Haß ins Ohr geflüstert hatte.

Spielte ihr Gehirn ihr Streiche, oder war Tate Rutledge wirklich in Gefahr? Wer konnte schon seinen Tod wollen?

Sie mußte eine Antwort finden. Aber ihre Fähigkeit zum logischen Denken war ihr scheinbar zusammen mit den einfachen körperlichen Funktionen verlorengegangen. Sie schaffte es einfach nicht.

Avery empfand schon beinahe Widerwillen für dieses ihr noch zusätzlich zu ihren eigenen Schwierigkeiten aufgebürdete Problem. Hatte sie nicht schon genug Sorgen? Mußte sie sich auch noch um die Sicherheit eines Bewerbers um den Senatorenposten kümmern?

Schließlich gewann die dunkle Leere am Rande ihres Bewußtseins wieder die Oberhand. Sie kämpfte dagegen an, aber schließlich gab sie auf und ließ sich in die friedliche Stille hinabziehen.

Kapitel 5

»Ihre Reaktion überrascht mich überhaupt nicht. Von Unfallopfern muß man derartiges erwarten.« Dr. Sawyer, der bekannte plastische Chirurg, lächelte ruhig. »Sie müssen sich nur vorstellen, wie Sie sich fühlen würden, wenn Ihr gutaussehendes Gesicht entstellt wäre.«

In diesem Augenblick hätte Tate am liebsten die selbstgefällige Miene des Chirurgen ausgelöscht. Trotz seines guten Rufes schien der Mann Eiswasser in den Adern zu haben.

Er hatte einige der berühmtesten Gesichter des Staates korrigiert, unter anderem Töchter aus guten Häusern, die ebensoviel Geld wie Eitelkeit besaßen, Mannequins und Fernsehstars. Auch wenn sein Ruf wirklich gut war, gefiel Tate die herablassende Art nicht, mit der er auf Caroles Befürchtungen reagierte. »Ich habe versucht, mich in Caroles Lage zu versetzen«, erklärte er. »Unter den gegebenen Umständen finde ich, daß sie ihr Los sehr gut trägt.«

»Du widersprichst dir, Tate«, bemerkte Nelson. Er saß neben Zee auf einem Sofa im Wohnzimmer der Intensivstation. »Du hast gerade Dr. Sawyer erklärt, daß Carole sehr betroffen wirkte angesichts der bevorstehenden Operation.«

»Ich weiß, daß das widersprüchlich klingt. Ich meine, daß sie den Bericht über den Absturz und ihren und Mandys Zustand sehr gut aufzunehmen schien. Doch als ich ihr von der geplanten

Operation an ihrem Gesicht erzählte, begann sie zu weinen. Mein Gott«, sagte er und strich sich mit einer Hand durchs Haar, »ihr könnt euch nicht vorstellen, wie mitleiderregend sie aussieht, wenn sie aus diesem einen Auge weint. Es ist wirklich unglaublich.«

»Ihre Frau war eine Schönheit, Mr. Rutledge«, sagte der Doktor. »Die Entstellung entsetzt sie. Natürlich hat sie Angst, den Rest ihres Lebens auszusehen wie ein Monster. Ein Teil meiner Pflicht besteht darin, ihr zu versichern, daß ihr Gesicht wiederhergestellt, vielleicht sogar noch verschönt wird.«

Sawyer hielt inne, um jeden von ihnen anzusehen. »Ich habe das Gefühl, daß Sie sich unschlüssig sind. Das darf nicht sein. Ich brauche Ihre Mitarbeit und Ihr ganzes Vertrauen in meine Fähigkeiten.«

»Wenn Sie nicht mein Vertrauen besäßen, hätte ich mich gar nicht um Ihre Hilfe bemüht«, stellte Tate klar. »Ich glaube nicht, daß es Ihnen an Fähigkeiten fehlt, nur an Mitgefühl.«

»Das bewahre ich mir für meine Patienten auf und verschwende keine Zeit und Energie damit, ihren Familien etwas vorzumachen, Mr. Rutledge. Das überlasse ich Politikern wie Ihnen.«

Tate und der Chirurg sahen sich in eisigem Schweigen an. Schließlich lachte Tate trocken. »Ich mache auch niemandem etwas vor, Dr. Sawyer. Wir brauchen Sie. Darum sind Sie hier. Sie sind zwar der großspurigste Hund, der mir je begegnet ist, aber, so wie es aussieht, auch der beste. Also werde ich mit Ihnen zusammenarbeiten, damit Carole wieder so aussehen kann wie vorher.«

»Also gut«, sagte der Chirurg, ohne durch die Beleidigung betroffen zu wirken, »dann wollen wir sie jetzt besuchen.«

Als sie in die Intensivstation kamen, ging Tate voraus und stand zuerst an ihrem Bett. »Carole? Bist du wach?«

Sie reagierte sofort, indem sie das Auge öffnete. Soweit er das sagen konnte, war sie bei klarem Bewußtsein. »Hallo. Mutter und Vater sind auch hier.« Er trat zur Seite. Sie kamen zum Bett.

»Hallo, Carole«, sagte Zee. »Mandy läßt dir bestellen, daß sie dich liebhat.«

Tate hatte vergessen, seine Mutter zu bitten, nichts von Mandys erster Sitzung mit dem Kinderpsychologen zu erzählen. Sie war nicht sehr gut verlaufen, aber glücklicherweise war Zee empfindsam genug, nichts davon zu erwähnen. Sie trat zur Seite und ließ Nelson ihren Platz einnehmen.

»Hallo, Carole. Du hast uns allen wirklich Sorgen gemacht. Ich kann dir gar nicht sagen, wie froh wir sind, daß du bald wieder gesund bist.«

Er überließ Tate seinen Platz. »Der Chirurg ist gekommen, Carole.«

Tate trat zur Seite für Dr. Sawyer, der seine Patientin anlächelte. »Wir sind uns schon einmal begegnet, Carole, Sie erinnern sich nur nicht daran. Auf die Bitte Ihrer Familie hin bin ich hierhergekommen, als Sie erst zwei Tage hier waren. Der plastische Chirurg des Krankenhauses hatte schon alle nötigen Vorarbeiten erledigt, während Sie noch auf der Unfallstation waren. Von jetzt an werde ich Sie behandeln.«

Sie gab ihre Beunruhigung zu erkennen. Tate sah erfreut, daß es Dr. Sawyer auch aufgefallen war. Er klopfte ihr sanft auf die Schulter. »Die Knochenstruktur Ihres Gesichts ist schwer verletzt worden. Ich bin sicher, daß Sie das wissen. Trotzdem werden Sie eine schönere Carole Rutledge werden als vorher.«

Unter den Verbänden spannte sich ihr Körper an. Sie versuchte wild den Kopf zu schütteln und stöhnte verzweifelt.

»Was, zum Teufel, versucht sie uns zu sagen?« fragte Tate den Arzt.

»Daß sie mir nicht glaubt«, erwiderte er ruhig. »Sie hat Angst. Das ist ganz normal.« Er beugte sich über sie. »Ihre Schmerzen rühren im wesentlichen von den Verbrennungen her, aber die sind oberflächlich. Der Verbrennungsspezialist hier im Krankenhaus behandelt Sie mit Antibiotika. Ich werde mit meiner Operation warten, bis das Risiko möglichst klein geworden ist, daß sich Ihre Haut oder Ihre Lungen noch entzünden könnten. Es wird noch eine oder zwei Wochen dauern, bis Sie Ihre Hände bewegen können. Danach werden Sie mit Bewegungstherapie anfangen. Sie tragen keine bleibenden Schäden davon, das versichere ich Ihnen.«

Er beugte sich noch näher zu ihr hinab. »So, und jetzt sprechen wir über Ihr Gesicht. Es wurde geröntgt, während Sie noch bewußtlos waren. Ich habe die Röntgenbilder genau studiert. Ich weiß, was ich tun muß. Eine Gruppe hervorragender Chirurgen wird mir während der Operation assistieren.«

Er berührte ihr Gesicht mit der Spitze seines Kugelschreibers, als würde er Linien auf die Verbände zeichnen. »Wir bauen mit Hilfe von Knochentransplantaten Ihre Nase und Ihre Wangenknochen wieder auf. Ihr Oberkiefer wird durch Drähte und Schrauben in die richtige Stellung gebracht. Ich habe eine große Trickkiste.

Auf dem Kopf behalten Sie eine unsichtbare Narbe von einer Schläfe zur anderen. Unter jedem Auge an den Wimpern entlang setzen wir ebenfalls Schnitte. Auch sie bleiben unsichtbar. Einen Teil der Arbeit an Ihrer Nase machen wir von innen, so daß dort überhaupt keine äußerlichen Narben entstehen.

Einige Zeit nach der Operation werden Sie noch ein geschwollenes, mit blauen Flecken übersätes Gesicht haben und schrecklich aussehen, darauf müssen Sie gefaßt sein. Es wird schon einige Wochen dauern, bis Sie wieder eine atemberaubende Schönheit sind.«

»Was ist mit ihren Haaren, Dr. Sawyer?« fragte Zee.

»Ich muß einen Teil abrasieren, weil ich ein Stück aus ihrem Schädelknochen zum Aufbau ihrer neuen Nase verwende. Aber wenn Sie wissen wollen, ob die verbrannten Haare wieder nachwachsen werden – der Verbrennungsspezialist sagt ja. Das ist unser kleinstes Problem«, erklärte er und lächelte das verbundene Gesicht an.

»Ich fürchte, Sie werden auch eine ganze Weile lang noch nichts Festes essen können. Ein Kieferchirurg wird während der Operation die Wurzeln Ihrer abgebrochenen Zähne entfernen, zwei oder drei Wochen später bekommen Sie dann Ihre neuen Zähne, die genauso aussehen werden wie ihre alten. Bis dahin werden Sie noch durch eine Magensonde ernährt und erst danach langsam mit weichen Speisen anfangen.«

Tate bemerkte, auch wenn der Chirurg nicht darauf einging, daß Caroles Auge sich hin und her bewegte, als suche sie nach einem Freund oder vielleicht auch nach einem Fluchtweg. Er redete sich immer wieder ein, daß Sawyer schon wußte, was er tat, doch Tate war beunruhigt.

Sawyer zog ein glänzendes, großes Porträtfoto aus der Akte, die er bei sich hatte. »Ich möchte, daß Sie sich das hier ansehen, Mrs. Rutledge.« Es war ein Foto von Carole. Sie lächelte jenes verführerische Lächeln, in das sich Tate sofort verliebt hatte. Ihre Augen blitzten schelmisch. Glänzendes schwarzes Haar umrahmte ihr Gesicht.

»Wir werden einen ganzen Tag operieren«, erklärte er, »aber meine Leute und ich kriegen Sie wieder hin. Es wird etwa acht bis zehn Wochen dauern, bis Sie wieder so aussehen, aber Sie werden es tun, nur noch etwas jünger und hübscher und mit etwas kürzerem Haar. Wer könnte wohl mehr als das verlangen?«

Offensichtlich hatte Carole das vor. Tate bemerkte, daß der Besuch des Chirurgen ihre Ängste eher verstärkt hatte.

Avery versuchte ihre Glieder zu bewegen und Leben in ihre Finger und Zehen zu bringen, aber alles war noch viel zu schwer.

Tagelang – es war schwer zu sagen, wie viele es genau waren, aber sie schätzte, etwa zehn – hatte sie versucht, einen Weg zu finden, um den anderen die Wahrheit mitzuteilen, die nur sie kannte. Bis jetzt hatte sie noch keine Lösung gefunden. Während die Tage vergingen und ihre Verletzungen langsam heilten, nahm ihre Angst immer weiter zu. Und alle glaubten, das läge daran, daß sich ihre Gesichtsoperation verzögerte.

Schließlich verkündete ihr Tate, daß ihre Operation für den folgenden Tag angesetzt worden war. »Alle beteiligten Ärzte haben sich heute nachmittag getroffen. Sie waren sich einig, daß du außer Gefahr bist. Sawyer hat den Marschbefehl gegeben. Ich bin sofort gekommen, nachdem man es mir mitgeteilt hatte.«

Sie hatte also noch Zeit bis morgen, um den schrecklichen Irrtum aufzudecken. Es war seltsam, aber obwohl er teilweise mitverantwortlich war für den tragischen Verlauf der Dinge, gab sie ihm keine Schuld. Genaugenommen freute sie sich sogar auf seine Besuche. Irgendwie fühlte sie sich sicherer, wenn er bei ihr war.

»Ich glaube, jetzt kann ich dir ja sagen, daß mir Sawyer am Anfang nicht gefallen hat«, sagte er, während er am Rand ihres Bettes saß. »Verflucht, eigentlich mag ich ihn immer noch nicht, aber ich vertraue ihm.«

Das glaubte sie ihm, also blinzelte sie.

»Hast du Angst?«

Sie blinzelte wieder.

»Das kann ich, ehrlich gesagt, gut verstehen«, sagte er finster. »Die nächsten paar Wochen werden hart, Carole, aber du wirst sie schon durchstehen.« Sein Lächeln wurde etwas steifer. »Du fällst doch immer auf die Füße.«

»Mr. Rutledge?«

Als er sich der weiblichen Stimme zuwandte, die ihn von der Tür aus angesprochen hatte, bekam Avery den seltenen Anblick seines Profils zu sehen. Carole Rutledge hatte Glück gehabt mit ihm.

»Sie haben mich gebeten, Sie an Mrs. Rutledges Schmuck zu erinnern«, sagte die Krankenschwester. »Er ist noch im Safe.«

Averys Gedanken rasten. Sie hatte versucht, sich vorzustellen, wie er ins Zimmer kam und den Schmuck auf ihr Bett fallen ließ. »Das gehört nicht Carole«, würde er sagen. »Wer sind Sie?« Aber bis jetzt war es nicht zu dieser Szene gekommen. Möglicherweise bestand doch noch Hoffnung.

»Ich vergesse grundsätzlich, ins Büro zu gehen und die Sachen abzuholen«, erklärte er voll Bedauern der Krankenschwester. »Könnten Sie nicht vielleicht jemanden hinunterschicken, um sie für mich zu holen?«

»Ich rufe unten an und frage nach.«

»Das wäre mir sehr lieb. Vielen Dank.«

Averys Herz begann heftiger zu schlagen. Sie sprach schweigend ein Dankgebet. Jetzt, um kurz vor zwölf, würde sie doch noch vor der Katastrophe bewahrt werden. Sie brauchte natürlich die Arbeit des plastischen Chirurgen, aber danach würde sie aussehen wie Avery Daniels, und nicht wie eine andere.

»Im Operationssaal wirst du den Schmuck wohl kaum brauchen«, sagte Tate, »aber ich weiß, daß du dich wohler fühlst, wenn deine Sachen wieder da sind.«

In Gedanken lächelte sie ein breites Lächeln. Es würde schon noch klappen. Es blieb noch genug Zeit, um allem ein Ende zu machen, und sie konnte diese Achterbahn von Gefühlen hinter sich lassen, auf der sie bis jetzt gefahren war.

»Mr. Rutledge, es tut mir leid, aber die Krankenhausregeln erlauben es nur den Patienten selbst oder nächsten Angehörigen, etwas aus dem Safe zu holen. Tut mir leid.«

»Macht nichts. Ich gehe morgen hinunter.«

Averys gute Stimmung verflog. Morgen war es zu spät. Sie fragte sich, warum Gott ihr so etwas antat. War sie nicht für ihren Fehler schon genug bestraft worden? Würde der Rest ihres Lebens aus einem endlosen, vergeblichen Versuch bestehen, ihr früheres Versagen wiedergutzumachen? Sie hatte schon ihre Glaubwürdigkeit als Journalistin, die Wertschätzung ihrer Kollegen und ihre gute Position eingebüßt. Mußte sie jetzt auch noch ihre Identität aufgeben?

»Da ist noch etwas, Mr. Rutledge«, sagte die Krankenschwester zögernd. »Draußen im Flur sind zwei Reporter, die mit Ihnen sprechen wollen.«

»Reporter?«

»Sie kommen von einer der Fernsehstationen.«

»Jetzt? Hier? Hat Eddy Paschal sie geschickt?«

»Nein, das habe ich sie als erstes gefragt. Offensichtlich ist irgendwie durchgesickert, daß Mrs. Rutledge morgen operiert wird. Sie möchten mit Ihnen über die Auswirkungen des Flugzeugabsturzes auf Ihre Familie und Ihre politische Zukunft sprechen. Was soll ich ihnen sagen?«

»Sagen Sie ihnen, sie sollen sich zum Teufel scheren.«

»Das kann ich nicht, Mr. Rutledge.«

»Nein, das stimmt. Und wenn Sie es täten, würde Eddy mich umbringen«, murmelte er. »Richten Sie ihnen aus, daß ich keine Kommentare abgebe, solange es meiner Frau und meiner Tochter nicht besser geht. Wenn sie dann noch nicht gehen wollen, rufen Sie die Sicherheitsabteilung des Krankenhauses an. Und bestellen Sie den Presseleuten, daß ich ihnen die Hölle heiß mache, wenn sie sich in der Nähe der Kinderstation blicken lassen, um meine Mutter oder meine Tochter zu sehen.«

»Tut mir leid, Sie belästigt zu haben –«

»Sie können ja nichts dafür. Wenn die Burschen irgendwelche Schwierigkeiten machen, holen Sie mich.«

Als er sich wieder zu ihr umwandte, bemerkte Avery durch ihre Tränen, daß auf seinem Gesicht seine Sorgen und seine Erschöpfung deutlich zu erkennen waren. »Diese Geier. Gestern hat die Zeitung eine Bemerkung von mir über die Krabbenfischerei gedruckt – das Zitat war unvollkommen aus dem Zusammenhang gerissen. Heute morgen stand mein Telefon nicht mehr still, bis Eddy eine Gegendarstellung durchgesetzt hatte.« Er schüttelte den Kopf voller Ärger über diese Gemeinheit.

Avery hatte Mitleid mit ihm. Sie war lange genug in Washington gewesen, um zu wissen, daß die einzigen Politiker, die nicht unter so etwas litten, die ganz skrupellosen waren. Männer mit integrer Persönlichkeit wie Tate Rudledge hatten es damit sehr viel schwerer.

Es war wirklich kein Wunder, daß er so müde wirkte. Er war nicht nur dadurch belastet, daß er versuchte, die Wahl zu einem öffentlichen Amt zu gewinnen, sondern er mußte auch noch mit einem seelisch geschädigten Kind und einer schwer verletzten Frau fertig werden.

Nur war sie eben nicht seine Frau. Sie war eine Fremde. Sie konnte ihm nicht sagen, daß er sich einer Fremden anvertraute. Sie konnte ihn nicht vor Angriffen der Presse bewahren oder ihm helfen, Mandys Probleme zu bewältigen. Sie konnte ihn nicht einmal davor warnen, daß möglicherweise jemand versuchte, ihn zu ermorden.

Er blieb die ganze Nacht bei ihr. Jedesmal wenn sie wach wurde, sah sie ihn neben sich. Die Züge seines Gesichtes wurden immer schärfer, während sich die Erschöpfung bemerkbar machte. Seine Augen röteten sich wegen des Schlafmangels. Einmal bekam Avery mit, wie eine Krankenschwester ihn zu überreden versuchte, sich ein wenig hinzulegen, aber er weigerte sich.

»Ich kann sie jetzt nicht alleinlassen«, sagte er. »Sie hat Angst.«

In ihrem Innern rief es: *Nein, bitte geh nicht weg. Laß mich nicht allein. Ich brauche jemanden.*

Es mußte wohl schon Morgen sein, als ihm eine andere Krankenschwester einen Kaffee brachte. Er duftete herrlich.

Dann kamen Techniker herein, um Averys Beatmungsgerät neu einzustellen. Ihre Lungen erholten sich, aber sie würde es noch ein paar Tage brauchen.

Die Schwestern bereiteten sie auf die Operation vor und maßen ihren Blutdruck. Avery versuchte immer noch, jemanden auf sich aufmerksam zu machen, um den Irrtum aufzuklären, aber niemand kümmerte sich um die Bemühungen der mumienähnlichen Patientin.

Tate ging für eine Weile hinaus, und als er zurückkam, war Dr. Sawyer bei ihm. Der Chirurg war kurz angebunden und voller Schwung. »Wie geht es Ihnen, Carole? Mr. Rutledge hat mir gesagt, daß Sie eine unruhige Nacht hinter sich haben, aber heute ist Ihr großer Tag gekommen.«

Er las ihre Karteikarte genau durch. Viel von dem, was er sagte, war rein mechanisch. Avery mochte ihn auch nicht mehr als Tate.

Zufrieden mit ihren Werten schloß er die Akte und gab sie einer Krankenschwester. »Körperlich geht es Ihnen prima. In ein paar Stunden werden Sie die Grundlage für ein neues Gesicht haben und den Weg zur völligen Genesung antreten können.«

Sie legte ihre ganz Kraft in die Kehllaute, die sie von sich geben konnte, um irgendwie mitzuteilen, daß sie drauf und dran waren, einen furchtbaren Fehler zu begehen. Sie mißverstanden ihre Verzweiflung. Der Chirurg nahm an, daß sie ihm nicht vertraute. »Es ist wirklich möglich. Ich verspreche es. In ungefähr einer halben Stunde sind wir schon bei der Arbeit.«

Wieder versuchte sie zu protestieren, indem sie ihr einziges Kommunikationsmittel, ihr Auge, einsetzte. Sie blinzelte wild.

»Geben Sie ihr jetzt die Medikamente zur Vorbereitung der Operation, die werden sie etwas beruhigen«, instruierte er die Krankenschwester und rauschte hinaus.

Avery schrie lautlos.

Tate kam zu ihr und drückte ihre Schulter. »Es wird schon alles gutgehen, Carole.«

Die Krankenschwester injizierte ein Beruhigungsmittel in den

IV-Schlauch. Avery spürte den leichten Ruck an dem Schlauch in ihrer Ellenbeuge. Sekunden später breitete sich die ihr inzwischen schon vertraute Wärme in ihrem Innern aus, bis sogar ihre Fußsohlen kribbelten. Das war das Nirvana, für das jeder Junkie über Leichen gehen würde – eine herrliche Gefühllosigkeit. Fast gleichzeitig kam sie sich schwerelos und durchsichtig vor. Tates Züge verschwammen und verzerrten sich.

»Es wird alles wieder gut, das schwöre ich dir, Carole.«

Ich bin nicht Carole.

Sie gab sich alle Mühe, das Auge offenzuhalten, aber es fiel zu.

»... warte auf dich, Carole«, sagte er sanft.

Ich bin Avery. Ich bin Avery. Ich bin nicht Carole.

Aber wenn sie aus dem Operationssaal kam, würde sie es sein.

Kapitel 6

»Ich verstehe nicht, worüber du dich so aufregst.«

Tate drehte sich um und sah verärgert seinen Wahlkampfmanager an. Eddy Paschal ertrug den Blick gleichmütig. Er hatte schon aus Erfahrung gelernt, daß Tate schnell aufbrauste, sich aber genauso schnell wieder beruhigte.

»Eddy, zum Teufel noch mal, meine Frau hat gerade eine stundenlange, schwere Operation hinter sich. Und du kannst nicht verstehen, warum ich verärgert war, als mich eine Horde von Reportern umringt hat, um mir Fragen zu stellen?« Tate schüttelte ungläubig den Kopf. »Dann sage ich's dir noch mal ganz deutlich: Ich war nicht in der Stimmung für eine Pressekonferenz.«

»Also gut, so war das nicht eingeplant.«

»Keine Spur von eingeplant.«

»Aber man hat dir vierzig Sekunden Sendezeit bei den Nachrichten um sechs Uhr und um zehn Uhr eingeräumt – bei allen drei Sendestationen. Ich habe deinen Auftritt aufgenommen und mir später wieder angesehen. Du hast gereizt gewirkt, aber das war unter den gegebenen Umständen auch nicht anders zu erwarten. Du siehst aus wie ein Opfer der gefühllosen Presse. Die Wähler werden Mitlied haben.«

Tate lachte rauh, während er sich in einen Sessel sinken ließ. »Du bist genauso schlimm wie Jack. Du hörst nie auf, alles als Wahlkampf zu betrachten und an die Wirkung auf die Wähler zu denken – zu unseren Gunsten, zu unseren Ungunsten.« Er rieb sich das Gesicht. »Mein Gott, ich bin hundemüde.«

»Trink ein Bier.« Eddy nahm zwei Dosen aus dem kleinen Kühlschrank und gab ihm eine, bevor er sich auf die Kante von Tates Hotelbett setzte. Einen Augenblick tranken sie schweigend. Schließlich fragte Eddy: »Wie stehen ihre Chancen, Tate?«

Tate seufzte: »Sawyer hat angegeben wie die Großschnauze vom Dienst, als er aus dem Operationssaal kam. Von wegen ›beste Arbeit, die sein Team je gemacht hat‹.«

»War das nur Reklamegeschwätz oder die Wahrheit?«

»Im Moment sieht sie noch nach nichts aus. Aber in ein paar Wochen wissen wir mehr…«

Er vollzog eine undeutliche Geste und rutschte noch tiefer in den Sessel, wobei er seine langen Beine vor sich ausstreckte. Seine Stiefel erreichten fast Eddys polierte Schuhe. Tates Jeans waren das absolute Gegenteil zu Eddys mit Bügelfalten versehenen marineblauen Flanellhosen.

Diesmal gab Eddy keinen Kommentar über Tates lässige Kleidung ab. Ihre Zielgruppe war der Mann von der Straße – hart arbeitende Texaner der Mittelklasse. Tate Rutledge sollte der Liebling der Unterlegenen werden. Er kleidete sich entsprechend – nicht als politischer Schachzug, sondern weil er sich seit den frühen siebziger Jahren immer so gekleidet hatte, als er Eddy an der Universität von Texas zum ersten Mal begegnet war.

»Einer der Überlebenden des Absturzes ist heute gestorben«, teilte ihm Tate mit ruhiger Stimme mit. »Ein Mann in meinem Alter. Er hinterläßt eine Frau und vier Kinder. Er hatte schwere innere Verletzungen, aber sie glaubten, er würde es schaffen. Er ist an einer Infektion gestorben. Mein Gott«, sagte er und schüttelte den Kopf. »Kannst du dir vorstellen, daß er es so weit geschafft hat und dann an einer *Infektion* stirbt?«

Eddy sah, daß sein Freund drauf und dran war, melancholisch zu werden. Das war weder für Tate persönlich noch für den Wahlkampf gut. Jack hatte schon seine Sorgen über Tates seelischen Zustand zum Ausdruck gebracht, und Nelson auch. Ein wichtiger Teil von Eddys Arbeit bestand darin, Tates Kampfmoral wiederaufzubauen, wenn er zu zweifeln begann.

»Wie geht es Mandy?« fragte er und ließ seine Stimme fröhlich klingen. »Alle Helfer vermissen sie. Sie wollen sich etwas ganz besonderes ausdenken, um den Tag zu feiern, an dem sie aus dem Krankenhaus entlassen wird. Mach dich darauf gefaßt, daß sie morgen einen Teddybär bekommt, der größer ist als du. Du weißt ja, daß sie die Prinzessin der Wahl ist.«

Eddy wurde mit einem matten Lächeln belohnt. »Die Ärzte sagen, daß ihre gebrochenen Knochen gut heilen. Die Verbrennungen hinterlassen angeblich keine Narben. Sie wird Tennis spielen können, tanzen – alles, was sie will.«

Tate stand auf und holte noch zwei Dosen Bier. Als er wieder im Sessel saß, sagte er: »Körperlich wird sie sich erholen, aber seelisch... da bin ich nicht so sicher.«

»Warte doch erst mal ab. Schon Erwachsene tun sich schwer, mit einem solchen Trauma fertig zu werden. Die Fluggesellschaften haben Spezialisten, die sich nur um Überlebende von Abstürzen kümmern – und um die Familien derer, die nicht überlebt haben.«

»Ich weiß, aber Mandy war ja vorher schon schüchtern. Jetzt ist sie völlig zurückgezogen und in sich gekehrt. Oh, ich kann sie schon zu einem Lächeln bewegen, wenn ich mir viel Mühe gebe, aber ich glaube, sie versucht nur, mir damit einen Gefallen zu tun. Sie hat keinen Antrieb, keinen Schwung. Sie liegt nur da und starrt ins Leere. Mama sagt, daß sie im Schlaf weint und schreiend aus Alpträumen aufwacht.«

»Und was sagt die Psychologin dazu?«

»Diese Kuh«, schimpft Tate. »Sie sagt, daß man Zeit und Geduld haben muß und daß ich nicht zuviel von Mandy erwarten darf. Aber mein kleines Mädchen sitzt nur da und brütet vor sich hin, als trüge sie das Gewicht der ganzen Welt auf den Schultern, aber das ist einfach nicht normal für eine Dreijährige.«

»Aber einen Flugzeugabsturz zu überleben ist auch nicht normal«, stellte Eddy fest. »Ihre seelischen Wunden werden genausowenig über Nacht heilen wie ihre körperlichen.«

»Ich weiß, es ist nur... ach verdammt, Eddy, ich weiß nicht, ob ich es schaffe, das zu sein, was Carole und Mandy und die Wähler brauchen – noch dazu alles gleichzeitig.«

Eddys größte Sorge war, daß Tate seine Entscheidung weiterzumachen vielleicht doch noch revidieren könnte. Als Jack ihm gesagt hatte, daß es bei den Journalisten das Gerücht gäbe, Tate würde eventuell aus dem Rennen ausscheiden, hätte er sich die Klatschreporter am liebsten geschnappt und eigenhändig erwürgt. Glücklicherweise hatte Tate von den Gerüchten noch nichts gehört. Eddy mußte den Kampfgeist des Kandidaten aufrechterhalten.

Er beugte sich vor und sagte: »Kannst du dich erinnern, wie du in unserem letzten Jahr an der Uni bei diesem Tennisturnier gespielt und es für uns gewonnen hast?«

Tate sah ihn ausdruckslos an. »Undeutlich.«

»Undeutlich«, schnaubte Eddy. »Du erinnerst dich nur deshalb undeutlich daran, weil du so verkatert warst. Du hattest das Turnier völlig vergessen und die Nacht davor damit verbracht, Bier zu trinken und eine Kommilitonin zu vernaschen. Ich mußte dich aus ihrem Bett zerren, unter die kalte Dusche stellen und dich bis neun Uhr zum Tennisplatz befördern, um uns vor einer Niederlage zu bewahren.«

Tate kicherte. »Kommt noch eine Pointe?«

»Die Pointe besteht darin«, sagte Eddy und rutschte weiter vor, so daß sein Hinterteil kaum noch die Bettkante berührte, »daß du es geschafft hast, unter den schlimmstmöglichen Umständen, und zwar weil du mußtest. Du warst unsere einzige Chance, und das wußtest du. Du hast das Turnier für uns gewonnen, obwohl du weniger als eine Stunde vor dem ersten Spiel deine geschwollenen Eier massiert und die Sechserpacks Bier nur so in dich reingekippt hattest.«

»Das hier ist aber was anderes als ein Tennisturnier.«

»Aber du«, sagte Eddy und deutete mit ausgestrecktem Zeigefinger auf ihn, »du bist derselbe geblieben. Solange ich dich kenne, hast du dich jeder Situation gewachsen gezeigt. Während der beiden Jahre, die wir zusammen an der Uni waren, bei der Fliegerausbildung, in Vietnam, als du mich aus diesem verdammten Dschungel getragen hast – wann ist es dir, verdammt noch mal, nicht gelungen, ein Held zu sein?«

»Ich will kein Held sein. Ich will nur für die Einwohner von Texas ein guter Mann im Kongreß sein.«

»Und das wirst du auch werden.«

Eddy schlug sich klatschend auf die Knie, als wäre er zu einem wichtigen Entschluß gekommen, stand auf und stellte seine Bierdose auf den Toilettentisch. Tate stand auch auf und warf einen kurzen Blick in den Spiegel.

»Um Himmels willen.« Er strich sich mit der Hand über die dichten Stoppeln an seinem Kinn. »Wer würde je für *so was* stimmen? Warum hast du mir nicht gesagt, daß ich so schlimm aussehe?«

»Ich hatte einfach nicht das Herz dazu. Du brauchst unbedingt etwas Ruhe.« Eddy klopfte ihm leicht auf die Schulter.

»Ich fahre morgen ganz früh ins Krankenhaus. Sie haben mir gesagt, daß Carole so gegen sechs Uhr aus der Aufwachstation auf ein privates Zimmer verlegt wird. Da möchte ich dabei sein.«

Eddy betrachtete einen Augenblick eingehend seine glänzenden Schuhspitzen und hob dann den Blick zu seinem Freund. »Die Art und Weise, wie du bei dieser ganzen Sache zu ihr stehst – also, äh, das finde ich verdammt bewundernswert.«

Tate nickte einmal kurz. »Danke.«

Eddy wollte noch etwas sagen, überlegte es sich dann aber anders und tätschelte freundschaftlich Tates Arm. Tate nahm von niemandem gern Ratschläge, die seine Ehe betrafen, an, schon gar nicht von einem Junggesellen.

»Vergiß nicht, uns auf dem laufenden zu halten.«

»Wie ist die Lage zu Hause?«

»Wie üblich.«

»Jack hat gesagt, du hättest Fancy in der Wahlkampfzentrale eingesetzt.«

Eddy lachte, und weil er wußte, daß Tate nicht wegen einer schlüpfrigen Bemerkung über seine Nichte beleidigt sein würde, sagte er noch: »Tagsüber habe ich sie dazu gekriegt, Fragebögen in Umschläge zu stecken. Aber nur der Himmel weiß, wer ihr nachts einen reinsteckt.«

Francine Angela Rutledge fuhr mit hundert Sachen durch das Viehgatter. Da sie Sicherheitsgurte nicht leiden konnte, wurde sie in ihrem Sitz gute zehn Zentimeter hochgeschleudert. Als sie wieder unten ankam, lachte sie. Sie liebte es, wenn der Wind durch ihre langen, blonden Haare fegte, sogar im Winter. Und schnelles Autofahren, ohne jede Rücksicht auf die Straßenverkehrsordnung, war nur eine von Fancys Leidenschaften.

Eine zweite war Eddy Paschal.

Sie war erst seit kurzer Zeit scharf auf ihn und hatte ihn bis jetzt noch nicht für sich gewinnen können. Aber sie war überzeugt, daß ihr das noch gelingen würde. Inzwischen beschäftigte sie sich mit einem der Pagen vom Holiday Inn in Kerrville. Sie war ihm vor ein paar Wochen bei einem Truck-Stop begegnet, der die ganze Nacht geöffnet hatte.

Buck und Fancy hatten sich über die orangefarbenen Plastiksitzbände hinweg heiße Blicke zugeworfen, während sie durch einen Strohhalm einen Cola-Vanille-Shake trank. Buck kaute an einem Cheeseburger mit Speck. Sie fand die Art, wie sein Kiefer unerbittlich das fettige Sandwich bearbeitete, ungeheuer faszinierend – genau wie beabsichtigt. Als sie an seiner Plastikbank vorbeiging, verlangsamte sie zuerst ihren Schritt, als wolle sie etwas sagen, ging dann aber weiter. Sie räumte eilig ihr Tablett weg, ohne wie sonst noch ein Schwätzchen mit der Kassiererin zu halten, und ging direkt zu ihrem Cabrio. Sie setzte sich hinter das Lenkrad und lächelte zufrieden. Jetzt war es nur noch eine Frage der Zeit. Sie beobachtete durch die großen Glasfenster des Cafés, wie sich der junge Mann hastig die letzten Bissen seines Cheeseburgers in den Mund stopfte, eine ausreichende Menge Geld auf den Tisch legte und in schnellem Schritt Richtung Tür aufbrach.

Sie führten ein kurzes Gespräch, dann schlug Buck ein Treffen am nächsten Abend – um die gleiche Zeit, am gleichen Ort – vor. Fancy hatte sogar eine noch bessere Idee – Frühstück im Motel.

Das paßte Buck ganz besonders gut, denn er hatte Zugang zu den nicht belegten Zimmern im Holiday Inn. Das gefiel Fancy, da es erstens verboten und zweitens riskant war. Ihre Lippen zeigten ihm jenes geübte Lächeln, von dem Fancy wußte, daß die

Männer es zwischen den Beinen spürten. Die Verabredung versprach ein echtes Vergnügen zu werden.

»Ich werde pünktlich da sein«, sagte sie verführerisch. »Ich bring' die Berliner fürs Frühstück mit, du die Pariser.« Sie lebte zwar nicht mit mehr Moral als eine streunende Katze, war aber doch zu clever und zu egoistisch, um sich nur wegen einer heißen Nummer eine Krankheit zu holen.

Buck war keine Enttäuschung. Was ihm an Finesse fehlte, glich er durch Stehvermögen aus. Er war so potent und um ihren Genuß bemüht, daß sie so getan hatte, als bemerke sie die Pickel auf seinem Hintern nicht. Insgesamt hatte er einen ganz guten Körper. Darum hatte sie seit jenem ersten Morgen sechsmal mit ihm geschlafen.

Heute hatten sie seinen freien Abend in dem schäbigen Apartment verbracht, auf das er so stolz war – mit schlechtem, mexikanischem Essen und billigem Wein. Dazu hatten sie teures Gras geraucht – Fancys Beitrag zur Abendunterhaltung – und auf dem Teppich gebumst, weil er ihr eine Spur sauberer vorkam als die Bettlaken.

Buck war süß. Und ernst. Und geil. Er sagte ihr oft, daß er sie liebte. Er war in Ordnung. Niemand war schließlich perfekt.

Außer Eddy.

Sie seufzte, so daß sich ihr Baumwollpulli über ihren Brüsten spannte, die nicht von einem BH eingeengt waren. Sehr zum Mißfallen ihrer Großmutter Zee hielt Fancy von derartigen Kleidungsstücken nicht mehr als von Sicherheitsgurten.

Eddy war schön. Er war immer vollendet gekleidet, und zwar wie ein Mann, nicht wie ein Junge. Die Kerle in der Gegend waren alle kleine Spießer aus einfachen Verhältnissen, die Cowboykleidung trugen. Mein Gott, das war bei den passenden Gelegenheiten schon in Ordnung. In dem Jahr, als sie Rodeo-Queen gewesen war, hatte sie auch tolle Westernklamotten getragen. Aber so etwas gehörte ihrer Meinung nach wirklich nur in die Rodeo-Arena.

Eddy trug dunkle Anzüge mit Weste und Seidenhemden und italienische Lederschuhe. Er roch immer, als wäre er gerade aus der Dusche gekommen. Wenn sie sich Eddy unter der Dusche vorstellte, wurde sie ganz feucht. Sie lebte nur noch für den Tag, an dem sie seinen nackten Körper berühren konnte, ihn küssen und ablecken durfte. Sie wußte, daß er gut schmecken würde.

Aber zuerst mußte sie ihn von dieser dummen Einbildung kurieren, der Altersunterschied zwischen ihnen sei zu groß, und ihm über das Problem hinweghelfen, daß sie die Nichte seines besten Freundes war. Er hatte eigentlich nicht direkt ausgesprochen, daß er sich deswegen zurückhielt, aber sie konnte sich einfach nicht vorstellen, warum er sonst der offensichtlichen Einladung auswich, die jedesmal in ihrem Blick geschrieben stand, wenn sie ihn ansah.

Die ganze Familie war platt gewesen vor Staunen, als sie angeboten hatte, in der Wahlkampfzentale mitzuarbeiten. Großmutter hatte jenes matte, damenhafte Lächeln gezeigt, das Fancy so verabscheute, und mit ihrer weichen, leisen Stimme gesagt: »Wie wunderbar, mein Liebes.« Mama war sogar so nüchtern gewesen, daß sie erklären konnte, wie froh sie sei, daß ihre Tochter etwas Nützliches tat.

Fancy hatte gehofft, Eddys Reaktion würde ebenso enthusiastisch ausfallen, aber er war nur amüsiert. Das einzige, was er gesagt hatte, war: »Wir brauchen wirklich jede Hilfe, die wir bekommen können. Kannst du Schreibmaschine schreiben?«

Wichser, hätte sie am liebsten geschrien. Aber sie ließ es, weil ihre Großeltern sonst einen Herzanfall bekommen hätten und weil Eddy vermutlich ohnehin wußte, daß sie nichts lieber als das gesagt hätte.

Das starke Mustang-Cabrio erzeugte eine wirbelnde Staubwolke, als sie schwungvoll vor den Eingang des Ranchhauses fuhr und den Motor abwürgte. Sie hatte gehofft, sie würde den Flügel des Hauses erreichen, den sie mit ihren Eltern teilte, ohne jemandem zu begegnen, aber sie hatte kein Glück. Kaum hatte sie die Tür zugemacht, rief schon ihr Großvater aus dem Wohnzimmer: »Wer ist da?«

»Ich bin's, Großvater.«

Er fing sie im Flur ab. »Hallo, Kleines.« Er beugte sich herunter, um sie auf die Wange zu küssen. Fancy wußte, daß er nur heimlich ihren Atem auf Alkohol kontrollieren wollte. Deshalb hatte sie vorsichtshalber auf dem Heimweg drei starke Pfefferminzbonbons gelutscht, um den Geruch des billigen Weins und des starken Haschischs zu verdecken.

Er richtete sich zufrieden auf. »Wo bist du gewesen?«

»Im Kino«, log sie vergnügt. »Wie geht es Tante Carole? Ist ihre Operation gut verlaufen?«

»Der Arzt ist zuversichtlich. Aber es wird noch etwa eine Woche dauern, bis man genaueres sagen kann.«

»Mein Gott, es ist wirklich schrecklich, was mit ihrem Gesicht passiert ist.« Fancys hübsches Gesicht nahm einen Ausdruck von angemessenem Mitgefühl an. Wenn sie wollte, konnte sie so mit ihren Wimpern klimpern, daß sie wie ein Engel aussah. »Ich hoffe, daß alles gutgeht.« Sie sah an seinem zärtlichen Lächeln, daß ihre Besorgnis ihn gerührt hatte. »Also, dann gute Nacht, Großvater, ich bin müde.« Sie stellte sich auf die Zehenspitzen, um ihn auf die Wange zu küssen, und überlegte schaudernd, daß er sie vermutlich auspeitschen würde, wenn er wüßte, womit ihre Lippen noch vor einer Stunde beschäftigt gewesen waren.

Sie ging bis zum Ende der Eingangshalle und bog nach links in einen Flur ab. Durch eine große Doppeltür am Ende betrat sie den Flügel des Hauses, den sie mit ihren Eltern bewohnte. Sie hatte die Hand schon auf die Türklinke ihres Zimmers gelegt, als Jack aus seinem Schlafzimmer schaute.

»Fancy?«

»Hallo, Daddy«, sagte sie mit einem süßen Lächeln.

»Hallo.«

Er fragte sie nicht, wo sie gewesen war, weil er es eigentlich gar nicht wissen wollte. Und darum sagte sie es ihm. »Ich war bei einem… Freund.« Die Sprechpause war strategisch plaziert und wurde tatsächlich von einem gequälten Ausdruck auf dem Gesicht ihres Vaters belohnt. »Wo ist Mama?«

Er schaute über seine Schulter ins Zimmer hinter sich. »Schläft.«

Selbst von ihrem Standpunkt aus konnte Fancy das laute Schnarchen ihrer Mutter hören. Sie ›schlief‹ nicht einfach nur, sie schlief ihren Rausch aus.

»Also, dann gute Nacht«, sagte Fancy.

Er sprach sie noch einmal an. »Wie geht's in der Wahlkampfzentrale?«

»Prima.«

»Macht dir die Arbeit Spaß?«

»Doch, schon. So hab' ich wenigstens was zu tun.«

»Du könntest doch wieder zurück ins College gehen.«

»Darauf scheiß' ich.«

Er zuckte zusammen. »Also dann gute Nacht, Fancy.«

»Nacht«, erwiderte sie kurz und schloß geräuschvoll die Schlafzimmertür hinter sich.

Kapitel 7

»Vielleicht bringe ich morgen Mandy mit.« Tate betrachtete sie genau. »Jetzt, da die Schwellung etwas zurückgegangen ist, wird sie dich wohl erkennen.«

Avery erwiderte seinen Blick. Obwohl er jedesmal ermutigend lächelte, wenn er sie ansah, ahnte sie, daß ihr Anblick immer noch schrecklich sein mußte. Und es gab keine Verbände, die das verborgen hätten. Irish würde sagen, daß es bei ihrem Aussehen sogar einem Geier schlecht würde.

Trotzdem hatte Tate in der Woche seit ihrer Operation nie versucht, ihr auszuweichen. Diesen Charakterzug schätzte sie sehr an ihm. Sobald ihre Hände wieder einen Stift halten konnten, würde sie ihm einen Zettel schreiben, um ihm das zu sagen.

Vor ein paar Tagen hatte man die Verbände von ihren Händen entfernt. Sie war entsetzt gewesen, als sie die rohe, haarlose Haut betrachtet hatte. Ihre Nägel waren ganz kurz geschnitten, so daß ihre Hände anders aussahen, häßlich. Jeden Tag machte sie mit einem Gummiball Bewegungsübungen.

Man hatte sie inzwischen glücklicherweise auch von dem verhaßten Beatmungsgerät befreit. Zu ihrem Schrecken konnte sie trotzdem nicht einen Ton hervorbringen.

Aber die Ärzte beruhigten sie und versicherten ihr, daß sich ihre Stimmbänder langsam erholen würden.

Sie hatte weder Haare noch Zähne und nahm nur flüssige Nahrung durch einen Strohhalm zu sich.

»Was meinst du dazu?« fragte Tate sie. »Fühlst du dich einem Besuch von Mandy gewachsen?«

Er lächelte, aber Avery sah, daß er es nicht von Herzen meinte. Er tat ihr leid. Er gab sich solche Mühe, fröhlich und optimistisch zu wirken. Ihre ersten Erinnerungen beim Erwachen aus der Narkose waren die an seine Stimme, die ihr ruhig und ermutigend zuredete. Er hatte ihr damals und seither jeden Tag erklärt, daß die Operation hervorragend verlaufen war.

Aber sie war nach wie vor eine Gefangene in diesem Krankenhausbett, und das Gesicht der Avery Daniels war durch das einer anderen Frau ersetzt worden. Dieser immer wiederkehrende Gedanke trieb ihr heiße Tränen in die Augen.

Tate verstand sie falsch. »Ich verspreche dir, daß Mandy nicht lange hierbleibt, aber ich glaube, daß ihr ein Besuch bei dir guttun würde. Weißt du, sie ist inzwischen zu Hause. Alle verhätscheln sie, sogar Fancy. Aber nachts tut sie sich immer noch sehr schwer. Vielleicht faßt sie sich etwas, wenn sie dich sieht und erkennt, daß wir sie nicht belügen, wenn wir ihr sagen, daß du zurückkommst. Vielleicht glaubt sie, daß du in Wirklichkeit tot bist. Sie hat das nicht gesagt, aber sie sagt überhaupt nicht sehr viel.«

Gedankenverloren beugte er den Kopf und betrachtete seine Hände. Avery starrte ihn an. Seine Haare bildeten einen Wirbel, der ein kleines bißchen neben der Mitte lag. Sie sah ihn gern an. Tate Rutledge war, mehr als ihr begabter Chirurg oder die fähigen Krankenschwestern, zum Zentrum ihrer kleinen Welt geworden.

Wie versprochen konnte sie auf dem linken Auge jetzt wieder sehen, seit der Knochen zu seiner Unterstützung wiederaufgebaut worden war. Drei Tage nach der Operation waren die Fäden an ihren Augenlidern gezogen worden. Man hatte ihr versprochen, daß die Einlagen aus ihrer Nase und die Schiene morgen entfernt würden.

Tate hatte dafür gesorgt, daß jeden Tag frische Blumen in ihr Zimmer gebracht wurden, als wolle er ein Zeichen für jeden

Schritt auf dem Weg zur Genesung setzen. Er lächelte immer, wenn er hereinkam. Und er vergaß nie, ihr ein kleines Kompliment zu machen.

Er tat Avery leid. Sie spürte genau, daß ihn die Besuche in ihrem Zimmer mitnahmen. Und doch glaubte sie, daß sie sterben würde, wenn er nicht mehr zu ihr käme.

Es gab keine Spiegel im Zimmer – nicht einmal eine spiegelnde Oberfläche, und sie war sicher, daß das Absicht war. Sie hätte schrecklich gern gewußt, wie sie aussah. War ihr abstoßendes Äußeres der Grund für die Abneigung, die zu verbergen Tate sich solche Mühe gab?

Wie bei allen Menschen mit einer körperlichen Behinderung waren auch bei ihr die Sinne schärfer geworden. Sie hatte ein sehr feines Gefühl dafür entwickelt, was Menschen dachten und empfanden. Tate war freundlich und rücksichtsvoll zu seiner ›Frau‹. Das verlangte die einfache Höflichkeit, und doch bestand eine spürbare Distanz zwischen ihnen, die Avery nicht verstand.

»Kann ich sie mitbringen?«

Er saß auf ihrer Bettkante, in gebührendem Abstand von ihrem gebrochenen Bein. Seine Augen waren graugrün, sein Blick direkt und entwaffnend. Sie fand, daß er ein außergewöhnlich attraktiver Mann war, während sie ihn so objektiv wie möglich zu betrachten versuchte.

Wie konnte sie ihm seine Bitte abschlagen? Er war so nett zu ihr gewesen. Selbst wenn das kleine Mädchen nicht ihre Tochter war, würde sie dies eine Mal so tun, als wäre sie Mandys Mutter.

Sie nickte zustimmend, was sie seit ihrer Operation wieder konnte.

»Gut.« Sein plötzliches, strahlendes Lächeln kam von Herzen. »Ich habe bei der Oberschwester nachgefragt, und sie hat gesagt, daß du jetzt wieder deine eigene Kleidung tragen kannst, wenn du möchtest. Also habe ich mir die Freiheit genommen, ein paar von deinen Nachthemden und Morgenröcken einzupacken. Vielleicht wäre es besser für Mandy, wenn du etwas tragen würdest, was sie kennt.«

Avery nickte noch einmal.

Eine Bewegung an der Tür zog ihre Aufmerksamkeit auf sich.

Sie erkannte den Mann und die Frau als Tates Eltern. Nelson und Zinnia oder Zee, wie sie alle nannten.

»Ja, was haben wir denn da?« Nelson durchquerte vor seiner Frau das Zimmer und stellte sich ans Fußende des Bettes. »Du siehst prima aus, wirklich prima, nicht wahr, Zee?«

Zees Blick traf den von Avery. Freundlich meinte sie: »Ja, und sogar deutlich besser als gestern.«

Avery konnte Komplimente nicht leiden, schließlich war ihr klar, daß sie nach wie vor deutlich wie ein Opfer eines Flugzeugabsturzes aussah.

Offensichtlich spürte Tate ihr Unbehagen, denn er wechselte das Thema. »Sie ist einverstanden, daß Mandy sie besucht.«

Zee sah mit einem Ruck zu ihrem Sohn. »Bist du sicher, daß das richtig ist, Tate? Sowohl in Caroles als auch in Mandys Sinne?«

»Nein, ich bin nicht sicher. Ich klammere mich an einen Strohhalm.«

»Was sagt Mandys Psychologin dazu?«

»Wen interessiert schon, was sie sagt?« fragte Nelson heftig. »Wie sollte die besser wissen, was für ein Kind gut, ist als der Vater?« Er klopfte Tate auf die Schulter. »Ich glaube, du hast recht. Es wird dem Kind bestimmt verdammt guttun, wenn es seine Mutter sieht.«

Avery teilte Zees Bedenken, konnte es aber nicht zum Ausdruck bringen. Hoffte nur, daß die Geste, die sie um Tates willen beschlossen hatte, den empfindlichen Gefühlen seiner Tochter nicht mehr schaden als guttun würde.

Zee wanderte durch das helle Zimmer und goß die Blumen, die sie nicht nur von Tate bekommen hatte, sondern auch von vielen anderen Leuten, die sie nicht einmal kannte. Da Caroles Familie nie erwähnt worden war, nahm sie an, daß es keine gab.

Nelson und Tate diskutierten über den Wahlkampf – ein Thema, das ihnen offenbar sehr am Herzen lag. Wenn sie Eddy erwähnten, stellte sich Avery immer den glattrasierten, makellos gekleideten Mann vor. Er hatte sie zweimal in Tates Begleitung besucht. Er schien ein netter Kerl zu sein, eine Art Stimmungsmacher für alle.

Tates Bruder hieß Jack. Er war älter und ein viel nervöserer Typ als Tate. Vielleicht sah es auch nur so aus, weil er während seines Aufenthalts bei ihr immer wieder Entschuldigungen gestammelt hatte, weil seine Frau und seine Tochter nicht mitgekommen waren.

Avery hatte verstanden, daß Dorothy Rae, Jacks Frau, ständig indisponiert war, obwohl niemand je von einer Krankheit gesprochen hatte. Fancy war offensichtlich der Zankapfel der ganzen Familie. Avery hatte aus verschiedenen Bemerkungen geschlossen, daß sie zwar alt genug war, um Auto zu fahren, aber nicht alt genug, um allein zu leben. Sie lebten alle zusammen eine Fahrstunde von San Antonio entfernt. Sie erinnerte sich undeutlich an Berichte über Tate, in denen eine Ranch erwähnt wurde. Die Familie hatte offensichtlich Geld und entsprechend viel Ansehen und Macht.

Avery betrachtete ihre Gesichter genau. Sie lächelten zögernd oder bemüht. Tates Familie behandelte seine Frau höflich, aber Avery spürte deutlich eine unterschwellige Abneigung.

»Das ist aber ein hübsches Nachthemd«, sagte Zee und holte Averys Aufmerksamkeit wieder in die Gegenwart zurück. Sie packte gerade die Sachen aus, die Tate mitgebracht hatte, und hängte sie in den schmalen Schrank. »Vielleicht solltest du das morgen für Mandys Besuch anziehen.«

Avery nickte leicht.

»Bist du bald fertig, Mama? Ich glaube, sie wird müde.«

»Ja, wir gehen jetzt besser. Wiedersehen, Carole«, sagte Zee.

Sie verschwanden. Tate setzte sich wieder auf die Bettkante. Er wirkte erschöpft, und Avery wünschte, sie hätte den Mut, die Hand auszustrecken und ihn zu berühren, aber sie schaffte es nicht. Er berührte sie nur, wenn er sie trösten wollte – ganz sicher nie aus Zuneigung.

»Wir kommen am Nachmittag, wenn Mandy ihren Mittagsschlaf hinter sich hat.« Er hielt fragend inne, sie nickte. »So ungefähr um drei Uhr. Ich glaube, es ist am besten, wenn ich allein mit ihr komme.«

Er sah zur Seite. »Ich habe keine Ahnung, wie sie reagiert, Carole, aber denk daran, was sie durchgemacht hat. Ich weiß, daß du auch viel durchgemacht hast – schrecklich viel –, aber du bist erwachsen. Du kannst eher damit fertig werden als sie.«

Er sah ihr wieder in die Augen. »Sie ist noch ein kleines Mädchen, vergiß das nicht.« Dann richtete er sich auf und lächelte kurz. »Aber ich glaube ganz fest, daß die Begegnung gut ausgehen wird.«

Er stand auf, um zu gehen. Wie üblich, wenn er sie verließ, empfand Avery einen plötzlichen Anflug von Panik. Er war ihre einzige Verbindung zur Welt. Er war ihre einzige Wirklichkeit. Wenn er fortging, verließ sie auch ihr Mut und sie fühlte sich allein und verlassen.

»Ich wünsche dir einen ruhigen Abend und eine gute Nacht. Also bis morgen.«

Zum Abschied streifte er ihre Fingerspitzen mit den seinen, aber er küßte sie nicht. Er küßte sie nie. Es war auch nicht allzuviel von ihr zum Küssen zugänglich, aber Avery dachte sich, daß ein Mann sicher eine Möglichkeit gefunden hätte, wenn er wirklich wollte.

Die Einsamkeit bedrängte sie von allen Seiten. Der einzige Weg, um damit fertig zu werden, war nachzudenken. Seine Carole lag zweifellos in einem Grab, in dem alle Avery Daniels vermuteten. Wie sollte sie ihm das sagen?

Und wie konnte sie ihm sagen, daß jemand aus seiner engsten Umgebung seinen Tod wollte?

Sie wußte, daß es kein Alptraum gewesen war. Es war wirklich jemand bei ihr gewesen. Sie hatte die Worte genau in Erinnerung behalten. Der finstere Ton und die Bedrohung hatten sich ganz deutlich in ihr Gedächtnis gebrannt. Ihr Besucher hatte gemeint, was er gesagt hatte, da gab es keinen Zweifel.

Er mußte jemand aus der Rutledge-Familie sein, denn nur der hätte die Intensivstation betreten dürfen. Aber wer war es? Keiner schien einen Groll gegen Tate zu hegen. Im Gegenteil, alle bewunderten ihn offensichtlich.

Sie stellte sich jeden einzelnen vor. Sein Vater? Undenkbar. Es war nicht zu übersehen, daß beide Eltern ihn abgöttisch liebten. Jack? Er schien nichts gegen seinen jüngeren Bruder zu haben. Eddy war zwar kein Blutsverwandter, wurde aber wie ein Familienmitglied behandelt, und die gute Kameradschaft zwischen Tate und seinem besten Freund war deutlich erkennbar. Sie mußte Dorothy Rae und Fancy noch sprechen hören, aber sie war sich ziemlich sicher, daß eine Männerstimme die Worte ausgesprochen hatte.

Keine der Stimmen, die sie in letzter Zeit gehört hatte, klang wie die ihres geheimnisvollen Besuchers. Aber wie hätte sich ein Fremder in ihr Zimmer schleichen können? Carole hatte diesen Mann gekannt, er hatte zu ihr als Mitwisserin und Komplizin gesprochen.

Ob Tate ahnte, daß seine Frau mit einem anderen zusammen plante, ihn umbringen zu lassen? War das der Grund für seine Zurückhaltung? Avery fühlte, daß er tat, was man von ihm erwartete, und nicht mehr.

Mein Gott, sie wünschte, sie könnte sich mit Irish zusammensetzen und ihm die vielen einzelnen Elemente dieses Durcheinanders erklären, wie sie es oft tat, bevor sie eine komplizierte Story in Angriff nahm. Irish besaß ein fast übernatürlich feines Empfinden für die menschliche Natur, und sie schätzte seine Meinung mehr als jede andere.

Abends, nach einem langen Tag des Grübelns, fragte sich Avery schließlich, wie es wohl wäre, wenn sie die Rolle der Carole Rutledge weiterspielte. Dann würde Tate erst später zum Witwer werden. Und Mandy hätte eine Mutter, die ihr über die Schwierigkeiten hinweghelfen und bei ihrer seelischen Genesung unterstützen könnte. Und Avery Daniels würde womöglich ein geplantes Attentat aufdecken und dann als Heldin gefeiert werden.

Sie lachte innerlich. Irish würde sie garantiert für verrückt halten. Er würde schimpfen und fluchen und ihr wahrscheinlich androhen, sie für diese unglaubliche Idee übers Knie zu legen.

Trotzdem war sie verlockend. Was wäre das für eine Story – Politik, Menschliches und Intrigen.

Mit dieser Vorstellung schlief sie ein.

Kapitel 8

Sie war noch nervöser als vor ihrer ersten Fernsehsendung vor acht Jahren. Mit schweißnassen Händen und trockener Kehle hatte sie bis zu den Knöcheln im Mist gestanden, sich krampfhaft am Mikrophon festgehalten und versucht, den Bericht über eine Krankheit, die zu jener Zeit die Schweinezüchter heimsuchte, hinter sich zu bringen. Danach hatte sie der Nachrichtendirektor grinsend darauf aufmerksam gemacht, daß die Schweine die Krankheit hatten, nicht die Bauern. Aber er hatte sie trotzdem als Reporterin angestellt.

Jetzt sah sie wieder einer Prüfung entgegen. Ob Mandy wohl spürte, was bisher niemand bemerkt hatte – daß die Frau mit dem entstellten Gesicht nicht Carole Rutledge war?

Im Laufe des Tages, während die redseligen Schwestern sie badeten und anzogen und die Krankengymnastin mit ihr übte, beschäftigte sie unaufhörlich eine einzige Frage: Wollte sie, daß die Wahrheit ans Licht kam? Sie war zu keiner endgültigen Antwort gelangt.

Bis sie Stift und Papier gebrauchen konnte, um zu schreiben, mußte sie Carole bleiben. Und währenddessen konnte sie versuchen, mehr Informationen für diese schräge Story zusammenzutragen, um sich damit später bei Tate Rutledge für seine Hilfe zu revanchieren. Wenn er meinte, daß es Mandy guttat, ihre ›Mutter‹ zu sehen, dann würde sich Avery dem vorübergehend fügen. Sie glaubte, daß es für das Kind besser wäre, wenn es sofort vom Tod seiner Mutter erfahren würde, aber es war ihr nicht möglich, sich mitzuteilen. Sie hoffte, daß ihr Aussehen die Kleine so sehr erschrecken würde, daß sie nicht lange bleiben wollte.

Die Krankenschwester rückte das Tuch zurecht, das ihr kaum zwei Zentimeter langes Haar bedeckte. »So. Wirklich nicht schlecht«, kommentierte sie ihr Werk. »Noch ein paar Wochen, und Ihr attraktiver Ehemann wird seinen Blick kaum noch von Ihnen losreißen können. Sie wissen doch sicher, daß sich alle alleinstehenden Schwestern, und auch ein paar verheiratete, unsterblich in ihn verliebt haben«, fügte sie gleichmütig hinzu.

Sie ging zur anderen Seite des Bettes, zog die Laken zurecht und ordnete die Blumen.

»Das macht Ihnen doch nichts aus, oder?« fragte sie. »Ich nehme an, Sie haben sich längst daran gewöhnt, daß andere Frauen Ihren Mann anbeten. Wie lange sind Sie verheiratet? Ich glaube Ihr Mann hat etwas von vier Jahren gesagt, als eine der Schwestern ihn fragte.« Sie tätschelte Averys Schulter. »Dr. Sawyer vollbringt wirklich Wunder bei seiner Arbeit, Sie werden schon sehen. Sie und Ihr Mann werden das schönste Paar von Washington sein.«

»Sie setzen eine ganze Menge voraus, finden Sie nicht?«

Beim Klang seiner Stimme begann Averys Herz heftiger zu schlagen. Sie schaute zu Tür. Während er weiter ins Zimmer kam, sagte er zu der Krankenschwester: »Ich glaube auch, daß Dr. Sawyer Wunder vollbringen kann, aber sind Sie sicher, daß wir je nach Washington kommen?«

»Meine Stimme haben Sie.«

Sein Lachen klang tief und voll und so behaglich wie eine alte, oft benutzte Decke. »Prima, ich brauche jede Stimme, die ich bekommen kann.«

»Wo ist Ihre kleine Tochter?«

»Ich habe sie im Schwesternzimmer gelassen und hole sie gleich.«

Die Schwester verstand diesen sanften Hinweis, lächelte Avery an und wünschte mit einem Augenzwinkern: »Viel Glück.«

Sobald sie allein waren, kam Tate zu ihr. »Hallo, du siehst gut aus.« Er atmete tief aus. »Jetzt ist sie hier. Ich bin nicht sicher, wie es läuft. Sei nicht enttäuscht, wenn sie –«

Er verstummte, während sein Blick kurz ihre Brüste streifte. Sie füllten das Oberteil von Caroles züchtigem Nachthemd nicht so ganz. Avery sah die Verwirrung auf seinem Gesicht, und ihr Herz schlug heftiger.

»Carole?« fragte er mit belegter Stimme.

Er wußte es!

»Mein Gott.«

Wie konnte sie es ihm erklären?

»Du hast so viel Gewicht verloren«, flüsterte er. Zärtlich drückte er seine Hand seitlich an ihre Brust. Er betrachtete ihren Körper. Avery spürte, wie das Blut zu der Stelle strömte, wo seine Hand sie berührte. Ein kleines, hilfloses Geräusch drang aus ihrer Kehle.

»Ich wollte nicht sagen, daß du schlecht aussiehst – nur ... anders. Es ist ja ganz normal, daß du ein paar Kilo abgenommen hast.« Ihre Blicke begegneten sich für ein paar Sekunden, dann zog er die Hand zurück. »Ich hole Mandy.«

Avery atmete tief durch, um ihr verwirrtes Gemüt zu beruhigen. Bis zu diesem Moment war ihr noch nicht klar gewesen, wie erschütternd es für sie beide sein würde, wenn die Wahrheit ans Licht kam. Und sie war sich auch nicht bewußt gewesen, wie weit sich ihre Gefühle für ihn entwickelt hatten. Durch seine Berührung war ihr Inneres plötzlich genauso schwach geworden wie ihre Arme und Beine.

Aber sie konnte es sich nicht leisten, ihren Gefühlen jetzt freien Lauf zu lassen. Also bemühte sie sich, ihre Fassung wiederzugewinnen. Sie schloß die Augen, weil sie sich vor dem Grauen fürchtete, das sich im Gesicht des Kindes abzeichnen würde, wenn es zum ersten Mal seine entstellte ›Mutter‹ sah. Sie hörte, wie sie hereinkamen und sich dem Bett näherten.

»Carole?«

Langsam öffnete Avery die Augen. Tate hielt Mandy auf dem Arm. Sie trug eine weiße Schürze über einem blauweiß gemusterten Kleid. Ihre Beine und Füße steckten in weißen Strumpfhosen und blauen Lederschuhen. Ihr linker Arm war eingegipst.

Ihr Haar war dicht und glänzend, aber nicht so lang, wie Avery es in Erinnerung hatte. Als könne Tate ihre Gedanken lesen, erklärte er: »Wir haben ihr die Haare etwas kürzer geschnitten, weil sie angesengt waren.« Jetzt reichten sie ihr bis zum Kinn. Ihre riesigen braunen Augen erinnerten an ein gefangenes Reh.

Sie war ein schönes Kind, und doch wirkte sie unnatürlich teilnahmslos. Statt Angst oder Widerwillen oder Neugier zum Ausdruck zu bringen, was zu erwartende Reaktionen gewesen wären, blieb ihr Gesicht leer.

»Gib Mami das Geschenk, das du ihr mitgebracht hast«, forderte Tate sie auf.

In der rechten Faust hielt sie ein Sträußchen mit Gänseblümchen. Schüchtern streckte sie sie Avery entgegen. Als Averys Finger sie nicht greifen konnten, nahm Tate sie Mandy ab und legte sie sanft auf Averys Brust.

»Ich setz' dich hier aufs Bett und suche eine Vase, in die wir sie stellen können.« Tate setzte Mandy vorsichtig auf die Bettkante, aber als er weggehen wollte, wimmerte sie ängstlich und klammerte sich an die Aufschläge seiner Jacke.

»Also gut«, sagte er, »dann eben nicht.« Er warf Avery ein mattes Lächeln zu und setzte sich zögernd hinter Mandy.

»Das hier hat sie heute für dich gemalt«, sagte er zu Avery über Mandys Kopf hinweg und zog ein Stück Papier aus seiner Jakkentasche. Er faltete es auseinander und sagte: »Erkläre ihr, was das ist, Mandy.«

Die bunten Kritzeleien hatten keine konkrete Form. Mandy flüsterte: »Pferde.«

»Großvaters Pferde«, sagte Tate. »Er hat Mandy gestern mit zum Reiten genommen. Ich habe ihr heute morgen vorgeschlagen, etwas für dich zu malen, solange ich arbeite.«

Avery hob die Hand und gab ihm ein Zeichen, daß er das Bild vor sich halten solle. Sie betrachtete es ausgiebig, dann legte er es auch auf ihre Brust, neben das Sträußchen.

»Ich glaube, dein Bild gefällt Mami«, sagte Tate und sah Avery mit einem eigenartigen Ausdruck in den Augen an.

Dem Kind war es ziemlich egal, ob ihr Kunstwerk schön gefunden wurde oder nicht. Sie zeigte auf die Schiene über Averys Nase. »Was ist das da?«

»Das gehört zu den Verbänden, von denen dir Großmutter und ich erzählt haben, weiß du noch?« Zu Avery gewandt, meinte er: »Ich dachte, die Schiene würde heute entfernt.«

Avery drehte ihre Handfläche nach oben.

»Morgen?« fragte er.

Sie nickte.

»Wofür ist das?« fragte Mandy, immer noch fasziniert von der Schiene.

»Das ist so ähnlich wie der Gips an deinem Arm. Es beschützt Mamis Gesicht, so daß es heilen kann, so wie der Gips deinen Arm beschützt, damit der Knochen wieder zusammenwachsen kann.«

Avery nickte, schloß die Augen und ließ sie einen Moment geschlossen, in der Hoffnung, dadurch ein nachdrückliches Ja zum Ausdruck bringen zu können. Sie freute sich, das Kind zu sehen, das beinahe im Feuer gestorben wäre. Der Absturz hatte Narben auf seiner Seele hinterlassen, aber es hatte überlebt und würde auch die Angst und Schüchternheit überwinden. Avery spürte plötzlich eine Welle von Schuldgefühl und Kummer darüber, daß sie nicht die Frau war, für die sie sie hielten.

In einer dieser unerwarteten Bewegungen, wie sie nur ein Kind macht, streckte Mandy ihre Hand aus, um Averys geschundene Wange zu berühren. Tate griff nach ihrer Hand und führte sie ganz vorsichtig zu Averys Wange.

»Sei ganz vorsichtig, damit du Mami nicht weh tust.«

Tränen sammelten sich in den Augen des Kindes. »Mami hat sich weh getan.« Ihre Unterlippe begann zu zittern, und sie neigte sich zu Avery.

Avery konnte den Kummer des Kindes nicht ertragen. Als Reaktion auf einen plötzlichen mütterlichen Instinkt streckte sie die narbige Hand aus und strich Mandy über den Kopf. Sie übte gerade so viel Druck aus, wie es ihre Kraft und der Schmerz zuließen, und zog Mandys Kopf auf ihre Brust. Mandy folgte dem Druck gern, und der kleine Körper schmiegte sich an Averys Seite. Avery strich ihr weiter über den Kopf und gab beruhigende Laute von sich.

Der Trost in dieser Geste teilte sich dem Kind mit. Bald hörte es auf zu weinen, setzte sich wieder auf und verkündete kleinlaut: »Ich hab' gar nicht mit der Milch gekleckert, Mami.«

Averys Herz schmolz. Sie hätte das Kind am liebsten in die Arme genommen und fest an sich gedrückt. Sie hätte ihr gern gesagt, daß verschüttete Milch gar nichts Schlimmes war. Statt dessen sah sie zu, wie Tate aufstand und Mandy wieder auf den Arm nahm.

»Wir wollen Mami heute nicht zu sehr anstrengen«, sagte er.

»Wirf ihr noch ein Handküßchen zu, Mandy.« Mandy schüttelte den Kopf, schlang scheu die Arme um Tates Hals und drückte ihr Gesicht an seine Schulter. »Also ein anderes Mal«, erklärte er Avery mit einer entschuldigenden Geste. »Ich komme gleich wieder.«

Er blieb ein paar Minuten weg und kam allein zurück. »Sie ist im Schwesternzimmer und vertilgt eine große Portion Eis.«

Er setzte sich auf die Bettkante, sah aber nicht Avery an, sondern seine Hände. »Da es so gut verlaufen ist mit Mandy, bringe ich sie vielleicht Ende der Woche noch mal mit. Wenigstens hatte ich das Gefühl, daß es gut verlaufen ist. Du auch?« Er sah sie kurz über seine Schulter an, um ihre Antwort abzuwarten. Sie nickte.

Er wandte seine Aufmerksamkeit wieder seinen Händen zu. »Ich weiß nicht recht, wie Mandy sich gefühlt hat. Man kann überhaupt schwer sagen, was in ihr vorgeht. Wir scheinen einfach nicht zu ihr durchzudringen, Carole.« Die Verzweiflung in seiner Stimme brach Avery das Herz. Er stützte die Ellbogen auf die Knie und vergrub den Kopf in den Händen. »Nichts funktioniert. Ich weiß nicht, was ich noch tun soll.«

Avery hob den Arm und strich über das Haar an seiner Schläfe.

Er zuckte zusammen, und sein Kopf fuhr herum. Avery zog ihre Hand so schnell zurück, daß ein scharfer Schmerz durch ihren Arm schoß. Sie stöhnte.

»Entschuldige«, sagte er und stand sofort auf. »Bist du in Ordnung? Soll ich jemanden rufen?«

Sie verneinte mit einer Kopfbewegung und rückte unsicher ihr Kopftuch zurecht. Mehr als je zuvor fühlte sie sich wehrlos und nackt. Sie wünschte, sie könnte ihre Häßlichkeit vor ihm verbergen.

Als er sich überzeugt hatte, daß sie keine Schmerzen mehr hatte, sagte er: »Mach dir keine Sorgen über Mandy. Mit der Zeit wird sie sich sicher erholen. Ich hätte nicht darüber reden sollen. Ich bin einfach müde. Der Wahlkampf wird anstrengender und... na ja, egal. Das sind meine Sorgen, nicht deine. Ich muß jetzt gehen. Ich weiß, daß dich unser Besuch ziemlich mitgenommen hat. Auf Wiedersehen, Carole.«

Diesmal berührte er zum Abschied nicht einmal flüchtig ihre Fingerspitzen.

Kapitel 9

»Langweilen wir dich, Tate?«

Schuldbewußt sah er zu seinem Wahlkampfleiter auf. »Entschuldige.« Die Besprechung war wirklich nötig.

»Was hast du noch mitbekommen?«

»El Paso und Sweetwater«, antwortete Tate. »Eddy, bist du sicher, daß diese Fahrt durch Westtexas wirklich nötig ist?«

»Absolut nötig«, mischte sich Jack ein. »Texas ist nicht billig zu haben, also mußt du den Leuten da draußen unbedingt noch ein bißchen gut zureden.«

»Ich sage nichts, was nicht wahr ist. Ihr wißt, was ich von falschen Hoffnungen und leeren Versprechungen halte.«

»Wir verstehen deine Haltung, Tate«, sagte Nelson, »aber Senator Dekker ist zum Teil für die Schwierigkeiten mitverantwortlich, in denen die Ölwirtschaft steckt. Er hat für diese Handelsvereinbarung mit den Arabern gestimmt. Und daran sollten wir die Arbeitslosen da draußen erinnern.«

Tate gab dem Stift auf dem Tisch einen Stoß und stand auf. Er steckte die Hände in die hinteren Taschen seiner Jeans und ging zum Fenster.

Es war ein herrlicher Tag. Der Frühling streckte gerade erst seine Fühler aus, aber die ersten Bäume und die Osterglocken blühten schon, und das Gras auf den Weiden wurde langsam grün.

»Dad, du hast ja recht«, meinte Tate, während er ihnen weiterhin den Rücken zudrehte. »Ich weiß, daß ich eigentlich dort draußen sein sollte, aber ich muß auch hier sein bei Carole und Mandy.«

»Mandys Psychologin hat doch gesagt, daß sie Zeit braucht und daß es ihr bestimmt besser geht, sobald Carole wieder zu Hause ist«, sagte Jack.

»Ja, das hat sie gesagt.«

»Also ist es doch für Mandy gar nicht so wichtig, ob du hier bist oder nicht. Und für Carole kannst du im Moment auch nicht viel tun.«

»Ich kann bei ihr sein«, erwiderte Tate ungeduldig.

»Und was willst du machen? Nur dastehen und diese beiden großen, grün und blau geschwollenen Augen ansehen?« fragte Jack. »Mein Gott, ich bekomme bei ihrem Anblick eine Gänsehaut.« Tates Gesicht wurde hart vor Ärger über die gefühllose Bemerkung seines Bruders.

»Sei still, Jack«, fuhr ihn Nelson an.

»Mag sein, daß ich sonst nichts tun kann«, meinte Tate schroff. »Trotzdem bin ich für sie verantwortlich.«

Mit einem langen Seufzer ließ sich Eddy in einen Sessel sinken. »Ich dachte, wir hätten uns gemeinsam darauf geeinigt, daß Carole in dieser Privatklinik besser versorgt ist als zu Hause.«

»Ja, aber sie muß sich immer noch von dem Trauma und den Verletzungen erholen«, entgegnete Tate gereizt.

»Das bestreiten wir ja gar nicht«, sagte Nelson. »Aber du mußt jede Möglichkeit nutzen, Tate. Du hast auch die Verantwortung für deinen Wahlkampf und darfst deine Pflichten genausowenig vernachlässigen wie deine Frau.«

»Das mag sein, aber es geht ihr nicht gut, wenn ich weg bin. Dr. Sawyer hat mir gesagt, daß sie jedesmal depressiv wird.«

»Woher, zum Teufel, will er denn wissen, ob sie depressiv ist oder sich kaputtlacht? Schließlich kann sie nicht ein verdammtes Wort –«

»Jack!« Nelson sprach in dem Ton, den er während seiner Militärzeit als Offizier öfter gebraucht hatte, um aufsässige Piloten zur Räson zu bringen.

Er hatte seine Kinder, als sie klein waren, nur sehr selten geschlagen und sich nur dann zu körperlichen Strafen entschlossen, wenn es absolut notwendig war. Gewöhnlich reichte ein einziger drohender Blick und dieser rauhe Tonfall, um sie zur Ordnung zu rufen. »Nimm doch bitte etwas Rücksicht auf die heikle Lage deines Bruders.«

Der Respekt vor seinem Vater brachte Jack zum Schweigen, aber er gab nur widerwillig nach.

»Carole wäre sicher die erste, die dir klarmachen würde, daß du diese Tour machen mußt«, erklärte Nelson etwas ruhiger.

»Ja, klar. Vor dem Unfall hatte sie schon angefangen, die Koffer zu packen.« Tate rieb sich den Nacken in dem Versuch, ein wenig von der Spannung und der Müdigkeit loszuwerden. »Und wenn ich ihr jetzt sage, daß ich wegfahre, erkenne ich Panik in ihren Augen.«

Er betrachtete schweigend die Reaktion der anderen. Ihren Gesichtern war deutlich anzusehen, daß sie noch etwas einzuwenden hatten, aber aus Rücksicht hielten sie sich zurück.

Er atmete tief aus. »Scheiße. Ich gehe eine Weile nach draußen.«

Er verließ mit schnellen Schritten das Zimmer und das Haus. Nach kaum fünf Minuten saß er auf dem Pferd und galoppierte über eine der Weiden der Ranch, an einer Herde von trägen Zuchtrindern für besonders gutes Fleisch vorbei. Er hatte kein bestimmtes Ziel im Sinn, er brauchte einfach nur Ruhe und wollte an der frischen Luft sein.

Zur Zeit war er nur selten allein, aber trotzdem hatte er sich in seinem ganzen Leben nie so einsam gefühlt. Sein Vater, Eddy und Jack waren gut als politische Berater, aber persönliche Entscheidungen waren eben genau das – persönlich. Nur er konnte sie treffen.

Er dachte ständig daran, wie Carole ihn berührt hatte. Er fragte sich, was das wohl bedeuten mochte.

In den zwei Wochen seit jenem Ereignis dachte er immer wieder darüber nach, und es ging ihm nicht aus dem Sinn. Auf Grund seiner verblüfften Reaktion hatte die Berührung nur eine Sekunde gedauert, gerade lange genug, daß ihre Fingerspitzen einmal weich über das Haar an seiner Schläfe streichen konnten. Aber er betrachtete die Berührung als die wichtigste, die es je zwischen ihnen beiden gegeben hatte – wichtiger als ihr erster Kuß ... und als ihre erste gemeinsame Nacht.

Er zügelte das Pferd und stieg an einem Quellbach ab, der von den Sandsteinhügeln herunterrieselte. Steineichengebüsch, Zedern und Mesquitesträucher waren über den felsigen Untergrund verstreut. Ein kräftiger Nordwind blies, so daß ihm die

Augen tränten. Er war ohne Jacke losgeritten, aber die Sonne wärmte ihn.

Diese Berührung hatte ihn deswegen so verblüfft, weil sie so etwas eigentlich nie tat. Natürlich wußte sie, wie man mit einem Mann umging. Selbst jetzt, nach all dem, was zwischen ihnen geschehen war, spürte er oft, wenn er an ihre früheren Zeiten miteinander dachte, wie seine Erregung wuchs. Carole wußte genau, wie sie ihn berühren mußte, um ihm mitzuteilen, daß sie Lust auf ihn hatte.

Aber diese Berührung war etwas ganz anderes gewesen. Er hatte den Unterschied deutlich gespürt. Sie war ein Ausdruck von Mitgefühl und Besorgnis und Zuneigung gewesen. Und nicht mit einer Absicht verbunden – der Ausdruck eines offenen Herzens, nicht eines berechnenden Verstandes.

Ganz untypisch für Carole.

Er sah sich um, als er Hufschlag hörte. Nelson hielt an und stieg fast genauso beweglich vom Pferd wie Tate noch vor wenigen Minuten. »Ich dachte, ich könnte auch ein bißchen ausreiten. Schöner Tag dazu.« Er legte den Kopf in den Nacken und betrachtete den blauen Himmel.

»Quatsch. Du bist gekommen, um mir zu helfen und mir gut zuzureden.«

Nelson lachte leise und deutete mit einer Kopfbewegung an, daß sie sich auf einer der weißen Felsen setzen sollten. »Tate, wir haben doch von Anfang an gewußt, daß dieser Wahlkampf höllisch werden würde. Was hast du denn erwartet?«

»Das hat nichts mit dem Wahlkampf zu tun, dem fühle ich mich gewachsen«, sagte er und streckte entschlossen das Kinn vor.

»Dann ist es also die Sache mit Carole. Dir war auch klar, daß das kein Zuckerschlecken ist.«

Tate sah ihn an und fragte direkt: »Hast du die Veränderungen an ihr bemerkt?«

»Der Arzt hat doch gesagt, daß sich ihr Aussehen leicht ändern würde, aber es ist doch kaum sichtbar.«

»Ich meine nicht die körperlichen Veränderungen. Ich meine die Art, wie sie auf Dinge reagiert.«

»Ist mir nicht aufgefallen. Wobei zum Beispiel?«

Tate erzählte von verschiedenen Gelegenheiten, bei denen Caroles Augen Unsicherheit oder Angst verrieten.

Nelson hörte sich alles aufmerksam an und dachte lange nach, bis er sagte: »Glaubst du nicht, daß diese Angst normal ist? Ihr Gesicht war völlig zertrümmert. Das würde jede Frau verunsichern.«

»Du hast vermutlich recht«, murmelte Tate, »aber eigentlich hätte ich erwartet, daß sie eher zornig wird als ängstlich. Ich kann es irgendwie nicht erklären. Es ist nur so ein Gefühl.« Nachdenklich erzählte er von Mandys erstem Besuch bei Carole. »Seitdem ist sie schon dreimal dortgewesen, und jedesmal weint Carole und drückt Mandy an sich.«

»Sie denkt wahrscheinlich daran, wie knapp die Kleine dem Tod entronnen ist.«

»Das ist noch nicht alles, Dad. Einmal kamen wir aus dem Aufzug, und Carole saß schon in einem Rollstuhl im Flur und wartete auf uns. Das war noch bevor sie ihr die neuen Zähne implantiert haben.« Verwirrt schüttelte er den Kopf. »Sie sah entsetzlich aus, aber sie saß ganz aufrecht da. Hättest du dir je vorstellen können, daß Carole so etwas tut?«

»Sie hat sich eben darauf gefreut, euch zu sehen und euch zu zeigen, daß sie das Bett verlassen kann.«

Tate dachte einen Augenblick darüber nach, war aber nicht überzeugt. Er hätte schwören können, daß sie, obwohl sie nicht lächeln konnte, förmlich gestrahlt hatte, als Mandy und er aus dem Aufzug gekommen waren. Und so etwas kannte er bei Carole nicht. »Also glaubst du, daß alles nur Schauspielerei ist?«

»Nein«, antwortete Nelson zögernd. »Ich denke nur, daß es eher –«

»Vorübergehend ist?«

»Ja«, bestätigte er ohne Umschweife. »Ich will immer den Tatsachen ins Auge sehen, Tate, das weißt du. Und ich möchte mich nicht in dein Privatleben mischen. Zee und ich haben den Wunsch, daß ihr alle, du und Jack und eure Familien, bei uns auf der Ranch bleibt. Und deshalb haben wir uns fest vorgenommen, uns nie in eure Angelegenheiten zu mischen.« Er machte eine kurze Pause und fuhr dann fort: »Vielleicht hätte ich schon früher etwas sagen sollen, aber ich habe gehofft, du selbst würdest die Initiative ergreifen und eure Ehe wieder in Ordnung bringen. Ich weiß, daß ihr euch in den letzten Jahren auseinandergelebt habt.« Er hob beide Hände. »Du brauchst mir nicht zu sagen, warum. Das will ich gar nicht wissen. Aber ich habe es gespürt, verstehst du? Verflucht, in jeder Ehe gibt es dann und wann mal schwierige Zeiten. Zee und ich hoffen, daß es euch gelingt, eure Differenzen beizulegen, daß ihr noch ein Kind habt, zusammen nach Washington geht und miteinander alt werdet. Vielleicht hilft euch diese Tragödie, euch wieder näherzukommen. Aber du kannst nicht erwarten, daß Carole sich völlig ändert durch das, was ihr passiert ist. Es wird sicher mehr Geduld erfordern, mit ihr zurechtzukommen, als bisher.«

Tate bedachte, was sein Vater gesagt hatte, unterstrich im Geiste das Wesentliche und las zwischen den Zeilen. »Willst du damit vielleicht sagen, daß ich nach etwas suche, was es nicht gibt?«

»Ich spreche von Möglichkeiten«, berichtigte ihn der ältere Mann nachdrücklich. »Normalerweise weiß ein Mensch, der dem Tode nahe gewesen ist, das Leben wesentlich mehr zu schätzen. Zum Beispiel Piloten, die mit ihren Maschinen runtergekommen sind und es überlebt haben.

Weißt du, sie achten plötzlich viel mehr auf all das, was ihnen beinahe genommen worden wäre, und sie haben Schuldgefühle, weil sie ihre Familien nicht genügend gewürdigt haben, und nehmen sich vor, sich zu bessern.« Er legte seine Hand auf Tates Knie. »Ich glaube, das ist es, was du bei Carole siehst.«

»Ich schätze, du hast recht«, erwiderte Tate angespannt. »Ich *weiß*, daß du recht hast. Ich habe genau das getan, was du eben gesagt hast, ich habe nach Veränderungen gesucht, die gar nicht da sind.«

Nelson stützte sich beim Aufstehen auf Tates Schulter. »Sei nicht so hart zu ihr oder zu dir selbst. Alles, was es zu besitzen lohnt, lohnt auch das Warten, egal wie lange es dauert.«

Sie ritten zum Haus zurück. Als sie vor dem Stall ankamen, sagte Tate: »Wegen dieser Fahrt nach Westtexas...«

»Ja?« Nelson stieg ab.

»Ich habe mich für eine Kompromißlösung entschlossen. Eine Woche. Länger kann ich nicht wegbleiben.«

»Ist in Ordnung«, meinte Nelson. »Versorge die Pferde ordentlich.«

Tate rieb sein Pferd ab. Aber nach wenigen Minuten hielt er inne und starrte ins Leere.

Sein Vater hatte wahrscheinlich recht. Es war reines Wunschdenken, anzunehmen, Carole könne sich verändert haben, während ihr früheres Handeln bewiesen hatte, daß sie treulos und unzuverlässig war. Er durfte nicht einmal daran denken, daß er ihr über den Weg trauen konnte.

Kapitel 10

»Danach wollen wir ihn noch in den Norden zu Texas Tech schicken, damit er dort redet«, erklärte Jack seiner Schwägerin.

Von ihrem Bett aus betrachtete Avery die beiden Brüder. Jack sah sehr viel älter aus als Tate, dabei trennten sie nur drei Jahre. Sein Haar, das viel dunkler war als Tates, lichtete sich schon. Er war nicht direkt untersetzt, aber doch lange nicht so gut gebaut wie sein Bruder.

Tate sah insgesamt wesentlich besser aus. An Jacks Erscheinung war nichts ausdrücklich Unangenehmes, aber eben auch nichts Besonderes. Er war unauffällig. Das hätte Tate selbst beim besten Willen nie sein können.

»Entschuldige, daß wir ihn dir für so lange Zeit entführen, Carole.« Ihr fiel auf, daß Jack sie nie direkt ansah, wenn er mit ihr redete. Er starrte auf ihre Brust, ihre Hand oder ihr Gipsbein.

Ihre Finger schlossen sich um den übergroßen Stift in ihrer Hand, und sie kritzelte ›okay‹ auf ihre Tafel. Jack legte den Kopf schräg, las, was sie geschrieben hatte, warf ihr ein schwaches Lächeln zu und nickte kurz. Es gab irgendwelche untergründigen Spannungen zwischen Jack und seiner Schwägerin. Avery fragte sich, worin sie wohl bestanden.

»Tate hat gesagt, du hättest heute sogar schon ein paar Worte sagen können«, meinte er. »Das ist wirklich eine tolle Neuigkeit.

Wir freuen uns alle darauf, wieder zu hören, was du zu sagen hast.«

Avery wußte, daß Tate sich nicht über das freuen würde, was sie zu sagen hatte. Er würde wissen wollen, warum sie nicht ihren Namen auf die Tafel geschrieben hatte und weshalb sie ihn in dem Glauben gelassen hatte, sie sei seine Frau.

Das hätte sie selbst auch gern gewußt.

Der Kummer darüber trieb ihr plötzlich die Tränen in die Augen. Jack stand sofort auf und zog sich zur Tür zurück. »Nun, es wird spät, und ich habe noch einen langen Heimweg vor mir. Viel Glück, Carole. Kommst du auch, Tate?«

»Nein, noch nicht, aber ich begleite dich noch hinaus.« Er versprach ihr, in wenigen Minuten zurück zu sein, und verließ mit seinem Bruder das Zimmer.

Als sie an der getönten Glastür der exklusiven Klinik angekommen waren, zögerte Jack.

»Ach, äh, Tate, ist dir nicht auch etwas Seltsames aufgefallen, wenn sie schreibt?«

»Seltsam?«

Jack trat hinaus, hielt aber die Tür noch mit einer Hand fest, damit sie nicht hinter ihm zufiel.

»Carole ist doch Rechtshänderin, oder?«

»Ja.«

»Warum schreibt sie dann mit der linken Hand?« Sobald Jack die beunruhigende Frage gestellt hatte, zuckte er auch schon mit den Schultern. »Ich dachte nur, daß das irgendwie eigenartig ist.« Er ließ die Hand sinken, und die Tür schloß sich langsam. »Wir sehen uns dann zu Hause, Tate.«

Tate sah seinem Bruder nach, bis jemand auf die Tür zukam. Nachdenklich kehrte er in Caroles Zimmer zurück.

Während Tate fort war, dachte Avery darüber nach, wie er sich verändert hatte. Schon seit mehr als einer Woche hatte sie den Unterschied in seinem Verhalten bemerkt. Er besuchte sie nach wie vor regelmäßig, aber nicht mehr täglich. Anfangs war sie davon ausgegangen, daß das durch seine Beschäftigung mit dem Wahlkampf zu erklären war.

Aber er wirkte oft zurückhaltend und launisch und sprach eher einsilbig mit ihr. Und er blieb nie sehr lange.

Je deutlicher sich Caroles Gesichtszüge ausbildeten, desto vorsichtiger wurde Tate.

Er hatte auch Mandy nicht mehr mitgebracht. Sie schrieb ihren Namen mit einem Fragezeichen auf ihre Tafel und zeigte sie ihm. Er zuckte nur mit den Schultern und sagte: »Ich hatte das Gefühl, daß es ihr eher schadet als guttut. Wenn du wieder zu Hause bist, wirst du soviel Zeit mit ihr verbringen können, wie du willst.«

Seine gefühllosen Worte verletzten sie. Mandys Besuche waren zu Höhepunkten in ihrem eintönigen Leben geworden. Andererseits war es vielleicht wirklich besser, wenn sie nicht mehr stattfanden, denn das Kind wuchs ihr ans Herz und sie wollte nichts lieber, als der Kleinen durch diese Krise zu helfen. Da sie diese Gelegenheit nicht haben würde, wäre es das beste, möglichst bald alle Bindungen zu lösen.

Die Zuneigung, die sie zu Tate entwickelt hatte, war vielfältiger und würde entschieden schwerer zu verdrängen sein, wenn sie seine Welt verließ und wieder in die ihre zurückkehrte.

Aber wenigstens etwas konnte sie mitnehmen: die Einzelheiten einer aufsehenerregenden Story über einen mit dem Tode bedrohten Senatorenkandidaten aus der Perspektive einer Insiderin.

Averys journalistische Neugier war erwacht. Was mochte in der Ehe der Rutledges schiefgelaufen sein? Warum hatte Carole ihren Mann ermorden lassen wollen? Sie mußte alle möglichen Theorien gedanklich durchspielen, bis sie die Wahrheit herausfand. Und wenn sie diese Wahrheit veröffentlichte, würde ihr das vielleicht aus dem beruflichen Tief helfen, in das sie sich selbst gebracht hatte. Und doch hinterließ es einen faden Geschmack in ihrem Mund, wenn sie sich vorstellte, wie sie diese Wahrheit veröffentlichen würde.

Tate Rutledges Schwierigkeiten gehörten jetzt ebenso zu ihr wie zu ihm. Sie konnte sich nicht einfach abwenden. Aus irgendeinem eigenartigen Grund, der sich nicht erklären ließ, fühlte sie sich verpflichtet, Caroles Fehler wiedergutzumachen.

Das eine Mal, als sie eine mitfühlende Hand zu ihm ausgestreckt hatte, hatte er sie heftig zurückgewiesen. In der Auseinandersetzung zwischen Tate und Carole schien noch eine weitere, beinahe bösartige Note zu liegen. Er behandelte sie, wie man vielleicht ein wildes Tier in einem Käfig behandeln würde. Er kümmerte sich um all ihre Bedürfnisse, aber aus vorsichtiger Entfernung. Er begegnete ihr voller Mißtrauen, als könne man ihr Verhalten niemals im voraus einschätzen. Und sicher hatte er gute Gründe dafür.

Die beunruhigenden Gedanken wurden vorübergehend aufgeschoben, als er wieder in ihr Zimmer kam. Doch ihr freundliches Lächeln verschwand, als er sich ihrem Sessel näherte. Er machte ein finsteres Gesicht.

»Warum schreibst du mit der linken Hand?«

Avery erstarrte. Also war jetzt die Stunde der Wahrheit gekommen. Sie hatte gehofft, sie würde den Zeitpunkt selbst bestimmen können, aber das war nicht mehr möglich. Wie dumm von ihr! Es war höchst unwahrscheinlich, daß Carole Rutledge Linkshänderin war.

Sie sah flehend zu ihm auf und schaffte es, mit heiserer Stimme seinen Namen auszusprechen.

Mein Gott, hilf mir, betete sie, als sie mit der linken Hand nach dem Stift zu greifen versuchte. Sobald sie ihre wahre Identität enthüllt hatte, mußte sie ihn vor dem geplanten Attentat warnen. Sie wußte nicht viel darüber – nur, daß er sein Amt niemals antreten sollte. Vielleicht würde der Mord morgen oder schon heute abend geschehen. Vielleicht auch erst im November, aber warnen mußte sie ihn sofort.

Wen aus seiner Familie konnte sie beschuldigen? Sie hatte sich nicht sofort zu erkennen gegeben, als sie einen Stift halten konnte, weil sie noch nicht genug Fakten kannte. Vergeblich hatte sie gehofft, mehr über den Anschlag und den, der ihn verüben wollte, in Erfahrung zu bringen.

Und wenn sie die dürftigen Informationen dargelegt hatte, die sie kannte, würde er ihr glauben?

Warum sollte er?

Warum sollte er der Frau überhaupt nur zuhören, die sich über zwei Monate als seine Frau ausgegeben hatte? Er würde glauben, sie sei eine gewissenlose Schmarotzerin, und sie hatte ja auch von seiner Hilfsbereitschaft profitiert, aber sie machte sich auch gleichzeitig wirklich Sorgen um sein und Mandys Wohlergehen.

Der Stift bewegte sich langsam. Sie schrieb den Buchstaben *w*. Ihre Hand zitterte so sehr, daß sie den Stift fallen ließ. Er rollte herunter, rutschte über ihren Schoß und landete schließlich in der Ritze zwischen ihrer Hüfte und dem Polster des Sessels. Tate holte ihn wieder heraus. Seine kräftigen Finger drückten sich in ihre Hüfte. Er legte ihr den Stift wieder in die Hand und führte sie zurück zur Tafel. »*W* und was noch?«

Flehend sah sie zu ihm auf und bat ihn schweigend um Vergebung. Dann schrieb sie das angefangene Wort zu Ende und drehte die Tafel zu ihm um.

»Weh«, las er. »Es tut dir weh, deine rechte Hand zu gebrauchen?«

Schuldbewußt nickte Avery. »Tut weh«, krächzte sie und hob die Hand, um ihm die Stelle zu zeigen, wo ihre Haut noch immer empfindlich war.

Ihre Lüge war gerechtfertigt, redete sie sich selbst ein. Sie konnte ihm die Wahrheit nicht sagen, solange sie ihm nicht alles genau erklären konnte. Ein kurzer gekritzelter Satz, ein paar Schlüsselworte ohne weitere Erklärung hätten ihn nur verärgert und verwirrt. Und in diesem Geisteszustand würde er niemals glauben, daß jemand versuchen wollte, ihn umzubringen.

Tate lachte ein kurzes, weiches Lachen. »Du hast Jack durcheinandergebracht. Ich kann kaum glauben, daß es mir nicht auch aufgefallen ist. Wahrscheinlich hatte ich zuviel im Kopf, um auf Einzelheiten zu achten.«

Er legte seine Hände hinter den Rücken und streckte sich. »Nun ja, ich habe auch noch die lange Fahrt vor mir, und es ist schon spät.«

Averys Augen schwammen in Tränen. Dieser Mann, der so gut zu ihr gewesen war, würde sie hassen, wenn er die Wahrheit herausfand. Während ihrer wochenlangen Erholungszeit war er ungewollt zum Mittelpunkt ihres Lebens geworden.

Und jetzt mußte sie ihm seine Freundlichkeit vergelten, indem sie ihm drei häßliche Fakten nannte: seine Frau war tot; an ihrer Stelle hatte sich eine Journalistin eingeschlichen, die sein Privatleben inzwischen genau kannte; und es gab jemanden, der versuchen würde, ihn zu ermorden.

Aber ihre Tränen weckten nicht sein Mitleid, sondern provozierten ihn eher. Er sah verärgert zur Seite und bemerkte dabei die Zeitungen, die in einem Stapel auf dem Fensterbrett lagen. Es waren ältere Ausgaben, die den Flugzeugabsturz beschrieben. Er zeigte auf die Zeitungen.

»Ich verstehe deine Tränen nicht, Carole. Dein Gesicht sieht phantastisch aus. Du hättest ums Leben kommen können, um Himmels willen. Und Mandy auch. Kannst du nicht einfach glücklich sein, daß du noch lebst?«

Nach diesem Ausbruch riß er sich zusammen, holte tief Luft und verdrängte seinen Zorn. »Entschuldige bitte. Ich weiß, daß du viel leiden mußtest. Aber alles hätte noch viel schlimmer kommen können. Für uns alle.«

Er griff nach seiner Sportjacke, die er oft zu Jeans trug, und zog sie an. »Also, bis dann.«

Er verließ sie ohne ein weiteres Wort.

Avery starrte noch eine ganze Weile die leere Tür an. Dann kam eine Krankenschwester und half ihr, sich fürs Bett fertigzumachen. Sie hatte inzwischen den Rollstuhl überwunden und benutzte Krücken wegen ihres gebrochenen Beins, war aber immer noch recht ungeschickt damit. Es tat ihr an den Händen weh, sie festzuhalten. Als sie schließlich allein war, war sie erschöpft.

Ihr Geist war genauso müde wie ihr Körper, und doch konnte sie nicht schlafen. Sie versuchte sich den Ausdruck auf Tates Gesicht vorzustellen, wenn er die Wahrheit erfuhr. Sein Leben würde noch einmal umgekrempelt werden, und das in einem Augenblick, in dem er am verletzlichsten war.

Als ihr der Ausdruck ›verletzlich‹ in den Sinn kam, schoß ihr ein neuer, furchtbarer Gedanke durch den Kopf. Sobald die Wahrheit ans Licht kam, war auch sie gefährdet.

Warum hatte sie daran nicht schon früher gedacht? Wenn sie sich als Avery Daniels, als Reporterin vom Fernsehen, zu erkennen gab, war der Schuldige gezwungen, etwas gegen sie zu unternehmen. Und soweit sie aus der tödlichen Berechnung in der Stimme des Attentäters schließen konnte, würde er keinen Augenblick zögern, sie beide zu ermorden.

Mein Gott, was sollte sie tun? Wie konnte sie sich und Tate schützen? Wenn sie nur wirklich Carole wäre, dann könnte sie ...

Doch noch bevor der Gedanke zu Ende gedacht war, erhob eine andere Stimme in ihr Einspruch. Das ging nicht. Tate würde es ebenso merken wie der Attentäter.

Aber wenn es ihr gelang, die Rolle gerade so lange zu spielen, bis sie den Täter kannte, dann würde sie Tates Leben retten können.

Und doch war es unvorstellbar, einfach in die Rolle einer anderen Frau zu schlüpfen. Und was war mit ihrem eigenen Leben? Offiziell gab es Avery Daniels nicht mehr. Niemand würde sie vermissen. Sie hatte keinen Ehemann, keine Kinder, keine Familie.

Ihre Karriere war auf einem Tiefpunkt. Sie hatte sich vor den Augen aller zur Versagerin gestempelt. Bei KTEX in San Antonio zu arbeiten war, wie zu jahrelangem Arbeitslager verurteilt zu sein. Die Fernsehstation hatte zwar einen guten Ruf, und sie war Irish auch auf ewig dankbar, daß er sie angestellt hatte, als ihr niemand sonst auch nur einen Vorstellungstermin geben wollte, dennoch war die Arbeit dort wie eine Verbannung nach Sibirien.

Aber jetzt war ihr eine sensationelle Story in den Schoß gefallen. Wenn sie Mrs. Tate Rutledge wurde, konnte sie eine Dokumentation über den Wahlkampf eines Bewerbers um den Senatorenposten und über ein geplantes Attentat schreiben. Sie würde die Story nicht einfach nur zu Papier bringen, sie würde sie selbst erleben.

Was konnte es für eine bessere Möglichkeit geben, um wieder zur Spitzengruppe der Reporter aufzusteigen? Wie viele Journalisten hätten für diese Chance ihre rechte Hand gegeben?

Sie lächelte matt. Ihre rechte Hand hatte sie nicht hergeben müssen, aber ihr Gesicht, ihr Name und ihre Identität waren schon dahin. Doch das Leben eines Mannes zu retten und beruflich wieder auf Erfolgskurs zu steuern, würde sie dafür entschädigen. Und wenn die Wahrheit schließlich ans Licht kam, konnte ihr niemand vorwerfen, daß sie jemanden ausgenutzt hätte. Noch größer als der Wunsch, ihre berufliche Glaubwürdigkeit wiederherzustellen, war der, Tates Leben zu retten.

Die damit verbundenen Risiken waren ungeheuer, aber sie kannte nicht einen Spitzenreporter, der nicht alles aufs Spiel gesetzt hätte, um dahin zu kommen, wo er war. Ihr Vater war während seines Berufsalltags tagtäglich in Gefahr gewesen. Sein Mut war durch einen Pulitzerpreis honoriert worden. Wenn er für seine Stories alles riskiert hatte, warum konnte man das nicht auch von ihr erwarten?

Dennoch war ihr klar, daß sie eine ganz sachliche, berufliche Entscheidung zu treffen hatte. Sie mußte sie pragmatisch angehen, nicht emotional. Sie würde die Rolle von Tates Frau zu spielen versuchen, und dazu gehörte alles, was eine solche Beziehung bedeutete. Sie würde bei seiner Familie leben, unter ständiger Beobachtung von Leuten, die Carole genau kannten.

Diese enorme Herausforderung war einschüchternd, aber auch unwiderstehlich. Sie würde Tausende von Fehlern machen – wie zum Beispiel das Schreiben mit der falschen Hand. Aber sie hatte immer schon einen Hang zur Improvisation gehabt und würde alle Hindernisse überwinden.

Konnte das funktionieren? Wollte sie das Wagnis eingehen?

Sie schob die Decke zur Seite, stützte sich auf ihre Krücken und humpelte ins Badezimmer. Unter dem grellen, gnadenlosen Licht der Leuchtröhre starrte sie das Gesicht im Spiegel an und verglich es mit dem Foto von Carole, das an die Wand gehängt worden war, um ihr Mut zu machen.

Die Haut war rosig und weich wie ein Babypopo, genau wie Dr. Sawyer es versprochen hatte. Sie zog die Lippen zurück und betrachtete die Zahnimplantate, die genau wie Carole Rutledges Zähne aussahen. Sie strich über das dichte, kurze, dunkle Haar. Wenn man nicht genau hinsah, waren keine Narben zu erkennen. Mit der Zeit würden alle Spuren verblassen.

Sie erlaubte sich nicht den Luxus, zu trauern, auch wenn Bedauern und Sehnsucht nach ihrem eigenen, wohlvertrauten Spiegelbild an ihrem Herzen nagten. Dies war jetzt ihr Schicksal. Sie hatte ein neues Gesicht. Das konnte der Fahrschein zu einem neuen Leben werden.

Morgen würde sie die Identität der Carole Rutledge voll und ganz annehmen.

Avery Daniels hatte nichts mehr zu verlieren.

Kapitel 11

Die Krankenschwester betrachtete sie zufrieden von oben bis unten. »Sie haben wunderbares Haar, Mrs. Rutledge.«

»Danke«, sagte Avery nachdenklich. »Soweit man das überhaupt schon so nennen kann.«

Während der sieben Tage, die Tate fort gewesen war, hatte sie ihr Sprechvermögen völlig wiedererlangt. Er mußte jetzt jeden Augenblick kommen, und sie war nervös.

»Nein«, sagte die Krankenschwester, »das meine ich ja gerade. Es gibt nicht viele Leute, denen so kurzes Haar gut steht. An Ihnen ist es phantastisch.«

Avery sah in den Handspiegel, zupfte an den Härchen über ihrer Stirn und meinte zweifelnd: »Ich hoffe es.«

Sie saß in einem Stuhl, das rechte Bein auf einen Hocker gestützt. Ein Stock war an den Stuhl gelehnt.

Die Schwestern waren genauso aufgeregt, weil Tate nach einer Abwesenheit von mehr als einer Woche wiederkommen würde. Sie hatten sich zurechtgemacht wie die Braut für den Bräutigam.

»Er ist da«, verkündete eine von ihnen mit einem Bühnenflüstern durch den Türspalt. Die Schwester neben ihr drückte Averys Schulter. »Sie sehen toll aus. Er wird umfallen.«

Er fiel nicht wirklich um, war aber doch einen Augenblick sprachlos. Sie sah, wie sich seine Pupillen weiteten, als er sie sah, in ganz normaler Kleidung – Caroles Kleidung –, die Zee ihr vor ein paar Tagen gebracht hatte.

»Hallo, Tate.«

Beim Klang ihrer Stimme wirkte er noch überraschter.

Ihr Herz machte einen Satz. *Er wußte es!*

Hatte sie schon wieder einen Fehler gemacht? Sprach ihn Carole vielleicht immer mit einem Kosenamen an? Sie hielt den Atem an und wartete darauf, daß er mit dem Finger auf sie zeigen und brüllen würde: »Betrügerin!«

Statt dessen räusperte er sich unbehaglich und erwiderte ihren Gruß: »Hallo, Carole.«

Sie atmete langsam und leise aus, um nicht zu verraten, daß sie die Luft angehalten hatte.

Er kam weiter ins Zimmer und legte einen Strauß Blumen und eine Schachtel auf den Nachttisch. »Du siehst sehr gut aus.«

»Danke.«

»Du kannst sprechen«, sagte er mit einem unsicheren Lachen.

»Ja. Endlich.«

»Deine Stimme klingt anders.«

»Das hatten sie uns ja angekündigt, erinnerst du dich?« sagte sie schnell.

»Ja, aber ich hätte nicht erwartet, daß...« Er strich mit den Fingern über seine Kehle. »... sie so rauh klingen würde. Es gefällt mir.«

Er konnte seine Augen nicht von ihr wenden. Wenn alles zwischen ihnen so wäre, wie es sein müßte, würde er jetzt vor ihr knien und ihr neues Gesicht abtasten wie ein Blinder und seine Liebe zum Ausdruck bringen. Doch er blieb auf Distanz.

Wie üblich trug er Jeans. Sie waren gebügelt und gepflegt, aber alt und weich genug, um sich an seinen Unterkörper zu schmiegen wie ein Handtuch. Avery wollte sich nicht bei ihrer weiblichen Neugierde erwischen lassen, also heftete sie den Blick entschlossen auf sein Gesicht.

Sie hob nervös eine Hand an die Brust. »Warum starrst du mich so an?«

»Entschuldige. Ich schätze, ich habe eigentlich nie wirklich geglaubt, daß du wieder so aussehen könntest wie du selbst. Und jetzt – jetzt ist es so. Bis auf die Haare.«

Sie bebte vor Freude, weil er ihren Betrug nicht durchschaute.

»Frierst du?«

»Was? Nein.« Sie suchte nach einer Möglichkeit, ihn abzulenken. »Was ist das?« fragte sie und deutete mit dem Kinn auf das Päckchen, das er mitgebracht hatte.

»Ach, das ist dein Schmuck.«

»Schmuck?« Die Seifenblase platzte. Sie schluckte schwer.

»Das, was du am Tag des Absturzes getragen hast. Das Krankenhaus hat heute angerufen, um mich daran zu erinnern, daß er immer noch dort im Safe liegt.« Avery starrte das Päckchen an, als wäre es eine Giftschlange, nahm es aber schließlich in die Hand. »Ich habe mir nicht die Zeit genommen, den Inhalt zu überprüfen«, sagte er, »aber vielleicht solltest du das lieber gleich tun.«

Sie legte die Schachtel in ihren Schoß. »Das mache ich später.«

»Ich dachte, du wolltest deine Sachen zurückhaben.«

»Oh, das stimmt auch. Aber im Moment wäre mir Schmuck noch unangenehm.« Sie machte eine Faust, öffnete sie langsam und streckte die Finger aus. »Meine Hände sind fast wieder normal, aber immer noch sehr empfindlich. Ich glaube, Ringe an- und abzuziehen würde mir schwerfallen.«

»Das wäre doch immerhin einen Versuch wert, oder? Zumindest was deinen Trauring betrifft.«

Seine rauhen Worte erschrecken sie. Ihr fiel auf, daß er auch keinen Trauring trug, und sie fühlte sich versucht, das zu Caroles Verteidigung vorzubringen, unterdrückte aber den Impuls. Wenn Carole den Ring aus sittenwidrigen Gründen weggelassen hatte, wie seine Bemerkung andeutete, war es vielleicht besser, das Thema zu vermeiden – erst einmal.

Tate setzte sich auf die Bettkante. Die unangenehme Stille zog sich in die Länge. Avery unterbrach sie zuerst. »War deine Reise so erfolgreich, wie du gehofft hattest?«

»Ja, prima. Und unwahrscheinlich anstrengend.«

»Ich habe dich fast jeden Abend im Fernsehen gesehen. Die Leute schienen von dir begeistert zu sein.«

»Alle haben sich über die positiven Reaktionen gefreut.«

»Die Umfrageergebnisse stehen zu deinen Gunsten, und die Wahlanalytiker prophezeien, daß du den ersten Wahlgang ohne jede Mühe schaffst.«

»Das hoffe ich auch.«

Sie schwiegen wieder, während sich beide Mühe gaben, den anderen nicht anzustarren.

»Wie geht es Mandy?«

Er zuckte mit den Schultern. »Ganz gut.«

Avery runzelte zweifelnd die Stirn.

»Na ja, nicht ganz so gut.« Er stand auf und ging auf und ab, wobei seine Stiefelabsätze Eindrücke auf dem Teppich hinterließen. »Mama sagt, daß sie immer noch Alpträume hat. Fast jede Nacht wacht sie schreiend auf, manchmal sogar beim Mittagsschlaf. Sie wandert durch das Haus wie ein kleiner Geist.« Er streckte die Hände aus, als wolle er nach etwas greifen, und schloß sie dann. »Sie ist einfach nicht richtig da, verstehst du? Keiner dringt zu ihr durch – ich nicht, und die Psychologin auch nicht.«

»Ich habe Zee gebeten, sie zu mir zu bringen. Sie meint, du hättest sie angewiesen, das nicht zu tun.«

»Das stimmt.«

»Warum?«

»Ich dachte, daß es nicht so gut ist, wenn sie dich ohne mich besucht.«

Sie stellte ihr Glück nicht auf die Probe, indem sie ihn nach dem Grund fragte. Vielleicht würde dabei eine Auseinandersetzung entstehen, die sie noch nicht meistern konnte. »Ich vermisse sie. Wenn ich zu Hause bin, wird es ihr bestimmt besser gehen.«

Seine Zweifel waren offensichtlich. »Vielleicht.«

»Fragt sie denn nie nach mir?«

»Nein.«

Avery senkte den Blick. »Ach so.«

»Was hast du denn erwartet, Carole? Man bekommt nur zurück, was man auch gibt.«

Einen Augenblick lang trafen sich ihre Blicke, dann hob sie die Hand zur Stirn. Tränen standen in ihren Augen. Sie weinte für dieses Kind, das nicht genug Liebe von seiner Mutter bekommen hatte. Arme kleine Mandy. Avery wußte, wie es sich anfühlte, keine Aufmerksamkeit von seinen Eltern zu bekommen.

»Ach, Scheiße«, sagte Tate leise. Er durchquerte das Zimmer und legte sanft die Hand auf Averys Kopf. Seine Finger strichen über ihr kurzes Haar. »Entschuldige, ich wollte dich nicht zum

Weinen bringen. Mandy wird sich schon wieder erholen, bestimmt.« Kurz darauf sagte er: »Vielleicht sollte ich jetzt besser gehen.«

»Nein! Bitte geh noch nicht.«

»Ich bin müde und gereizt nach der anstrengenden Reise – und kein guter Gesellschafter.«

»Das ist mir egal.«

Er schüttelte den Kopf.

Mühsam verbarg sie ihre riesige Enttäuschung. »Dann werde ich dich hinausbringen.«

Sie griff nach ihrem Stock und stützte ihr Gewicht darauf, als sie aufstand. Aber ihre vor Nervosität feuchte Hand rutschte ab, und sie verlor das Gleichgewicht.

»Um Himmels willen, sei vorsichtig.«

Tates Arme schlossen sich um sie. Der Packpapierumschlag fiel von ihrem Schoß auf den Boden, aber sie bemerkten es beide nicht. Sein Arm stützte ihren Rücken, und seine kräftigen Finger legten sich unter der weichen Rundung ihrer Brüste auf ihre Rippen.

Während er sie vorsichtig auf das Bett zuschob, klammerte sich Avery an den Stoff seiner Jacke. Sie atmete tief seinen Geruch ein – ein sauberer, frischer Duft und doch männlich, mit einer Spur von Zitrusaroma. Seine Kraft durchdrang sie, und Avery genoß sie wie ein belebendes Elixier.

In diesem Augenblick mußte sie sich das eingestehen, was sie während der langen, quälenden Tage, die er fort gewesen war, nicht hatte zugeben wollen. Sie wollte Mrs. Rutledge sein, damit sie in Tates Nähe bleiben konnte. Der Kummer, den seine Abwesenheit bewirkt hatte, und die Freude, die sie empfunden hatte, als er hereinkam, waren Beweis genug.

Er ließ sie auf die Bettkante herunter und berührte flüchtig den Schenkel ihres heilenden Beins. »Es war schon richtig, als wir entschieden haben, daß du bis nach dem ersten Wahlgang hierbleibst. Die Hektik wäre zuviel für dich.«

»Vermutlich. Aber ich kann es kaum erwarten, nach Hause zu kommen, Tate.«

Ihre Köpfe waren dicht beieinander. Sein Atem strich warm

über ihr neues Gesicht. Sie wollte seine Arme spüren und ihn liebkosen.

Berühre mich, Tate. Halt mich. Küß mich, hätte sie am liebsten geschrien.

Während ein paar weniger Herzschläge schien er das in Erwägung zu ziehen, dann wich er zurück.

»Ich gehe jetzt«, sagte er kurzangebunden, »dann kannst du dich ausruhen.«

Sie griff nach seiner Hand und drückte sie, so fest sie konnte. »Danke.«

»Wofür?«

»Für... für die Blumen und... weil du mir zum Bett geholfen hast.«

»Das ist doch unwichtig«, sagte er abweisend und entzog ihr seine Hand.

Sie gab einen verletzten Ton von sich. »Warum weist du immer meinen Dank zurück?«

»Spiel doch nicht die Dumme, Carole«, flüsterte er gereizt. »Dein Dank bedeutet mir nichts, und du weißt auch, warum.« Er verabschiedete sich und ging.

Avery war niedergeschlagen. Sie hatte von dieser Begegnung so viel mehr erwartet, ihre Phantasien hatten nicht einmal entfernte Ähnlichkeit mit der Wirklichkeit gehabt. Aber was konnte sie schon von einem Mann erwarten, der sich offensichtlich nicht allzu viel aus seiner Frau machte?

Zumindest hatte er ihren Betrug nicht bemerkt. Aus beruflicher Warte befand sie sich immer noch auf sicherem Boden.

Sie ging zu dem Stuhl zurück und hob das Päckchen auf. Dann öffnete sie es und schüttelte den Inhalt in ihre Hand. Außer einem Ohrring fehlte nur der Gegenstand, an dem ihr am meisten lag. Wo war ihr Medaillon?

Dann erinnerte sie sich. Sie hatte ihr Medaillon nicht getragen, als der Unfall geschah. Carole Rutledge hatte es gehabt.

Avery sank gegen die Stuhllehne, bekümmert wegen des Verlusts dieses Schmuckstücks, faßte sich aber sofort wieder. Sie würde es später betrauern. Jetzt mußte sie handeln.

Ein paar Minuten später sah eine Krankenschwester beim

Hauptempfang von ihrem Monitor zu ihr auf. »Guten Abend, Mrs. Rutledge. Haben Sie sich über den Besuch Ihres Mannes gefreut?«

»Ja sehr, danke.« Sie gab der Krankenschwester das Päckchen. »Ich möchte Sie um einen Gefallen bitte. Würden Sie bitte das hier morgen zur Post geben?« Die Krankenschwester las die Adresse, die Avery daraufgeschrieben hatte. »Ja?« drängte Avery, bevor die Schwester irgendwelche Fragen stellen konnte.

»Aber gern«, sagte sie, obwohl sie die Bitte offensichtlich seltsam fand. »Es wird mit der Morgenpost hinausgehen.«

»Und es wäre mir lieber, wenn Sie es niemandem gegenüber erwähnen. Mein Mann meint sowieso, ich sei viel zu sentimental in dieser Sache.«

»In Ordnung.«

Avery gab ihr mehrere zusammengefaltete Geldscheine, die sie von dem großzügigen Betrag übrig hatte, den Tate vor seiner Reise für sie zurückgelassen hatte. »Ich denke, das ist genug für das Porto. Vielen Dank.«

Das war ein nächster Schritt zur Trennung von Avery Daniels. Sie kehrte in das Zimmer zurück, das Mrs. Rutledge gehörte.

Kapitel 12

Auf Socken ging Irish McCabe zum Kühlschrank, um sich noch ein Bier zu holen. Er zog die Lasche der Dose hoch und musterte, während er den malzigen Schaum schlürfte, den Inhalt des Kühlschranks kritisch. Da er nichts entdeckte, was besser gewesen wäre als sein Hunger, entschloß er sich, ohne Essen auszukommen und sich lieber mit Bier vollaufen zu lassen.

Auf dem Weg zurück ins Wohnzimmer hob er den Stapel Post auf, den er hatte fallenlassen, als er hereingekommen war. Während neben ihm das Fernsehgerät lief, sortierte er die Briefe.

Er runzelte erstaunt die Stirn, als er das braune Päckchen in die Hand nahm. Es war kein Absender darauf, aber es war in der Stadt abgestempelt. Er öffnete es und ließ den Inhalt auf seinen Schoß fallen.

Er holte tief Luft und zuckte zurück, als wäre etwas Fauliges zum Vorschein gekommen. Er starrte den beschädigten Schmuck an, und sein Herz pochte schwer.

Zögernd betrachtete er den goldenen Ohrring, den er zuletzt an Averys Ohr gesehen hatte.

Er sprang auf und eilte durchs Zimmer zu seinem Schreibtisch, öffnete die Schublade und holte den Umschlag heraus, den man ihm im Leichenschauhaus an dem Tag gegeben hatte, als er Avery identifiziert hatte. »Ihre Sachen«, hatte ein Angestellter gesagt.

Er erinnerte sich daran, daß er ihr Medaillon gefunden, sich aber nicht um den weiteren Inhalt gekümmert hatte. Bis heute hatte er noch nicht den Mut gehabt, den Umschlag zu öffnen und ihre Habseligkeiten zu berühren. Er war abergläubisch. Averys Sachen durchzustöbern, kam ihm so geschmacklos vor wie Grabschändung.

Er mußte ihre Wohnung ausräumen lassen, weil ihre Vermieterin darauf bestanden hatte. Bis auf ein paar Fotos hatte er nichts behalten.

Und das Medaillon, an dem er ihren Leichnam erkannt hatte. Es war ein Geschenk ihres Vaters gewesen, und Irish hatte Avery nie ohne es gesehen.

Er öffnete den Umschlag, der die ganze Zeit in seinem Schreibtisch gelegen hatte, und kippte den Inhalt auf die Arbeitsplatte.

Da waren das Medaillon, ein Paar Diamantenohrringe, eine goldene Armbanduhr, zwei Armreifen und drei Ringe, von denen zwei ein Eheringset bildeten. Das alles zusammen war verflucht viel mehr wert als Averys Schmuck, aber das war Irish gleichgültig.

Offensichtlich gehörte der Schmuck einem der anderen Opfer des Absturzes.

Er würde das überprüfen müssen, damit der rechtmäßige Eigentümer den Schmuck zurückbekam. Aber im Moment konnte er nur an Averys Sachen denken – die Uhr und die paar Kleinigkeiten, die heute in seinem Briefkasten gelegen hatten. Wer hatte sie geschickt? Warum jetzt? Wo waren sie die ganze Zeit gewesen?

Er untersuchte den Umschlag genauer. Es gab keine Spuren, die auf den Absender schließen ließen. Er sah nicht aus, als wäre er aus einem städtischen Büro gekommen. Die Druckbuchstaben waren wacklig und ungleichmäßig, als hätte sie ein Kind geschrieben.

»Wer zum Teufel –?« fragte er seine leere Wohnung.

Seiner Trauer um Avery hätte eigentlich inzwischen etwas gemildert sein müssen, aber das war nicht so. Er ließ sich schwer in seinen Sessel fallen und starrte mit Tränen in den Augen das Medaillon an.

»Und warum soll ich dich nicht nach Corpus Christi begleiten, wenn du Ende der Woche hinfährst?«

»Es ist eine Geschäftsreise. Ich werde die ganze Zeit damit beschäftigt sein, Tates Ansprachen zu organisieren.«

Fancys Lippen wölbten sich zu einem Schmollmund. »Aber du könntest mich mitnehmen, wenn du es wirklich wolltest.«

Eddy Paschal sah sie aus dem Augenwinkel an. »Ich schätze, da hast du schon deine Antwort.«

Er schaltete das Licht in der Wahlkampfzentrale aus.

»Warum bist du so gemein zu mir, Eddy?« fragte Fancy in jammerndem Ton, als er die Tür abschloß.

»Warum bist du eine solche Nervensäge?«

Zusammen gingen sie durch das Parkhaus zu seinem Auto, seinem praktischen Ford, den sie im stillen verachtete. Er schloß die Beifahrertür auf und öffnete sie für Fancy. Als sie einstieg, strich sie mit ihrem Oberkörper an seinem entlang.

Während er um die Motorhaube herum zur Fahrerseite ging, fiel ihr auf, daß er kürzlich beim Friseur gewesen war. Er hatte ihm die Haare zu kurz geschnitten. Das oberste auf ihrer Mängelliste bei Eddy war sein Auto, dann kam gleich sein Friseur.

Er setzte sich hinter das Steuer und drehte den Zündschlüssel um. Die Klimaanlage ging automatisch an, und heiße, feuchte Luft strömte ins Wageninnere. Eddy schränkte seinen tadellosen Zustand etwas ein, indem er seine Krawatte lockerte und den Kragenknopf öffnete.

Fancy ging wesentlich weiter, während sie es sich bequem

machte. Sie knöpfte ihre Bluse bis zur Taille auf und fächelte sich Luft zu, indem sie die beiden Hälften auf und zu bewegte, so daß Eddy eine hervorragende Aussicht auf ihre Brüste bekommen hätte, wenn er ihnen einen Blick gegönnt hätte, was er aber zu Fancys Verdruß unterließ.

»Sag mal, bist du eigentlich schwul oder was?« erkundigte sie sich gekränkt.

Er brach in Gelächter aus. »Warum fragst du?«

»Weil ich, wenn ich irgendeinem anderen Mann auch nur die Hälfte von dem anbieten würde, was ich dir anbiete, die meiste Zeit in Rückenlage verbringen würde.«

»Wenn ich dich so höre, scheint mir, daß du das sowieso machst.« Er sah sie an. »Oder ist das nur Gerede?«

Fancys blaue Augen blitzten, aber sie war zu klug, um sich provozieren zu lassen. Statt dessen rollte sie sich wie eine Katze auf ihrem Sitz zusammen und fragte listig: »Warum versuchen Sie nicht selbst, das herauszufinden, Mr. Paschal?«

Sie lehnte sich zur Ventilatoröffnung der Klimaanlage, die jetzt kühle Luft in den Wagen blies, hielt ihr Haar am Nacken hoch, der schweißfeucht glänzte, und ließ die Luft daraufblasen. »Also, bist du's nun?«

»Bin ich was?«

»Schwul.«

»Nein, bin ich nicht.«

Sie setzte sich auf und drehte sich zu ihm um. Ihre Hände hielten immer noch ihr Haar noch, so daß ihre Brüste besonders deutlich erkennbar waren. Die kühle Luft bewirkte, daß sich ihre Brustwarzen aufrichteten. Sie standen unter dem Stoff ihrer Bluse hervor. »Also, wie kannst du mir dann widerstehen?«

Sie hatten den dichten Verkehr der Stadtautobahn hinter sich gelassen und fuhren jetzt nach Nordwesten in Richtung Ranch. Eddys Blick wanderte langsam über sie hinweg, und er betrachtete aufmerksam ihre verführerischen Kurven. Sie bemerkte zufrieden, wie sein Adamsapfel sich bewegte, als er mühsam schluckte.

»Du bist ein schönes Kind, Fancy.« Sein Blick ruhte kurz auf ihrem Busen. »Du bist eine schöne *Frau*.«

Langsam senkte sie die Arme und ließ ihr Haar lose um ihr Gesicht und auf ihre Schultern fallen. »Also?«

»Du bist die Nichte meines besten Freundes.«

»Ja und?«

»Das bedeutet, daß du für mich tabu bist.«

»Wie prüde!« rief sie. »Du bist wirklich ein Spießer, Eddy. Altmodisch. Lächerlich.«

»Dein Onkel Tate fände das überhaupt nicht lächerlich. Und dein Großvater und dein Vater auch nicht. Wenn ich dich anfasse, würden sie mir wahrscheinlich alle drei mit einem Gewehr auf den Pelz rücken.«

Sie streckte den Arm nach ihm aus, strich mit einem Finger über seinen Schenkel und flüsterte: »Das wäre doch wirklich aufregend, oder?«

Er schob ihre Hand weg. »Aber bestimmt nicht, wenn man selbst die Zielscheibe ist.«

Sie ließ sich ärgerlich zurückfallen und starrte aus dem Fenster. Am Morgen hatte sie absichtlich ihr Auto zu Hause gelassen und war mit ihrem Vater in die Stadt gefahren, weil sie plante, lange im Büro zu bleiben, um dann mit Eddy nach Hause fahren zu können. Monatelange Versuche, ihn unauffällig zu becircen, hatten zu nichts geführt. Und da Geduld noch nie eine ihrer Tugenden gewesen war, hatte sie beschlossen, ihre Jagd auf Eddy jetzt mit etwas mehr Nachdruck fortzusetzen.

Seit dem Hotelpagen Buck hatte sie sich mit einer Reihe anderer Liebhaber vergnügt, die aber alle nur die Funktion hatten, sie zu beschäftigen, bis Eddy seinen Widerstand aufgab. Sie hatte langsam keine Lust mehr, zu warten.

Aber eigentlich war ihr die Lust an allem vergangen. Es hatte Zeiten gegeben, in denen sie ihre Tante Carole um all die Aufmerksamkeit beneidete, die man ihr schenkte.

Während Fancy Stunden damit verbrachte, für den blöden Wahlkampf in dieser lärmenden, überfüllten, stinkenden Wahlkampfzentrale Briefe in Umschläge zu stecken, wurde Carole in der superteuren Privatklinik von vorn bis hinten bedient.

Und Mandy war ihr auch ein Dorn im Auge. Als ob diese kleine Göre nicht immer schon total verzogen gewesen wäre –

seit diesem Flugzeugabsturz war alles noch viel schlimmer geworden.

Nach Fancys Meinung hatte das Kind nicht alle Tassen im Schrank. Ihr hohler, leerer Blick war wirklich gruselig. Mandy entwickelte sich immer mehr zum Zombie, und trotzdem wurde sie von allen verwöhnt.

Ihr Vater war total durchgedreht, als sie ihren letzten Strafzettel für zu schnelles Fahren bekommen hatte, und er hatte gedroht, ihr das Auto wegzunehmen, wenn so etwas noch einmal vorkäme. Er kündigte sogar an, daß sie sich das Geld für die Strafe selbst verdienen müßte. Natürlich machte Paps seine Drohungen nie wahr, aber dieses Geschrei war ihr schon ziemlich auf die Nerven gegangen.

Sie konnte nicht begreifen, weshalb alle einen solchen Wirbel um den ersten Wahlgang veranstalteten. Man hätte meinen können, ihr Onkel wäre der Herausforderer des Präsidenten, so wie sich alle aufführten. Als es schließlich so weit war, errang er einen überwältigenden Wahlsieg, was sie nicht weiter überraschte. Das Lächeln ihres Onkels machte den Frauen feuchte Höschen. Es war ganz egal, worüber er redete – die Frauen wählten ihn wegen seines Aussehens. Aber hatte sie jemand gefragt? Nein. Keiner fragte sie je um ihre Meinung.

Die Lage hatte sich seither insgesamt ein wenig beruhigt, und Eddy war nicht mehr so beschäftigt und hatte Gelegenheit, öfter über sie nachzudenken. Vielleicht wurde er doch irgendwann schwach.

Sie drehte den Kopf, um ihn finster anzusehen. Zumindest oberflächlich sah er glatt und unbewegt aus wie eine Gurke. Bei der Aufmerksamkeit, die er für sie aufbrachte, hätte sie auch so häßlich sein können wie der Hintern eines Warzenschweines. Vielleicht war es langsam an der Zeit, jede Vorsicht fallenzulassen und nicht mehr sachte um den heißen Brei herumzureden, sondern diesem Herrn Saubermann einmal schockierend klar zu sagen, was Sache war.

»Wie wäre es, wenn ich dir mal so richtig einen blase?«

Eddy blieb gelassen. »Wenn ich's mir genau überlege, wäre das jetzt wirklich genau das richtige.«

Hitze strömte in ihr Gesicht. Sie knirschte mit den Zähnen. »Sei doch nicht so verdammt herablassend, du Blödmann.«

»Dann hör endlich auf, dich an mich ranzuschmeißen wie eine billige Nutte. Schmutzige Sprüche machen mich auch nicht schärfer als eine umfassende Besichtigung deiner Brust. Ich bin nicht interessiert, Fancy, und dein pubertäres Spielchen wird langsam lästig.«

»Du bist *doch* ein warmer Bruder!«

Er schnaubte. »Glaub's von mir aus, wenn es deinem Selbstwertgefühl hilft.«

»Aber dann treibst du's mit irgend jemand anderem. Es ist einfach nicht normal, wenn ein Mann keinen Sex braucht.« Sie rutschte näher zu ihm und packte seinen Ärmel. »Mit wem schläfst du, Eddy – ist es eine, die in der Wahlkampfzentrale arbeitet?«

»Fancy –«

»Die Rothaarige mit dem mageren Hintern? Die ist es bestimmt! Ich habe gehört, daß sie geschieden ist, und wahrscheinlich ist sie echt heiß.« Sie zog noch mehr an dem Ärmel. »Warum solltest du so eine alte wie die ficken, wenn du mich haben kannst?«

Er hielt den Wagen in der runden Auffahrt vor dem Haus an. Dann faßte er sie an beiden Schultern und schüttelte sie kräftig. »Weil ich es nicht mit Kindern treibe – besonders nicht mit solchen, die vor jedem steifen Schwanz die Beine breit machen.«

Sein Ärger steigerte ihr Verlangen nur noch. Jede Art von Leidenschaft erregte und begeisterte sie. Mit glänzenden Augen griff sie nach unten und drückte ihre Hand um seinen Schritt. Ihre Lippen formten ein genüßliches Lächeln. »Aber Eddy, mein Schatz!« flüsterte sie schnurrend, »deiner ist steif.«

Er fluchte, schob sie von sich und stieg aus dem Auto. »Was dich betrifft, wird er das auch bleiben.«

Fancy nahm sich Zeit, ihre Bluse wieder zuzuknöpfen und sich zu fassen, bevor sie ihm ins Haus folgte. Die Sache war unentschieden ausgegangen. Er hatte sie nicht in sein Bett gezerrt, aber er hätte es gern getan. Mit diesem Fortschritt konnte sie eine Weile leben – aber nicht auf die Dauer.

Als sie zu der Tür kam, die in ihren Flügel des Hauses führte, kam ihr ihre Mutter entgegen. Sie konnte zwar gerade gehen, aber ihre Augen glänzten verdächtig.

»Hallo, Fancy.«

»Ich fahre für ein paar Tage nach Corpus Christi«, verkündete sie. Wenn Eddy sie nicht mitnehmen wollte, würde sie ihn einfach überraschen. »Ich fahre morgen früh. Gib mir bitte Geld.«

»Du kannst jetzt nicht weg.«

Fancys Faust stützte sich auf ihre wohlgeformte Hüfte. Ihre Augen wurden schmal wie immer, wenn sie nicht sofort ihren Willen durchsetzte. »Warum nicht, zum Teufel?«

»Nelson hat gesagt, alle müssen hier sein«, sagte ihre Mutter, »weil Carole morgen nach Hause kommt.«

»O Scheiße«, murmelte Fancy. »Die hat mir gerade noch gefehlt.«

Kapitel 13

Sie saß an ihrem kleinen Toilettentisch in ihrem Zimmer in der Klinik und sah Tates Spiegelbild in die Augen, als er hereinkam. Sie hielten beide den Blick, während sie langsam die Puderquaste auf den Tisch sinken ließ, sich auf dem Stuhl umdrehte und ihm direkt gegenübersaß.

Er warf seinen Mantel und mehrere Einkaufstüten auf das Bett, während er sie nicht aus den Augen ließ. Avery krampfte die Hände im Schoß zusammen und lachte nervös.

»Du siehst schön aus.«

Sie befeuchtete die Lippen, die schon durch sorgfältig aufgetragenen Lippenstift glänzten. »Die Kosmetikerin aus dem Haus war heute hier und hat mir Unterricht gegeben. Ich wollte erfahren, was im Moment der letzte Schrei ist.« Sie lachte wieder unsicher.

Genaugenommen hatte sie nach einer Möglichkeit gesucht, um Caroles Art, sich zu schminken, ändern zu können, die nach Averys Meinung zuviel Make-up getragen hatte. »Ich habe eine neue Technik ausprobiert. Findest du, daß es gut aussieht?«

Sie hob ihr Gesicht, damit er es betrachten konnte. Obwohl er immer zögerte, sich ihr zu nähern, tat er es dieses Mal nicht. Er stützte die Hände auf die Knie und beugte sich zu ihr herunter. »Ich sehe nicht einmal eine Narbe. Nichts. Es ist unglaublich.«

»Danke.« Sie lächelte ihn so an, wie eine Frau ihren liebenden Ehemann anlächelt.

Aber Tate war eben nicht ihr Ehemann, und er liebte sie auch nicht. Er richtete sich wieder auf und drehte ihr den Rücken zu. Er verzieh nichts so leicht, das hatte sie schon gemerkt. Carole hatte sein Vertrauen in sie zerstört, und es würde sehr schwer sein, es zurückzugewinnen.

»Es gibt doch Unterschiede in meinem Äußeren«, bemerkte sie mit etwas unsicherer Stimme.

»Du siehst jünger aus.« Er warf ihr einen kurzen Blick über die Schulter zu und sagte dann noch leise: »Und hübscher.«

Avery stand auf und ging auf ihn zu. Sie legte ihre Hand auf seinen Arm und drehte ihn zu sich um. »Hübscher? Was meinst du damit?«

Genau wie sie herausgefunden hatte, daß er ein Vergehen ungern verzieh, hatte sie auch gemerkt, daß er sich eisern beherrschen konnte. Jetzt wedelte sie mit einem roten Tuch. Seine Augen funkelten, aber sie zog sich nicht zurück. Sie mußte es einfach wissen.

Er fluchte ungeduldig und strich sich mit einer Hand durchs Haar. »Ich weiß es nicht. Du bist einfach anders. Vielleicht liegt es am Make-up, an den Haaren, ich weiß es nicht. Können wir es nicht dabei belassen? Du siehst...« Er senkte den Blick, um mehr ihren ganzen Körper zu betrachten. »Du siehst gut aus.«

Er steckte die Hand in seine Hemdtasche und holte eine handgeschriebene Liste heraus. »Mama und ich haben die Sachen besorgt, um die du uns gebeten hattest.«

Sie kramte in den Taschen und suchte die Gegenstände, während er sie aufzählte. Dann zog sie die Schachtel mit dem Parfüm heraus, öffnete sie und besprühte sich das Handgelenk. »Hmm. Riech mal.«

Sie legte ihr Handgelenk an seine Wange, so daß er den Kopf in diese Richtung drehen mußte, um daran zu schnuppern. Als er das tat, streiften seine Lippen ihren Unterarm. Ihre Blicke trafen sich sofort.

»Fein«, sagte er und wandte den Kopf ab, noch bevor Avery ihre Hand weggezogen hatte. »Ein Nachthemd mit Ärmeln.« Wieder sah er sie fragend an. »Seit wann trägst du beim Schlafen Nachthemden, und noch dazu mit langen Ärmeln?«

Avery, die es leid war, sich immer rechtfertigen zu müssen, ging zum Gegenangriff über. »Seit ich einen Flugzeugabsturz überlebt und dabei Verbrennungen zweiten Grades erlitten habe.«

Er öffnete den Mund, als wolle er etwas sagen, schloß ihn aber wieder. Dann kehrte er zu der Liste zurück und las vor: »Ein Büstenhalter Größe 80 B.«

»Das tut mir leid.« Sie nahm ihn aus der Tüte, machte die Schildchen ab und faltete ihn wieder zusammen. Die BHs, die man ihr von Zuhause aus Caroles Schubladen gebracht hatte, waren viel zu groß gewesen.

»Was?«

»Daß mein Busen jetzt kleiner ist.«

»Was könnte mir das schon ausmachen?«

Die Verachtung in seinem Blick zwang sie, sich abzuwenden. »Nichts, schätze ich.«

Sie leerte die Einkaufstaschen und legte die Sachen zu denen, die sie am nächsten Tag zur Heimfahrt tragen wollte. Caroles Kleider waren ein wenig zu groß, sie hatte vollere und rundere Brüste und Hüften gehabt. Und Avery hatte erklärt, daß sie wegen der Flüssignahrung stark abgenommen hatte. Caroles Schuhe paßten ihr zum Glück.

Wann immer es möglich war, hielt sie ihre Arme und Beine bedeckt. Sie hatte Angst, daß die Form ihrer Knöchel und Waden sie verraten könnte. Bis jetzt hatte noch niemand Vergleiche angestellt. Für die Rutledges war sie Carole.

Oder?

Warum hatte Caroles Verbündeter nicht noch einmal Kontakt mit ihr aufgenommen?

Wenn sie darüber nachdachte, wurde ihr ganz flau vor Angst, also konzentrierte sie sich möglichst auf Caroles Persönlichkeit, um jede Panne vermeiden zu können, die sie verraten würde. Soweit sie es beurteilen konnte, hatte sie bisher keine großen Fehler gemacht.

Jetzt, da ihre Heimkehr so dicht bevorstand, war sie nervös. Unter dem gleichen Dach wie die Rutledges zu leben, war sehr riskant.

»Was wird morgen früh geschehen, Tate? Hast du Angst, daß ich vor der Presse einen Fauxpas begehen könnte?«

»Nein«, erwiderte er und setzte sich ihr gegenüber in den Sessel, »aber ich bin ziemlich sicher, daß sie zuweit gehen und zu persönlich werden.«

Da er ihren Beruf kritisierte, fragte sie ärgerlich: »Wie zum Beispiel?«

»Sie werden Hunderte von intimen Fragen stellen, werden dein Gesicht genau studieren, nach Narben suchen und ähnliches tun wollen. Morgen wirst du wahrscheinlich öfter fotografiert als während des ganzen restlichen Wahlkampfs.« Er griff noch einmal in seine Brusttasche und holte einen zweiten Zettel heraus. »Mach dich heute abend mit diesem Text vertraut. Es ist ein kurzes Statement, das Eddy für dich geschrieben hat. Er läßt ein Mikrophon aufstellen – was ist los?«

»Das hier«, sagte sie und wedelte mit dem Zettel. »Wenn ich das vorlese, halten mich alle für eine Schwachsinnige.«

Er seufzte und rieb sich die Schläfen. »Eddy hat befürchtet, daß du so denkst.«

»Jeder, der das hört, muß glauben, daß mein Gehirn mehr beschädigt ist als mein Gesicht. Man würde glauben, du hättest mich in diesem Krankenhaus eingesperrt, bis ich wieder zur Vernunft komme – wie bei *Jane Eyre*. Die geistig gestörte Gattin wird...«

»*Jane Eyre*? Du hast ja wirklich an Bildung gewonnen und ein Buch gelesen!«

Sie schwieg erschrocken, erwiderte dann aber geistesgegenwärtig: »Ich habe den Film gesehen. Ich will nicht, daß die Leute glauben, daß mein Gehirn nicht richtig funktioniert.« Ihr Ärger wuchs. »Ich kann sprechen, Tate«, sagte sie scharf, »ich kann zu jeder beliebigen Zeit mehr als drei Worte zusammensetzen und weiß, wie man sich in der Öffentlichkeit benimmt.« Sie zerriß das Statement und warf die Fetzen auf den Boden.

»Offensichtlich hast du die Sache in Austin vergessen. Solche Schnitzer können wir uns nicht mehr erlauben, Carole.«

Sie wußte nicht, welchen Fehler Carole in Austin gemacht hatte, konnte sich also weder verteidigen noch entschuldigen. Sie wußte nur, daß Avery Daniels vor Fernsehkameras auftreten konnte. Mit ruhigerer Stimme sagte sie: »Ich weiß, wie wichtig jeder deiner öffentlichen Auftritte ist. Ich werde versuchen, mich ordentlich zu benehmen und aufzupassen, was ich sage.« Sie lächelte reuevoll und bückte sich, um das zerrissene Papier aufzuheben. »Ich lerne sogar diese lächerliche kleine Ansprache auswendig. Ich will das tun, was für dich das Beste ist.«

»Gib dir nicht allzuviel Mühe dabei, mich beeindrucken zu wollen. Wenn es nach mir ginge, würdest du überhaupt nichts sagen. Aber Eddy meint, du solltest der Neugier der Leute entgegenkommen. Jack und Dad sind der gleichen Ansicht. Also versuche, sie zu beeindrucken, nicht mich.«

Er erhob sich, um zu gehen. Avery stand auch hastig auf. »Wie geht es Mandy?«

»Wie immer.«

Avery war bekümmert, daß der Zustand des Kindes sich nicht besserte.

»Da fällt mir noch etwas ein.« Tate nahm seinen Mantel, der immer noch am Fußende ihres Bettes lag, und holte etwas aus der Tasche. »Da das Krankenhaus deinen Schmuck ja doch nicht hatte, meinte Eddy, ich sollte dir einen neuen Ehering besorgen, weil die Wähler erwarten, daß du einen trägst.«

Sie hatte ihn nicht richtig angelogen. Als er nach ihrem Schmuck fragte, erklärte sie, in dem Umschlag sei der Schmuck einer anderen Frau gewesen, nicht ihrer. »Ich habe ihn einer der Schwestern gegeben, damit sie sich darum kümmern kann.«

Tate holte einen einfachen, breiten Goldreif aus dem grauen Samtfutter einer Schmuckschachtel. »Er ist nicht so schick wie dein anderer, aber er wird den Zweck erfüllen.«

»Ich mag ihn«, sagte sie, als er den Ring auf ihren Ringfinger schob. Sie beugte den Kopf über und hielt seine Hand fest.

Dann küßte sie die Knöchel seiner Hand.

»Carole«, protestierte er und versuchte, ihr seine Hand zu entziehen, »nicht.«

»Bitte, Tate. Ich möchte dir danken für alles, was du für mich getan hast. Seit ich zum ersten Mal wieder zu Bewußtsein gekommen bin, wäre ich oft am liebsten gestorben. Bestimmt hätte ich den Kampf verloren, wenn nicht deine Ermutigungen gewesen wären. Du warst so...« Sie schluckte, versuchte jedoch nicht, die Tränen aufzuhalten, die über ihre Wagen liefen. »Du hast mir so viel Kraft gegeben. Vielen Dank.«

Sie sagte das aus vollem Herzen. Jedes Wort war wahr. Und als einfache Reaktion auf ihre Gefühle stellte sie sich auf die Zehenspitzen und berührte seine Lippen mit den ihren.

Er riß den Kopf zurück. Sie hörte, wie er überrascht Atem holte, und spürte, daß er zögerte, während er ihr Gesicht musterte. Dann senkte er den Kopf. Seine Lippen berührten ihre nur kurz und flüchtig.

Sie näherte ihren Körper dem seinen noch etwas und hob den Kopf weiter seinen Lippen entgegen. Dabei murmelte sie: »Tate, bitte küß mich.«

Mit einem leisen Stöhnen drückte er seinen Mund auf den ihren. Er umfaßte ihre Taille, zog sie an sich und legte dann eine Hand an ihren Hals, während seine Zunge mit ihren Lippen spielte, um sie zu öffnen.

Plötzlich hob er den Kopf. »Was zum –«

Er sah ihr tief in die Augen, während seine Brust sich gegen ihre drückte. Obwohl er dagegen ankämpfte, wanderte sein Blick zu ihrem Mund zurück. Er schloß die Augen und schüttelte den Kopf, als wehre er sich gegen etwas Unerklärliches, dann senkte er seine Lippen wieder auf ihren Mund.

Avery erwiderte seinen Kuß mit all der Sehnsucht, die sie schon seit Monaten hegte. Ihre Lippen verschmolzen miteinander voller Hunger. Je mehr er von ihr bekam, desto mehr wollte er, und desto mehr wollte sie ihm geben.

Er legte eine Hand auf ihre Hüfte und drückte sie an sich und gegen seine Erektion. Sie wölbte sich ihm entgegen, hob ihre Hände zu seinem Nacken und zog seinen Kopf näher.

Und dann war alles zu Ende.

Er stieß sie von sich, und sie beobachtete traurig, wie er sich mit dem Handrücken den Mund abwischte. Sie stieß einen kleinen, schmerzlichen Laut aus.

»Es läuft nicht, Carole«, sagte er angespannt. »Ich kenne dieses neue Spiel nicht, und solange ich die Regeln noch nicht beherrsche, weigere ich mich mitzuspielen. Du tust mir leid, weil du soviel durchmachen mußtest, und da du meine Frau bist, habe ich getan, was mein Pflichtgefühl von mir verlangt. Aber auf meine Gefühle hat das keinen Einfluß. Sie haben sich nicht geändert. Verstanden? Nichts hat sich geändert.«

Er griff sich seinen Mantel und verließ das Zimmer, ohne noch einmal zurückzuschauen.

Eddy trat in den Hof. Die Maisonne hatte viele Pflanzen zum Blühen gebracht. Moosrosen bedeckten die Beete.

Doch jetzt war es dunkel, und die Blüten hatten sich geschlossen. Der Hof wurde indirekt von Lampen erhellt, die zwischen den Pflanzen angebracht waren. Sie warfen hohe, dürre Schatten auf die weißgekalkten Wände des Hauses.

»Was machst du hier draußen?« fragte Eddy.

Tate saß in einem Gartensessel. »Ich denke nach.«

Er dachte an Carole – daran, wie ihr Gesicht im Spiegel ausgesehen hatte, als er in ihr Zimmer gekommen war. Es hatte gestrahlt. Ihre dunklen Augen hatten gefunkelt, als bedeute seine Ankunft etwas Besonderes für sie. Er entschied, daß das eine meisterliche schauspielerische Leistung gewesen war. Einen verrückten Augenblick war er sogar darauf hereingefallen. Idiotisch.

Wenn er einfach hinausgegangen wäre, sie nicht berührt und nicht liebkost hätte, wäre er jetzt nicht so schroff zu seinem Freund. Eine Flasche Whisky stand neben ihm, und er hatte Mühe, gegen die Erregung, die seinen Körper seit dem Kuß entflammte, anzukämpfen. Verärgert über sich selbst griff er noch einmal nach der Flasche und goß etwas über die schmelzenden Eisstücke in seinem Glas.

Er war scharf und hatte Lust auf seine untreue Ehefrau. Die

Treulosigkeit könnte er ihr ja vielleicht noch irgendwann vergeben, aber das andere niemals. Das nie.

»Warst du bei Carole?« fragte Eddy, der die Ursache von Tates finsterer Stimmung erriet.

»Ja.«

»Hast du ihr den Zettel gegeben?«

»Ja. Weißt du, was sie gemacht hat? Sie hat ihn zerrissen.«

»Ich habe das zu ihrem eigenen Besten geschrieben.«

»Das solltest du ihr selbst klarmachen.«

»Das letzte Mal, als ich ihr etwas zu ihrem Besten gesagt habe, hat sie mich Arschloch genannt.«

»Heute abend war sie auch kurz davor.«

»Ob sie es glaubt oder nicht, diese erste Begegnung mit der Presse wird verdammt schwierig, selbst für jemanden, der so hartgesotten ist wie Carole. Die Reporter platzen vor Neugier.«

»Das habe ich ihr auch gesagt, aber sie hat etwas gegen Ratschläge, um die sie nicht gebeten hat, und will sich keine Worte in den Mund legen lassen.«

»Na ja«, sagte Eddy und rieb sich den Hals, »mach dir keine Sorgen deswegen, solange es nicht unbedingt nötig ist. Wahrscheinlich kommt sie ganz gut zurecht.«

»Das scheint sie auf jeden Fall zu glauben.« Tate trank einen Schluck und rollte das Glas zwischen den Händen, während er einem Nachtschmetterling zusah, der selbstmörderisch immer wieder eine der Lampen zwischen den Blättern ansteuerte. »Sie ist...«

Eddy beugte sich vor. »Was ist sie?«

»Ach verdammt, ich weiß es nicht.« Tate seufzte. »Etwas ist anders.«

»Inwiefern?«

Vor allem schmeckte sie anders, aber das sagte er seinem Freund nicht. »Sie ist zurückhaltender und zugänglicher.«

»Zugänglicher? Hört sich eher so an, als hätte sie heute die Zähne gezeigt.«

»Ja, aber das war das erste Mal. Der Absturz und alles, was sie seitdem erlebt hat, haben sie, glaube ich, etwas ernüchtert. Sie sieht jünger aus, verhält sich aber reifer.«

»Das ist mir auch aufgefallen. Ist doch auch verständlich, oder? Carole hat plötzlich entdeckt, daß sie sterblich ist.« Eddy betrachtete eingehend die Fliesen zwischen seinen weit auseinanderstehenden Füßen. »Wie, äh, wie stehen die persönlichen Dinge zwischen euch?« Tate warf ihm einen heißen, wilden Blick zu. »Wenn es mich nichts angeht, sag's ruhig.«

»Es geht dich nichts an.«

»Ich weiß, was letzte Woche in Fort Worth passiert ist.«

»Ich habe nicht die leiseste Ahnung, wovon du sprichst.«

»Von einer Frau, Tate.«

»Da waren eine Menge Frauen.«

»Aber nur eine von ihnen hat dich nach der Ansprache zu sich nach Hause eingeladen. Besser gesagt, ich weiß nur von einer.«

»Mein Gott, entgeht dir denn wirklich überhaupt nichts?«

»Nicht, soweit es dich betrifft. Und nicht, bis sie dich zum Senator gewählt haben.«

»Also gut, du kannst ruhig schlafen. Ich bin nicht hingegangen.«

»Vielleicht hättest du es tun sollen.«

Tate lachte freudlos.

»Hättest du Lust dazu gehabt?«

»Vielleicht.«

»Also doch«, sagte Eddy. »Du bist auch nur ein Mensch. Deine Frau ist seit Monaten nicht bei dir, und schon vorher –«

»Eddy, das geht dich nichts an«, wiederholte Tate.

»Die ganze Familie weiß doch, daß ihr euch nicht verstanden habt. Ich spreche nur von dem, was offensichtlich ist. Also warum nicht auch offen sprechen?«

»Sprich du ruhig offen. Ich gehe ins Bett.«

Eddy griff nach seinem Arm, noch bevor er aufstehen konnte. »Mein Gott, reg dich doch nicht so auf. Ich versuche doch nur, dir einen Gefallen zu tun.« Er wartete einen Moment, damit Tate Zeit hatte, seinen Ärger zu überwinden.

»Ich sage doch nur, daß du schon lange ohne auskommen mußtest«, fuhr Eddy ruhig fort. »Das macht dich reizbar. Wenn du zu deinem Glück nur mal wieder eine süße kleine Abwechslung brauchst, laß es mich wissen.«

»Und was willst du dann machen?« fragte Tate bedrohlich. »Mich verkuppeln?«

Eddy sah ihn enttäuscht an. »Es gibt Möglichkeiten, so was ganz direkt zu lösen.«

»Sag das Gary Hart, der hat's auch versucht.«

»Er war nicht geschickt genug.«

»Und du bist geschickt genug?«

»Ganz sicher.«

»Weißt du, was Dad denken würde, wenn er hören würde, was du mir gerade für ein Angebot machst?«

»Er ist ein Idealist«, sagte Eddy wegwerfend. »Nelson glaubt noch an den Weihnachtsmann. Die Moral ist sein A und O. Ich dagegen bin Realist. Wir sehen schon ganz zivilisiert aus, aber trotzdem sind wir Menschen doch wie Tiere.

Also: wenn du etwas brauchst und deine Frau spielt nicht mit, dann holst du dir deinen Spaß woanders.«

»Warum bist du so sicher, daß ich eine Frau brauche?«

Eddy lächelte und stand auf. »Ich habe dich schließlich in Aktion gesehen. Du hast so einen gespannten Ausdruck um den Mund, der erkennbar macht, daß du in letzter Zeit zu enthaltsam warst. Und ich kenne diesen finsteren Blick. Mag sein, daß du dich um ein öffentliches Amt bewirbst, aber du bist doch immer noch Tate Rutledge. Dein Schwanz weiß nicht, daß er bis nach der Wahl ein braver kleiner Junge sein muß.«

»Bei dieser Wahl entscheidet sich meine Zukunft, Eddy. Das weißt du. Ich merke jetzt erst richtig, wieviel mir daran liegt, als Senator nach Washington zu gehen. Glaubst du wirklich, ich will diesen Traum für zwanzig Minuten Spaß aufs Spiel setzen?«

»Nein, ich schätze nicht«, erwiderte Eddy mit einem bedauernden Seufzen. »Ich dachte nur, ich könnte dir vielleicht helfen.«

Tate stand auf und sah ihn mit einem schrägen Lächeln an. »Als nächstes wirst du noch sagen: Wozu sonst hat man Freunde?«

Eddy kicherte. »Was derart Banales? Du machst wohl Witze.«

Sie machten sich auf den Weg zum Haus. Tate legte einen Arm auf Eddys Schultern. »Du bist ein guter Freund.«

»Danke.«

»Aber in einem Punkt hatte Carole recht.«

»Nämlich?«

»Du bist ein Arschloch.«

Sie lachten und gingen ins Haus.

Kapitel 14

Avery setzte eine Sonnenbrille auf.

»Ich glaube, es wäre besser, wenn du sie nicht trägst«, meinte Eddy. »Wir wollen doch nicht, daß es aussieht, als wollten wir etwas Unschönes verbergen.«

»Einverstanden.« Sie nahm die Sonnenbrille ab und steckte sie in die Tasche der rohseidenen Jacke, die zu ihrer in Falten gelegten Hose paßte. »Wie sehe ich aus?« fragte sie Tate.

Eddy streckte seinen Daumen nach oben. »Umwerfend.«

Zusammen verließen sie das Zimmer und gingen den Flur entlang zum Ausgang. Sie hatten sich schon von den Krankenschwestern verabschiedet, die ihnen noch »Viel Glück« nachriefen.

»Ein Wagen mit Chauffeur?« fragte Avery, als sie die getönte Glasfront des Gebäudes erreicht hatten. Die Horde von Reportern konnte Avery nicht sehen, aber für sie war die Scheibe durchsichtig. Eine schwarze Cadillaclimousine stand am Straßenrand, daneben ein uniformierter Chauffeur.

»Damit wir beide dich beschützen können«, erklärte Eddy.

»Wovor?«

»Vor der Menge. Der Fahrer hat deine Sachen schon im Kofferraum verstaut. Geh zum Mikrofon, sage, was du zu sagen hast, weise höflich weitere Fragen zurück und geh zum Auto.«

Er sah sie einen Augenblick an, als wolle er sichergehen, daß sie verstanden hatte, dann wandte er sich an Tate. »Du kannst ein paar Fragen beantworten, wenn du willst. Mach es davon abhängig, wie nett sie sind. Solange die Stimmung angenehm bleibt, kannst du soviel wie möglich daraus machen. Wenn es ungemütlich wird, gebrauche Carole als Ausrede und hör auf. Fertig?«

Er ging voraus, um ihnen die Tür zu öffnen. Avery sah zu Tate auf. »Wie kannst du nur seine herrische Art ertragen?«

»Dafür wird er schließlich bezahlt.«

Sie nahm sich vor, Eddy nicht mehr vor Tate zu kritisieren. In Tates Einschätzung war sein Wahlkampfleiter über jeden Zweifel erhaben.

Eddy hielt ihnen die Tür auf. Tate griff nach Caroles Ellbogen und drängte sie sanft voran. Die Reporter und Fotografen waren noch vor wenigen Augenblicken eine schreiende, wimmelnde Masse gewesen. Jetzt senkte sich erwartungsvolles Schweigen über sie, während sie darauf warteten, daß die Frau des Bewerbers um den Senatorenposten nach monatelanger Abgeschiedenheit wieder in der Öffentlichkeit erschien.

Avery ging von der Tür direkt zum Mikrofon, wie Eddy es ihr aufgetragen hatte. Sie sah aus wie Carole Rutledge. Das wußte sie. Es war erstaunlich, daß nicht einmal die nächsten Angehörigen oder ihr Mann etwas bemerkt hatten.

Aber als sich Avery dem Mikrofon näherte, hatte sie Angst, ein Fremder könnte vielleicht entdecken, was bisher niemandem aufgefallen war. Jemand würde sich vielleicht über die Menge erheben, mit einem anklagenden Finger auf sie zeigen und rufen: »Betrügerin!«

Der plötzlich losbrechende Applaus kam völlig unerwartet für sie. Er überraschte aber nicht nur sie, sondern auch Tate und sogar Eddy, der immer Fassung bewahrte. Ihre Schritte wurden langsamer. Sie sah unsicher zu Tate auf, und er lächelte sie mit jenem charmanten klassisch-amerikanischen Heldenlächeln an. Schon das allein wäre all ihre Sorgen und Schmerzen wert gewesen. Und es baute ihr Selbstbewußtsein unglaublich auf.

Sie bat mit einer anmutigen Geste um Ruhe. Als der Applaus verstummte, bedankte sie sich schüchtern. Dann räusperte sie sich und begann ihre kurze vorbereitete Rede.

»Ich danke Ihnen, meine Damen und Herren, daß Sie mich nach meinem langen Krankenhausaufenthalt so herzlich willkommen heißen. Ich möchte all jenen öffentlich mein Beileid aussprechen, die einen ihrer Lieben bei dem schrecklichen Absturz des AireAmerica-Fluges 398 verloren haben. Es ist für mich immer noch kaum zu glauben, daß meine Tochter und ich diesen tragischen Unfall überlebt haben. Und wahrscheinlich wäre es mir auch nicht gelungen, wenn mir die ständige Unterstützung und Ermutigung meines Mannes nicht geholfen hätten.«

Den letzten Satz hatte sie noch zu Eddys vorbereiteter Rede hinzugefügt. Mutig schob sie ihre Hand in die von Tate. Nach einem kurzen Zögern, das nur sie spürte, drückte er ihre Hand sanft.

»Mrs. Rutledge, halten Sie AireAmerica für verantwortlich für den Absturz?«

»Wir können dazu nichts sagen, bis nicht die Untersuchungen der Behörden abgeschlossen und veröffentlicht worden sind«, sagte Tate.

»Mrs. Rutledge, erinnern Sie sich daran, wie Sie ihre Tochter aus dem brennenden Wrack gerettet haben?«

»Jetzt ja«, sagte sie, bevor Tate antworten konnte, »anfangs war das anders. Mein Überlebenswille hat mich zum Handeln getrieben. Ich erinnere mich nicht daran, irgendeine bewußte Entscheidung getroffen zu haben.«

»Mrs. Rutledge, haben Sie irgendwann während der chirurgischen Rekonstruktionen an ihrem Gesicht gezweifelt, daß Ihr Äußeres wieder hergestellt werden kann?«

»Ich hatte volles Vertrauen in den Chirurgen, den mein Mann für mich ausgewählt hat.«

Tate beugte sich zum Mikrofon vor, damit man ihn hören konnte. »Sie können sich sicher vorstellen, daß Carole jetzt gern nach Hause möchte. Bitte entschuldigen Sie uns.«

Er drängte sie, weiterzugehen, aber die Menge bedrängte sie. »Mr. Rutledge, wird Ihre Frau Sie auf ihren Wahlkampfreisen begleiten?« Ein besonders aufdringlicher Reporter stellte sich direkt vor sie und schob Tate sein Mikrofon vors Gesicht.

»Bei einigen Fahrten wird Carole dabei sein. Aber vermutlich zieht sie es vor, zu Hause bei unserer Tochter zu bleiben.«

»Wie geht es Ihrer Tochter, Mr. Rutledge?«

»Es geht ihr gut, danke. Wenn wir jetzt bitte –«

»Was meint Ihre Tochter zu den leichten Veränderungen in Ihrem Aussehen, Mrs. Rutledge?«

»Keine Fragen mehr, bitte.«

Eddy bahnte ihnen einen Weg durch die Menge, aber sie kamen nur langsam voran. Die Leute waren ihnen eigentlich wohlgesinnt, trotzdem fühlte sich Avery eingeengt.

Bis jetzt war sie immer auf der anderen Seite gewesen, eine Reporterin, die jemandem, der in einer persönlichen Krise war, ein Mikrofon entgegengehalten hatte. Die Aufgabe eines Reporters war es, an eine Story zu kommen, eine Aussage aufzunehmen, die kein anderer aufgezeichnet hat. Man dachte kaum je daran, wie es wohl sein mochte, wenn man Opfer dieses Ansturmes war. Dieser Aspekt ihrer Arbeit hatte ihr noch nie gefallen. Ihren schwerwiegenden Fehler hatte sie nicht gemacht, weil sie zu wenig Empfindsamkeit besessen hatte, sondern zuviel.

Aus dem Augenwinkel sah sie das KTEX-Zeichen an der Seite einer Videokamera. Instinktiv drehte sie ihren Kopf in diese Richtung. Es war Van!

Für einen kleinen Augenblick vergaß sie, daß sie ihn eigentlich nicht kennen durfte. Beinahe hätte sie sogar seinen Namen gerufen und ihm zugewinkt. Sein bleiches, schmales Gesicht und sein dünner Pferdeschwanz sahen so wunderbar vertraut aus! Sie hätte sich ihm am liebsten an die knochige Brust geworfen und ihn fest gedrückt.

Gott sei Dank blieb ihr Gesicht ausdruckslos. Sie wandte sich wieder ab, ohne eine Regung zu zeigen. Tate drängte sie in die Limousine. Als sie dann auf dem Rücksitz saß und von dem gefärbten Glas verdeckt wurde, spähte sie aus dem Rückfenster. Van schob sich durch die Menge, sein Auge fest an den Sucher der Kamera gepreßt.

Ja, sie vermißte den verqualmten Redaktionsraum mit den rappelnden Telefonen, den quäkenden Polizeifunklautsprechern und ratternden Fernschreibern.

Als sich der Wagen von dem Haus entfernte, in dem sie sich wochenlang aufgehalten hatte, spürte sie plötzlich ein überwältigendes Heimweh nach Avery Daniels Leben. Wer trug jetzt ihre Kleider, schlief in ihrer Bettwäsche und trocknete sich mit ihren Handtüchern ab? Plötzlich fühlte sie sich, als hätte man sie ausgezogen und vergewaltigt. Aber sie selbst hatte die unwiderrufliche Entscheidung getroffen, daß Avery Daniels tot bleiben mußte. Nicht nur ihre berufliche, sondern auch ihre persönliche Existenz und die von Tate standen jetzt auf dem Spiel.

Tate setzte sich bequemer neben sie. Sein Bein streifte ihres. Sein Ellenbogen berührte ihre Brust. Seine Hüfte befand sich sicher neben der ihren.

Im Augenblick war sie genau dort, wo sie sein wollte.

Eddy, der vor ihr auf dem Klappsitz saß, klopfte ihr beruhigend das Knie. »Du hast dich gut geschlagen, selbst in den nicht geplanten Passagen. Eine nette Idee, so nach Tates Hand zu greifen. Was meinst du, Tate?«

Tate löste seine Krawatte und knöpfte den Kragen auf. »Hat sie prima gemacht.« Er zeigte mit dem Finger auf Eddy. »Aber diese Fragen über Mandy gefallen mir nicht. Was könnte sie mit meinem Wahlkampf oder der Wahl zu tun haben?«

»Nichts. Die Leute sind nur neugierig.«

»Scheiß Neugierde. Sie ist meine Tochter. Ich will, daß sie von allem ferngehalten wird.«

»Vielleicht ist sie zu sehr ferngehalten.« Averys rauchige Stimme zog Tates Aufmerksamkeit plötzlich auf sich.

»Was soll das heißen?«

»Jetzt, wo sie mich gesehen haben«, sagte sie, »werden sie aufhören, dir Fragen über mich zu stellen, und sich auf das Wesentliche beschränken.«

Während ihrer Genesung hatte sie den Erfolg seiner Kampagne genau anhand jeder erhältlichen Zeitung und der Fernsehnachrichten nachvollzogen. Er hatte den ersten Wahlgang im Sturm genommen, aber die eigentliche Schlacht stand ihm noch bevor. Sein Gegner im November war der amtierende Senator Rory Dekker.

Und Dekker war eine Institution in der texanischen Politik. Solange Avery sich erinnern konnte, war er schon Senator. Es würde ein Kampf David gegen Goliath werden.

In fast jeder Nachrichtensendung wurde mindestens fünfzehn Sekunden über den Wahlkampf berichtet, und wie Avery wohl wußte, waren fünfzehn Sekunden eine beneidenswert lange Zeit. Doch während Dekker klugerweise seine Zeit dazu nutzte, seinen politischen Standpunkt zu festigen, war Tates wertvolle Zeit zu oft mit Fragen nach Caroles Gesundheitszustand verschwendet worden.

»Wenn wir Mandy nicht so gut unter Verschluß halten«, sagte sie vorsichtig, »wird die Neugierde der Presse in bezug auf sie bald nachlassen. Möglicherweise interessieren sie sich dann für etwas anderes, wie zum Beispiel für deine Agrarreformen.«

»Da hat sie vielleicht recht, Tate.« Eddy betrachtete sie mißtrauisch, aber mit so etwas wie widerwilligem Respekt.

Tates Gesichtsausdruck zeigte eine Mischung aus Ärger und Unentschlossenheit. »Ich werde darüber nachdenken«, sagte er und starrte aus dem Fenster.

Sie fuhren schweigend bis zur Wahlkampfzentrale. Eddy sagte: »Alle möchten dich gern sehen, Carole. Ich habe sie gebeten, dich nicht so anzuglotzen, aber ich kann nicht dafür garantieren, daß das klappt. Es wäre wirklich nett von dir, wenn du noch ein wenig bleiben könntest.«

»Ja, das tut sie.« Tate ließ ihre keine Wahl, nahm ihren Arm und schob sie auf die Tür zu.

Seine bestimmende Art ließ ihr die Haare zu Berge stehen, aber sie wollte auch gern sehen, wie es in der Wahlkampfzentrale aussah, also ging sie ohne Protest mit. Je näher sie der Tür kamen, desto flauer wurde allerdings ihr Gefühl im Magen. Jede neue Situation war eine Prüfung für sie – wie ein Minenfeld, durch das sie mit angehaltenem Atem steuern mußte, um nur ja keine falsche Bewegung zu machen.

Hinter der Tür befand sich ein Raum, der im totalen Chaos versank. Die freiwilligen Mitarbeiter nahmen Anrufe entgegen, verschlossen Briefumschläge, öffneten Briefumschläge, stapelten und sortierten Papiere, standen auf, setzten sich hin. Alle waren in Bewegung. Nach der Stille und Ernsthaftigkeit der Klinik fühlte sich Avery, als wäre sie gerade in ein Affenhaus gebracht worden.

Tate zog die Jacke aus und krempelte sich die Ärmel hoch. Als er erschien, hielten alle inne, um ein paar Worte mit ihm zu wechseln. Es war offensichtlich, daß jeder im Raum zu ihm aufsah wie zu einem Helden und ihm völlig ergeben war.

Ihr wurde auch klar, daß hier Eddy Paschals Wort Gesetz war, denn die Freiwilligen sahen sie zwar flüchtig an und begrüßten sie höflich, aber niemand starrte sie neugierig an. Avery fühlte sich unbehaglich, weil sie nicht wußte, was man von ihr erwartete. Sie folgte Tate, während er durchs Zimmer ging. Hier war er ganz in seinem Element und strahlte Selbstvertrauen aus.

»Guten Tag, Mrs. Rutledge«, sagte ein junger Mann zu ihr, »Sie sehen wirklich hervorragend aus.«

»Vielen Dank.«

»Tate, heute morgen hat der Gouverneur einen offenen Brief mit besten Wünschen zur Mrs. Rutledges Genesung geschickt. Er hat ihr Mut zugesprochen, aber dich in etwa einen verdammten Liberalen genannt, bei dem die Texaner Vorsicht walten lassen müssen. Er warnte die Wähler, sich durch ihre Sympathie für Mrs. Rutledge nicht im November in ihrer Wahlentscheidung beeinflussen zu lassen. Wie möchtest du darauf antworten?«

»Überhaupt nicht. Nicht sofort. Der großspurige Hund will mich nur provozieren, mich wie ein feuerspeiender Drache aufzuführen. Diese Genugtuung werde ich ihm nicht geben. Ach ja, und die Sache mit dem ›großspurigen Hund‹ kommt nicht ins Protokoll.«

Der junge Mann lachte und ging zu seinem Computer, um die Pressemitteilung zu verfassen.

»Wie sieht die augenblickliche Umfrage aus?« fragte Tate.

»Wir nehmen keine Rücksicht auf die Umfragen«, erklärte Eddy locker, als er auf sie zukam. Irgendwo unterwegs hatte er Fancy aufgelesen. Sie betrachtete Carole mit der üblichen Widerspenstigkeit.

»Blödsinn«, sagte Tate als Erwiderung auf Eddys ausweichende Antwort. »Wie viele Punkte liege ich zurück?«

»Vierzehn.«

»Besser als letzte Woche. Ich sage doch, daß es keinen Grund zur Panik gibt.« Alle lachten über seine optimistische Analyse.

»Hallo, Onkel Tate, hallo, Tante Carole.«

»Hallo, Fancy.«

Das Gesicht des Mädchens zeigte ein Engelslächeln, doch dahinter lag eine Art von Bosheit, die Avery beunruhigte. Das einzige Mal, als Fancy sie im Krankenhaus besucht hatte, hatte sie sich über die damals noch sichtbaren Narben lustig gemacht. Die gefühllose Art des Mädchens verärgerte Nelson so sehr, daß er sie aus dem Zimmer schickte und ihr verbot, wiederzukommen. Es schien ihr nichts auszumachen.

Schon beim ersten Blick sah man ihr an, daß sie eine berechnende kleine Hexe war. Wenn Fancy zehn Jahre jünger gewesen wäre, hätte Avery vorgeschlagen, ihr einmal kräftig den Hintern zu versohlen. Doch ihr Verhalten Carole gegenüber schien noch über die unbedachte Taktlosigkeit eines Teenagers hinauszugehen.

»Ist das dein neuer Ehering?« fragte Fancy und deutete auf Averys linke Hand.

»Ja. Tate hat ihn mir gestern abend mitgebracht.«

Sie hob Averys Hand an den Fingerspitzen und betrachtete abschätzig den Ring. »Mehr wollte er wohl nicht investieren, was?«

»Ich habe eine Aufgabe für dich«, unterbrach Eddy kurzangebunden. »Hier hinten.« Er nahm Fancys Ellenbogen, drehte sie um und schob sie in die entgegengesetzte Richtung.

»Was für ein nettes Kind«, sagte Avery aus dem Mundwinkel heraus.

»Eine Tracht Prügel würde ihr guttun.«

»Stimmt.«

»Hallo, Mrs. Rutledge.« Eine Frau im mittleren Alter kam zu ihnen und schüttelte Avery die Hand.

»Hallo, nett, Sie wiederzusehen, Mrs. Baker«, sagte Avery, nachdem sie unauffällig das Namensschild an der Brusttasche der Frau gelesen hatte.

Mrs. Bakers Lächeln schwand. Sie sah nervös zu Tate. »Eddy meint, daß du diese Pressemitteilungen überfliegen solltest, Tate. Sie sollen morgen rausgehen.«

»In Ordnung. Nur keine Eile.«

»Da habe ich was falsch gemacht, oder?« fragte Avery ihn, als die Frau wegging.

»Wir gehen jetzt besser.«

Er rief einen Abschiedsgruß in die Menge. Eddy winkte ihm

von der anderen Seite des Raums zu, sprach aber weiter in den Telefonhörer, den er zwischen Schulter und Ohr geklemmt hatte. Von ihrem Sitz an der Kante seines Schreibtisches aus winkte Fancy ihnen lässig zu.

Tate ging mit Avery hinaus und zu einem silbernen Auto. »Diesmal kein Wagen mit Chauffeur?«

»Jetzt sind wir wieder ganz normale Leute.«

Avery sog den Anblick und die Geräusche der Stadt in sich auf, während sie sich langsam ihren Weg durch den Mittagsverkehr bahnten. Alles war angenehm vertraut und doch aufregend neu, wie der Frühling sich für ein Tier anfühlen mußte, das aus dem Winterschlaf erwachte.

Als sie am Flughafen vorbeifuhren und sie die Maschinen starten sah, bekam sie eine Gänsehaut und ihr Bauch spannte sich so an, daß es weh tat.

»Alles in Ordnung?«

Sie wandte den Blick schnell von der Startbahn ab und sah, daß Tate sie scharf beobachtete. »Natürlich. Mir geht's prima.«

»Meinst du, daß du je wieder fliegen kannst?«

»Ich weiß nicht. Ich denke, schon. Beim ersten Mal wird es bestimmt schlimm.«

»Ich weiß nicht, ob wir Mandy je wieder in ein Flugzeug setzen können.«

»Vielleicht überwindet sie ihre Angst leichter als ich. Kinder sind oft beweglicher als Erwachsene.«

»Kann sein.«

»Ich bin so gespannt darauf, sie wiederzusehen. Es ist schon Wochen her...«

»Sie ist gewachsen.«

»Ja?«

Ein Lächeln huschte über sein Gesicht. »Vor ein paar Tagen habe ich sie auf meinen Schoß gesetzt und bemerkt, daß sie mir jetzt schon fast bis zum Kinn reicht.«

Sie lächelten. Dann verdüsterte sich sein Blick wieder, und er wandte seine Aufmerksamkeit dem Verkehr zu. Avery, die sich ausgeschlossen fühlte, fragte: »Was ist mit Mrs. Baker? Was habe ich falsch gemacht?«

»Sie arbeitet erst seit zwei Wochen für uns. Du bist ihr noch nie begegnet.«

Averys Herz pochte wild. So etwas mußte ja passieren. Sie würde immer wieder solche Fehler machen, für die sie sich schnell eine Erklärung einfallen lassen mußte.

Sie senkte den Kopf und rief sich mit zwei Fingern die Schläfen. »Entschuldige, Tate. Ich habe mich wahrscheinlich sehr seltsam benommen.«

»Stimmt.«

»Du mußt Geduld mit mir haben. Das eigentliche Problem ist, daß ich mich gelegentlich an Dinge nicht erinnern kann. Manchmal komme ich im Ablauf der Ereignisse durcheinander und entsinne mich nicht an Leute oder Orte.«

»Das ist mir schon vor ein paar Wochen aufgefallen. Manche Dinge, die du sagst, ergeben keinen Sinn.«

»Warum hast du nichts erwähnt, als es dir zum ersten Mal aufgefallen ist?«

»Ich wollte dich nicht beunruhigen, aber ich habe den Neurologen deswegen befragt. Er meint, daß deine Gehirnerschütterung wahrscheinlich einen Teil deines Erinnerungsvermögens beeinflußt hat.«

»Für immer?«

Er zuckte mit den Schultern. »Dazu konnte er nichts sagen. Vielleicht kommt die Erinnerung Stück für Stück zurück, vielleicht bleibt manches aber auch endgültig verloren.«

Im stillen war Avery froh über die Prognose des Neurologen. Wenn sie einen Fehler beging, konnte sie ihre Erinnerungsschwäche als Grund vorschieben.

Sie streckte ihre Hand aus und legte sie auf Tates. »Es tut mir leid, wenn ich dir Unannehmlichkeiten bereitet habe.«

Er zog seine Hand unter der ihren hervor und legte sie ans Steuerrad. Avery achtete genau auf die Route, die sie fuhren. Schließlich würde sie irgendwann ihren Heimweg allein finden müssen.

Sie stammte aus einer Stadt im Norden von Texas und hatte ihre Kindheit im wesentlichen in Dallas verbracht, wo Cliff Daniels als freier Fotojournalist gearbeitet hatte.

Wie die meisten Texaner war sie sehr stolz auf ihre Herkunft, und obwohl sie Hunderte von Dollars auf Sprechunterricht verwendet hatte, um ihren Dialekt loszuwerden, war sie im Grunde ihres Herzens doch ganz Texanerin. Das Hügelland war immer eine ihrer Lieblingsgegenden gewesen. Die sanft geschwungenen Hügel waren zu jeder Jahreszeit schön.

Jetzt standen die blauen Skabiosen in voller Blüte und bedeckten den Boden wie ein saphirfarbener Schleier. Riesige Felsen ragten aus der Erde hervor wie schiefe Backenzähne.

Diese Gegend war voller Leidenschaft – hier hatten die spanischen Dons ihre Reiche gehabt, Komanschenkrieger Mustangherden gejagt und die Kolonisten ihr Blut vergossen, um unabhängig zu werden. Das Land schien zu pulsieren im Geiste jener unbesiegbaren Völker, die es bewohnbar gemacht, aber niemals gezähmt hatten. Ihre wilden, unabhängigen Seelen schienen noch geblieben zu sein, wie die Wildkatzen, die in den Höhlen der Umgebung lebten, unsichtbar, aber doch vorhanden. Es war ein Land voller Kontraste und Traditionen. Avery liebte es.

Offensichtlich auch Tate. Beim Fahren betrachtete er zufrieden die Landschaft, als sähe er sie zum ersten Mal. Er bog in eine Straße ab, deren Einfahrt von zwei Felssäulen gesäumt wurde. Dazwischen hing ein schmiedeeisernes Schild mit der Aufschrift ›Rocking R Ranch‹.

Aus den Artikeln über die Familie Rutledge, die Avery heimlich während ihrer Genesungszeit gelesen hatte, wußte sie, daß die Ranch mehr als fünftausend Morgen umfaßte und eine eindrucksvolle Herde von Zuchtvieh beherbergte. Zwei Nebenarme des Guadelupe und einer des Blanco versorgten die Weiden mit Wasser.

Nelson hatte das Land von seinem Vater geerbt. Seit er den Dienst bei der Luftwaffe quittiert hatte, beschäftigte er sich mit dem Aufbau der Ranch und machte sie zu einem gewinnträchtigen Unternehmen.

In einem Artikel der Zeitschrift *Texas Monthly* war auch ein Bild des Hauses gewesen, aber Avery hatte sich unter dem Foto nicht sehr viel vorstellen können.

Jetzt, als sie über eine Anhöhe fuhren, sah sie es in der Ferne liegen. Es war aus weißen Luftziegeln erbaut wie eine spanische *Hacienda,* mit drei Flügeln, die hufeisenförmig um einen Innenhof angeordnet waren. Von der Mitte aus hatte man einen phantastischen Blick über das Tal und den Fluß dahinter. Das weitläufige Haus war mit roten Dachziegeln gedeckt, die jetzt die Mittagssonne spiegelten.

Die Auffahrt endete in einem Bogen vor dem Haupteingang. Eine majestätische Steineiche warf ihren Schatten auf die ganze Vorderseite des Hauses, und graues Moos hing von ihren Zweigen herab. Eine scharlachrote Fülle von Geranien stand in Terracottatöpfen auf beiden Seiten der Haustür, zu der Tate Avery führte, nachdem sie aus dem Wagen gestiegen waren.

Das war Texas, wie es leibte und lebte, und plötzlich spürte Avery, daß es ihr Zuhause war.

Kapitel 15

Das ganze Haus war stilvoll möbliert. Alle Zimmer waren geräumig, mit hohen, von Balken gestützten Decken und breiten Fenstern. Zee hatte ihrer Familie ein schönes Heim bereitet.

Das Mittagessen wartete auf der Veranda auf sie. Sie aßen an einem großen Gartentisch, unter einem leuchtendgelben Sonnenschirm. Nachdem Avery von Nelson und Zee zur Begrüßung umarmt worden war, ging sie zu Mandy und kniete sich vor sie.

»Hallo, Mandy. Ich bin so froh, daß ich dich endlich wiedersehe.«

Mandy starrte auf den Boden. »Ich war ganz brav.«

»Ja, natürlich. Daddy hat mir das immer wieder erzählt. Und du siehst so hübsch aus heute.« Sie strich mit der Hand über Mandys glänzendes Haar. »Deine Haare wachsen schon wieder kräftig, und dein Gips ist ja auch weg.«

»Kriege ich jetzt mein Mittagessen? Großmutter hat gesagt, daß wir essen, wenn ihr ankommt.«

Ihre apathische Art brach Avery das Herz. Sie hätte ihrer Mutter eigentlich lauter aufregende Dinge erzählen müssen nach einer so langen Trennung.

»Holen Sie Carole etwas Eistee, Mona«, sagte Nelson, wobei Avery auch gleich den Namen der Haushälterin erfuhr, die das Essen brachte. »Und vergessen Sie den Zucker nicht.«

Die Familie versorgte sie, ohne es zu bemerken, mit zahllosen Hinweisen. Sie erfuhr Stück für Stück von Caroles Angewohnheiten, Vorlieben und Abneigungen. Sie blieb auch ständig wachsam in bezug auf Dinge, durch die sie sich verraten könnte.

Als sie sich gerade insgeheim gratulierte, wie gut ihr das gelang, lief ein großer, zottiger Hund über den Rasen. Er kam bis auf eine kurze Entfernung heran, bis er bemerkte, daß Avery eine Fremde war. Er blieb starr und unbeweglich stehen, dann setzte er sich und knurrte.

Ein Hund – das Haustier! Warum hatte sie nicht daran gedacht? Statt darauf zu warten, daß die anderen reagierten, ergriff sie die Initiative.

»Was ist los mit ihm? Habe ich mich so verändert? Erkennt er mich nicht?«

Tate hob ein Bein über die Bank, auf der er saß, und klopfte sich auf den Oberschenkel. »Komm her, Shep, und hör auf zu knurren.«

Mit einem wachsamen Blick in Richtung Avery schlich der Hund zum Tisch und legte sein Kinn auf Tates Schenkel. Tate kraulte ihn hinter den Ohren. Vorsichtig streckte Avery die Hand aus. »Hallo, Shep, ich bin's.«

Er schnupperte mißtrauisch an ihrer Hand. Als er schließlich zufrieden feststellte, daß sie keine Gefahr bedeutete, leckte er einmal warm und feucht über ihre Handfläche. »So ist es gut.« Sie lachte und sah zu Tate auf, der sie verwunderte betrachtete.

»Seit wann hast du Interesse daran, dich mit meinem Hund anzufreunden?«

Avery sah sich hilflos um. Nelson und Zee wirkten ebenfalls verblüfft. »Seit... seit ich beinah gestorben wäre. Ich denke, ich fühle mich jetzt allen Lebewesen mehr verbunden.«

Die unbehagliche Stimmung verging, und das Mittagessen verstrich ohne weitere Zwischenfälle. Danach wäre Avery gern in ihr Zimmer und ins Bad gegangen, aber sie wußte nicht, wo ihr Zimmer war.

»Tate«, fragte sie, »sind meine Sachen schon im Haus?«
»Ich glaube, nicht. Warum, brauchst du sie?«
»Ja, bitte.«
Während Mandy bei ihren Großeltern blieb, folgte Avery ihm zum Auto, das immer noch vor dem Haus stand. Sie trug die kleinere Tasche, er die größere.
»Ich kann auch beide nehmen«, sagte er über seine Schulter, als er wieder ins Haus ging.
»Kein Problem.« Sie ging etwas langsamer, um sich den Weg zeigen zu lassen. Eine breite, zweiflügelige Tür führte in einen langen Flur. Auf der einen Seite befanden sich eine Reihe von Fenstern, die zum Hof hinausführten, auf der anderen Seite waren mehrere Zimmer angeordnet. Tate betrat eines von ihnen und stellte ihren Koffer vor eine Tür mit Lüftungsschlitzen.
»Mona kann dir beim Auspacken helfen.«
Avery nickte, war aber im Geiste mit dem Zimmer beschäftigt. Es war groß und hell und mit einem safranfarbenen Teppich und hellen Holzmöbeln eingerichtet. Die Tagesdecke auf dem Bett und die Vorhänge waren mit Blumenmuster bedruckt. Das Ganze war etwas zu blumig für Averys Geschmack, aber offensichtlich teuer und von guter Qualität.
Tate sagte: »Ich gehe ins Arbeitszimmer. Du solltest dich ein wenig ausruhen, damit du dich langsam wieder eingewöhnst. Wenn du...«
Die Art, wie Avery scharf einatmete, ließ ihn innehalten. Er folgte der Richtung, die ihr Blick nahm – zu dem lebensgroßen Porträt von Carole, das an der gegenüberliegenden Wand hing. »Was ist los?«
Mit einer Hand an der Kehle schluckte Avery und sagte: »Nichts. Nur... nur, ich sehe eben kaum noch so aus wie damals.« Es war beunruhigend, der einzigen Person so in die Augen zu sehen, die wissen könnte, daß sie eine Betrügerin war. Diese dunklen Augen machten sich über sie lustig.
Sie wandte den Blick ab, sah zu Tate auf und strich sich über das kurze Haar. »Ich glaube, ich habe mich doch noch nicht so ganz an die Veränderungen gewöhnt. Würde es dir etwas ausmachen, wenn ich das Porträt herunternehme?«

»Warum sollte es mir etwas ausmachen? Dies ist dein Zimmer. Du kannst damit tun und lassen, was immer dir gefällt.« Er ging zur Tür. »Wir sehen uns dann beim Abendessen.« Er schloß die Tür fest hinter sich.

Seine Mißachtung war unbestreitbar. Sie fühlte sich, als hätte man sie in der Antarktis ausgesetzt. Er hatte sie abgesetzt, wo sie hingehörte, und betrachtete damit seine Pflicht als erledigt.

Dies ist dein Zimmer.

Das Schlafzimmer war so außergewöhnlich sauber, als hätte es schon seit langer Zeit niemand mehr benutzt. Avery vermutete, daß hier seit drei Monaten, seit Carole es am Morgen des Absturzes verlassen hatte, niemand mehr geschlafen hatte.

Sie öffnete die Tür zum Wandschrank. Es hingen genug Kleider darin, um eine ganze Armee auszustatten, aber es waren nur Frauenkleider – vom Pelzmantel bis zum zartesten Frisierumhang. Nichts in dem Wandschrank gehörte Tate, und genauso war es bei Kommode und Toilettentisch.

Avery ließ sich mutlos auf die Kante des breiten Doppelbettes sinken. *Dein Zimmer,* hatte er gesagt, nicht *unseres.*

Na ja, dachte sie trübsinnig, dann brauchte sie sich ja keine Sorgen mehr darüber zu machen, was geschehen könnte, wenn er seinen ehelichen Pflichten nachkommen wollte. Diese Bedenken waren gegenstandslos geworden. Sie würde deshalb keine intimeren Beziehungen zu Tate haben, weil er keine mehr mit seiner Frau gehabt hatte.

Angesichts seiner Haltung in den letzten paar Wochen war das keine allzu große Überraschung, aber eine riesige Enttäuschung. Aber sie empfand auch Scham. Sie hatte nicht die Absicht gehabt, unter falschen Voraussetzungen mit ihm zu schlafen – sie wußte nicht einmal, ob sie das überhaupt wollte. Es wäre falsch... Und dennoch...

Sie sah zu dem Porträt auf. Carole Rutledge schien mit böswilligem Vergnügen auf sie herabzulächeln. »Du Hündin«, flüsterte Avery scharf. »Ich werde wieder gutmachen, was du ihm angetan hast, was immer es auch war. Du wirst schon sehen.«

»Hast du auch genug zu essen bekommen?«

Als Avery bemerkte, daß Nelson mit ihr gesprochen hatte, lächelte sie ihm über den Tisch hinweg zu. »Ja, natürlich. Das Essen in der Klinik war gut, aber hier schmeckt es mir besser.«

»Du hast sehr abgenommen«, stellte er fest. »Wir müssen dich ein bißchen aufpäppeln. Ich dulde keine Schwächlinge in meiner Familie.«

Sie lachte und griff nach ihrem Weinglas. Sie mochte Wein nicht besonders, aber Carole hatte offensichtlich eine Vorliebe dafür gehabt. Man hatte ihr ein Glas eingeschenkt, ohne sie zu fragen. Während des Essens hatte sie immer wieder kleine Schlucke getrunken, so daß jetzt das Glas mit dem Burgunder fast leer war.

»Dein Busen ist fast ganz flach geworden.« Fancy, die Avery gegenübersaß, balancierte gelangweilt ihre Gabel zwischen zwei Fingern, während sie diese bissige Feststellung machte.

»Fancy, bitte unterlaß derart unhöfliche Bemerkungen«, ermahnte sie Zee.

»Ich war nicht unhöflich. Nur ehrlich.«

»Takt ist eine ebenso bewundernswerte Eigenschaft wie Ehrlichkeit, junge Dame«, erklärte ihr Großvater ernst von seinem Platz am Kopfende des Tisches.

»Herrgott, ich hab' doch nur...«

»Und es steht keiner Frau gut an, den Namen des Herrn zu mißbrauchen«, fügte er noch kühl hinzu. »Und von dir dulde ich es auf keinen Fall.«

Fancy ließ mit lautem Klirren die Gabel auf ihren Teller fallen. »Ich versteh' das nicht. Alle in dieser Familie haben darüber geredet, wie mager sie ist. Ich besitze als einzige genügend Mut, es ihr ins Gesicht zu sagen, und dann werde ich dafür angepfiffen.«

Nelson warf Jack einen harten Blick zu, den dieser korrekterweise als Fingerzeig dazu auffaßte, das Benehmen seiner Tochter zu korrigieren. »Fancy, bitte benimm dich. Das hier ist Caroles Willkommensessen.«

Avery sah an der Bewegung ihrer Lippen, daß Fancy stumm sagte: »Scheiße.« Tates Nichte sank in ihrem Stuhl zusammen, verfiel in dumpfes Schweigen und spielte mit dem Essen auf ihrem Teller. Offensichtlich konnte sie es kaum erwarten, endlich aufzustehen.

»Ich finde, sie sieht verdammt gut aus«, schaltete sich Eddy ein.

»Danke, Eddy.« Avery lächelte.

Er hob sein Weinglas in ihre Richtung. »Hat jemand gesehen, wie gut sie sich heute morgen vor dem Krankenhaus geschlagen hat? Sie haben ihren Auftritt in allen drei Fernsehstationen in den Nachrichten gebracht.«

»Eine bessere Reklame hätten wir uns gar nicht wünschen können«, stellte Nelson fest. »Würdest du mir bitte einen Kaffee einschenken, Zee?«

»Natürlich.«

Sie füllte seine Tasse und gab dann die Kanne weiter. Dorothy Rae wollte nichts davon und griff statt dessen noch einmal nach der Weinflasche. Ihr Blick traf auf den von Avery. Averys freundliches Lächeln wurde durch klare Feindseligkeit erwidert. Dorothy Rae füllte trotzig ihr Weinglas.

Sie war eine attraktive Frau, auch wenn das übermäßige Trinken deutliche Spuren hinterlassen hatte. Ihr Gesicht wirkte verquollen, besonders um die Augen herum. Sie hatte den Versuch gemacht, sich zum Abendessen zurechtzumachen, aber es war ihr nicht so recht gelungen, ordentlich auszusehen. Ihr Haar wurde nur ungenügend von zwei Spangen zurückgehalten, und ohne Make-up hätte sie besser ausgesehen als jetzt, weil es verschmiert und übertrieben aufgetragen war. Sie beteiligte sich nicht am Gespräch, außer wenn man sie direkt ansprach. Ihre ganze Aufmerksamkeit galt einem leblosen Gegenstand – der Weinflasche.

Jack versuchte unauffällig, die Weinflasche außerhalb ihrer Reichweite zu stellen. Sie stieß seine Hand beiseite, griff nach dem Flaschenhals und füllte ihr noch halbvolles Glas nach. Avery sah jedoch, daß sie, wenn sie sich unbeobachtet glaubte, Jack mit spürbarer Verzweiflung und voller Liebe betrachtete.

»Hast du die Entwürfe für die neuen Plakate gesehen?« fragte Jack seinen Bruder.

Mandy war still. Sie beklagte sich nicht. Sie hatte keine Bitten.

Sie tat nichts, außer daß sie sich mechanisch kleine Stückchen Fleisch in den Mund steckte, die Avery ihr in mundgerechte Stücke geschnitten hatte.

Tate aß zügig, als täte es ihm leid um die Zeit, die er zum Essen brauchte. Als er fertig war, spielte er mit seinem Weinglas, und Avery hatte den Eindruck, als warte er nur darauf, daß die anderen fertig wurden.

»Ich habe sie mir heute nachmittag angesehen«, beantwortete er Jacks Frage. »Am besten hat mir der Slogan mit der Grundlage gefallen.«

»Tate Rutledge, eine neue, solide Grundlage«, zitierte Jack. »Den habe ich vorgeschlagen.«

Tate machte eine Bewegung, als feuere er eine Pistole auf seinen Bruder ab und blinzelte. »Wahrscheinlich hat er mir deshalb am besten gefallen. Du triffst immer den Nagel auf den Kopf. Was meinst du dazu, Eddy?«

»Hört sich gut an. Paßt zu unserer Wahlaussage, daß wir Texas aus der wirtschaftlichen Krise bringen und wieder auf die Beine stellen wollen. Du bist jemand, auf dem das Land seine Zukunft aufbauen kann. Gleichzeitig wird damit impliziert, daß Dekkers Fundamente zerbröckeln.«

»Was meinst du, Daddy?«

Nelson kaute nachdenklich auf der Unterlippe. »Mir hat der über das *fair play* für alle Texaner am besten gefallen.«

»Der war auch nicht schlecht«, sagte Tate, »aber ein bißchen kitschig.«

»Vielleicht braucht deine Wahlkampagne so was«, sagte Nelson und runzelte die Stirn.

»Es muß etwas sein, womit Tate sich identifizieren kann, Nelson«, sagte Zee zu ihrem Mann. Sie hob die Glasglocke von einem vielschichtigen Kokosnußkuchen und schnitt ihn auf. Das erste Stück sollte Nelson bekommen, aber er wehrte ab.

»Heute abend gehört das erste Stück Carole. Willkommen zu Hause.« Der Teller wurde zu ihr weitergegeben.

»Vielen Dank.« Ob das eine von Caroles Leidenschaften gewesen war: Kokosnußkuchen?

»Also, sollen wir die Plakate in Druck geben?«

»Warten wir noch ein paar Tage mit der endgültigen Entscheidung, Jack. Ich habe sie mir erst heute angesehen. Das war nur mein erster Eindruck.«

Jack nahm seinen Kuchenteller entgegen. Dorothy Rae lehnte den ihren ab. »Wir sollten die Plakate bis Ende der Woche in Auftrag geben.«

»Ich werde dir auf jeden Fall vorher meine endgültige Entscheidung mitteilen.«

»Mein Gott, kann denn nicht jemand...« Fancy deutete auf Mandy. Für die Dreijährige hatte es sich als wahre Herausforderung erwiesen, den Kuchen vom Teller in ihren Mund zu befördern. Krümel waren auf ihr Kleid gefallen, und die Schokoladencreme war rund um ihren Mund verschmiert. Sie versuchte, sich den Mund abzuwischen, und jetzt klebten auch ihre Hände. »Es ist einfach widerlich, dem kleinen Zombie beim Essen zuzusehen. Kann ich bitte aufstehen?«

Ohne auf die Erlaubnis zu warten, schob Fancy ihren Stuhl zurück und warf ihre Serviette auf den Teller. »Ich fahre nach Kerrville und schaue, ob's was im Kino gibt. Hat jemand Lust, mitzukommen?« Die Einladung galt allen, aber ihr Blick fiel dabei auf Eddy. Er aß bedächtig seinen Kuchen. »Dann nicht.« Sie drehte sich heftig um und verschwand.

Avery war froh, daß das kleine Biest weg war. Sie hob Mandy auf ihren Schoß. »Kuchen ist eben einfach zu lecker, als daß man ihn essen könnte, ohne dabei zu krümeln, stimmt's, Süße?« Sie wickelte eine Ecke ihrer Stoffserviette um den Zeigefinger, tauchte ihn in ihr Wasserglas und wischte die Schokoladencreme aus Mandys Gesicht.

»Deine Tochter gerät langsam völlig außer Kontrolle«, bemerkte Nelson an Dorothy Rae gewandt. »Dieser Rock, den sie heute trägt, ist so kurz, daß er kaum ihr Hinterteil bedeckt.«

Dorothy Rae schob sich die matten Locken aus der Stirn. »Ich versuche es ja, Nelson. Aber Jack läßt ihr immer alles durchgehen.«

»Das ist eine verdammte Lüge«, protestierte Jack. »Ich habe es immerhin geschafft, daß sie jeden Tag zur Arbeit geht, oder? Das ist konstruktiver als alles, wozu du sie je ermutigt hast.«

»Sie sollte eigentlich noch etwas lernen«, erklärte Nelson. »Ihr hättet es nie zulassen dürfen, daß sie das College verläßt, ohne das Semester zu beenden. Was soll aus ihr werden? Was für ein Leben soll sie ohne richtige Ausbildung führen?« Er schüttelte ermahnend den Kopf. »Sie wird noch teuer für ihre Entscheidungen bezahlen. Und ihr auch. Man kann nur ernten, was man gesät hat, wißt ihr.«

Avery gab ihm zwar recht, fand aber, daß Nelson ihre elterlichen Mängel nicht vor allen diskutieren sollte.

»Ich glaube, bei Mandy hilft nur noch ein Bad«, sagte sie, dankbar, eine Entschuldigung gefunden zu haben, der Gesellschaft zu entrinnen. »Würdet ihr uns bitte entschuldigen.«

»Brauchst du Hilfe?« fragte Zee.

»Nein, danke.« Als ihr dann aber klarwurde, daß sie Zee ihre übliche Aufgabe, Mandy ins Bett zu bringen, wegnahm, fügte sie noch hinzu: »Weil ich heute den ersten Abend wieder zu Hause bin, würde ich sie gern selbst ins Bett bringen. Es war ein wunderbares Abendessen, Zee. Vielen Dank.«

»Ich komme später noch und sage Mandy gute Nacht«, rief Tate hinter ihnen her, als Avery sie aus dem Eßzimmer trug.

»Es hat sich also nichts geändert.«

Dorothy Rae schwankte durchs Wohnzimmer und ließ sich in einen der beiden Sessel fallen, die vor dem großen Fernsehapparat aufgestellt waren. Jack saß in dem anderen Sessel. »Hast du mich gehört?« fragte sie, als ein paar Sekunden vergangen waren und er immer noch schwieg.

»Ich habe dich gehört, Dorothy Rae. Und wenn du damit sagen willst, daß du heute abend wie immer betrunken bist, dann hast du recht. Es hat sich nichts geändert.«

»Ich meine damit, daß du deine Augen nicht von der Frau deines Bruders lassen kannst.«

Jack sprang auf und schlug mit der flachen Hand gegen den Schalter am Fernsehgerät, so daß Johnny Carson mitten im Witz unterbrochen wurde. »Du bist betrunken und ekelhaft. Ich gehe ins Bett.«

Er stapfte in das angrenzende Schlafzimmer. Dorothy Rae

kämpfte sich mühsam aus dem Sessel und folgte ihm. Der Saum ihres Morgenrockes schleppte hinter ihr her.

»Versuch nur nicht, das zu leugnen«, sagte sie mit einem Schluchzen. »Während des ganzen Abendessens hast du Carole und ihr hübsches neues Gesicht angehimmelt.«

Jack zog das Hemd aus, knüllte es zusammen und warf es in den Wäschesack. »Weshalb mußt du dich immer so betrinken, daß du die Beherrschung verlierst?«

Sie wischte sich mit dem Handrücken über den Mund. Leute, die Dorothy Rae Hancock gekannt hatten, als sie noch ein Teenager war, hätten nie geahnt, daß eine Alkoholikerin aus ihr werden würde. Sie war die Schönheit der High School von Lampasas gewesen.

Ihr Daddy, ein wohlbekannter Anwalt, betete seine einzige Tochter an. Die Art und Weise, wie er sie verehrte, hatte alle, die sie kannten, mit Neid erfüllt. Er war zweimal im Jahr mit ihr nach Dallas gefahren, um in den bekannten Geschäften Ballkleider für sie zu kaufen. Und an ihrem sechzehnten Geburtstag hatte er ihr ein brandneues Corvette-Cabrio geschenkt.

Ihre Mutter hätte beinahe einen Anfall bekommen wegen des großen Autos. Hancock hatte seiner Frau einen guten Drink gemixt und ihr erklärt, daß er sie gefragt hätte, wenn er wert auf ihre nutzlose Meinung gelegt hätte.

Nachdem Dorothy Rae die High School erfolgreich abgeschlossen hatte, war sie mit Glanz und Gloria aufgebrochen, um die Universität von Texas in Austin zu besuchen. Sie begegnete Jack Rutledge in ihrem ersten Jahr, verliebte sich Hals über Kopf und beschloß, ihn ganz für sich zu gewinnen. Nie in ihrem Leben hatte man ihr etwas abgeschlagen, und sicher würde sie den einzigen Mann bekommen, den sie wirklich liebte.

Jack, der sich gerade durch das zweite Jahr seines Jurastudiums quälte, hatte sich auch in Dorothy Rae verliebt, aber er wollte an eine Ehe nicht einmal denken, bevor er nicht sein Studium beendet hatte. Sein Vater erwartete von ihm nicht nur, daß er den Abschluß schaffte, sondern auch, daß er seine Mitstudenten übertraf. Aber sein Vater erwartete auch ritterliches Verhalten Frauen gegenüber.

Als Jack schließlich der Versuchung nachgab und Dorothy Rae Hancock von ihrer Jungfräulichkeit befreite, war er nicht ganz schlüssig, was jetzt den Vorrang hatte, seine Ritterlichkeit gegenüber der Dame oder seine Verantwortung gegenüber den Erwartungen seiner Eltern. Dorothy Rae zwang ihn dann zu einer Entscheidung, als sie ihm weinend mitteilte, daß ihre Periode ausgeblieben sei.

Voller Panik überlegte Jack, daß eine Heirat zum falschen Zeitpunkt immer noch besser sei als ein uneheliches Kind, und er hoffte, daß Nelson ebenso darüber dachte. Er und Dorothy Rae fuhren übers Wochenende nach Oklahoma, ließen sich im stillen trauen und teilten ihren Eltern erst nach der Zeremonie die frohe Botschaft mit.

Nelson und Zee waren enttäuscht, aber nachdem Jack ihnen versichert hatte, daß er sein Jurastudium beenden würde, hießen sie Dorothy Rae in der Familie willkommen.

Die Hancocks aus Lampasas reagierten nicht ganz so erfreut auf die Nachricht. Dorothy Raes Daddy hätte die Neuigkeit beinahe umgebracht. Genaugenommen starb er einen Monat später an einem Herzanfall. Ihre labile Mutter wurde in eine Klinik für Alkoholiker gebracht. Am Tag ihrer Entlassung mehrere Wochen später erklärte man sie für kuriert. Drei Tage später fuhr sie mit ihrem Auto im Rausch gegen ein Brückengeländer. Sie starb beim Aufprall.

Francine Angela wurde erst achtzehn Monate nach Dorothy Raes Trauung mit Jack geboren. Das war entweder die längste Schwangerschaft aller Zeiten, oder sie hatte ihn zur Ehe überlistet.

Er hatte ihr keines von beidem je vorgeworfen, aber sie erlitt, wie als selbstauferlegte Strafe, schnell nacheinander zwei Fehlgeburten, als Fancy noch ein Baby war.

Da sich die zweite Fehlgeburt als lebensbedrohlich erwiesen hatte, wurden ihr die Eileiter durchtrennt, um weitere Schwangerschaften zu verhindern. Um die körperlichen, geistigen und gefühlsmäßigen Schmerzen zu dämpfen, die ihr das bereitete, tröstete sich Dorothy Rae jeden Nachmittag mit einem Cocktail. Und als das nichts mehr half, versuchte sie es mit einem zweiten.

»Wie kannst du noch in den Spiegel schauen«, fragte sie jetzt ihren Mann, »wenn du weißt, daß du die Frau deines Bruders liebst?«

»Ich liebe sie nicht.«

»Ach, wirklich?« Sie beugte sich vor und füllte die Luft zwischen ihnen mit den beißenden Alkoholdämpfen ihres Atems. »Du haßt sie, weil sie dich wie ein Stück Dreck behandelt. Sie benutzt dich als Fußabstreifer. Und du siehst nicht einmal, daß all diese Veränderungen an ihr nur –«

»Was für Veränderungen?« Statt seine Hose auf den Bügel zu hängen, ließ er sie auf einen Stuhl fallen. »Sie hat uns erklärt, warum sie mit der linken Hand schreibt.«

Nachdem sie seine Aufmerksamkeit errungen hatte, richtete sich Dorothy Rae ganz gerade auf und nahm das überlegene Aussehen an, das nur Trinkern so gelingt. »Andere Veränderungen«, sagte sie erhaben. »Sind sie dir nicht aufgefallen?«

»Mag sein. Wie zum Beispiel?«

»Wie die Aufmerksamkeit, die sie Mandy widmet, und die Art und Weise, wie sie an Tate hängt.«

»Sie hat eine Menge erlebt. Sie ist sanftmütiger geworden.«

»Ha!« krächzte sie unsanft. »Die und sanftmütig? Mein Gott im Himmel, du bist wirklich blind.« Ihre blauen Augen versuchten, sich auf sein Gesicht zu konzentrieren. »Seit dem Flugzeugabsturz ist sie wie neu, eine andere, und du weißt das. Aber das ist alles nur Theater«, stellte sie fest.

»Warum sollte sie sich die Mühe machen?«

»Weil sie etwas erreichen will.« Sie schwankte auf ihn zu und tippte ihm bekräftigend mit dem Zeigefinger auf die Brust. »Wahrscheinlich spielt sie die brave kleine Senatorenfrau, damit sie mit Tate nach Washington kommt. Und was machst du dann, Jack? Was machst du dann mit deiner ganzen sündigen Lust?«

»Vielleicht fange ich an zu trinken und leiste dir Gesellschaft.«

Sie hob eine zitternde Hand und deutete mit einem Finger auf ihn. »Nicht vom Thema ablenken. Du willst Carole. Das weiß ich«, schloß sie mit einem Schluchzen.

Jack, den ihr ewiges Gezeter langweilte, hängte seine letzten Kleider auf, ging dann zielstrebig durchs Zimmer, löschte das

Deckenlicht und deckte das Bett auf. »Komm ins Bett, Dorothy Rae«, sagte er müde.

Sie griff nach seinem Arm. »Du hast mich nie geliebt.«

»Das ist nicht wahr.«

»Du glaubst, ich hätte dich mit einem Trick in die Ehe gelockt.«

»Das habe ich nie behauptet.«

»Ich dachte, daß ich schwanger wäre. Wirklich!«

»Das weiß ich.«

»Und weil du mich nicht geliebt hast, fandest du nichts dabei, dich mit anderen Frauen einzulassen.« Ihre Augen verengten sich. »Ich weiß, daß es auch andere gegeben hat. Du hast mich schon so oft betrogen, daß es kein Wunder ist, wenn ich trinke.«

Tränen strömten über ihr Gesicht. Ohne große Kraft schlug sie nach seiner bloßen Schulter. »Ich trinke, weil mein Mann mich nicht liebt und es nie getan hat. Und jetzt liebt er dafür die Frau seines Bruders.«

Jack kroch ins Bett, legte sich auf die Seite und deckte sich bis oben zu. Seine Unaufmerksamkeit verärgerte sie noch mehr. Auf den Knien rutschte sie bis in die Mitte des Bettes und bearbeitete seinen Rücken mit den Fäusten. »Sag mir die Wahrheit. Sag mir, wie sehr du sie liebst. Sag mir, wie sehr du mich verachtest.«

Ihr Zorn und ihre Kraft erschöpften sich bald, wie er es erwartet hatte. Sie sank neben ihm zusammen und schlief sofort ein. Jack drehte sich auf die Seite und deckte sie zu. Dann seufzte er unglücklich, legte sich wieder hin und versuchte zu schlafen.

Kapitel 16

»Ich dachte, daß sie schon im Bett ist.«

Tate sprach von der Tür zu Mandys Badezimmer aus. Avery kniete neben der Wanne, in der Mandy ihre Finger durch einen großen Berg von Schaum kriechen ließ.

»Das müßte sie wahrscheinlich auch.«

Tate kam herein und setzte sich auf die Kante der Kommode. Mandy lächelte ihm zu.

»Zeig Daddy dein Kunststück«, forderte Avery sie auf.

Gehorsam hob das Kind eine Handvoll Schaum und pustete kräftig dagegen, so daß weiße Flocken in alle Richtungen flogen. Einige landeten auf Tates Knie. Er empfing sie mit großem Hallo. »Mannometer, Mandy! Du badest doch, nicht ich!«

Sie kicherte und hob noch einmal eine Handvoll Schaum. Diesmal landeten ein paar Schaumbläschen auf Averys Nase. Zu Mandys Entzücken nieste sie. »Ich glaube, das sollte man besser bremsen, bevor es völlig außer Kontrolle gerät.« Sie beugte sich über die Wanne, schob ihre Hände unter Mandys Achseln und hob sie heraus.

»So, jetzt gib sie mir.« Tate wartete mit dem Handtuch, um seine Tochter hineinzuwickeln.

»Vorsichtig, Rutschgefahr bei Nässe.«

Mandy wurde in ihr nebenanliegendes Schlafzimmer getragen und neben ihrem Bett abgesetzt. Ihre kleinen Füße verschwanden fast in dem dichten Teppich. Tate setzte sich auf die Bettkante und rieb sie mit erfahrenen Bewegungen trocken.

»Nachthemd?« fragte er und sah Avery erwartungsvoll an.

»Ach ja. Kommt sofort.« Zur Verfügung standen eine große Kommode mit sechs Schubladen und ein breiter Tisch mit drei Schubladen darunter. Wo waren wohl die Nachthemden? Sie ging zu dem Tisch und öffnete die oberste Schublade. Strümpfe und Schlüpfer.

»Carole, in der zweiten Schublade.«

Avery erwiderte voller Würde: »Unterwäsche braucht sie schließlich auch, oder?« Tate half Mandy, in den Schlüpfer zu steigen, dann zog er ihr das Nachthemd über den Kopf, während Avery das Bett aufdeckte. Er hob Mandy hinein.

Avery holte eine Haarbürste aus der Schublade, setzte sich neben Tate auf die Bettkante und begann, Mandy das Haar zu bürsten. »Du duftest richtig sauber«, flüsterte sie und beugte sich zu Mandys rosigen Wange herunter, als sie mit den Haaren fertig war. »Möchtest du ein bißchen Puder?«

»So wie deinen?« fragte Mandy.

»Hmm, so wie meinen.« Avery ging zurück zum Tisch, um die kleine Spieluhr mit dem Körperpuder zu holen, die sie vorher darin entdeckt hatte. Auf dem Rückweg zum Bett öffnete sie den Deckel. Eine Melodie von Tschaikowsky ertönte. Sie tauchte die Plüschquaste in den Puder und rieb sie dann über Mandys Brust, Bauch und Arme. Mandy legte den Kopf in den Nacken und kicherte. »Das kitzelt, Mami.«

Diese Anrede verblüffte Avery und trieb ihr die Tränen in die Augen. Sie zog das Kind fest an sich. Es dauerte einen Augenblick, bis sie wieder sprechen konnte. »Jetzt riechst du aber wirklich fein, stimmt's, Daddy?«

»Ja, wirklich. Gute Nacht Mandy.« Er gab ihr einen Kuß, legte sie auf das Kissen und zog die Decke zurecht.

»Gute Nacht.« Avery beugte sich herunter, um der Kleinen einen sanften Kuß auf die Wange zu hauchen, aber Mandy schlang die Arme um ihren Hals und küßte laut und schmatzend Averys Mund. Dann drehte sie sich auf die Seite, zog einen schon deutlich abgewetzten Teddybär an sich und schloß die Augen.

Ein bißchen verwirrt von Mandys plötzlicher Zuneigung stellte Avery die Spieluhr zurück, machte das Licht aus und ging vor Tate aus dem Zimmer und den Flur entlang zu ihrem Zimmer.

»Für den ersten Tag –«

Sie kam nicht weiter. Er packte sie am Oberarm und drückte sie in ihrem Schlafzimmer an die Wand. Eine Hand fest um ihren Bizeps geschlossen, schloß er die Tür, so daß sie niemand hörte, und stützte seine andere Hand flach an die Wand neben ihren Kopf.

»Was ist los mit dir?« fragte sie.

»Sei still und hör mir zu.« Er kam noch näher, sein Gesicht war hart vor Ärger. »Ich weiß nicht, was du für ein Spiel mit mir spielst. Und es ist mir auch völlig egal. Aber wenn du anfängst, Mandy zu etwas zu benutzen, werfe ich dich so schnell aus dem Haus, daß dir der Kopf schwirrt, ist das klar?«

»Nein. Ich verstehe kein Wort.«

»Ach, verdammt«, knurrte er. »Dieses Mami-Theater ist doch alles Mist.«

»*Theater?*«

»Ich bin erwachsen und kenne dich.«

»Du bist ein Grobian. Laß meinen Arm los.«

»Mandy ist ein Kind. Für sie ist das alles echt, und sie wird darauf reagieren. Und wenn du dich dann wieder so verhältst wie früher, trägt sie einen bleibenden Schaden davon. Aber das werde ich nicht zulassen.«

»Du gibst mir wirklich nur eine geringe Chance, Tate.«

»Ich gebe dir gar keine Chance.«

Sie holte kurz und tief Luft.

Er betrachtete sie kritisch von oben bis unten. »Also gut, heute morgen hast du die Presse beeindruckt. Danke sehr. Du hast nach meiner Hand gegriffen – süß. Wir tragen passende Eheringe – wie romantisch«, höhnte er. »Sogar ein paar von meinen Angehörigen, die es eigentlich besser wissen müßten, glauben inzwischen, daß du eine Art Läuterung im Krankenhaus durchgemacht hast.« Er senkte den Kopf, bis sein Gesicht nur wenige Zentimeter von ihrem entfernt war. »Ich kenne dich zu gut, Carole. Ich weiß, daß du am süßesten und überzeugendsten bist, kurz bevor du zum tödlichen Schlag ausholst.« Er verstärkte den Druck auf ihren Arm und fügte hinzu: »Ich weiß das sogar ganz genau, erinnerst du dich?«

Verzweifelt rief Avery: »Ich habe mich verändert. Ich bin jetzt anders.«

»Zur Hölle damit. Du hast nur deine Taktik geändert, sonst nichts. Was ich dir vor dem Absturz erklärt habe, gilt nach wie vor. Nach der Wahl, egal wie sie ausfällt, verschwindest du, Süße.«

Seine Drohung, ihr alles zu nehmen, machte ihr keine Angst. Avery Daniels war schon alles genommen worden – sogar ihre Identität. Was sie verblüffte, war, daß Tate Rutledge, auf dessen Integrität sie alles gesetzt hätte, doch nur ein Bluffer war.

»Du willst also die Öffentlichkeit manipulieren?« zischte sie. »Du willst, daß ich während der Kampagne deine liebende Frau spiele, winke und lächle und dumme Reden halte, die ein anderer für mich schreibt, nur damit du mehr Stimmen bekommst?« Ihre Stimme war um eine Oktave höher geworden. »Weil ein glücklich verheirateter Kandidat bessere Gewinnchancen hat als einer, der in Scheidung lebt. Ist es nicht so?«

Seine Augen wurden so hart wie Stein. »Guter Ansatz, Carole. Gib ruhig mir die Schuld, wenn du dich dann besser fühlst. Du weißt sehr genau, warum ich dich nicht schon vor einiger Zeit an die Luft gesetzt habe. Ich werde die Leute, die auf mich setzen, nicht enttäuschen, selbst wenn das bedeutet, daß ich so tun muß, als wären wir glücklich verheiratet.«

Wieder sah er sie von oben bis unten an. »Deine Operation hat dafür gesorgt, daß du frischer aussiehst, aber innendrin bist du immer noch faul.«

Avery hatte Schwierigkeiten, all die Vorwürfe, die er Carole machte, nicht persönlich zu nehmen. Seine Beleidigungen trafen sie, als gälten sie ihr, und nicht seiner toten Frau. Sie wollte sich gegen seine Kritik verteidigen, sich mit den Waffen einer Frau wehren. Denn obwohl sein wilder Ausbruch sie einschüchterte, fand sie ihn doch erregend.

Sein Mund wirkte hart und grausam, und Avery nahm sich vor, ihn weicher werden zu lassen.

Sie hob den Kopf und trotzte seinem abweisenden Blick. »Bist du sicher, daß ich noch genauso bin?«

»Verdammt sicher.«

Sie hob die Arme über seine Schultern und verschränkte ihre Hände in seinem Nacken, dann strich sie mit ihren leicht geöffneten Lippen über seinen Mund. »Wirklich sicher?«

»Laß das. Das macht dich nur noch mehr zur Hure.«

»Das bin ich nicht!«

Diese Beleidigung traf sie tief. Schließlich prostituierte sie sich tatsächlich mit dem Mann einer anderen nur wegen einer guten Story. Aber das war für sie nicht so wichtig wie ihr wachsendes körperliches Verlangen. Sie hatte das wahre Bedürfnis, Tate die Zärtlichkeit und Liebe zu geben, die ihn in seiner Ehe mit Carole gefehlt hatten.

»Ich bin nicht mehr die Frau, die ich früher war. Das schwöre ich dir.«

Sie legte den Kopf zur Seite und drückte sacht ihre Lippen auf seine. Ihre Finger fuhren durch sein Haar und zogen ihn zu sich herunter. Wenn er wirklich wollte, konnte er ihr ja widerstehen, sagte sich Avery.

Aber er ließ ihre Zärtlichkeiten zu. Mutiger geworden, strich sie sacht mit der Zungenspitze über seine Lippen. Seine Muskeln spannten sich an, aber als Zeichen der Schwäche, nicht des Widerstandes.

»Tate?« sie knabberte zärtlich an seiner Unterlippe.

»Mein Gott.«

Die Hand, mit der er sich an der Wand abgestützt hatte, sank herab. Avery wurde nach hinten gedrückt, als sich das Gewicht seine Körpers gegen sie preßte. Sein Arm legte sich hart und fest um ihre Taille. Seine andere Hand griff nach ihrem Kinn, so daß es fast zwischen seinen starken Fingern zerdrückt wurde, während er sie hungrig küßte und seine Zunge tief in die seidige, weiche Höhlung sinken ließ.

Während sie nach Atem rang, legte er seinen Kopf auf die andere Seite und reizte sie mit schnellen, kurzen Vorstößen seiner Zunge gegen ihre Lippen. Avery legte ihre Handflächen an seine Wangen und strich mit den Fingerspitzen über seine Wangenknochen, während sie sich völlig seinem Kuß hingab.

Tate schob seine Hand unter ihren Rock und in ihr Höschen, fühlte sie mit ihrem weichen, weiblichen Fleisch. Sie stöhnte voller Genuß, als er ihr Becken gegen seine prall geschwollene Mitte drückte und sich an ihrer Scham rieb.

Avery bebte. Zwischen ihren Beinen breitete sich Feuchtigkeit und Wärme aus. Ihre Brüste spannten, und die Brustwarzen kribbelten.

Dann ließ er sie plötzlich los.

Sie blinzelte, bis sie wieder deutlich sah. Ihr Kopf prallte hart gegen die Wand hinter ihr. Sie drückte flach die Hände dagegen, um nicht auf den Boden zu rutschen.

»Ich muß dir zugestehen, daß du eine brilliante Schauspielerin bist«, sagte er hohl. Seine Wangen waren gerötet und seine Pupillen geweitet. Sein Atem ging schnell und flach. »Du bist nicht mehr so aufdringlich wie früher, hast mehr Klasse. Anders, aber genauso sexy. Vielleicht sogar noch mehr.«

Sie betrachtete mit einem kurzen Blick nach unten seine ausgebeulte Jeans, was alle Worte überflüssig machte.

»Na gut, ich bin scharf«, gab er mit einem ärgerlichen Knurren zu. »Aber lieber sterbe ich daran, als daß ich noch einmal mit dir schlafe.«

Er ging. Er ließ die Tür offenstehen. Mit blutendem Herzen blieb Avery allein in Caroles Zimmer zurück, mit Caroles Chintz und Caroles Chaos.

Jeder in der Familie hatte die verwirrenden Ungereimtheiten in Caroles Persönlichkeit bemerkt, aber ihr seltsames Verhalten brachte vor allem eine Person nachts um den Schlaf. Nachdem der Schlaflose stundenlang im Dunkeln spazierengegangen war, auf der Suche nach Antworten, stellte er schließlich dem Mond eine Frage:

Was hat die Hexe vor?

Er konnte keine wesentlichen Veränderungen an ihr feststellen. Die Unterschiede in ihrem Gesicht waren gering – ein Ergebnis der chirurgischen Eingriffe. Körperlich war sie sozusagen wie vor dem Absturz. Doch die anderen Veränderungen waren viel erstaunlicher. Wenn man sich ihr Verhalten nach dem Unfall ansah, hätte man glauben können, sie hätte ein Gewissen bekommen. Aber das konnte nicht sein. Obwohl es im Augenblick ganz so aussah, als hätte sie es darauf abgesehen, genau diesen Eindruck zu erwecken.

War es möglich, daß Carole sich völlig verändert hatte? Konnte sie sich wirklich zu einer liebenden, aufmerksamen Mutter entwickelt haben?

Daß ich nicht lache.

Es war dumm von ihr, jetzt die Taktik zu ändern. Sie war gut darin gewesen, das zu vollbringen, wofür sie angeworben worden war: Tate Rutledges Seele zu vernichten, so daß er, wenn die Kugel in seinem Kopf explodierte, fast froh darüber sein würde.

Carole Navarro war für diese Aufgabe hervorragend geeignet gewesen. Ja, natürlich hatte man sie erst einmal kräftig scheuern, säubern, ihr ordentliche Kleider anziehen und ihr beibringen müssen, daß sie keine unanständigen Ausdrücke gebrauchte. Doch nachdem sie generalüberholt war, kam ihr erstaunliches Talent zum Vorschein, gepflegter Witz und Intelligenz und so viel Sex, daß Tate ihr nicht widerstehen konnte.

Carole hatte den Mythos von der Ehefrau ganz nach Tates Träumen noch bis nach Mandys Geburt aufrechterhalten – auch das war Teil des Plans gewesen. Und sie hatte es als Erleichterung empfunden, endlich Teil zwei des Plans in Angriff nehmen zu können, was vorsah, daß sie sich Liebhaber nahm. Der Druck, immer respektabel auftreten zu müssen, hatte lange genug auf ihr gelastet.

Mein Gott, es war wirklich ein Genuß gewesen, zu sehen, wie Tate litt!

Außer bei jenem indiskreten Besuch in der Intensivstation des Krankenhauses war ihr geheimes Bündnis in den vier Jahren, seit sie Tate kennengelernt hatte, nie wieder erwähnt worden.

Seit dem Absturz war sie sogar noch ausweichender als gewöhnlich gewesen. Es war nötig, sie zu beobachten – genau. Sie tat seltsame und ungewöhnliche Dinge.

Vielleicht verhielt sie sich aus Übermut so. Das war nicht schlimm, aber es gefiel ihm nicht, daß sie den Plan von sich aus und ohne vorherige Absprache geändert hatte.

Aber vielleicht hatte das Weib auch beschlossen, daß es besser war, Frau eines Senators zu sein, als nur das Geld zu bekommen, das ihr zustand an dem Tag, an dem sich über Tate der Sargdeckel schloß. Schließlich hatte ihre Veränderung gleichzeitig mit dem ersten Wahlgang stattgefunden.

Was immer aber auch ihr Motiv sein mochte, dieses neue Verhalten war ärgerlich. Sie sollte besser aufpassen, sonst mußte man sie ausklammern. Jetzt würde es sowieso auch ohne sie gehen.

Oder war ihr inzwischen klargeworden, daß die zweite Kugel ihr gelten sollte?

Kapitel 17

»Mrs. Rutledge, welche Überraschung!«

Die Sekretärin stand auf, um Avery zu begrüßen, als sie in den Vorraum des Anwaltsbüros trat, das Tate mit seinem Bruder zusammen hatte. Um herauszufinden, wo es lag, hatte sie im Telefonbuch nachsehen müssen.

»Hallo, Wie geht's?« Sie ging kein Risiko ein und sprach die Sekretärin nicht mit Namen an.

»Mir geht's gut, aber Sie sehen phantastisch aus, Ihr Mann hat nicht übertrieben.«

»Danke.« Hatte Tate wirklich über sie gesprochen? Sie hatten seit dem Kuß kein privates Gespräch mehr geführt. Und Avery fiel es schwer zu glauben, daß er seiner Sekretärin gegenüber etwas Schmeichelhaftes über sie gesagt haben könnte.

»Ist er hier?« Er war da, sein Auto stand draußen auf der Straße.

»Er hat einen Klienten.«

»Ich dachte, er bearbeitet keine konkreten Fälle mehr.«

»Tut er auch nicht.« Mary Crawford setzte sich wieder. »Barney Bridges ist bei ihm. Sie kennen ihn ja. Na ja, er hat eine große Spende für die Wahlkampagne zugesagt, und da er das Geld heute persönlich vorbeibringt, nimmt sich Tate etwas Zeit für ihn.«

»Wird es noch lange dauern? Kann ich warten?«

»Ja, bitte. Nehmen Sie Platz. Möchten Sie einen Kaffee?«

»Nein, danke. Nichts.«

Sie verzichtete jetzt öfter auf den Kaffee – besser gar keiner als dieses schrecklich süße Zeug, das Carole getrunken hatte. Mary machte sich wieder an ihre Schreibarbeit.

Dieser improvisierte Besuch in Tates Büro war ein Risiko, aber sie mußte einfach etwas derartiges unternehmen, sonst würde sie durchdrehen. Was hatte nur Carole Rutledge den ganzen Tag getan?

Avery lebte jetzt schon seit zwei Wochen in dem großen Ranchhaus und hatte immer noch nicht eine einzige konstruktive Tätigkeit gefunden, mit der sich Carole beschäftigt hätte.

Avery hatte ein paar Tage gebraucht, um ihr Schlafzimmer und die anderen Zimmern des Hauses, zu denen sie Zugang hatte, genau kennenzulernen.

Langsam fing sie auch an, sich draußen zurechtzufinden. Auf ihre Entdeckungsreisen nahm sie Mandy mit, so daß sie den Eindruck machte, als würde sie nur spazierengehen.

Carole hatte einen amerikanischen Sportwagen gefahren – zu

Averys Schrecken mit einer normalen Gangschaltung. Und an Gangschaltungen war sie nicht gewöhnt. Die ersten paar Male, die sie losgefahren war, hatte sie beinahe das Getriebe ruiniert.

Als sie sich ein bißchen besser auskannte, erfand sie Ausreden, um aus dem Haus zu kommen. Die Langeweile machte Avery verrückt.

Den Terminkalender, den sie in Caroles Nachttisch gefunden hatte, hütete sie wie ein Goldgräber sein erstes Goldnugget. Aber die Seiten enthielten denkbar wenig, außer Terminen beim Friseur und bei der Maniküre.

Avery ließ sich nie einen Termin geben. Es wäre wirklich Luxus, sich mehrere Stunden in der Woche in irgendeinem Schönheitssalon pflegen zu lassen – dafür hatte Avery Daniels nie Zeit gehabt. Und sie durfte nicht riskieren, daß der Friseur ihr Haar und die Maniküre ihre Nägel sahen. Vielleicht würden sie etwas entdecken, was die anderen nicht sahen.

Der Terminkalender hatte nichts darüber verraten, womit Carole ihre Tage verbrachte. Offensichtlich war sie in keinem Club. Sie hatte keine oder nur wenige Freunde, weil sie keinen Besuch bekam. Das war für Avery sowohl überraschend als auch erleichternd, denn sie hatte befürchtet, daß eine Truppe von Bekannten über sie hereinbrechen würde mit der Erwartung, ihre Beziehungen dort fortzusetzen, wo sie vor dem Unfall aufgehört hatten.

Carole hatte keinen Beruf ausgeübt und keine Hobbies gehabt. Avery sagte sich, daß sie darüber eigentlich froh sein sollte. Was wäre geschehen, wenn Carole hätte bildhauern, Harfe spielen oder malen können? Es war schon schwer genug gewesen, sich das Essen und Schreiben mit der rechten Hand anzugewöhnen.

Mona kümmerte sich um das Haus und kochte. Ein Gärtner um den Garten. Ein ehemaliger Cowboy, der zu alt war, um Kühe zu hüten oder zu treiben, kümmerte sich um den Pferdestall.

Carole Rutledge war eine Müßiggängerin gewesen. Avery Daniels war anders.

Die Tür zu Tates Büro öffnete sich. Er kam in der Gesellschaft eines rundbäuchigen Mannes in mittleren Jahren heraus. Sie lachten.

Averys Herz schlug schneller, als sie Tate sah und das echte warme Lächeln auf seinem Gesicht. Seine Augen waren von kleinen Lachfältchen umgeben, die seinen Sinn für Humor bewiesen, den er niemals mit ihr teilte.

Avery war froh, daß Tate sich in legere Jeans, Hemd und Stiefel kleidete, auch wenn er damit immer wieder Eddys Mißfallen weckte. Er sah sensationell aus. Sein Kopf war in jenem typischen Winkel geneigt, wenn er zuhörte, den sie an ihm so liebte. Eine Haarlocke fiel ihm in die Stirn. Sein Mund war zu einem breiten Grinsen verzogen, das seine starken, weißen Zähne zeigte.

Er hatte sie noch nicht gesehen. In unbeobachteten Augenblicken wie jetzt genoß Avery es, ihn ansehen zu können, bevor seine Vorwurfshaltung gegenüber seiner Frau sein schönes Lächeln verzerrte.

»Na, das ist ja eine Überraschung!«

Die donnernde Baßstimme riß Avery aus ihrer verliebten Träumerei. Tates Besucher kam auf seinen kurzen, kräftigen Beinen in einer Weise auf sie zu, daß sie sie an Irish erinnerten. Er riß sie in seine erdrückende Umarmung und klopfte ihr voller Zuneigung auf den Rücken. »Verdammt noch mal, du siehst besser aus denn je. Ich hab's nicht für möglich gehalten.«

»Hallo, Mr. Bridges.«

»›Mr. Bridges‹? So 'n Mist. Ich hab' zu Mama gesagt, daß du besser aussiehst als früher, als wir dich kürzlich im Fernsehen gesehen haben. Sie fand das auch.« Er fuchtelte mit einer Zigarre, die zwischen zwei kurzen Fingern klemmte, durch die Luft, wobei er ihrer Nase gefährlich nahe kam. »Jetzt hör mal dem alten Barney gut zu, Kind. Diese Umfrageergebnisse haben nicht das leiseste zu bedeuten, hörst du? Ich hab' Mama erst vor ein paar Tagen gesagt, daß das alles Unsinn ist. Glaubst du etwa, ich würde mein Geld auf den Jungen hier setzen«, sagte er und schlug Tate auf die Schulter, »wenn ich nicht glauben würde, daß er dem verfluchten Dekker am Wahltag zeigt, wo's langgeht? Hä?«

»Nein, Barney, bestimmt nicht«, erwiderte sie lachend.

»Da hast du verflucht recht.« Er steckte sich die Zigarre in den Mundwinkel, griff nach ihr und drückte sie noch einmal, daß ihre Rippen knirschten. »Ich würde euch ja schrecklich gern alle zum Essen einladen, aber ich muß zu dem Treffen in der Kirche.«

»Wir wollen das nicht verhindern«, sagte Tate, bemüht, nicht zu lachen. »Und nochmals vielen Dank für die Spende.«

Barney winkte ab. »Mama schickt ihren Beitrag heute mit der Post ab.«

Tate schluckte schwer. »Ich... ich dachte, der Scheck wäre von euch beiden.«

»Nein, verdammt noch mal, Junge. Das war nur meine Hälfte. Ich muß gehn. Die Kirche ist ziemlich weit von hier, und Mama dreht durch, wenn ich in der Stadt schneller als siebzig fahre. Ich habe versprochen, es nicht zu tun. Also, paßt auf euch auf, hört ihr?«

Er trottete hinaus. Als er draußen war, sah die Sekretärin zu Tate auf und stieß einen Pfiff aus. »Hat er gesagt, seine Hälfte?«

»Ja, genau.« Tate schüttelte erstaunt den Kopf. »Er scheint wirklich zu glauben, daß die Umfragen nur Unsinn sind.«

Mary lachte. Avery auch. Aber Tates Lächeln verblaßte, als er Avery in sein Büro schob und die Tür schloß. »Was machst du hier? Brauchst du Geld?«

Wenn er so schroff mit ihr sprach, schnitten seine Worte jedesmal wie Glassplitter in ihr Herz. Und es ärgerte sie auch maßlos.

»Nein, ich brauche kein Geld«, erwiderte sie kühl, als sie sich auf den Stuhl vor seinem Schreibtisch setzte. »Wie du mir empfohlen hast, war ich bei der Bank und habe eine neue Scheckkarte unterschrieben. Ich habe ihnen das mit der Handschrift erklärt.«

»Also, warum bist du dann hier?«

»Ich brauche etwas zu tun.«

Averys unerwartete Bemerkung erfüllte ihren Zweck. Sie bekam sofort seine volle Aufmerksamkeit. Er hielt mißtrauisch ihren festen Blick, lehnte sich zurück und legte die Stiefel auf die Schreibtischkante. »Etwas zu tun?« Er verschränkte die Finger über seiner Gürtelschnalle. »Ich höre.«

»Ich langweile mich, Tate.« Ihr Frust kochte auf. Ruhelos erhob sie sich. »Ich sitze den ganzen Tag auf der Ranch fest und habe nichts Vernünftiges zu tun. Ich bin das Nichtstun leid. Mein Hirn verwandelt sich in Brei.«

Während sie ziellos in seinem Büro hin und her ging, stellte sie verschiedenes fest – vor allem, daß überall gerahmte Fotos hingen, aber keines von Carole. Auf der Suche nach Andeutungen über seine Vergangenheit blieb sie vor einer Vergrößerung eines Schnappschusses aus Vietnam stehen.

Tate und Eddy standen Arm in Arm vor einem Jagdbomber. Der eine grinste ebenso frech wie der andere. Avery hatte zufällig erfahren, daß sie zusammen im College gewesen waren, bis Tate seine Ausbildung zurückgestellt hatte, um sich bei der Luftwaffe zu melden. Bis jetzt hatte sie nicht gewußt, daß Eddy ihn in den Krieg begleitet hatte.

»Seit wann machst du dir Gedanken über dein Gehirn?« fragte er. »Geh doch in einen Aerobic-Kurs.«

»Dort bin ich schon, aber das ist nur dreimal die Woche eine Stunde.«

»Dann mach noch einen zweiten Kurs.«

»Tate!«

»Was denn? Was soll eigentlich diese ganze Geschichte?«

»Das versuche ich dir gerade klarzumachen. Aber du willst mir ja nicht zuhören.«

Er sah zur geschlossenen Tür und dachte an die Sekretärin dicht dahinter. Mit leiserer Stimme sagte er dann: »Du bist doch immer gern ausgeritten, aber seit du wieder zu Hause bist, hast du nicht einmal auf einem Pferderücken gesessen.«

Nein, das stimmte. Avery ritt auch gern, aber sie wußte nicht, wie gut Carole hatte reiten können, und wollte nichts riskieren.

»Ich habe keine rechte Lust mehr dazu«, sagte sie ausweichend.

»Das dachte ich mir schon«, erwiderte er sarkastisch, »als du die Preisschilder von der teuren Ausrüstung abgemacht hast.«

Avery hatte die Reitkleidung in Caroles Wandschrank gesehen und sich gefragt, ob sie die Sachen wohl je getragen hatte. »Ich werde schon wieder anfangen.« Um Zeit zum Nachdenken zu gewinnen, betrachtete sie wieder die Fotos.

Es gab mehrere Bilder von Nelson in Uniform, die eine Art Chronik seiner Militärkarriere darstellten. Besonders ein Bild fand sie bemerkenswert, weil es Ähnlichkeiten mit dem von Tate und Eddy hatte.

Auf dem Foto war Nelsons Arm kameradschaftlich um die Schultern eines zweiten Luftwaffenkadetten gelegt, der ebenso jung und gutaussehend war wie der junge Nelson. Im Hintergrund stand bedrohlich ein Bomber. Unter das Foto war sorgfältig getippt: ›Die Majoren Nelson Rutledge und Bryan Tate, Südkorea 1951.‹

Bryan Tate. Ein Verwandter von Nelson? Ein Freund? Wahrscheinlich, da Nelson ja seinen Sohn nach ihm genannt hatte.

Avery wandte sich ihm wieder zu und versuchte dabei, nicht mehr Interesse an den Fotos zu zeigen, als man von jemandem erwarten würde, der sie schon kannte. »Ich könnte doch in der Wahlkampfzentrale arbeiten.«

»Nein.«

»Warum? Fancy arbeitet doch auch dort.«

Er schüttelte den Kopf. »Das ist Grund genug, um dich von dort fernzuhalten. Sonst gibt es noch Blutvergießen. Außerdem muß Eddy für all die Leute dort schon Arbeit erfinden.«

»Ich muß aber irgendwas tun, Tate.«

»Warum, um Gottes willen?«

Weil Avery Daniels Nichtstun einfach nicht ertragen konnte.

Sie konnte weder ihn davor bewahren, bei einem Attentat umgebracht zu werden, noch eine gute Story schreiben, wenn er sie weiter so auf Distanz hielt. Ihre Zukunft und auch seine hingen davon ab, ob sie es schaffte, am Wahlkampf teilzunehmen wie alle Verdächtigen. »Ich habe das Gefühl, daß ich dir helfen müßte.«

Er bellte ein kurzes Lachen. »Wen willst du eigentlich auf den Arm nehmen?«

»Ich bin deine Frau!«

»Nur im Augenblick noch!«

Seine scharfe Zurückweisung brachte sie zum Schweigen. Tate, der ihren verletzten Gesichtsausdruck sah, fluchte leise. »Also gut, wenn du etwas für mich tun willst, dann sei weiterhin eine vernünftige Mutter für Mandy. Ich glaube, sie geht ein wenig aus sich heraus.«

»Sie öffnet sich sehr, und ich habe die Absicht, jeden Tag Fortschritte zu erzielen.«

Sie stützte die Arme auf seinen Schreibtisch und beugte sich vor, wie früher bei Irish, wenn sie gebeten hatte, eine Story weiterverfolgen zu dürfen, die er mißbilligte. »Aber selbst Mandy und ihre Schwierigkeiten füllen mich nicht aus. Ich kann nicht dauernd bei ihr sein. Sie geht dreimal in der Woche in den Kindergarten. Bitte, Tate. Ich verkümmere sonst.«

Er sah ihr eine ganze Weile ins Gesicht. Schließlich senkte er den Blick zu dem Ausschnitt ihrer Seidenbluse, schaute aber sofort wieder mit finsterem Gesichtsausdruck auf, weil er sich dazu hatte hinreißen lassen.

Er räusperte sich und fragte barsch: »Also gut, was schlägst du vor?«

Ihre Spannung ließ etwas nach. Wenigstens konnte sie jetzt vernünftiger mit ihm reden. Sie richtete sich auf. »Laß mich in der Wahlkampfzentrale arbeiten.«

»Kommt nicht in Frage.«

»Dann möchte ich nächste Woche mit dir fahren, wenn du deine Wahlkampftour machst.«

»Nein«, erwiderte er mit harter Endgültigkeit, stand auf und ging um den Schreibtisch herum.

»Warum nicht?«

»Weil du dich nicht gut in eine Gruppe einfügen kannst, Carole, und weil ich keine Lust auf die Mißstimmung habe, die immer einkehrt, wenn du in der Nähe bist. Bei den letzten Reisen hast du dich über die Zimmer beschwert, über das Essen bei den Banketten gemeckert, und nichts war dir recht. Du bist ständig zu spät gekommen, obwohl du wußtest, daß Eddy wert darauf legt, daß sein Zeitplan genau eingehalten wird. Der Presse gegenüber hast du Bemerkungen gemacht, die du besonders witzig, alle anderen aber eher geschmacklos fanden. Und das nur während der drei Tage, als ich die Stimmung ausloten wollte, um herauszufinden, ob ich überhaupt kandidieren soll.«

»Diesmal verhalte ich mich nicht so.«

»Ich habe keine Zeit, mich um dich zu kümmern. Wenn ich keine Rede halte, sitze ich am Schreibtisch. Stundenlang während der ganzen Reise wirst du mir vorjammern, daß ich mich nicht mit dir beschäftige und daß du nichts zu tun hast.«

»Ich werde schon etwas zu tun finden. Ich kann Kaffee kochen, Sandwiches organisieren, Bleistifte anspitzen.«

»Niedere Arbeiten. Dafür haben wir Boten und andere Leute.«

»Aber *irgend etwas* kann ich tun.« Sie folgte ihm, als er durch das Büro ging. Plötzlich blieb er stehen, und sie prallte auf seinen Rücken.

Er drehte sich um. »Der Reiz des Neuen wird schon nach dem ersten Tag verfliegen, und du wirst keine Lust mehr haben, herumjammern und wieder nach Hause wollen.«

»Nein, diesmal nicht.«

»Warum möchtest du so plötzlich auch etwas damit zu tun haben?«

»Weil«, begann sie mit wachsendem Zorn, »du Senator werden willst und es meine Pflicht als deine Frau ist, dir zu helfen, die Wahl zu gewinnen.«

»Blödsinn!«

Es klopfte dreimal kurz und hart, und Eddy und Jack kamen herein. »Entschuldigt«, sagte der erstere. »Wir haben euch streiten hören und dachten, ihr könntet vielleicht einen Schiedsrichter gebrauchen.«

»Was ist los?« Jack schloß die Tür. »Was tust du hier?«

»Ich wollte meinen Mann besuchen«, gab Avery zurück. »Wenn du nichts dagegen hast, Jack.«

»Beruhige dich, um Himmels willen. Ich habe ja nur gefragt.« Jack setzte sich auf das Sofa an der Wand.

Eddy schob die Hände in die Hosentaschen und starrte den persischen Teppich zwischen seinen polierten Schuhen an. Tate kehrte zu seinem Schreibtisch zurück. Avery war zu nervös, um sich zu setzen, und lehnte sich an den Schrank.

»Carole will nächste Woche mit uns auf Wahlkampftour gehen«, verkündete Tate.

»Mein Gott, nicht noch einmal«, seufzte Jack.

»Warum denn nicht?«

»Wir sollten darüber reden«, meinte Eddy.

Tate fragte seinen Bruder: »Gefällt dir die Idee nicht?«

Jack sah Avery finster an, zuckte mit den Schultern und fluchte leise. »Sie ist deine Frau.«

Tate sah zu Avery. »Meine Einwände kennst du schon.«

»Manche sind auch berechtigt«, lenkte sie ein und bewunderte ihn dafür, daß er seine Frau nicht vor den anderen kritisierte. »Diesmal werde ich es besser machen.«

»Eddy?«

Eddy hob den Kopf. »Zweifellos ist ein gutaussehendes Paar besser zu verkaufen als nur ein gutaussehender Mann.«

»Warum?«

»Hauptsächlich aus Imagegründen. Ein Paar steht für alles das, was Amerika will: Heim und Herd, der amerikanische Traum. Wenn du verheiratet bist, bedeutet das, daß alle wissen, daß du nicht in Washington das Geld des Steuerzahlers dafür verschwendest, unfähige Sekretärinnen anzustellen, die nur schön sind.«

»Zumindest theoretisch«, warf Jack mit verzogener Miene ein.

Eddy lächelte schräg. »Zumindest theoretisch. Die Wählerinnen werden dich dafür respektieren, daß du ein treuer Ehemann und gewissenhafter Vater bist. Männer werden es zu schätzen wissen, daß du weder schwul noch ein Weiberheld bist. Wenn du eine Frau neben dir hast, bist du einer von ihnen.«

»Anders ausgedrückt: Wer unglücklich ist, hat gern Gesellschaft«, sagte Avery giftig.

Eddy hob hilflos die Schultern und erwiderte entschuldigend: »Ich hab' die Regeln nicht gemacht, Carole.«

Sie sah die drei voller Abscheu an. »Also, wie lautet das Urteil?«

»Ich habe einen Vorschlag.«

»Eddy, du hast das Wort.« Tate legte seine Füße wieder auf die Tischkante und lehnte sich in seinem hohen Ledersessel zurück. Avery hätte gern die Stiefel vom Tisch geschubst, nur um seine Gleichgültigkeit zu durchbrechen.

»Carole war zu diesem Bankett am Freitag eingeladen, aber ich habe in ihrem Namen abgesagt«, führte Eddy aus.

»Die Sache mit den Gouverneuren der Südstaaten in Austin?«

»Ja, genau. Ich habe sie damit entschuldigt, daß sie sich einem Gesellschaftsabend noch nicht gewachsen fühlt.«

Er wandte sich ihr zu. »Ich könnte dort anrufen und sagen, daß du dich entschieden hast, doch anzunehmen. Es sind dort beide Lager vertreten, also wird es keine Wahlkampfreden geben. Man geht nur hin, um zu sehen und gesehen zu werden. Wir schauen uns an, wie der Abend verläuft, und entscheiden dann, ob du mit auf Reisen gehst.«

»Eine Art Test also«, sagte Avery.

»Wenn du es so nennen willst«, erwiderte Eddy ruhig. Er sah Jack und Tate an. »Bei dem Interview vor dem Krankenhaus hat sie sich wacker geschlagen.«

Eddys Meinung war Tate sehr wichtig, aber er traf die endgültigen Entscheidungen selbst. Er sah seinen älteren Bruder an, der eisernes Schweigen bewahrte. »Was meinst du, Jack?«

»Ich denke, ich könnte damit leben«, sagte er und sah Avery vorwurfsvoll an. »Ich weiß, daß es Mam und Dad lieber wäre, wenn ihr eine geschlossene Front bildet.«

»Vielen Dank für euren Rat.«

Sie verstanden den unauffälligen Hinweis und verschwanden.

Tate musterte sie ein paar Augenblicke. »Also gut«, sagte er finster. »Du sollst die Chance bekommen, mich davon zu überzeugen, daß du eher eine Hilfe als eine Last bist, ehe wir in die heiße Phase des Wahlkampfes kommen.«

»Ich werde dich nicht enttäuschen, Tate, das verspreche ich.«

Er runzelte zweifelnd die Stirn. »Also, Freitagabend. Wir fahren Punkt sieben Uhr von zu Hause weg. Sei pünktlich.«

Kapitel 18

»Ich gehe schon.«

Es hatte zweimal geklingelt. Avery öffnete die Tür. Van Lovejoy stand draußen zwischen den Geranientöpfen.

Sie erstarrte. Ihr erwartungsvolles, freundliches Lächeln erstarrte, und ihre Knie wurden weich.

Van reagierte mit ähnlicher Unruhe. Seine lässige Pose wurde sofort korrigiert. Die Zigarette fiel ihm aus den Fingern. Er blinzelte mehrmals.

Avery, die hoffte, daß seine Pupillen vom Marihuana geweitet waren und nicht vor Schreck, versuchte, sich so gut wie möglich zu fassen. »Hallo.«

»Tag, äh...« Er schloß einen Augenblick die Augen und schüttelte den Kopf mit den strähnigen Haaren. »Äh, Mrs. Rutledge?«

»Ja?«

Er legte eine knochige Hand über sein Herz. »Mein Gott, einen Moment lang haben Sie ausgesehen wie...«

»Kommen Sie doch bitte herein.« Sie wollte nicht, daß er ihren Namen aussprach. Am liebsten hätte sie ihn umarmt, aber sie hatte diese Sache allein begonnen, und wenn sie sich Van anvertraute, würde sie ihn damit auch gefährden. So tröstlich es sein könnte, einen Verbündeten zu haben – es wäre auch gefährlich. Außerdem war Van nicht allzu verläßlich.

Sie trat zur Seite, und er kam herein. Avery tat es leid, daß er so verwirrt war. »Sie sind...?«

»Oh, Entschuldigung.« Er wischte unsicher seine Handflächen an seiner Jeans ab und streckte dann seine Rechte aus. Sie schüttelte sie schnell. »Van Lovejoy.«

»Ich bin Carole Rutledge.«

»Ich weiß. Ich habe Sie gesehen, als Sie aus dem Krankenhaus kamen. Ich arbeite für KTEX.«

»Ich verstehe.«

Obwohl er versuchte, sich normal mit ihr zu unterhalten, wandte er seinen Blick nicht ab. Sie hätte ihm am liebsten Tausende von Fragen gestellt, entschloß sich aber zu der einen, die Carole als nächste gefragt hätte.

»Wenn Sie als Vertreter des Fernsehsenders hier sind, hätten Sie dann nicht besser zuerst mit Mr. Paschal, dem Wahlkampfleiter meines Mannes, gesprochen?«

»Er weiß, daß ich komme. Die Produktionsfirma hat mich hergeschickt.«

»Die Produktionsfirma?«

»Ich werde hier nächsten Mittwoch Aufnahmen für eine Sendung machen. Heute bin ich hier, um mir den Drehort anzusehen.«

Nelson kam in die Eingangshalle und betrachtete Van mit einem mißbilligenden Blick. Nelson war immer militärisch korrekt gekleidet. Er hatte nie knautschige Hosen an, und nie lag auch nur eines seiner grauen Haare am falschen Platz.

Van war das genaue Gegenteil. Sein formloses T-Shirt warb für ein Restaurant, das frische Austern anbot. Der zweideutige Slogan auf dem Hemd hieß: »Knack mich, schlürf mich, iß mich roh.« Seine Jeans waren nicht nur modisch abgetragen, sondern regelrecht fadenscheinig. In seinen alten Tennisschuhen waren keine Schnürsenkel. Avery bezweifelte, daß er ein Paar Socken überhaupt besaß, weil er nie welche trug.

Er sah ungesund und unterernährt aus. Seine eckigen Schulterblätter zeichneten sich unter dem T-Shirt ab. Wenn er gerade gestanden hätte, wäre jede seiner Rippen sichtbar gewesen. Aber jetzt waren seine Schultern krumm und seine Brust nach innen gezogen.

Avery wußte, daß diese nikotinfleckigen Händen mit den abgebrochenen, schmutzigen Fingernägeln sehr geschickt im Umgang mit der Videokamera waren. Nelson sah jedoch nur den alternden Hippie – ein verschwendetes Leben. Vans Talent war ebenso gut versteckt wie Averys wahre Identität.

»Nelson, das ist Mr. Lovejoy. Mr. Lovejoy, das ist Colonel Rutledge.« Nelson schien ungern seine Hand zu ergreifen und hielt sie so kurz wie möglich. »Er ist hier, um sich umzusehen, weil er die Aufnahmen für die Fernsehsendung nächste Woche vorbereitet.«

»Sie arbeiten für MB-Productions?« fragte Nelson steif.

»Ich arbeite manchmal freiberuflich für sie. Wenn sie besonders gute Arbeit wollen.«

»Ich werde Ihnen alles zeigen. Was möchten Sie sehen, das Haus?« bot Nelson widerwillig an.

»Die Räume, in denen Rutledge, seine Frau und sein Kind normalerweise ihren Tag verbringen. Die Gesellschaft will es volkstümlich-nachbarschaftlich haben. Sentimentalen Mist.«

»Sie können von dem Haus sehen, soviel Sie wollen, zu meiner Familie werden Sie allerdings keinen Zugang haben, Mr. Lovejoy. Meine Frau würden die Worte auf Ihrem Hemd beleidigen.«

»Sie trägt es doch nicht, also warum, zum Teufel, sollte es ihr etwas ausmachen?«

Nelsons blaue Augen wurden eisig. Er war es gewöhnt, von jedem, den er als ihm untergeordnet empfand, mit mehr Respekt behandelt zu werden.

Jetzt sagte er nur: »Carole, es tut mir leid, daß du diese Worte hören mußtest. Würdest du uns bitte entschuldigen?«

Van drehte sich wieder zu ihr um. »Ich sehe Sie dann nächstes Mal, Mrs. Rutledge. Tut mir leid, daß ich Sie so angesehen habe, aber Sie sehen jemanden ähnlich.«

»Ich habe mich schon daran gewöhnt, daß Leute mein Gesicht anstarren«, sagte sie. »Es ist ganz natürlich, daß die Leute neugierig sind.«

Nelson wurde ungeduldig. »Folgen Sie mir, Lovejoy.«

Van schüttelte noch einmal verwirrt den Kopf, dann ging er hinter Nelson her. Avery zog sich in ihr Zimmer zurück und lehnte sich mit dem Rücken an die Tür. Sie hätte so gern nach Vans magerem Arm gegriffen und ihn ausgefragt. Wie ging es Irish? Sorgte er richtig für sich? Hatte die schwangere Sekretärin ein Mädchen oder einen Jungen bekommen? Betrog der Manager immer noch seine Frau mit der feinen Dame?

Doch ihr war klar, daß Van vielleicht nicht gerade froh wäre, sie zu sehen. Oh, er wäre natürlich begeistert, daß sie noch am Leben war, aber sobald er sich von dem Schock erholt hätte, würde er wissen wollen, was, zur Hölle, sie mit dieser Maskerade beabsichtigte.

Ja, was hatte sie eigentlich vor? Seit sie in diesem Haus war, hatte sie alle beobachtet. Es gab Unstimmigkeiten zwischen Jack und Dorothy Rae. Fancy hätte einen Heiligen provozieren können. Nelson war selbstherrlich, Zee zurückhaltend, Eddy arbeitswütig. Aber Tate gegenüber hatte niemand etwas anderes als Bewunderung und Zuneigung zum Ausdruck gebracht. Sie wollte einen eventuellen Attentäter ausfindig machen und endlich die Story kriegen, mit der sie den Respekt und die Glaubwürdigkeit zurückgewinnen konnte, die sie aufgrund ihrer falschen Einschätzung verloren hatte. Van zu sehen, war ausreichend Erinnerung daran gewesen.

Sie hatte journalistische Geschicklichkeit und das Interesse dazu von ihrem Vater geerbt. Aber seine Fähigkeit, alles unabhängig vom Faktor des Menschenlichen zu sehen, war nicht Teil seines Erbes. Sie versuchte immer wieder, objektiv zu sein, aber bis heute war es ihr nicht gelungen, Distanz zu wahren. Sie fürchtete, daß sie in diesem Haus wohl auch nicht mehr darüber lernen würde.

Aber sie konnte jetzt nicht fort. Der größte Haken in ihrem sorgfältig geplanten Betrug war, daß sie sich keinen Fluchtweg offengelassen hatte. Außer wenn sie die ganze Angelegenheit öffentlich machte, hatte sie keine andere Wahl, als zu bleiben und zu nehmen, was kommen würde – selbst solche Überraschungsbesuche von alten Freunden.

Der Freitag kam. Avery vertrödelte den langen Nachmittag damit, mit Mandy zu spielen. Sie saßen an ihrem kleinen Tisch und formten Dinosaurier aus Knetmasse, bis Mandy Hunger bekam und Mona übergeben wurde.

Um fünf Uhr badete Avery. Während sie ihr Make-up auflegte, naschte sie von einem Teller mit Kleinigkeiten, den Mona ihr gebracht hatte.

Sie brachte ihr Haar mit Frisierschaum in Form. Es war immer noch kurz und schick, aber nicht mehr so extrem wie früher. Zum Schluß schmückte sie sich mit einem phantastischen Paar diamantener Ohrringe.

Gegen Viertel vor sieben, fünfzehn Minuten vor der vereinbarten Zeit, war sie bereit. Sie stand in ihrem Badezimmer und tupfte Parfum hinter ihre Ohren, als Tate hereinkam.

Sein unerwartetes Erscheinen verblüffte sie. Er schlief auf dem ausklappbaren Sofa in dem kleinen Salon neben ihrem Zimmer. Es gab auch eine Tür zwischen beiden, die aber immer von einer Seite verschlossen war.

Sein Zimmer war in gedämpften, männlichen Farben in der Art eines Herrenclubs eingerichtet. Ein kleines Badezimmer lag daneben. Das Waschbecken war nicht größer als bei einem Zahnarzt, die Dusche gerade so groß, daß ein Erwachsener hineinpaßte. Und doch zog Tate diese Enge der Möglichkeit vor, das geräumige Schlafzimmer und das Bad seiner Frau mit ihr zu teilen.

Averys erster pessimistischer Gedanke war, daß er gekommen war, um ihr zu erklären, daß er auf ihre Begleitung verzichten wollte. Er machte jedoch keinen ärgerlichen, sondern einen gestreßten Eindruck. Er blieb abrupt stehen, als er sie im Spiegel erblickte.

Dankbar nahm Avery zur Kenntnis, daß sich ihre Anstrengungen gelohnt hatten, und drehte sich zu ihm um. »Gefällt's dir?«

»Das Kleid? Das Kleid ist phantastisch.«

»Die Rechnung von den Brüdern Frost wird zeigen, wie phantastisch.«

Sie wußte, daß es ein umwerfendes Kleid war. Ein schwarzer Hauch – lose mit Pailetten bestickt, bedeckte ihren Ausschnitt, ihre Schultern, den oberen Rücken und die Arme bis zu den Handgelenken. Von der ersten Ahnung des Brustansatzes aus war es gerade bis hinunter in Knielänge mit Seide gefüttert.

Es war ein verführerisches Kleid, aber auf anständige Art, eher im Stil von Audrey Hepburn. Sie wollte heute abend nichts von Carole tragen. Sie wollte so aussehen, wie Carole nie gewesen war.

Abgesehen davon waren alle Abendkleider von Carole tief ausgeschnitten und schillernd gewesen, was Averys Geschmack widerstrebte. Sie hatte etwas der Jahreszeit entsprechend Luftiges mit langen Ärmeln gebraucht.

»Das Geld war gut angelegt«, murmelte Tate zögernd.

Es war ihrer Aufmerksamkeit nicht entgangen, daß Tate nur teilweise bekleidet war. Auf seinem Kinn leuchtete ein Fleck von frischem Blut, ein Beweis dafür, daß er sich eilig rasiert hatte. Er war noch barfuß, sein Haar feucht und ungekämmt, nachdem er es mit dem Handtuch getrocknet hatte, und sein gestärktes, gebügeltes Hemd war noch nicht zugeknöpft. Das lange Hinterende des Hemdes hing noch über den Rand seiner dunklen Smokinghose.

Der Anblick seiner nackten, behaarten Brust ließ ihr Herz höher schlagen. Sein Bauch war flach und fest. Da er den Hosenschlitz noch nicht geschlossen hatte, konnte sie ungehindert von seinem Nabel abwärts bis zu dem weißen Gummiband seiner Shorts sehen.

Instinktiv befeuchtete sie sich ihre Lippen. Ihr Herz schlug so schnell, daß sie spürte, wie sich der Stoff des Kleides über ihrer Haut bewegte. »Manschettenknöpfe?« fragte sie schwach, weil sie den Grund für sein Erscheinen ahnte.

»Ich dachte, ich habe sie vielleicht hiergelassen.«

»Du kannst dich gern umsehen.« Sie deutete auf die Kommode, in der sie während einer ihrer Suchaktionen eine Schachtel mit männlichen Toilettenartikeln entdeckt hatte.

Er durchwühlte zwei Schubladen, bis er die Schachtel fand, die er suchte. Onyx-Manschettenknöpfe mit passenden Kragenknöpfen lagen darin.

»Brauchst du Hilfe?«

»Nein.«

»Doch.« Sie schob mit einer Handbewegung seine Hände und seinen Widerstand beiseite und steckte den ersten Kragenknopf ins Knopfloch. Ihre Knöchel berührten das dichte Haar auf seiner Brust. Es war weich und noch etwas feucht. Sie hätte am liebsten ihr Gesicht darin vergraben.

»Was ist das denn?« fragte er und deutete auf den Toilettentisch.

»Oh, Mandys Kunstwerke.« Sie hatte einige von Mandys Kritzeleien mit Klebeband an ihrem Spiegel befestigt. »Hat sie dir denn kein Gemälde geschenkt?«

»Natürlich. Ich hatte nur nicht erwartet, daß du sie aufhängen würdest. Du hast sonst immer gesagt, du könntest das Zeug nicht ausstehen. Fertig?« Er neigte den Kopf, um zu sehen, warum sie so langsam vorankam. Ihre Köpfe wären beinahe zusammengestoßen.

»Noch einen. Bleib stehen. Ist das dein Magen, was da so knurrt? Nimm dir etwas von dem Teller.«

Er zögerte einen Augenblick, dann nahm er sich ein Stück Apfel und eine Scheibe Käse.

Er gab ihr die Manschettenknöpfe und streckte den linken

Arm aus. Sie steckte den ersten durch das Knopfloch und öffnete ihn, damit er hielt. »Den anderen?« Er gab ihr seinen rechten Arm. Als sie fertig war, wich sie keinen Zentimeter zurück. Stattdessen legte sie den Kopf nach hinten und sah zu ihm hinauf.

»Was ist mit deiner Fliege?«

Er schluckte. »In meinem Zimmer.«

»Kommst du damit zurecht?«

»Ich schaff's schon. Danke.«

»War mir ein Vergnügen.«

Er rührte sich nicht vom Fleck und sog den Duft ihres Parfums ein.

Schließlich trat er einen Schritt zurück und ging zur Tür. »Ich bin in fünf Minuten fertig.«

Tate fühlte sich, als sei er gerade noch einer Gefahr entkommen, als er in sein kleines Zimmer kam. Er hatte wohl zu heiß geduscht. Warum sonst war ihm so warm? Er schob seine Ungeschicklichkeit darauf, daß er sich beeilen mußte und ihm ein so wichtiger Abend bevorstand. Die ersten Versuche, die Fliege zu binden, schlugen fehl, aber schließlich schaffte er es, fand aber keine passenden Socken. Erst nach zehn Minuten war er fertig. Als seine Frau aus ihrem Zimmer kam, nachdem er leise geklopft hatte, sagte sie nichts zu seiner Verspätung.

Zusammen gingen sie ins Wohnzimmer, wo Zee Mandy eine Geschichte vorlas. Nelson sah seinem Lieblingsdetektiv im Fernsehen dabei zu, wie er Jagd auf die bösen Jungs machte und sie schließlich ihrer gerechten Strafe zuführte.

Er schaute auf, als sie hereinkamen, und stieß einen langen Pfiff aus. »Ihr beide seht aus wie Braut und Bräutigam auf dem Hochzeitskuchen.«

»Danke, Dad«, antwortete Tate für sie beide.

»In diesem schwarzen Kleid sieht sie eigentlich überhaupt nicht wie eine Braut aus, Nelson.«

Tate war sicher, daß seine Mutter diese Bemerkung nicht beleidigend gemeint hatte, aber so klang sie. Danach folgte eine etwas unangenehme Stille, bis Zee noch hinzufügte: »Aber du siehst sehr gut aus, Carole.«

»Danke«, erwiderte sie leise.

Von dem Tag an, an dem sie einander vorgestellt worden waren, hatte Zee Carole mit Zurückhaltung behandelt. Ihr wäre es lieber gewesen, wenn diese Beziehung geendet hätte, bevor es zur Ehe kam, obwohl sie das nie ausgesprochen hätte.

Sie hatte sich Carole etwas angenähert, solange sie mit Mandy schwanger war, aber diese mütterliche Zuneigung kühlte bald wieder ab. Schon Monate vor dem Flugzeugabsturz war Zee mit ihrer Kritik offener gewesen als vorher.

Doch heute abend hatte Tate gehofft, daß alles glattgehen würde. Es würde wahrscheinlich sowieso ein anstrengender Abend werden. Mandy lockerte die düstere Stimmung etwas, indem sie vom Schoß ihrer Großmutter rutschte und sich ihnen scheu näherte. Tate kniete sich hin. »Komm, drück mich fest.« Mandy legte ihre Arme um ihn und schmiegte ihr Gesicht an seinem Hals.

Zu seiner Überraschung hockte sich Carole auch neben sie. »Ich komme und gebe dir einen Kuß, wenn wir nach Hause kommen, ja?«

Mandy hob den Kopf und nickte ernsthaft. »Ja, gut, Mami.«

»Sei lieb zu Großmutter und Großvater.«

Mandy nickte wieder, dann nahm sie ihre Arme von Tates Hals und drückte Carole. »Tschüß.«

»Tschüß. Gib mir ein Gutenachtküßchen.«

»Muß ich jetzt schon ins Bett?«

»Nein, aber ich will mein Küßchen im voraus.«

Mandy küßte laut Caroles Mund und lief zu ihrer Großmutter zurück. Normalerweise schimpfte Carole, wenn Mandy ihr Make-up ruinierte oder ihre Kleidung durcheinanderbrachte. Diesmal tupfte sie nur ihre Lippen mit einem Papiertuch ab.

Tate konnte diese Wandlung einfach nicht verstehen. Vielleicht hatte Carole beschlossen, ihre Mutterrolle mit vollem Einsatz zu spielen.

Diese neuentdeckte Zuneigung zu Mandy war vermutlich falsch wie die Hölle.

Er legte seine Hand auf ihren Ellenbogen und ging mit ihr zur Haustür. »Wird wohl spät werden, bis wir zurückkommen.«

»Fahrt vorsichtig!« rief Zee ihnen nach.

Nelson ließ seinen Detektiv mit gezogener Waffe zurück und begleitete sie zur Tür. »Wenn das ein Schönheitswettbewerb wäre heute abend, würdet ihr garantiert gewinnen. Ich kann euch gar nicht sagen, wie stolz ich bin, euch beide so zu sehen.«

Wollte sein Vater damit andeuten, daß, was immer die Harmonie gestört hatte, vergeben und vergessen werden sollte? Tate wußte seine Besorgnis zu schätzen, er glaubte nur, daß er ihm nicht gehorchen konnte. Vergeben? Das war ihm immer schon schwergefallen. Vergessen? Das lag nicht in seinem Wesen.

Doch als er Carole half, in den Wagen einzusteigen, wünschte er nichts mehr, als daß er es hätte tun können. Wenn er all den Zorn, den Schmerz und die Vorwürfe auslöschen und mit dieser Frau heute abend wieder neu anfangen könnte, würde er das wollen?

Tate war sich selbst gegenüber immer schon genauso ehrlich gewesen wie anderen gegenüber. So wie Carole heute aussah und sich benahm, dachte er: Ja, er würde gern einen neuen Anfang machen.

Genau gesagt, hatte er Lust auf sie. Er mochte es gern, wenn sie so war wie jetzt, weich und ausgeglichen und sexy. Sie war zu lebhaft und zu intelligent, um eine schweigende, untergeordnete Partnerin zu sein. Er hatte es gern, wenn die Funken – des Zorns, des Humors – sprühten. Ohne sie war eine Beziehung wie ungewürztes Essen.

Sie lächelte ihm zu, als er sich hinter das Steuer setzte. »Nelson hat recht. Du siehst heute abend sehr gut aus, Tate.«

»Danke.« Und nur weil er es leid war, sie immer nur zu kritisieren, sagte er: »Du auch.«

Sie schenkte ihm ein Lächeln, das ein Kribbeln in seinen Lenden bewirkte. Früher hätte er zu ihr gesagt: »Scheiß was aufs Zuspätkommen, ich werde jetzt mit meiner Frau schlafen«, und hätte sie gleich hier im Auto genommen.

Eine Vorstellung davon, wie er das tat, blitzte durch seine Gedanken: wie er an ihren rosigen Brüsten knabberte und tief in ihrer feuchten Hitze versank; wie er ihr lustvolles Stöhnen hörte, wenn sie kam.

Er stöhnte und kaschierte den Laut schnell mit einem Husten.

Ihm fehlte das Spontane, der Genuß, heißen Sex mit einer Frau zu haben, die er liebte.

Um das Blitzen in seinen Augen zu verbergen, das sie sofort als Erregung erkannt hätte, setzte er die Sonnenbrille auf, obwohl die Sonne schon untergegangen war.

Während er losfuhr, mußte er sich eingestehen, daß ihm wirklich fehlte, was sie zusammen gehabt hatten, aber *sie* vermißte er nicht. Obwohl sie oft heißen und guten Sex miteinander gehabt hatten, hatte es nur wenig Nähe zwischen ihnen gegeben. Eine geistige Verbindung und spirituelle Nähe hatten ihrer Ehe von Anfang an gefehlt, obwohl er das erst sehr spät erkannte.

Er konnte nicht vermissen, was er nie gehabt hatte, aber er sehnte sich doch danach. Es wäre für ihn eine Genugtuung, den Sitz im Senat zu gewinnen. Aber die Freude würde durch seine unglückliche Ehe getrübt werden. Das alles wäre viel schöner, wenn er es mit einer liebenden Frau teilen könnte.

Aber genausogut konnte er sich den Mond wünschen, dachte er. Selbst falls Carole eine solche Liebe geben konnte, was nicht der Fall war, würde er sie doch nicht haben wollen. Dazu hatte sie schon vor langer Zeit jede Grundlage zerstört.

Die körperliche Anziehung war immer noch da, unerklärlicherweise sogar stärker als je zuvor, aber seine gefühlsmäßigen Bindungen waren dahin. Und er wollte tot umfallen, wenn er das eine nehmen würde, während sie ihn um das andere betrog.

Er spürte nur, daß sein Schwanz diesen Entschluß noch nicht akzeptierte.

Er betrachtete Carole aus dem Augenwinkel. Sie sah phantastisch aus. Seine Mutter hatte es ganz richtig bezeichnet – sie hatte zuviel Stil und Erotik für eine Braut.

Sie sah aus wie eine von ihrem Mann geliebte, zufriedene Ehefrau – und das sah Carole gar nicht ähnlich.

Kapitel 19

Eddy Paschal kam aus der Dusche. Er strich sich hastig mit dem Handtuch über Arme und Brust und beide Beine. Dann rieb er sich den Rücken trocken, wobei er aus dem Badezimmer ins Schlafzimmer ging. Direkt hinter der Tür blieb er plötzlich stehen. »Was zum –«

»Hallo. Ich wußte gar nicht, daß du auf scharfe Fotos stehst.«

Fancy lag quer über seinem Bett, hatte einen Ellenbogen aufgestützt und blätterte in der Ausgabe von *Penthouse*, die sie auf seinem Nachttisch gefunden hatte. Nach einem ungerührten Blick auf eine besonders herausfordernde Stellung sah sie zu ihm auf und lächelte süßlich. »Du schlimmer Junge, du.«

»Was, zum Teufel, hast du hier zu suchen?« Er band sich das Handtuch hastig um die Hüften.

Fancy streckte sich mit der gelassenen Bewegung einer Katze. »Ich war am Pool beim Sonnenbaden und bin hereingekommen, um mich ein bißchen abzukühlen.«

Eddy lebte in einer Wohnung über der Garage der Ranch. Kurz nachdem er als Tates Wahlkampfleiter angestellt worden war, hatte er gefragt, ob er die Wohnung nicht mieten könne. Die Rutledges hatten nachdrücklich protestiert.

Tate hatte darauf bestanden, daß Eddy bei der Familie wohnen müsse, wenn er im Haus blieb.

Aber Eddy hatte erklärt, daß er es vorzöge, in der Nähe der Familie zu leben, aber doch seine Privatsphäre zu behalten. Und die Garagenwohnung kam beiden Bedürfnissen entgegen. Sie hatten nachgegeben, und er war eingezogen.

»Warum mußt du dich hier abkühlen?« fragte er barsch. »Ist die Klimaanlage im Haus kaputt?«

»Sie nicht so zickig.« Fancy schob die Zeitschrift weg und richtete sich auf. »Freust du dich nicht, mich zu sehen?«

»Sehen kann man allerdings eine Menge«, murmelte er und rieb sich das nasse Haar. Es war fein und hell. »Ich habe schon elastische Binden gesehen, die deutlich breiter als dieser Bikini waren. Findet Nelson es in Ordnung, daß du so heraumläufst?«

»Großvater findet überhaupt nichts Erotisches in Ordnung«, schnaubte sie. »Ich schwöre, daß ich mir nicht vorstellen kann, wie mein Vater und Onkel Tate gezeugt worden sind. Ich wette, Großvater singt Kriegslieder, während er Großmutter bumst. Oder vielleicht auch Wanderlieder.« Sie machte ein nachdenkliches Gesicht. »Ich kann mir einfach nicht vorstellen, daß sie je kommt, du etwa?«

»Du bist hoffnungslos, Fancy.« Aber trotzdem kicherte er über die Vorstellung, die sie gab. Dann stemmte er die Hände in die Hüften und sah sie vorwurfsvoll an. »Kannst du dich jetzt bitte verziehen, damit ich mich anziehen kann? Es wird schon spät.«

»Warum kann ich nicht mitkommen?« jammerte sie.

»Keine Eintrittskarte mehr.«

»Das würdest du doch sicher hinkriegen.«

Er schüttelte entschieden den Kopf. »Es wird ein förmlicher, steifer Abend nur mit Erwachsenen, Fancy. Du würdest dich zu Tode langweilen.«

»Du würdest bestimmt steif werden, wenn ich mitkomme. Aber ich garantiere dir, daß du dich nicht langweilen würdest.« Sie blinzelte ihm kokett zu, löste das Oberteil des Bikinis und ließ es herunterfallen. Dann lehnte sie sich zurück und stützte sich auf die Ellenbogen. »Wie gefällt dir meine – Sonnenbräune?«

Ihre Brüste waren voll und weich und erhoben sich auf einem Streifen von babyrosa Haut zwischen ihrem gebräunten Dekolleté und Bauch. Die Warzenhöfe waren sehr groß, und ihre Brustwarzen waren rosig und straff.

Eddy hob den Blick zur Decke und kniff die Augen zu. »Warum machst du das? Komm schon, steht auf. Zieh dir dein Oberteil wieder an und verschwinde, zum Teufel.«

Er ging zum Bett und streckte ihr die Hand entgegen, um ihr beim Aufstehen zu helfen. Fancy nahm seine Hand und zog sie zu ihrer Brust. Ihre Pupillen waren geweitet vor Erregung und Übermut. Während sie langsam seine Handfläche über ihrer Brustwarze kreisen ließ, zog sie mit der anderen Hand sein Handtuch weg und stieß einen überraschten Schrei aus.

»O, Eddy, du hast aber einen schönen Schwanz.«

Sie betrachtete ihn genau, während sie sich dem Rand des Bettes näherte. Ihre Finger umschlossen seinen Penis, dann drückte sie ihn.

»So groß. Für wen bewahrst du ihn auf? Für diese häßliche Rothaarige in der Zentrale oder für Tante Carole?«

Sie warf den Kopf zurück und sah zu ihm auf. Das kalte Glitzern in seinen Augen erschreckte sie für einen Moment, doch dann beschloß sie, daß sie ihn am liebsten mochte, wenn er böse war. Auf die Art war er eine größere Herausforderung.

»Ich kann und werde mehr für dich tun als alle beide zusammen.« Und nachdem sie diese Versprechung gehaucht hatte, beugte sie den Kopf über ihn, um es zu beweisen.

Bei der ersten feuchten Berührung ihrer Zunge ging Eddy in die Knie. Schon wenige Sekunden später lag Fancy auf dem Rükken in der Mitte des Betts, und er lag über ihr. Seine Zunge drängte sich in ihren Mund.

»O Himmel, mein Gott, ja, ja«, hauchte Fancy, als seine Hände sie rauh streichelten.

Er hielt ihre Hände über ihrem Kopf fest und griff mit dem Mund ihre Brüste an, saugte daran und biß hungrig hinein, während sich das Mädchen unter ihm wand. Sie verlor sich so sehr in seinem wilden Vorspiel, daß sie ein paar Sekunden brauchte, bis sie merkte, daß er aufgehört hatte.

Sie öffnete die Augen. Er stand wieder am Fußende des Bettes und lächelte amüsiert.

»Was...«

Erst als sie versuchte, sich hinzusetzen, spürte sie, daß ihre Hände über ihrem Kopf zusammengebunden waren. Sie hob sie nach vorn. Ihr Bikinioberteil war um ihre Handgelenke gebunden, die Enden verknotet.

»Du verfluchter Hurensohn«, kreischte sie. »Mach sofort meine Hände los.«

Eddy ging ruhig zur Kommode und nahm ein Paar Boxershorts aus der obersten Schublade. Während er sie anzog, tadelte er sie entrüstet: »Was für eine Sprache.«

»Mach mich los, Bastard.«

»Ich bin sicher, daß eine kluge junge *Dame*«, betonte er mit einer zweifelnd gehobenen Augenbraue, »einen Weg finden wird, sich zu befreien.«

Er nahm seinen geliehenen Smoking aus der Plastikhülle und zog sich an. Während der ganzen Zeit bedachte ihn Fancy mit allen Schimpfworten, die ihr einfielen.

»Spar dir das«, sagte Eddy knapp, als die Schimpfkanonade aufgehört hatte, komisch zu sein. »Ich will nur eins wissen.«

»Wichser.«

»Was hast du mit dieser Bemerkung über Carole und mich gemeint?«

»Was glaubst du wohl?«

Er kam mit drei Schritten zum Bett, griff sich eine Handvoll von Fancys Haar und wickelte es sich um die Hand, bis ihre Kopfhaut weh tat. »Ich weiß nicht, was ich glauben soll, darum frage ich ja.«

Er machte ihr angst. Ihr Trotz verlor sich etwas. »Irgendeine besorgt es dir doch. Warum nicht Tante Carole?«

»Hauptsächlich, weil ich nicht auf sie stehe.«

»So ein Quatsch. Du beobachtest sie wie ein Habicht.«

Eddy starrte sie kalt an. »Sie ist die Frau meines besten Freundes. Sie hatten Schwierigkeiten miteinander, und ich mache mir Sorgen darüber, ob ihre Ehe den Wahlkampf beeinträchtigt.«

Fancy lächelte. Sie schnurrte fast. »Weißt du was? Wenn du bei Carole landen willst, wirst du kein Glück haben. Ich glaube, sie vertragen sich wieder. Jetzt bekommt er – wenn er will –, was sie vor dem Flugzeugabsturz noch mit dir getrieben hat.«

Langsam entspannte er seine Hand und ließ ihre Haare los. »Das ist eine pure Vermutung von dir, Fancy.« Seine Stimme klang kühl und ruhig. Er ging zur Kommode, steckte sich ein Taschentuch in die Hosentasche und schob sich die Armbanduhr übers Handgelenk. »Aber sie ist vollständig falsch. Es war nie noch wird je etwas sein zwischen Carole und mir. Und wenn ich du wäre«, sagte er leise über die Schulter, »dann würde ich meine eifersüchtigen Spekulationen lieber für mich behalten.«

Fancy schaffte es, sich vom Bett zu winden und aufzustehen. »Das wird langsam langweilig hier, Eddy. Binde mir die Hände los.«

Er neigte den Kopf zur Seite, als würde er ihre Forderung genau bedenken. »Nein. Ich glaube, ich werde mich erst einmal in Sicherheit bringen, bevor du wieder auf mich losgehen kannst.«

»Ich kann aber doch so nicht rausgehen.«

»Stimmt genau.«

Sie lief hinter ihm her zur Tür. »Bitte, Eddy«, wimmerte sie. Tränen sammelten sich in ihren großen blauen Augen. »Du bist gemein. Für mich ist das nicht nur ein Spiel. Ich weiß, daß du mich für eine Nutte hältst, weil ich mich dir so an den Hals werfe, aber ich mußte doch die Initiative ergreifen, weil du nie den Anfang machen würdest. Ich liebe dich. Bitte lieb mich auch. Bitte.«

Er legte seine Hand auf ihre Taille und drückte sie sanft. »Ich bin sicher, daß du einen anderen Typen findest, der es zu schätzen weiß, daß ich dich für ihn aufgewärmt habe.«

Rote Flecken brannten auf ihren Wangen. »Du elender Hurensohn.« Die winselnde Unterwürfigkeit verschwand. »Du hast verflucht recht, daß ich einen Mann finden werde. Und den werde ich ficken, bis er mit den Ohren schlackert. Ich werde ihn aussaugen. Ich werde –«

»Ich wünsche dir einen schönen Abend, Fancy.« Er schob sie zur Seite und trabte die Außentreppe hinunter zu seinem Auto.

Fancy trat so fest mit dem Fuß gegen die Tür, daß sie krachend hinter ihm zufiel.

Als Avery aus der Damentoilette kam, bemerkte sie den Mann in der Telefonzelle gar nicht. Sie wollte wieder zurück in den Saal. Das Bankett hatte unendlich lange gedauert, und die Rede nach dem Essen noch länger.

Aber später war sofort Tate der Mittelpunkt der Aufmerksamkeit gewesen, und sogar seine politischen Rivalen waren freundlich zu ihm. Niemand machte den Eindruck, ihn insgeheim ermorden zu wollen.

Man respektierte ihn, auch wenn seine politische Richtung nicht von allen geteilt wurde. Es war ein begeisterndes Gefühl, neben ihm zu stehen. Jedesmal wenn er sie jemandem vorstellte, tat er das mit einem gewissen Stolz. Avery hatte bisher noch nichts falsch gemacht. Sie hatte genau auf seine Bemerkungen geachtet, wenn jemand auf sie zukam, den Carole kennen mußte. Alles verlief hervorragend.

Tate hatte ihren Arm berührt, als sie sich entschuldigt hatte, um sich die Nase pudern zu gehen, als fürchte er schon diese kurze Trennung von ihr.

Jetzt, als sie an der Reihe der Telefonzellen entlangging, schoß plötzlich eine Hand hervor und umklammerte ihr Handgelenk. Sie stieß einen erstaunten Schrei aus und wirbelte herum, um den Mann anzusehen. Er trug einen Smoking, was darauf hindeutete, daß er zu der Gesellschaft im Bankettsaal gehörte.

»Na, wie steht's, Süße?« fragte er gedehnt.

»Lassen Sie mich los.« Da sie annahm, er hätte zuviel getrunken, versuchte sie, ihre Hand zu befreien.

»Nicht so schnell, Mrs. Rutledge.« Er zog den Namen in die Länge wie eine Beleidigung. »Ich wollte mir nur mal das neue Gesicht von Nahem ansehen, von dem ich so viel gehört habe.« Er zog sie näher zu sich heran. »Bis auf die Haare siehst du genau aus wie früher. Aber sag mir, was ich eigentlich wissen will: Bist du immer noch so heiß?«

»Lassen Sie mich los.«

»Was ist? Hast du Angst, daß dir dein Mann auf die Schliche kommt? Er hat viel zuviel mit dem Wahlkampf zu tun.«

»Ich schreie, wenn Sie mich nicht augenblicklich loslassen.«

Er lachte. »Bist du sauer, weil ich dich nicht im Krankenhaus besucht habe? Aber es wäre ja wohl nicht sehr anständig gewesen, wenn dein Liebhaber deinen Mann von deinem Bett verdrängt.«

Sie starrte ihn mit kaltem Zorn an. »Die Dinge liegen jetzt anders.«

»Ach ja?« Er näherte sein Gesicht dem ihren. »Kribbelt denn deine Muschi nicht mehr so wie früher?«

Ärgerlich und voller Angst bemühte sie sich von neuem, sich loszureißen, was ihn nur noch mehr anzustacheln schien. Er drehte ihr den Arm hinter den Rücken und drückte sie gegen seine Vorderseite. Sein Atem streifte feucht und warm ihr Gesicht. Sie versuchte, den Kopf abzuwenden, aber er umfaßte mit der freien Hand ihr Kinn.

»Was ist los, Carole? Fühlst du dich jetzt besonders groß, da Tate wirklich im Rennen liegt? Das ist ein Witz. Rory Dekker wird ihm in den Hintern treten, verstehst du?« Er drückte seine Finger zusammen, bis ihr Kinn weh tat. Sie wimmerte vor Schmerz und Zorn.

»Du glaubst wohl, daß er in Washington landet, und hängst dich deshalb an ihn, stimmt's? Heute abend hast du einfach durch mich durchgesehen. Was glaubst du eigentlich, wer du bist, du Biest?«

Er preßte ihr einen harten Kuß auf die Lippen, wobei er ihren frischen Lippenstift verschmierte. Ihr wurde schlecht, als er seine Zunge zwischen ihre Lippen drängte. Sie ballte die Fäuste und stieß mit aller Kraft gegen seine Schultern. Sie versuchte, ein Knie zwischen seine Beine zu stoßen, aber ihr schmaler Rock verhinderte das. Er war kräftig, und sie konnte sich nicht wehren. Er nahm ihr völlig den Atem. Sie fühlte, wie sie schwächer wurde und beinahe die Besinnung verlor.

Zuerst hörte sie schwache, dann immer deutlichere Stimmen. Er ebenso. Er stieß sie von sich und lächelte anzüglich. »Du sollst lieber nicht vergessen, wer deine Freunde sind«, höhnte er. Dann verschwand er, nur wenige Sekunden bevor zwei Frauen um die Ecke bogen.

Ihr Gespräch verstummte, als sie Avery sahen. Sie drehte ihnen schnell den Rücken zu und griff nach dem Telefonhörer, als wolle sie gerade jemanden anrufen. Die Frauen gingen an ihr vorbei zur Damentoilette.

Ein Fingernagel brach ihr ab, als sie an Caroles Abendtäschchen nach dem Verschluß suchte, um sich ein Papiertaschentuch herauszuholen. Damit wischte sie sich die Reste des Lippenstiftes und des widerlichen Kusses ab, den sie von Caroles ehemaligem Liebhaber hatte ertragen müssen. Dann streckte sie sich ein Pfefferminzbonbon in den Mund und tupfte sich die tränenfeuchten Augen mit dem Taschentuch ab. Während des Handgemenges hatte sich ein Ohrring gelöst, den sie wieder befestigte.

Die zwei Frauen kamen zurück und sprachen leise miteinander. Avery murmelte etwas in den Hörer und fühlte sich erbärmlich, weil sie ein solches Theater spielte.

Aber schließlich war sie inzwischen sehr gut im Theaterspielen geworden, oder? Sie hatte sogar einen von Caroles Liebhabern getäuscht.

Als sie sich so weit gefaßt hatte, daß sie es wieder wagen konnte, sich der Menge zu stellen, hängte sie den Hörer auf und drehte sich um. In diesem Augenblick kam eilig ein Mann um die Ecke und prallte mit ihr zusammen. Da sie nur die Vorderseite seines Smokings sah, stieß sei einen ängstlichen Schrei aus.

»Carole, was, um Himmels willen, ist los mit dir?«

»Tate!«

Avery sank gegen ihn und schlang die Arme um seine Taille. Dann legte sie die Wange an sein Revers und schloß die Augen, um die Vorstellung von diesem anderen Mann zu verdrängen.

Zögernd legte Tate seine Arme um sie. Seine Hände strichen über ihren Rücken.

»Was ist passiert? Eine Frau hat mich beiseite genommen und gesagt, du sähest nicht wohl aus. Ist dir schlecht?«

Er hatte sofort das Rampenlicht verlassen und war zu ihr gekommen, obwohl sie, seine Frau, ihn betrogen hatte. Egal welche Skrupel sie früher dagegen gehabt hatte, mit dem Mann einer anderen Frau zu schlafen, sie verschwanden in diesem Augenblick. Carole hatte ihn nicht verdient.

»O Tate, es tut mir leid.« Sie hob das Gesicht.

»Warum?« Er faßte sie kräftig an den Schultern und schüttelte sie leicht. »Wirst du mir jetzt bitte sagen, was los ist?«

Da sie ihm die Wahrheit nicht offenbaren konnte, suchte sie nach einer logischen Erklärung. »Ich glaube, ich bin einfach noch nicht soweit, in einer solchen Menschenmenge zurechtzukommen. Mich hat das alles irgendwie erdrückt.«

»Vorher schien aber doch alles gut zu sein.«

»Das war auch so. Es hat mir sogar Spaß gemacht. Aber plötzlich fühlte ich mich von all den Leuten bedrängt. Es war, als wäre ich wieder in alle die Verbände eingewickelt. Ich bekam keine Luft mehr, konnte nicht –«

»Ist gut, ich kann's mir schon vorstellen. Du hättest mir etwas sagen sollen. Komm.« Er nahm ihren Arm.

»Wir brauchen deswegen nicht zu gehen.«

»Das Fest ist sowieso bald zu Ende. Und so sind wir vor den anderen beim Parkplatz.«

»Meinst du wirklich?« Sie wollte gern gehen. Sie könnte es nicht ertragen, diesem grinsenden Gesicht noch mal zu begegnen. Aber dieser Abend war ihre Prüfung. Sie wollte nicht riskieren, auf der Ranch bleiben zu müssen, wenn Tate auf Reisen ging.

»Ich meine es wirklich ernst. Komm, gehen wir.«

Auf dem Heimweg redeten sie nicht viel miteinander. Avery hob die Füße neben sich auf den Sitz und drehte sich so zur Seite, daß sie ihn ansah. Sie hätte ihn gern berührt und sich von ihm trösten lassen, gab sich aber damit zufrieden, ihn anzusehen.

Alle waren im Bett, als sie nach Hause kamen. Schweigend gingen sie zusammen zu Mandys Zimmer und gaben ihr den versprochenen Gutenachtkuß. Die Kleine murmelte etwas im Schlaf, wurde aber nicht wach.

Als sie den Flur hinunter zu ihren Schlafzimmern gingen, sagte Tate nachdenklich: »Wir werden bei verschiedenen festlichen Gelegenheiten erscheinen müssen. Am besten nimmst du das Kleid mit auf die Reise.«

Avery wirbelte zu ihm herum. »Heißt das, ich darf dich begleiten?«

Er starrte auf einen Punkt über ihrem Kopf. »Alle meinen, daß es eine gute Idee wäre.«

So leicht wollte sie ihn nicht davonkommen lassen. Sie zupfte am Aufschlag seines Jacketts, und er sah ihr in die Augen. »Ich möchte nur wissen, was du denkst, Tate.«

Er ließ ein paar Sekunden vergehen, bevor er antwortete: »Ja, ich glaube auch, daß es eine gute Idee ist. Gute Nacht.«

Enttäuscht von seiner mäßigen Begeisterung sah Avery ihm nach.

Sie war eigentlich müde, als sie das Licht ausschaltete, aber als sie nach einer Stunde immer noch nicht eingeschlafen war, stand sie wieder auf und verließ das Zimmer.

Fancy beschloß, durch die Küche ins Haus zu gehen, falls sich ihr Großvater im Wohnzimmer aufhielt. Sie öffnete die Tür und setzte die Alarmanlage außer Kraft.

»Wer ist da? Fancy?«

Fancy wäre vor Schreck beinahe umgefallen. »Mein Gott, Tante Carole! Du hast mich furchtbar erschreckt!« Sie griff nach dem Lichtschalter.

»Um Gottes willen!« Avery sprang von ihrem Stuhl am Küchentisch auf und drehte Fancys Gesicht zum Licht. »Was ist mit dir passiert?« Sie zog eine Grimasse, während sie das blaue Auge und die blutende Lippe des Mädchens untersuchte.

»Vielleicht könntest du mich deinem plastischen Chirurgen vorstellen«, sagte Fancy knapp und merkte, daß es weh tat, zu lächeln. Sie berührte den blutenden Schnitt mit der Zunge und löste sich aus dem Griff ihrer Tante. »Ist schon gut.« Sie ging zum Kühlschrank, nahm eine Tüte Milch heraus und goß sich ein Glas ein.

»Solltest du nicht vielleicht zum Arzt gehen? Möchtest du, daß ich dich in die Ambulanz fahre?«

»Bloß nicht. Und sei bitte leise. Ich will nicht, daß Großvater und Großmutter das hier sehen. Sie würden mich wochenlang nicht in Ruhe lassen.«

»Was ist passiert?«

»Also, das war so.« Sie kratzte mit den unteren Schneidezähnen die Cremefüllung aus einem gefüllten Schokoladenkeks. »Ich war in dieser blöden Tanzbar. Da war 'ne Menge los. Freitagabend, du weißt schon – Zahltag. Alle waren in Partystimmung. Und da war so ein Typ mit einem wirklich knackigen Arsch.« Sie aß den Schokoladenkeks und griff in die Porzellandose, um sich noch eines herauszuholen.

»Er hat mich mit in ein Motel genommen. Wir haben Bier getrunken und Gras geraucht. Ich schätze, dabei hat er ein bißchen zuviel erwischt, und als wir dann zur Sache kommen wollten, hat er keinen hochgekriegt. Das hat er dann natürlich an mir ausgelassen.« Nach dieser Zusammenfassung rieb sie die Krümel von ihren Händen und griff wieder nach dem Milchglas.

»Er hat dich geschlagen?«

Fancy sah sie an und tat so, als würde sie lachen. »›Er hat dich geschlagen?‹« wiederholte sie. »Was zum Teufel denkst du denn? Natürlich hat er mich geschlagen. Du hast dir doch meine romantischen Abenteuer sonst immer gern angehört und behauptet, das wäre eine Ersatzbefriedigung für dich, wie immer du das gemeint haben magst.«

»Aber Schläge ins Gesicht würde ich nicht gerade als romantisch bezeichnen. Hat er dich auch gefesselt?«

Fancy folgte dem Blick ihrer Tante hinunter zu den roten Striemen an ihren Handgelenken. »Ja«, antwortete sie bitter. »Der Hurensohn hat mir die Hände zusammengebunden.« Carole brauchte ja nicht zu wissen, daß der ›Hurensohn‹ nicht der betrunkene, impotente Cowboy war.

»Du bist verrückt, wenn du mit einem völlig Fremden in ein Motel gehst, Fancy.«

»Ich soll verrückt sein? Du füllst doch gerade Eiswürfel in eine Plastiktüte.«

»Für dein Auge.«

Fancy stieß den improvisierten Eisbeutel beiseite. »Versuch bitte nicht, nett zu mir zu sein, ja?«

»Dein Auge wird zuschwellen, wenn du es nicht kühlst. Willst du, daß dich deine Eltern in diesem Zustand sehen, und ihnen die gleiche Geschichte erzählen wie mir?«

Verärgert griff Fancy nach dem Eisbeutel und hielt ihn an ihr Auge. Sie wußte, daß ihre Tante recht hatte.

Fancy war verwirrt. Warum war Carole so freundlich zu ihr? Seit sie aus dieser Luxusklinik zurückgekommen war, schien sie seltsam verändert. Sie brüllte ihr Kind nicht mehr an. Sie versuchte, sich zu beschäftigen, statt den ganzen Tag nur rumzusitzen, und sie schien Onkel Tate tatsächlich wieder gernzuhaben.

Fancy hatte immer gefunden, daß es dumm von Carole war, ihre Ehe aufs Spiel zu setzen. Onkel Tate sah gut aus. Alle Mädchen, die sie kannte, schwärmten für ihn. Wenn ihr Instinkt auf dem Gebiet so gut war, wie sie annahm, dann war er sicher phantastisch im Bett.

Sie wünschte, sie hätte jemanden, der sie so liebte, wie Onkel Tate Tante Carole geliebt hatte, als sie geheiratet hatten. Er hatte sie wie eine Königin behandelt.

»Was machst du eigentlich noch so spät hier?« fragte Fancy. »So ganz allein und im Dunkeln.«

»Ich konnte nicht einschlafen. Ich dachte, eine Tasse Kakao würde mir vielleicht helfen.« Eine halbleere Tasse mit Kakao stand auf dem Tisch.

»Kakao? Das ist ’n Witz.«

»Genau das richtige Schlafmittel für die Frau eines Senators«, erwiderte sie mit einem matten Lächeln.

Fancy, die noch nie um den heißen Brei geredet hatte, fragte: »Also, du versuchst, dich zu benehmen?«

»Was meinst du damit?«

»Du weißt ganz genau, was ich meine. Du änderst dein Image, in der Hoffnung, daß Onkel Tate gewählt wird und du bei ihm bleiben kannst, wenn er nach Washington geht.« Sie bedachte Carole mit einem vertraulichen Blick. »Sag mal, schläfst du nicht mehr mit deinen Freunden, oder hast du nur Eddy gestrichen?«

Avery zuckte zusammen und wurde bleich. Sie klemmte die Unterlippe zwischen die Zähne und fragte tonlos: »Was hast du gesagt?«

»Du brauchst gar nicht die Unschuldige zu spielen, ich hatte die ganze Zeit so einen Verdacht«, erklärte Fancy locker. »Ich habe es Eddy auch ins Gesicht gesagt.«

»Und was hat er geantwortet?«

»Nichts. Er hat genau so geantwortet, wie sich das für einen Gentleman gehört.« Mit einem unhöflichen Schnauben ging sie zur Tür. »Keine Sorge. Hier ist schon genug Scheiße im Gange. Ich werde es Onkel Tate nicht sagen. Außer…«

Sie drehte sich mit kriegerischer Haltung wieder um. »Außer du fängst deine Affäre mit Eddy wieder an. Er soll mit mir bumsen, nicht mit dir. Gute Nacht.«

Mit dem Gefühl, sich klar und unmißverständlich ausgedrückt zu haben, rauschte Fancy aus der Küche.

Erst Tage später merkte sie, daß Carole die einzige in der Familie war, der überhaupt aufgefallen war, daß sie ein blaues Auge und einen Riß in der Lippe hatte. Und sie hatte ihr keinerlei Vorhaltungen deswegen gemacht.

Kapitel 20

Van Lovejoys Wohnung wäre für *Schöner Wohnen* ein Alptraum gewesen. Er schlief auf einem schmalen Lattenrost mit Matratze, der auf Ziegelsteinen lag. Die anderen Möbelstücke waren ähnlich provisorisch und stammten vom Flohmarkt oder aus Haushaltsauflösungen.

Die weitgehend leerstehenden Räume waren hauptsächlich mit Videobändern gefüllt. Dazu kam noch die Ausrüstung, die er brauchte, um Bänder zu bearbeiten, zu kopieren und abzuspielen. Van war besser ausgerüstet als manch eine kleine Firma, die Videofilme herstellte.

Überall stapelten sich Videokataloge. Er hatte alle Fachzeitschriften abonniert und suchte sie monatlich nach Filmen durch, die er noch nicht besaß oder noch nicht gesehen hatte. Fast sein ganzes Einkommen ging dafür drauf, die Sammlung auf dem neuesten Stand zu halten.

Seine Filmsammlung war mindestens so gut wie die einer großen Videothek. Er beschäftigte sich ausführlich mit kinematographischen und regietechnischen Feinheiten. Sein Geschmack war vielseitig, von Orson Welles bis Frank Capra, von Sam Pekinpah bis Steven Spielberg. Ob sie nun schwarz-weiß oder farbig aufgenommen waren, jede Kamerabewegung faszinierte ihn.

Außer den Spielfilmen umfaßte seine Sammlung auch Serien und Dokumentarfilme, dazu natürlich jedes Stückchen Film, das er selbst im Laufe seiner Karriere belichtet hatte. Im ganzen Land war bekannt, daß man bei Van Lovejoy Hintergrundinformationen zu fast allen Themen fand.

Er verbrachte seine ganze Freizeit damit, sich Bänder anzusehen. Heute abend konzentrierte er sich ganz auf die Bänder, die er vor ein paar Tagen auf der Rocking R Ranch aufgenommen hatte. Er hatte das Material natürlich bei MB-Produktions abgeliefert, sich aber vorher Kopien gemacht. Schließlich konnte man nie wissen, wann sich die Dinge, die er aufgezeichnet hatte, wieder als nützlich erweisen würden.

Jetzt würde MBP die Manuskripte schreiben, Stimmen dazukopieren, passende Musik aussuchen und am Schluß eine Sammlung von glatten, formvollendeten Werbespots für Rutledge haben. Lovejoys Kameraarbeit würde bei den Sendungen nur noch steril und gestellt aussehen, aber das war ihm egal. Er hatte sein Geld bekommen. Was ihn interessierte, war das Rohmaterial.

Tate Rutledge hatte Charisma, mit oder ohne Kamera. So gutaussehend und wohlhabend, wie er war, hätte man ihn als wandelnde Erfolgsstory bezeichnen können – die Art von Mensch, die Van sonst aus Prinzip verachtete. Aber wenn Van wählen ging, würde er diesem Mann seine Stimme schon deshalb geben, weil er direkt aus der Hüfte zu schießen schien. Er machte keinem was vor, auch wenn er oft Dinge sagte, die niemand gern hörte.

Aber Van wurde das Gefühl nicht los, daß mit der kleinen Tochter etwas nicht in Ordnung war. Sie war wirklich süß, obwohl nach Vans Meinung ein Kind wie jedes andere aussah. Normalerweise brauchte er keine Kinder auf Video aufzunehmen, aber wenn es schon einmal so war, hatte er die Erfahrung gemacht, daß man ihnen drohen oder sie bestechen mußte, damit sie sich ruhig verhielten.

Bei der Kleinen von Rutledge war das nicht so gewesen. Sie war ruhig und erschreckend gehorsam. Sie tat eigentlich überhaupt nichts, außer wenn man sie dazu aufforderte, und dann bewegte sie sich wie eine Puppe, die jemand aufgezogen hatte. Carole Rutledge konnte sie noch zu den meisten Reaktionen bewegen.

Diese Frau faszinierte Van am meisten. Er hatte sich die Bänder immer und immer wieder angesehen – die, die er auf der Ranch gemacht hatte, und die von dem Tag, als sie die Klinik verließ. Die Frau wußte, wie man sich vor einer Kamera benimmt. Ihre Körpersprache wirkte nicht verklemmt oder mechanisch wie bei den meisten Amateuren.

Sie war ein Profi.

Ihre Ähnlichkeit mit dem anderen Profi, jener anderen Frau, die er gekannt und mit der er gearbeitet hatte, war wirklich gespenstisch.

Stundenlang saß er jetzt schon vor der Konsole und studierte

Carole Rutledge. Wenn sie einmal eine ungeschickte Bewegung machte, dann hatte er das Gefühl, als wäre es absichtlich geschehen, um zu verschleiern, wie gut sie eigentlich wirklich war.

Er nahm das Band heraus und legte ein anderes ein, das er extra so aufgenommen hatte, damit es auch in Zeitlupe wiedergegeben werden konnte. Die Szene war ihm vertraut. Sie zeigte die Familie bei einem Spaziergang über eine grüne Wiese, Rutledge mit seiner Tochter auf dem Arm, seine Frau neben ihm. Van hatte die Aufnahme so geplant, daß die Sonne hinter einem Hügel in der Nähe unterging und die Silhouette der Familie betonte. Die Wirkung war wirklich toll, dachte er jetzt, als er sich die Szene zum hundertsten Mal anschaute.

Und dann sah er es! Mrs. Rutledge drehte den Kopf und sah zu ihrem Mann auf. Sie berührte seinen Arm. Sein Lächeln erstarrte. Er bewegte seinen Arm – ganz leicht, aber gerade genug, um ihre Berührung abzuschütteln. Wenn er das Band nicht in Zeitlupe abgespielt hätte, wäre Van die winzige Geste vielleicht entgangen.

Er zweifelte nicht daran, daß die kurze Bewegung bei der Bearbeitung geschnitten wurde und die Rutledges dann erscheinen würden wie das Traumpaar. Aber irgend etwas stimmte mit der Ehe nicht, genauso wie mit der Kleinen was nicht stimmte. Da war was faul im Staate Dänemark.

Van war von Natur aus ein Zyniker. Er stellte sich vor, daß das in allen Familien vorkam, und kümmerte sich nicht weiter darum.

Und doch faszinierte ihn die Frau. Er hätte schwören können, daß sie ihn in der vorigen Woche erkannte hatte, als er zum ersten Mal auf der Ranch gewesen war. Er achtete ständig auf Gesichter und Reaktionen, und diese ganz kurzfristige Erweiterung ihrer Pupillen und das schnelle Einatmen konnte nichts anderes bedeuten. Auch wenn die Gesichtszüge nicht gleich waren und die Frisur anders, erschien ihm die Ähnlichkeit zwischen Carole Rutledge und Avery Daniels doch außergewöhnlich. Carole bewegte sich sehr zielgerichtet, und die unbewußten Bewegungen waren denen von Avery unheimlich ähnlich.

Er ließ das Band durchlaufen. Dann schloß der die Augen und drückte sich mit Daumen und Zeigefinger den Nasenrücken, bis es weh tat, als könne er diese Idee damit aus seinem Kopf verbannen. Aber es ging einfach nicht.

Vor ein paar Tagen war er in Irishs Büro gegangen. Er hatte sich in einen Sessel fallen lassen und gefragt: »Hast du dir das Band angesehen, das ich dir gegeben habe?«

Irish machte, wie gewöhnlich, sechs Sachen gleichzeitig. Er fuhr sich mit der Hand über sein wirres graues Haar. »Band? Ach, das über Rutledge?« Irish hatte wieder angefangen zu rauchen, seit Avery nicht mehr da war, um ihn davon abzuhalten. Er schien die Zeit seines Nichtraucherdaseins wieder aufholen zu wollen. Er zündete eine neue Zigarette an der glimmenden Kippe der letzten an und fragte durch die Wolke ungefilterten Rauchs: »Bist du auf Stimmenfang für ihn?«

»Mein Gott«, murmelte Van und wollte schon aufstehen. Aber Irish gab ihm streitsüchtig ein Zeichen, sich wieder zu setzen. »Was sollte ich mir dabei denn ansehen? Im Besonderen, meine ich?«

»Die Frau.«

Irish hustete. »Bist du scharf auf sie?«

Van erinnerte sich, daß er sich darüber geärgert hatte, daß Irish die Ähnlichkeit zwischen Carol Rutledge und Avery Daniels nicht bemerkt hatte. Also hatte er wie zum Trotz gesagt: »Ich finde, sie sieht aus wie Avery.«

Irish sah Van scharf an. »Und, was ist daran schon neu? Das hat schon jemand festgestellt, als Rutledge seine politische Karriere begann.«

»Ich schätze, an dem Tag war ich nicht hier.«

»Oder du warst zu high, um dich noch daran zu erinnern.«

»Auch möglich.«

Irish arbeitete zur Zeit härter denn je, machte unnötig viele Überstunden. Alle in der Redaktion redeten darüber. Arbeit war seine Möglichkeit, den Kummer zu überwinden. Als guter Katholik würde er nicht Selbstmord begehen, aber er würde sich auf die Dauer umbringen durch zuviel Arbeit, zuviel Nikotin, Kaffee, Streß – alles das, wovon Avery ihm gesagt hatte, er solle es meiden.

»Bist du je dahintergekommen, wer dir ihren Schmuck geschickt hat?« fragte Van. Irish hatte ihm von diesem eigenartigen Ereignis erzählt. Van hatte sofort daran gedacht, als er Carole Rutledge gegenüberstand.

Irish schüttelte nachdenklich den Kopf. »Nein.«

»Hast du's versucht?«

»Mit ein paar Telefongesprächen.«

Offensichtlich wollte er nicht darüber reden. Aber Van blieb hartnäckig. »Und?«

»Da war ein Arschloch am Telefon, der nichts damit zu tun haben wollte. Er sagte, daß nach dem Absturz alles so chaotisch war, daß eigentlich alles möglich wäre.«

Wie die Verwechslung von Toten? fragte sich Van.

Er wollte die Frage auch laut stellen, tat es aber doch nicht. Irish versuchte, so gut er konnte, mit Averys Tod fertig zu werden, und es gelang ihm immer noch nicht besonders gut. Er brauchte Vans unbesonnene Hypothese nicht zu hören. Außerdem: Wenn Avery am Leben wäre, würde sie ihr eigenes Leben führen, nicht das einer anderen.

Also hatte Van seinen Verdacht Irish gegenüber nicht erwähnt. Seine Phantasie war einfach amokgelaufen. Er hatte einen Haufen schauriger Zufälle zusammengetragen und sie zu einer unlogischen, abartigen Theorie zusammengestellt.

Irish hätte wahrscheinlich gesagt, daß sein Gehirn von zuviel Dope ausgetrocknet wäre, was wahrscheinlich stimmte. Er war ein Arsch – eine Niete. Was wußte er schon?

Aber er legte trotzdem die nächste Rutledge-Kassette ein.

Der erste Schrei weckte sie. Den zweiten nahm sie bewußt wahr. Beim dritten schleuderte sie ihre Decke zur Seite und stolperte eilig aus dem Bett.

Avery schnappte sich einen Bademantel, riß ihre Schlafzimmertür auf und rannte den Flur entlang zu Mandys Zimmer. Wenige Sekunden nachdem sie ihr Bett verlassen hatte, beugte sie sich schon über das des Kindes. Mandy schlug wild um sich und schrie.

»Mandy, Süße, wach doch auf.« Avery griff nach einer fuchtelnden Faust.

»Mandy?«

Tate erschien an der anderen Seite des Bettes. Er kniete sich auf den Teppich und versuchte, seine Tochter festzuhalten. Aber trotzdem bäumte sich ihr kleiner Körper auf. Sie schrie unaufhörlich.

Avery legte ihre Hände auf Mandys Wangen. »Mandy, wach auf. Tate, was sollen wir tun?«

»Weiter versuchen, sie zu wecken.«

»Ist das wieder ein Alptraum?« fragte Zee, als sie mit Nelson hereineilte. »Wir konnten sie durchs ganze Haus schreien hören«, sagte er. »Arme Kleine.«

Avery klatschte leicht auf Mandys Wangen. »Ich bin's, Mami. Mami und Papi sind hier. Es ist doch alles gut, Süße. Alles ist gut.«

Schließlich ließen die Schreie langsam nach. Sobald Mandy die Augen öffnete, warf sie sich in Averys Arme. Avery preßte sie fest an sich, umfaßte Mandys Hinterkopf und drückte das tränenüberströmte Gesicht an ihre Brust. Mandys Schultern bebten; ihr ganzer Körper wurde von Schluchzern geschüttelt.

»Mein Gott, ich hatte ja keine Ahnung, daß es so schlimm ist.«

»Sie hatte sie fast jede Nacht, solange du noch in der Klinik warst«, erklärte Tate. »Dann wurden es langsam weniger. Jetzt hat sie schon seit ein paar Wochen keinen mehr gehabt.« Sein Gesicht war voller Sorge.

»Können wir irgendwas für euch tun?«

Tate sah Nelson an. »Nein. Ich glaube, sie wird sich jetzt beruhigen und wieder einschlafen. Danke, Dad.«

»Ihr beide solltet sofort versuchen, dagegen etwas zu unternehmen.« Er nahm Zees Arm und schob sie zur Tür hinaus. Sie schien nur ungern gehen zu wollen und warf Avery einen besorgten Blick zu.

»Sie wird sich schon wieder beruhigen«, meinte Avery und rieb Mandy den Rücken. Die Kleine schluchzte immer noch, aber das Schlimmste war vorbei.

»Manchmal wiederholen sich die Alpträume«, sagte Zee unsicher.

»Ich bleibe bei ihr«, versprach Avery, und als sie und Tate allein mit dem Kind waren, sagte sie: »Warum hast du mir nicht gesagt, daß ihre Alpträume so schlimm sind?«

Er setzte sich in den Schaukelstuhl neben dem Bett. »Du mußtest mit deinen eigenen Problemen klarkommen. Sie träumte nicht mehr jede Nacht, genau wie es die Psychologin erwartet hatte. Ich dachte, Mandy würde allmählich darüber wegkommen.«

Schließlich hob Mandy den Kopf.

»Ist's jetzt besser?« fragte Tate. Mandy nickte.

»So ein schlimmer, böser Traum«, flüsterte Avery und wischte Mandys feuchte Wangen mit den Daumen ab. »Willst du mir nicht davon erzählen?«

»Das Feuer wird mich einholen«, stammelte die Kleine.

Avery schauderte, als sie an ihre eigenen schrecklichen Erinnerungen dachte. Sie packten sie manchmal ganz unerwartet, und sie brauchte dann oft eine ganze Weile, um sich davon zu erholen. Wie mußte das erst für das Kind sein?

»Ich habe dich doch aus dem Feuer gebracht, erinnerst du dich?« fragte Avery leise. »Jetzt ist es nicht mehr da. Aber es macht dir immer noch angst, daran zu denken, stimmt's?« Mandy nickte.

Avery hatte einmal einen Bericht über einen bekannten Kinderpsychologen gemacht. Sie erinnerte sich daran, daß er beim Interview gesagt hatte, zu den schlimmsten Fehlern der Eltern gehöre es, die Ängste eines Kindes nicht anzuerkennen. Ängste mußten eingestanden werden, bevor man gegen sie ankommen und sie überwinden konnte.

»Vielleicht würde ihr ein kühles, feuchtes Tuch auf ihrem Gesicht helfen«, schlug Avery Tate vor. Er stand auf und kam kurz darauf mit einem Waschlappen zurück. »Danke.«

Er setzte sich neben sie, als sie Mandys Gesicht abwischte. In einer Bewegung, die Avery besonders rührend fand, nahm er den Teddybären und drückte ihn in Mandys Arme. Sie preßte ihn an ihre Brust.

»Willst du dich wieder hinlegen?« fragte Avery sanft.

»Nein.« Ängstlich wanderten Mandys Blicke durchs Zimmer.

»Mami geht nicht weg. Ich lege mich neben dich.«

Sie legte Mandy auf ihr Kopfkissen und sich selbst daneben, das Gesicht ihr zugewandt. Tate deckte sie beide zu, stützte seine Hände neben das Kopfkissen und beugte sich herab, um Mandy zu küssen.

Er trug nur seine Shorts. Sein Körper sah in dem weichen Schimmer des Nachtlichts besonders schön und stark aus. Sein Blick traf auf den von Avery. Ohne weiteres Nachdenken legte sie ihre Hand auf seine behaarte Brust und hob den Kopf, um flüchtig seine Lippen zu küssen. »Gute Nacht, Tate.«

Er richtete sich langsam auf. Dabei glitt ihre Hand über seine Brust nach unten – über die harten Muskeln, über eine Brustwarze, durch das dichte, krause Haar hinab zu der glatteren Fläche seine Bauches, bis ihre Fingerspitzen flüchtig das Gummiband der Unterhose berührten und ihre Hand aufs Bett zurückfiel.

»Ich komme gleich wieder«, murmelte er.

Er war nur ein paar Minuten weg, und als er zurückkam, schlief Mandy friedlich. Er hatte einen leichten Bademantel übergezogen, den Gürtel aber nicht zugebunden. Als er sich in den Schaukelstuhl setzte, sah er, daß Averys Augen noch offen waren. »Das Bett ist nicht für zwei gedacht. Hast du es bequem?«

»Ja, prima.«

»Ich glaube nicht, daß Mandy es merken würde, wenn du aufstehst und in deinem eigenen Zimmer schläfst.«

»Ich habe ihr versprochen, bei ihr zu bleiben.« Sie streichelte Mandys gerötete Wange. »Was können wir tun, Tate?«

Er stützte die Ellenbogen auf die Knie und drückte seine Daumen in die Augenhöhlen. Eine lose Haarlocke fiel ihm in die Stirn. Mit den Bartstoppeln wirkte die senkrechte Vertiefung in seinem Kinn noch auffälliger. Er seufzte, so daß sich seine bloße Brust unter dem offenen Bademantel dehnte. »Ich weiß es nicht.«

»Glaubst du, daß die Psychologin ihr helfen kann?«

Er hob den Kopf. »Wenn du eine Meinung dazu hast, sei so nett und sag sie mir«, drängte sie Tate. »Wir reden hier über unser Kind. Ich werde nachher nicht versuchen herauszufinden, wer von uns die beste Idee dazu hatte.«

»Ich kenne einen Arzt in Houston«, begann sie. Eine seiner Augenbrauen hob sich fragend. »Er... ich habe ihn einmal bei einer Talkshow gesehen und war sehr beeindruckt davon, was er gesagt hat und wie er sich verhalten hat. Er war überhaupt nicht großspurig. Da die Psychologin im Augenblick keine Fortschritte macht, sollten wir Mandy vielleicht zu ihm bringen.«

»Wir haben nichts zu verlieren. Laß dir einen Termin geben.«

»Ja.« Ihre Blicke trafen sich.

Avery schlief ein.

Kapitel 21

Als Avery aufwachte, war kaum Licht im Zimmer, obwohl das Nachtlicht noch brannte. Sie lächelte, als ihr klar wurde, daß Mandys kleine Hand auf ihrer Wange lag. Ihre Muskeln waren verkrampft, weil sie so lange in einer Stellung gelegen hatte. Sonst wäre sie vielleicht noch einmal eingeschlafen. Sie mußte sich einfach strecken, also schob sie Mandys Hand von ihrem Gesicht und legte sie aufs Kopfkissen. Ganz vorsichtig, um das Kind nicht zu wecken, stand sie auf.

Tate schlief in dem Schaukelstuhl. Sein Kopf war so weit auf eine Seite gesunken, daß er schon fast auf seiner Schulter lag. Die Stellung wirkte sehr unbequem, aber sein Bauch hob und senkte sich rhythmisch, und Avery hörte im stillen Zimmer seinen ruhigen Atem.

Sein Bademantel war offen und sein Körper und seine Schenkel lagen bloß. Sein rechtes Bein war im Knie gebeugt, das linke ausgestreckt. Seine Waden und Füße waren schön geformt. Seine Hände hatten deutlich sichtbare Adern und waren wenig behaart. Die eine Hand hing lose von der Stuhllehne, die andere lag über seinem Bauch.

Der Schlaf hatte die Sorgenfalten auf seiner Stirn gelöscht. Seine Wimpern lagen als dunkle Bögen auf seinen Wangen. Entspannt wirkte sein Mund sinnlich, als könne er einer Frau großen Genuß verschaffen. Avery stellte sich vor, daß er ein hingebungsvoller Liebhaber war – leidenschaftlich und... na ja, eben so, wie er alles anging. Die Gefühle weiteten Averys Brust, bis sie schmerzte. Am liebsten hätte sie geweint.

Sie liebte ihn.

So sehr sie auch ihre beruflichen Schwächen wiedergutmachen wollte, wurde ihr jetzt endgültig klar, daß sie die Rolle der Ehefrau auch deshalb angenommen hatte, weil sie sich in ihn verliebt hatte, noch bevor sie seinen Namen hatte sagen können. Sie hatte ihn schon geliebt, als sie ihn nur undeutlich erkannte und sie sich beim Kampf um ihr Leben nur auf den Klang seiner Stimme verließ.

Sie spielte seine Frau, weil sie seine Frau *sein* wollte. Sie wollte ihn beschützen. Sie wollte die Wunden heilen, die eine andere selbstsüchtige, kalte Frau ihm beigebracht hatte. Sie wollte mit ihm schlafen.

Wenn er versuchen würde, seine ehelichen Rechte geltend zu machen, würde sie seiner Aufforderung mit Freuden nachkommen. Und das wäre ihre größte Lüge – eine Lüge, die er ihr auch nicht würde verzeihen können, wenn ihre wahre Identität aufgedeckt wurde. Er würde sie noch mehr verachten als Carole zuvor, weil er denken mußte, daß sie ihn hereingelegt hatte. Er würde ihr niemals glauben, daß ihre Liebe ernst gemeint war. Aber sie war es.

Er bewegte sich. Als er den Kopf hob, ächzte er. Seine Augenlider bebten, öffneten sich plötzlich, dann konzentrierte sich sein Blick auf sie. Sie stand so nah, daß er sie hätte berühren können.

»Wie spät ist es?« fragte er mit rauher Stimme.

»Ich weiß es nicht. Noch früh. Tut dir der Nacken weh?« Sie strich mit der Hand durch sein wirres Haar und legte sie auf seinen Nacken.

»Etwas.«

Sie massierte seine Schultern, bis die Verspannungen verschwanden.

»Hmmm.«

Einen Augenblick später zog er seinen Bademantel zusammen und setzte sich aufrechter hin. Sie fragte sich, ob ihre sanfte Massage wohl eine Erektion bei ihm bewirkt hatte, die sie nicht sehen sollte.

»Mandy schläft noch«, stellte er überflüssigerweise fest.

»Möchtest du Frühstück?«

»Mir reicht Kaffee.«

Es fing gerade an, hell zu werden. Mona war noch nicht aufgestanden, und die Küche war dunkel. Tate fing an, Kaffee in den Papierfilter der Kaffeemaschine zu löffeln, und Avery ging zum Kühlschrank.

»Mach dir keine Mühe«, sagte er.

»Aber ich möchte gern etwas für dich kochen.«

Er drehte ihr den Rücken zu und sagte gleichmütig: »Na gut, ich denke, vielleicht ein paar Eier.«

Inzwischen kannte sie sich gut genug in der Küche aus, um die Zutaten fürs Frühstück zu finden. Alles klappte, bis sie anfing, in einer Schüssel die Eier zu schlagen.

»Was machst du denn da?«

»Rührei... für mich«, sagte sie versuchsweise, als er sie verblüfft ansah. Sie hatte keine Ahnung, wie er seine Eier aß. »Hier. Mach das fertig, dann fange ich schon mit dem Toast an.«

Sie beschäftige sich damit, die Toastscheiben mit Butter zu bestreichen, sowie sie aus dem Toaster hopsten, während sie ihm unauffällig dabei zusah, wie er zwei Spiegeleier für sich briet. Er ließ sie auf einen Teller gleiten und brachte ihn zum Tisch, zusammen mit ihrer Portion Rührei.

»Wir haben schon lange nicht mehr zusammen gefrühstückt.« Sie biß in eine Scheibe Toast, schob sich eine Gabel Rührei in den Mund und griff nach ihrem Glas Orangensaft, bis sie bemerkte, daß nur sie aß. Tate saß ihr gegenüber, das Kinn in die Hände gestützt.

»Wir haben noch nie zusammen gefrühstückt, Carole. Du haßt Frühstück.«

Sie hatte Schwierigkeiten beim Schlucken. Ihre Hand umklammerte das Saftglas. »Ich mußte frühstücken, als ich im Krankenhaus war. Du weißt schon, nachdem ich die Zahnimplantate bekommen hatte und wieder feste Nahrung essen konnte. Ich mußte doch wieder zunehmen.«

Sein Blick war unbeweglich geblieben. Er glaubte ihr nicht.

»Ich... ich habe mich daran gewöhnt, morgens etwas zu essen, und jetzt fehlt mir was, wenn ich nicht frühstücke.« Defensiv fügte sie noch hinzu: »Warum findest du das so wichtig?«

Tate nahm seine Gabel in die Hand und begann zu essen. Seine Bewegungen waren zu beherrscht, um entspannt zu sein. Er war wütend. »Spar dir die Mühe. Das ist doch nur wieder eine deiner Tricks, dich bei mir einzuschmeicheln.«

Ihr Appetit verschwand. Der Geruch des Essens verursachte ihr plötzlich Übelkeit. »Tricks?«

Offensichtlich hatte er ebenfalls seinen Appetit verloren. »Frühstück. Häuslichkeit. Diese Zurschaustellungen von Zuneigung, wie zum Beispiel, wenn du mir über die Haare streichst oder mir den Nacken massierst.«

»Es sah aus, als würdest du diese Dinge genießen.«

»Sie sind völlig unbedeutend!«

»Überhaupt nicht!«

»Doch, verdammt noch mal!« Er lehnte sich zurück und betrachtete sie finster, während sein Unterkiefer sich verkrampfte. »Die Berührungen und die süßen Gutenachtküsse kann ich noch verkraften, wenn es sein muß. Wenn du so tun willst, als wären wir ein verliebtes Paar, nur zu. Mach dich ruhig lächerlich. Erwarte nur nicht, daß ich diese falsche Zuneigung erwidere. Selbst der Sitz im Senat könnte mich nicht wieder in dein Bett bringen, und das sollte dir klarmachen, wie sehr ich dich verachte.« Er hielt inne, um Luft zu holen. »Aber was mich wirklich auf die Palme bringt, ist deine plötzliche Sorge um Mandy. Gestern abend hast du ihretwegen eine ziemliche Show abgezogen.«

»Das war keine Show!«

Er kümmerte sich nicht um ihre Worte. »Du solltest verdammt gut aufpassen, daß du dieses Gute-Mutter-Theater durchhältst, bis es ihr wirklich wieder gutgeht. Noch einen Rückschlag kann sie nicht verkraften.«

»Du selbstherrlicher...« Avery geriet in Wut. »Ich bin genauso interessiert daran, daß Mandy sich erholt, wie du.«

»Warum?«

»Warum?« rief sie. »Weil sie unser Kind ist.«

»Das Kind, das du abgetrieben hast, war auch unser Kind. Von der Abtreibung hat dich das nicht abgehalten!«

Die Worte trafen sie wie ein Messer. Sie preßte instinktiv eine Hand auf ihren Bauch und beugte sich ein wenig vor, als hätte sie jemand durchbohrt. Ein paar Sekunden lang starrte sie ihn sprachlos an.

Als könnte er ihren Anblick nicht mehr ertragen, stand er auf und drehte ihr den Rücken zu. Am Kühlschrank goß er noch einmal Kaffee in seine Tasse. »Ich hätte es sowieso irgendwann bemerkt.« Seine Stimme klang kalt wie Eis. Er sah sie wieder an. »Aber daß ich mir von einem Fremden sagen lassen mußte, meine Frau sei nicht mehr schwanger...« Angewidert wandte er sich ab, als könne er es nicht ertragen, sie anzusehen. »Kannst du dir vorstellen, wie ich mich gefühlt habe, Carole? Mein Gott! Da lagst du, dem Tode nah, und ich hätte dich am liebsten wirklich umgebracht.« Er drehte den Kopf zu ihr um, und als sein Blick sich in den ihren bohrte, ballte er seine freie Hand zur Faust.

Aus Averys undeutlicher Erinnerung stiegen Stimmen auf. Erst die von Tate: *Haben die Verletzungen Auswirkungen auf den Fötus?*

Dann eine andere Stimme: *Fötus? Ihre Frau ist nicht schwanger.*

Die bruchstückhafte Unterhaltung war völlig bedeutungslos für sie gewesen. Bis zu diesem Augenblick hatte sie sie vergessen.

»Hast du vielleicht gedacht, es würde mir nicht auffallen, daß du kein Kind bekommst? Du warst so sehr darum bemüht, mir vorzuhalten, daß du schwanger bist, warum hast du mir da nicht auch etwas von der Abtreibung erzählt?«

Avery schüttelte unglücklich den Kopf. Ihr fehlten die Worte. Sie hatte keine Entschuldigung parat. Keine Erklärung. Aber sie wußte jetzt, warum Tate Carole so haßte.

»Wann hast du es getan? Das muß nur ein paar Tage vor deinem Flug nach Dallas gewesen sein. Du wolltest dich nicht durch ein Baby behindern lassen, stimmt's? Es hätte dich eingeengt.«

Er stürmte zu ihr und schlug mit der Handfläche auf die Tischplatte. »Antworte mir, verdammt. Sag was. Es ist langsam Zeit, daß wir über die Sache reden, meinst du nicht?«

Avery stammelte: »Ich... ich dachte nicht, daß es dir so viel bedeuten würde.« Sein Gesicht war so wutverzerrt, daß sie dachte, er würde sie schlagen. Zu ihrer eigenen Verteidigung sagte sie hastig: »Ich kenne deine Politik zum Thema Abtreibung, Mr. Rutledge. Wie oft habe ich dich schon predigen hören, daß die Frau das Recht hat, sich selbst zu entscheiden? Gilt das für alle Frauen im Staat Texas, nur nicht für deine eigene?«

»Ja, verdammt noch mal!«

»Wie verlogen!«

Er packte ihren Arm und riß sie hoch. »Das, was für alle gilt, muß noch lange nicht in meinem persönlichen Leben gelten. *Diese* Abtreibung war nicht ein *Thema im Wahlkampf*. Das war mein Baby.« Seine Augen verengten sich zu Schlitzen. »Oder war das nur wieder eine Lüge, die verhindern sollte, daß ich dich aus dem Haus werfe?«

Sie versuchte sich vorzustellen, wie Carole vielleicht geantwortet haben könnte. »Um ein Baby zu zeugen, sind zwei Menschen nötig, Tate.«

Wie sie gehofft hatte, erzielte sie damit eine Wirkung. Er ließ sie sofort los. »Ich bereue diese Nacht wirklich zutiefst. Das habe ich dir damals auch schon klar gemacht. Ich hatte mir geschworen, deinen Hurenkörper nie wieder zu berühren. Aber du hast eben immer schon gewußt, welche Knöpfchen du drücken mußt, Carole. Tagelang bist du um mich herumgestrichen wie eine rollige Katze und hast mir deine Entschuldigungen und Versprechungen, von nun an eine liebende Frau zu sein, ins Ohr geschnurrt. Wenn ich an diesem Abend nicht zuviel getrunken hätte, wäre mir aufgefallen, daß das nur eine Falle war.«

Er sah sie vorwurfsvoll von oben bis unten an. »Und jetzt, stellst du mir jetzt wieder eine neue Falle? Sag schon«, forderte er sie auf und stemmte die Hände in die Hüften. »War es Nachlässigkeit, daß du schwanger geworden bist? Oder gehörte die Schwangerschaft und die Abtreibung zu deinem Plan, mich zu quälen? Versuchst du deshalb wieder, mich dazu zu kriegen, daß ich die Beherrschung verliere? Willst du beweisen, daß es dir gelingt, mich wieder in dein Bett zu locken, selbst wenn dieser Beweis auf Kosten der Gesundheit deiner Tochter geht?«

»Nein«, erklärte Avery heiser. Sie konnte seinen Haß nicht ertragen, auch wenn er gar nicht ihr galt.

»Du hast keine Macht mehr über mich, Carole. Ich hasse dich nicht einmal mehr. Such dir so viele Liebhaber, wie du willst, dann wirst du ja sehen, ob mich das noch kümmert. Die einzige Möglichkeit, wie du mich jetzt noch verletzen kannst, ist durch Mandy, und das werde ich um jeden Preis verhindern.«

An diesem Nachmittag ging Avery zum Reiten. Sie brauchte frische Luft und Zeit zum Nachdenken. Sie kam sich dämlich in der schicken Reitkleidung vor, als sie den Stallburschen bat, ihr ein Pferd zu satteln.

Die Stufe scheute, als sie Avery sah. Der alternde Mann half ihr in den Sattel und sagte: »Ich schätze, sie hat noch nicht vergessen, daß Sie sie beim letzten Mal ausgepeitscht haben.« Die Stute war empfindlich, weil sie den Geruch ihrer Reiterin nicht kannte, aber Avery war es egal, was der Mann glaubte.

Carole Rutledge war ein Ungeheuer gewesen – ihrem Mann, ihrem Kind und allem gegenüber, womit sie zu tun hatte. Die Szene beim Frühstück hatte Avery verletzt, aber jetzt wußte sie wenigstens, worum es ging. Jetzt konnte sie verstehen, warum Tate einen solchen Groll gegen seine Frau hegte.

Avery konnte sich alles genau vorstellen. Carole war fremdgegangen und hatte kein Geheimnis daraus gemacht. Ihre Treulosigkeit war für Tate unerträglich, aber seiner politischen Zukunft wegen hatte er beschlossen, die Ehe bis nach der Wahl aufrechtzuerhalten.

Seit einer ganzen Weile schon hatte er nicht mehr mit seiner Frau geschlafen. Er war sogar aus ihrem Schlafzimmer ausgezogen. Aber Carole hatte ihn doch noch einmal verführt.

Als Avery von ihrem Ritt zurückkam, half Mandy Mona beim Plätzchenbacken. Die Haushälterin war sehr lieb mit Mandy. Avery bewunderte Mandys Kekse und ließ sie in der Obhut der älteren Frau.

Das Haus war still. Sie hatte am Morgen Fancy mit ihrem Mustang davonbrausen sehen. Jack, Eddy und Tate waren um diese Tageszeit immer in der Stadt, entweder in der Wahlkampfzentrale oder in der Anwaltspraxis. Dorothy Rae hielt sich wie üblich in ihrem Flügel des Hauses auf. Mona hatte ihr gesagt, daß

Nelson und Zee nach Kerrville gefahren waren und erst am Nachmittag zurückkämen. Als Avery in ihrem Zimmer angekommen war, warf sie die Reitgerte aufs Bett und zog die Reitstiefel aus. Sie ging barfuß ins Badezimmer und drehte die Wasserhähne der Dusche an.

Nicht zum ersten Mal hatte sie ein eigenartiges Gefühl. Sie spürte, daß während ihrer Abwesenheit jemand in ihrem Zimmer gewesen war. Sie bekam eine Gänsehaut auf den Armen, als sie ihren Toilettentisch untersuchte.

Sie konnte sich nicht erinnern, ob sie ihre Haarbrüste dort hatte liegenlassen. Stand nicht die Handlotion anders? Sie war sicher, daß sie das Schmuckkästchen nicht offengelassen hatte. Auch im Schlafzimmer waren Dinge bewegt worden, während sie fort war. Jetzt tat sie etwas, was sie noch nie gemacht hatte, seit sie Caroles Zimmer bewohnte – sie schloß die Tür ab.

Sie duschte und zog sich einen dicken Bademantel an. Immer noch unsicher und verwirrt beschloß sie, sich vor dem Anziehen noch eine Weile hinzulegen. Als ihr Kopf auf das Kopfkissen traf, knisterte es. Jemand hatte ein Blatt Papier zwischen Kissen und Kissenbezug gesteckt.

Avery betrachtete das Papier mißtrauisch. Es war zweimal zusammengefaltet, aber auf der Außenseite stand nichts. Sie fürchtete sich, es zu öffnen.

Eines war sicher – die Nachricht war kein Irrtum. Sie war geschickt genau dorthin gelegt worden, wo nur sie sie finden würde.

Sie faltete das Papier auseinander. Eine Zeile war mit Schreibmaschine auf das weiße, unlinierte Papier geschrieben. *Was auch immer du tust, es funktioniert. Bleib dabei.*

»Nelson?«

»Hmm?«

Seine abwesende Antwort irritierte Zinnia. Sie legte die Haarbürste weg und drehte sich auf dem Stuhl vor dem Toilettentisch zu ihm um. »Es ist wichtig.«

Nelson senkte die Zeitung. »Entschuldige, Liebe. Was hast du gesagt?«

»Noch nichts.«

»Stimmt etwas nicht?«

Sie waren in ihrem Schlafzimmer. Die Zehnuhrnachrichten, die sie sich immer ansahen, waren vorüber.

Zees dunkles Haar glänzte nach dem Bürsten. Die silberne Strähne wurde durch das Lampenlicht betont. Ihre Haut, die sie wegen der starken Sonne in Texas umsichtig pflegte, war glatt. Sie hatte nicht viele Sorgenfältchen, aber auch nicht viele Lachfältchen.

»Irgend etwas stimmt nicht zwischen Carole und Tate«, sagte sie.

»Ich glaube, sie hatten heute Streit.« Er stand auf und begann, sich auszuziehen. »Beim Abendessen waren sie beide sehr still.«

Auch Zee war die bedrohliche Stimmung aufgefallen. In Bezug auf die Stimmungen ihres jüngeren Sohnes war sie besonders empfindlich. »Tate war nicht nur bedrückt, er war wirklich verärgert. Unter solchen Umständen ist Carole gewöhnlich am vergnügtesten. Immer wenn er wütend ist, reizt sie ihn noch mehr, indem sie alberne Bemerkungen macht.«

Nelson hängte seine Hose säuberlich auf den Bügel in den Schrank zu den anderen Hosen. Unordnung war ihm zuwider. »Heute abend war sie nicht albern. Sie hat kaum ein Wort gesagt.«

Zee umfaßte die Rückenlehne des Stuhls. »Das meine ich ja gerade, Nelson. Sie war genauso durcheinander und betroffen wie Tate. So war es noch nie, wenn sie Streit hatten.«

Nur in seinen Boxershorts, schlug Nelson jetzt die Bettdecke ordentlich zurück und kroch ins Bett. Er faltete die Hände hinter dem Kopf und sah zur Decke. »Mir sind in letzter Zeit eine Menge Dinge aufgefallen, die Carole gar nicht ähnlich sehen.«

»Gott sei Dank«, sagte Zee, »ich dachte schon, ich werde allmählich verrückt. Ich bin wirklich froh, daß es außer mir noch jemandem aufgefallen ist.« Sie schaltete das Licht aus und glitt neben ihren Mann ins Bett. »Sie ist nicht mehr so oberflächlich wie früher, oder?«

»Die Begegnung mit dem Tod hat sie etwas ernüchtert.«

»Aber da ist auch ihr Verhalten Mandy gegenüber. Was sie betrifft, ist Carole völlig anders geworden. Hast du je erlebt, daß sich Carole solche Sorgen um Mandy gemacht hat wie gestern abend nach dem Alptraum? Ich erinnere mich an einen Abend, als Mandy hohes Fieber hatte. Ich war außer mir und dachte daran, sie ins Krankenhaus zu bringen. Carole war ganz unbekümmert. Sie sagte, alle Kinder hätten gelegentlich hohes Fieber. Aber gestern abend war sie genauso erschüttert wie Mandy.«

Nelson rückte sich unbehaglich zurecht. Zee wußte, warum. Er konnte es nicht leiden, wenn jemand Spekulationen anstellte. Die Dinge waren entweder schwarz oder weiß für ihn. Er glaubte nur an das Absolute. Mit der Ausnahme von Gott, der für ihn genauso wirklich war wie Himmel und Hölle, glaubte er an nichts, was man nicht fassen konnte. Er war skeptisch gegenüber jeder Psychoanalyse und der Psychiatrie. Seiner Meinung nach konnte jeder vernünftige Mensch seine Probleme selbst lösen, ohne dabei die Hilfe von einem anderen zu brauchen.

»Carole wird langsam erwachsen, das ist alles«, sagte er. »Das, was sie erlebt hat, hat sie reifer gemacht. Sie betrachtet die Dinge jetzt in einem ganz neuen Licht. Endlich weiß sie zu schätzen, was sie hat – Tate, Mandy, diese Familie. Wurde auch Zeit.« Nelson drehte sich seiner Frau zu und legte seinen Arm an ihre Taille.

Zee meinte: »Hoffentlich hat ihre liebevolle Einstellung gegenüber Tate und Mandy Bestand. Oberflächlich betrachtet sieht es so aus, als würde sie sie gern haben.«

»Das ist doch gut, oder?«

»Wenn es ernst gemeint ist. Mandy ist so labil, daß ich fürchte, sie könnte es nicht verkraften, wenn Carole wieder so ungeduldig und reizbar würde wie früher. Und Tate«, Zee seufzte. »Ich möchte, daß er glücklich wird, besonders jetzt an diesem Wendepunkt seines Lebens, ob er die Wahl nun gewinnt oder nicht. Er verdient es, glücklich zu sein.«

»Du hast immer für das Glück deiner Söhne gesorgt, Zee.«

»Aber sie sind beide nicht glücklich verheiratet, Nelson«, stellte sie nachdenklich fest. »Ich wünschte, sie wären es.«

Sein Finger berührte ihre Lippen, um ein Lächeln zu spüren, das es nicht gab. »Du hast dich nicht geändert. Du bist immer noch so romantisch.«

Er zog ihren zarten Körper an sich und küßte sie. Seine großen Hände zogen ihr das Nachthemd aus und streichelten besitzergreifend ihr nacktes Fleisch. Sie schliefen im Dunkeln miteinander.

Kapitel 22

Avery machte sich tagelang Gedanken darüber, wie sie Kontakt mit Irish aufnehmen konnte. Als sie erst einmal endgültig zu der Überzeugung gekommen war, daß sie doch einen Ratgeber brauchte, überlegte sie fieberhaft, wie sie ihm klarmachen konnte, daß sie nicht beim Absturz des Fluges 398 im Feuer umgekommen war.

Aber wie immer sie es auch anfangen würde, er würde einen grausamen Schock erleiden. Also entschloß sie sich, eine Notiz zu dem Postfach zu schicken, an das sie vor ein paar Wochen auch den Schmuck geschickt hatte. Vielleicht hatte er ja schon den Verdacht, daß mysteriöse Umstände ihren Tod begleiteten.

Stundenlang dachte sie darüber nach, wie sie einen solchen Brief formulieren sollte. Sie kannte keine Regeln für derartige Nachrichten, keine Etikette, der man zu folgen hatte, wenn man jemandem Nahestehenden, der einen für tot hielt, mitteilte, daß man noch am Leben war. Also beschloß sie endlich, das klare Worte wohl am besten sein würden.

Lieber Irish,

ich bin nicht bei dem Flugzeugabsturz ums Leben gekommen. Nächsten Mittwochabend um sechs Uhr in Deiner Wohnung erkläre ich Dir alles.

Alles Liebe Avery

Sie schrieb den Brief mit der linken Hand – ein Luxus in letzter Zeit –, damit er ihre Handschrift erkannte, und schickte ihn ohne Absender ab.

Tate hatte kaum noch ein Wort mit ihr gesprochen seit ihrem Streit in der vergangenen Woche. Und sie war fast froh darüber.

Auch wenn seine Abneigung nicht ihr galt, trug sie doch das Los ihrer Vorgängerin. Und die Distanz machte es leichter erträglich.

Bis die Wahrheit ans Licht kam, wollte sie wenigstens versuchen zu zeigen, wie wenig egoistisch ihre Beweggründe waren. Früh am Montagmorgen ließ sie sich einen Termin bei Dr. Gerald Webster, dem berühmten Kinderpsychologen aus Houston, geben. Er war ausgebucht, aber sie ließ sich nicht abweisen. Und sie setzte Tates augenblickliche Popularität ein, um eine Stunde der wertvollen Zeit des Doktors für Mandy zu reservieren.

Als sie Tate von dem Termin berichtete, nickte er kurz. »Ich werd's mir in meinem Terminkalender notieren.« Sie hatte den Termin so gelegt, daß er auf einen Tag fiel, an dem sie ohnehin in Houston sein würden.

Ansonsten sprachen sie kaum miteinander. Dadurch hatte sie mehr Zeit, sich zu überlegen, was sie sagen würde, wenn sie Irish gegenüberstand.

Doch als sie dann am Mittwochabend ihr Auto vor seinem bescheidenen Haus parkte, hatte sie nach wie vor keine Ahnung, wie sie die Sache angehen sollte.

Das Herz schlug ihr bis zum Hals, als sie zu seiner Haustür ging, besonders als sie eine Bewegung am Fenster sah. Noch bevor sie die Tür erreichte hatte, wurde sie aufgerissen. Irish, der aussah, als wäre er bereit, sie von Kopf bis Fuß in kleine Stücke zu reißen, kam heraus und fragte fordernd: »Wer, zum Teufel, sind Sie, und was spielen Sie für ein Spiel?«

Avery ließ sich von seinem wilden Ton nicht einschüchtern. Sie ging weiter, bis sie ihn erreicht hatte. Er war nur eine Spur größer als sie. Da sie Schuhe mit hohen Absätzen trug, standen sie sich Auge in Auge gegenüber.

»Ich bin's, Irish.« Sie lächelte zärtlich. »Laß uns ins Haus gehen.«

Als ihre Hand seinen Arm berührte, verflog seine Wut. In wenigen Sekunden verwandelte er sich in einen verwirrten alten Mann. Die eisige Abwehrhaltung in seinen blauen Augen wich plötzlich einem Tränenschleier, und Zweifel, Kummer und Freude wurden sichtbar.

»Avery? Ist das...? Wie...? Avery?«

»Ich erzähle dir drinnen alles.«

Sie faßte ihn am Arm und drehte ihn um, weil er plötzlich zu vergessen haben schien, wie er seine Arme und Beine zu verwenden hatte. Sie schloß die Tür hinter ihnen.

Sie stellte bekümmert fest, daß das Haus genauso heruntergekommen wirkte wie Irish, dessen Erscheinung sie schockiert hatte. Er hatte um den Bauch herum zugenommen, seine Wangen und sein Kinn waren aufgeschwemmt. Die roten Äderchen auf seiner Nase und um seine Wangen herum sprachen Bände. Er hatte in letzter Zeit sehr viel getrunken.

Er war nie sehr auf modische oder besonders ordentliche Kleidung versessen gewesen, aber jetzt sah er regelrecht verlottert aus. Es zeigte, daß sein Charakter ebenfalls einen gewissen Verfall erlitten hatte. Als sie ihn das letzte Mal gesehen hatte, war sein Haar noch graumeliert gewesen. Jetzt war es fast völlig weiß.

»O Irish, bitte verzeih mir.« Mit einem Schluchzen legte sie ihre Arme um ihn und drückte seine massige Gestalt an sich. »Dein Gesicht ist anders. Und deine Stimme ist rauh.«

»Ich weiß.«

»Aber ich hab' dich an deinen Augen erkannt.«

»Das ist schön. Mein Inneres hat sich nicht geändert.«

»Du siehst gut aus. Wie geht es dir?« Er schob sie ein Stück von sich, und seine großen, rauhen Hände rieben ungeschickt über ihre Arme.

»Mir geht's prima. Ich bin wieder geheilt.«

»Wo warst du? Heilige Muttergottes, ich kann's nicht glauben.«

»Ich auch nicht. Mein Gott, ich bin so froh, dich zu sehen.«

Sie fielen sich wieder in die Arme und weinten gemeinsam. Wenigstens tausend Mal in ihrem Leben war sie schon zu Irish gegangen, um sich von ihm trösten zu lassen. Wenn ihr Vater nicht da war, hatte er aufgeschlagene Knie gesundgepustet, zerbrochenes Spielzeug repariert, Zeugnisse gelesen, Tanzveranstaltungen besucht, sie bestraft, ihr Glück gewünscht, sie bedauert.

Dieses Mal fühlte sich Avery als die Überlegene. Er klammerte sich fest an sie und brauchte Trost.

Irgendwie kamen sie bis zu seinem Sofa. Als die Tränen versiegten, wischte er sich kurz und ungeduldig das nasse Gesicht mit den Händen ab. Er schämte sich plötzlich.

»Ich dachte, du würdest dich vielleicht ärgern«, sagte sie und putzte sich wenig damenhaft laut die Nase.

»Das tue ich auch, maßlos. Wenn ich mich nicht so freuen würde, dich wiederzusehen, dann würde ich dir den Hinten versohlen.«

»Das hast du nur einmal gemacht, damals, als ich meiner Mutter ein Schimpfwort nachgerufen habe. Danach hast du dann mehr und länger geweint als ich.« Sie streichelte seine Wange. »Du bist ein Softie, Irish McCabe.«

Er sah kummervoll und zornig zugleich aus. »Was ist passiert? Hast du dein Gedächtnis verloren?«

»Nein.«

»Was dann?« fragte er und betrachtete genau ihr Gesicht. »Du siehst irgendwie anders aus. Du siehst aus – wie...«

»Carole Rutledge.«

»Das stimmt. Tate Rutledges Frau – verstorbene Frau.« Plötzlich schimmerte ein Licht in seinen Augen. »Sie war auch in dem Flugzeug damals.«

»Hast du meine Leiche identifiziert, Irish?«

»Ja. Durch dein Medaillon.«

Avery schüttelte den Kopf. »Das war ihre Leiche, die du gesehen hast. Sie hatte mein Medaillon.«

Die Tränen stiegen ihm wieder in die Augen. »Du warst verbrannt, aber es war dein Haar, dein –«

»Noch kurz vor dem mißglückten Start hielt uns jemand für Schwestern. Wir sahen uns ähnlich.«

»Wie –«

»Hör zu.« Avery legte ihre Hände auf die seinen, als schweigende Bitte, daß er sie nicht mehr unterbrechen sollte. »Als ich im Krankenhaus wieder zu Bewußtsein kam – ein paar Tage nach dem Absturz –, hatten sie mich von Kopf bis Fuß verbunden. Ich konnte mich nicht rühren. Ich sah nur undeutlich – ein Auge war verbunden, und ich konnte nicht sprechen.

Alle sprachen mich mit Mrs. Rutledge an. Zuerst dachte ich,

ich hätte wirklich mein Gedächtnis verloren, weil ich mich nicht erinnern konnte, eine Mrs. Rutledge noch sonst jemandes Frau gewesen zu sein. Ich war verwirrt, hatte Schmerzen, wußte nicht, wo ich war. Und als ich mich dann wieder erinnerte, wer ich war, wurde mir klar, was geschehen war. Wir hatten im Flugzeug die Plätze getauscht, verstehst du.«

Sie erzählte ihm von all den qualvollen Stunden, in denen sie versucht hatte, jedem Menschen in ihrer Umgebung mitzuteilen, was nur sie wußte. »Die Rutledges haben Dr. Sawyer beauftragt, mein Gesicht wiederherzustellen – Caroles Gesicht –, mit Hilfe von Fotos von ihr. Und ich konnte ihnen nicht sagen, daß sie einen Fehler begingen.«

Er entzog ihr seine Hände und strich sich über die lose Haut auf seinen Wangen. »Ich brauche einen Drink. Willst du auch einen?«

Kurze Zeit später kam er mit einem Glas Whisky zurück. Avery sah das Glas vielsagend an. Trotzig nahm er einen großen Schluck.

»Also, bis jetzt konnte ich dir noch folgen. Sie haben einen unglaublichen Fehler gemacht, als du dich noch nicht mitteilen konntest. Aber als du es dann wieder *konntest,* warum hast du es nicht getan? Andersrum gefragt: Warum spielst du immer noch Carole Rutledge?«

Avery stand auf und ging in dem unordentlichen Zimmer auf und ab. Es würde schwierig sein, Irish davon zu überzeugen, daß ihre Maskerade sinnvoll und berechtigt war. Er hatte immer auf dem Standpunkt gestanden, daß Reporter Schlagzeilen schrieben, aber nicht machten. Ihre Rolle bestand darin, zu beobachten, nicht teilzunehmen. Das war schon der Punkt gewesen, an dem er und Cliff Daniels sich immer in die Haare bekommen hatten.

»Jemand hat die Absicht, Tate Rutledge zu ermorden, bevor er Senator wird.«

»Wer?«

»Weiß ich nicht.«

»Warum?«

»Weiß ich nicht.«

»Wie?«

»Ich weiß es nicht, Irish«, sagte sie und hob dabei die Stimme. »Und ich weiß auch nicht, wann und wo, also kannst du dir diese Fragen sparen. Laß mich einfach ausreden.«

Er drohte ihr mit einem Finger. »Vielleicht werde ich dir doch noch den Hintern versohlen. Stell meine Geduld nicht auf die Probe. Du hast mich schon genug geplagt.«

»Für mich war es auch nicht gerade das reine Vergnügen«, erwiderte sie scharf.

»Was soll der Blödsinn, daß jemand angeblich Rutledge umbringen will? Wie, zum Teufel, willst du das denn wissen?«

Seine Gereiztheit war ein gutes Zeichen. Mit diesem Irish kam sie wesentlich besser klar als mit dem Häufchen Elend, das er vor ein paar Minuten gewesen war. »Jemand hat mir gesagt, er wolle Tate umbringen, noch bevor er sein Amt antreten kann.«

»Wer?«

»Wenn du mir eine Chance gibst, erkläre ich es dir.«

Er nahm noch einen Schluck, schlug sich mit der rechten Faust in die linke Handfläche und lehnte sich schließlich zurück, um zum Ausdruck zu bringen, daß er jetzt zuhören werde.

»In der Annahme, ich wäre Carole, kam jemand zu mir, als ich noch auf der Intensivstation lag. Ich weiß nicht, wer es war. Ich konnte es nicht sehen, weil mein eines Auge verbunden war und er hinter mir stand.« Sie berichtete von dem Ereignis und wiederholte die Drohung wörtlich.

»Ich stand Todesängste aus. Sobald ich in der Lage war, mitzuteilen, wer ich bin, hatte ich Angst, es zu tun. Ich konnte nichts unternehmen, ohne dabei mein Leben und das von Tate zu gefährden.«

Irish schwieg, bis sie geendet hatte. Als er wieder redete, klang seine Stimme mißtrauisch.

»Also, du willst mir damit sagen, daß du an die Stelle von Carole Rutledge getreten bist, um zu verhindern, daß Tate Rutledge ermordet wird.«

»Genau. Carole wußte, wer das war. Und er muß zur Familie gehören. Niemand sonst hätte Zugang zur Intensivstation gehabt.«

»Es hätte sich jemand einschleichen können.«

»Mag sein, aber ich glaube es nicht. Wenn Carole einen Attentäter engagiert hätte, wäre er nach ihrem Unfall einfach verschwunden. Er wäre doch nicht zu ihr gekommen, um sie zu warnen, daß sie nichts ausplaudern dürfe, stimmt doch, oder?«

»Dieser Attentäter...«

»Du glaubst, ich hätte mir alles eingebildet?«

»Du warst voller Medikamente und wußtest nicht, wo du bist, Avery«, sagte er vernünftig. »Das hast du selbst gesagt. Du warst auf dem einen Auge blind, und – entschuldige den schlechten Scherz – mit dem anderen hast du auch nicht viel klarer gesehen. Du glaubst, es war ein Mann, aber es *hätte* auch eine Frau sein können. Du denkst, es war jemand aus Rutledges Familie, aber es *hätte* auch jemand anderes sein können.«

»Warauf willst du hinaus, Irish?«

»Du hattest wahrscheinlich einen Alptraum.«

»Bis vor ein paar Tagen hätte ich mir das auch einreden können.« Sie nahm das Blatt Papier, das sie in ihrem Kopfkissenbezug gefunden hatte, und gab es ihm. Er las die mit Schreibmaschine geschriebene Nachricht.

Als sein besorgter Blick sich wieder hob, sagte sie: »Das war in meinem Kopfkissenbezug. Also gibt es ihn wirklich. Und er hält mich für Carole, seine Mitwisserin. Und er hat immer noch vor, was sie geplant haben.«

Die Nachricht hatte Irishs Meinung schlagartig geändert. Er räusperte sich voller Unbehagen. »Ist das das erste Mal seit damals im Krankenhaus, daß er Kontakt mit dir aufgenommen hat?« Er las die Nachricht noch einmal und stellte dann fest: »Da ist nicht die Rede davon, daß er Tate Rutledge umbringen will.«

Avery sah ihn durchdringend an. »Das ist ein gründlich und auf lange Hand geplantes Attentat. Er konnte doch nicht riskieren, es deutlicher auszudrücken. Logischerweise ist die Nachricht verschlüsselt, weil sie von jemand anderem hätte gefunden werden können. Diese scheinbar unschuldigen Worte mußten für Carole etwas völlig anderes bedeuten.«

»Wer hat Zugang zu einer Schreibmaschine?«

»Alle. Im großen Familienzimmer steht eine auf einem

Schreibtisch. Die wurde auch verwendet, das habe ich nachgeprüft.«

»Was meint er – oder sie – mit ›was immer du auch tust‹?«

Avery wandte sich schuldbewußt ab. »Ich bin nicht sicher.«

»Avery?«

Sie sah ihn wieder an. Sie hatte Irish noch nie belügen können. Er durchschaute sie jedesmal. »Ich habe versucht, besser mit Tate auszukommen, als seine Frau das getan hat.«

»Gibt's dafür einen speziellen Grund?«

»Es war mir von Anfang klar, daß sie Schwierigkeiten miteinander hatten. Sie war wohl eine egoistische, völlig auf sich selbst fixierte Frau. Sie hat Tate betrogen und war als Mutter völlig untauglich. Möglichst unauffällig habe ich versucht, diesen Abgrund zwischen ihm und seiner Frau zu überwinden.«

Wieder fragte Irish: »Warum?«

»Damit ich besser verstehen kann, was los ist. Ich muß erst die Ursache für das Problem finden, bevor ich mich auf die Suche nach einem Motiv für den Mörder machen kann. Offensichtlich sind meine Versuche, die Ehe auf eine bessere Grundlage zu stellen, aufgefallen. Der Mörder meint, das sei Caroles neue Taktik, Tate in Sicherheit zu wiegen.«

Sie rieb sich die Arme, als wäre ihr plötzlich kalt. »Es gibt ihn wirklich, Irish, das weiß ich. Hier ist der Beweis«, sagte sie und deutete auf die Nachricht.

Irish, der sich noch nicht festlegen wollte, warf den Zettel auf den Kaffeetisch. »Also, nehmen wir mal an, es gäbe einen Mörder. Wer will Rutledge auf Eis legen?«

»Ich habe keine Ahnung«, erwiderte sie mit einem niedergeschlagenen Seufzen, »sie sind alle zusammen eine große, glückliche Familie.« Sie beschrieb ihm alle Personen mit Namen und ihren Beziehungen zu Tate. »Jeder von ihnen hat seine Schwierigkeiten, aber alle unabhängig von Tate. Mit Eddy hat Carole vielleicht eine Affäre gehabt.«

»Eddy Paschal, Rutledges Wahlkampfleiter?«

»Und sein bester Freund seit Collegezeiten. Ich weiß es nicht sicher. Das einzige, was mich darauf gebracht hat, ist Fancys Behauptung.«

»Na ja, üble Lage. Und wie behandelt dich dieser Paschal?«

»Er ist anständig, mehr nicht. Falls sie eine Affäre hatten, geht er vielleicht davon aus, daß sie mit dem Unfall aufgehört hat. In jedem Fall arbeitet er entschlossen daran, daß Tate die Wahl gewinnt.«

»Und der Bruder? Jack heißt er, ja?«

»Er führt eine sehr unglückliche Ehe«, stellte sie nachdenklich fest. »Aber Tate hat damit nichts zu tun. Allerdings...«

»Allerdings?«

»Jack ist eigentlich zu bedauern. Man findet ihn fähig, gutaussehend, nett – bis man ihn neben seinem jüngeren Bruder sieht. Tate ist die Sonne, Jack der Mond. Er reflektiert Tates Licht, hat aber kein eigenes. Er arbeitet so hart wie Eddy im Wahlkampf, aber wenn etwas schiefgeht, wird er gewöhnlich dafür verantwortlich gemacht. Er tut mir leid.«

»Tut er sich selbst auch leid? Leid genug, um seinen Bruder umzubringen?«

»Das weiß ich nicht genau. Er bleibt auf Abstand. Ich habe ihn schon dabei ertappt, wie er mich beobachtete, und habe dabei gespürt, daß er eine untergründige Feindseligkeit ausstrahlt. Oberflächlich betrachtet jedoch wirkt er, als wäre ihm alles egal.«

»Und seine Frau?«

»Dorothy Rae ist vielleicht eifersüchtig genug, um jemanden zu ermorden, aber sie hätte es auf Carole abgesehen, und nicht auf Tate.«

»Wie kommst du darauf?«

»Ich habe in den Fotoalben der Familie geblättert, um an noch ein paar Informationen zu kommen. Dorothy kam ins Wohnzimmer, um sich eine Flasche aus der Bar zu holen. Sie war schon betrunken. Sie beschuldigte mich aus heiterem Himmel, ich würde versuchen, ihr Jack wegzunehmen. Sie sagte, ich wolle wieder dort anknüpfen, wo ich vor dem Unfall aufgehört hätte.«

»Mit ihrem Schwager hat Carole auch geschlafen?« fragte Irish ungläubig.

»So sieht es aus. Oder zumindest hat sie es versucht.« Diese Vorstellung machte Avery sehr betroffen. »Carole hatte Tate. Was wollte sie also von Jack?«

»Über Geschmack kann man nicht streiten.«

»Da hast du wahrscheinlich recht.« Avery war so in Gedanken versunken, daß sie seinen Wink mit dem Zaunpfahl nicht verstand. »Auf jeden Fall habe ich abgestritten, irgendwelche Absichten auf Dorothy Raes Ehemann zu haben. Sie hat mich eine Hündin genannt, eine Hure, die ihr Heim zerstören wolle.«

Irish strich sich mit der Hand über sein wirres Haar. »Diese Carole muß es ja wirklich faustdick hinter den Ohren gehabt haben!«

»Wir wissen nicht sicher, ob sie mit Jack oder Eddy wirklich etwas hatte.«

»Aber sie muß doch ganz schön kräftige Signale ausgestrahlt haben, wenn so viele Leute darauf reagieren.«

»Der arme Tate.«

»Und was denkt der ›arme Tate‹ von seiner *Frau*?«

Avery wurde noch nachdenklicher. »Er denkt, sie hätte sein Baby abgetrieben. Er weiß, daß sie verschiedene Liebhaber hatte. Er weiß, daß sie eine nachlässige Mutter war und seiner Tochter seelischen Schaden zugefügt hat. Hoffentlich kann man das wiedergutmachen.«

»Also diese Verantwortung hast du auch übernommen?«

Seine kritische Stimme schreckte sie auf. »Was meinst du damit?«

Irish ließ sie eine Weile schmoren und verschwand in der Küche, aus der er mit einem neuen Drink zurückkam. Breitbeinig baute er sich vor ihr auf.

»Du bist – wann war das? – vor fast zwei Jahren zu mir gekommen, den Schwanz zwischen die Beine geklemmt, auf der Suche nach einem Job. Die Fernsehanstalten hatten dich hinausgeworfen, weil du einen der schlimmsten Fehler in der Geschichte des Journalismus gemacht hast.«

»Ich bin heute abend nicht hergekommen, damit du mich daran erinnerst.«

»Nun ja, man sollte dich vielleicht aber daran erinnern! Ich glaube nämlich, daß das hinter deiner ganzen Geschichte steht. Damals hast du dich auch Hals über Kopf hineingestürzt. Noch bevor du alle Fakten beieinander hattest, hast du darüber berichtet, daß ein junger Kongreßabgeordneter aus Virginia erst seine Frau ermordet und sich dann selbst erschossen habe.«

Sie preßte die Fäuste an ihre Schläfen, als sich jene schrecklichen Ereignisse von damals in ihrer Erinnerung ausbreiteten wie eine Schriftrolle.

»Die erste Reporterin vor Ort, Avery Daniels«, verkündete Irish schwungvoll, ohne sie auch nur im mindesten zu schonen. »Immer scharf auf jede heiße Spur. Du hattest frisches Blut gewittert.«

»Das stimmt genau! Und zwar im wahrsten Sinne des Wortes!« Sie verschränkte die Arme vor der Brust. »Ich sah die Leichen, hörte die Kinder kreischen wegen der schrecklichen Dinge, die sie entdeckt hatten, als sie aus der Schule kamen. Ich sah sie weinen über das, was ihr Vater getan hatte.«

»Was er *vermutlich* getan hatte, verdammt. Du lernst nie dazu, Avery. Er hatte *angeblich* seine Frau ermordet, bevor er sich das Gehirn aus dem Kopf geblasen hat.« Irish nahm schnell einen Schluck Whisky. »Aber du hast deinen Live-Bericht gemacht und dieses ungeheuer wichtige, kleine, aber rechtlich notwendige Wort ausgelassen. Und das brachte deiner Fernsehanstalt eine Verleumdungsklage ein.

Du hast vor der Kamera die Kontrolle verloren, Avery. Die Objektivität hat dich im Stich gelassen. Tränen strömten dir über das Gesicht, und dann – *dann* –, als wäre das alles noch nicht genug, hast du dein Publikum gefragt, wie so etwas möglich sein konnte – wie ein Mann, ein Volksvertreter, etwas derart Bestialisches tun konnte.«

Sie hob den Kopf und sah ihn herausfordernd an. »Ich weiß, was ich getan habe, Irish. Du brauchst mich nicht an mein Versagen zu erinnern. Ich versuche jetzt seit zwei Jahren, es zu überwinden. Ich habe etwas falsch gemacht, aber ich habe daraus gelernt.«

»Blödsinn«, donnerte er. »Du machst wieder haargenau denselben Fehler. Du stürzt dich in eine Angelegenheit, die dich nichts angeht. Du machst Schlagzeilen, anstatt sie zu schreiben. Ist das der große Durchbruch, auf den du gewartet hast? Ist das die große Story, die dich wieder ganz nach oben bringen soll?«

»Also gut, ja!« schleuderte sie ihm entgegen. »Das war einer der Gründe, warum ich es so gemacht habe.«

»Das war der Grund für alles, was du je getan hast. Du versuchst immer noch, deinen Vater zu beeindrucken. Du versuchst, seinem Namen gerecht zu werden, und hast das Gefühl, daß du bisher versagt hast.« Er kam auf sie zu. »Ich werde dir jetzt etwas erzählen – etwas, was du nicht hören willst.« Er schüttelte den Kopf und sagte jedes Wort ganz deutlich. »Er ist es nicht wert.«

»Sei still, Irish.«

»Er war dein Vater, Avery, und mein bester Freund. Ich kannte ihn länger und wesentlich besser als du. Ich habe ihn geliebt, aber doch sehr viel objektiver gesehen, als du oder deine Mutter das je gekonnt hätten.«

Er stützte eine Hand auf die Armlehne des Sofas und beugte sich zu ihr vor. »Cliff Daniels war ein brillanter Fotograf. Für mich war er der beste. Ich bestreite nicht sein Talent mit der Kamera, aber er hatte nicht das Talent, die Menschen glücklich zu machen, die ihn geliebt haben.«

»Ich war glücklich. Immer wenn er zu Hause war –«

»Und das war ein Bruchteil deiner Kindheit. Und du warst untröstlich, wann immer er wieder verschwand. Ich habe es miterlebt, wie Rosemary versucht hat, die langen Trennungen zu ertragen. Selbst wenn er zu Hause war, war sie unglücklich, weil sie wußte, daß es nur ein kurzer Besuch sein würde. Und während der ganzen Zeit fürchtete sie sich vor dem Abschied. Cliff wollte die Gefahr. Sie war sein Lebenselixier, das, was ihm Kraft gab. Für deine Mutter war das wie eine Krankheit, die ihre Jugend und ihre Vitalität verzehrt hat. Sein Leben wurde ihm glücklicherweise schnell genommen. Ihr Tod ging langsam und qualvoll vor sich. Schon lange vor jenem Nachmittag, an dem sie die Pillen geschluckt hat, hatte sie zu sterben begonnen.

Warum also verdient er deine blinde Bewunderung und finstere Entschlossenheit, seinem Namen gerecht zu werden? Der wertvollste Preis, den er je gewonnen hat, war nicht der blöde Pulitzerpreis. Das war nämlich deine Mutter, und er war zu dumm, um das zu bemerken.«

»Du bist nur eifersüchtig auf ihn.«

Irish hielt ihren Blick stand. »Ja, ich war eifersüchtig darauf, wie Rosemary ihn geliebt hat.«

Da wurde Avery plötzlich schwach. Sie griff nach seiner Hand und drückte sie an ihre Wange. Tränen benetzten sie. »Ich will nicht, daß wir uns streiten, Irish.«

»Das tut mir leid, denn leider scheinst du das zu brauchen. Ich kann nicht zulassen, daß du so weitermachst.«

»Ich muß. Ich bin dazu verpflichtet.«

»Bis wann?«

»Bis ich weiß, wer Tate bedroht, und in der Lage bin, den Mörder zu entlarven.«

»Und was ist, wenn dieser sogenannte Attentäter nie ernsthafte Anstalten macht? Wirst du dann für immer Mrs. Rutledge bleiben? Oder wirst du Rutledge eines Tages gegenübertreten und sagen: Ach, übrigens...?«

Indem sie ihm gegenüber zugab, was sie sich selbst erst vor ein paar Tagen eingestanden hatte, sagte sie: »Das habe ich mir noch nicht überlegt. Ich habe mir kein Hintertürchen offengehalten.«

»Du mußt es Rutledge sagen, Avery.«

»Nein!« Sie sprang auf. »Noch nicht. Ich kann ihn noch nicht aufgeben. Du mußt mir schwören, daß du mich nicht verrätst.«

Irish trat, erschreckt durch ihre heftige Reaktion, einen Schritt zurück. »Mein Gott«, flüsterte er, als er die Wahrheit zu ahnen begann. »Also darum geht es eigentlich. Du willst den Mann einer anderen Frau. Willst du Mrs. Rutledge bleiben, weil Tate Rutledge gut im Bett ist?«

Kapitel 23

Avery wandte ihm den Rücken zu, um ihn nicht zu schlagen. »Das war häßlich, Irish.«

Sie ging ans Fenster und stellte erschrocken fest, daß es schon dunkel geworden war. Das Abendessen auf der Ranch war schon vorbei. Sie hatte Bescheid gesagt, daß sie heute länger in der Stadt bleiben wolle. Trotzdem mußte sie bald aufbrechen.

»Ja, das war häßlich«, gestand ihr Irish zu. »Das sollte es auch sein. Jedesmal wenn ich anfange, weich zu werden, fallen mir wieder die zahllosen Nächte nach dem Absturz ein, in denen ich mich bis zur Sinnlosigkeit betrunken habe. Ich hatte mir sogar überlegt, ob ich nicht überhaupt aufgeben soll, weißt du.«

Avery drehte sich langsam um, und ihr Gesicht war nicht mehr vor Ärger verzerrt. »Bitte sag nicht so was.«

»Ich dachte: Scheiß auf dieses Leben, ich versuch's im nächsten noch mal. Ich hatte Cliff und Rosemary verloren. Ich hatte dich verloren. Ich fragte Gott: Hör mal, muß ich mich so behandeln lassen? Wenn ich nicht um mein Seelenheil gefürchtet hätte…« Er lächelte unsicher.

Sie schlang die Arme um ihn und schmiegte ihre Wange an seine Schulter. »Ich liebe dich. Und ich habe für dich mitgelitten, ob du es glaubst oder nicht. Ich wußte, wie dir mein Tod zusetzen würde.«

Er drückte sie an sich, wobei er sich nicht zum ersten Mal wünschte, sie wäre wirklich seine Tochter. »Ich liebe dich auch. Darum kann ich dir auch diese Sache nicht einfach so durchgehen lassen.«

»Ich habe im Moment keine andere Wahl.«

»Wenn es wirklich jemanden gibt, der Rutledges Tod will – dann bist du auch in Gefahr.«

»Ich weiß. Ich möchte für Tate und Mandy eine neue Carole sein, aber wenn ich mich zu sehr von ihr unterscheide, wird ihr Komplize denken, sie hätte ihn verraten. Oder er bemerkt, daß Carole nicht Carole ist.«

»Van hat es gemerkt.«

Sie zuckte zusammen und atmete dann langsam aus. »Das hatte ich schon vermutet. Ich hätte beinah einen Herzanfall bekommen, als ich ihm die Tür aufgemacht habe.«

Irish erzählte von seinem Gespräch mit Van. »Ich hatte viel zu tun und habe damals nicht genau zugehört. Ich dachte, er wäre nur einfach lästig, wie gewöhnlich. Jetzt denke ich, daß er mir etwas mitteilen wollte. Was soll ich ihm sagen, wenn er wieder davon anfängt?«

»Nichts. Je weniger Leute die Wahrheit kennen, desto besser, in ihrem und in meinem Sinne. Van kannte Avery Daniels, die Rutledges nicht. Sie glauben, ihre Veränderungen hätten mit dem Absturz und seinen traumatischen Folgen zu tun.«

»Die Sache ist trotzdem schwierig«, sagte er besorgt. »Falls es keinen Plan für ein Attentat gibt – und ich bete zu Gott, daß es keinen gibt –, kommst du im besten Falle mit einem gebrochenen Herzen davon.« Er rieb sanft mit den Fingerknöcheln über ihr Kinn. »Du liebst ihn, stimmt's?«

Sie schloß die Augen und nickte.

»Er haßte seine Frau, also haßt er dich.«

»Richtig«, sagte sie mit einem harten Lachen.

»Was ist zwischen euch?«

»Ich habe noch nicht mit ihm geschlafen.«

»Danach habe ich nicht gefragt.«

»Aber das wolltest du wissen.«

»Würdest du es tun?«

»Ja«, antwortete sie ohne Zögern. »Von dem Tag an, als ich wieder zu Bewußtsein kam, bis zu dem Augenblick, als ich die Klinik verließ, war er wunderbar zu mir.«

»Und was geschieht, wenn er mit dir schläft? Glaubst du nicht, daß er den Unterschied bemerkt?«

»Meinst du?« Sie legte den Kopf zur Seite und versuchte zu lächeln. »Sagen die Männer nicht, im Dunkeln seien alle Katzen grau?«

Er sah sie vorwurfsvoll an. »Also gut, nehmen wir an, er merkt nichts. Wie wirst du dich fühlen, wenn er mit dir schläft und dich dabei für eine andere hält?«

Auf den Gedanken war sie noch nicht gekommen. Sie runzelte die Stirn. »Ich würde wollen, daß er weiß, wen er vor sich hat. Es ist wirklich nicht richtig, daß ich ihm etwas vormache, aber...«

Ihre Stimme verstummte, während sie mit der Frage rang, für sie sie bis jetzt noch keine Antwort gefunden hatte. Dann ließ sie sie wieder unbeantwortet und sagte: »Und dann ist da noch Mandy. Ich liebe sie auch, Irish. Sie braucht unbedingt eine Mutter, die sich um sie kümmert.«

»Da gebe ich dir recht. Und was wird aus ihr werden, wenn du deine Aufgabe erfüllt hast und sie verläßt?«

»Ich werde sie nicht einfach verlassen –«

»Und was meinst du, wie Rutledge sich fühlen wird, wenn du einen Artikel über seine Familie schreiben willst?«

»Es wird keinen Artikel geben.«

»Ich möchte auf jeden Fall nicht dabei sein, wenn du ihm alles erklärst. Er wird glauben, daß du ihn nur benutzt hast.« Er machte eine Pause, um noch deutlicher zu werden. »Und er hätte recht, Avery.«

»Nicht wenn ich ihm dabei das Leben rette. Meinst du nicht, daß er mir vielleicht auch vergeben kann?«

Er fluchte leise. »Du hast den falschen Beruf gewählt. Du hättest Rechtsanwältin werden sollen. Du würdest sogar mit dem Teufel um Vorteile schachern.«

»Ich kann meine Karriere nicht in Schande beenden, Irish. Ich muß den Fehler von Washington wiedergutmachen und meine Glaubwürdigkeit als Journalistin zurückgewinnen.« Ihre Augen sahen ihn um Verständnis heischend an. »Ich habe mir diese goldene Gelegenheit nicht freiwillig ausgesucht. Sie wurde mir aufgezwungen. Und jetzt muß ich das Beste daraus machen.«

»Aber du fängst es falsch an«, sagte er sanft und hob ihr Kinn mit seinem Zeigefinger an. »Deine Gefühle sind zu sehr mitbeteiligt, Avery. Du hast zuviel Herz, um unbeteiligt zu bleiben. Du hast selbst zugegeben, daß du diese Leute gern hast, ja sogar liebst.«

»Um so mehr Grund für mich, zu bleiben. Jemand will Tate töten und Mandy zur Waise machen. Wenn es in meiner Macht steht, muß ich verhindern, daß das passiert.«

Sein Schweigen war gleichbedeutend mit dem Schwenken einer weißen Fahne, er gab auf. Sie sah auf die Uhr an der Wand. »Ich muß gehen. Aber vorher noch eine Frage: Hast du etwas, das mir gehört?«

Weniger als eine Minute später zog sie sich die goldene Kette ihres Medaillons über den Kopf. Es war nicht sehr wertvoll, aber es war ihr kostbarster Besitz.

Ihr Vater hatte es ihr 1967 aus Ägypten mitgebracht, als er für *Newsweek* den Konflikt zwischen diesem Land und Israel dokumentiert hatte.

Avery drückte die Feder hinunter, und die beiden runden Hälften teilten sich. Sie betrachtete die Fotos darin. Eines war das ihres Vaters. Er trug darauf Kampfkleidung und eine 35-mm-Kamera um den Hals. Das andere Foto war ein Bild von ihrer Mutter. Rosemary, zart und schön, lächelte traurig in die Kamera.

Heiße Tränen brannten in Averys Augen. Sie schloß das Medaillon und drückte es in ihre Handfläche. Nicht alles war ihr genommen worden. Sie hatte immer noch dies hier. Und sie hatte Irish.

»Ich hatte gehofft, daß du es hast«, sagte sie.

»Es lag in den Händen der toten Frau.«

Avery nickte, und es fiel ihr schwer, etwas zu sagen. »Mandy hatte es entdeckt. Ich gab es ihr, damit sie es sich genauer anschauen kann. Kurz vor dem Start ärgerte sich Carole, weil Mandy mit der Kette spielte.

Sie nahm sie ihr weg. Das ist das letzte, woran ich mich noch erinnern kann.«

Er zeigte ihr Caroles Schmuck. »Ich war ganz schön betroffen, als ich das Päckchen aufgemacht habe, das du mir geschickt hast. Du *hast* es doch geschickt, oder?«

Sie erklärte ihm, wie es dazu gekommen war. »Ich wußte nicht, was ich sonst damit tun sollte. Aber ich denke, insgeheim wollte ich Kontakt zu dir aufnehmen.«

»Willst du ihren Schmuck?«

Sie schüttelte den Kopf und betrachtete den einfachen Goldreif an ihrem linken Ringfinger. »Wenn er plötzlich wiederauftauchen würde, müßte ich das erklären. Ich muß die Dinge so einfach wie möglich gestalten.«

Er fluchte ungeduldig. »Avery, bitte, laß es bleiben. Gib auf – heute abend noch.«

»Ich kann nicht.«

»Hölle und Verdammnis«, fluchte er. »Du hast den Ehrgeiz deines Vaters und das Mitgefühl deiner Mutter. Das ist eine lebensgefährliche Kombination.«

Avery wußte, daß er kapituliert hatte, als er sie voller Bedauern fragte: »Was soll ich tun?«

Tate stand im Flur, als sie wiederkam. Avery nahm an, er habe wahrscheinlich auf sie gewartet, aber er versuchte es als Zufall auszugeben.

»Warum kommst du so spät?« fragte er.

»Hat Zee es dir nicht gesagt? Ich habe ihr erklärt, daß ich noch ein paar Dinge vor der Fahrt erledigen wollte.«

»Ich dachte, du würdest früher nach Hause kommen.«

»Ich mußte noch einiges einkaufen.« Sie war vollbepackt mit Einkaufstüten – Dinge, die sie vor ihrem Treffen mit Irish schon gekauft hatte. »Könntest du mir bitte helfen, die Sachen in mein Zimmer zu bringen?«

Er nahm ihr ein paar Tüten ab und folgte ihr. »Wo ist Mandy?« fragte sie.

»Sie schläft schon.«

»Oh, ich hatte gehofft, ich würde noch rechtzeitig zurück sein, um ihr eine Gutenachtgeschichte vorzulesen.«

»Mama hat ihr eine vorgelesen. Ich habe sie zugedeckt und bin bei ihr geblieben, bis sie eingeschlafen war.«

»Ich werde nachher noch mal nach ihr schauen.« Sie sah, als sie an den Fenstern zum Hof vorbeiging, daß Nelson, Jack und Eddy an einem der Tische im Hof saßen und sich unterhielten. Zee hatte es sich in einem Sessel bequem gemacht und las eine Zeitschrift. Fancy plantschte im Swimmingpool. »Du versäumst die Konferenz.«

»Eddy geht den Zeitplan noch einmal durch. Ich habe ihn schon hundertmal gehört.«

»Stell die Tüten einfach aufs Bett.« Sie zog ihre Leinenjacke aus, warf sie neben die Einkaufstüten und streifte die Pumps ab. Tate blieb in ihrer Nähe und sah aus, als wäre er jederzeit bereit, sich auf sie zu stürzen.

»Wo warst du beim Einkaufen?«

Das war eine dumme Frage, denn auf den glänzenden Tüten waren die wohlbekannten Schriftzüge zu sehen. Einen furchtbaren Augenblick lang fragte sie sich, ob er ihr wohl zu Irishs Haus gefolgt war. Das war unmöglich. Sie war im Zickzack dorthingefahren und hatte immer wieder im Rückspiegel kontrolliert, ob ihr jemand folgte.

Sicherheitsmaßnahmen wie diese, die ihr vor ein paar Monaten noch absurd und übertrieben vorgekommen wären, waren inzwischen eine Selbstverständlichkeit für sie. Sie lebte nicht gern mit Unwahrheiten und ständiger Wachsamkeit. Heute abend, nach dem anstrengenden Besuch bei Irish, waren ihre Nerven besonders angespannt. Tate hatte sich den falschen Zeitpunkt ausgesucht, um sie zu befragen und in die Defensive zu zwingen.

»Warum behandelst du mich so grob, wenn ich nur einkaufen gehe?«

»Das tue ich ja gar nicht.«

»Ach ja? Du schnupperst wie ein Bluthund.« Sie trat noch einen Schritt näher zu ihm. »Was hast du erwartet, was du an mir riechen würdest? Tabak? Alkohol? Sperma? Irgend etwas, das deine gemeinen Vermutungen bestätigen könnte, daß ich den Nachmittag mit einem Liebhaber verbracht habe?«

»Du hältst mich wohl für einen Idioten? Erwartest du, daß ich glaube, eine Gesichtsoperation hätte eine treue Frau aus dir gemacht?«

»Glaub doch, was du willst«, versetzte sie. »Aber laß mich in Ruhe mit dem, was du glaubst.«

Sie trat zu ihrem Wandschrank und hätte fast die Tür ausgehängt, als sie sie ärgerlich aufriß. Ihre Hände zitterten so sehr, daß ihre Finger mit den Knöpfen im Rücken ihrer Bluse nicht zurechtkamen. Sie fluchte leise über ihren erfolglosen Versuch, sie zu öffnen.

»Laß mich.«

Tate stand direkt hinter ihr, und seine Stimme klang schuldbewußt. Er bog ihren Kopf etwas vor, so daß ihr Nacken freilag.

Seine Hände griffen nach den ihren und schoben sie weg, dann knöpfte er die Bluse auf.

Die Bluse rutschte von ihren Schultern und über ihre Arme hinunter. Sie hielt sie vor der Brust fest und drehte sich zu ihm um. »Ich kann Verhöre nicht leiden, Tate.«

»Und ich kann Ehebruch nicht leiden.«

Sie senkte den Kopf. »Ich denke, das habe ich verdient.« Einen Augenblick lang starrte sie seine Kehle an und den starken Puls, den sie dort schlagen sah. Dann hob sie den Blick wieder zu seinem. »Aber habe ich dir seit dem Absturz je einen Grund gegeben, meine Treue zu bezweifeln?«

Seine Mundwinkel zuckten leicht. »Nein.«

»Aber du traust mir nicht, stimmt's?«

»Vertrauen muß man sich verdienen.« Er hob die Hand und ließ seinen Zeigefinger über die Goldkette an ihrem Hals gleiten. »Was ist das?«

Seine Berührung brachte sie beinahe zum Schmelzen. Sie ging ein wirkliches Risiko ein, indem sie mehr Haut erkennen ließ als je zuvor, und ließ die Bluse auf den Boden fallen. Ihr Medaillon lag in der Vertiefung zwischen ihren Brüsten, noch betont durch den zarten Büstenhalter. Sie hörte, wie er plötzlich tief einatmete.

»Ich habe es in einem Trödelladen gefunden«, log sie. »Hübsch, nicht?« Tate starrte das zarte Goldmedaillon mit der Gier eines Verhungernden an, zögerte einen Augenblick, nahm dann das Medaillon in die Hand und drückte auf den Verschluß. Die beiden kleinen Rahmen waren leer. Avery hatte die Fotos ihrer Eltern herausgenommen und in Irishs Obhut gelassen.

»Ich möchte Fotos von dir und Mandy hineintun.«

Er sah ihr prüfend in die Augen. Dann betrachtete er lange ihren Mund, während er das Medaillon zwischen Daumen und Zeigefinger rieb. Als er es zuschnappen ließ, wirkte das Geräusch übermäßig laut.

Er legte es wieder an den Platz zwischen ihren Brüsten zurück. Seine Hand blieb noch einen Augenblick dort. Seine Fingerspitzen streiften sacht über die weichen Kurven, berührten dabei kaum ihre Haut, aber wo er sie berührte, schien sie zu brennen.

Noch während er sie streichelte, wandte Tate den Kopf ab. In seinem Inneren tobte ein Kampf, das war an den Bewegungen seines Kinns zu erkennen, an der unruhigen Unentschlossenheit in seinen Augen und an seinem flachen Atem.

»Tate.« Ihr flehender Ton brachte ihn dazu, ihr in die Augen zu sehen. Mit einem Flüstern sagte sie: »Tate, es hat keine Abtreibung gegeben.« Sie hob ihre Fingerspitzen zu seinen Lippen, noch bevor er widersprechen konnte. »Ich hab nicht abgetrieben, weil ich nicht schwanger war.«

Die Ironie daran war, daß das genau und vollständig der Wahrheit entsprach, aber sie mußte eine Lüge eingestehen, um glaubwürdig zu erscheinen.

Diese Idee spukte schon seit Tagen in ihrem Kopf herum. Sie hatte nicht die leiseste Ahnung, ob Carole ein Kind empfangen und abgetrieben hatte oder nicht. Aber auch Tate würde es nie erfahren. Er konnte ihr eine Lüge vielleicht eher vergeben als eine Abtreibung, und da das die schwerste Barriere zu sein schien, die ihre Versöhnung verhinderte, wollte sie sie einreißen. Warum sollte sie die Strafe für Caroles Sünden auf sich nehmen?

Als sie einmal angefangen hatte, fiel ihr der Rest leicht. »Ich habe dir genau aus dem Grund gesagt, daß ich schwanger bin, den du kürzlich genannt hast. Ich wollte dich provozieren.« Sie legte ihre Hände an seine Wangen. »Aber ich kann nicht zulassen, daß du glaubst, ich hätte dein Kind vernichtet. Ich merke doch, wie sehr du dich deswegen quälst.«

Nach einem langen, prüfenden Blick brach er die Berührung ab und trat einen Schritt zurück. »Der Flug nach Houston geht Dienstagmorgen um sieben. Wirst du es schaffen?«

Sie hatte gehofft, ihre Mitteilung würde eine Welle von Vergeben und unterdrückter Liebe auslösen. In dem Versuch, sich ihre Enttäuschung nicht zu sehr anmerken zu lassen, fragte sie: »Was? Die frühe Zeit oder den Flug?«

»Beides.«

»Ich werd's schon schaffen.«

»Das hoffe ich«, sagte er und ging zur Tür. »Eddy will, daß alles funktioniert wie bei einem Uhrwerk.«

Am Montagabend rief Irish den politischen Reporter von KTEX in sein Büro. »Alles für diese Woche geregelt?«

»Ja. Die Leute von Rutledge haben heute einen Zeitplan rübergeschickt. Wenn Sie das alles bringen wollen, muß Dekker gleichviel Sendezeit bekommen.«

»Lassen Sie das meine Sorge sein. Eure Aufgabe ist es, zu dokumentieren, was bei Rutledges Wahlkampf so alles los ist. Ach übrigens, ich gebe Ihnen Lovejoy statt des ursprünglich geplanten Kameramanns mit.«

»Mein Gott, Irish, was habe ich getan, daß Sie mir das zumuten? Er ist derart lästig! Er ist unzuverlässig. Er riecht die meiste Zeit schlecht.«

Er setzte seine Litanei von Gegenargumenten fort. Jeder Beliebige wäre ihm lieber gewesen als Van Lovejoy. Irish hörte schweigend zu. Als der Reporter geendet hatte, wiederholte er: »Ich gebe Ihnen Lovejoy mit.« Der Reporter gab auf. Wenn Irish etwas zweimal sagte, war jedes Argument sinnlos.

Irish hatte sich schon vor ein paar Tagen dazu entschlossen. Der Reporter hatte von Anfang an nicht die geringste Chance gehabt, Irish umzustimmen.

Avery glaubte vielleicht nicht, daß sie in unmittelbarer Gefahr war, aber mit ihrer sturen und heftigen Art traf sie oft kurzfristig Entscheidungen, für die sie dann später büßen mußte. Er konnte kaum glauben, in welche Schwierigkeiten sie sich diesmal gebracht hatte. Allmächtiger Gott, dachte er, sie war eine andere Frau geworden! Er würde tun, was immer in seiner Macht stand, um zu verhindern, daß sie diesen Identitätswechsel mit ihrem Leben bezahlte.

Sie hatten sich darauf geeinigt, daß sie über sein Postfach mit ihm in Kontakt bleiben würde, wenn Telefonieren zu riskant war. Er hatte ihr seinen Ersatzschlüssel zu dem Postfach gegeben. Was ihr natürlich nicht viel nutzte, wenn sie sofort Hilfe brauchte. Dieses Sicherheitsnetz war nicht stabiler als ein Spinnennetz, aber sie hatte sein Angebot abgelehnt, ihr eine Handfeuerwaffe zu leihen.

Diese Geschichte machte ihn extrem nervös. Wenn er nur daran dachte, mußte er nach seinem Medizinfläschchen mit dem Magenmittel greifen. Im Moment trank er davon fast soviel wie Whisky. Er war zu alt für so was, aber er konnte nicht einfach zusehen und riskieren, daß Avery umgebracht wurde.

Da er nicht selbst ihr Schutzengel sein konnte, tat er das nächstbeste – er schickte ihr Van mit. Es machte sie sicher nervös, wenn Van in der Nähe war, aber wenn sie unterwegs in Schwierigkeiten geriet, hatte sie jemanden, an den sie sich wenden konnte. Van Lovejoy war keine große Hilfe, aber im Augenblick das Beste, was Irish für sie tun konnte.

Kapitel 24

Die ersten Probleme bei Eddys sorgfältig geplanter Wahlkampftour entstanden am dritten Tag. Sie waren in Houston. Am frühen Morgen hatte Tate vor einer Gruppe von Hafenarbeitern eine leidenschaftliche Rede gehalten. Sie war gut angekommen.

Nach ihrer Rückkehr ins Hotel ging Eddy in sein Zimmer, um die Anrufe zu beantworten, die während ihrer Abwesenheit hereingekommen waren. Alle anderen versammelten sich in Tates Suite. Jack vergrub sich in den Morgenzeitungen auf der Suche nach Berichten über Tate, seinen Gegner oder die Wahl im allgemeinen. Avery saß neben Mandy, die malte, auf dem Fußboden.

Tate streckte sich auf dem Bett aus und stopfte sich die Kissen unter den Kopf. Er machte das Fernsehgerät an, um sich eine Show anzusehen. Es war eine mäßige Sendung, aber er entspannte sich dabei und hatte sogar neue Ideen. Nelson und Zee lösten zusammen ein Kreuzworträtsel.

Eddy unterbrach die friedliche Szene. Er stürmte aufgeregt ins Zimmer. »Schalt das Ding aus und hör zu.«

Tate brachte das Fernsehgerät mit der Fernbedienung zum Schweigen. »Nun«, sagte er mit einem erwartungsvollen Lachen, »Sie haben jedermanns Aufmerksamkeit, Mr. Paschal.«

»Einer der größten Rotarierclubs des Landes kommt heute mittag zusammen. Es ist ihr wichtigstes Jahrestreffen. Neue Mitglieder werden vereidigt, und die Frauen sind auch eingeladen. Der Redner, den sie vorgesehen hatten, hat sich heute morgen krank gemeldet. Sie wollen dich.«

Tate setzte sich auf und schwang seine langen Beine über den Rand des Bettes. »Wie viele Personen?«

»Zweihundertfünfzig oder dreihundert.« Eddy sah die Papiere in seiner Aktentasche durch. »Das sind Spitzenleute aus der Wirtschaft und angesehenen Berufen – die Stützen der Gesellschaft. Der älteste Rotarierclub in Houston. Die Mitglieder haben unheimlich viel Geld, selbst jetzt, in Zeiten der Depression. Hier«, sagte er und schob Tate ein paar Blätter zu. »Das war eine verdammt gute Rede, die du letzten Monat in Amarillo gehalten hast. Und um Himmels willen, zieh die Jeans aus und einen konservativen Anzug an.«

»Die Leute hören sich mehr nach Dekkers Publikum an.«

»Sind sie auch. Darum ist es ja so wichtig, daß du hingehst. Dekker hat dich als kleinen Jungen hingestellt, der den Kopf in den Wolken hat. Zeig ihnen, daß du mit beiden Beinen auf der Erde stehst und ganz menschlich bist.« Er sah über die Schulter. »Du bist auch eingeladen, Carole. Du mußt soviel Charme wie möglich versprühen. Die Frauen –«

»Ich kann nicht mitkommen.«

Alle sahen plötzlich von Eddy zu Carole, die immer noch neben Mandy auf dem Boden saß mit Stiften in der Hand und einem Bild von Donald Duck auf dem Schoß. »Mandy hat heute Mittag um ein Uhr einen Termin bei Dr. Webster.«

»Mist.« Tate strich sich mit beiden Händen durchs Haar. »Das stimmt. Ich hatte es total vergessen.«

Eddy warf einen ungläubigen Blick zwischen ihnen hin und her. »Du darfst nicht mal einen Gedanken daran verschwenden, diese Gelegenheit zu versäumen. Wir sind bei den Umfragen diese Woche einen Punkt besser geworden, Tate, aber es fehlt uns immer noch viel. Diese Rede könnte uns eine Menge Geld für den Wahlkampf einbringen – Geld, das wir brauchen, um Fernsehzeit für Werbung zu kaufen.«

Jack warf die zusammengefaltete Zeitung zur Seite. »Laßt euch einen neuen Termin bei diesem Arzt geben.«

»Was meinst du dazu, Carole?« fragte Tate.

»Du weißt, wie schwer es war, an diesen Termin zu kommen. Es würde wahrscheinlich Wochen dauern bis zum nächsten Mal. Und selbst wenn das gehen würde, glaube ich, daß es nicht in Mandys Interesse wäre, die Sache zu verschieben.«

Tate sah, wie sich sein Bruder, sein Vater und sein Wahlkampfleiter vielsagende Blicke zuwarfen. Sie wollten, daß er diese Rede vor den einflußreichen Rotariern hielt, und sie hatten recht. Die Konservativen, die bisher klare Dekker-Leute gewesen waren, mußten davon überzeugt werden, daß er ein ernstzunehmender Bewerber um den Senatorenposten war, und nicht nur ein ehrgeiziger Hitzkopf. Aber wenn er seine Frau ansah, spürte er die Kraft in ihrem ruhigen Blick. Was auch immer er tat – es würde ihm Ärger einbringen.

»Ich könnte doch mit Carole zu dem Psychologen gehen«, bot Zee an. »Und du hältst deine Rede, Tate. Und wir erzählen dir später, was der Doktor gesagt hat.«

»Vielen Dank für das Angebot, Mama, aber sie ist meine Tochter.«

»Und das hier könnte dir den Durchbruch bringen«, wandte Eddy ein.

Jack stand auf und zog den Bund seiner Hose hoch, als wolle er einen Boxkampf anfangen. »Ich gebe Eddy hundertprozentig recht.«

»Eine Rede wird mich nicht die Wahl kosten. Dad?«

»Ich glaube, die Lösung deiner Mutter war die praktikabelste. Du weißt, daß ich von Psychologen nicht viel halte, aber es würde mir nichts ausmachen, hinzugehen und mir anzuhören, was er über meine Enkelin zu sagen hat.«

»Carole?«

Sie hatte nichts zu der Auseinandersetzung beigetragen – ungewöhnlich für sie. Solange Tate sie kannte, hatte sie es nie versäumt, ihre Meinung zu sagen.

»Beide Termine sind wichtig, Tate«, sagte sie. »Du mußt selbst entscheiden.«

Eddy fluchte leise und warf ihr einen wütenden Blick zu. Ihm wäre es lieber gewesen, sie hätte getobt und geschimpft, um sich durchzusetzen. Tate ging es genauso. Es wäre viel leichter gewesen, nein zu sagen, wenn sie zornig und störrisch gewesen wäre.

Der entscheidende Faktor war Mandy selbst. Er sah in ihr ernstes, kleines Gesicht. Auch wenn sie unmöglich verstanden haben konnte, was sie besprochen hatten, sah sie aus, als entschuldige sie sich dafür, daß sie ein solches Durcheinander bewirkte.

»Ruf sie an, Eddy, und sage höflich ab.« Caroles Haltung entspannte sich, als hätte sie mit angehaltenem Atem auf seine Antwort gewartet. »Sag ihnen, daß Mrs. Rutledge und ich schon eine Verabredung haben.«

»Aber –«

Tate hob die Hand, um die Proteste im Keim zu ersticken. Er

sah seine Freunde fest und entschieden an. »Meine erste Verpflichtung ist die gegenüber meiner Familie. Ihr habt mir euer Verständnis zugesichert, erinnert ihr euch?«

Eddy sah ihn zornig an und stürmte hinaus. Tate konnte ihm seine Wut nicht übelnehmen. Er hatte kein Kind und war nur für sich selbst verantwortlich. Wie sollte er seine Zwangslage verstehen?

»Ich hoffe, du weißt, was du tust, Tate.« Nelson stand auf und griff nach Zees Hand. »Wir wollen versuchen, unseren frustrierten Wahlkampfleiter ein wenig zu beruhigen.« Sie gingen zusammen hinaus.

Jack war genauso wütend wie Eddy. Er starrte Carole an. »Zufrieden?«

»Genug, Jack«, sagte Tate gereizt.

Sein Bruder deutete anklagend mit einem Finger auf Avery. »Sie manipuliert dich mit dieser neuen Rolle als fürsorgliche Mutter.«

»Was zwischen mir und Carole ist, geht dich nichts an.«

»Normalerweise nicht. Aber seit du dich um ein öffentliches Amt bemühst, geht dein Privatleben jeden was an. Und alles, was den Wahlkampf betrifft, ist auch meine Sache. Ich habe viel Zeit geopfert, damit du gewählt wirst.«

»Und ich weiß das alles auch zu schätzen. Aber heute nehme ich eine Stunde frei, um meiner Tochter beizustehen. Ich glaube nicht, daß das zuviel verlangt ist, und selbst wenn, will ich nicht darüber streiten.«

Nachdem Jack Carole noch einen bösen Blick zugeworfen hatte, ging er hinaus und schlug die Tür hinter sich zu.

Sie stand auf. »Denkst du das auch, Tate? Daß ich die gute Mutter nur spiele?«

Das Schlimme war, daß er nicht wußte, was er davon halten sollte. Seit seiner ersten sexuellen Eroberung im Alter von fünfzehn Jahren hatte Tate alle seine Beziehungen zu Frauen unter Kontrolle gehabt. Frauen mochten ihn. Er mochte sie ebenfalls. Er respektierte sie auch. Im Gegensatz zu den meisten anderen Männern, denen romantische Eroberungen leicht fielen, hatte er genauso viele Freundinnen wie Geliebte, auch wenn viele Frauen aus der ersten Kategorie insgeheim beklagten, daß sie nie in die zweite aufgestiegen waren.

Seine ernsteste Beziehung war die zu einer geschiedenen Frau aus San Antonio gewesen. Sie verkaufte Immobilien und war dabei sehr erfolgreich. Tate hatte ihren Erfolg geschätzt, sie aber nicht genug geliebt, um sie dazu zu bringen, ihm mehr Zeit und Aufmerksamkeit als ihren Geschäften zu widmen. Sie hatte von Anfang an klargemacht, daß sie keine Kinder wollte. Nach einer zweijährigen Liebschaft hatten sie sich als Freunde getrennt.

In ihrem Anwaltsbüro kümmerte sich hauptsächlich Jack um die Anstellungen und Entlassungen, aber als Carole Navarro sich beworben hatte, hatte er Tate um seine Meinung gefragt. Kein lebendiger Mann konnte bei Caroles Anblick ungerührt bleiben. Ihre großen, dunklen Augen hatten seine Aufmerksamkeit gefesselt, ihre Figur hatte seine Phantasie und ihr Lächeln sein Herz angerührt. Tate hatte sich einverstanden erklärt, und Jack hatte sie als Anwaltsgehilfin angestellt.

Schon bald darauf brach Tate seine eigenen Geschäftsprinzipien und lud sie zum Abendessen ein, um einen Fall zu feiern, der von der Jury zugunsten seines Klienten entschieden worden war. Sie war charmant und flirtete mit ihm, aber der Abend endete an der Tür ihrer Wohnung mit einem freundschaftlichen Händedruck.

Wochenlang gingen sie miteinander aus, ohne daß etwas geschah. Eines Abends nahm Tate sie in die Arme und küßte sie. Sie erwiderte seinen Kuß mit dankbarer Hingabe, und sie landeten auf ganz natürliche Art im Bett. Beide waren zutiefst befriedigt, nachdem sie miteinander geschlafen hatten.

Die Anwaltspraxis verlor eine Angestellte, und Tate gewann eine Frau.

Ihre Schwangerschaft wirkte wie ein Schock auf sie. Tate gewöhnte sich schnell und ohne weiteres an den Gedanken, früher als geplant ein Kind zu haben. Carole nicht. Sie beklagte sich, daß sie sich dieser Verantwortung noch nicht gewachsen fühlte. Ihr ansteckendes Lachen verstummte.

Ihr Verhältnis zum Sex war irgendwann nur noch von Pflichtbewußtsein geprägt, so daß Tate nicht viel vermißte, als sie ganz damit aufhörten. Sie hatten schreckliche Auseinandersetzungen. Nichts, was er tat, gefiel ihr oder interessierte sie je. Schließlich gab er den Versuch auf und widmete seine Zeit und Energie der Wahl, die noch Jahre vor ihm lag.

Sobald Mandy auf der Welt war, konzentrierte sich Carole ganz darauf, ihre gute Figur zurückzubekommen. Tate fragte sich, warum sie sich so ehrgeizig damit beschäftigte. Dann wurde alles klar. Er wußte es fast bis auf den Tag genau, wann sie sich den ersten Liebhaber nahm. Sie machte kein Geheimnis daraus, auch nicht aus den folgenden Affären. Er schützte sich mit Desinteresse, was zu jener Zeit auch schon seiner Überzeugung entsprach. Rückwirkend betrachtet, wünschte er, er hätte sich damals schon von ihr scheiden lassen. Vielleicht wäre eine klare Trennung für alle besser gewesen.

Monatelang lebten sie im gleichen Haus ein völlig unterschiedliches Leben. Dann hatte sie ihn eines Nachts in seinem Zimmer besucht und dabei ungemein sexy ausgesehen. Er erfuhr nie, warum sie sich entschlossen hatte, zu kommen – wahrscheinlich aus Langeweile, vielleicht auch aus Trotz, oder weil es eine Herausforderung war, ihn zu verführen. Aber warum auch immer – sexuelle Abstinenz oder unvernünftig viel Alkohol beim abendlichen Kartenspiel mit seinem Bruder – er nahm ihr Angebot an.

Während der schwärzesten Zeiten ihrer Entfremdung dachte er auch daran, seine Affäre mit der Immobilienmaklerin wiederaufleben zu lassen oder eine ähnliche Beziehung einzugehen. Aber er versagte sich diesen Luxus. Ein Verhältnis war eine Fallgrube für jeden verheirateten Mann. Für einen Politiker war es ein unentrinnbarer Abgrund. Es bedeutete die Vernichtung der Karriere, wenn man hineinfiel und erwischt wurde.

Und ob man ihn nun erwischte oder nicht, ein Eid bedeutete ihm im Gegensatz zu seiner Frau etwas. Also war er Carole und den Worten, die er bei ihrer Trauung geschworen hatte, eisern treugeblieben.

Wochen nach jener Nacht verkündete sie wütend, daß sie schwanger sei. Obwohl Tate ernsthafte Zweifel hegte, daß das Kind von ihm war, mußte er ihre Behauptung als Faktum hinnehmen.

»Ich will mich nicht noch mal durch ein Kind so anbinden lassen«, schrie sie.

In diesem Augenblick wußte er, daß er sie schon seit einiger Zeit nicht mehr liebte und es auch nie wieder können würde. Zu diesem Schluß war er eine Woche vor ihrer Reise nach Dallas, gebucht für Flug 398, gekommen.

Jetzt schüttelte er den Kopf, um sich von der unangenehmen Erinnerung zu lösen. Er würde diese Frage genausowenig beantworten wie ihre Behauptung, es habe nie ein Kind gegeben. Er fürchtete sich vor Streitigkeiten. Er wollte sich in keiner Weise festlegen, bevor er nicht wußte, ob Caroles Veränderungen von bleibender Art waren.

»Bestellt doch etwas zu essen, damit wir vor dem Besuch bei Dr. Webster nicht mehr ausgehen müssen«, schlug er vor.

So wichtig war es ihr wohl nicht gewesen. »Was möchtest du haben?«

Als sie sich aufs Bett setzte, um zu telefonieren, schlug sie automatisch die Beine übereinander. Tates Bauchmuskeln zogen sich zusammen, als er hörte, wie ihre Strümpfe aneinander rieben.

Wenn er ihr immer noch mißtraute, warum hatte er dann so unheimliche Lust auf Sex mit ihr?

Für ihre Anstrengungen hatte sie allerdings eine gute Note verdient. Seit sie wieder zu Hause war, hatte sie ihr Bestes getan, um wieder mit ihm zurechtzukommen. Sie war kaum noch unbeherrscht, bemühte sich, mit seiner Familie auszukommen, und interessierte sich in nie dagewesener Weise für ihre Belange und Aktionen. Sie war das genaue Gegenteil der ungeduldigen, mißlaunigen Mutter, die sie vorher gewesen war.

»Ja genau, Brot mit Erdnußbutter«, sagte sie in den Hörer, »und Traubenmarmelade. Ich weiß, daß das nicht auf der Karte steht, aber das ißt sie nun mal gern zu Mittag.«

Mandys Vorliebe für Erdnußbutter und Marmelade bereitete ihnen beiden immer wieder Vergnügen. Carole warf ihm über die Schulter ein Lächeln zu.

Mein Gott, er wollte dieses Lächeln kosten.

Vor nicht allzu langer Zeit hatte er es getan. Ihr Mund hatte nicht nach Betrug und Lügen und Untreue geschmeckt. Die Küsse, die sie erwidert hatte, waren süß und köstlich und... anders gewesen. Bei genauerer Überlegung – und in letzter Zeit hatte er sich das öfter überlegt – wurde ihm klar, daß es gewesen war, als küsse er eine Frau zum ersten Mal.

Was ihm vertraut hätte sein müssen, war einzigartig gewesen. Ihre wenigen Küsse hatten ihn erschüttert und einen unauslöschlichen Eindruck hinterlassen. Er hatte sich um die Selbstdisziplin eines Mönchs bemüht, als er nichts lieber getan hätte, als ihren Mund ausführlich zu erforschen, bis er eine Erklärung für dieses Phänomen gefunden hatte.

Aber vielleicht war es gar nicht so phänomenal. Sie sah mit ihren kurzen Haaren anders aus. Vielleicht hatte die Operation ihres Gesichts sie gerade soviel verändert, daß sie eine ganze andere Frau zu sein schien.

Das Argument war gut, überzeugte ihn aber nicht.

»Sie kommen sofort«, teilte sie ihm mit. »Mandy, räum bitte die Stifte in die Schachtel zurück. Wir essen gleich.«

Sie bückte sich, um ihr zu helfen. Als sie sich vorbeugte, spannte sich der schmale Rock ihres Kostüms über ihrem Hinterteil. Lust durchflutete ihn. Blut strömte in seine Lenden. Das war nur verständlich, versuchte er sich zu überzeugen. Er war schon so verdammt lange nicht mehr mit einer Frau zusammengewesen.

Aber er wollte nicht nur irgendeine Frau. Wenn das so wäre, müßte er nur zum Telefon greifen.

Nein, er wollte diese Frau, Carole, seine Ehefrau, die er gerade erst kennenzulernen begann. Manchmal, wenn er ihr in die Augen sah, war ihm, als hätte er sie noch nie gesehen und als hätten ihre Auseinandersetzungen nie stattgefunden. So unmöglich es ihm erschien, es zu glauben, er mochte diese Carole. Und noch unmöglicher erschien es, daß er sich in sie verliebt hatte.

Aber das würde er noch auf seinem Totenbett bestreiten.

»Ich bin froh, daß du mit uns gekommen bist«, sagte Avery und lächelte Tate unsicher an, während sie in Dr. Websters Sprechzimmer auf ihn warteten.

»Anders hätte ich nicht entscheiden können.«

Der Psychologe war jetzt schon seit einer Stunde mit Mandy zusammen. Und die Wartezeit fiel ihnen schwer, auch wenn sie sich unterhielten, um die Nervosität zu lösen.

»Eddy wird mir das nie verzeihen.«

»Ich habe noch kurz mit ihm gesprochen. Mama und Dad scheinen ihn beruhigt zu haben. Außerdem ist er nie richtig böse.«

»Daß ist seltsam, findest du nicht?« Tate sah auf die Uhr. »Wie lange dauerte diese Sitzung denn noch, um Himmels willen?« Er sah zu der geschlossenen Tür, als müsse sie sich öffnen. »Was hast du gesagt?«

»Das es seltsam ist, daß Eddy nie richtig böse wird.«

»Ja, stimmt.« Er zuckte mit den Schultern. »So ist er eben. Er gerät nur selten außer Kontrolle.«

»Eismann«, murmelte sie.

»Hmm?«

»Ach nichts.«

Sie spielte mit ihrer Handtasche und überlegte, ob sie bei dem Thema bleiben sollte. Irish hatte ihr empfohlen, möglichst viel über alle in Erfahrung zu bringen. In ihrem Beruf hatte sie gelernt, wichtige Fragen zu stellen, ohne den Gesprächspartner zu verschrecken. Und es war ihr des öfteren gelungen, jemanden zum Reden zu bringen. Sie wollte testen, ob sie ihre Fähigkeit noch besaß.

»Wie ist es mit Frauen?«

Tate legte die Zeitschrift weg, die er gerade in die Hand genommen hatte. »Was für Frauen?«

»Eddys Frauen.«

»Ich weiß nicht. Er redet mit mir nicht darüber.«

»Er redet mit seinem besten Freund nicht über sein Sexualleben? Ich dachte, alle Männer reden über ihre Erfolge.«

»Jungen vielleicht. Männer haben das nicht nötig. Ich bin kein Voyeur und Eddy kein Exhibitionist.«

»Vielleicht ist er homosexuell?«

Tate sah sie eisig an. »Warum? Hat er dich abgewiesen?«

Die Tür öffnete sich. Die beiden wandten sich schuldbewußt

voneinander ab. Die Empfangsdame sagte: »Der Doktor wird jetzt gleich mit Mandy kommen.«

»Danke.«

Als sie gegangen war, beugte sich Avery vor. »Ich frage nach Eddy, weil deine Nichte sich ihm an den Hals wirft, und ich fürchte, daß sie sich dabei weh tun könnte.«

»Was? Fancy?« Er lachte ungläubig. »Fancy ist hinter Eddy her?«

»Das hat sie mir vor ein paar Tagen erzählt, als sie mit zerschlagenem Gesicht nach Hause gekommen ist.« Sein Lächeln verschwand. »Ja, wirklich, Tate. Sie hat sich irgend einen Cowboy aufgelesen, und sie haben gekifft. Als er keine Erektion bekam, beschuldigte er Fancy und verprügelte sie. Sind dir denn das blaue Auge und die geschwollene Lippe nicht aufgefallen?« Er schüttelte entsetzt den Kopf. »Na ja, mach dir nicht zuviel Vorwürfe – ihren Eltern auch nicht«, fuhr Avery bitter fort. »Fancy ist wie ein Möbelstück, zwar vorhanden, aber niemand achtet auf sie… außer wenn sie sich danebenbenimmt. Auf jeden Fall gilt ihr Interesse jetzt Eddy. Was denkst du, wie er reagieren wird?«

»Fancy ist doch noch ein Kind.«

Avery sah ihn zweifelnd an. »Du bist vielleicht ihr Onkel, aber blind bist du nicht.«

Er hob unbehaglich die Schultern. »Eddy hat während unserer Unizeit immer Frauen gehabt. Und während der Militärzeit in Vietnam war er bei Huren. Kein Homo.«

»Trifft er sich im Moment mit jemandem?«

»Er geht manchmal mit Frauen aus der Zentrale aus, aber das ist üblicherweise eine ganze Gruppe und rein platonisch. Ich habe keinen Klatsch darüber gehört, daß er mit einer schläft. Aber ein paar von ihnen würden sicher mitmachen, wenn er sie darum bittet. – Aber Fancy?« Tate schüttelte zweifelnd den Kopf. »Ich glaube, er ist zu schlau, um sich mit einer Frau einzulassen, die zwanzig Jahre jünger ist als er, besonders nicht mit Fancy.«

»Hoffentlich hast du recht, Tate.« Und nach einer nachdenklichen Pause setzte sie noch hinzu: »Und nicht, weil ich selbst an ihm Interesse habe.«

Er hatte keine Zeit, noch etwas zu sagen, denn der Doktor öffnete die Tür und kam herein.

Kapitel 25

»Sie sollten kein zu schlechtes Gewissen wegen der Vergangenheit haben, Mrs. Rutledge, das hilft Mandy jetzt auch nicht.«

»Aber wie soll ich reagieren? Sie haben ziemlich klargemacht, daß ich für Mandys verzögerte Entwicklung verantwortlich bin, Dr. Webster.«

»Sie haben einige Fehler gemacht. Das tun alle Eltern, aber Sie und Ihr Mann haben schon die Wende eingeleitet. Sie verbringen mehr Zeit mit Mandy, loben sie und kritisieren sie nur selten. Sie braucht diese Bestätigung.«

Tate runzelte die Stirn. »Das hört sich nicht nach viel an. Können wir nicht noch mehr tun?«

»Doch, das ist viel. Sie wären erstaunt, wie wichtig die Billigung der Eltern für ein Kind ist. Aber Sie könnten sie noch öfter um ihre Meinung fragen, damit sie sich entscheiden muß. Sie sollte dazu gebracht werden, ihre Gedanken auszusprechen. Es sieht so aus, als wäre das bisher anders gewesen.«

Er sah sie unter rostbraunen, buschigen Augenbrauen hervor an, die besser zu einem Viehtreiber mit Trommelrevolver an der Hüfte als zu einem Kinderpsychologen mit wohlwollendem Verhalten gepaßt hätten.

»Ihre Kleine hat eine sehr schlechte Meinung von sich.« Avery kaute auf der Unterlippe. »Manche Kinder zeigen geringes Selbstwertgefühl durch schlechtes Benehmen, weil sie dadurch mehr beachtet werden. Mandy hat sich in sich selbst zurückgezogen, weil sie sich für unbedeutend hält.«

Tate senkte den Kopf und sah zu Avery hinüber, der die Tränen über die Wangen liefen. »Das tut mir so leid«, entschuldigte sie sich für Carole, die seine Vergebung nicht verdiente.

»Das ist nicht nur deine Schuld. Ich war auch da und habe so manches zu sehr sich selbst überlassen.«

»Unglücklicherweise«, sagte Dr. Webster, und sie sahen ihn

wieder an, »hat der Flugzeugabsturz Mandys Unsicherheit nur noch erhöht. Wie hat sie sich auf dem Flug hierher verhalten?«

»Sie hat sich mit allen Mitteln gewehrt, als wir ihr den Sicherheitsgurt anlegen wollten«, sagte Tate.

»Ich hatte selbst große Schwierigkeiten«, bekannte Avery. »Wenn Tate mir nicht gut zugeredet hätte, hätte ich den Start nicht überstanden.«

»Verständlich. Wie ging es Mandy nach dem Start?«

Sie sahen sich an. »Eigentlich gut, so betrachtet.«

»Das dachte ich mir. Sehen Sie, sie kann sich daran erinnern, wie Sie sie angeschnallt haben, Mrs. Rutledge, aber alles danach ist weg. Sie erinnert sich nicht daran, daß Sie sie gerettet haben.«

Avery legte eine Hand auf die Brust. »Sie meinen, sie macht mich dafür verantwortlich, daß sie den Absturz erleben mußte?« Schaudernd preßte sie eine Hand auf den Mund.

»Bis zu einem gewissen Grad ja, fürchte ich. Der Durchbruch wird kommen, wenn sie es ihren Gedanken erlaubt, die Explosion noch einmal durchzustehen. Dann wird sie sich auch daran erinnern, daß Sie sie gerettet haben.«

»Das wird höllisch für sie.«

»Aber es ist nötig, damit sie wirklich wiederhergestellt wird, Mr. Rutledge. Sie kämpft gegen ihre Erinnerung an. Ich nehme an, daß ihre Alpträume sie jedesmal wieder bis zum Augenblick des Aufpralls führen.«

»Sie hat gesagt, daß das Feuer sie auffrißt«, sagte Avery leise. »Können wir irgend etwas tun, um ihre Erinnerung zu wecken?«

»Hypnose ist eine Möglichkeit«, sagte der Arzt. »Ich würde jedoch eher abwarten, bis sich ihr Erinnerungsvermögen auf natürliche Weise wiederherstellt. Wenn sie das nächste Mal einen solchen Alptraum hat, wecken Sie sie nicht, so grausam das auch klingen mag. Sie mußt in ihrer Erinnerung den Schrecken überwinden und die Sicherheit in den Armen ihrer Mutter wiederfinden, sonst überwindet sie ihre unterbewußte Angst vor Ihrer Frau nicht, Mr. Rutledge.«

»Ich verstehe«, sagte Tate betroffen. »Aber es wird hart werden.«

»Ich weiß.« Dr. Webster stand auf. »Ich beneide Sie nicht

darum, danebenstehen und zusehen zu müssen, wenn sie diese schreckliche Erfahrung noch einmal durchlebt. Ich würde sie gern in zwei Monaten wiedersehen, wenn es möglich ist.«

»Wir werden es möglich machen.«

Tate half Avery beim Aufstehen. Sie war nicht die Mutter, vor der Mandy unterbewußt Angst hatte, aber sie hätte es sein können. Alle würden sie für Caroles Vergehen verantwortlich machen. Ihr fiel das Stehen trotz Tates Unterstützung schwer.

»Viel Glück bei Ihrem Wahlkampf«, sagte der Doktor zu Tate. Dann nahm er Averys Hände zwischen die seinen und sagte: »Machen Sie sich nicht zu viele Vorwürfe. Ich bin davon überzeugt, daß Sie Ihre Tochter sehr lieben.«

»Ja, das tue ich. Hat sie gesagt, daß sie mich haßt?«

Das war eine typische Frage für eine Mutter mit Schuldgefühlen. Diesmal konnte er eine positive Antwort geben. »Sie spricht sehr gut von ihrer Mami und wird nur befangen, wenn es um Ereignisse vor dem Absturz geht. Das sollte Ihnen schon so manches klarmachen.«

»Nämlich?«

»Daß Sie schon eine deutlich bessere Mutter geworden sind.« Er tätschelte ihre Schulter. »Mit Ihrer Zärtlichkeit und Liebe wird Mandy alles überwinden und ein außergewöhnlich intelligentes, problemloses Kind werden.«

»Das hoffe ich, Dr. Webster«, sagte sie mit Nachdruck. »Vielen Dank.«

Er begleitete sie zur Tür und öffnete sie. »Wissen Sie, Mrs. Rutledge, Sie haben mich wirklich verblüfft, als ich Sie sah. Letztes Jahr hat eine junge Frau, die sogar aus Ihrer Gegend stammt, ein Fernsehinterview mit mir gemacht. Sie sieht Ihnen bemerkenswert ähnlich. Kennen Sie sie vielleicht? Ihr Name ist Avery Daniels.«

Avery Daniels, Avery Daniels, Avery Daniels.

Die Menge sang im Chor ihren wirklichen Namen, als sie und Tate auf die Tribüne zugingen.

Avery Daniels, Avery Daniels, Avery Daniels.

Überall waren Leute. Sie wurde von Tate getrennt, er wurde von der Menge verschluckt. »Tate!« schrie sie. Er konnte sie bei dem Lärm nicht hören.

Avery, Avery, Avery.

Was war das? Ein Schuß! Tate war blutüberströmt. Tate drehte sich zu ihr um und höhnte im Fallen: »Avery Daniels, Avery Daniels, Avery Daniels.«

»Carole?«

Avery Daniels.

»Carole? Wach auf!«

Avery setzte sich kerzengerade hin. Sie schnappte nach Luft, ihr Mund war trocken. »Tate?« Sie sank gegen seine nackte Brust und schlang ihre Arme um ihn. »O Gott, es war so furchtbar.«

»Hattest du einen bösen Traum?«

Sie nickte und begrub ihr Gesicht in der haarigen Wärme seiner Brust. »Bitte nimm mich in die Arme. Nur eine Weile.«

Er saß auf ihrer Bettkante. Auf ihre Bitte kam er näher und legte seine Arme um sie. Avery drängte sich an ihn und klammerte sich fest. Ihr Herz raste und pochte an seine Brust. Sie sah das Bild des blutüberströmten Tate mit dem anklagenden Blick in den Augen immer noch vor sich.

»Was ist geschehen?«

»Ich weiß es nicht«, log sie.

»Du hast dich verändert, seit Dr. Webster Avery Daniels erwähnt hat.« Sie wimmerte leise, und Tate strich über ihr Haar. »Ich kann mir nicht vorstellen, daß er nicht gewußt hat, daß sie bei dem Absturz ums Leben gekommen ist. Aber er konnte nicht ahnen, wie sehr dich der Vergleich mit ihr treffen würde.«

Oder warum, dachte sie. »Habe ich mich dumm benommen?« Sie erinnerte sich nur daran, daß ihr, nachdem Dr. Webster ihren Namen ausgesprochen hatte, schwindlig geworden war.

»Dumm nicht. Aber du hättest fast das Bewußtsein verloren.«

»Ich kann mich kaum noch daran erinnern.«

Er schob sie ein wenig von sich. Ihre Hände rutschten auf seine Oberarme. »Es war ein seltsamer Zufall, daß du mit dieser Daniels im gleichen Flugzeug warst. Fremde haben dich öfter für sie gehalten, erinnerst du dich? Es ist erstaunlich, daß sie seitdem niemand mehr erwähnt hat.«

Also kannte er Avery Daniels. Dadurch fühlte sie sich etwas besser. Sie fragte sich, ob er sie gern im Fernsehen gesehen hatte. Sie wünschte, er hielte sie noch in den Armen, dann wäre ihr das Sprechen leichter gefallen. Sie lehnte sich wieder an seine Schulter. »Es tut mir leid. Aber ich habe Schwierigkeiten damit, daß die Leute immer mein Gesicht anstarren. Ich weiß, daß das eigentlich ganz natürlich ist, aber ich fühle mich oft so beobachtet. Manchmal komme ich mir noch so vor, als wäre ich noch in Verbände eingewickelt. Ich bin dahinter und sehe hinaus, aber niemand kann hineinsehen.« Eine Träne tropfte aus ihrem Augenwinkel auf seine Schulter.

»Du denkst immer noch an den Traum«, sagte er. »Möchtest du etwas zu trinken? Vielleicht einen Likör?«

»Das hört sich gut an.«

Er kam mit zwei Likörgläsern aus der kleinen Bar wieder zurück. Man konnte ihm nicht ansehen, ob er sich dessen bewußt war, daß er nur eine Unterhose trug.

Sie freute sich, daß er sich wieder auf ihr Bett setzte und nicht auf das, in dem er vorher geschlafen hatte. Der Abstand zwischen den beiden Betten war nur gering, aber es hätte auch der Golf von Mexico sein können. Es war ein Notfall nötig gewesen, damit Tate diesen Raum überwand.

»Auf deinen Wahlsieg, Tate.« Sie genoß die Wärme des Likörs in ihrer Kehle und begrüßte die vorübergehende Übereinstimmung. Sie teilten alle Schwierigkeiten eines Ehepaars, aber nicht die körperliche Nähe. Aufgrund des Wahlkampfs waren sie ständig unter Leuten und deren Beobachtung ausgesetzt. Das machte ihre ohnehin schwierige Beziehung noch angespannter.

Bis heute abend hatte Mandy in der Enge des Hotelzimmers noch als Puffer zwischen ihren beiden Sphären gedient, aber jetzt waren sie allein, tranken zusammen ein Glas Likör und besprachen ihre Probleme. Bei jedem anderen Paar hätte das darin geendet, daß sie miteinander schliefen.

»Ich vermisse Mandy schon«, sagte sie und strich mit einem Finger über den Rand ihres Glases. »Vielleicht war es doch nicht richtig, sie mit Zee und Nelson nach Hause zu schicken. Ich habe das Gefühl, als müßte ich immer bei ihr sein.«

»Webster hat gesagt, ein paar Tage Trennung machen ihr nichts aus, und Mama weiß, was sie tun muß.«

»Wie konnte das nur geschehen?« dachte Avery laut nach. »Wie kam es dazu, daß sie so introvertiert und geschädigt wurde?« Das hatte sie als rhetorische Frage gemeint, ohne eine Antwort zu erwarten. Aber Tate gab ihr eine Antwort.

»Du hast gehört, was er gesagt hat. Du hast nicht genug Zeit mir ihr verbracht, und wenn, dann bist du falsch mit ihr umgegangen.«

Sie wurde wütend. Er teilte Schläge an Carole aus, und sie fühlte sich verpflichtet, sie zu verteidigen. »Und wo warst du zu jener Zeit? Wenn ich eine so schlechte Mutter war, warum bist du nicht eingesprungen? Schließlich hat Mandy zwei Elternteile, oder nicht?«

»Das ist mir klar. Und ich habe es heute schon einmal zugegeben. Aber jedesmal, wenn ich einen Vorschlag gemacht habe, hast du mich angegriffen. Und unsere Streitigkeiten waren sicher nicht gut für Mandy. Also konnte ich nichts tun, ohne die Lage noch zu verschlimmern. Du konntest nie Kritik vertragen.«

»Aber du schon?«

Er stellte sein Glas auf den Nachttisch und griff nach dem Lichtschalter. Avery hielt seine Hand fest. »Entschuldige. Geh... geh noch nicht ins Bett. Es war ein schwerer Tag, wir beide stehen noch unter Druck. Ich wollte dich nicht angreifen.«

»Vielleicht hättest du auch nach Hause fahren sollen. Heute war nur ein Vorgeschmack darauf, wie es noch bis November sein wird.«

»Ich halte schon durch.« Sie streckte in einem Impuls die Hand aus und strich mit einem Finger über die Rille in seinem Kinn. »Wie oft magst du heute wohl gesagt haben: Hallo, ich bin Tate Rutledge, ich bewerbe mich um den Senatorenposten, und wie viele Hände hast du geschüttelt?«

»So viele«, er hielt seine rechte Hand hoch. Sie war verkrampft und halb geschlossen.

Sie lachte leise. »Ich glaube, wir haben uns heute prima geschlagen.«

Nelson und Zee hatten Mandy mit dem Auto abgeholt, weil

Zee absolut nicht zum Fliegen zu bewegen war. Direkt danach hatte Eddy sie hastig zu einem Einkaufszentrum in der Innenstadt transportiert, wo Tate eine kurze Rede gehalten, seine Frau vorgestellt und dann in der Menge zahllose Hände geschüttelt hatte. Das war so gut gelaufen, daß Eddy ihnen den versäumten Termin bei den Rotariern verziehen hatte. Und auch das war gut ausgegangen, denn der Club hatte Tate eingeladen, bei einem weiteren Treffen Ende des Monats zu sprechen.

»Eddy war begeistert über die vielen Fernsehminuten, die du heute bekommen hast«, meinte Avery.

»Zum Beispiel zwanzig Sekunden in den Sechsuhrnachrichten. Hört sich nicht begeisternd an, soll aber viel sein, heißt es.«

»Ist es auch. Habe ich gehört«, fügte sie hastig hinzu.

Sie hatte voller Erstaunen Van Lovejoy und einen politischen Reporter von KTEX morgens beim Treffen der Hafenarbeiter entdeckt. Und den ganzen weiteren Tag waren sie Tate auf der Spur geblieben. Sie hatte so oft wie möglich versucht, Vans Kamera auszuweichen. Aber er schien entschlossen zu sein, sie zu filmen. Das Katz-und-Maus-Spiel und der Schock bei Dr. Webster hatten sie so nervös gemacht, daß sie später übermäßig heftig reagierte, als sie ein paar Ohrringe nicht finden konnte. Sie hatte ihre Schmuckschatulle auf den Kopf gestellt und alles durchsucht, sie blieben verschwunden.

»Wie sehen sie denn aus?« Sie waren bei einem reichen Ranchbesitzer außerhalb der Stadt zur Grillparty eingeladen und Tate wartete seit einer halben Stunde auf sie.

»Große Silberkreolen.« Tate sah sich im Zimmer um. »Sie liegen nicht herum, ich habe sie noch nicht getragen.«

»Kannst du nicht andere nehmen?«

»Das werde ich wohl müssen.« Sie war so durcheinander, daß sie Schwierigkeiten hatte, die Verschlüsse zuzuschrauben. Auch der dritte Versuch ging daneben. »Scheiße!«

»Carole, um Himmels willen, beruhige dich«, sagte Tate mit etwas gehobener Stimme. »Du hast ein Paar Ohrringe zu Hause vergessen, das ist doch kein Beinbruch.«

»Ich habe sie nicht vergessen.« Sie holte tief Luft und sah ihn an. »Das ist nicht das erste Mal, daß etwas auf geheimnisvolle

Weise verschwindet. Und zwar nicht nur hier, sondern auch schon zu Hause. Irgend jemand hat sich in mein Zimmer geschlichen und in meinen Sachen gewühlt.«

Seine Reaktion war, wie sie erwartet hatte. »Das ist doch lächerlich. Bist du verrückt?«

»Nein. Und ich bilde es mir auch nicht ein. Mir fehlen verschiedene Dinge, kleine, unbedeutende Sachen. Wie diese Ohrringe. Ich erinnere mich genau, wie ich sie eingepackt habe.«

Tate, der keine Kritik an seiner Familie ertragen konnte, faltete die Arme vor der Brust: »Wen beschuldigst du des Diebstahls?«

»Daß Dinge fehlen, stört mich nicht so sehr wie die Verletzung meiner Privatsphäre.«

In diesem Augenblick klopfte Eddy. »Es ist wirklich wahr«, sagte sie verärgert, »wir können nie ein Privatgespräch zu Ende bringen, ohne daß uns jemand unterbricht.«

Eddy trieb sie zur Eile an, und sie hasteten zum Aufzug und dann weiter zum Wagen. Während der Fahrt diskutierten die Männer über ihre Wahlkampfstrategie und behandelten sie, als wäre sie Luft. Als sie einmal ungefragt ihre Meinung sagte, begegneten ihr nur verwunderte Blicke.

Erstaunlicherweise war die Grillparty recht nett gewesen. Da keine Presse zugelassen war, brauchte sie Vans Kamera nicht auszuweichen und entspannte sich. Es gab gutes texanisches Essen, nette Leute und Livemusik. Sie tanzte sogar einmal mit Tate, nachdem Eddy ihn dazu aufgefordert hatte, weil es sich gut machen würde.

Und es hatte wirklich so ausgesehen, als mache es ihm Spaß. Er hielt sie in den Armen und wirbelte sie mit lebhaften Schritten über die Tanzfläche, wobei sie sich anlächelten. Als die Musik ein Crescendo spielte, hob er sie an seine Brust und wirbelte sie zum Beifall der Anwesenden herum. Dann neigte er den Kopf und küßte ihre Wange. Als er sich wieder zurückzog, lag ein seltsamer Ausdruck auf seinem Gesicht. Er schien überrascht von seiner eigenen Spontaneität zu sein.

Auf der Rückfahrt saß sie wieder schweigend dabei, während er, Jack und Eddy den erfolgreichen Verlauf des Tages analysierten.

Sie war erschöpft und bedrückt, als sie ins Bett ging, und es war ihr schwergefallen, einzuschlafen. Der Alptraum – einer von ganz wenigen im Laufe ihres Lebens – war die Folge eines anstrengenden Tages gewesen.

Sie genoß diesen ungestörten Moment mit Tate. Sie waren ständig von Leuten umgeben, selbst in ihrer eigenen Suite.

»Ich glaube, der Likör war genau richtig.« Sie gab ihm ihr leeres Glas und legte sich in ihr Kissen zurück.

»Schläfrig?«

»Hmm.« Sie hob ihre Arme, so daß ihre Hände mit geöffneten Handflächen neben ihrem Kopf lagen, eine provokative Geste, die auch ihre Schutzlosigkeit zum Ausdruck brachte. Tates Augen verdunkelten sich, als sein Blick von ihrem Gesicht abwärts über ihren Körper wanderte.

»Danke, daß du mit mir getanzt hast«, sagte sie matt. »Es war schön, von deinen Armen gehalten zu werden.«

»Sonst hast du gesagt, ich hätte kein Rhythmusgefühl.«

»Ich habe mich getäuscht.«

Er sah sie noch einen Augenblick an, dann löschte er das Licht. Er wollte schon ihr Bett verlassen, als sie eine Hand auf seinen nackten Schenkel legte, um ihn zurückhalten. »Tate?«

Er erstarrte. Seine bewegungslose Gestalt war nur von dem schwachen Licht vom Parkplatz beleuchtet. Einladend wiederholte sie seinen Namen beinahe flüsternd.

Langsam setzte er sich wieder auf die Matratze und beugte sich über sie. Mit einem weichen Ausruf schob sie ihre Decke weg, damit nichts mehr zwischen ihnen war.

»Tate, ich –«

»Nicht«, sagte er streng. »Sag nichts, was mich umstimmen könnte.« Sein Kopf kam ganz nah zu ihr herab, so daß sie seinen Atem auf ihren Lippen spürte. »Ich will mit dir schlafen, also sprich kein Wort.«

Wild und besitzergreifend drängten seine Lippen die ihren auseinander. Seine Zunge kostete und forschte und tauchte mit tiefen und wagemutigen Streichen in ihren Mund. Avery faßte mit beiden Händen in sein Haar.

Langsam legte er sich neben sie. Sein harter Schenkel bedrängte ihre Hüfte; sie drehte ihren Unterkörper zu ihm hin, und er drückte sein Knie gegen ihre feuchte Spalte.

»Bist du für mich so naß?«

Avery schnappte nach Luft und war unaussprechlich erregt durch seine Dreistigkeit. »Du hast gesagt, ich soll nichts sagen.«

»Für wen bist du so naß?«

Sie ließ ihre Hand über seinen Schenkel wandern, legte sie unterhalb seiner Hüfte fest um sein Bein und zog ihn einladend näher zu sich.

Er stöhnte vor Verlangen und beendete seinen Kuß mit einigen rauhen Streichen seiner Lippen. Dann zog er mit seinem Mund eine heiße Spur über ihre Kehle zu ihrem Busen und schmiegte sein Gesicht zwischen ihre Brüste, mit denen er seine Hände füllte. Sein offener Mund suchte nach der aufgerichteten Spitze der einen. Die Brustwarze zog sich unter seiner hin- und herschnellenden Zungenspitze zu einer festen Knospe zusammen.

Leidenschaftlich wölbte sie ihm ihren Körper entgegen. Seine Hände glitten zwischen das Kopfkissen und ihren Kopf, so daß er ihn in den Handflächen hielt und seine Daumen sich unter ihrem Kinn begegneten. Er hob ihr Gesicht etwas nach oben und drückte seinen Mund wieder auf den ihren in einem heißen, suchenden Kuß, während er sich zwischen ihre Beine legte.

Averys Körper brannte, als sein voll angeschwollenes Glied über das Tal ihrer Weiblichkeit strich. Selbst die Reibung seiner baumwollenen Unterhosen auf ihrem seidenen Slip war erregend.

Hitze durchströmte sie und ging durch ihre Haut auf ihn über. Sein Kuß drang noch tiefer vor, und die schaukelnden Bewegungen seines Körpers wurden noch eindringlicher. Sie war zu ungeduldig, um gemächlich und forschend vorzugehen, und drückte ihre Hände auf seinen glatten, muskulösen Rücken. Sie stöhnte vor Lust und drängte sich an ihn.

Feindselig, hart und heiß stieß Tate seine Hand unter die feuchte Seide, die sein Eindringen verhinderte.

Da klingelte das Telefon.

Er zog seine Hand zurück. Während sie schweratmend beieinander lagen, klingelte das Telefon weiter.

Schließlich rollte sich Tate an die Bettkante und riß den Hörer an sein Ohr. »Hallo?« Nach einer kurzen Pause fluchte er. »Ja, Jack«, knurrte er. »Ich bin wach. Was ist los?«

Avery stieß einen kleinen, verzweifelten Schrei aus, rutschte ans andere Ende des Bettes und drehte ihm den Rücken zu.

Kapitel 26

»Ich komme.«

Eddy verließ den bequemen Sessel seines Hotelzimmers und ging zur Tür. Da er annahm, der Zimmerservice käme mit seiner Bestellung, zog er die Tür weit auf, ohne erst durch den Spion geschaut zu haben.

Fancy stand auf der Schwelle. »Ich würde was dafür geben, das zu sehen.«

Er bemühte sich nicht, seinen Ärger zu verbergen, und stemmte den Arm gegen den Türrahmen, so daß sie nicht herein konnte. »Was zu sehen?«

»Wie du kommst.«

»Süß.«

»Danke.« Dann mißtrauisch: »Wen hattest du erwartet?«

»Geht dich nichts an. Was machst du denn hier, Kleine?«

Der Kellner kam mit einem Tablett aus dem Aufzug. Er näherte sich mit lautlosen Schritten. »Mr. Paschal?«

»Ja, hier.« Als Eddy Platz machte, um ihn hereinzulassen, schlüpfte auch Fancy ins Zimmer. Sie ging ins Bad und schloß ab. Eddy unterschrieb die Rechnung und brachte den Ober zur Tür.

»Einen schönen Abend noch.« Der junge Mann grinste vielsagend.

Eddy schloß die Tür etwas zu laut. »Fancy?« Er klopfte an die Badezimmertür.

»Komme sofort.«

Er hörte die Toilettenspülung. Sie öffnete die Tür, während sie noch ihren engen Rock über die Hüften zog. Er war Teil eines Kleides aus Stretchmaterial, das wie eine zweite Haut an ihrem Körper lag. Der Oberrand war so weit geschnitten, daß man ihn bis über die Schultern herunterziehen konnte. Sie hatte ihn weit heruntergezogen.

Das Kleid war rot, ebenso ihr Lippenstift, die Schuhe mit den hohen Absätzen und die Dutzende von Plastikarmreifen, die an ihren Handgelenken rasselten. Da ihre blonde Mähne noch wilder aufgebauscht war als sonst, sah sie aus wie eine Hure.

»Was hast du bestellt? Ich bin am verhungern.«

»Du bist nicht eingeladen.« Eddy fing sie auf dem Weg zu dem Tablett ab. »Was machst du hier?«

»Also, zuerst habe ich gepinkelt. Jetzt werde ich herausfinden, was es zu essen gibt.«

Er festigte seinen Griff um ihren Oberarm und zischte durch die Zähne: »Was hast du hier zu suchen?«

»Zu Hause war mir langweilig«, sagte sie und befreite sich aus seinem Griff, »nur mit Mona und Mutter. Mutter ist den halben Tag nicht ansprechbar, die andere Hälfte des Tages jammert sie, daß Daddy sie nicht mehr liebt. Ehrlich gesagt bezweifle ich, daß er das je getan hat.« Sie holte eine Kirschtomate unter der silbernen Abdeckhaube auf dem Tablett hervor. »Was ist das... hmm, Schokoladeneis«, gurrte sie, als sie unter die andere Haube geschaut hatte. »Wie kannst du so spät abends noch so was essen und trotzdem schlank bleiben?«

Ihr geübter Blick wanderte über seinen glatten, muskulösen Oberkörper, der durch die offenstehenden Knöpfe des Hemds zu sehen war, abwärts. Dann leckte sie sich vielsagend die Lippen.

»Na ja, also auf jeden Fall glaubt Mama, daß Papa scharf auf Tante Carole ist, was ich wirklich skandalös finde.« Sie schauderte – nicht aus Widerwillen, sondern vor Vergnügen. »Es ist so – so alttestamentarisch, wenn ein Mann die Frau seines Bruder begehrt.«

»Die Sünde der Woche, von Fancy Rutledge.«

Sie kicherte. »Also, Mutter ist mies drauf, und Mona betrachtet mich wie eine Schabe in der Zuckerdose. Oma, Opa und der kleine Zombie sollten auch bald zurückkommen, also habe ich beschlossen, herzukommen, wo was los ist.«

Matt sagte er: »Wie du siehst, ist heute abend nicht viel los.«

Sie ließ sich nicht einschüchtern, setzte sich in seinen Sessel und schob die Kirschtomate in den Mund. Sie hatte die gleiche knallige Farbe wie ihre Lippen. Ihre Zähne senkten sich hinein. Der Saft spritzte ihr in den Mund.

»Also, um die Wahrheit zu sagen, Eddy, ich habe kein Kleingeld mehr. Und der Geldautomat sagt nur, mein Konto sei überzogen. Also dachte ich«, und sie streckte die Arme träge über den Kopf, »ich bitte meinen besten Freund um Kredit.«

»Ich gebe dir zwanzig Dollar, nur damit ich dich los werde, mehr nicht.« Er warf ihr den Schein in den Schoß. »Das reicht für das Benzin bis nach Hause.«

»Aber für sonst nichts!«

»Wenn du mehr willst, geh zu deinem Vater. Er wohnt in Zimmer zwölf-fünfzehn.«

»Meinst du, er würde mich gern hier sehen? Und besonders, wenn ich ihm sage, daß ich gerade aus deinem Zimmer komme?«

Eddy hielt es nicht für nötig zu antworten und sah auf die Uhr. »Wenn ich du wäre, würde ich mich bald auf den Weg machen. Und fahr vorsichtig.« Er ging in Richtung Tür.

»Ich habe Hunger. Da du so knauserig bist, kann ich mir kein Abendessen leisten. Darum steht mir, glaube ich, ein Stück von dem Sandwich zu.« Sie nahm es sich und biß hinein.

»Bediene dich.« Er setzte sich auf einen Stuhl und nahm ebenfalls ein Stück. Während er kaute, blätterte er in ein paar Unterlagen.

Fancy schlug sie ihm aus der Hand. »Wag bloß nicht, mich zu ignorieren, du Hurensohn.«

Das Glitzern in seinen Augen wirkte gefährlich. »Ich habe dich nicht gebeten herzukommen, du kleine Schlampe. Und ich will dich nicht hier haben. Wenn es dir nicht gefällt, geh doch – je eher, desto besser.«

»O Eddy, sprich doch nicht so mit mir.«

Ihre Knie landeten auf dem Teppich, als sie aus dem Sessel rutschte. Plötzlich kroch sie entschlossen auf den Knien weiter bis zu ihm. Sie streckte die Arme aus, schob die Hände in sein Hemd, und legte sie auf seine nackte Brust. »Sei nicht so gemein zu mir. Ich liebe dich.«

»Laß den Quatsch, Fancy.«

Seine Forderung hatte keine Konsequenzen. Sie drängte sich zwischen seine Knie und küßte seinen Bauch. »Ich liebe dich so.« Ihr Mund und ihre Zunge bewegten sich eifrig über seinen glatten, haarlosen Bauch. »Ich weiß, daß du mich auch liebst.«

Er stöhnte unfreiwillig vor Genuß, als ihre langen Fingernägel seine Brustwarzen sacht berührten. Sie öffnete seinen Gürtel und seine Hose.

»Mein Gott«, keuchte er, als sie sein hartes Glied aus seiner Hose hob. Seine Finger gruben sich in ihr volles blondes Haar. Von oben sah er zu, wie sich ihre unglaublich roten Lippen über sein steifes Organ abwärtsbewegten. Ihr Mund war gierig, ohne Maß, Scham oder Gewissen – ein unmoralischer Mund, dem nie etwas verweigert und der nie zur Ordnung gerufen worden war.

Er rief zweimal heiser ihren Namen. Sie hob den Kopf und flehte: »Liebe mich Eddy, bitte.«

Er kam mühsam auf die Beine und zog sie mit sich empor. Ihre Münder trafen sich in einem leidenschaften Kuß. Während ihre Hände eifrig daran arbeiteten, ihm das Hemd auszuziehen, griff er unter ihren Rock nach ihrem Schlüpfer, der so dünn war, daß er in seinen Händen zerriß.

Sie schrie vor Überraschung und Schmerz auf, als er zwei Finger in sie rammte, ritt aber mit wildem Genuß auf ihnen. Sie hatte schon seine Hose und Unterhose bis unter seine Knie geschoben. Er schob sie ganz hinunter und stieg heraus, dabei hob er Fancy hoch, so daß sie auf seinen Schoß zu sitzen kam.

Sie fielen zusammen aufs Bett. Er schob ihr das Kleid hoch und begrub das Gesicht in ihrem Dreieck, während sie sich aus dem elastischen Schlauch wand. Noch bevor sie sich das Kleid ganz über den Kopf gezogen hatte, begann er, ihre Brüste zu drücken und an ihren Brustwaren zu saugen, zu beißen und sie hin und herzuschieben. Fancy wand sich und genoß sein wildes Vorspiel. Sie zog die Fingernägel über seinen Rücken abwärts und grub sie so fest in seinen Hintern, daß es blutete. Er fluchte und bedachte sie mit häßlichen Schimpfworten. Als sie die Beine anzog, riß ihr spitzer hoher Absatz ein langes Loch ins Bettlaken, aber sie bemerkten es gar nicht.

Eddy drückte ihre Beine weit auseinander und stieß so fest in sie, daß er sie bis zum Kopfende des Bettes hinaufschob. Sein Körper war schon feucht von Schweiß, als sie ihre Beine um ihn schlang und sich seinem wilden Rhythmus anpaßte. Ihre Körper schlugen immer und immer wieder aneinander.

Eddys Gesicht verzog sich zu einer ekstatischen Grimasse. Er bog den Rücken durch und legte seine ganze Kraft in das letzte Eintauchen. Fancy kam gleichzeitig.

»Mein Gott, das war phantastisch!« seufzte sie, als sie sich Sekunden später voneinander lösten.

Sie kam zuerst wieder zu sich, setzte sich hin und runzelte die Stirn angesichts der klebrigen Feuchtigkeit zwischen ihren Schenkeln. Sie verließ das Bett auf der Suche nach ihrer Handtasche, nahm ein kleines Päckchen Kondome heraus und warf es ihm zu. »Benutze nächstes Mal so eins.«

»Wer sagt, daß es ein nächstes Mal geben wird?«

Fancy, die unbekümmert ihren Körper im Spiegel des Toilettentisches bewunderte, warf seinem Spiegelbild ein schräges Lächeln zu. »Morgen werde ich voller blauer Flecken sein.« Sie berührte stolz die Zahnabdrücke auf ihren Brüsten, als wären sie kleine Trophäen.

»Tu nicht, als würde dir das was ausmachen. Du bist scharf darauf, bestraft zu werden.«

»Ich habe keine Klagen von Ihnen gehört, Mr. Paschal.«

Immer noch mit Armbändern und hochhackigen Schuhen ging sie zum Tisch und betrachtete das Tablett. Von dem Eis war nur noch ein kleiner sahniger Teich übriggeblieben, auf dem eine Cocktailkirsche schwamm.

»Ach verdammt«, murmelte sie. »Das Eis ist geschmolzen.«

Eddy lachte.

Avery wurde vor Tate wach. Das Zimmer lag im Halbdunkel. Es war noch früh, aber sie wußte, daß sie nicht wieder einschlafen würde. Sie schlich auf Zehenspitzen ins Badezimmer und duschte. Sie nahm den Eiswürfelbehälter und den Zimmerschlüssel mit und ging im Morgenrock hinaus. Tate joggte jeden Morgen und trank bei der Rückkehr Unmengen von Eiswasser.

Das war in einem Hotel nicht leicht aufzutreiben, also stellte sie jetzt immer welches bereit, wenn Tate heiß und durstig von seinem Lauf zurückkam.

Sie füllte den Eimer an der Eismaschine im Flur und war auf dem Weg zurück in ihr Zimmer, als sich bei einem zweiten Zimmer die Tür öffnete. Fancy kam heraus und schloß die Tür leise hinter sich. Sie ging auf den Aufzug zu, blieb aber plötzlich stehen, als sie Avery sah.

Avery war schockiert vom Aussehen des Mädchens. Ihr Haar war ungekämmt, ihr Make-up verschmiert. Ihre Lippen waren geschwollen, und am Hals und auf der Brust hatte sie Kratzer, die sie offensichtlich nicht zu verbergen versuchte. Nein, sie warf sogar, als sie Avery entdeckte, trotzig den Kopf in den Nacken und streckte die Brust vor, damit ihre Verletzungen besser zu erkennen waren. »Guten Morgen, Tante Carole.« Ihr süßes Lächeln war ein gemeiner Gegensatz zu ihrer heruntergekommenen Erscheinung.

Avery lehnte sich an die Flurwand. Sie wußte nicht, was sie sagen sollte. Fancy rauschte an ihr vorbei. Sie roch ungewaschen und verbraucht. Avery schauderte vor Abscheu.

Bevor Fancy in den Aufzug stieg, warf sie Avery noch ein breites Grinsen über ihre blaugefleckte Schulter zu.

Ein paar Sekunden lang starrte Avery auf die schon geschlossene Tür des Aufzugs, dann auf die Zimmertür, durch die Fancy gekommen war, obwohl sie wußte, wem es gehörte.

Tate hatte sich getäuscht, was seinen besten Freund betraf. Eddy hatte nicht so viele Skrupel, wie Tate glaubte. Und er war auch nicht so schlau.

Kapitel 27

Auf ihrer weiteren Reise wurden die Rutledges besonders bei den Hispanoamerikanern in El Paso gut aufgenommen und wie königliche Besucher empfangen. Am Flughafen wurde Avery ein großer Blumenstrauß überreicht. *»Señora Rutledge, como esta?«* fragte sie jemand.

»Muy bien, gracias. Y usted? Como se llama?«

Ihr Lächeln verschwand aber schnell wieder, als ihr Blick nach dieser Begrüßung auf Tate fiel.

»Wo hast du denn Spanisch gelernt?«

Während einiger Sekunden fiel Avery in keiner Sprache eine glaubwürdige Lüge ein. Spanisch war auf dem College ihr Nebenfach gewesen. Tate sprach selbst fließend Spanisch. Sie hatte sich bisher nicht gefragt, ob Carole es gesprochen hatte oder nicht.

»Ich – ich wollte dich überraschen.«

»Ich bin überrascht.«

»Die Stimmen der Spanisch sprechenden Bevölkerung sind so wichtig«, fuhr sie unsicher fort, »daß ich dachte, es wäre nützlich, wenn ich ein paar höfliche Wendungen beherrsche. Also habe ich es heimlich gelernt.«

Diesmal war Avery froh, daß sie von Menschen umgeben waren. Ansonsten hätte Tate vielleicht nach Einzelheiten gefragt.

Mit Eddy, Jack und ein paar anderen Freiwilligen unterwegs zu sein, hatte ihr auch keine weiteren Hinweise darauf verschafft, wer Caroles Mitverschwörer sein könnte.

Unschuldig hatte sie Jack gefragt, wie es ihm gelungen sei, damals in die Intensivstation zu kommen, als sie gerade wieder zu Bewußtsein gekommen war. Aber er hatte nicht verstanden, wovon sie sprach. Sie mußte sich damit entschuldigen, daß ihr Erinnerungsvermögen an jene Zeit etwas verschwommen sei. Aber ihr wurde klar, daß er entweder unschuldig war oder ein guter Lügner.

Mit Eddy hatte sie dasselbe versucht. Er hatte nur geantwortet: »Ich gehöre nicht zur Familie. Was hätte ich in der Intensivstation tun sollen?«

Drohen, Tate umzubringen, hätte sie gern gesagt.

Aber das konnte sie nicht sagen, also hatte sie wieder etwas über ihre Verwirrung damals gemurmelt und es dabei bewenden lassen. Auch auf der Suche nach einem Motiv war sie nicht erfolgreicher gewesen. Selbst bei Meinungsverschiedenheiten schienen alle nur daran interessiert zu sein, daß die Wahl erfolgreich für Tate ausging.

Auf dem Weiterflug mit dem als Wahlkampfunterstützung von einem Geschäftsmann geliehenen Jet wurde wieder einmal diskutiert, ob nicht ein professioneller Wahlkampfstratege angestellt werden müßte. Schon vor Wochen hatte Eddy vorgeschlagen, Kontakt mit einer Werbefirma aufzunehmen, die darauf spezialisiert war, Kandidaten für öffentliche Ämter zum Erfolg zu verhelfen.

Aber Tate war stur dagegen gewesen. »Wenn die Wähler mich nicht als den wollen, der ich bin –«

»Die Wähler, die Wähler«, erwiderte Eddy finster. »Die sind faul. Sie wollen, daß ihnen jemand sagt, wen sie wählen sollen. Man muß es ihnen in ihre schwachen Gehirne eintrichtern, damit sie nicht selbst entscheiden müssen.«

»Du zeigst wirklich großes Vertrauen in die amerikanische Öffentlichkeit, Eddy.«

»Nicht ich bin der Idealist, Tate, sondern du.«

»Ja, Gott sei Dank bin ich nicht so zynisch wie du«, rief er. »Sie hören zu und sind an klaren Gesprächen interessiert. Ich möchte nicht in irgendeinem Werbejargon reden müssen.«

»Ist gut, ist gut«, meinte Eddy mit einer beschwichtigenden Handbewegung. »Laß uns lieber über die Hispanoamerikaner reden. Wenn du das nächste Mal zu ihnen sprichst, lege nicht wieder soviel Gewicht darauf, daß sie in unsere Gesellschaft integriert werden sollen.«

»In *unsere* Gesellschaft?«

»Aus der Warte des Angloamerikaners gesehen.«

»Aber die Integration ist gerade deshalb so wichtig, damit die amerikanische Gesellschaft irgendwann nicht mehr unsere, eure oder ihre ist. Hast du meine Reden nie gehört?«

»Betone, daß sie ihre eigenen Traditionen beibehalten sollen, damit sie nicht ihre Kultur zugunsten der angloamerikanischen aufgeben.«

»Aber wenn sie hier leben, Eddy, müssen sie auch ein paar der hiesigen Sitten annehmen und vor allem Englisch lernen.«

Eddy blieb unbeirrbar. »Die Anglos hören es aber nicht gern, daß die Hispanos wie eine Invasion hereinbrechen könnten. Und die Hispanos hören nicht gern, daß sie sich Anglositten angewöhnen sollen. Also sprich darüber im einzelnen lieber erst nach der Wahl.«

Avery betrachtete Eddys Hände, während er mit seinen Notizen hantierte. Hatte er Fancy die Kratzer beigebracht, oder war Fancy bei ihm gewesen, nachdem sie wieder einmal ein Cowboy in der Mangel gehabt hatte? Als sie allen die Grüße von Nelson und Zee, Dorothy Rae und Fancy nach ihrem letzten Telefongespräch übermittelt hatte, beobachtete sie Eddy besonders genau. Er warf ihr einen scharfen Blick zu, wandte sich dann aber wieder an Tate. »Bitte laß vor der Landung noch diese Krawatte verschwinden.«

»Was ist damit?«

»Sie sieht beschissen aus.«

Diesmal war Avery sogar Eddys Meinung, aber sie fand seine Ausdrucksweise doch ziemlich rüde.

»Hier, wir können tauschen«, schlug Jack vor.

»Nein, deine ist noch schlimmer«, stellte Eddy klar. »Nimm lieber meine.«

»Ihr könnt euch eure Krawatten sonstwohin stecken«, sagte Tate und ließ sich in seinen Sitz zurückfallen. »Laßt mich in Ruhe.« Er schloß die Augen und distanzierte sich so erfolgreich von allen.

Avery bewunderte diese Entscheidung, obwohl er sich dabei auch von ihr distanzierte. Seit jener Nacht in Houston, in der sie so nah daran gewesen waren, miteinander zu schlafen, hatte Tate sich sogar noch größere Mühe gegeben, ihr fernzubleiben. Das war nicht immer leicht, denn sie teilten das Badezimmer und manchmal sogar das Bett. Sie waren sehr darauf bedacht, sich nie nackt zu begegnen. Sie berührten sich nie. Wenn sie miteinander sprachen, dann meistens sehr kurzangebunden.

Schon nach wenigen Minuten schlief Tate. Er konnte fast sofort einschlafen und nach kurzer Zeit Schlaf erfrischt aufwachen – eine Fähigkeit, die er in Vietnam entwickelt hatte, wie er meinte. Sie beobachtete ihn gern, wenn er schlief, und tat das auch oft nachts, wenn ihre Gedanken unruhig waren.

»Tu etwas«, sagte Eddy eindringlich. »Überzeuge ihn davon, daß wir diese Werbungsleute brauchen. Und übrigens, wenn ich das nächste Mal anrufe, will ich Tate sprechen, auch nachts, verstanden, Carole?«

»Gestern abend hat Tate schon geschlafen, als du anriefst. Und ich denke, er braucht seinen Schlaf. Er war erschöpft. Und die Werbungsleute will er nicht haben. Er glaubt, daß sie nur eine Art von Plastikimage kreieren, das windig wirkt. Und ich meine das auch.«

»Dich hat keiner gefragt«, sagte Jack.

»Wenn ich eine Meinung bezüglich des Wahlkampfs meines Mannes habe, werde ich sie, verdammt noch mal, auch äußern, und wenn euch das nicht paßt, geht zum Teufel!«

»Willst du die Frau eines Senators sein oder nicht?«

Nach einem kurzen Schweigen, während dessen sich alle etwas beruhigten, meinte Eddy: »Tu etwas, was immer es auch sein muß, damit sich Tates Laune bessert. Das ist selbstzerstörerisch. Und verschiedene der freiwilligen Mitarbeiter haben es auch bemerkt. Sie wollen einen strahlenden Helden, nicht einen Miesepeter. Bring seine Welt wieder in Ordnung, Carole.«

Jack sah sie mit gerunzelter Stirn an. »Du bist verantwortlich für seine miese Stimmung, also tu nicht so, als wüßtest du nicht, wie du das ändern kannst.«

Avery war froh, als der Jet landete, spürte aber noch immer den Ärger darüber, daß man sie für etwas verantwortlich machte, woran sie wirklich nichts ändern konnte, so gern sie auch gewollt hätte. Sie bemühte sich um ein Lächeln für die versammelte Menge, doch auch das verschwand, als sie Van Lovejoy unter den Fotografen entdeckte. Seine ständige Präsenz machte Avery nervös.

So bald wie möglich verschwand sie im Hintergrund, wo sie durch die Kamera nicht so leicht auszumachen war. Von dort aus betrachtete sie die Menge, ständig auf der Suche nach jemandem, der ihr verdächtig erschien. Diesmal waren hauptsächlich Presseleute, Rutledge-Fans und Neugierige versammelt. Ein großer Mann, der hinten in der Menge stand, zog ihre Aufmerksamkeit auf sich. Er trug einen maßgeschneiderten Westernanzug und einen Cowboyhut, und Avery hielt ihn zuerst für einen der Männer aus dem Ölgeschäft, vor denen Tate heute sprechen sollte.

Sie konnte nicht sagen, wo oder wann sie ihn schon einmal gesehen hatte, aber sie war ihm kürzlich begegnet, da war sie sicher. Vielleicht bei dem Grillfest in Houston? Aber noch bevor es ihr wieder eingefallen war, verschwand er in der Menge.

Avery wurde zu einem wartenden Wagen geschoben. Die Frau des Bürgermeisters neben ihr redete wie ein Wasserfall. Aber sie konnte sich nicht darauf konzentrieren, weil ihre Gedanken noch bei dem grauhaarigen Mann waren, der plötzlich verschwunden war, nur einen Augenblick nachdem ihre Blicke sich begegnet waren.

Sobald sich die Menge verlaufen hatte, trat der gutgekleidete Cowboy aus der Telefonzelle. Es war leicht, Tate Rutledge durch den Flughafen zu folgen. Sie waren beide groß, aber während Tate gesehen werden wollte, war der Cowboy stolz auf seine Fähigkeit, sich unter eine Menge zu mischen und sozusagen unsichtbar zu bleiben.

Obwohl er sehr groß war, bewegte er sich mit Grazie und lokker. Schon aufgrund seiner Haltung brachte ihm jeder Respekt entgegen, der ihm begegnete. Auch bei der Autovermietung wurde er sehr zuvorkommend behandelt. Er hatte mit einer Kreditkarte bezahlt, die einen falschen Namen trug, doch sie wurde vom elektronischen Prüfsystem anstandslos angenommen.

Seine Kleider trug er in einer Tasche bei sich, die mitsamt ihrem Inhalt in Notfällen nicht auf ihre Herkunft überprüft werden konnte, falls er sich von ihr trennen mußte, genauso war es mit dem Mietwagen.

Er folgte Rutledges Limousine in sicherem Abstand. Er durfte nicht zu nah herankommen. Er war sicher, daß Carole Rutledge ihn gesehen hatte, während ihr Mann seinen Anhängern die Hand schüttelte. Es war unwahrscheinlich, daß sie ihn auf die Entfernung genau erkannte hatte, aber in seinem Beruf durfte er nichts für selbstverständlich halten.

Kapitel 28

Ein französisches Doppelbett.

Tate dachte während seines Treffens mit Geschäftsfrauen immer wieder an das große Bett in ihrem Hotelzimmer.

Sie waren nach der Landung in Dallas nur ganz kurz dort gewesen, um sich zu erfrischen, aber der hektische Tagesplan hatte doch seinen vordringlichsten Gedanken nicht verdrängen können: Heute nacht würde er mit Carole ein Bett teilen. Er setzte seine Rede fort. »... doch Betriebe mit Weitblick, die das Wohl ihrer Angestellten im Sinn haben, sind weiterhin in der Minderheit. Das muß sich ändern.«

Während des Beifalls klang in Tates Ohren noch die Frage des Pagen aus dem Hotel nach: »Brauchen Sie sonst noch etwas, Mr. Rutledge?«

In diesem Augenblick hätte Tate sagen müssen: »Ja, bitte ein Zimmer mit Einzelbetten.«

Aus dem Augenwinkel sah er, wie Carole interessiert zu ihm herüberschaute. Sie sah verführerischer aus denn je, aber er würde sie zurückweisen.

Beim nächsten donnernden Applaus lächelte Tate entwaffnend und versuchte, nicht unter den Rock der Frau in der ersten Reihe zu sehen, die ihm einen hervorragenden Einblick bot.

Während sie sich im Hotel hastig umgezogen hatten, hatte er durch die einen Spalt geöffnete Badezimmertür einen Blick auf seine Frau werfen können. Sie trug einen pastellfarbenen BH, einen dazu passenden Slip und einen Strumpfgürtel. Sie hatte einen knackigen Hintern und weiche Schenkel.

Sie hatte sich zum Spiegel vorgebeugt und ihre Nase mit einer Puderquaste bestäubt. Er hatte eine Erektion bekommen, die auch während des welken Salats, dem ungewissen Stück Fleisch und der kalten grünen Bohnen nicht nachgelassen hatte.

Jetzt räusperte er sich und sagte: »Verbrechen gegen Frauen liegen mir besonders am Herzen. Die Anzahl von Vergewaltigungen nimmt jedes Jahr zu, aber die Zahl der überführten Täter ist erschreckend gering.«

Als er die letzten Absätze seiner Rede vor sich hatte, dachte er schon an das Treffen bei General Motors, wo sie sich beim Schichtwechsel den Arbeitern stellen würden.

Dann würden sie zum Hotel zurückkehren und sich umziehen für das Dinner, das zu seinen Ehren auf der Southfork-Ranch gegeben wurde. Und dann am späten Abend würden sie wieder zu dem französischen Bett zurückkehren.

»Ich würde mich freuen, wenn Sie mir im November ihre Unterstützung für meine Pläne anbieten würden. Herzlichen Dank.«

Er bekam stehende Ovationen und winkte Carole, zu ihm heraufzukommen. Er legte, wie man es von ihm erwartete, den Arm um ihre Taille. Was er jedoch nicht erwartet hatte, war, wie sehr es ihn faszinierte, sie so dicht neben sich zu spüren. Sie legte den Kopf zurück und sah zu ihm auf mit einem Blick, der nach Bewunderung und Liebe aussah.

Sie konnte wirklich hervorragend schauspielern.

Eddy hatte Mühe, sie loszueisen und zum Wagen zu bringen, wobei er ihnen erklärte, daß er und Jack in Kürze folgen würden, da ihn leider noch ein wichtiges Telefongespräch erwarte, das Jack für ihn angenommen hatte. Er erklärte Tate die Route und wollte Avery ein Taxi bestellen, das sie zurück zum Hotel bringen sollte.

»Ich fahre mit Tate.« Sie setzte sich in den Wagen.

»Ich dachte –«

»Ist schon gut, Eddy«, sagte Tate. »Sie kann mitkommen.«

»Sie wird unheimlich auffallen. Das dort draußen ist schließlich kein Kaffeekränzchen.«

»Tate will, daß ich mitkomme, und ich möchte fahren.«

»Also gut«, gab er schließlich auf, aber Tate merkte, daß er nicht sehr begeistert war. »Wir kommen bald nach.«

Als sie losgefahren waren, sagte Avery: »Er läßt keine Gelegenheit aus, mich zu behandeln wie ein lästiges Anhängsel. Erstaunlich, daß er es zugelassen hat, daß du mich heiratest. Aber eigentlich will ich nicht über Eddy reden.«

»Mag sein, daß er manchmal lästig ist, aber ich vertraue seinem Instinkt. Er täuscht sich selten.«

»Seinem Instinkt traue ich auch. Aber ich weiß nicht, ob ich *ihm* traue. Mein Gott, ist das heiß.«

Sie beugte sich so weit vor, wie der Sicherheitsgurt es erlaubte, und zog die Kostümjacke aus. Darunter kam eine hübsche Seidenbluse zum Vorschein. Ihre Brüste füllten den cremefarbenen Spitzen-BH, den er durch die Badezimmertür gesehen hatte.

»Du warst phantastisch, Tate«, bemerkte sie. »Weder herablassend noch gönnerhaft. Sie haben dir förmlich aus der Hand gefressen.« Sie sah ihn an. »Besonders die in dem blauen Kleid in der ersten Reihe. Welche Farbe hatte ihr Schlüpfer?«

»Sie hatte keinen an.«

Die direkte Antwort nahm ihr den Wind aus den Segeln. Sie drehte den Kopf nach vorn und starrte durch die Windschutzscheibe.

Er wußte, daß sie verletzt war. Zu Recht, fand er. Aber er hatte schon seit Tagen dieses Ziehen in den Leisten, und warum sollte nur er leiden? Etwas stachelte ihn an, sie genauso mißmutig zu machen, wie er sich fühlte.

»Ich habe übrigens das Thema Abtreibung vermieden. Ich wußte nicht, was ich sagen sollte. Vielleicht hätte ich dich darüber sprechen lassen sollen – du hast ja Erfahrung aus erster Hand.«

Als sie ihn ansah, standen Tränen in ihren Augen. »Ich habe dir doch gesagt, daß es keine Abtreibung gegeben hat.«

»Ich werde aber nie genau wissen, wann du gelogen hast, oder?«

»Warum sagst du so etwas, Tate?«

Weil ein *französisches Bett* in unserem Zimmer steht, dachte er. Bevor ich es mit dir teile, muß ich mich noch mal an all die Dinge erinnern, für die ich dich verachte. Das sprach er natürlich nicht aus.

Am Tor der Autofabrik wurden sie von einer Delegation erwartet. Tate parkte in einiger Entfernung, damit er sich kurz sammeln konnte. Wie sollte er zur Lösung der Probleme der Arbeiter sprechen, wenn er seine eigene Ehe nicht einmal in den Griff bekam? Er wollte nur *das eine* von seiner Frau, und das mit jeder Faser seines Körpers.

»Zieh deine Jacke wieder an«, sagte er, obwohl er selbst gerade seine Krawatte löste und sich die Ärmel hochkrempelte.

»Das hatte ich sowieso vor«, erwiderte sie kühl.

»Gut. Deine Brustwarzen sind unter der Bluse zu erkennen. Ist das Absicht?«

»Fahr zu Hölle«, sagte sie süßlich und stieg aus.

Er mußte zugeben, daß sie sich erstaunlich schnell von seinen bösen Bemerkungen erholte und ein intelligentes Gespräch mit den Gewerkschaftsvertretern führte, die sie empfingen. Eddy und Jack kamen ziemlich genau zum Schichtwechsel an, als durch die Fabriktüren Scharen von Arbeitern strömten. Tate schüttelte so viele Hände wie möglich. Und immer wenn er zur Carole hinübersah, war sie mit ebensoviel Einsatz bei der Sache wie er und hörte allen aufmerksam zu. Wie Eddy schon gesagt hatte, fiel sie in ihrem gelben Seidenkostüm in dieser Menge sehr auf. Ihr dunkles Haar spiegelte das Sonnenlicht, ihr makelloses Gesicht zog Arbeiter und Arbeiterinnen gleichermaßen an.

Tate fand beim besten Willen an ihrem Verhalten nichts auszusetzen. Sie griff nach schmutzigen Händen und schüttelte sie freundlich, ihr Lächeln blieb überzeugend, obwohl die Hitze fast unerträglich war. Und sie war als erste bei ihm, als ihn etwas am Kopf traf und er zu Boden ging.

Kapitel 29

Avery sah zufällig zu Tate hinüber, als sein Kopf plötzlich nach hinten zuckte. Seine Hand faßte im Reflex an die Stirn, er schwankte und fiel.

»Nein!«

Es lagen nur wenige Meter zwischen ihnen, aber die Menge war dicht. Es schien ewig zu dauern, bis sie sich durch die Leute geschoben hatte. Sie ruinierte ihre Strümpfe und scheuerte sich die Knie auf, als sie sich auf das heiße Straßenpflaster neben Tate stürzte.

»Tate! Tate!« Blut sickerte aus einer Wunde an seinem Kopf. »Holt einen Arzt. Eddy! Jack! Tut doch etwas, er ist verletzt!«

»Ich bin in Ordnung.« Er versuchte, sich aufzusetzen. Er schwankte leicht, fand Averys Arm und hielt ihn fest.

Da Tate sprechen und sich hinsetzen konnte, war sie sicher, daß die Kugel ihn nur gestreift und nicht den Schädel durchdrungen hatte. Sie bettete seinen Kopf an ihre Brust. Sein Blut rann warm und feucht über ihre Kleider, aber sie bemerkte es nicht einmal.

»Mein Gott, was ist passiert?« Eddy schaffte es schließlich, bis zu ihnen durchzukommen. »Tate?«

»Schon gut«, murmelte er. Langsam ließ Avery seinen Kopf wieder los. »Gib mir ein Taschentuch.«

»Sie rufen einen Krankenwagen.«

»Nicht nötig. Irgendwas hat mich getroffen.« Er sah sich um. »Da«, sagte er und deutete auf die zerbrochene Bierflasche in der Nähe.

»Hast du gesehen, wer sie geworfen hat?« Avery war bereit, sich mit dem Angreifer anzulegen.

»Nein. Gib mir ein Taschentuch«, wiederholte er. Eddy zog eines aus der Tasche. Avery riß es ihm aus den Fingern und drückte es gegen die Wunde an Tates Haaransatz. »Danke. Und jetzt helft mir, aufzustehen.«

»Ich weiß nicht, ob du wirklich aufstehen solltest.«

»Ich bin okay. Hilf mir einfach nur, meinen Hintern hochzukriegen.« Er lächelte unsicher.

»Ich könnte dich erschlagen, weil du jetzt noch Witze machst.«

»Tja, da ist dir schon jemand zuvorgekommen.«

Als sie ihm mit Eddy auf die Füße half, kam Jack angeschnauft. »Ein paar von den Arbeitern mögen deine Politik nicht. Die Polizei hat sie festgenommen.«

Am anderen Ende des Parkplatzes waren Anti-Rutledge-Transparente zu sehen.

»Gehen wir«, befahl Eddy.

»Nein.« Tates Lippen waren schmal vor Ärger und Schmerz. »Ich bin hergekommen, um den Leuten die Hand zu schütteln, und das werde ich auch tun. Ein paar Leute, die Flaschen werfen, werden mich nicht davon abhalten.«

Avery umklammerte fest seinen Arm. Sie war in einem Augenblick tausend Tode gestorben. »Das war's«, hatte sie gedacht. »Das wollte ich verhindern und habe es nicht geschafft.« Jetzt war ihr erst wirklich klar, wie verletzbar er war. Wenn ihn jemand wirklich umbringen wollte, konnte er es jederzeit tun. Weder sie noch sonst jemand würde das verhindern können.

»Hallo, ich bin Tate Rutledge, ich bewerbe mich darum, Senator zu werden.« Stur wandte sich Tate dem ihm an nächsten stehenden Arbeiter zu.

Obwohl die anderen dagegen waren, ging Tate weiter durch die Menge, schüttelte mit der Rechten Hände und drückte mit der Linken das blutbefleckte Taschentuch an seine Schläfe. Avery hatte ihn noch nie so sehr geliebt.

Und sie hatte auch noch nie so viel Angst um ihn gehabt.

»Wie sehe ich aus?«

Er war auf dem Parkplatz geblieben, bis die Menge sich zerstreute. Erst dann durften Eddy und Jack ihn in die nächste Unfallstation bringen, wo der Arzt die Wunde mit drei Stichen genäht und mit einem kleinen weißen Pflaster verdeckt hatte.

Avery hatte von dort aus auch Nelson und Zee angerufen, damit sie sich keine Sorgen machten, wenn sie die Nachrichten hörten. Sie bestanden darauf, mit Tate zu sprechen, der Scherze über die Verletzung machte, aber gleichzeitig gern das Schmerzmittel von der Krankenschwester angenommen hatte.

Bei ihrer Rückkehr erwartete sie im Hotel eine Horde von Reportern. »Sieh zu, daß sie das Blut auf deinem Kleid mit draufbekommen«, hatte Eddy ihr aus dem Mundwinkel zugeflüstert.

Für diese Bemerkung hätte sie ihm die Augen auskratzen können. »Du blöder Hund.«

»Ich tu' nur meine Arbeit, Carole«, sagte er direkt, »und versuche, das meiste aus jeder Situation zu machen.«

Sie war zu verärgert, um etwas zu erwidern. Sie kämpfte sich zu den Aufzügen durch und stellte sich an der Tür zu ihrem Zimmer Jack und Eddy entgegen, die mit hineinkommen wollten.

»Tate wird sich erst eine Weile hinlegen«, wehrte sie alle Einwände ab. »Wir werden keine Anrufe annehmen.«

»Er muß aber irgend etwas sagen.«

»Schreib du eine Pressemitteilung«, sagte sie zu Jack. »Du würdest sowieso redigieren, was immer er jetzt auch sagt. Er wird den Angreifer nicht anzeigen, obwohl er jede Art von Gewalt verabscheut, hat er auf dem Rückweg gesagt. Das wirst du sicher hinkriegen.«

»Ich hol' euch um halb acht ab«, sagte Eddy, als er wegging. »Pünktlich.«

Nachdem Tate einige Zeit mit Duschen und Anziehen verbracht hatte, wandte er sich seiner Frau zu und breitete die Arme aus. »Nun?«

Sie legte den Kopf schräg und musterte ihn ausgiebig. »Sehr schneidig. Durch das Pflaster bekommt dein Smoking etwas Kavaliermäßiges.«

»Wenigstens etwas. Es tut nämlich höllisch weh«, murmelte er und berührte vorsichtig seine Schläfe.

Avery sah ihn besorgt an. »Wir müssen ja nicht gehen.«

»Eddy würde in die Luft gehen.«

»Soll er doch. Aber die anderen würden es verstehen. Wenn Michael Jackson Tausende von Fans wegen einer Bauchgrippe enttäuschen kann, kannst du ein paar Hundert enttäuschen und ein Essen absagen.«

»Aber Michael Jacksons Fans haben nicht zweihundert Dollar pro Gedeck bezahlt«, meinte er kurz. »Er kann sich erlauben, abzusagen. Ich nicht.«

»Nimm wenigstens noch eine Tablette.«

Er schüttelte den Kopf. »Wenn ich gehe, will ich auch alle meine Sinne beieinander haben.«

»Du solltest nicht soviel riskieren, nur weil du ein öffentliches Amt anstrebst.«

»Deshalb bin ich dem Kerl, der die Flasche geworfen hat, nicht persönlich an den Kragen gegangen.«

»Aha, das gefällt mir. Der Bewerber um den Senatorenposten, der wirklich sagt, was er denkt.«

Sie lachten, aber nach einem Augenblick erstarb das Lachen. Tate sah sie an. »Das ist immer noch mein Lieblingskleid. Du siehst phantastisch aus.«

»Danke.« Sie trug das schwarze Kleid, das er schon einmal bewundert hatte.

»Ich, äh, habe mich heute nachmittag danebenbenommen.«

»Ja, ein paar Tiefschläge waren dabei.«

»Ich weiß«, sagte er und atmete laut aus. »Das war Absicht, zum Teil weil...«

Es klopfte. »Halb acht«, rief Eddy durch die Tür.

Tate verzog das Gesicht, und Avery nahm wütend ihre Handtasche und ging zur Tür. Ihre Sinne waren wie elektrisiert, ihre Nerven aufs äußerste gespannt. Sie hatte Lust, laut zu schreien.

Das hätte sie auch beinahe getan, als sie unter den ersten Leuten in Southfork den Mann mit den grauen Haaren entdeckte, der ihr schon vor ein paar Tagen auf dem Flugplatz aufgefallen war.

Das durch die Fernsehserie ›Dallas‹ berühmt gewordene Ranchhaus war hell erleuchtet. Da dies ein besonderer Abend war, konnten die Partygäste auch ins Innere gehen. Das Dinner wurde in einer nahegelegenen ehemaligen Scheune gegeben, die öfter für große Parties vermietet wurde. Die ausgiebige Berichterstattung über Tates Verletzung hatte eine Unmenge von Leuten angelockt.

Eddy sah Avery vielsagend an. »Es war in allen Nachrichten.«

Avery schob ihren Arm durch den von Tate, um zu zeigen, daß er ihr wichtiger war als alle Nachrichten. Eddys Grinsen wurde noch breiter.

Avery gefiel er jeden Tag weniger. Sein abscheuliches Verhältnis zu Fancy war schon Grund genug, an seinem Saubermann-Image zu zweifeln. Tate jedoch vertraute ihm. Darum hatte sie nicht erwähnt, daß sie Fancy aus Eddys Zimmer hatte kommen sehen. Sie spürte, daß Tates Einstellung ihr gegenüber nachgiebiger wurde, und wollte das nicht gefährden, indem sie schlecht über seinen besten Freund sprach.

Am Rande der Menge tauchte plötzlich wieder der große Grauhaarige auf und verschwand ebenso schnell. Sie mußte sich getäuscht haben. Der Mann am Flughafen hatte Cowboy-Kleidung getragen. Dieser hier trug einen Smoking. Wahrscheinlich sahen sie sich nur zufällig ähnlich.

Während sie versuchte, sich auf die vielen Menschen zu konzentrieren, die ihnen vorgestellt wurden, beobachtete sie weiter unauffällig die Menge. Auch beim Essen hielt sie immer wieder nach ihm Ausschau.

»Keinen Hunger?« Tate beugte sich vor und deutete auf ihren fast unberührten Teller.

»Ich bin zu unruhig.«

Genaugenommen war es ihr fast schlecht vor Sorge, und sie überlegte, ob sie Tate nicht doch warnen und ihm darlegen sollte, in welcher Gefahr er sich befand. Das Pflaster an seiner Stirn erschien ihr provozierend. Beim nächsten Mal würde es vielleicht keine leere Bierflasche mehr sein, sondern womöglich eine Kugel. Und sie war vielleicht tödlich.

»Tate«, fragte sie zögernd. »Hast du einen großen, grauhaarigen Mann gesehen?«

Er lachte kurz. »Ungefähr fünfzig.«

»Einen speziellen. Er kam mir bekannt vor.«

»Vielleicht gehört er zu einem Teil deiner Erinnerung, zu dem du noch keine Zugang hast. Sag mal, geht's dir gut?«

Sie zwang sich zu einem Lächeln und flüsterte ihm ins Ohr. »Die Frau des Kandidaten müßte mal verschwinden. Ist das erlaubt?«

»Unbedingt. Man bedenke die Folgen, wenn sie es nicht tut.« Er erhob sich und half ihr beim Aufstehen. Sie entschuldigte sich. Am Rand des Podiums führte ein Ober sie die wackligen Stufen hinunter. Auf dem Weg zum Ausgang suchte sie so unauffällig wie möglich die Menge nach dem Grauhaarigen ab. Sie war fast sicher, daß es derselbe gewesen war. Andererseits gab es Tausende von Texanern mit grauen Haaren.

Dann wäre ihr plötzlich beinahe das Herz stehengeblieben, als jemand von hinten an sie herantrat und drohend flüsterte: »Hallo, Avery.«

KAPITEL 30

Um Mitternacht wirkte das Fast-Food-Restaurant in der Innenstadt von Dallas wie ein Goldfischglas. Der Kassierer nahm eine Bestellung von einem dunkelhäutigen Einzelgänger entgegen. Ein Tippelbruder schlief in einer der Nischen seinen Rausch aus.

Avery näherte sich vorsichtig und atemlos dem Restaurant, weil sie die drei Blocks vom Hotel zu Fuß gegangen war. Ihre Abendkleidung unterschied sie deutlich von allen anderen in der Nähe. Es war Wahnsinn, um diese Tageszeit als Frau allein durch die Stadt zu gehen.

Verschiedene Männer sahen gierig hinter ihr her, als sie über die Straße ging, und eine Frau mit orangefarbenem Haar betrachtete sie giftig von oben bis unten.

Avery entdeckte ihn in einer Nische direkt am Fenster. Er trank einen Milkshake. Sie ging bis zu der Stelle und klopfte an die Scheibe. Van Lovejoy sah auf und grinste. Er wies auf die andere Bank in der Nische. Avery schüttelte entschieden den Kopf und deutete neben sich auf den Bürgersteig.

Er ließ sich Zeit. Ihr Blick folgte ihm ungeduldig durch das Restaurant zur Tür und um die Ecke. Sie kochte vor Wut, als er sie endlich erreicht hatte.

»Was, zum Teufel, hast du vor, Van? Mußten wir uns unbedingt hier und um diese Zeit treffen?«

»Wäre es dir lieber gewesen, wenn ich in dein Zimmer gekommen wäre – das Zimmer, das du mit dem Mann einer anderen Frau teilst?« In der darauffolgenden Stille steckte er sich einen Joint an. Nach zwei Zügen bot er ihn Avery an. Sie schlug seine Hand zur Seite.

»Du kannst dir nicht vorstellen, in welche Gefahr du mich gebracht hast, indem du mich einfach angesprochen hast.«

Er lehnte sich an die Scheibe. »Ich bin ganz Ohr.«

»Van«, sie massierte sich verzweifelt die Schläfen. »Es ist nicht einfach, das alles zu erklären – besonders hier. Ich habe mich aus dem Hotel geschlichen. Wenn Tate merkt, daß ich weg bin...«

»Weiß er, daß du nicht seine Frau bist?«

»Nein! Und er darf es auch nicht erfahren.«

»Warum?«

»Das kann ich dir jetzt nicht erzählen, dazu brauche ich Zeit. Van, du darfst nicht darüber sprechen – mit niemandem – das wäre lebensgefährlich.«

»Ja, Rutledge wäre wahrscheinlich sauer genug, um dich umzubringen.«

»Ich rede von der Gefahr, in der Tate ist. Es steht eine Menge auf dem Spiel. Das wirst du einsehen, wenn du alles erfährst. Aber jetzt muß ich zurück.«

»Irre Sache, Avery. Wann hast du beschlossen, das zu machen?«

»Im Krankenhaus. Man hielt mich für Carole Rutledge. Sie hatten mein Gesicht schon verändert, bevor ich ihnen sagen konnte, wer ich wirklich bin. Frag Irish, er wird dir alles erklären.«

»Was, der Typ weiß es?« krächzte er.

»Erst seit kurzem. Irgend jemandem mußte ich mich anvertrauen.«

»Deswegen hat er mich auf diese Reise geschickt. Nicht wegen Rutledge, sondern deinetwegen.«

»Schätzungsweise. Ich wußte nicht, daß er dich damit beauftragt. Ich war platt, als ich dich in Houston sah. Es war schon schlimm genug, als du damals vor der Tür standest. Hast du mich da schon erkannt?«

»Als du aus der Klinik entlassen wurdest, ist mir schon aufgefallen, daß sich Mrs. Rutledge genauso wie du bewegt – es war unheimlich. Nachdem ich auf der Ranch gefilmt habe, war ich fast sicher. Und heute abend habe ich beschlossen, dir mitzuteilen, daß ich dein kleines Geheimnis kenne.«

»Mein Gott.« Erschreckt sah Avery hinter Van einen Wachmann auftauchen.

»Also gut, was ist los?« fragte Tate ärgerlich seinen Bruder. Jack hatte ihn an der Tür zum Hotel abgefangen und gesagt, er müsse ihn allein sprechen. Aber er hatte keine Lust auf eine längere Besprechung mit seinem Bruder. Die einzige Person, mit der er privat reden wollte, war seine Frau, die sich seit ihrer Ankunft in Southfork so seltsam benommen hatte. Beim Essen hatte sie von einem grauhaarigen Mann gesprochen, den sie offensichtlich von früher kannte und der bei dem Bankett erschienen war. Und der mußte sie wohl auf dem Weg zur Toilette abgefangen haben, denn sie war kreidebleich, als sie zurückkam. Den Rest des Abends war sie schreckhaft und unkonzentriert gewesen, und wenn sie schon einmal lächelte, dann war es nur gezwungen. Er hatte noch nicht genauer nachfragen können und wollte das jetzt tun – sofort.

Aber um seinen Bruder nicht gegen sich aufzubringen, entschloß er sich, erst Jack anzuhören, und versprach seiner Frau, nur fünf Minuten wegzubleiben.

Sie wollte inzwischen an der Rezeption Briefpapier holen, das sie für Mandy mitnehmen wolle. Sie verschwand eilig, und er ging mit Jack hinauf.

Jetzt sah Tate seinen Bruder erwartungsvoll an, als er einen Briefumschlag aus der Tasche zog und ihn ihm gab. Tate riß ihn auf und las die Nachricht darin. Dann sah er seinen Bruder an.

»Wer hat dir das gegeben?«

Jack goß sich einen Brandy ein. »Erinnerst du dich an die Frau in Blau, die heute mittag in der vordersten Reihe saß?«

Tate trank den Brandy, den sein Bruder ihm gab, in einem Zug aus und las die Nachricht noch einmal.

»Warum hat sie dir den Umschlag gegeben?«

»Wahrscheinlich weil sie es unkorrekt fand, ihn dir selbst zu übergeben.«

»Unkorrekt?« schnaubte Tate und sah noch einmal auf die sehr eindeutige Formulierung der Nachricht.

Jack fragte amüsiert: »Soll ich raten, was drinsteht?«

»Nein.«

»Du könntest doch einfach annehmen. Das hilft dir vielleicht.«

»Nein. Hast du noch nicht bemerkt, daß ich verheiratet bin? Aber darüber will ich mit dir jetzt nicht diskutieren.«

»Ich weiß nicht, was zwischen dir und Carole los ist. Aber ich weiß, was *nicht* los ist. Ihr habt schon vor dem Absturz nicht mehr zusammen geschlafen. Und es gibt keinen Mann, der sich wirklich voll einsetzen kann, wenn sein bestes Stück unglücklich ist.«

»Sprichst du da aus Erfahrung?«

Jack senkte den Kopf und starrte in sein Glas. Tate strich sich mit den Fingern durchs Haar und zuckte zusammen, als er seine Wunde berührte. »Entschuldige, das war unnötig. Aber ich kann es eben nicht leiden, wenn sich jemand in mein Privatleben einmischt.«

»Bei deinem Job kannst du dir diese Einstellung nicht erlauben, kleiner Bruder.«

»Wahrscheinlich hast du recht.« Tate betrachtete das Muster im Teppich und lachte dann leise.

»Was ist?« Jack verstand nicht, was es da zu lachen geben konnte.

»Eddy hat mir auch vor kurzem angeboten, eine Frau für mich zu besorgen. Wo wart ihr zwei bloß, als ich jung und alleinstehend war?«

Jack lächelte schief. »Wahrscheinlich habe ich das verdient. Aber in letzter Zeit warst du immer so angespannt, daß ich dachte, eine willige Frau würde dir guttun.«

»Würde es wahrscheinlich auch. Aber nein, danke.« Tate ging zur Tür. »Gute Nacht, Jack.«

»Äh, Tate?« Er drehte sich nochmal um. »Da du nicht interessiert bist...« Tate folgte dem Blick seines Bruders auf den Zettel mit der Nachricht in seiner Hand. Jack zuckte mit den Schultern und fuhr fort: »Vielleicht ist sie mit dem zweitbesten auch zufrieden.«

Tate knüllte das Papier zusammen und warf es seinem Bruder zu, der es mit einer Hand auffing. »Viel Glück.«

Tate hatte schon seine Jacke und Krawatte ausgezogen, als er die Tür zu seinem Zimmer öffnete. »Carole? Ich weiß, daß ich länger als fünf Minuten weg war, aber... Carole?«

Sie war nicht im Zimmer.

Als Avery den Polizisten sah, wandte sie den Kopf ab. »Mach um Himmels willen die Zigarette aus, Van.«

Van kniff lässig die brennende Spitze des Joints ab und schob den Rest in seine Brusttasche. Der Polizist schlichtete einen Streit an der Straßenecke, und Avery erklärte Van, daß es Zeit war, den Rückweg zum Hotel anzutreten. Van ging mit seinem schlaffen Gang neben ihr her.

»Van, du mußt mir versprechen, niemandem von meiner wahren Identität zu erzählen. Nächste Woche treffen wir uns an einem Abend bei Irish, und ich erzähle dir dann alles.«

»Was meinst du, was Dekker für diese Information bezahlen würde?«

Avery blieb plötzlich stehen und umklammerte Vans Arm. »Mein Gott, Van, das kannst du nicht machen!«

»Wenn du mir kein besseres Angebot machst, tu' ich's vielleicht.« Er schüttelte ihre Hand ab und ging in die andere Richtung davon. »Bis bald, Avery.«

Sie waren inzwischen gegenüber vom Hotel angekommen. Sie lief hinter ihm her und drehte ihn zu sich um. »Du weißt nicht, mit wie hohen Einsätzen hier gespielt wird, Van. Ich bitte dich, als meinen Freund.«

»Ich habe keine Freunde.«

»Bitte unternimm nichts, bevor ich dir nicht alles erklärt habe.«

»Ich denke darüber nach. Aber deine Erklärung muß schon verdammt gut sein, sonst bitte ich jemanden zur Kasse.«

Avery sah ihn mutlos nach. Van hatte jetzt sämtliche Karten in der Hand, und er wußte es auch.

Niedergeschlagen ging sie über die Straße zum Hotel hinüber. Kurz vor dem Bordstein hob sie den Kopf.

Tate stand am Eingang und betrachtete sie finster.

Kapitel 31

Sein Gesichtsausdruck war mörderisch.

»Da ist sie ja, Mr. Rutledge. Ich habe Ihnen ja schon gesagt, daß sie sicher jeden Augenblick zurückkommt«, sagte der Portier.

Um seinetwillen hielt Tate seine Stimme im Zaum. »Ich habe mir Sorgen gemacht, Carole.« Seine Finger legten sich mit der Kraft einer Python um ihren Oberarm. Schweigend fuhren sie im Aufzug hinauf. Er ließ sie vorausgehen ins Zimmer. Sie dachten nicht daran, das Licht anzumachen. Das schwache Nachtlicht aus dem Badezimmer hinter einer künstlichen Nautilusmuschel reichte völlig aus.

»Wo, zum Teufel, warst du?« fragte Tate unvermittelt.

»Einen Hamburger essen. Ich hatte Hunger, weil ich beim Bankett vor Aufregung nichts essen konnte. Und solange du bei Jack warst, dachte ich, ich könnte –«

»Wer war der Kerl?«

Also hatte er sie mit Van gesehen. Während sie noch darüber nachdachte, ob sie lügen sollte oder nicht, fragte er: »War er ein Dealer?«

Sie war erst sprachlos. »Was, ein Drogenhändler?«

»Ich weiß, daß du manchmal mit Fancy Pot rauchst. Ich hoffe, daß das wirklich alles war, aber die Frau eines Bewerbers um den Senatorenposten kauft nicht irgendwo auf der Straße Gras, Carole. Mein Gott, er hätte ein –«

»Das war Van Lovejoy!« rief sie ärgerlich. Der Name war ihm wohl unbekannt. Er sah sie verständnislos an. »Der Kameramann von KTEX. Er hat das Video für den Werbespot gemacht, weißt du nicht mehr?«

Sie stieß ihn zur Seite, ging zum Toilettentisch und warf ihren Schmuck Stück für Stück auf den Tisch.

»Was hast du mit ihm gemacht?«

Obwohl Tate im Halbdunkel finster und einschüchternd wirkte, ließ sie sich nichts anmerken. »Ich bin ihm unterwegs begegnet, und er meinte, ich könne nicht ohne Begleitung zurückgehen.«

»Nicht dumm, der Typ. Im Gegensatz zu dir. Wie kannst du nur um diese Zeit allein aus dem Hotel verschwinden?«

»Ich hatte Hunger und brauchte frische Luft.«

»Dann ruf den Zimmerservice und mach ein Fenster auf.«

»Dir kann es doch egal sein, ob ich hier war. Du warst bei Jack. Jack und Eddy. Dick und Doof. Pat und Patachon.«

Sie ließ den Kopf rhythmisch hin und herschwanken. »Entweder hat der eine was mit dir zu besprechen oder der andere. Einer von den beiden klopft immer im richtigen Moment.«

»Lenk nicht vom Thema ab. Wir reden jetzt von dir.«

»Und? Was soll mit mir sein?«

»Warum warst du heute abend so nervös?«

»War ich gar nicht.«

Sie versuchte noch einmal, ihm auszuweichen, aber er ließ es nicht zu. Er stand direkt vor ihr und legte seine Hände auf ihre Schultern. »Irgendwas stimmt nicht, ich weiß es. Was hast du diesmal vor? Sag's mir lieber, bevor ich es von jemand anderem erfahre. Du kannst mir wieder einmal nicht in die Augen sehen.«

»Weil ich mich ärgere, nicht weil ich etwas falsch gemacht habe.«

»So war es früher auch immer, Carole.«

»Nenn mich nicht –« Avery hielt gerade noch rechtzeitig inne.

»Was?«

»Nichts.« Sie haßte es, wenn er sie Carole nannte. »Eine Lügnerin.« Setzte sie dann hinzu. Trotzig warf sie den Kopf nach hinten. »Und zu deiner Information, bevor du es von jemand anderem hörst: Van Lovejoy hat einen Joint geraucht, und er hat ihn mir sogar angeboten. Ich habe abgelehnt. Also, halte ich deiner strengen Kontrolle stand, Herr Senator?«

Tate wippte auf den Fußballen vor und zurück. »Geh nicht noch mal einfach allein weg.«

»Du kannst mich nicht so kurz halten.«

»Es ist mir egal, was du tust, verdammt«, knurrte er und umfaßte ihre Schultern fester. »Aber es ist einfach gefährlich, wenn du allein weggehst.«

»Allein?« erwiderte sie mit harter Stimme. »Wir sind nie allein.«

»Doch, jetzt zum Beispiel.«

Im gleichen Augenblick wurde ihnen klar, daß sie ganz nah voreinander standen. Beide schweratmend vor Wut. Avery spürte, daß ihre Nerven beinahe zischten, wie abgerissene Stromkabel, die sich über eine regennasse Straße schlängelten.

Seine Arme schlossen sich um sie und rissen sie an sich. Avery wurde weich vor Verlangen. Dann trafen sie sich in einem verzehrenden Kuß. Sie schlang ihre Arme um seinen Nacken und bog ihm verlockend ihren Körper entgegen. Seine Hände glitten über ihr Hinterteil und zogen sie rauh aufwärts und gegen sein Becken.

Sie atmeten laut. Ihre Abendkleidung raschelte. Ihre Lippen preßten sich aufeinander, ihre Zungen waren zu gierig, um noch feinfühlig zu sein.

Tate drängte sie langsam rückwärts bis zur Wand und preßte seinen Unterleib an sie. Seine Hände legten sich fest um ihren Kopf und hielten ihn, während er sie hungrig küßte.

Es war ein leidenschaftlicher, sinnlicher Kuß. Er hatte eine dunkle Seele und entzündete Funken in Avery, die so aufregend waren wie es die ersten Feuerflammen für den Urmenschen gewesen sein mußten.

Sie riß die Knöpfe an seinem Hemd auf. Einer nach dem anderen landete auf dem Teppich. Dann öffnete sie das Hemd weit und legte seine Brust frei. Ihr geöffneter Mund fand eine Brustwarze. Er murmelte ein paar leidenschaftliche Worte und griff hinter sie, um ihr Kleid zu öffnen.

Er hatte nicht genug Geduld für die Verschlüsse – der Stoff riß, und die Straßperlen rollten über den Boden. Keiner kümmerte sich um das Chaos. Er schob das Kleid über ihre Schultern und küßte innig die Wölbung ihres Busens, dann griff er nach dem Verschluß ihres trägerlosen BHs.

Avery spürte eine kurze Panik, als er ihn geöffnet hatte. *Er mußte es doch bemerken!* Aber seine Augen waren geschlossen. Seine Lippen waren seine Sinnesorgane, nicht seine Augen. Er küßte ihre Brüste, streichelte die Spitzen mit der Zunge, sog sie zwischen die Lippen.

Er brauchte sie. Sie wollte, daß er sie brauchte. Sie hatte ihm so viel zu geben.

Sie zog ihm die Hemdärmel über die Handgelenke, und er schüttelte die Arme, bis das Hemd auf dem Boden lag. Dann schob er seine Hände unter den Saum ihres Kleides. Sie glitten über ihre Schenkel aufwärts, faßten nach dem Gummiband ihres Slips und zogen ihn hinunter. Dann lag seine Handfläche auf ihr, seine Finger waren in ihr und sie stöhnte flehend und voller Verlangen.

»Du bist meine Frau«, sagte er mit belegter Stimme. »Du verdienst etwas Besseres, als gegen die Wand gedrückt zu werden.«

Er ließ sie los und trat zurück. In wenigen Sekunden hatte er seine Schuhe und Socken ausgezogen, und seine Hose blieb auf dem Teppich liegen.

Avery wand sich aus ihrem Kleid, schüttelte die Schuhe ab und ging zum Bett. Sie nahm die Betthupferl vom Kopfkissen und glitt unter die Decke. Der Strumpfhalter mit den Spitzen öffnete sich mit einem Klicken. Sie hatte kaum die Strümpfe ausgezogen, als Tate nach ihr faßte.

Sie ließ sich gern an seine warme, haarige Brust ziehen. Ihre Lippen trafen sich noch einmal in einem tiefen wilden Kuß. Sein Glied war hart und glatt. Es drückte sich gegen ihren weichen Bauch und kuschelte sich in die dunklen Locken darunter.

Er umfaßte eine Brust, hob sie und rieb mit dem Daumen sanft über die Brustwarze, dann strich er mit der Zunge darüber. Avery leistete keinen Widerstand, als er ihr die Schenkel auseinanderdrückte. Die Spalte dazwischen war weich und empfindlich und schlüpfrig. Sie atmete kurz und heftig, als seine Finger mit ihr spielten.

Dann drehte er sie auf den Rücken und führte sein hartes Glied zu der feuchten, ovalen Öffnung. Ihr Körper empfing ihn zurückhaltend, denn er war sehr groß und hart und sie war klein und weich. Mann und Frau. So wie es sein sollte.

Sie war überwältigt, weil er sie vollständig und mit drängender Zärtlichkeit in Besitz nahm. Sie kam ihm entgegen, und er drang noch mehr ein und berührte ihr Innerstes.

Er bemühte sich, seinen Höhepunkt zurückzuhalten und den Genuß zu verlängern, aber er verlangte zuviel von seinem Körper, der so lange in der selbstauferlegten Abstinenz hatte leben müssen.

Er drang nur wenige Male in sie ein, dann kam er zum Höhepunkt.

Es war so still im Zimmer, daß sie das Ticken seiner Armbanduhr an seiner Hand neben ihrem Kopf hören konnte. Sie wagte es nicht, ihn anzusehen oder zu berühren. Sie lag da und hörte zu, wie sein Atem wieder ruhiger wurde.

Es war vorüber.

Schließlich drehte er sich auf die Seite, schob sich das Kopfkissen unter den Kopf und zog die Beine an. Sie fühlte sich verletzt, wußte aber nicht, warum.

Ein paar Minuten vergingen. Als sie die Hand auf ihrer Taille spürte, dachte sie zuerst, daß die Sehnsucht nach Berührung ihre Phantasie anstachelte.

Seine Hand legte sich fester an ihre Taille und drehte sie zu sich um. Sie sah mit großen fragenden Augen in sein Gesicht.

»Ich war immer fair«, flüsterte er.

Er strich mit dem Handrücken über ihre Wange und ihre Lippen. Seine Bartstoppeln hatten ihre Haut aufgerauht. Bei seiner zarten Berührung schluckte Avery. Ihre Lippen öffneten sich, aber sie konnte nicht aussprechen, was sie gern gesagt hätte.

Tate senkte den Kopf und küßte sie weich. Seine Wangen strahlten Hitze aus. Erfüllt von Sehnsucht, hob sie die Hand und berührte sacht das Pflaster an seiner Stirn und strich durch sein wirres Haar. Dann zeichnete sie mit einem Finger die Vertiefung in seinem Kinn nach.

Mein Gott, sie liebte diesen Mann von ganzem Herzen.

Seine Lippen preßten sich wieder auf die ihren, und seine Zunge glitt in ihren Mund. Sanft und erotisch bewegte er sie vor und zurück – eine warme Erinnerung. Sie gab einen leisen Laut von sich. Er reagierte darauf, indem er sie noch näher an sich zog, so nah, daß sein weicher Penis in der feuchten Wärme zwischen ihren Schenkeln zu liegen kam.

Er küßte ihren Mund, ihren Hals, ihre Schultern und streichelte dabei ihre Brüste. Seine Finger reizten ihre Brustwarzen, bis sie hart wurden, dann saugte er zärtlich daran, bis sie sich ruhelos unter ihm bewegte. Er küßte ihren Bauch, den Bauchnabel, ihre wogenden Hüften, den empfindlichen Platz zwischen ihren Beckenknochen.

Avery, die völlig aufging in der Berührung seines Mundes, vergrub ihre Finger in seinem Haar und hielt sich daran fest.

Seine Finger tauchten in sie ein, und er entdeckte den kleinen, geschwollenen Knopf zwischen ihren vollen Lippen. Er drückte darauf, strich ganz sacht darüber und rollte ihn vorsichtig zwischen den Fingerspitzen.

Mit einem Seufzen rief sie leise seinen Namen. Ihr Körper schien flüssiger zu werden. Kleine Schauer durchrannen sie, und sie zog die Knie an.

»Ich bin wieder hart.«

Seine Stimme klang, als wundere es ihn selbst. Er hatte nicht erwartet, daß er sie so bald schon wieder begehren würde, und vor allem nicht, daß es ihn so heftig nach ihr verlangen könnte.

Er drang sicherer in sie ein als vorher und nahm sich doch mehr Zeit. Als er ganz in sie eingetaucht war, legte er sein Gesicht an ihren Hals und sog sacht Ihre Haut zwischen seine Zähne. Averys Körper reagierte sofort. Ihre inneren Muskeln zogen sich zusammen und drückten ihn fest. Mit einem leisen Stöhnen begann er, seine Hüften vor und zurück zu bewegen.

Sie klammerte sich an ihn. Jede seiner rhythmischen Bewegungen brachten sie näher zu dem Licht, das am Ende eines dunklen Tunnels schimmerte. Ihre Lider flatterten. Sie brauste dahin, drängender und schneller.

Das Licht explodierte grell um sie herum und verzehrte sie.

Tate stieß ein langes, leises Stöhnen aus. Sein ganzer Körper spannte sich an. Dann kam er und kam und kam, brennend und wild, bis er völlig leer war.

Er sagte nichts, als er seinen Körper von ihrem löste. Er wandte sich ab, drehte ihr den Rücken zu und zog sich das Laken über seine Schultern.

Avery betrachtete die gegenüberliegende Wand und versuchte, ihr Schluchzen zu unterdrücken. Körperlich war es die phantastischste Erfahrung gewesen, die sie je gehabt hatte – weit mehr als alles, was sie je erlebt hatte. Und diesmal liebte sie den Mann, mit dem sie geschlafen hatte – das war der Unterschied zu den wenigen anderen Affären in ihrem Leben.

Aber für Tate war es von Anfang bis Ende eine biologische Entspannungsübung gewesen, in Gang gesetzt durch seinen Ärger, nicht durch Liebe oder wenigstens Zuneigung hervorgerufen. Er hatte ihr einen Orgasmus verschafft, aber das war eine

Verpflichtung gewesen, die er mit Bedacht erfüllt hatte, sonst nichts.

Sein Vorspiel war technisch hervorragend, aber unpersönlich gewesen. Sie hatte ihre Erfüllung nicht genossen, obwohl sie sich danach sehnte, seinen nackten Körper zu erforschen, ihre Augen und Hände und ihren Mund mit jedem kleinen Teil vertraut zu machen. Niemand hatte verliebte Worte geflüstert. Er hatte nicht einmal ihren Namen gesagt.

Er kannte ihn ja nicht einmal.

KAPITEL 32

»Tate, ich muß mit dir sprechen, allein.«

Avery stürmte ins Zimmer und unterbrach die Besprechung im großen Salon der Ranch.

»Was ist los?« fragte Tate mißmutig. »Kann Zee dir nicht helfen? Es wäre mir lieber, wenn wir erst einmal hier fertig werden könnten.«

»Wenn es nicht wirklich wichtig wäre, hätte ich euch sicher nicht unterbrochen.« Avery war wütend. Schon seit sie vor ein paar Tagen nach Hause gekommen waren, ging Tate ihr aus dem Weg. Enttäuscht stellte Avery fest, daß sie sich nicht nähergekommen waren, nachdem sie sich geliebt hatten. Es entfernte sie eher noch weiter voneinander, und er hatte nur noch einmal davon gesprochen, als er feststellte, daß sie kein Verhütungsmittel gebraucht hatten.

Avery antwortete giftig: »Keine Sorge, ich habe kein Aids.«

Er sah sie kritisch an. »Ich weiß, das hätten sie sonst in der Klinik festgestellt.«

»Hast du deswegen gewagt, mich zu berühren – weil ich keine ansteckende Krankheit habe?«

»Ich wollte nur wissen«, knurrte er, »ob du schwanger werden könntest.«

Avery schüttelte düster den Kopf. »Du bist in jeder Beziehung sicher.«

Mehr war nicht darüber gesprochen worden, daß sie sich geliebt hatten, obwohl dieser Ausdruck – zumindest für Tate – der Angelegenheit wenig entsprach. Jeder warme, weibliche Körper wäre ihm recht gewesen. Jetzt war er erst einmal zufrieden und würde sie eine Weile nicht brauchen.

Sie haßte es, zum Wegwerfartikel geworden zu sein. Einmal gebraucht – nun, genaugenommen zweimal – und weg damit. Vielleicht war Caroles Untreue doch irgendwie gerechtfertigt gewesen.

»Also gut«, sagte sie schließlich. »Ich werd's allein versuchen.«

Sie warf laut die Tür hinter sich zu und kurz darauf die von Fancys Schlafzimmer. Das Mädchen saß auf dem Bett und lakkierte sich die Fingernägel feuerrot. Sie hatte Kopfhörer auf, und die Musik war so laut, daß sogar Avery sie noch hören konnte. Fancy kaute im passenden Rhythmus Kaugummi.

Wahrscheinlich hatte sie die Erschütterung der zufallenden Tür gespürt, denn sie sah auf. Avery stand vor ihr, ein Kaugummipapier in der Hand.

Fancy nahm den Kopfhörer ab. »Was willst du hier?«

»Ich will meine Sachen abholen.«

Ohne weitere Warnung ging sie zum Wandschrank und machte ihn auf.

»Warte 'ne Sekunde!« Fancy warf den Kopfhörer aufs Bett und sprang auf.

»Das gehört mir«, sagte Avery und zerrte eine Bluse heraus, »und das, und das.« Dann ging sie zu Fancys Toilettentisch und öffnete ein Schmuckkästchen. Sie fand zwischen den anderen Dingen die Ohrringe, die ihr in Houston gefehlt hatten, ein Armband und ihre Uhr. Sie war nicht teuer gewesen, aber Tate hatte sie ihr gekauft – ihr, und nicht Carole. Heute morgen war ihr aufgefallen, daß sie fehlte, und deswegen war sie so heftig in die Besprechung hereingeplatzt. Da Tate sich geweigert hatte, mit ihr über Fancys Kleptomanie zu sprechen, half sie sich selbst.

»Du bist eine schlechte Diebin, Fancy.«

»Ich weiß gar nicht, wie die Sachen in mein Zimmer gekommen sind.«

»Und du bist eine noch schlechtere Lügnerin.«

»Mona hat wahrscheinlich ...«

»Fancy!« rief Avery. »Du klaust schon seit Wochen Sachen aus meinem Zimmer. Willst du mich für dumm verkaufen? Du hast eindeutige Spuren hinterlassen.«

»Wirst du mich bei Onkel Tate verpetzen?« fragte sie mit einem Blick auf das Kaugummipapier.

»Soll ich?«

Sie warf sich wieder aufs Bett. »Ach, tu doch, was du willst. Aber bitte nicht hier.«

Avery war schon auf dem Weg hinaus, als sie es sich anders überlegte und zum Bett ging. Sie drückte Fancy die Ohrringe in die Hand. »Die kannst du behalten. Ich hätte sie dir auch geliehen, wenn du mich darum gebeten hättest.«

Fancy warf die Ohrringe weit von sich. »Ich will keine milde Gabe von dir. Ich will überhaupt nichts von dir.«

Avery hielt dem Angriff stand. »Das glaube ich sogar. Du wolltest gar nicht meine Sachen, du wolltest erwischt werden.«

»Du warst zu lange in der Sonne, Tante Carole. Das ist nicht gut für deine Gesichtsplastik. Sie schmilzt vielleicht«, fauchte Fancy.

»Du brauchst mich nicht zu beleidigen, du hast meine Aufmerksamkeit doch schon durch dein Stehlen bekommen. Genau wie du die Aufmerksamkeit deiner Eltern bekommst, wenn du Dinge tust, die sie ablehnen.«

»Wie zum Beispiel Eddy bumsen?«

»Wie zum Beispiel Eddy bumsen, genau.«

Fancy war erstaunt, daß ihre Tante so ruhig den vulgären Satz wiederholte, erholte sich aber schnell wieder. »Ich wette, du hättest dir fast in die Hosen gemacht, als du mich aus seinem Zimmer hast kommen sehen, obwohl ich gar nicht in Houston sein sollte.«

»Er ist zu alt für dich, Fancy.«

»Das glauben wir nicht.« Fancy streifte das Nachthemd ab, und Avery sah mit einem elenden Gefühl in der Magengrube all die Striemen und blauen Flecken auf Fancys Körper.

»Ich habe noch nie einen Liebhaber wie Eddy gehabt«, sagte Fancy verträumt und zog ein Bikinihöschen an.

»Ach ja? Was ist er denn für ein Liebhaber?«

»Weißt du das denn nicht?« Avery sagte nichts. Sie hatte keine Ahnung, ob Carole mit dem besten Freund ihres Mannes geschlafen hatte oder nicht. »Er ist der beste.« Fancy hakte das Oberteil zu, nahm sich einen Lippenstift vom Toilettentisch und sah Avery im Spiegel an, während sie ihre Lippen schminkte. »Eifersüchtig?«

»Nein.«

»Onkel Tate schläft aber immer noch in dem anderen Zimmer.«

»Das geht dich nichts an.«

»Ist mir auch egal, solange du Eddy in Ruhe läßt.«

»Erzähl mir was von ihm.«

Fancy bürstete sich das Haar und sah dabei Avery an. »Ah, verstehe. Nicht eifersüchtig, nur neugierig.«

»Mag sein. Worüber redet ihr denn?«

»Redest du etwa mit den Typen, mit denen du bumst?« Fancy lachte laut. »Sag mal, du hast nicht vielleicht ein bißchen Gras, oder?«

»Nein.«

»Kann ich mir vorstellen, wenn ich daran denke, wie Onkel Tate durchgedreht ist, als er uns damals erwischt hat. Was hätte er wohl gedacht, wenn er uns dabei erwischt hätte, als wir uns den netten Cowboy damals geteilt haben?«

Avery wurde blaß und wandte sich ab. »Ich – ich tue solche Sachen nicht mehr, Fancy.«

»Ach ja? Wirklich?« Fancy wurde neugierig. »Weißt du, anfangs, als du aus der Klinik gekommen bist, habe ich ja gedacht, du spielst nur Theater. Aber langsam glaube ich wirklich, daß du dich nach diesem Flugzeugabsturz geändert hast. Was ist los? Hast du Angst, daß du in die Hölle kommst, wenn du stirbst?«

Avery wechselte das Thema. »Eddy hat dir doch bestimmt was über sich erzählt, wo er aufgewachsen ist und so –«

Fancy stemmte die Hände in die Hüften und musterte Avery mißtrauisch. »Du weißt genauso gut wie ich, wo er aufgewachsen ist und daß er keine Familie hatte, erinnerst du dich nicht? Nur eine Oma, die starb, als er noch auf der Uni war.«

»Was hat er gemacht, bevor er für Tate gearbeitet hat?«

»Hör zu, wir bumsen, wir halten keine Reden. Und er legt viel Wert auf sein Privatleben. Einmal habe ich abends seine Schubladen nach einem sauberen Hemd durchsucht, das ich anziehen könnte – er ist echt sauer geworden und hat gesagt, ich solle mich aus seinen Sachen heraushalten. Das mache ich auch, Punkt. Wir brauchen alle unsere Privatsphäre.«

»Hat er dir nie erzählt, was er nach Vietnam gemacht hat?«

»Ich habe ihn nur gefragt, ob er schon mal verheiratet war. Er sagte nein. Und er hätte viel Zeit damit verbracht, sich selbst zu finden. Ich fragte ihn: ›Hattest du dich denn verloren?‹ Das sollte ein Witz sein, aber Eddy bekam diesen seltsamen Gesichtsausdruck und sagte so was wie: ›Ja, ja, eine Weile war das so.‹ «

»Was denkst du, was er damit gemeint hat?«

»Ich schätze, er war nach dem Krieg ein bißchen verrückt«, erwiderte Fancy desinteressiert.

»Warum?«

»Wahrscheinlich, weil Onkel Tate ihm das Leben gerettet hat, nachdem ihr Flugzeug abgestürzt war. Er denkt wohl oft daran, wie er mit dem Fallschirm abgesprungen ist, verwundet wurde und Onkel Tate ihn im Dschungel herumgeschleppt hat, bis ein Hubschrauber sie aufnehmen konnte. Wenn du ihn nackt gesehen hast, muß dir die Narbe auf seinem Rücken aufgefallen sein. Ziemlich scheußlich, findest du nicht? Na ja, also, er muß vor Angst fast gestorben sein, daß sie von den Vietkong erwischt werden, schließlich bat er Onkel Tate darum, ihn sterben zu lassen, aber Onkel Tate dachte nicht daran.«

»Woher weißt du das alles, Fancy?«

»Du warst doch auch oft genug dabei, wenn Großvater davon erzählt hat.«

»Sicher, du scheinst nur so viele Einzelheiten zu kennen.«

»Auch nicht mehr als du. Hast du was dagegen, wenn ich jetzt schwimmen gehe?« Sie ging zur Tür. Avery folgte ihr. »Also, Fancy, das nächste Mal, wenn du dir etwas von meinen Sachen ausleihen willst, frag einfach.« Fancy verdrehte die Augen, aber Avery kümmerte sich nicht darum, sondern fügte noch hinzu: »Und nimm dich in acht.«

»Wovor?«

»Vor Eddy.«

»Sie hat gesagt, ich soll mich vor dir in acht nehmen.«

Das Motel lag an ihrem Heimweg, und so konnte sie sich mit Eddy auf dem Weg von der Arbeit noch treffen.

Heute hatten sie beide länger gearbeitet und saßen jetzt mit einem gebratenem Huhn auf dem zerwühlten Bett und unterhielten sich über Carole Rutledge.

»In acht nehmen vor mir?« fragte Eddy. »Warum?«

»Sie meinte, ich sollte mich nicht mit einem so viel älteren Mann einlassen«, sagte Fancy und nahm sich ein Stück Fleisch. »Aber ich denke, es gibt noch einen anderen Grund.«

Eddy zerbrach einen Hühnerflügel. »Nämlich welchen?«

»Sie ist verrückt vor Eifersucht. Sie will natürlich für Onkel Tate die gute Frau spielen. Falls er gewinnt, kann sie dann mit nach Washington. Und falls nicht, hätte sie mit dir noch ein Eisen im Feuer. Sie tut zwar so, als wäre es nicht wahr, aber ich weiß, daß Tante Carole scharf auf dich ist.«

Eddy starrte nachdenklich ins Leere. »Mir wär's trotzdem lieber, sie wüßte nichts von uns beiden.«

»Aber es ging nun mal nicht anders, weil sie mich aus deinem Zimmer hat kommen sehen.«

»Hat Sie Tate davon erzählt?«

»Bezweifele ich. Aber ich sag' dir noch was. Ich glaube, sie ist immer noch nicht ganz richtig im Kopf.«

»Was meinst du damit?«

»Sie stellte so dumme Fragen. Gestern zum Beispiel habe ich von einer Sache gesprochen, an die sie sich eigentlich noch gut erinnern müßte, selbst nach einer schweren Gehirnerschütterung.«

»Worum ging's?«

»Nun ja«, begann Fancy gedehnt und zog sich das schon fast abgenagte Hühnerbein durch die Lippen, »die Leute von einer anderen Ranch haben bei Großvater ein paar Pferde gekauft. Als der Cowboy kam, um sie sich anzusehen, war niemand sonst da. Ich habe ihn selbst zum Stall gebracht. Er war wirklich süß.«

»Ich verstehe«, sagte Eddy. »Was hat Carole damit zu tun?«

»Sie hat uns erwischt, als wir es wie die Karnickel in einer der Boxen trieben. Ich dachte, jetzt ist alles aus, weil ich damals erst siebzehn war. Aber Carole und der Cowboy waren sofort scharf aufeinander, du weißt schon – die Funken haben gesprüht. Im nächsten Augenblick war sie so nackt wie wir und rollte sich mit uns im Heu. Mann, das war phantastisch. Aber als ich es gestern erwähnt habe, sah sie aus, als müßte sie kotzen. Willst du noch Huhn?«

Eddy umschloß Fancys Fußgelenk mit seinen kräftigen Fingern. »Du hast doch keins von meinen Geheimnissen ausgeplaudert, oder?«

Sie lachte und stupste ihn mit dem bloßen Fuß ins Hinterteil. »Ich kenne deine Geheimnisse doch gar nicht.«

»Also, worüber habt ihr dann geredet?«

»Ich habe ihr nur gesagt, daß du der beste bist, den ich je hatte.« Sie beugte sich vor und gab ihm einen Kuß. »Und das bist du wirklich. Dein Schwanz ist aus massivem Eisen. Und dann hast du was so Aufregendes, fast Gefährliches an dir.«

Er grinste. »Iß auf. Zeit, daß du nach Hause fährst.«

Ungehorsam legte Fancy ihm die Arme um den Nacken und küßte ihn sehnsüchtig. Mit den Lippen dicht an seinem Mund flüsterte sie: »Ich habe es nie vorher wie die Hunde gemacht.«

»Ich weiß.«

Sie zog heftig den Kopf zurück. »War ich nicht gut?«

»Doch, prima. Aber ich hab' gesehen, daß du am Anfang überrascht warst.«

»Ich liebe Überraschungen.«

Eddy umfaßte ihren Hinterkopf und küßte sie heiß. Sie fielen in die säuerlich riechenden Kissen zurück. »Das nächste Mal, wenn deine Tante Carole komische Fragen über mich stellt«, sagte er schweratmend und zog sich einen Gummi über, »sag ihr, daß sie sich um ihre eigenen Angelegenheiten kümmern soll.« Er rammte sich in sie.

»Ja, Eddy, ja«, keuchte Fancy und schlug mit dem Hühnerknochen, den sie noch in der Hand hielt, auf seinen Rücken.

»Teufel auch«, sagte Van Lovejoy resigniert. »Ich wäre als Erpresser auch nicht besser als bei allen anderen Sachen, die ich anfange. Ich hätt's in den Sand gesetzt.«

»Du hast gedroht, sie zu erpressen?« Irish starrte den Kameramann vorwurfsvoll an. »Davon hast du mir noch nichts erzählt.«

»Ist schon gut, Irish.« Avery legte beruhigend eine Hand auf seinen Arm. Dann sagte sie mit einem kleinen Grinsen dazu: »Van war sauer, daß wir ihn nicht in unser Geheimnis eingeweiht haben.«

»Mach keine Witze darüber. Ich habe von diesem Geheimnis ständige Verdauungsbeschwerden.« Irish stand auf, um sich noch einen Whisky zu holen.

Van bat ihn, ihm auch einen mitzubringen, und wandte sich dann an Avery. »Irish hat recht. Du bist in einer beschissenen Lage und weißt es nicht mal. Warum machst du bloß so was Blödes?«

»Willst du's ihm sagen, oder soll ich?« fragte sie Irish, der sich neben sie setzte.

»Dies ist deine Party.«

Während die beiden ihren Whisky schlürften, erzählte sie die unglaubliche Geschichte noch einmal.

»Und Rutledge hat davon keine Ahnung?« fragte Van schließlich ungläubig.

»Nein, wenigstens soweit ich weiß.«

»Und wer ist der Verräter im Lager? Hast du noch mal von ihm gehört?«

»Keine Ahnung, aber gestern habe ich wieder eine getippte Nachricht bekommen.« Auf dem Zettel, den sie in ihrer Wäschekommode gefunden hatte, stand: *Du hast mit ihm geschlafen. Gute Arbeit. Er ist entwaffnet.* Sie fühlte sich unwohl bei dem Gedanken, daß ein Unbekannter davon wußte. Ob Tate mit seinem verräterischen Vertrauten darüber gesprochen hatte, daß sie miteinander geschlafen hatten? Vermutlich konnte sie froh sein, daß der Fremde es für einen Trick hielt und nicht wußte, das es für sie ein Ausdruck ihrer Liebe zu Tate gewesen war. »Aber wer immer es auch sein mag«, fuhr sie jetzt fort, »hat nach wie vor dieselben mörderischen Absichten.« Sie bekam eine Gänsehaut. »Ich glaube nicht, daß er es selbst tun wird. Er bezahlt wahrscheinlich jemanden dafür. Hast du die Videobänder mitgebracht, um die ich gebeten habe?«

Van nickte und deutete auf die Videobänder, die auf einer Kommode lagen. Avery nahm eine, streckte sie in den Videorecorder und machte das Fernsehgerät an. »Danke, Van. Sind das alle Bänder, die du während unserer Fahrt aufgezeichnet hast?«

Van nickte. Auf dem Bildschirm erschien Tate, wie er aus dem Jet stieg, dahinter Avery mit Mandy.

»Wo sind seine Eltern?« fragte Van, der sich noch einen Drink geholt hatte.

»Sie sind mit dem Auto gefahren. Zee weigert sich strikt zu fliegen.«

»Seltsam für die Frau eines Luftwaffenoffiziers, oder?«

»Eigentlich nicht. Nelson hat in Korea Bomber geflogen, während sie mit dem kleinen Jack zu Hause bleiben mußte. Sie hatte sicher Angst, Witwe zu werden. Und Nelsons Kamerad – Tate ist nach ihm benannt – ist bei einem Absturz über dem Meer verschollen.«

»Woher weißt du das alles?«

»Ich war in Tates Büro, als ich wußte, daß er nicht da sein würde, und habe die Sekretärin unter dem Vorwand, ich wolle alle Fotos neu rahmen lassen, darüber ausgefragt... Stop! Anhalten!«

Als ihr klar wurde, daß sie die Fernbedienung selbst in der Hand hatte, stoppte sie das Band, ließ es ein Stück zurücklaufen und spielte es wieder ab. Leise sagte sie: »Er war also auch am Flughafen in Houston.«

»Wer?« fragten Van und Irish gleichzeitig.

»Da! Seht ihr den großen Mann mit den grauen Haaren?«

»Was ist mit ihm?« fragte Van.

Avery hielt das Band an und zeigte am Bildschirm auf den Mann. Er stand im Hintergrund am Rand der Menge.

»Ich habe ihn in Midland und später auch in Dallas bei dem

Bankett in Southfork gesehen. Könnt ihr euch vorstellen, daß das Zufall ist?«

»Vielleicht ist er ein eifriger Rutledge-Fan.«

»Dann wäre er doch nicht immer am Rand der Menge und würde nie näher kommen.«

»Du ziehst voreilige Schlüsse, Avery.«

»Du wirst mir doch nicht schon wieder unterstellen wollen, daß ich Schlüsse ziehe, bevor ich alle Fakten zusammen habe, und daß ich rein gefühlsmäßig handle, oder?« fragte Avery in einem so rüden Ton, wie sie noch nie mit Irish gesprochen hatte. »Also sehen wir uns alle Bänder an, dann werdet ihr sehen, daß ich recht habe.«

Als das letzte Video abgespielt war, folgte ein ausdrucksvolles Schweigen.

Avery stand auf und sah die beiden an. Sie verschwendete keine Zeit damit, ihnen vorzuhalten, wie recht sie gehabt hatte. Der Mann war auf fast jedem Video zu sehen gewesen.

»Kommt er einem von euch bekannt vor?«

Sie schüttelten die Köpfe.

»Er hat fast jedesmal am Rand der Menge gestanden und Tate eindringlich angestarrt.«

»Du hast ihn auch meistens angestarrt«, meinte Van knapp, »und du willst ihn nicht kaltmachen. Es gibt nun mal keine Bilder von ihm, auf denen er den Finger am Abzug hat. Und bei General Motors war er nicht dabei.«

Avery biß sich auf die Lippen. An jenen Tag hatte sie eine Menge lebhafter Erinnerungen: Tage in der Notaufnahme des Krankenhauses mit blutigem Hemd. Die Wunde war schnell geheilt – aber um wieviel schlimmer hätte es sein können, wenn der Grauhaarige...

»Wartet, gerade ist mir was eingefallen!« rief sie. »Auf dem offiziellen Zeitplan für diesen Tag war der Besuch bei GM gar nicht aufgelistet – den haben wir später eingeschoben!«

»Ich finde, die Sache wird langsam zu gefährlich. Sag Rutledge, wer du bist und was du vermutest, und sieh zu, daß du da wegkommst«, schlug Irish vor.

»Das kann ich nicht«, sagte sie mit belegter Stimme. »Tate

braucht mich, versteht ihr nicht? Und Mandy auch. Ich verlasse sie nicht, bevor sie nicht in Sicherheit sind.«

Sie umarmte ihre Freunde, bevor sie ging. »Es bedeutet mir viel, zu wissen, daß du in der Nähe bist«, sagte sie zu Van, denn Irish hatte ihr seine weitere Begleitung zugesagt. »Sieh dich genau um. Und sag mir sofort, wenn der Grauhaarige auftaucht.«

Irish seufzte. »Deinetwegen habe ich die schlimmsten Bauchschmerzen meines Lebens«, sagte er mürrisch, »und ich will dich nicht noch mal verlieren.«

Sie nahmen sich fest in die Arme. »Wirst du auch nicht.«

»Achte darauf, daß du dir den Rücken deckst«, empfahl Van.

»Tu' ich, bestimmt.«

Sie war schon spät dran und fuhr schnell nach Hause, aber sie war nicht schnell genug.

Kapitel 34

»Diese Vorkommnisse häufen sich«, sagte Tate ärgerlich zu Avery, als sie in Mandys Zimmer kam. »Ich gehe hier auf und ab und weiß nicht, wo du bist.«

Atemlos hastete sie durchs Zimmer und setzte sich auf die Bettkante. Mandy schlief, aber auf ihren Wangen waren Tränenspuren. »Das tut mir leid. Zee hat gesagt, daß sie wieder einen Alptraum hatte.«

Tate wirkte noch unruhiger als Zee, die sie im Flur erwartet hatte, als sie hereinkam. »Es war vor etwa einer Stunde – kurz nachdem sie eingeschlafen war.«

»Hat sie sich an irgendwas erinnert?« fragte sie hoffnungsvoll.

»Nein, ihre eigenen Schreie haben sie geweckt.«

Avery strich Mandy durchs Haar und murmelte: »Ich hätte hier sein müssen.«

»Das hättest du, verdammt noch mal. Sie hat nach dir gerufen. Wo, zum Teufel, warst du?«

»Ich hatte noch was zu erledigen.« Sein schroffer Ton machte sie wütend, aber sie wollte nicht mit ihm streiten. »Ich werde jetzt bei ihr bleiben.«

»Das geht nicht, die Männer von Wakely und Foster sind gekommen, die Berater, die wir für den Wahlkampf angestellt haben. Unser Treffen wurde durch Mandys Alptraum unterbrochen. Die Zeit dieser Männer ist teuer.«

Er drängte sie aus Mandys Zimmer und zur Tür in den Hof. Sie wehrte sich und blieb abrupt stehen. »Was macht dir mehr Sorgen, Tate – der Alptraum deiner Tochter oder daß diese Lackaffen warten mußten?«

»Reiz mich jetzt bitte nicht, Carole«, warnte er leise. »Ich war hier, um sie zu trösten, du nicht.«

Das stimmte, und sie wandte sich schuldbewußt ab. »Ich dachte, du wolltest keine Profis für den Wahlkampf. Oder haben Eddy und Jack dich beschwatzt?«

»Ich hab's mir anders überlegt und eine Entscheidung getroffen.«

»Warte, Tate«, sagte sie und versuchte ihn zurückzuhalten. »Wenn du dich dabei nicht wohl fühlst, laß sie wieder gehen. Bis jetzt warst *du* die Hauptperson – so wie du bist. Wenn diese sogenannten Profis dich jetzt zu ändern versuchen, was dann? Laß dich bitte zu nichts drängen.«

Er schob ihre Hand weg. »Wenn man mich zu etwas drängen könnte, Carole, dann hätte ich mich schon vor langer Zeit von dir scheiden lassen.«

Am folgenden Morgen stieg sie aus der Wanne und wickelte sich lose in ein Badetuch. Als sie sich vor dem Spiegel die Haare frottierte, glaubte sie, durch die halboffene Tür im Schlafzimmer eine Bewegung gesehen zu haben. Sie stieß die Tür auf und fuhr hastig zurück. »Jack!«

»Entschuldige, Carole. Ich dachte, du hättest mich klopfen hören.«

Er log. Er hatte nicht geklopft. Sie war eher wütend als verängstigt und zog das Badetuch fester.

»Was willst du, Jack?«

»Äh, die Männer von Wakely und Foster haben das hier für dich dagelassen.« Er warf einen Ordner aufs Bett.

Sein unverwandter Blick bereitete ihr Unbehagen. Ob er ihren

Körper von Caroles unterscheiden konnte? Ob er wohl wußte, wie Caroles Körper aussah?

»Es wundert mich, daß du die beiden magst«, sagte sie, um ihn abzulenken.

»Warum?«

»Weil sie dir deine Arbeit wegnehmen. Ich kann diese Art von Bestimmung über mich nicht leiden. Sie führen sich auf, als könnten sie die Kontrolle ganz übernehmen. Und es sollte mich wundern, wenn Tate sich das lange Zeit gefallen läßt.«

Jack lachte. »So wie du über die beiden denkst, wird dir das hier sicher keine Freude machen.« Er zeigte auf den Ordner mit den Unterlagen.

Avery sah sich die ersten paar Seiten an. »Eine Liste von Anweisungen, was die Frau des Bewerbers um den Senatorenposten zu tun und zu lassen hat.« Sie klappte den Ordner zu und warf ihn zurück aufs Bett.

Jack lachte wieder. »Bin ich froh, daß ich nur der Bote bin. Eddy wird fuchsteufelswild, wenn du dich nicht genau an die Anweisungen hältst.«

»Eddy soll zum Teufel gehen. Du auch – und alle anderen, die aus Tate einen Babys küssenden, Hände schüttelnden Automaten machen wollen, der nie ein Wort sagt, das sich zu hören lohnt.«

»Du setzt dich ja ganz schön für ihn ein, was?«

»Genau.«

»Was glaubst du, wen du damit täuschen kannst?«

»Ich bin seine Frau. Und das nächste Mal klopfe lauter, wenn du zu mir willst.«

Er trat mit ärgerlicher Miene einen Schritt auf sie zu. »Du kannst Theater spielen, wann du willst, aber wenn wir alleine sind –«

»Mami, ich hab' dir ein Bild gemalt.« Mandy stürmte plötzlich ins Zimmer.

Jack sah Avery finster an, dann ging er wortlos hinaus.

Averys Knie gaben nach, und sie sank auf die Bettkante, faßte sich aber gleich wieder und sagte: »Zeig mir, was du gemalt hast. Oh, wie schön!«

In den Wochen seit dem Besuch bei Dr. Webster hatte Mandy unglaubliche Fortschritte gemacht. Sie kam langsam aus dem Schneckenhaus hervor, in das sie sich verkrochen hatte. Ihr Körper war voller Energie. Wenn ihr Selbstbewußtsein auch immer noch zerbrechlich war, kam sie doch besser damit zurecht.

»Das sind Daddy und Shep. Und Mona hat gesagt, ich darf dich fragen, ob ich einen Kaugummi kriege.«

Avery gab ihr einen Kaugummi, schärfte ihr aber ein, ihn nicht hinunterzuschlucken. Sie umarmten sich. Dann ging Avery mit ihr zur Tür und schloß sie hinter ihr. Am liebsten hätte sie die Tür abgeschlossen, aber dann konnten auch die nicht hinein, für die sie sie lieber offenlassen wollte – Mandy und Tate.

Van öffnete eine Thunfischdose, nachdem es seinem Magen endlich gelungen war, sich seinem Gehirn verständlich zu machen. Eigentlich war er so beschäftigt, daß er seinen Hunger gar nicht bemerkt hatte. Mit einem einigermaßen sauberen Teelöffel aß er den öligen Fisch direkt aus der Dose. Dann ließ er den Löffel im Mund und ersetzte mit beiden Händen geschickt die abgelaufene Videokassette durch eine andere.

Er schluckte den Bissen herunter, nahm einen Zug von seiner Zigarette und trank einen Schluck Whisky. Dann legte er die Füße auf die Kante des Schreibtisches.

Aber auch in dieser Dokumentation über Kinderpornografie, einem Band aus seiner persönlichen Sammlung, das er vor ein paar Jahren erarbeitet hatte, fand er keinen Anhaltspunkt für das Gefühl, daß er jemanden aus Rutledges Umgebung schon einmal irgendwo gesehen hatte – und zwar nicht den Grauhaarigen, der Avery solche Sorgen machte. Van wußte nicht einmal, wonach er eigentlich suchte, aber irgendwo mußte er anfangen. Und er würde nicht aufhören, bevor er ›es‹ gefunden hatte, was immer es auch sein mochte.

»Wo ist Eddy?« fragte Nelson beim Abendessen.

»Er muß noch arbeiten, wir sollen nicht mit dem Essen auf ihn warten«, sagte Tate.

»Und wo ist Fancy, Dorothy Rae?«

»Sie ... äh ...« Sie wußte nicht, wo ihre Tochter war.

Tate kam ihr zu Hilfe. »Sie war noch in der Wahlkampfzentrale, als ich losgefahren bin.«

Jack lächelte seinen Eltern zu. »Sie arbeitet jetzt viel, findest du nicht, Mama?«

»Ja, mehr als ich erwartet hatte.«

Avery, die Jack gegenüber saß, schwieg. Sie bezweifelte, daß Fancy wirklich so viel arbeitete, aber außer ihr schien niemand zu merken, daß Fancy und Eddy so oft an den gleichen Tagen spät nach Hause kamen. Mandy bat Avery, ihr Brötchen mit Butter zu bestreichen. Als sie wieder aufsah, begegnete sie Jacks Blick. Er lächelte sie an, als hätten sie beide ein anstößiges Geheimnis. Avery konzentrierte sich schnell wieder auf ihren Teller.

Wenige Minuten später kam Fancy herein und ließ sich auf ihren Stuhl fallen. Sie spähte in die Schüssel und seufzte: »Mein Gott, Blumenkohl.«

»Kannst du dich nicht anständig benehmen? Vielleicht hast du ein Grußwort oder etwas ähnliches für uns übrig. Ich werde diese Art schlechter Manieren nicht länger dulden«, donnerte Nelson. Er sah vielsagend zu Jack und Dorothy Rae, die nach ihrem Weinglas griff.

»Setz dich ordentlich hin und iß.«

»Hier gibt's ja nie was Vernünftiges zu essen.«

»Du solltest dich schämen, Francine.«

»Ich weiß, ich weiß, Großvater. Die hungernden Kinder in Afrika. Spar dir die Predigt, ja? Ich gehe in mein Zimmer.«

»Du bleibst, wo du bist. In dieser Familie essen alle zusammen zu Abend, verstanden?« bellte Nelson. Fancys Gesicht verfinsterte sich, aber sie blieb sitzen.

Dann setzte Nelson das Gespräch genau dort fort, wo es abgebrochen worden war, und erklärte den Frauen, die nicht dabeigewesen waren: »Das Team Wakely und Foster organisiert die nächste Wahlkampftour. Tate fährt eine Woche lang quer durch den ganzen Staat.«

Avery sah Tate an. »Ich habe es erst heute nachmittag erfahren und konnte noch nicht mit dir darüber sprechen. Du bekommst einen Zeitplan«, erklärte er ihr.

»Und mach dir keine Sorgen wegen Mandy«, warf Nelson ein. »Ihr Großvater kümmert sich um sie, nicht wahr, Mandy?«

Sie grinste ihn an und nickte eifrig. Avery hatte eigentlich nichts dagegen, sie alleinzulassen, aber sie hatte in der vergangenen Nacht schon den zweiten Alptraum in dieser Woche gehabt. Vielleicht war sie kurz vor dem Durchbruch, und Avery wollte bei ihr sein. Vielleicht konnte Mandy mitkommen, das mußte sie noch mit Tate besprechen.

Eddy stand plötzlich in der Tür. Fancys Miene erhellte sich sichtlich. Sie lächelte und sah ihn mit Bewunderung und Verlangen an.

»Tut mir leid, wenn ich euch beim Essen stören muß«, sagte er. Er schien zu knistern vor Wut. »Ralph und Dirk sind hier, aber ich habe sie gebeten, im Salon zu warten, bis ich mit euch gesprochen habe.«

Ralph und Dirk waren die beiden Männer von der Werbefirma. Avery ahnte, daß etwas Unangenehmes im Gange war.

»Also?« fragte Nelson ungeduldig. »Dann wollen wir die schlechten Nachrichten hinter uns bringen.«

»Es betrifft Carole.« Alle starrten sie an. »Eine Frau will über Caroles Abtreibung auspacken.«

Kapitel 35

Bomberpiloten brauchen die Fähigkeit, in schwierigen Situationen nicht zusammenzubrechen. Nelson besaß diese Fähigkeit. Avery staunte, wie gut er diese wirklich schreckliche Nachricht verkraftete.

Sie fand seine auffallende Ruhe auch deshalb bemerkenswert, weil sie selbst das Gefühl hatte, in Teile zu zerbrechen. Sie war sprachlos und unfähig zu denken, nachdem Eddy seine Hiobsbotschaft verkündet hatte. Ihr Gehirn stellte einfach jede Tätigkeit ein, und sie trieb im Dunkeln dahin.

Nelson schob gefaßt seinen Stuhl zurück und meinte: »Ich denke, wir sollten diese Diskussion im Wohnzimmer fortsetzen.«

Eddy nickte, sah Tate mit einer Mischung aus Ärger und Mitleid an und ging hinaus.

Dorothy Rae griff nach dem Weinglas, aber Jack nahm es ihr ab. Er zog sie von ihrem Stuhl hoch und schob sie in Richtung Flur. Fancy ging hinter ihnen her. Jack wies sie an: »Halt du dich aus der Sache raus.«

»Kommt nicht in Frage. So was Spannendes ist schon lange nicht mehr vorgekommen«, sagte sie und kicherte.

»Das geht dich nichts an, Fancy.« Jack nahm eine Fünfzigdollarnote aus seiner Tasche und drückte sie ihr in die Hand. »Tu irgendwas anderes.«

Ihr Mund bewegte sich lautlos, dann verschwand sie.

Tates Gesicht war weiß vor Zorn, aber seine Bewegungen wirkten sehr beherrscht, als er seine Serviette faltete und neben den Teller legte. »Carole?«

Avery hob den Kopf. Sie hatte den Widerspruch schon auf den Lippen, aber die Wut in seinen Augen ließ sie schweigen.

Der Blick aus dem Wohnzimmer zum westlichen Himmel, an dem erst kürzlich die Sonne untergegangen war, konnte atemberaubend sein, und Avery genoß ihn oft. Aber heute überkam sie Niedergeschlagenheit und ein Gefühl der Einsamkeit, als sie den endlosen Horizont sah. Kein freundliches Gesicht begrüßte sie, als sie ins Zimmer trat, und die Männer von der Werbefirma wirkten besonders finster.

Dirk sah aus wie der Böse aus einem Gangsterfilm. Ralph dagegen versuchte immer Witze zu machen und ging damit allen auf die Nerven.

Die beiden Männer hatten nie ihre Nachnamen genannt, und Avery nahm an, daß sie dadurch eine freundliche Beziehung zwischen ihnen und ihren Kunden aufbauen wollten. Bei Avery funktionierte dieser Trick allerdings nicht.

Nelson übernahm die Gesprächsleitung. »Eddy, bitte erkläre uns genauer, was du eben angekündigt hast.«

Eddy machte keine Umwege und wandte sich Avery zu. »Hattest du eine Abtreibung?«

Ihre Lippen öffneten sich, aber sie konnte nichts sagen. Tate antwortete für sie: »Ja, hatte sie.«

Zee zuckte zusammen, als wäre sie von einem Pfeil getroffen. Die anderen starrten Avery ungläubig an.

»Wann war das?« wollte Nelson wissen.

»Kurz vor dem Absturz«, antwortete Tate.

»Na toll«, murmelte Eddy. »Sagt mal, habt ihr eine Vorstellung, was mit dem Rutledge-Wahlkampf passiert, wenn diese Sache herauskommt?«

Nelson meinte sachlich: »Natürlich. Aber wir dürfen nicht zu heftig reagieren. Das würde uns auch nichts nützen.« Nachdem sich die Gemüter etwas beruhigt hatten, fragte er: »Wie bist du auf... diese grausige Sache gestoßen, Eddy?«

»Die Sprechstundenhilfe der Praxis hat heute abend angerufen und wollte Tate sprechen. Da er schon weg war, habe ich den Anruf entgegengenommen. Sie sagte, Carole sei in der sechsten Schwangerschaftswoche in die Praxis gekommen und hätte eine Abtreibung vornehmen lassen wollen.«

Avery setzte sich auf die gepolsterte Sofalehne und fragte: »Müssen wir das vor den beiden hier diskutieren?« Sie nickte in Richtung auf die Werbeleute.

»Raus mit euch«, befahl Tate.

»Einen Moment«, widersprach Eddy. »Sie müssen wissen, was los ist.«

»Aber nicht, wenn es unser Privatleben betrifft.«

»Tate, wir müssen alles erfahren«, widersprach Dirk. »Bis hin zu dem Deo, das Sie verwenden. Wir wollen keine unangenehmen Überraschungen erleben, das hatten wir von Anfang an so besprochen.«

Tate sah aus, als würde er gleich explodieren. »Womit hat die Sprechstundenhilfe gedroht?«

»Sie will mit der Presse reden.«

»Unwiderruflich?«

»Es sei denn, wir bezahlen sie für ihr Schweigen.«

»Erpressung«, sagte Ralph. »Nicht sehr originell.«

»Aber effektiv«, meinte Eddy knapp. »Meine Aufmerksamkeit hat sie. Du hättest alles damit ruinieren können, weißt du das?« fuhr er Avery an.

Avery, die jetzt in ihrer eigenen Lüge gefangen saß, mußte die

Verachtung ertragen. Es war ihr egal, was die anderen meinten, aber sie fühlte sich sterbenselend, wenn sie daran dachte, wie betrogen Tate sich fühlen mußte.

Eddy ging zum Schrank mit der Bar und goß sich einen Whisky ein. »Ich höre. Vorschläge bitte.«

»Was ist mit dem Arzt?« fragte Dirk.

»Die Arzthelferin arbeitet nicht mehr für die Praxis.«

»Ach ja?« Ralph hörte auf, mit den Münzen in seiner Tasche zu spielen. »Wie kommt's?«

»Keine Ahnung.«

»Das müßt ihr herausfinden.« Avery stand auf. Sie sah nur eine Möglichkeit, in Tates Augen wieder besser dazustehen und ihm zu helfen. »Vielleicht hat der Mann sie wegen Unfähigkeit hinausgeworfen.«

»Der Mann? Der Arzt ist eine Frau. Mein Gott, erinnerst du dich nicht mal mehr daran?«

»Willst du meine Hilfe oder nicht?« schoß sie zurück. »Wenn die Schwester rausgeworfen worden ist, wäre sie kein sehr glaubwürdiger Informant, oder?«

»Was hast du vor?« fragte Eddy. »Willst du die Sache durchstehen und leugnen, oder was?«

»Ja«, bestätigte sie trotzig.

Es wurde mucksmäuschenstill im Zimmer. Zee brach schließlich das Schweigen. »Und wenn sie deine Karteikarte hat?«

»Die kann man fälschen. Und dann würde nach wie vor mein Wort gegen ihres stehen.«

»Wir können die Sache doch nicht einfach ableugnen«, sagte Tate.

»Warum denn nicht, zum Teufel?« fragte Dirk.

Ralph lachte. »Lügen gehört dazu, Tate. Wenn Sie gewinnen wollen, müssen Sie nur überzeugender lügen als Rory Dekker, das ist alles.«

»Wenn ich Senator werde, muß ich mich nach wie vor jeden Morgen im Spiegel ansehen«, meinte Tate finster.

»Wir werden gar nicht lügen müssen.« Avery stellte sich vor Tate und legte ihre Hände auf seine Arme. »Wenn wir sagen, daß sie blufft, muß sie sich zurückziehen. Sicher wird keine der hiesigen Fernsehstationen sich für ihre Geschichte interessieren, besonders, wenn sie entlassen worden ist.« Wenn sie zu KTEX ging – und das war am wahrscheinlichsten, denn die bezahlten am besten –, würde Irish die Sache unter den Tisch kehren. Falls sie sich an einen anderen wandte...

»Aber die Skandalblätter würden die Story ohne weiteres drucken, auch ohne jeden Beweis.«

»Das mag sein«, sagte sie, »aber denen glaubt doch keiner. Wenn wir eine solche Skandalgeschichte weit von uns weisen, würden alle es für eine Lüge halten.«

»Was ist mit Dekkers Leuten? Die verbreiten die Geschichte in ganz Texas.«

»Und wenn schon?« fragte Avery. »Es ist eine häßliche Geschichte. Niemand hält es für möglich, daß ich so was tue.«

»Warum hast du es denn getan?«

Avery drehte sich Zee zu. Sie wirkte betroffen und litt offensichtlich um ihres Sohnes willen. Avery wünschte, sie könnte eine plausible Erklärung abgeben. »Tut mir leid, Zee«, sagte sie nur, »aber das geht nur Tate und mich etwas an. Damals schien es die richtige Lösung zu sein.«

Zee schauderte vor Widerwillen.

Eddy war der Gefühlsaspekt der Sache ganz egal. »Mein Gott, was macht wohl Dekker aus dieser Sache! Die Abtreibungsgegner sind sowieso schon auf seiner Seite. Mir graut, wenn ich mir die Folgen vorstelle. Er wird Carole als Mörderin hinstellen.«

»Wenn er es nicht hieb- und stichfest beweisen kann, würde es aussehen, als versuche er uns anzuschwärzen, und die Wähler würden eher in unsere Richtung tendieren.«

Dirk und Ralph sahen sich an und zuckten gleichzeitig mit den Schultern. »Sie hat nicht unrecht mit dem, was sie sagt«, meinte Dirk. »Wenn Sie noch mal von dieser Arzthelferin hören, sagen Sie ihr, daß sie blufft. Wahrscheinlich hat sie nichts Brauchbares in der Hand und wird schnell aufgeben.«

»Das ist wohl das beste.« Nelson stand auf und streckte seine Hand nach Zee aus. »Kümmert ihr euch um den Rest von dieser häßlichen Angelegenheit. Ich will nie wieder etwas davon hören.«

Dorothy Rae machte sich auf den Weg zu dem Schrank mit den scharfen Getränken.

Offensichtlich hatte bis heute abend niemand von Caroles Schwangerschaft gewußt. Die Sache war für alle, selbst für Avery, ein Schock gewesen, da sie darauf gesetzt hatte, daß es nie jemand herausfinden würde.

Jetzt fragte Jack finster: »Hast du sonst noch ein paar Leichen im Keller?«

Tate drehte sich zu ihm um und sagte in schneidendem Ton: »Halt den Mund, Jack.«

»Er soll den Mund halten!« kreischte Rae und stellte klirrend den Wodka zurück in den Schrank. »Er kann schließlich nichts dafür, daß deine Frau eine Schlampe ist.«

»Dorothy Rae!«

»Ist sie doch, oder, Jack? Sie hat ihr Baby getötet, und meins ... meins ...« Tränen stiegen ihr in die Augen. Sie drehte den anderen den Rücken zu.

Jack atmete tief aus, senkte den Kopf und murmelte: »Entschuldige, Tate.« Dann ging er zu seiner weinenden Frau, legte ihr den Arm um die Schultern und führte sie aus dem Zimmer. Avery fand die Geste rührend, auch wenn sie Jack nicht leiden konnte. Dorothy Rae empfand das auch so, denn sie sah voll Liebe und Dankbarkeit zu ihrem Mann auf.

Dirk und Ralph, die sich während dieses Teils des Familiendramas miteinander unterhalten hatten, sahen auf. »Sie sollten bei der nächsten Reise hierbleiben, Carole«, meinte Dirk.

»Dafür bin ich auch«, stimmte Eddy zu.

»Das hängt von Tate ab«, sagte sie.

Sein Gesichtsausdruck war kalt. »Du bleibst hier.«

Sie fühlte die heißen Tränen, aber um nichts in der Welt hätte sie den Männern in diesem Zimmer ihren Kummer gezeigt. »Entschuldigt mich.«

Stolz ging sie hinaus. Tate holte sie im Flur ein und drehte sie zu sich um. »Deine betrügerische Art kennt keine Grenzen, stimmt's, Carole?«

»Ich weiß, daß das schlecht aussieht, aber –«

»Schlecht!« Mit bitterer Miene schüttelte er den Kopf.

»Warum hast du nicht dazu gestanden? Warum hast du gesagt, es hätte nie ein Kind gegeben?«

»Weil ich gesehen habe, wie sehr es dich verletzt.«

»Unsinn. Du hast gemerkt, daß es dir Schwierigkeiten macht, sonst nichts. Du wußtest schon im voraus genau, wie du reagieren mußt – von wegen gefälschte Karteikarte und Bluff. Was hast du sonst noch für Trümpfe im Ärmel?«

»Ich habe das mit der gefälschten Karteikarte zu deinem Schutz vorgeschlagen, Tate, nicht zu meinem.«

»Klar doch«, sagte er zynisch. »Wenn du etwas für mich hättest tun wollen, hättest du das Kind nicht abgetrieben. Oder du wärest erst gar nicht schwanger geworden. Hast du dir eingebildet, ein Kind wäre deine Fahrkarte nach Washington?«

Er ließ sie plötzlich los. »Geh mir aus dem Weg. Ich kann deinen Anblick nicht ertragen.«

Als er im Wohnzimmer verschwand, sank Avery gegen die Wand und preßte die Hand auf den Mund, damit man ihr Schluchzen nicht hörte. Wieder hatte sie versucht, für Caroles Sünden geradezustehen, und Tate damit nur noch mehr gegen sich aufgebracht.

Am nächsten Morgen war Avery total kaputt. Ihre Augen waren geschwollen vom Weinen, als sie ins Badezimmer stolperte. Sie hatte kaum die Tür aufgemacht, da sah sie mit Grauen die Nachricht, die mit ihrem Lippenstift auf den Spiegel geschrieben war:

Dumme Schlampe. Du hättest fast alles ruiniert.

Sie blieb wie angewurzelt stehen, dann wischte sie hastig die Schrift weg, zog sich an und lief in den Stall.

Schon nach ein paar Minuten ritt sie in vollem Galopp über die Wiesen, um möglichst schnell von dem Haus wegzukommen, in dem ein solcher Verrat möglich war. Trotz der ersten warmen Sonnenstrahlen bekam sie eine Gänsehaut, als sie sich vorstellte, daß jemand durch ihr Schlafzimmer geschlichen war, während sie schlief.

Vielleicht hatten Irish und Van recht. Es war Wahnsinn, mit dem Theater weiterzumachen und ihr Leben aufs Spiel zu setzen, weil eine skrupellose Frau ihren Mann und seine Familie betrogen hatte. Keine Story der Welt war das wert, oder? Aber nein, sie würde sich von ihrer Angst nicht unterkriegen lassen. Sie liebte Tate und Mandy, und ihretwegen mußte sie bleiben. Die Wahl fand in ein paar Wochen statt, das Ende war abzusehen.

Tates Feind war, wie aus der Nachricht klar wurde, durch ihr Verhalten nervös geworden. Und nervöse Leute machten Fehler. Sie mußte jetzt besonders genau auf verräterische Bewegungen und Handlungen achten müssen.

Kein Mensch war im Stall, als sie das Pferd in seine Box zurückbrachte. Sie sattelte den Wallach ab, gab ihm einen Eimer Futter und rieb ihn trocken.

»Ich habe dich gesucht.«

Erschrocken ließ sie den Striegel fallen und drehte sich um. »Tate!« Sie preßte eine Hand auf ihr wild schlagendes Herz. »Du hast mich erschreckt.«

Er stand an der Tür der Box. Shep saß gehorsam neben ihm.

»Mandy will, daß du ihr Toast zum Frühstück machst. Ich habe ihr versprochen, daß ich dich suche.« Er betrachtete ihre Jeans und das lose darüberhängende Baumwollhemd. »Was ist mit deinen schicken Hosen passiert, diesen...« Er machte eine ausladende Geste neben seinen Schenkeln.

»Die Jodhpurhosen? In denen komme ich mir irgendwie komisch vor.«

»Aha.« Er drehte sich um und wollte gehen.

»Tate?« Als er sich wieder umdrehte, fuhr sie sich nervös mit der Zunge über die Lippen. »Ich weiß, daß alle wütend auf mich sind, aber für mich zählt nur deine Meinung. Haßt du mich jetzt?«

Shep legte sich auf den Boden und sah kummervoll zu ihr auf.

»Ich gehe besser wieder zu Mandy«, sagte er. »Kommst du auch?«

»Ja, sofort.«

Aber sie rührten sich beide nicht vom Fleck. Sie standen nur da und starrten sich an. Bis auf ein gelegentliches Hufstampfen war es still im Stall. Staubkörnchen tanzten im Sonnenlicht, das durch die Fenster hereinfiel. Die Luft war gesättigt mit angenehmen Gerüchen nach Heu, Pferden und Leder. Und Lust.

Avery schienen plötzlich die Kleider zu eng zu sein. Sie sehnte sich danach, zu Tate zu gehen und ihn in die Arme zu nehmen. Sie wollte den Kopf an seine Brust legen und spüren, wie sein Herz schlug. Noch einmal wollte sie seine Leidenschaft und das Verlangen erleben, selbst wenn er nichts für sie empfand.

Diese Mischung aus Lust und Verzweiflung war unerträglich. Sie streckte die Hand aus und streichelte das samtige Maul des Wallachs. Er wandte sich von seinem Hafer ab und stupste liebevoll ihre Schulter.

»Ich versteh' das nicht.«

Ihr Blick wandte sich wieder zu Tate. »Was?«

»Er hat sonst immer Feuer gespuckt, wenn du auch nur in seine Nähe gekommen bist. Und du wolltest ihn sogar an die Klebstoffabrik verkaufen. Und jetzt schmust ihr miteinander. Was ist passiert?«

Sie sah Tate gerade in die grauen Augen und sagte leise: »Er hat gelernt, mir zu vertrauen.«

Er verstand die Anspielung, da gab es keinen Zweifel. Er hielt ihrem Blick lange stand, dann befahl er: »Komm, Shep.« Über die Schulter rief er Avery noch zu: »Mandy wartet auf dich.«

Kapitel 36

»Sei lieb, solange Papi weg ist«, sagte Tate zu Mandy und drückte sie fest. »Ich bring' dir auch was Schönes mit.«

Und zu Avery gewandt: »Ruf mich an, wenn sich was Neues bei ihr ergibt. Unbedingt.«

»Ich verspreche es.«

Jack hupte draußen. Eddy saß schon im Auto und telefonierte mit dem kürzlich installierten Autotelefon.

»Wegen der anderen Sache«, sagte er noch leise, »Eddy hat sie aufgefordert, hieb- und stichfeste Beweise über deine Abtreibung vorzulegen. Das hat ihr wohl klargemacht, was passieren würde, wenn sie zur Presse damit ginge. Bei seinen Nachforschungen hat sich auch ergeben, daß sie tatsächlich gefeuert worden ist und der Ärztin damit noch mehr schaden wollte als uns. Eddy hat ihr mit allen möglichen Dingen gedroht. Im Augenblick ist sie erst einmal eingeschüchtert.«

»Gott sei Dank. Es wäre schlimm gewesen, wenn das deinen Wahlkampf behindert hätte«, sagte Avery, aber ihre Sorgen galten etwas ganz anderem. Tate würde allein unterwegs sein, und sie konnte den Grauhaarigen nicht im Auge behalten. Vielleicht hätte sie ihn wenigstens erwähnen sollen...

»Ich muß gehen.« Er küßte Mandy noch einmal. »Auf Wiedersehen, Carole.« Sie bekam weder einen Kuß noch einen liebevollen Blick.

»Mami, Mami?« Mandy hatte sie wohl schon mehrmals angesprochen, bevor sie es hörte.

»Mami, warum weinst du?«

Avery wischte sich die Tränen von den Wangen und zwang sich zu lächeln. »Ich bin nur traurig, weil Daddy wegfährt. Aber du bleibst ja solange bei mir, oder?«

Mandy nickte, und sie gingen ins Haus. Wenn sie schon nichts für Tate tun konnte, würde sie sich wenigstens um seine Tochter kümmern.

Jede Stunde dieser Woche verging qualvoll langsam. Avery suchte jeden Abend während der Nachrichtensendungen nach dem Grauhaarigen in der Menge. Sie hatte Irish aus einer öffentlichen Telefonzelle angerufen, um ihm zu erklären, warum sie nicht mit Tate gefahren war. Er versprach ihr, daß Van besonders gut aufpassen und sie anrufen würde, wenn er den Grauhaarigen entdeckte. Aber offensichtlich hatte er ihn nicht gesehen, denn er meldete sich nicht. Dafür nahm er für jede Nachrichtensendung die Menschenmenge auf, als wolle er ihr damit beweisen, daß der Grauhaarige nicht aufgetaucht war. Aber Avery hatte trotzdem Angst um Tate. Nachts träumte sie von einem blutigen Attentat, und tagsüber wanderte sie, wenn sie nicht mit Mandy spielte, ruhelos durchs Haus.

Nelson fiel ihr Verhalten auf, und er fragte sie, ob Tate ihr fehlte.

»Ja, sehr sogar. Wahrscheinlich findest du das merkwürdig. Zee wohl auch. Sie sieht mich kaum an.«

Er sah ihr so hart und gerade in die Augen, daß sie seinem Blick kaum standhalten konnte, und sagte: »Das mit dieser Abtreibung war wirklich ekelhaft.«

»Ich wollte nicht, daß es irgend jemand erfährt.«

»Außer Tate.«

»Er mußte es schließlich wissen, oder?«

»Ja, wirklich? War es denn sein Kind?«

Sie zögerte einen Augenblick. »Ja.«

»Und trotzdem fragst du dich, warum wir jetzt etwas zurückhaltend dir gegenüber sind? Du hast unser Enkelkind getötet. Das ist unverzeihlich, Carole. Und Zee – du weißt, was sie für eine aufopfernde Mutter ist – kann sich nicht vorstellen, warum du das getan hast.«

Avery schaute in das Fotoalbum, das sie sich angesehen hatte, bevor Nelson hereingekommen war.

»Es war sicher schwer für Zee, als du nach Korea mußtest.«

»Ja, das war es. Jack war damals noch ein Baby.«

»Und Tate ist gleich nach dem Krieg geboren worden?«

»Ja, direkt danach.«

»Und später warst du als Testpilot in Neumexiko?« Avery versuchte, möglichst noch etwas über jene Zeiten zu erfahren, von denen sie nur so wenig wußte.

»Da hat mich die Luftwaffe hingeschickt. Total verlassene Gegend. Zee fand es schrecklich. Sie haßte auch meine Arbeit. Testpiloten lebten sehr gefährlich.«

»Wie dein Freund Bryan Tate?«

Nelsons Züge wurden weicher, als erinnere er sich an gute Zeiten. Dann schüttelte er traurig den Kopf. »Es war so, als hätten wir ein Familienmitglied verloren. Ich habe danach die Arbeit aufgegeben, weil ich nicht mehr richtig bei der Sache war – das kann tödlich sein. Vielleicht ist so etwas auch mit Bryan passiert. Nach dem Tod meines Vaters übernahm ich die Ranch.«

»Aber das Fliegen fehlt dir, oder?«

»Ja, verflucht noch mal, sehr sogar. Trotz meines Alters erinnere ich mich noch gut an das Gefühl beim Fliegen und die Kameradschaft zwischen den Fliegern. Das kann eine Frau nicht verstehen.«

»Kameraden, so wie Bryan?«

Er nickte. »Er war ein guter Pilot. Der beste. Aber er wurde unvorsichtig und hat mit seinem Leben dafür bezahlt.« Sein Blick richtete sich wieder auf Avery. »Jeder muß für seine Fehler bezahlen, Carole. Für kurze Zeit kommt man vielleicht davon, aber irgendwann holen sie einen alle ein.«

Sie wandte unbehaglich den Blick ab. »Das denkst du auch über mich und die Abtreibung?«

»Ja. Du mußtest schon mit Scham und Schande bezahlen. Wir wollen nur hoffen, daß es Tate nicht auch noch den Wahlerfolg kostet.«

»Ja, das hoffe ich auch.«

Er sah sie prüfend an. »Weißt du, Carole, uns ist allen aufgefallen, daß du dich nach dem Unfall sehr verändert hast.«

Averys Herz schlug schneller. Hatten sie darüber gesprochen?

»Ja. Und zum Besseren, hoffe ich«, sagte sie.

»Mag sein, aber Zee glaubt, daß das alles nur Theater ist, weil du willst, daß Tate dich mit nach Washington nimmt. Du bist eine schöne und kluge junge Frau – zu klug, um sich mit mir anzulegen.« Er sah ernst aus, dann folgte ein breites Lächeln. »Aber wenn du wirklich versuchst, deine vergangenen Fehler wiedergutzumachen, kannst du auf mich zählen. Es ist unbedingt notwendig, daß Tates Familie voll hinter ihm steht, besonders seine Frau.«

»Ich stehe hundertprozentig hinter Tate.«

»Das sollte man auch erwarten.« Er stand auf und drehte sich an der Tür noch einmal um. »Benimm dich wie die Frau eines Senators, dann wirst du mit mir keine Schwierigkeiten haben.«

Auch Zees Haltung lockerte sich an diesem Abend ein wenig. Sie fragte sie sogar, ob ihr der Ausritt gefallen hatte. »Und es erstaunt mich, daß du Ghostly reitest. Ihr konntet euch doch nicht ausstehen.«

»Ich denke, ich hatte Angst vor ihm. Aber wir haben gelernt, einander zu vertrauen.«

Mona kam herein und rief Nelson ans Telefon. Nach ein paar Minuten kam er wieder und sah sehr erfreut aus.

»Meine Damen«, sprach er alle am Tisch Sitzenden an. »Packt

die Koffer. Wir fahren morgen nach Fort Worth. Tates Beliebtheit sinkt nach den neusten Umfragen, und seine Berater meinen, seine Familie sollte öfter zu sehen sein.«

»Aber wenn seine Beliebtheit nachläßt, ist das doch nicht gerade ein Grund zur Freude«, meinte Zee.

»Ich freue mich einfach, daß wir alle bald wieder zusammen sind«, erklärte Nelson seine gute Laune.

»Sie haben sich auch anders entschieden, was meine Anwesenheit betrifft?« fragte Avery zweifelnd.

»Offensichtlich.«

»Ich werde für Mandy und mich packen.« Alle unangenehmen Gedanken waren verflogen, weil sie wußte, daß sie bald wieder bei Tate sein würde. »Um wieviel Uhr geht's los?«

Dorothy Rae geriet in Panik. Ihr Gesicht hatte die Farbe von kalter Hafergrütze, und sie rang die Hände.

»Muß ich auch mit?« fragte sie mit bebender Stimme.

»Das haben sie mir gesagt.« Nelson warf einen ernsten Blick auf sie und Fancy, die im Gegensatz zu ihrer Mutter höchst erfreut zu sein schien. »Ich brauche wohl nicht zu erwähnen, daß ich von allen ein tadelloses Benehmen erwarte. Wir nähern uns der Endphase des Wahlkampfs. Alle Rutledges stehen im Licht der Öffentlichkeit wie unter einem Vergrößerungsglas. Also, verhaltet euch entsprechend.«

Kapitel 37

Die reisemüde Gruppe erreichte Fort Worth wegen des Regenwetters später als geplant, und Tate, Eddy und Jack waren schon zu der Wahlkampfveranstaltung aufgebrochen, die an diesem Abend stattfand.

Alle waren schlechter Stimmung, ganz besonders Mandy, die durch nichts zu besänftigen war, nicht einmal durch das Abendessen, das der Zimmerservice des Hotels prompt brachte.

»Mandy, iß etwas«, drängte Zee.

»Nein«, erwiderte sie. »Ihr habt gesagt, daß ich zu Papi darf. Ich will zu Papi.«

»Er kommt später hierher«, erklärte Avery zum x-ten Mal.

»Komm, iß jetzt«, versuchte Zee sie zu locken. »Das ist doch deine Lieblingspizza.«

»Ich mag aber nicht.«

»Es ist schon bald sieben und Zeit zum Gehen, sonst kommen wir zu spät.«

»Ich bleibe bei ihr«, schlug Dorothy Rae hoffnungsvoll vor.

»Du wärst bestimmt 'ne große Hilfe«, versetzte Fancy. »Ich bin dafür, daß die kleine Göre einfach hungert, wenn sie nicht essen will.«

»Bitte, Fancy«, mahnte Zee. »Ein schlechtgelauntes Kind reicht uns völlig. Ich bin sowieso zu erschöpft von der Fahrt. Ich werde hierbleiben.«

»Das wäre wirklich nett von dir, Zee«, sagte Avery. »Ich glaube, dem Publikum können wir sie heute nicht präsentieren. Nelson, du gehst am besten mit Dorothy Rae und Fancy vor. Ich komme gleich nach.«

Nelson wollte protestieren. »Dirk und Ralph sagen...«

»Ist mir völlig egal, was die beiden denken«, unterbrach ihn Avery. »Ich bringe Mandy erst ins Bett und nehme dann ein Taxi. Ich komme, sobald ich kann.«

Mandy weigerte sich weiterhin zu essen. Auch baden wollte sie nicht. »Ich will meine Überraschung.«

»Mandy, hör jetzt auf und iß«, sagte Avery streng.

»Nein! Ich will jetzt meine Überraschung, Papi hat versprochen, daß ich etwas Schönes kriege.«

Mandy stieß das Tablett an, so daß es auf den Boden krachte. Avery stand auf. »Jetzt ist aber Schluß.« Sie zog Mandy von ihrem Stuhl, drehte sie um und gab ihr einen Klaps auf das Hinterteil. »So geht das nicht, mein Fräulein.«

Zuerst war Mandy zu verblüfft, um zu reagieren. Sie sah Avery aus großen, runden Augen an. Ihre Unterlippe zitterte, und Tränen rollten über ihre Wange. Sie öffnete den Mund und begann in einer Lautstärke zu brüllen, die Tote hätte aufwecken können.

Zee streckte die Hand aus, aber Avery schob sie weg und nahm Mandy in die Arme. Sie klammerte sich fest an sie. Avery rieb ihr beruhigend den Rücken. »Schämst du dich nicht, weil ich dir sogar eins auf den Popo hauen mußte? Dein Papi glaubt doch, daß du ein liebes Mädchen bist.«

»Ich bin doch auch lieb.«

»Nein, heute abend nicht. Du bist nicht lieb, und das weißt du auch.«

Nach ein paar Minuten hob Mandy das verweinte Gesicht. »Darf ich jetzt das Eis haben?«

»Nein, darfst du nicht.« Avery strich ihr die verklebten Haare aus dem Gesicht. »Diesmal hast du keine Belohnung verdient, findest du nicht auch?« Mandy schüttelte den Kopf. »Wenn du jetzt brav bist, weckt dich dein Papi heute abend, wenn er kommt, und gibt dir deine Überraschung, einverstanden?«

»Ich will aber ein Eis.«

»Tut mir leid.« Avery schüttelte den Kopf. »Für schlechtes Benehmen gibt es keine Belohnung. Verstehst du, warum ich das sage?«

Mandy nickte bedauernd. Avery hob sie von ihrem Schoß. »Also, und jetzt wird gebadet, und dann ab ins Bett. Je schneller du schläfst, desto schneller wird dein Papi bei dir sein.«

Schon zwanzig Minuten später lag sie im Bett, so müde, daß sie kaum noch die Augen offenhalten konnte, als Avery sie zudeckte. Avery war auch erschöpft und hatte keine Lust, mit Zee zu streiten. Zee konnte ihren Ärger über Averys Erziehungsmaßnahmen nicht verbergen.

»Ich werde Tate sagen, daß du sie geschlagen hast.«

»In Ordnung. Man sollte es ihm auch sagen.«

In diesem Augenblick klingelte das Telefon. Es war Tate. »Kommst du jetzt, oder was ist los?« fragte er ohne jede Vorwarnung.

»Ja, ich komme. Ich hatte Schwierigkeiten mit Mandy, aber jetzt ist sie im Bett. Ich nehme ein Taxi und komme...«

»Ich bin unten an der Rezeption. Beeil dich.«

Sie brauchte fünf Minuten, mehr gestand sie sich nicht zu. Das Ergebnis war nicht überwältigend, aber doch gut genug. Tate musterte sie aufmerksam, als sie aus dem Aufzug kam.

Ihr Kostüm wirkte elegant und flott zugleich. Die saphirblaue

Seide betonte ihre zarte Haut. Die Locken in ihren Haaren waren dem feuchten Wetter zum Opfer gefallen, also hatte sie sich für ein Paar mutige goldene Ohrringe entschlossen.

»Was, zum Teufel, war denn los?« fragte Tate, während er sie zur Tür drängte. »Dad hat gesagt, Mandy sei schwierig.«

»Schwierig? Sie war die reinste Pest.«

»Warum?«

»Weil sie drei Jahre alt ist und den ganzen Tag in einem Auto sitzen mußte, darum. Ich konnte ihre schlechte Laune ja verstehen, aber auch mein Verständnis hat seine Grenzen. Ich greife Zee, die sich über mich beschweren will, nur ungern vor, aber ich habe ihr einen Klaps auf den Po gegeben.«

Sie hatten das unter dem Vordach geparkte Auto erreicht, und Tate hielt ihr die Tür auf. »Und dann?«

»Es hat funktioniert. Sie hat gehorcht.«

Er betrachtete einen Augenblick lang den resoluten Ausdruck in ihrem Gesicht und befahl dann heftig: »Steig ein.«

Als sie auf die Straße kamen, begannen die Scheibenwischer einen fast aussichtslosen Kampf gegen den strömenden Regen. Tate fuhr Richtung Norden durch die Stadt.

»Warum bist du gekommen, um mich abzuholen?«

»Ich habe sowieso nur hinter der Bühne rumgestanden.«

»Und was meinen Dirk und Ralph dazu?«

»Nichts. Sie wissen es nicht. Wenn sie merken, daß ich weg bin, ist es schon zu spät, was dagegen zu unternehmen. Ich bin es sowieso leid, daß sie dauernd meine Reden ändern.«

Er fuhr sehr schnell, aber sie machte ihn nicht darauf aufmerksam. Er war nicht in der Stimmung, Kritik zu ertragen. »Warum mußten wir eigentlich alle herkommen?« fragte sie und hoffte, den Grund für seine miese Laune zu erfahren.

»Hast du die letzten Umfrageergebnisse mitbekommen? Dann solltest du wissen, daß eine neue Strategie notwendig war. Meine Ratgeber sagen, daß wir andere Methoden anwenden müssen. Eigentlich wollten wir auf dieser Reise Stimmen gewinnen, aber wir haben welche verloren.«

»Nelson hat etwas von Einzelgängerimage gesagt.«

Er fluchte leise. »Ja, sie behaupten, daß ich so erscheine.«

»Sie?«

»Na klar, wer außer Dirk und Ralph käme auf so eine Idee. Wenn ich eine starke Familie hinter mir habe, sagen sie, wirke ich gemäßigter. Scheiße, ich weiß es nicht. Sie reden und reden, und ich höre ihnen schon gar nicht mehr zu.«

Sie fuhren auf den Parkplatz des riesigen Gebäudes, in dem sich sogar eine Rodeohalle befand. Heute abend waren mehrere Country- und Westernstars zugunsten von Tates Wahlkampf aufgetreten.

Tate fuhr am Eingang vor. Ein Cowboy mit gelbem Regenmantel und triefendem Filzhut machte ihnen klar, daß das aus feuerwehrtechnischen Gründen verboten sei. Tate wollte ihm widersprechen, aber er verwies sie auf einen anderen Parkplatz gegenüber. »Der ist vielleicht auch schon voll« meinte er, »aber hier können Sie auf keinen Fall stehen bleiben.«

»Ich bin Tate Rutledge.«

»Buck Burdine, freut mich. Trotzdem können sie hier nicht parken.«

Offensichtlich interessierte sich Buck nicht für Politik. Tate sah Avery an, die diplomatisch auf die Hände in ihrem Schoß starrte und sich auf die Lippe biß, um nicht zu lachen. Schließlich gab Tate nach.

Ein paar Minuten später parkte er in einer Nebenstraße ein paar Blocks weiter. Er stellte den Motor ab und sah Avery an. Sie warf ihm einen schelmischen Blick zu, und beide brachen in Gelächter aus. Sie lachten und lachten.

»Himmel noch mal«, stöhnte er, »ich bin müde. Und das Lachen tut mir gut. Ich schätze, ich muß mich bei Buck Burdine dafür bedanken.«

Es regnete wie aus Eimern auf die Autofenster. Die Straßen waren menschenleer, aber die rosa und blaue Leuchtreklame der Geschäfte erleuchteten flackernd das Innere des Autos.

»Ist es sehr schlimm, Tate?«

»Ja, schrecklich. Ich habe das Gefühl, daß ich jeden Tag an Boden verliere.« Er schlug mit der Faust aufs Steuerrad.

Avery konzentrierte sich ganz auf ihn. Sie wußte, daß er jemanden brauchte, der nur zuhörte und ihm nicht dazwischenredete. Daß er müde war, erkannte sie deutlich an den Fältchen um seinen Mund und an den Augen.

»Ich hatte nie Zweifel daran, daß ich dafür bestimmt bin, diesen Staat im Senat zu vertreten. Aber in letzter Zeit denke ich manchmal, daß ich vielleicht nur denen zugehört habe, die das sagen, was ich hören will. Meinst du, ich leide an Größenwahn?«

Avery, die bisher geschwiegen hatte, erwiderte lässig: »Zweifellos.« Sie lächelte, als sie sein Erstaunen bemerkte, und setzte hinzu: »Das tun alle Politiker. Man braucht schon ein enormes Selbstvertrauen, um für so viele Menschen die Verantwortung übernehmen zu wollen, Tate. Aber andere führen zu können ist ein seltenes Talent wie Musikalität oder eine mathematische Begabung.«

»Aber niemand wirft einem Rechengenie vor, daß er die anderen ausbeutet.«

»Deine Integrität verbietet dir, irgend jemanden auszubeuten, Tate. Und du gibst nicht nur Wahlkampfslogans von dir. Du glaubst, was du sagst. Du bist nicht wie Rory Dekker, der nur heiße Luft von sich gibt und keine Substanz hat. Das werden die Wähler schon noch merken.«

»Glaubst du immer noch, daß ich gewinne?«

»Unbedingt.«

»Wirklich?«

»Ja, wirklich.«

Es wurde plötzlich sehr eng und still im Auto, während der Regen gegen die Fenster und aufs Dach trommelte. Er streckte die Hand aus und legte sie auf ihren Brustansatz.

Avery schloß die Augen. Sie schwankte ein kleines bißchen in seine Richtung, als würde sie von einem unsichtbaren Band gezogen. Als sie die Augen wieder öffnete, war er viel näher gekommen und betrachtete eindringlich ihr Gesicht.

Seine Hand glitt über ihren Hals aufwärts und legte sich um ihren Nacken. Seine Lippen berührten die ihren. Sie küßten sich hemmungslos, während ihre Hände sich bemühten, voranzukommen. Die seinen glitten über ihre Brust und die edle Kostümjacke, dann wieder aufwärts, um ihre Brüste durch den feinen Stoff hindurch zu kneten.

Avery strich über sein Haar, seine Wangen, seinen Nacken und seine Schultern, dann zog sie ihn an sich.

Er öffnete die Knöpfe ihrer Bluse und kämpfte mit dem Haken an ihrem Rock. Als er die Bluse öffnete, rutschte das goldene Medaillon, das jetzt Fotos von ihm und Mandy enthielt, in das Tal zwischen ihren Brüsten. Die Neonlichter verwandelten ihre Haut in einen nächtlichen Regenbogen. Der strömende Regen warf fließende Schatten über Averys Brüste, die aus ihrem BH zu schwellen schienen.

Er beugte den Kopf und küßte die volle Wölbung, dann die dunkle Mitte. Seine Zunge schnellte hungrig und lustvoll über ihre Haut.

»Tate«, stöhnte sie, während die Hitze, von den Brüsten ausgehend, ihren ganzen Körper durchströmte. »Tate, ich habe solche Lust auf dich.«

Ungeschickt befreite er sich von seiner Hose und schob ihre Hand hinunter. Ihre Finger umschlossen die feste Länge seines Penis. Als sie die seidige Spitze mit dem Daumen streichelte, begrub er sein Gesicht zwischen ihren Brüsten und flüsterte zwischen tiefen Atemzügen erotische Worte und Versprechungen.

Seine Hände glitten unter ihren schmalen Rock. Sie half ihm, ihr die Unterhose auszuziehen. Ihre Lippen trafen sich in einem wilden, leidenschaftlichen Kuß, während sie nach einer geeigneten Stellung auf den engen Vordersitzen suchten.

»Verdammt!« fluchte er mit heiserer Stimme.

Plötzlich setzte er sich auf und zog Avery auf seinen Schoß. Zwischen beiden Händen hielt er ihr noch von dem Rock bedecktes Hinterteil und hob sie über seinen aufgerichteten Penis. Avery nahm ihn in sich auf. Sie stießen verzückte Schreie aus, die schon nach wenigen Sekunden zu genußvollem Stöhnen wurden.

Ihre Lippen suchten und fanden einander, ihre Zungen waren wild und schnell. Er knetete ihr festes Gesäß, streichelte ihre Schenkel über den Strümpfen und zwischen den Spitzenbändern des Strumpfhalters. Sie hob die Hüften und sank wieder auf ihn, bis sie ihn ganz in sich aufgenommen hatte. Sie ritt ihn.

»Mein Gott, bist du gut.«

Nach diesen rauh gemurmelten Worten schmiegte er den Kopf

an eine ihrer Brüste, bis er sie aus der Umhüllung des BHs befreit hatte. Er leckte die erhobene Brustwarze ab und nahm sie dann ganz in den Mund. Eine seiner Hände glitt zwischen ihre feuchtwarmen Schenkel und spielte mit ihrem weichen Haar, dann schob er sie zu ihrer Spalte hinunter und strich über die kleine Knospe. Averys Atem wurde abgehackt und laut. Sie beugte ihren Kopf über seine Schulter. Dann spannte sich ihr Inneres um seine Härte, ihr Körper drückte sich gegen seinen reibenden Finger, und sie kam zu einem sehr langen, sehr feuchten Höhepunkt – gleichzeitig mit Tate.

Sie blieben ganze fünf Minuten reglos und erschöpft so sitzen. Schließlich schob sich Avery von seinem Schoß und fischte ihre Unterhose vom Fußboden auf. Wortlos gab ihr Tate ein Taschentuch.

Beschämt nahm sie es an sich.

»Bist du in Ordnung? Habe ich dir weh getan?«

»Nein, warum?«

»Du… du fühlst dich so eng an.«

Ihre Augen wichen nach dem langen, vielsagenden Blick aus.

Als sie sich erst angezogen und ihre zerknitterte Kleidung glattgestrichen hatte, klappte sie die Sonnenblende herunter und betrachtete sich verzweifelt in dem kleinen Spiegel darin.

Ihre Frisur war völlig zerzaust. Ein Ohrring fehlte. Der einstmals sorgfältig aufgetragene Lippenstift war über das ganze untere Drittel ihres Gesichts verschmiert. »Ich bin ein Wrack.«

Tate streckte seinen Körper, so gut es ging, und stopfte das Hemd in den Hosenbund. Er fummelte an seinem Reißverschluß herum und fluchte zweimal, bis er ihn zubekam.

»Tu dein Bestes«, sagte er und gab ihr den Ohrring, auf dem er gesessen hatte.

»Ich werd's versuchen.« Mit der Notfallausrüstung in ihrer Handtasche reparierte sie ihr Make-up und brachte ihre Frisur wieder in Ordnung. »Ich denke, den Zustand meiner Haare können wir aufs Wetter schieben.«

»Und die roten Flecken um deinen Mund, die meine Bartstoppeln hinterlassen haben?« Tate berührte ihren Mundwinkel. »Brennen sie?«

Sie zuckte gleichmütig mit den Schultern und lächelte schüchtern. Er erwiderte das Lächeln, stieg aus und kam zu ihr herüber.

Als sie schließlich hinter der Bühne des Veranstaltungssaales angekommen waren, wo Eddy nervös auf und ab ging und Ralph mit dem Kleingeld in seiner Tasche klimperte, sahen sie wirklich zerzaust und vom Regen feucht, aber außergewöhnlich vergnügt aus.

»Wo, zum Teufel, habt ihr gesteckt?« Eddy konnte vor Ärger kaum noch reden.

Tate antwortete mit bemerkenswerter Beherrschung: »Ich habe Carole abgeholt.«

»Das hat Zee uns schon gesagt, als wir im Hotel angerufen haben. Aber warum habt ihr so lange gebraucht?«

»Kein Parkplatz«, erwiderte Tate knapp. Ihm gefiel das Kreuzverhör nicht. »Wo sind Jack und die anderen?«

»Draußen. Sie versuchen die Meute abzulenken. Könnt ihr das hören?« Eddy deutete in Richtung Zuschauerraum, wo man die Leute im Chor stampfen und rufen hörte: »Wir wollen Tate, wir wollen Tate!«

»Um so mehr werden sie sich jetzt freuen, mich zu sehen«, stellte Tate ruhig fest.

»Hier ist deine Rede.« Eddy versuchte ihm mehrere Blätter Papier in die Hand zu drücken, aber er lehnte ab.

Statt dessen tippte er sich mit dem Finger an den Kopf und sagte: »Hier ist meine Rede.«

»Tun Sie das nie wieder, Tate«, warnte Ralph herrisch. »Wenigstens einer von uns muß wissen, wo Sie sind.«

Dirk schwieg. Sein dunkles Gesicht war wutverzerrt. Aber sein Zorn richtete sich gegen Avery. Er hatte seinen Blick nicht mehr von ihr abgewandt, seit sie angekommen waren, aber sie hielt ihm eisern stand. Jetzt sagte er zornig: »Von nun an, Mrs. Rutledge, lassen Sie sich in seiner Freizeit von ihm bumsen, falls es sie wieder danach verlangt.«

Tate stieß einen wilden Laut aus und stürzte sich auf den anderen Mann. Er stieß ihn gegen die Wand und preßte seinen Arm gegen Dirks Kehle. Sein Knie schnellte hoch und traf zwischen Dirks Beine. Dirk ächzte vor Überraschung und Schmerz.

»Tate, bist du völlig durchgedreht?« brüllte Eddy.

Er versuchte vergeblich, Tates Arm wegzuziehen. Tates Nase war kaum zwei Zentimeter von Dirks Nase entfernt. Sein Gesicht verriet seine mörderischen Gedanken, Dirks Gesicht lief langsam blau an.

»Tate, bitte«, flehte Avery verzweifelt und legte ihm eine Hand auf die Schulter. »Kümmere dich doch gar nicht um ihn. Es macht mir nichts aus, was er sagt.«

»Wenn Sie jemals«, sagte Tate leise und drohend, *»jemals* wieder meine Frau beleidigen, werde ich Sie umbringen, ist das klar?« Er drückte sein Knie in Dirks Hoden, und Dirk nickte, so gut er konnte.

Langsam senkte Tate den Arm. Dirk krümmte sich, preßte die Hand auf die Eier, hustete und ächzte. Ralph kam ihm hastig zu Hilfe. Tate strich sich das Haar zurück, wandte sich Eddy zu und sagte kühl: »Gehen wir.« Dann streckte er seine Hand nach Avery aus.

Sie nahm sie und begleitete ihn auf die Bühne.

Kapitel 38

Mandy bestand darauf, statt ihres Nachthemdes noch das T-Shirt anzuziehen, das Tate ihr geschenkt hatte, obwohl es schon lange nach Mitternacht war. Sie betrachtete noch voller Bewunderung die silbernen Buchstaben auf ihrer Brust und sah glücklich zu ihm auf. Dann gähnte sie, griff nach ihrem Teddy und sank auf ihr Kissen.

»Sie weiß schon genau, wie sich eine richtige Frau benimmt.«

»Was genau soll diese Bemerkung bedeuten?« hakte Avery nach, als sie auf dem Weg in ihr Schlafzimmer waren.

»Sie hat das Geschenk genommen, aber weder eine Umarmung noch einen Kuß für den Spender übrig.«

»Vielleicht sollte ich die Wählerinnen davor warnen, daß du in deinem Innern doch nur ein Chauvinist bist?« fragte Avery und stemmte die Hände in die Hüften.

»Nein, bitte nicht, ich brauche jede Stimme.«

»Ich finde, daß es heute abend wirklich gut gelaufen ist. Von Anfang an.« Ihre Anspielung ließ ihn aufsehen. »Vielen Dank, daß du meine Ehre verteidigt hast, Tate.«

»Du brauchst mir dafür nicht zu danken.«

Sie sahen sich lange an, bevor Avery sich abwandte, um sich auszuziehen. Sie schlüpfte ins Badezimmer, duschte schnell, zog ein Nachthemd an und überließ Tate das Badezimmer. Während sie im Bett lag, dachte sie daran, daß er in Hotels immer nach dem Duschen das Handtuch einfach auf dem Boden liegen ließ, statt es wieder aufzuhängen.

Als er aus dem Bad kam, wollte sie ihn mit einer Bemerkung über diese schlechte Angewohnheit aufziehen. Aber es kam nicht dazu.

Er war nackt. Seine Hand lag auf dem Lichtschalter, aber er sah sie an. Sie setzte sich mit einer stummen Frage in den Augen im Bett auf.

»Bisher«, sagte er mit belegter Stimme, »ist es mir immer gelungen, dich einfach aus meinen Gedanken zu verbannen. Aber ich schaffe das nicht mehr. Ich weiß nicht, warum. Ich weiß nicht, wie du das machst, aber ich kann einfach nicht mehr so tun, als wärest du nicht da. Ich werde dir die Abtreibung und deine Lügen nie verzeihen. Aber Dinge wie das, was heute abend im Auto geschehen ist, machen es mir leichter, zu vergessen.

Seit jener einen Nacht in Dallas bin ich wie ein Süchtiger, der eine neue Droge entdeckt hat. Ich begehre dich, und das ständig. Dagegen anzukämpfen macht mich verrückt, und ich kann es nicht mehr ertragen. In den letzten Wochen haben das alle in meiner Nähe gespürt. Also werde ich, solange du meine Frau bist, meine ehelichen Rechte wahrnehmen.« Er schwieg einen Augenblick. »Willst du dazu irgend etwas sagen?«

»Ja.«

»Und zwar?«

»Mach das Licht aus.«

Die Anspannung verschwand aus seinem prachtvollen Körper. Ein Grinsen deutete sich in seinen Mundwinkeln an. Er löschte das Licht, kam ins Bett und zog sie in seine Arme.

Ihr Nachthemd schien sich unter seinen Händen in nichts aufzulösen. Noch bevor Avery so recht darauf vorbereitet war, lag sie unter ihm, und er strich mit den Fingerspitzen über ihre Haut. Gelegentlich verließen seine Lippen ihren Mund, um von ihrem Hals, ihren Brüsten, ihrer Schulter, ihrem Bauch zu kosten.

Verlangen durchströmte sie, eine ständig an- und abschwellende Empfindung, bis sogar ihre Gliedmaßen zu pulsieren schienen. Ihr Körper wurde empfindlich und spürte jede Feinheit des seinen – von den Haarsträhnen auf seiner Stirn, die sacht über ihre Haut streiften, wenn er sich über sie beugte, um sie zu küssen, bis zu der Kraft seiner schlanken Schenkel.

Als er sich über sie hob, verlängerte sie die drängende Erwartung, indem sie ihn mit den Händen von sich fernhielt und ihr Gesicht an den Haaren auf seiner Brust rieb. Ihre Lippen hauchten Küsse über seine Brustwarzen. Sein rauhes Stöhnen war ihre Belohnung dafür.

Hungrig fanden ihre Lippen wieder zueinander. Seine Küsse waren heiß und süß und tief…

Als sie nach dem Frühstück mit Mandy in ihre Suite zurückkamen, war dort die Hölle los. »Was, zum Teufel, geht hier vor?« wollte Tate wissen und setzte Mandy von seiner Schulter auf den Boden.

»Wir müssen uns unterhalten«, meinte Eddy und biß in einen Keks, ohne die Zeitung aus der Hand zu legen.

»Fühlt euch ganz wie zu Hause«, sagte Tate sarkastisch, denn ganz offensichtlich war das schon geschehen. Tabletts mit Saft, Kaffee und Gebäck standen herum. Fancy saß im Schneidersitz auf dem Bett und las in einer Zeitschrift. Dorothy Rae starrte mit leerem Blick aus dem Fenster und trank etwas, das wie eine Bloody Mary aussah. Jack war am Telefon und hielt sich das andere Ohr mit einem Finger zu. Ralph verfolgte eine Show im Fernsehen, und Dirk sah die Kleidung in Tates Schrank durch, als wäre er beim Schlußverkauf.

Schließlich hatte Jack am Telefon einen Termin für ein Interview am Nachmittag gemacht und eine Fernsehstation dazu überredet, Tates Ansprache vor den Arbeitern der Firma General Motors zu filmen.

Es klopfte, und Zee und Nelson kamen mit einem Fremden herein.

»Wer ist das?« fragte Tate und deutete auf den Mann, der an der Tür stehenblieb.

»Der Friseur, nach dem wir geschickt haben.« Dirk zog den verwirrten Mann ins Zimmer. »Setzen Sie sich, damit er anfangen kann. Er kann arbeiten, während wir reden. Etwas Konservatives«, wies er den Friseur an, der Tate einen Umhang umlegte und ihn zu kämmen begann.

»Hier«, sagte Ralph. »Werfen Sie einen Blick darauf.«

»Was ist das?«

»Ihre Reden für heute.«

»Ich habe meine Reden schon geschrieben.« Niemand hörte ihm zu oder kümmerte sich um ihn.

Das Telefon klingelte. Alle schwatzten durcheinander. Der Friseur arbeitete. Ralph sagte: »Verstehen Sie, Tate, selbst wenn Sie verlieren, wollen Sie doch nicht, daß es aussieht, als hätten Sie aufgegeben.«

»Ich werde nicht verlieren.« Er blinzelte Avery zu.

»Nein, natürlich nicht«, stammelte Ralph und lachte unsicher. »Ich meine nur –«

»Sie schneiden nicht genug ab«, erklärte Dirk säuerlich dem Friseur. »Ich sagte *konservativ.*«

Tate schob die Hände des Friseurs beiseite. »Was ist das hier?« Er deutete auf einen Absatz in der Rede, die jemand für ihn geschrieben hatte. Wieder kümmerte sich keiner um ihn.

»He, hört euch das an«, sagte Eddy und las aus einer Zeitung vor. »Dekker nennt dich einen Unruhestifter, Tate.«

Die Diskussion wandte sich nun dem Thema zu, wer Tate in welcher Kleidung begleiten sollte. Dirk wandte sich schließlich auch an Fancy. »Saubere Amerikaner, klar, junge Dame? Kein scharfer Minirock.«

»Wichser.«

»Francine Rutledge!« donnerte Nelson. »Nicht noch einmal diese Sprache, sonst fährst du umgehend nach Hause.«

»Entschuldigung«, murmelte sie. »Aber wer ist dieses Arschloch, daß er mir sagen darf, was ich anzuziehen habe?«

»Erinnere ihn an das Hemd«, warf Ralph ein.

»Ach ja, Tate, ein blaues Hemd, Weiß macht sich im Fernsehen nicht so gut.«

Tate wandte sich plötzlich um und nahm dem Friseur die Schere aus der Hand. »Ich will mein Haar nicht schneiden lassen. Mir gefällt es so.«

In einem Ton, mit dem er auch Mandy hätte zurechtweisen können, sagte Dirk: »Es ist zu lang, Tate.«

Tate sprang auf. »Wer sagt das? Die Wähler? Die Arbeiter bei GM? Die Zuschauer von Kanal vier? Oder nur Sie?«

Avery hätte ihm am liebsten applaudiert. Im Gegensatz zu den anderen hatte sie sich nicht an dem Chaos beteiligt, sondern Tate schweigend beobachtet. Und je mehr er von den Papieren gelesen hatte, die Ralph ihm gegeben hatte, desto finsterer war sein Blick geworden. Jetzt riß er sich den Umhang vom Hals, griff in seine Tasche, drückte dem Friseur einen Fünfzigdollarschein in die Hand und schob ihn aus dem Zimmer.

Als er sich wieder umdrehte, war sein Blick so düster wie die Wolken, die am Himmel hingen. »Das nächste Mal, Dirk, werde ich Ihnen Bescheid sagen, wenn ich glaube, daß ich einen neuen Haarschnitt brauche. Aber offengestanden ist das ohnehin nicht Ihre Angelegenheit. Ich würde es auch zu schätzen wissen, wenn Sie Ihre Nase nicht in meinen Schrank stecken und mich fragen würden, wenn Sie meine privaten Räume mit Beschlag belegen.«

»Wir haben sonst nirgendwo Platz«, verteidigte Eddy sich.

»Verflucht noch mal, Eddy, dieses Hotel hat Hunderte von Zimmern«, fuhr er seinen Freund an, der es gewagt hatte, sich einzumischen. »Aber da ihr nun schon einmal alle hier seid«, sagte er und hob die Papiere auf, die er auf den Toilettentisch geworfen hatte, »würde ich gern wissen, was das hier sein soll.«

Ralph beugte sich vor und las ein paar Zeilen. »Das ist Ihre neue Position zur Bildungsfrage.«

»Quatsch ist es. Totaler Unsinn. Und sonst gar nichts. Verwässertes Zeug, nichtssagend.«

Zee stand auf. »Ich lasse Mandy nebenan Fernsehen schauen. Fancy, vielleicht wäre es besser, wenn du auch mitkommst.« Sie ging mit Mandy an der Hand zur Tür.

»Nicht für tausend Dollar«, sagte Fancy von der Mitte des Bettes aus und schob sich einen Kaugummi in den Mund. Als sich die Tür hinter Zee und Mandy geschlossen hatte, trat Ralph vor und versuchte eine beruhigende Erklärung abzugeben. »Wir hatten das Gefühl, daß Ihre Einstellung zu einigen der Wahlkampfthemen etwas gemäßigt werden müßte, Tate.«

»Ohne mich vorher zu fragen?« erkundigte sich Tate scharf und sah auf den viel kleineren Mann herunter. »Es sind *meine* Ansichten«, sagte er und klopfte sich an die Brust. »Meine.«

»Aber die Zahlen in den Umfragen sinken«, erwiderte der Mann sachlich.

»Das war nicht so, bevor ich Sie als Berater angestellt hatte. Erst seitdem sind sie gesunken.«

»Weil Sie unseren Ratschlägen nicht folgen.«

»O nein«, widersprach Tate und schüttelte den Kopf. »Ich glaube, weil ich sie zu sehr befolgt habe.«

Eddy stand auf. »Was willst du damit sagen, Tate?«

»Nichts, verdammt noch mal. Ich stelle ganz klar fest, daß ich niemanden brauche, der meine Hemden und Anzüge aussucht oder mir einen Friseur besorgt. Ich will niemanden, der meine Ansichten mäßigt. Die Leute, die für mich stimmen wollen, weil ich bisher meine Meinung vertreten habe, würden glauben, daß ich verrückt geworden bin. Oder noch schlimmer, daß ich sie verraten habe.«

»Du übertreibst«, warf Jack ein.

Tate sah seinen Bruder scharf an. »Deine Haare schneiden sie ja auch nicht. Und du solltest wirklich besser wissen, wie wichtig es für mich ist, ich selbst zu sein. Glaubt ihr im Ernst, daß es für die Männer bei GM von Bedeutung ist, welche Farbe mein Hemd hat? Nein, zum Teufel noch mal! Sie wollen wissen, ob sie in den nächsten paar Jahren Arbeit haben oder nicht. Ich bin ich, und wenn ihr mich verändert, werden sie mich nicht wiedererkennen.«

»Wir wollen Sie doch nicht verändern«, sagte Dirk gedehnt. »Wir wollen Sie nur verbessern.« Er klopfte Tate auf die Schulter.

Tate schüttelte seine Hand ab. »Meine Herren, ich möchte

bitte mit meiner Familie allein sprechen.« Dirk warf Eddi einen vielsagenden Blick zu, dann gingen die beiden Berater hinaus.

»Carole, würdest du mir bitte eine Tasse Kaffee bringen?«

»Natürlich.« Sie stand auf, und Tate ließ sich in einen Sessel fallen. Sie brachte ihm den Kaffee und setzte sich auf die gepolsterte Lehne seines Sessels. Tate nahm den Kaffee in die eine Hand und legte die andere beiläufig auf ihr Knie.

Dann sagte er, zu Eddy gewandt: »Ich habe es auf deine Art versucht, Eddy, und die beiden gegen meine eigentliche Überzeugung engagiert. Aber ich kann sie nicht leiden. Sie begreifen nicht, worum es mir geht.«

»Also, was schlägst du vor? Sollen wir sie in ihre Schranken verweisen und ihnen genau sagen, was wir von ihnen erwarten?«

Tate sah alle im Zimmer an und sagte dann: »Das reicht nicht. Sie sollen verschwinden.«

»Du willst sie feuern?« kreischte Jack. »Das können wir nicht tun. Eine Firma wie Wakely und Foster kann man nicht einfach abschütteln. Sie würden nie wieder für uns arbeiten.«

»Das betrachte ich nicht als großen Verlust.«

»Tate, bitte denk noch mal gründlich darüber nach«, bat Eddy.

»Das habe ich bereits getan. Ich kann sie nicht ausstehen, und es ist mir zuwider, wenn man mir Vorschriften macht. Und, zum Teufel noch mal, am schlimmsten ist es, wenn man mich zwingt, Dinge zu sagen, die ich nicht ehrlich meine.«

»Aber du hast doch selbst entschieden, daß...«

»Ja, das habe ich«, unterbrach Tate seinen Bruder. »Aber ich hab' meine Meinung geändert.«

»Einfach so?« fragte Eddy. »Ein paar Wochen vor der Wahl willst du in vollem Galopp die Pferde wechseln?«

»Nein, verdammt noch mal, das haben die versucht. Wenn ich mich von denen in eine Form bringen lasse, die niemand mehr wiedererkennt, wäre ich auch nicht besser als Dekker. Glitschiger als Kuhscheiße. Doppelgesichtig.« Eine Wand des eisigen Widerstandes von Eddy und Jack stand ihm gegenüber.

Tate sah seinen Vater an. »Soll ich schweigen und einfach ihren Rat befolgen?«

»Wenn du das Gefühl hast, daß du dadurch unglaubwürdig wirst, dann nicht.«

»Genau so ist es. Ich würde lieber die Wahl verlieren, als gewinnen und wissen, daß ich in jeder Beziehung Kompromisse eingehen mußte. Tut mir leid, wenn keiner von euch mir zustimmt. Was ist mit dir, Carole?«

Sie hatte sich bisher aus allem herausgehalten und gewartet, daß Tate sie nach ihrer Meinung fragte. Sie hob den Kopf und sah ihn mit ihrem neu entstandenen Gefühl von Nähe und dem wortlosen Blick der Verständigung zwischen Liebenden an. »Ich bin mit allem einverstanden, was du entscheidest, Tate. Ich werde bis zum Schluß hinter dir stehen.«

»Ach ja? Seit wann?« versetzte Jack zornig. »Da du gerade von Kompromissen sprichst. Ich würde sagen, daß du wieder mit ihr schläfst, ist der größte Kompromiß, den du je eingegangen bist, kleiner Bruder.«

»Das reicht, Jack«, bellte Nelson.

»Dad, du weißt genauso gut wie ich, daß –«

»*Genug*! Wenn du deine eigene Frau im Griff hast, kannst du Tate kritisieren.«

Jack funkelte erst seinen Vater, dann seinen Bruder finster an, zog die Schultern hoch und stürmte hinaus.

Eddy zuckte mit den Schultern und meinte: »Ich denke, ich werde unseren *ehemaligen* Beratern die neuesten Ergebnisse mitteilen.« Er ging, und Fancy lief ihm nach.

Als Zee mit Mandy hereinkam, herrschte immer noch eine spannungsgeladene Atmosphäre im Raum. »Ich habe eine Menge Geschrei gehört«, sagte Zee.

»Wir haben ein paar Dinge geklärt«, erwiderte Nelson.

»Ich hoffe, meine Entscheidung ist für dich akzeptabel, Dad«, meinte Tate.

»Wie du schon sagtest – es ist deine Entscheidung. Ich hoffe, du wirst damit leben können.«

»Ich mußte es so machen, damit ich wieder ruhig schlafen kann.«

»Dann hör auf, dich für etwas zu entschuldigen, was schon beschlossen ist.«

»Ich mache mit Mandy einen Spaziergang«, sagte Zee und unterbrach die ungemütliche Diskussion. »Es wird wohl nicht mehr regnen.«

»Ich komme mit«, rief Nelson und nahm das Kind auf den Arm. »Mir tut die Bewegung auch gut.«

»Danke für deine Unterstützung«, sagte Tate zu Avery, als sie schließlich allein waren. »Das war nicht immer so.«

»Woran Jack mich eben recht unsanft erinnert hat. Ich glaube, er haßt mich.«

Darauf schien Tate nichts sagen zu wollen. Vielleicht wußte er genausogut wie Avery, daß Jack Carole zwar nicht mochte, sie aber begehrte.

»Warum hast du dich auf meine Seite gestellt? Hattest du das Gefühl, daß es deine Pflicht ist?«

»Nein«, sagte sie ärgerlich. »Ich glaube, daß du recht hast. Ich konnte es auch nicht leiden, daß sie sich in alles eingemischt haben.«

Sie hatte die beiden Männer von Wakely und Foster auch im Verdacht, in das geplante Attentat verwickelt zu sein, und war schon deshalb froh, wenn sie von der Bildfläche verschwanden.

Die plötzliche Stille im Zimmer wirkte drückend.

»Nett, daß deine Eltern mit Mandy spazierengehen.«

»Ja, das wird ihr Spaß machen.«

»Und du kannst dir deine Reden noch mal ansehen.«

»Hmm. Das wird nicht nötig sein.«

»Gut.«

Er betrachtete einen Augenblick seine Stiefelspitzen, sah auf und fragte: »Meinst du, daß es wieder regnet?«

»Ich, äh…«, sie warf einen flüchtigen Blick zum Fenster. »Ich glaub's eigentlich nicht. Aber –«

Er griff nach ihr, zog sie an sich und küßte ihren Hals.

»Tate?«

»Hmm?«

»Ich dachte, du würdest nach gestern abend nicht –«

»Dann hast du falsch gedacht.«

Kapitel 39

»Buh!«

Fancy sprang Eddy aus ihrem Versteck hinter seiner Zimmertür an, als er das Zimmer betrat. Er zuckte nicht einmal mit der Wimper. »Wie bist du hier hereingekommen?«

»Ich habe ein Zimmermädchen bestochen.«

»Womit?«

»Mit Onkel Tates Sportsuspensorium.«

»Du bist ekelhaft.«

»Das magst du doch, oder?«

»Ich habe jetzt keine Zeit, Fancy.« Er setzte sich auf die Bettkante, nahm das Telefon und wählte eine Nummer, die auf dem Zettel in seiner Hand stand. »Mr. Malone, bitte.«

Fancy stand hinter ihm und biß ihn ins Ohrläppchen. Eddy zog den Kopf weg. »Eddy Paschal, guten Tag, Mr. Malone.«

Fancy küßte seinen Hals und knabberte an seiner Haut. Er legte die Hand über den Hörer. »Laß das, Fancy, ich hab' zu tun.«

Während er weitersprach, zog sie eine Schnute, ging zum Spiegel und beugte sich vor, um ihr Haar aufzubauschen. Als sie sich aufrichtete, ertappte sie Eddy dabei, wie er ihren Hintern betrachtete. Sie sah ihn mit einem verführerischen Blick an und hob langsam den kurzen Rock. Dann strich sie sich über die Schenkel aufwärts, bis ihre Daumen sich auf dem roten Satindreieck über ihrer Scham begegneten. Sie strich zweimal darüber, schälte sich aus dem Höschen und ließ es vor seiner Nase baumeln.

»Ich werde mit Mr. Rutledge sprechen und Sie sobald wie möglich wieder anrufen. Vielen Dank für die Einladung.«

Er hängte ein. Zu Fancys Ärger ging er an ihr vorbei ins Badezimmer, kämmte sich und wusch sich die Hände.

»Was ist los?« fragte sie.

»Ich hab's eilig, sonst nichts.«

»Du hast schlechte Laune, weil Onkel Tate diese Arschlöcher rausgeschmissen hat, stimmt's? Laß deine Laune nicht an mir aus.«

»Tue ich nicht.«

»War doch eine tolle Show heute morgen. Ich mag Onkel Tate, wenn er sauer ist – irgendwie scharf. Ich finde es heiß, wenn ein Mann kurz davor ist, die Beherrschung zu verlieren.«

»Ich hab' jetzt keine Zeit, Fancy. Laß mich in Ruhe.«

Er überprüfte die Papiere in seiner Aktentasche. Fancy ließ sich aufs Bett fallen und beobachtete ihn. Er sah unheimlich gut aus, wenn er so konzentriert mit etwas beschäftigt war. Sie schob sich ans Kopfende des Bettes, zog sich den Pulli über den Kopf und saß dann nur noch mit Minirock und roten Cowboystiefeln da, als sie seinen Namen rief. Er drehte sich um. Langsam zog sie die Zunge über die Unterlippe und flüsterte. »Schon mal ein Cowgirl gehabt?«

»Ja, wenn du's genau wissen willst«, sagte er direkt. »Gestern abend. In den Arsch. Oder erinnerst du dich nicht mehr daran?«

Fancys weit ausgebreitete Beine schnappten zu wie eine Bärenfalle. Sie rollte an den Rand des Bettes und zog sich wütend den Pulli wieder über. Als sie ihm gegenüberstand, glänzten Tränen in ihren Augen. »Das war nicht sehr nett.«

Eddy schloß langsam seine Aktentasche und nahm sein Jacket. »*Nett* ist ein seltsames Wort aus deinem Mund.«

»Warum bist du so gemein zu mir?«

»Bin ich gar nicht. Ich muß jetzt gehen. Wir sehen uns heute nachmittag bei der Wahlveranstaltung.« Er klopfte sich auf die Jackentasche, um sicherzugehen, daß er seinen Zimmerschlüssel dabei hatte, dann griff er nach dem Türknopf.

»Und sehen wir uns dann noch später?« Sie lächelte verführerisch und preßte die Hand auf seinen Hosenschlitz. »Du weißt schon, was ich meine.«

»Ja, weiß ich.« Er entzog sich ihrer Hand und öffnete die Tür. »Versuche inzwischen, brav zu sein.«

Als sich die Tür hinter ihm schloß, fluchte Fancy. Sie hatte sich ein nettes Essen zu zweit vorgestellt, und danach eine Stunde mit Eddy im Bett.

Wütend schaltete sie den Fernseher an.

Sie liebte Eddy leidenschaftlich, gestand sich jedoch ein, daß ein Teil seiner Faszination für sie darin lag, daß er sich nie wirklich gehen ließ, sondern immer die Beherrschung behielt, fast so, als wäre er ein unbeteiligter Beobachter.

Sie fand seine eiserne Kontrolliertheit erregend. Aber manchmal wünschte sie sich, Eddy würde sie einmal so ansehen, wie der Schauspieler im Fernsehen gerade in die Augen der jungen Hauptdarstellerin sah. Sein Blick drückte uneingeschränkte Liebe aus, während seine Lippen an ihren Fingerspitzen knabberten.

Eddy Paschals Herz zu gewinnen, wäre wirklich ein Volltreffer. Sie fände es herrlich, wenn ihr Eddy zu Füßen läge.

Dorothy Rae griff an, als sie im Wagen saßen und auf die Männer warteten. Plötzlich fauchte sie wie eine Katze.

»Das hat dir gefallen, nicht wahr, Carole?«

Mandy schlief auf Averys Schoß. Sie war bei der Wahlveranstaltung unruhig geworden, und Avery war schon früher mit ihr zum Auto gegangen.

»Wie bitte?« fragte sie verwirrt. »Was soll mir gefallen haben?«

»Daß Jack heute morgen der Dumme war.«

War sie betrunken? Avery betrachtete sie genauer. Im Gegenteil, sie schien unbedingt einen Drink zu brauchen. Ihre Augen waren weit aufgerissen, und in den Händen drehte sie nervös ein feuchtes Papiertaschentuch.

»Und wenn das so war, was hat das mit mir zu tun?«

»Du hast dich auf Tates Seite gestellt.«

»Tate ist mein Mann.«

»Und Jack ist mein Mann!«

Mandy hob kurz den Kopf, schlief aber sofort wieder ein. Dorothy Rae senkte die Stimme. »Das hat dich auch nicht davon abgehalten, ihn mir wegnehmen zu wollen.«

»Das wollte ich nicht.«

»Vielleicht in letzter Zeit nicht mehr, aber vor dem Absturz hast du's versucht.«

Avery schwieg.

»Das ekelhafte daran ist, daß du ihn eigentlich gar nicht wolltest. Sobald er Interesse zeigte, hast du ihn fallengelassen. Daß sein Selbstwertgefühl darunter litt, war dir egal. Du wolltest nur Tate eins auswischen, indem du mit seinem Bruder geflirtet hast.«

Avery konnte gegen diese Vorwürfe nichts einwenden, denn wahrscheinlich waren sie gerechtfertigt. Carole hätte nicht die geringsten Skrupel bei einer derartigen Affäre gehabt. Es hatte ihr sicher viel Spaß gemacht, Unfrieden in der Familie zu stiften. Vielleicht gehörte das alles zu Caroles Plan, Tate zu vernichten.

»Ich habe keine Absichten auf Jack, Dorothy Rae.«

»Weil er nicht im Rampenlicht steht.« Ihre Hand krallte sich in Averys Arm. »Das tut er nie. Du wußtest das. Warum hast du ihn nicht in Ruhe gelassen?«

Avery entzog der anderen ihren Arm. »Hast du denn versucht, ihn zurückzugewinnen?«

Dorothy Rae war auf einen Gegenangriff nicht vorbereitet. »Was?«

»Hast du je versucht, Jacks Aufmerksamkeit zurückzugewinnen, oder hast du dich nur jeden Tag betrunken und alles ohne Widerstand hingenommen?«

Dorothy Raes rotgeränderte Augen füllten sich mit Tränen. »Warum sagst du so etwas? Das war nicht nett.«

»Alle waren schon zu lange nett zu dir. Sie stellen sich taub und tun so, als wärst du gar nicht krank.«

»Ich bin nicht –«

»Doch. Alkoholismus ist eine Krankheit, Dorothy Rae.«

»Ich bin keine Alkoholikerin!« protestierte sie weinerlich und sagte, was ihre Mutter vor Jahren auch immer gesagt hatte: »Ich trinke nur hin und wieder ein Glas –«

»Nein, du trinkst, um betrunken zu werden und zu bleiben. Du schwelgst in Selbstmitleid und wunderst dich, wenn dein Mann Lust auf andere Frauen bekommt. Sieh dich doch an. Du bist eine Katastrophe. Ist es ein Wunder, wenn Jack das Interesse an dir verloren hat?«

Dorothy Rae faßte nach dem Türgriff. »Das muß ich mir nicht anhören.«

»O doch.« Avery drehte den Spieß um und packte sie am Arm. »Es ist an der Zeit, daß jemand mal etwas strenger mit dir umgeht und dir ein paar Dinge klarmacht. Niemand hat dir deinen Mann weggenommen, du hast ihn zurückgewiesen.«

»Das ist nicht wahr! Er hat geschworen, daß ich nicht der Grund war, warum er fortgegangen ist.«

»Fortgegangen?«

»Erinnerst du dich nicht mehr? Das war kurz nachdem du und Tate geheiratet habt. Sechs Monate war er weg damals. Und das waren die längsten sechs Monate meines Lebens. Ich wußte nicht, wo er war, was er machte und ob er je zurückkommen würde.«

»Aber er ist zurückgekommen.«

»Und behauptete, er hätte eine Weile allein sein und dem Druck entrinnen müssen.«

»Welchem Druck?«

Dorothy Rae hob hilflos die Hand. »Oh, Nelsons Erwartungen in das Anwaltsbüro, Tates Wahlkampf, mein Trinken, Fancy.«

»Fancy braucht eine Mutter, Dorothy Rae. Sie hat Angst, daß sie niemand liebt.« Avery holte tief Luft. »Und manchmal sieht es aus, als hätte sie recht.«

»Ich versuche alles«, jammerte Doroty Rae. »Aber sie ist unmöglich. Ich habe ihr immer alles gegeben, was sie wollte.«

»Du hast ihr genug Spielzeug geschenkt, damit sie dich nicht vom Trinken abhält. Du trauerst um die beiden Kinder, die du verloren hast, und vergißt das Kind, das du zur Welt gebracht hast.« Über diese Angelegenheit hatte Avery von Fancy Genaueres erfahren. Jetzt beugte sich Avery zu Dorothy Rae vor. »Fancy ist auf dem besten Weg, in ihr Verderben zu rennen. Sie braucht ihre Eltern und eine feste Hand. Und wenn ihr nicht bald etwas unternehmt, wird sie so weitermachen und noch mehr schlimme Dinge anstellen, nur damit sie eure Aufmerksamkeit bekommt. Und eines Tages wird sie zu weit gehen und dabei zu Schaden kommen.«

»Ach was«, sagte Dorothy Rae in einem Versuch, sich zu verteidigen. »Fancy ist nur ein trotziger Teenager.«

»Ach ja? Wußtest du, daß sie vor einiger Zeit nachts von einem Typen verprügelt wurde, den sie in irgendeiner Bar aufgelesen hatte?« Dorothy Rae wurde blaß, aber Avery fuhr unbeirrt fort: »Ich bin kein Psychologe, aber ich glaube, daß Fancy echte Probleme hat.

Sie findet sich nicht der Liebe wert, weil sie nie von jemandem geliebt wurde. Und da ist noch etwas.« Avery entschloß sich, alle Vorsicht außer acht zu lassen. Schließlich ging es um das Wohlbefinden der jungen Frau. »Sie schläft mit Eddy Paschal.«

»Ich glaube dir nicht«, rief Dorothy Rae und schüttelte den Kopf. »Er könnte ihr Vater sein.«

»Ich habe sie in Houston früh morgens aus seinem Zimmer kommen sehen. Man sah ihr an, was sie die ganze Nacht getrieben hat. Und die Affäre ist immer noch im Gange.«

Dorothy Rae schwieg ein paar Sekunden, dann verengten sich ihre Augen. »*Du* mußt reden!«

»Du verstehst mich nicht«, sagte Avery. »Ich kritisiere nicht Fancys Moral. Ich mache mir Sorgen um sie. Kannst du dir vorstellen, daß ein Mann wie Eddy mehr von ihr wollen könnte als nur das eine? Nein. Aber ich finde vor allem bedenklich, daß Fancy glaubt, sie würde ihn lieben. Wenn er sie fallenläßt, würde seine Ablehnung ihre schlechte Meinung von sich selbst nur noch steigern.«

Dorothy Rae lachte verächtlich. »Meine Tochter hat eine unheimlich hohe Meinung von sich.«

»Und deswegen sammelt sie fremde Männer auf und läßt sich von ihnen in die Mangel nehmen? Läßt sie sich deswegen von einem Mann nach dem anderen behandeln, wie es ihm gerade Spaß macht? Bemüht sie sich deswegen um einen Mann, den sie nie ganz bekommen kann?« Avery schüttelte den Kopf. »Fancy kann sich selbst nicht leiden. Sie bestraft sich dafür, daß sie nicht liebenswert ist.«

Dorothy Rae zupfte an dem zerfetzten Papiertaschentuch. »Ich habe sie nie im Griff gehabt.«

»Weil du dich selbst nicht im Griff hast.«

»Du bist grausam, Carole.«

Avery hätte die Frau gern in den Arm genommen und getröstet, aber sie antwortete, wie Carole es vielleicht getan hätte. »Ich will mich nur nicht mehr für den schlechten Zustand eurer Ehe verantwortlich machen lassen. Sei Jack eine Frau, und keine solche Heulsuse.«

»Was würde das schon nützen? Jack haßt mich, weil er glaubt, ich hätte ihn mit einem Trick in die Ehe gelockt. Aber ich habe wirklich gedacht, ich wäre schwanger.«

»Wenn Jack dich hassen würde, wäre er nicht all die Jahre bei dir geblieben und damals nicht wiedergekommen.«

»Wenn Nelson es ihm gesagt hätte, schon.«

Aha. Jack tat immer, was sein Vater sagte. Die Pflicht verband ihn mit seiner Frau, nicht die Liebe. Er war das Arbeitspferd, Tate der Vollblüter. Das Ungleichgewicht konnte abgrundtiefe Feindschaft heraufbeschwören. Vielleicht hatte Jack sich einen Weg ausgedacht, es seinem Bruder und den Eltern, die Tate bevorzugten, heimzuzahlen.

Avery sah Dorothy Rae jetzt in einem anderen Licht. Vielleicht würde sie selbst in einer solchen Situation auch trinken. Dorothy Rae liebte Jack offensichtlich sehr.

Gerade als Dorothy Rae sich wieder beruhigt hatte, ging die Tür auf und Fancy setzte sich auf den Klappsitz ihnen gegenüber. »Scheißwind. Meine Haare sind im Arsch.«

Dorothy Rae sah zögernd zu Avery hinüber und wandte sich dann an ihre Tochter. »Du sollst nicht solche Worte verwenden.«

»Warum?«

»Weil sie nicht zu einer Dame passen, darum.«

»Eine Dame? Also gut, Mama«, sie blinzelte frech. »Mach du dir nur ruhig weiter Illusionen. Und trink was, wenn du schon dabei bist.«

»Heute abend zu der Veranstaltung solltest du etwas Passenderes anziehen«, sagte Dorothy Rae und betrachtete die wohlgeformten bloßen Schenkel ihrer Tochter unter dem Minirock.

Fancy streckte die Arme auf der Lehne hinter sich aus. »Ach ja? Ich besitze aber nichts *Passendes*. Gott sei Dank.«

»Wenn wir im Hotel sind, werde ich mir die Sachen ansehen, die du mitgebracht hast…«

»Den Teufel wirst du tun!« rief Fancy. »Ich werde genau das anziehen, wozu ich Lust habe. Außerdem habe ich doch schon gesagt, wozu ich Lust habe. Außerdem habe ich doch schon gesagt...«

»Wie wäre es, wenn ihr heute nachmittag in die Stadt geht und etwas Schönes kauft?« Die beiden sahen Avery, die den Vorschlag gemacht hatte, erstaunt an. »Du findest bestimmt ein Kleid, das hübsch und trotzdem nicht langweilig ist. Ich kann leider nicht mit, aber während Tate das Fernsehinterview gibt, könntet ihr mit dem Taxi losfahren. Vielleicht bringt ihr mir ja auch ein paar Sachen mit«, fügte sie hinzu, weil sie das deutliche Zögern der beiden spürte.

»Wer hat gesagt, daß ich gehe?« wollte Fancy wissen.

»Warum eigentlich nicht?« fragte Dorothy Rae unsicher. »Wir haben schon seit Ewigkeiten nichts mehr zusammen unternommen. Vielleicht kaufe ich mir auch ein neues Kleid, wenn du mir beim Aussuchen hilfst.«

Fancy zögerte einen Augenblick und sah aus, als wollte sie ablehnen. Doch dann erklärte sie sich einverstanden. Sie sah aus dem Fenster, wo Eddy die Gruppe gerade zu den wartenden Autos zurückbrachte. »Es gibt sowieso nichts Besseres zu tun.«

Kapitel 40

»Hallo, Mr. Lovejoy.«

Van war vornübergebeugt und beschäftigte sich mit seiner Kamera. Er hob den Kopf und schüttelte sich das Haar aus dem Gesicht. »Oh, hallo, Av... äh, Mrs. Rutledge.«

»Nett, Sie wiederzusehen.«

»Ebenfalls.« Er hob die Kamera auf seine Schulter. »Mir scheint, Ihre Familie ist wieder vereint.«

»Ja, Mr. Rutledge wollte uns bei sich haben.« Sie hatte bisher keine Gelegenheit gehabt, mit Van zu sprechen, obwohl sie ihm mehrmals kurz begegnet war. Der Nachmittag nach dem Gespräch mit Dorothy Rae war rasend schnell vergangen.

Eigentlich war das Bankett vorüber, aber auf dem Podium standen noch eine Menge Leute, die Tate persönlich kennenlernen wollten. Er tat ihr leid, da er einen anstrengenden Tag hinter sich hatte, trotzdem freute sie sich, die Gelegenheit zu einem Gespräch mit Van zu haben.

»Ich habe gehört, daß Mr. Rutledge seine Werbeleute gefeuert hat.«

»Erstaunlich, wie schnell sich so was herumspricht.«

»Das war auch keinen Augenblick zu früh. Man kam an ihn ja gar nicht mehr ran – es war, als würde man mit einem Stahlpanzer am Schwanz bumsen statt mit einem normalen Gummi.«

Avery hoffte, daß niemand in der Nähe den Vergleich gehört hatte. Einer Mitarbeiterin gegenüber konnte er so etwas sagen, aber nicht der Frau des Bewerbers um den Senatorenposten. Sie wechselte schnell das Thema. »Die Werbefilme, die Sie auf der Ranch aufgenommen haben, laufen jetzt – wirklich gute Aufnahmen, muß ich sagen.«

Er lächelte, so daß man seine schiefen Zähne sah. »Danke, Mrs. Rutledge.«

»Haben Sie schon jemanden Bekanntes gesehen?« fragte sie und betrachtete beiläufig die Menge.

»Heute abend noch nicht.« Seine Betonung lag auf dem zweiten Wort. »Aber heute nachmittag zweimal.«

»Ach ja?« fragte sie heiser. »War das das erste Mal bei dieser Tour?«

»Ja«, sagte er und nickte. »Der Reporter winkt mir, daß ich kommen soll. Entschuldigen Sie, Mrs. Rutledge.« Er drehte sich um und wollte gehen, sah sie dann aber noch einmal an. »Ach, Mrs. Rutledge, haben Sie übrigens schon einmal daran gedacht, daß jemand gekommen sein könnte, um Sie zu sehen, und nicht, äh, Ihren Mann? Das ist nur so ein Gedanke, aber vielleicht...« Vans Augen drückten eine Warnung aus. Augenblicke später war er in der brodelnden Menge verschwunden.

Avery blieb stehen und dachte über diese beunruhigende Möglichkeit nach. Dabei bemerkte sie nicht, daß jemand sie von der anderen Seite des Raums aus beobachtete und sich fragte, was sie wohl so lange mit dem zerzausten Kameramann zu besprechen gehabt hatte.

»Jack?«

»Hmm?«

»Ist dir meine neue Frisur aufgefallen?«

Dorothy Rae betrachtete seit langem zum ersten Mal ihr Spiegelbild mit Freude. Als Jugendliche war das eine ihrer Hauptbeschäftigungen gewesen. Jedoch schon seit Jahren hatte es an ihrem Äußeren nicht viel Bewundernswertes gegeben.

Jack, der auf dem Hotelbett lag und die Zeitung las, antwortete mechanisch: »Sieht nett aus.«

»Als ich heute mit Fancy beim Einkaufen war, sind wir an einem Schönheitssalon vorbeigekommen. Ich beschloß kurzerhand, mich überholen zu lassen. Fancy meinte, wenn meine Haare eine Spur heller wären, würde ich um Jahre jünger aussehen. Was meinst du dazu?«

»Mit Fancys Ratschlägen wäre ich vorsichtig.«

Dorothy Raes frisch erwachtes Selbstvertrauen schwand ein wenig, aber sie widerstand dem Bedürfnis, zur Bar zu gehen und sich einen Drink zu holen. »Ich … ich habe aufgehört zu trinken, Jack«, stieß sie hervor.

Er senkte die Zeitung und sah sie an diesem Abend zum ersten Mal richtig an. Die neue Frisur war schmeichelhaft für ihr Gesicht.

»Seit wann?«

»Seit heute morgen.«

Jack faltete die Zeitung zusammen und schaltete die Lampe über dem Kopfende aus und sagte: »Gute Nacht, Dorothy Rae.«

Sie ging zum Bett und machte das Licht wieder an. Er sah sie überrascht an. »Ich meine es diesmal ernst, Jack.«

»Du hast es jedesmal ernst gemeint.«

»Diesmal ist es anders. Ich werde in eine von diesen Kliniken gehen, von denen du gesprochen hast – nach der Wahl natürlich. Jetzt würde es Tate schaden, wenn ein Mitglied seiner Familie in eine Klinik für Alkoholiker kommt.«

»Du bist keine Alkoholikerin.«

Sie lächelte traurig. »Doch, Jack. Und ich hätte mir das schon lange eingestehen müssen.« Sie hob ihr fein geschnittenes Gesicht. »Ich will keine nutzlose Säuferin mehr sein.«

Er wirkte nicht sehr optimistisch, aber zumindest hatte sie seine Aufmerksamkeit gewonnen, und das war schon mal was. Meistens hörte er ihr gar nicht zu, weil sie nichts Interessantes zu sagen hatte.

Sie setzte sich neben ihn auf die Bettkante. »Wir müssen Fancy etwas kürzer halten.«

»Viel Glück«, meinte er sarkastisch.

»Mir ist natürlich klar, daß wir sie nicht mehr anbinden können.«

»Bei ihr ist Hopfen und Malz verloren.«

»Hoffentlich nicht. Ich möchte ihr zeigen, daß ich sie gern habe.« Sie lächelte ein wenig. »Wir haben uns ganz gut verstanden heute nachmittag. Sie hat mich beraten, als ich mir ein neues Kleid kaufte. Hast du das gesehen, das sie getragen hat? Es war immer noch modisch, aber für ihre Begriffe eher konservativ. Selbst Zee hat eine Bemerkung gemacht. Fancy braucht eine feste Hand. Sonst erkennt sie nicht, daß wir sie lieben.« Sie sah ihn zögernd an. »Und ich möchte dir auch helfen.«

»Wobei?«

»Dich von deinen Enttäuschungen zu erholen.«

»Was für Enttäuschungen?«

»Ich meine Carole. Du brauchst nichts dazu zu sagen«, fügte sie schnell hinzu. »Ich bin jetzt wirklich nüchtern und weiß, daß ich es mir nicht eingebildet habe. Ob du mit ihr geschlafen hast oder nicht, ist nicht wichtig. Ich mache dir keine Vorwürfe. Es gab Zeiten, da habe ich meinen nächsten Drink genauso oder sogar mehr geliebt als dich. Ich weiß, daß du Carole begehrst. Sie hat dich ausgenutzt und dich verletzt. Ich will dir helfen, sie zu überwinden.«

Sie faßte Mut und berührte sein Gesicht. »Mir ist es egal, ob die anderen merken, daß du ein wunderbarer Mann bist. Für mich bist du es. Für mich warst immer du der Held.«

»Was hast du vor, Dorothy Rae?«

»Ich möchte, daß wir uns wieder lieben.«

Er sah sie länger an, als er das seit Jahren getan hatte. »Ich bezweifle, daß das möglich ist.«

Sein beiläufiger Tonfall machte ihr angst. Trotzdem lächelte sie schwach. »Laß uns zusammen daran arbeiten. Gute Nacht, Jack.« Dann löschte sie das Licht und legte sich neben ihn. Er reagierte nicht, als sie ihre Arme um ihn legte, aber er wandte sich auch nicht ab wie sonst.

Seit Carole aus der Klinik zurückgekehrt war, gab es nur noch Schlaflosigkeit. Und die Nacht war auch zur besten Zeit geworden zum Nachdenken. Aber an der Logik haperte es immer noch. Denn so unwahrscheinlich es auch klingen mochte, die einzige logische Lösung für alle Probleme war unsinnig.

Carole war nicht Carole.

Das Wie, Warum und Wozu war wichtig, aber nicht so wichtig wie die Tatsache, daß Carole Navarro Rutledge durch jemand anderen ersetzt worden war. Amnesie war eine andere mögliche Erklärung für die völlige Änderung ihrer Persönlichkeit. Das würde erklären, warum sie sich wieder in ihren Mann verliebt hatte, aber die anderen Dinge nicht. Gegenwärtig sah es einfach so aus, als wäre sie eine völlig andere Frau.

Carole war nicht Carole.

Wer war sie dann?

Die Frage war wichtig, denn es stand so viel auf dem Spiel. Der in Jahren erarbeitete Plan mußte bald in die Tat umgesetzt werden – aber wenn eine Betrügerin ihn durchkreuzte... Es war zu spät zum Umkehren, und das war auch gar nicht erwünscht. Die süße Rache erforderte manchmal bittere Opfer.

Und diese Carole, diese Betrügerin, mußte genau beobachtet werden. Sie wirkte unschuldig, aber man konnte gar nicht vorsichtig genug sein. Warum nur hatte sie Caroles Identität angenommen?

Sobald sie wieder zu Hause waren, mußten auf diese Fragen Antworten gefunden werden. Vielleicht sollte man ihr noch einmal einen Köder hinwerfen, um zu sehen, wie sie reagierte und wem sie sich zuwandte. Ja, eine weitere Nachricht war notwendig. Man durfte sie keinen Verdacht schöpfen lassen, daß sie entdeckt war. Der Partner bei dem Unternehmen würde darin sicher übereinstimmen. Von jetzt an mußte Carole lückenlos observiert werden. Sie mußten wissen, wer sie war.

Sie mußten damit anfangen, herauszufinden, wer wirklich beim Absturz des Fluges 398 gestorben war – und wer lebte.

Tate und Jack trafen sich im Frühstücksraum. Angesichts der Miene seines Bruders fragte Tate: »Bist du immer noch sauer, weil ich Dirk und Ralph rausgeworfen habe?«

»Es ist dein Wahlkampf«, meinte Jack schulterzuckend.

»Es ist unser Wahlkampf.«

Der Ober kam mit dem Frühstück. Als er fort war, beugte sich Tate über den Tisch. »Ich wollte damit deine Entscheidung nicht in Frage stellen, Jack.«

»Aber so hat's für mich und die anderen ausgesehen.«

»Ihre Art hat einfach nicht zu mir gepaßt. Ich höre auf dich und Eddy und Dad, aber –«

»Aber du hast dich Caroles Meinung angeschlossen.«

Tate war erstaunt über Jacks Heftigkeit. »Was hat sie damit zu tun? Mein Name steht auf den Wahlzetteln. Ich bin dafür verantwortlich, wie mein Wahlkampf läuft. Und wenn ich gewählt werde, muß ich auch für alles geradestehen. Tate Rutledge«, betonte er, »niemand sonst.«

»Das verstehe ich.«

»Dann arbeite mit mir, nicht gegen mich.« Tate schob seinen Teller beiseite und stützte die Ellbogen auf den Tisch. »Ich hätte es allein nie schaffen können. Meinst du, ich weiß nicht, wie sehr du dich einsetzt? Ich bin dir sehr dankbar, daß du mir so viele Dinge abnimmst. Mehr, als du wahrscheinlich weißt, ist mir klar, daß ich auf dem weißen Pferd sitze, während du unten stehst und den Mist zusammenfegst.«

»Ich habe nie den Platz auf dem weißen Pferd angestrebt, Tate. Ich will nur, daß ich Anerkennung dafür bekomme, daß ich den Mist verdammt gut zusammenfege.«

»Mehr als verdammt gut. Tut mir leid, daß wir uns gestern nicht einig waren, aber manchmal muß ich meinem Instinkt folgen. Keiner kann sagen, ich wäre geeignet für ein öffentliches Amt, wenn ich mich durch ein wenig Druck von außen gleich umstimmen lassen würde, oder?«

»Wohl kaum.«

Tate lächelte nachdenklich. »Also, wenn man es als Ganzes betrachtet, ist es doch so, daß ich mit nacktem Arsch vor der Öffentlichkeit stehe, Jack.«

»Du solltest nur nicht erwarten, daß ich ihn küsse, wenn ich denke, daß du unrecht hast.«

Die beiden Brüder lachten. Jack wurde als erster wieder ernst. Als der Ober abräumte, bestellte er noch zwei Tassen Kaffee und sagte: »Tate, wenn wir schon dabei sind, aufzuräumen...«

»Hmm?«

»Es macht den Eindruck, als würde es zwischen dir und Carole wieder besser stehen.«

Tate sah seinen Bruder kurz an und wandte sich ab. »Etwas.«

»Das ist... nun, das ist gut, wenn ihr dabei glücklich seid.«

»Ich hab' so das Gefühl, es kommt noch was, oder?«

Jack räusperte sich unbehaglich. »Da ist eine Sache... du wirst mich für verrückt halten.«

»Versuch's einfach.«

»Irgendwas ist mit ihr nicht in Ordnung. Ich weiß nicht. Mensch, du schläfst doch mit ihr, wenn du es nicht bemerkt hast, muß ich's mir einbilden.« Er wartete auf eine Reaktion, die nicht kam. »Hast du sie gestern abend mit dem Fernsehtyp reden sehen?«

»Welchem?«

»Der den Fernsehspot auf der Ranch gedreht hat.«

»Er heißt Van Lovejoy und berichtet für KTEX von meinem Wahlkampf.«

»Ja, ich weiß.« Jack lachte trocken. »Sie ist gestern abend direkt auf ihn zugegangen. Er ist irgendwie gar nicht ihr Typ.« Tate wandte den Kopf ab. »Ich meine... äh...« stammelte Jack. »Er ist nicht... verdammt, du weißt, was ich meine.«

»Ja, ich weiß«, sagte Tate ruhig.

»Also, ich geh' besser wieder hoch und mache Dorothy Rae und Fancy Beine. Eddy will, daß alle um halb elf fertig sind und unten in der Halle stehen.«

Tate starrte mit leerem Blick aus dem Fenster. Warum hatte Carole wieder mit dem Fernsehmann gesprochen? Ihre Unterhaltung damals hatte auch irgendwie verstohlen gewirkt, aber sie hatte eine Ausrede parat gehabt. Er hatte gespürt, daß sie log, aber dann war da dieser Kuß, und er hatte vergessen, womit der Streit begonnen hatte. Gerade klappte alles zwischen ihnen so gut. Warum kam diese dunkle Wolke jetzt wieder am Horizont auf?

Sie hatten noch nie so gut und so befriedigend Sex miteinander gehabt. Es war heißer Sex, aber das war er immer gewesen. Er war schmutzig, aber das war er auch immer gewesen. Nur jetzt war es, als ob er schmutzigen Sex mit einer Dame hatte, und das machte ihn sogar noch besser. Sie hatte es nicht mehr so eilig beim Vorspiel. Sie benutzte keine obszönen Ausdrücke mehr, und sie kreischte nicht mehr so wie früher, wenn sie so tat, als würde sie kommen, sondern stieß rauhe, kleine Atemstöße aus, die er viel aufregender fand. Und er könnte schwören, daß ihre Orgasmen echt waren. An der Art, wie sie sich liebten, war etwas Neues – fast, als wäre es verboten, daß sie miteinander schliefen. Jedesmal hatte er das Gefühl, es wäre das erste Mal. Er entdeckte immer etwas an ihr, was er vorher noch nicht gekannt hatte.

Sie war nie prüde gewesen und immer ohne Kleider herumgelaufen. Doch in letzter Zeit gebrauchte sie eher kunstvoll ihre Wäsche anstatt ihrer Nacktheit, um ihn zu reizen. Gestern Morgen, als sie sich auf dem Sofa geliebt hatten, hatte sie sogar darauf bestanden, daß er zuerst die Vorhänge zumachte. Er nahm an, daß ihre Empfindlichkeit durch die kaum noch erkennbaren Narben auf Armen und Händen begründet war.

Ihre mädchenhafte Scheu erregte ihn. Sie verführte, indem sie sich zurückhielt. Er hatte immer noch nicht bei Licht gesehen, was er im Dunkeln mit Lippen und Händen berührte. Verdammt, und die Geheimnistuerei erregte sein Verlangen sogar noch mehr.

Gestern hatte er ständig nur an sie gedacht, sogar bei seinen Wahlkampfreden. Wann immer ihre Blicke sich trafen, schienen sie an dasselbe zu denken – an die Zeit, die sie allein verbringen würden.

Er hatte die eigenartige Angewohnheit entwickelt, ständig nach ihr Ausschau zu halten und sie zu berühren, wenn sie in seiner Nähe war. Spielte sie immer noch ein Spiel mit ihm? War ihre

Schamhaftigkeit ein Trick? Warum hatte sie ein solches Interesse an dem Kameramann?

Eigentlich wollte Tate am liebsten sofort Antworten darauf. Aber wenn er dafür den Frieden, die Harmonie und den Sex aufgeben mußte, würde er lieber ewig warten.

Kapitel 41

Zee stand vor den gerahmten Fotografien an der Wand des Büros und betrachtete sie nachdenklich. Sie drehte sich um, als Avery hereinkam. »Hallo, Zee, habe ich dich erschreckt?«

Zee blinzelte schnell die Tränen aus den Augen. »Hallo, Carole. Du hast mich überrascht. Ich hatte Tate erwartet.« Sie wollten zusammen essen gehen, nur sie zwei.

»Ich fürchte, ich bringe eine schlechte Nachricht. Tate ist kurzfristig nach Houston geflogen. Dort gibt es seit ein paar Tagen einen Streik, und er möchte die Chance ergreifen, den Arbeitern klarzumachen, welche Reformvorschläge er durchsetzen will, damit sich die Bedingungen in den Fabriken verbessern. Sie sind mit einem Privatjet unterwegs und wahrscheinlich schon in ein paar Stunden zurück.«

»Tate fliegt genauso gern wie sein Vater«, meinte sie mit einem sehnsüchtigen Lächeln. »Es wird ihm Spaß machen.«

»Würdest du vielleicht auch mit mir essen gehen?«

Zee betrachtete ihre Schwiegertochter. Seit ihrer Genesung kleidete sie sich stilvoller und legte nicht mehr soviel Wert darauf, aufreizend auszusehen. Das hatte Zee immer abstoßend gefunden. Aber auch wenn sich das gebessert hatte, war die Frau für sie immer noch genauso wenig akzeptabel wie früher.

»Ich verzichte.«

»Warum?«

»Du wußtest noch nie, wann der richtige Moment zum Aufhören ist, Carole.« Zee nahm ihre Handtasche.

»Warum willst du nicht mit mir essen gehen?« Avery baute sich vor der Tür auf und versperrte Zee den Weg.

»Ich wollte mit Tate reden. Ich verstehe, daß er nach Houston mußte, bin aber trotzdem enttäuscht. Wir haben in letzter Zeit so wenig Zeit füreinander, er und ich.«

»Und das ist das eigentliche Problem, stimmt's? Du kannst nicht ertragen, daß Tate mehr Zeit mit mir verbringt. Du bist eifersüchtig, weil unsere Beziehung jeden Tag stärker wird.«

Zees zarter Körper spannte sich. Wenn Carole Wert auf einen Streit legte, sollte sie ihn haben. »Das würdest du gern glauben, nicht wahr, Carole? Dabei weißt du, daß ich von Anfang an dagegen war, daß mein Sohn dich heiratet.«

»Ja, ich weiß, daß du mich ablehnst. Du verbirgst deine Gefühle nicht sehr gut, Zee.«

Zee lächelte traurig. »Du wärst erstaunt, wenn du wüßtest, wie gut ich verberge, was ich wirklich denke und fühle. Aber trotzdem bin ich nicht glücklich darüber, daß du versuchst, Tate mehr an dich zu binden.«

»Warum nicht? Ich weiß doch, daß dir an Tates Glück viel liegt.«

»Genau. Und solange du da bist, wird er nie glücklich werden. Ich weiß, daß deine ganze liebevolle Art nur Theater ist – falsch, genauso wie du.«

Zee bemerkte zufrieden, daß Carole unter ihrem sorgfältigen Make-up blaß wurde. Ihre Stimme war schwach. »Falsch? Was meinst du mit falsch?«

»Kurz nachdem ihr geheiratet habt und ich das Gefühl hatte, daß es Probleme gibt, habe ich einen Privatdetektiv engagiert. Das war die demütigendste Erfahrung, die ich je gemacht habe, aber ich habe es für meinen Sohn getan. Der Privatdetektiv war ein widerlicher Kerl, aber er hat gute Arbeit geleistet. Wie du vermutlich schon erraten hast, hat er mir eine hervorragende Akte über die Zeit vor deiner Arbeit als Anwaltsassistentin geliefert.« Zee spürte, wie ihre Wut auf diese Frau wuchs, die sich wie ein feindlicher Agent in die Rutledge-Familie eingeschlichen und Tate dazu gebracht hatte, sich in sie zu verlieben.

»Den ekelhaften Inhalt dieser Akte brauche ich ja wohl kaum auszuführen, oder? Vielleicht fehlt einiges, aber deine Zeit als Oben-ohne-Tänzerin ist aufgeführt – unter anderem. Deine verschiedenen Künstlernamen waren wenig phantasievoll. Der

Detektiv hat aufgehört, bevor er den Namen gefunden hatte, den du bei deiner Geburt bekommen hast. Der ist sowieso unwichtig.«

Carole sah aus, als würde sie sich jeden Augenblick übergeben. »Weiß... weiß sonst noch jemand von dieser Akte? Weiß Tate davon?«

»Niemand«, erwiderte Zee, »obwohl ich schon öfter versucht war, sie ihm zu zeigen – zum letzten Mal, als mir klar wurde, daß er sich wieder in dich verliebt hat.«

Carole holte tief Atem. »Hat er das?«

»Ich glaube schon, bedauerlicherweise. Wahrscheinlich gegen sein eigenes besseres Wissen. Er verliebte sich in die neue Carole, die nach dem Flugzeugabsturz zum Vorschein gekommen ist. Vielleicht solltest du als nächstes den Namen Phönix annehmen, weil du dich aus der Asche erhoben hast.«

Zee legte den Kopf auf die Seite und betrachtete ihre Widersacherin kurz. »Du bist eine kluge Frau. Dein Aufstieg von der Nachtbartänzerin der untersten Kategorie zur Dame, die charmant genug ist, um Frau eines Senators zu sein, war bemerkenswert. Es muß dich ungeheuer viel Arbeit gekostet haben. Aber deine neueste Verwandlung ist noch unglaublicher als die vorigen, denn du scheinst selbst daran zu glauben. Ich würde es auch fast glauben, wenn ich mich nicht noch so gut daran erinnern könnte, wie du früher warst.«

»Woher willst du wissen, ob ich mich nicht aus Liebe zu Tate verändert habe? Ich versuche, das zu sein, was er braucht und will.«

Zee warf ihr einen Blick zu und schob sie zur Seite. »Ich weiß ohne jeden Zweifel, daß du *nicht* das bist, was du zu sein vorgibst.«

»Wann willst du es den anderen sagen?«

»Nie.« Carole zuckte vor Erstaunen zusammen. »Solange Tate nicht unter deinen Machenschaften leidet, werde ich ihm seine Illusionen nicht nehmen. Die Akte wird unser Geheimnis bleiben. Aber wenn du ihm wieder weh tust, Carole, werde ich dich vernichten und Tate meine Sammlung zeigen. Er wird keine Hure, auch nicht, wenn sie geläutert ist, seine Tochter erziehen lassen.«

Ein Ausdruck der puren Verzweiflung trat auf Caroles Gesicht. Sie legte ihre Hand auf Zees Arm. »Du darfst es Tate nicht sagen. Es würde ihn umbringen.«

»Deswegen habe ich noch nichts unternommen. Aber im Zweifelsfall besser ein kurzer Skandal als ein lebenslanges Unglück.« Als sie hinausging, fügte sie noch hinzu: »Du brauchst dir übrigens nicht die Mühe zu machen, nach der Akte zu suchen. Es gibt eine Kopie davon in einem Safe, zu dem nur ich und im Falle meines Todes Tate Zugang hat.«

Avery saß ratlos neben Mandy in der Küche, die ihr Mittagessen aß und unaufhörlich plapperte – ein Zeichen, daß es ihr besser ging. Sie trank eine Tasse Tee, den Mona ihr gemacht hatte. Das Zuhören fiel ihr schwer, denn ihre Gedanken wanderten immer zu Zee und ihre vernichtenden Informationen über Carole.

Avery brachte Mandy zum Mittagsschlaf ins Bett und las ihr noch eine Geschichte vor. Als kleines Mädchen hatte ihr Vater ihr manchmal von schönen Prinzessinnen und starken Helden vorgelesen, die sie aus allen Notlagen retteten, und am Schluß siegte immer das Gute.

Aber das war eben der wesentliche Unterschied zwischen Märchen und Wirklichkeit, in der Väter monatelang verschwanden und das Böse zu oft die Oberhand behielt.

Als Mandy eingeschlafen war, schlich Avery aus dem Zimmer und zu dem Flügel des Hauses, den Nelson und Zee bewohnten. Sie dachte nicht weiter darüber nach, ob es richtig oder falsch war, was sie vorhatte. Unter anderen Umständen wäre ihr das als unerlaubtes Eindringen in die Privatsphäre einer anderen Person erschienen, aber jetzt blieb ihr keine andere Wahl. Zee hatte ohnehin schon angedeutet, daß sie damit rechnete, daß sie nach der Akte suchen würde.

Avery fand das Schlafzimmer und Zees Schreibtisch ohne Mühe. Er sah harmlos aus, aber warum sollte Zee nicht auch explosive Dokumente darin aufbewahren?

Avery nahm eine Nagelfeile vom Toilettentisch und öffnete damit die verschlossene Schublade des Schreibtisches. Sie versuchte nicht, unauffällig vorzugehen.

Darinnen lag Briefpapier mit Zees Initialen, zwei Bibeln, in dessen Ledereinbände die Namen von Jack und Tate geprägt waren, und ganz hinten der schmale Ordner. Avery öffnete den Metallverschluß und sah hinein.

Fünf Minuten später verließ sie aschfahl und zitternd den Raum. Ihr war flau im Magen. Sie lief in ihr Zimmer und schloß die Tür hinter sich ab. Dann lehnte sie sich daran und atmete tief durch. Tate. O Tate. Wenn er je den widerwärtigen Inhalt dieser Akte zu sehen bekam...

Sie fühlte sich schmutzig. Sie brauchte ein Bad. Sofort.

Sie schleuderte die Schuhe von den Füßen, zog sich den Pulli über den Kopf und machte die Tür zum Wandschrank auf.

Sie schrie.

Schwankend wich sie von dem furchtbaren Anblick zurück. Sie preßte beide Hände auf den Mund. Ein Wahlplakat baumelte an einer roten Schnur wie eine Leiche am Galgen.

In knallroter Farbe hatte jemand ein Einschußloch auf Tates Stirn gemalt und Farbe über sein Gesicht tropfen lassen – ein gräßlicher Gegensatz zu seinem Lächeln. Und in breiten, roten Buchstaben stand quer über dem Foto: »Wahltag!«

Avery hastete ins Bad und erbrach sich.

Kapitel 42

»Es war grausig.«

Sie saß da und hielt sich mühsam an einem Glas Brandy fest.

»Die ganze Angelegenheit ist häßlich«, stellte Irish fest. »Das dachte ich von Anfang an. Habe ich dich nicht gewarnt?«

»Also, du hast sie gewarnt. Laß es gut sein damit.«

»Hört doch auf, euch zu zanken«, rief Avery verzweifelt. »Und du Van, mach das blöde Ding aus, von dem Geruch wird mir schlecht.« Sie deutete auf den Joint, den Irish nicht beachtet und für eine normale Zigarette gehalten hatte.

Avery stand auf und schlang die Arme um ihren Körper. Es wurde ihr einfach nicht warm. »Das Plakat war schrecklich. Er will es wirklich tun, kein Zweifel mehr.«

»Wer denn, Avery?«

»Ich weiß es nicht, jeder von ihnen könnte es sein. Die ganze Familie geht ständig ein und aus.«

»Woher willst du wissen, daß dir nicht jemand hierher gefolgt ist?«

»Ich habe ständig in den Rückspiegel gesehen. Außerdem war niemand zu Hause, als ich losgefahren bin.«

»Die alte Dame ist irgendwie seltsam«, sagte Van schnodderig. »Ich habe haufenweise Aufnahmen von ihr. Sie lächelt immer, aber ich bezweifle, ob sie wirklich so glücklich ist.«

»Ich weiß, was du meinst. Sie ist sehr zurückgezogen und hat bis heute kaum etwas gesagt.«

»Erzähl uns was von Carole Navarro«, bat Irish.

»Carole, oder wie immer sie auch ursprünglich geheißen haben mag, hat in den seichtesten Nachtclubs getanzt und dabei die saftigsten Namen gehabt. Einmal wurde sie wegen öffentlichen Ärgernisses und einmal wegen Prostitution festgenommen, aber beide Male wurde die Anklage fallengelassen.«

»Und da bist du sicher?«

»Der Privatdetektiv war vielleicht ein schleimiger Typ, aber er war gründlich. Bevor ich hierher kam, war ich in ein paar Bars, in denen sie gearbeitet hat. Ich habe sogar mit ein paar Leuten gesprochen, die sie kannten. Sie hielten mich für Carole, und ich mußte mich als lange im Ausland gewesene Kusine ausgeben, um die Ähnlichkeit zu erklären.«

»Was hatten sie über sie zu sagen?«

»Sie hatte alle Brücken hinter sich abgebrochen. Niemand wußte, was aus ihr geworden war. Ich erinnere mich an einen Bericht, den ich vor Jahren über das Leben von Prostituierten gemacht habe. Ich glaube, so war Carole. Sie hat sich äußerlich völlig umgestellt, aber das Prinzip ist geblieben. Die meisten dieser Frauen hassen Männer. Bei ihr wird das nicht anders gewesen sein.«

»Das kannst du nicht wissen.«

»Nein? Und wie hat sie Jack zugesetzt? Sie hat ihn so sehr gereizt, daß seine Ehe daran zerbrochen ist. Aber meiner Meinung nach ist weiter nichts passiert. Wenn das nicht boshaft ist!«

»Ob sie Angst hatte, daß sie jemand aus ihrem vorigen Leben erkennen und ihre Vergangenheit sie einholen würde?«

Avery hatte daran auch schon gedacht. »Verstehst du nicht, daß das der besondere Knüller gewesen wäre? Es würde Tate wirklich demütigen, wenn herauskäme, was seine Frau früher getrieben hat.«

»Er muß schon ein bißchen seltsam sein«, murmelte Van, »wenn er auf so ein Biest hereinfällt.«

»Du kannst dir nicht vorstellen, wie berechnend sie war«, verteidigte Avery Tate. »Sie wurde genau so, wie er sich eine Frau erträumte. Und jemand, der ihn gut kannte, hat ihr dabei geholfen.«

»Und zwar der, der ihn umbringen will.«

»Stimmt. Die Vorstellung, die trauernde Witwe eines solchen Mannes zu sein, war vielleicht Reiz genug für sie, auch wenn das eine Schwachstelle meiner Theorie ist.«

»Der gleiche Status, aber kein lästiger Mann«, meinte Irish.

»Vielleicht hat man ihr Geld angeboten. In jedem Fall war sie, nachdem die Ehe geschlossen war, dafür zuständig, Tate das Leben schwerzumachen – was sie mit Genuß ausgeführt hat.«

»Aber dann wären wir wieder bei der Frage, warum jemand versuchen sollte, ihn unglücklich zu machen.«

»Das einzige, was klar zu sein scheint«, meinte Avery, »ist, daß sie am Wahltag losschlagen und eine Schußwaffe verwenden wollen.«

Irish biß sich auf die Unterlippe. »Die Frage ist nur: Warum ist diese letzte Nachricht so drastisch im Vergleich zu den anderen? Vielleicht soll deine Standhaftigkeit geprüft werden.«

»Vielleicht ist er aber auch nur so dreist, weil sowieso schon alle Weichen gestellt sind«, gab Van zu bedenken.

»Wie zum Beispiel der Grauhaarige?« fragte Avery. Van zuckte mit den Schultern und sah sie so vielsagend an, daß Irish fragte: »Also gut, was wißt ihr, was ich nicht weiß?«

Avery antwortete zögernd: »Van glaubt, daß der Grauhaarige vielleicht mich und nicht Tate im Visier hat.«

Irish wurde unruhig. Er nahm ihre Hand. »Hör zu. Du mußt die Behörden informieren. Das Ganze mag am Anfang eine gute Idee gewesen sein, aber jetzt hast du die Sache nicht mehr im Griff. Dein Leben ist in Gefahr. Und Rutledges auch. Und das des Kindes. Wir sollten das FBI einschalten.«

Avery schüttelte den Kopf. »Nein. Dann wüßten alle Bescheid. Schließlich würde es auffallen, wenn Tate plötzlich von einer Armee von Leibwächtern umrundet wäre. Dann käme alles raus.«

»Und das ist genau das Problem, stimmt's? Du willst nicht, daß Rutledge alles erfährt! Weil du dann deinen gemütlichen Platz in seinem Bett aufgeben müßtest.«

»Nein, das stimmt nicht! Die Behörden können ihn nicht vor Angriffen vor der Familie schützen. Wir können Tate nicht warnen, ohne auch seinen Mörder zu warnen.«

Van stand auf und zog seine vergammelte Lederjacke an. »Ich habe noch Arbeit. Muß noch ein paar Bänder durchsehen.«

Avery streckte ihm die Hand entgegen. »Vielen Dank für alles. Und solltest du irgendwas sehen oder hören –«

»Ich werd's dir sofort sagen.«

Sobald er draußen war, sagte Irish aus dem Mundwinkel: »Der mit seinem Haschkopf. Ich wünschte, wir hätten einen zuverlässigeren Verbündeten.«

»Schimpf nicht. Ich ärgere mich auch gelegentlich über ihn, aber er war sehr nützlich, ein Freund, und ich brauche Freunde.« Sie sah auf ihre Armbanduhr. »Es wird Zeit. So lange kann eine normale Frau gar nicht einkaufen. Und Tate fragt mich immer, wo ich war, wenn ich zu spät komme.«

Irish schüttelte den Kopf und zog sie in seine Arme. »Du liebst ihn«, stellte er einfach fest. Sie nickte. »Mein Gott, warum muß immer alles so furchtbar kompliziert sein?«

Sie drückte die Augen fest zu, und heiße Tränen tropften auf sein Hemd. »Ich liebe ihn so sehr, daß es weh tut, Irish.«

»Ich kenne dieses Gefühl.«

Avery war zu sehr in ihrem Kummer versunken, um etwas dazu zu sagen. »Was soll ich tun? Ich kann ihn nicht beschützen, aber sagen kann ich es ihm auch nicht.«

»Ich habe wirklich Angst um dich«, sagte Irish und drückte sie noch fester.

»Nachdem ich dieses grausige Plakat gesehen habe, mache ich mir auch um meinetwillen Sorgen. Hoffentlich findet er nicht heraus, daß ich gar nicht seine Komplizin bin.«

Sie umarmte Irish an der Tür noch einmal und küßte seine rotgeäderte Wange, dann trat sie in die Dunkelheit hinaus.

Es war so dunkel, daß keiner von den beiden das Auto bemerkte, daß einen halben Häuserblock entfernt parkte.

Kapitel 43

Der Blitzausflug nach Houston war für Tate sehr erfolgreich ausgegangen und hatte ihm drei Prozentpunkte mehr gegenüber Dekker eingebracht. Täglich schloß sich die Lücke weiter.

Dekker, der den Druck spürte, begann in seinen Reden ausfällig zu werden. Er bezeichnete Tate als gefährlichen Freidenker, der alle traditionellen Werte der Texaner über den Haufen zu werfen drohte. Doch selbst die Tatsache, daß der Präsident auf Wahlkampfveranstaltungen mit Dekker zusammen auftrat, weil er ebenfalls demnächst wiedergewählt werden wollte, änderte nichts an Tates wachsendem Erfolg. Im Gegenteil. Dekkers verzweifelte Bemühungen vermittelten den Wählern wohl eher ein unangenehmes Gefühl von Torschlußpanik.

Welche Methode auch immer Eddy angewandt haben mochte, die ehemalige Sprechstundenhilfe zum Schweigen zu bringen, die Informationen über Caroles Abtreibung waren weder an die Presse noch bis zu Dekker gedrungen, denn dies wäre der ideale Zeitpunkt gewesen, um solche Enthüllungen als Waffe einzusetzen. Die ganze Familie war erleichtert. An allen Fronten herrschte der größte Optimismus. Alle waren zufrieden.

Nur Fancy nicht.

Sie war seit mehr als einer Woche nicht mehr mit Eddy allein gewesen. Immer wenn er in ihre Richtung sah, schien er einfach durch sie hindurchzusehen. Und wenn sie ihren Stolz überwand und sich ihm näherte, gab er ihr irgendeine niedere Aufgabe zu erledigen. Sie fügte sich nur deshalb, weil sie so in Eddys Sichtweite bleiben konnte.

Er war ständig in Bewegung, erteilte Befehle und verlor schnell die Geduld, wenn sie nicht sofort befolgt wurden. Er schien nur noch von Automatennahrung zu leben. Er kam morgens als erster und ging als letzter.

Am Sonntag vor der Wahl zog die ganze Familie in das Palacio del Rio, ein Hotel mit zweiundzwanzig Stockwerken in der Innenstadt von San Antonio. Von dort aus wollten sie die Wahl, die zwei Tage später stattfand, beobachten.

Tates engere Familie wohnte im einundzwanzigsten Stockwerk in der Fürstensuite. Dort wurden Videorecorder für Wahlberichte und zusätzliche Telefonleitungen installiert. Sicherheitskräfte wurden an den Aufzügen postiert, um zu verhindern, daß jemand das Privatleben des Kandidaten störte.

Im Erdgeschoß wurde der Ballsaal blau-weiß-rot dekoriert und überlebensgroße Plakate von Tate aufgehängt. Ein riesiges Netz mit Tausenden von Luftballons hing an der Decke, das im richtigen Augenblick geöffnet werden sollte.

Eine Menge Leute schwirrten in der Suite herum, während Eddy mit Tate die Termine für die letzten Tage besprach. Als Mandy, die auf Tates Schoß saß, auch noch dazwischenredete, riß ihm die Geduld.

»Hörst du eigentlich zu, verdammt noch mal?«

Tate wiederholte die Orte, zu denen er geflogen werden sollte.

»Du hast Texarkana vergessen.«

»Tut mir leid. Ich bin sicher, daß du es nicht vergißt. Sind noch Bananen in dem Früchtekorb?«

»Mein Gott«, stöhnte Eddy, »übermorgen ist die Wahl, und du denkst an Bananen!«

Tate nahm ruhig die Banane von seiner Frau entgegen und schälte sie für Mandy. »Sei doch nicht so aufgeregt, Eddy. Du machst alle verrückt.«

»Amen«, kommentierte Fancy düster, die in einem Sessel zusammengerollt saß und fern sah.

»Gewinne du die Wahl, dann werde ich mich entspannen. Wo war ich? Ach ja, du kommst morgen abend gegen halb acht hier an. Ich bestelle euch einen Tisch in einem kleinen Restaurant. Dann ziehst du dich zurück.«

»Darf ich vorher noch aufs Klo und mir die Zähne putzen? Ich meine, zwischen Abendessen und Zurückziehen?«

Alle lachten, nur Eddy fand den Witz nicht komisch. »Am Dienstag fahren wir alle zusammen in dein Wahllokal in Kerrville, wählen und kommen wieder hierher.«

Tate nahm Mandy die Bananenschale weg und sagte: »Ich werde gewinnen.«

»Sei nicht zu selbstbewußt. Die Umfragen zeigen, daß du immer noch knapp hinter Dekker rangierst.«

»Trotzdem werde ich gewinnen. Denk doch nur, wo wir angefangen haben.«

An diesem Punkt wurde die Versammlung beendet.

Fancy wartete, bis alle weg waren, und folgte Eddy in sein Zimmer ein paar Türen weiter. Nachdem sie leise geklopft hatte, rief er: »Wer ist da?«

»Ich.«

Er öffnete die Tür, wartete aber nicht auf sie, sondern ging direkt zum Schrank und holte ein frisches Hemd heraus. Sie schloß die Tür und schob den Riegel vor.

»Du brauchst noch kein Hemd.» Sie lehnte sich vielsagend an ihn und neckte eine seiner Brustwarzen mit der Zungenspitze.

»Ohne Hemd kann ich schlecht in die Wahlkampfzentrale gehen.«

»Aber heute ist doch Sonntag!«

Er zog eine Augenbraue hoch. »Seit wann interessiert dich der Tag des Herrn?«

»Ich war heute morgen in der Kirche, genau wie du.«

»Und aus dem gleichen Grund: weil die Wähler im Fernsehen sehen sollen, wie fromm Tate und seine Familie sind.«

»Ich habe wirklich gebetet.«

»Ja, natürlich.«

»Ich habe gebetet, daß dein Schwanz verfault und abfällt«, sagte sie leidenschaftlich. Er lachte nur. Als er das Hemd anzog und in die Hose zu stecken begann, versuchte Fancy ihn davon abzuhalten. »Eddy«, jammerte sie, »ich bin nicht hergekommen, um mit dir zu streiten. Ich möchte bei dir sein und nicht immer nur arbeiten.«

»Aber von jetzt bis zur Wahl steht nichts anderes auf dem Stundenplan.«

Ihr Stolz konnte nicht mehr ertragen. »Du versuchst jetzt schon seit Wochen, mich abzuschütteln.«

»Ich versuche, dafür zu sorgen, daß dein Onkel in den Senat gewählt wird.«

»Ach, fick doch den blöden Senat!«

»Das würdest du bestimmt tun, bis sie alle geschwollene Eier haben. So, und jetzt muß ich leider gehen.«

Sie griff nach seiner Hand und zog sie unter ihren Rock. »Ich bin schon ganz feucht. Komm, wir wollen uns lieben.«

»Lieben?« Er zog seine Hand weg. »Du bist doch immer feucht, Fancy. Such dir einen anderen. Ich habe jetzt was Besseres zu tun.« Er ging ohne einen weiteren Blick.

Fancy starrte die geschlossene Tür an und schleuderte den erstbesten Gegenstand dagegen – einen gläsernen Aschenbecher. Aber er zerbrach nicht, sondern landete mit dumpfem Aufprall auf dem Teppichboden, was sie nur noch wütender machte. Noch niemals hatte ein Mann Fancy Rutledge abgewiesen, wenn sie scharf auf ihn war. Sie stürmte aus Eddys Zimmer in ihr eigenes, zog sich hastig einen engen Pulli und noch engere Jeans über und holte ihren Mustang aus der Hotelgarage.

Wegen dieser blöden Wahl würde sie ihr Leben noch lange nicht ändern.

»Hallo, ich bin's, Irish. Irgendwas Neues heute abend?«

Van rieb sich die blutunterlaufenen Augen, während er den Telefonhörer ans Ohr klemmte. »Ein Haufen Mexikaner in einer Kirche. Die ganze Familie war dabei – alle wie aus dem Ei gepellt, bis auf das junge Mädchen.«

»Irgendwas Bemerkenswertes? Der Grauhaarige?«

Van überlegte, ob er es Irish sagen sollte, und entschied sich dafür. »Er war auch da.«

Irish fluchte. »Das gefällt mir nicht, Van. Vielleicht sollten wir doch das FBI informieren, ohne Avery etwas zu sagen.«

»Das würde sie dir nie verzeihen.«

»Aber sie würde es überleben.«

Sie schwiegen eine Weile. Dann sagte Irish: »Morgen brauchst du nicht bei Rutledge zu bleiben. Es reicht, wenn du bei seiner Ankunft am Flughafen bist. Am Tag der Wahl mußt du dich den ganzen Tag in Averys Nähe aufhalten. Und wenn du irgendwas Verdächtiges siehst, egal was es ist, vergiß ihre Argumente und ruf die Polizei.«

»Ich bin ja nicht dumm, Irish. Morgen habe ich noch viel zu tun. Ich bin noch nicht fertig mit den Bändern.«

»Was suchst du eigentlich?«

»Das sage ich dir, sobald ich es gefunden habe.«

Irish verabschiedete sich, und Van machte sich sofort wieder an die Arbeit. Er wußte selbst nicht genau, wonach er eigentlich suchte. Er würde es erst wissen, wenn er es gefunden hatte. Vielleicht war alles auch nur Zeitverschwendung.

Irish verzog das Gesicht, nachdem er das Magenmittel getrunken hatte. Eigentlich hätte er langsam an den unangenehmen Nachgeschmack gewöhnt sein müssen, so viel wie er von dem Zeug trank. Avery wußte nichts davon. Niemand wußte es. Er wollte nicht, daß jemand von seiner Krankheit erfuhr, damit er nicht durch einen Jüngeren ersetzt wurde, bevor er sich mit vollem Gehalt zur Ruhe setzen konnte. Die Hunde im Management hatten das Geschäft nie von der dreckigen Seite gesehen, wie Irish es sein Leben lang getan hatte. Sie wollten nur zur richtigen Zeit die richtigen Sensationen in den Nachrichten haben, damit sie ihre Werbezeit gut verkaufen konnten. Ihm machte das nichts aus. Er wollte nur für seine Arbeit respektiert werden.

Und solange KTEX noch Spitzeneinschaltquoten hatte wegen der guten Nachrichtensendungen, war alles in Ordnung. Nur wenn die Zahlen sanken, würden sich die Leute in den Chefetagen vielleicht von einem alten Mann mit Magengeschwür zuerst trennen.

Also versteckte er seine Medikamente.

Er machte das Licht im Badezimmer aus und ging ins Schlafzimmer. Wie er es üblicherweise tat, setzte er sich auf die Bettkante und stellte den Wecker. Dann nahm er wie gewöhnlich den Rosenkranz aus der Schublade.

Selbst wenn man gedroht hätte, ihn zu foltern, hätte er nie zugegeben, daß er dies gewöhnlich tat. Er ging nie zur Beichte oder in die Messe. Aber er betete oft. Heute abend betete er voller Inbrunst für Tate Rutledge und seine kleine Tochter. Er bat um Averys Schutz und flehte Gott an, ihr Leben zu erhalten, was auch immer geschehen möge.

Zuletzt betete er, wie jede Nacht, für Rosemary Daniels' unsterbliche Seele und erflehte Gottes Vergebung dafür, daß er die Frau seines besten Freundes liebte.

Kapitel 44

An diesem Abend kam Fancy spät nach Hause – in Begleitung von zwei Polizisten, die sie in Tates Suite ablieferten. Sie sei zwar betrunken gefahren, und das auch noch zu schnell, aber um dem Bewerber um den Senatorenposten die schlechte Publicity zu ersparen, hätten sie sie statt ins Gefängnis direkt hierhergebracht.

Tate bedankte sich herzlich und schloß die Tür. Außer ihm waren nur noch Avery und Eddy wach. Aber jetzt lag eine bedrohliche Stille über dem Zimmer.

»Fancy, wo warst du?« fragte Avery leise.

Sie machte eine Pirouette. »Beim Tanzen, aber um das zu verstehen, seid ihr alle viel zu alt. Und zu korrekt. Und...«

»Du dummes kleines Flittchen.« Eddy versetzte ihr eine schallende Ohrfeige. Die Wucht des Schlages warf sie um.

»Fancy!« Avery kniete sich neben das verblüffte Mädchen. Blut sickerte aus einer Platzwunde an ihrer Lippe.

»Eddy, was, zum Teufel, ist los mit dir?« fragte Tate und ergriff ihn am Arm.

Eddy schüttelte Tate ab und beugte sich über Fancy. »Willst du alles ruinieren? Das hätte uns die Wahl kosten können.«

Tate packte ihn am Kragen und zerrte ihn zurück. »Eddy, was denkst du dir eigentlich?«

»Sie hat es herausgefordert, daß man ihr eine Abreibung erteilt.«

»Aber nicht von dir!« brüllte Tate. Er gab Eddy einen kräftigen Stoß, so daß er rückwärts stolperte. Eddy fing sich wieder, schnaubte und stürzte sich auf Tate.

»Hört auf, alle beide!« Avery sprang auf und stellte sich zwischen sie. »Das ganze Hotel wird zusammenlaufen, und das gibt dann erst Schlagzeilen.«

Die Männer standen einander gegenüber wie zwei Bullen, die vor dem Angriff im Sand scharren. Avery half Fancy auf die Beine. Das Mädchen wimmerte leise.

Tate strich ihr kurz über die Wange und deutete dann mit einem warnenden Finger auf seinen Freund. »Faß nie mehr, hörst du, *nie* mehr, jemanden aus meiner Familie so an.«

»Entschuldige, Tate.« Eddy strich sich mit den Fingern über sein Haar. Seine Stimme klang leise, gefaßt und cool. Die eisige Fassade war wiederhergestellt.

»Das ist ein Bereich meines Lebens, in dem deine Meinung nicht gefragt ist«, fuhr Tate wütend fort.

»Ich habe mich doch schon entschuldigt. Was kann ich sonst tun?«

»Du kannst aufhören, mit ihr zu schlafen.«

Das kam für alle überraschend. Eddy und Fancy hatten keine Ahnung, daß Tate es wußte. Avery hatte ihm von ihrem Verdacht erzählt, aber das war noch bevor sie es sicher wußte. Eddy ging zur Tür.

»Ich glaube, wir brauchen alle ein wenig Zeit, um uns abzukühlen.« Dann war er weg.

Avery sah Tate voller Liebe und Hochachtung an, weil er seiner Nichte so schnell zu Hilfe gekommen war. Dann brachte sie Fancy in ihr Zimmer. Während Fancy duschte, deckte Avery das Bett auf und machte ihr einen improvisierten Eisbeutel.

Fancy stieg ins Bett und hielt die Tüte mit den Eiswürfeln an ihre Lippe. »Du bekommst langsam Übung darin, scheint mir. Vielen Dank.« Sie schloß die Augen, und wenige Sekunden später liefen Tränen über ihre blassen Wangen. Avery setzte sich auf die Bettkante und ergriff ihre Hand.

»Dieser Bastard. Ich hasse ihn.«

»Das glaube ich nicht«, erwiderte Avery leise. »Ich denke, du hast geglaubt, daß du ihn liebst.«

»Ich *habe* geglaubt?«

»Du hast dich in die Idee verliebt, verliebt in ihn zu sein. Was weißt du schon über Eddy? Du hast mir selbst gesagt, daß es nur wenig ist. Ich glaube, du wolltest in ihn verliebt sein, weil du tief im Innern wußtest, daß diese Affäre keine Chance hat.«

»Was bist du, Amateurpsychologin?«

Fancy konnte wirklich jedermanns Geduld strapazieren, aber Avery erwiderte ruhig: »Ich versuche, deine Freundin zu sein.«

»Du willst ihn mir ausreden, weil du ihn für dich haben möchtest.«

»Glaubst du das wirklich?«

Fancy sah sie eine ganze Weile an und sagte dann mit noch mehr Tränen in den Augen: »Nein. Jeder kann sehen, daß du Onkel Tate liebst.« Sie zog die Nase hoch. »Und er ist auch ganz verrückt nach dir.« Sie biß sich auf die Lippe und jammerte: »Mensch, warum kann mich nicht einmal jemand so lieben? Warum behandeln mich alle wie ein Stück Dreck?« All ihre Selbstzweifel kamen plötzlich zum Vorschein, als hätte man eine Schleuse geöffnet. »Eddy hat mich doch nur benutzt, stimmt's? Und ich hatte gehofft, er würde mich selbst und nicht nur das, was ich im Bett zu tun bereit war, mögen. Ich hätte es wissen müssen.«

Avery nahm sie in die Arme. Fancy wehrte sich kurz, dann gab sie nach und weinte sich an Averys Schulter aus. Schließlich ließ sie sich sogar dazu überreden, daß Avery Dorothy Rae anrief. Sie war sofort da. »Was ist, Carole?«

»Komm rein.«

In dem Augenblick, als sie Fancys Gesicht sah, blieb sie wie angewurzelt stehen und preßte eine Hand an ihre Brust. »Meine Kleine! Was ist mit dir passiert?«

Fancys Unterlippe zitterte. Wieder stiegen ihr die Tränen in die Augen. Sie streckte die Arme aus und sagte leise und unsicher: »Mami?«

»Als ich ging, lagen sie sich weinend in den Armen«, erzählte Avery Tate ein paar Minuten später. »Vielleicht hätte gar nichts Besseres passieren können.«

»Ich glaube, ich habe Eddy noch nie so erlebt.« Er hatte sich schon das Hemd ausgezogen und ging, immer noch in Kampfstimmung, im Zimmer herum.

»Er ist entschlossen, dafür zu sorgen, daß du gewählt wirst. Wenn er das gefährdet sieht, wird er wütend.«

»Und schlägt sogar eine Frau?« fragte Tate ungläubig.

»Wie lange weißt du schon, daß er mit Fancy schläft?«

»Ein paar Wochen. Die Anzeichen waren deutlich.«

»Hast du deswegen irgendwas zu ihm gesagt?«

»Was hätte ich sagen sollen? Er ist erwachsen und sie auch. Und es ist völlig klar, daß er sie nicht verführt oder ihr die Jungfräulichkeit geraubt hat.«

»Aber trotz all ihrer sexuellen Erfahrung ist Fancy doch sehr verletzlich. Er hat ihr weh getan.«

»Versteh mich nicht falsch, ich verteidige ihn nicht...«

»Horch!«

Sie liefen gleichzeitig los und in Mandys Zimmer.

Sie warf Arme und Beine in die Luft und schlug um sich. Ihr kleines Gesicht war verzerrt und schweißgebadet. Sie weinte, ihre Lippen bewegten sich.

»Mami! Mami!« schrie sie immer wieder. Instinktiv streckte Avery die Hände nach ihr aus. Tate legte eine Hand auf ihre Schulter. »Nicht. Vielleicht ist es das.«

»O nein, Tate, bitte.«

Er schüttelte beharrlich den Kopf. »Wir müssen warten.«

Beide setzten sich auf Mandys Bett und erlebten mit, durch welche Hölle das Kind in seinem Unterbewußtsein ging.

»Nein, nein.« Sie schnappte mit offenem Mund nach Luft. »Mami? Ich kann Mami nicht sehen. Ich kann nicht raus.«

Avery sah zu Tate hinüber. Er hielt den Blick unverwandt auf seine gequälte Tochter gerichtet.

Plötzlich setzte sich Mandy kerzengerade hin. Ihre Brust hob und senkte sich schnell. Ihre Augen waren weit geöffnet, aber sie lag immer noch in den Fängen des Alptraums.

»Mami!« schrie sie. »Mach mich los! Ich hab Angst. *Mach mich los!*«

Dann begannen ihre Augenlider zu flattern, und obwohl ihre

Atmung immer noch rauh war, klang es nicht mehr so, als wäre sie Kilometer weit gerannt.

»Mami hat mich rausgeholt«, flüsterte sie. »Jetzt hat Mami mich.« Sie fiel wieder auf ihr Kissen zurück und dabei wurde sie wach. Als ihre Augen etwas wahrnahmen, sah sie verwirrt zwischen Tate und Avery hin und her. Dann warf sie sich in Averys Arme. »Mami, du hast mich rausgeholt, hast mich von dem Rauch weggebracht.«

Avery nahm Mandy fest in ihre Arme. Sie drückte die Augen zu und dankte Gott dafür, daß er dieses Kind geheilt hatte, das ihr so sehr ans Herz gewachsen war. Als sie die Augen wieder öffnete, verschmolz ihr Blick mit dem von Tate. Er strich mit den Knöcheln seiner Hand über ihre Wange und legte sie dann auf den Kopf seiner Tochter.

Mandy setzte sich im Bett auf und verkündete: »Ich habe Hunger. Kann ich ein Eis haben?«

Tate lachte erleichtert, zog sie in seine Arme und hob sie hoch über seinen Kopf. Sie quietschte. »Ja, sicher. Welche Sorte?«

Er bestellte beim Zimmerservice Eis und eine frische Garnitur Bettwäsche, weil sie ihre völlig durchgeschwitzt hatte. Während sie darauf warteten, zog Avery Mandy ein frisches Nachthemd an und bürstete ihr die Haare. Tate saß da und sah ihnen zu.

»Ich hatte einen bösen Traum«, erklärte Mandy sachlich, während sie ihren Teddy ebenfalls bürstete. »Aber jetzt habe ich keine Angst mehr, weil Mami da ist und mich wegbringen kann.«

Als sie ihr Eis gegessen hatte, wurde sie wieder müde. Sie deckten sie zu und saßen an ihrem Bett, bis sie eingeschlafen war. Wenn Dr. Webster recht hatte, würde sie von jetzt an ungestört schlafen. Als sie Arm in Arm aus dem Zimmer gingen, begann Avery zu weinen.

»Es ist vorbei«, murmelte Tate und küßte ihre Schläfe. »Jetzt wird alles wieder gut.«

»Ja, Gott sei Dank.«

»Warum weinst du dann?«

»Ich bin erschöpft«, gestand sie mit einem weichen Lachen. »Ich werde jetzt ein langes, heißes Bad nehmen. Dieser Tag scheint zwanzig Jahre gedauert zu haben.«

Tate wußte ja nicht, daß Avery neben allen anderen in der Kirche Todesängste ausgestanden hatte, als sie den Grauhaarigen zwischen den Presseleuten entdeckt hatte.

Als sie dann in der Sicherheit des Wagens waren, hatte sie sich ganz eng an Tate gekuschelt und ihren Arm unter seinen geschoben. Was er für einen Ausdruck von Zuneigung gehalten hatte, war tatsächlich eine Reaktion auf ihre Angst gewesen.

Als Avery eine halbe Stunde später aus dem Badezimmer kam, war ihre Haut feucht und duftend von Badeöl. Das Licht, das hinter ihr schien, ließ verführerisch ihre Silhouette durch das Nachthemd erkennen.

»Immer noch erschöpft?« fragte er.

Das Zimmer lag im Halbdunkel. Avery hatte nur Augen für Tate.

»So erschöpft auch wieder nicht«, antwortete sie leise, »falls du etwas anderes als Schlafen im Sinn haben solltest.«

»Ich habe etwas im Sinn«, sagte er und kam auf sie zu.

Als er sie erreicht hatte, legte er eine Hand in ihren Nacken und schob ohne jedes Zögern die andere in ihr Nachthemd, um sie um ihre Brust zu legen. Er sah ihr fest in die Augen und liebkoste die Brustwarze.

»Ich möchte nicht mit der Frau, mit der ich zufällig verheiratet bin, einfach nur schlafen«, flüsterte er. »Ich meine, daß ich *meine Frau lieben* will.«

Er hob ihr Gesicht zu seinem empor, wartete einen Augenblick, sah ihr in die Augen und drückte dann seine Lippen auf die ihren. Sein Kuß war anders. Avery spürte den Unterschied sofort. Rein technisch geschah genau dasselbe, als seine Zunge zärtlich von ihrem Mund Besitz ergriff. Aber irgendwie war dieser Kuß viel persönlicher, viel gefühlvoller.

Wenige Minuten später waren sie im Bett. Tate war nackt, lag über ihr, und seine Lippen folgten dem Weg des Nachthemds, das er langsam und zentimeterweise nach unten streifte.

Als er es ihr ganz ausgezogen hatte, legte er seinen Kopf auf ihren Bauch, die Schultern zwischen ihren Schenkeln, und küßte leidenschaftlich ihre weiche Haut. »Ich hätte nie gedacht, daß ich dich wieder lieben könnte. Aber nach allem, was du für Mandy getan hast – und für mich«, fügte er noch heiser hinzu, »will ich verdammt sein, wenn ich dich nicht mehr liebe als je zuvor.«

Er ließ seine Hände unter ihre Hüften gleiten und hob sie empor. Seine leicht geöffneten Lippen streiften sacht über die Haut ihres Bauches abwärts. Er küßte das Dreieck mit den dunklen Löckchen, rieb seine Nase daran und pustete hinein.

Sie griff mit beiden Händen in sein Haar und wölbte sich zu ihm empor, bot ihre geöffneten Schenkel seinem zärtlichen Mund dar. Er zog die seidige, glatte Haut zwischen seine Lippen, genoß ihren Geschmack und Duft und trieb sie mit seiner Zunge von einem wilden Höhepunkt zum andern.

Dann richtete sie sich auf und liebkoste ihn. Ihre Lippen bedeckten den glatten Kopf seines Penis. Sie saugte zärtlich daran und öffnete mit der Spitze ihrer Zunge die kleine Spalte in seiner Mitte, um die ersten perligen Tropfen aufzunehmen, die sich dort schon gesammelt hatten.

Tate betete zu namenlosen Göttern, als sie ihn ganz in den Mund nahm, und als er sich in ihr ergoß, stieß er rauhe, heisere Schreie aus. Danach fühlte er sich wunderbar und erfüllt.

Später, als Avery schlief, rutschte er näher zu ihr und preßte sich an ihren Rücken. Er küßte ihren warmen, weichen Nacken und knabberte an ihrer Schulter. Er wartete stumm auf ihre Reaktion.

Sie schnurrte wie eine verschlafene Katze und stöhnte, als er ihren Schenkel hochschob, so daß sie sich öffnete für sein weiches Eindringen. Ihre Körper drängten sich sanft aneinander, mit kaum erkennbarer Bewegung, als würden sie zusammenfließen.

Er umfaßte ihre Brüste und streichelte sie, erfühlte ihre Form mit seiner Hand und umkreiste mit den Fingerspitzen die festen Brustwarzen. Sie drückte ihr Hinterteil fest an sein Becken und rieb ihr weiches Fleisch an dem dichten Haar, das um die Wurzel seines Gliedes herum sproß. Er keuchte und zog sie noch enger und fester an sich.

Er streichelte sie von vorn mit atemberaubender Empfindsamkeit und ersetzte manchmal seinen strammen Penis durch forschende Finger, bis ein strömender Genuß sie überschwemmte wie ein warmer und milder Frühlingsregen.

Die rhythmischen Kontraktionen ihres Orgasmus trieben ihn zum Höhepunkt. Sein Körper spannte sich. Seine Atmung setzte für ein paar phantastische Sekunden aus, als der heiße Schwall seines Samens ihren Schoß umspülte.

Als es vorüber war und ihre Körper noch immer Hitze ausstrahlten, drehte sie den Kopf zu ihm. Ihre Lippen trafen sich in einem langen, unendlich zärtlichen Kuß.

Dann schliefen sie ein.

Kapitel 45

Sie mußten an diesem Morgen früh aufstehen. Avery wurde vor Tate wach und beschloß, duschen zu gehen.

Sie sah ihn noch einmal an, als sie das Bett verließ. Er war schön, wenn er schlief, ein Bein unter der Decke hervorgestreckt, sein stoppeliges Kinn ein dunkler Kontrast auf dem weißen Kopfkissen. Sie seufzte, weil es so schön war, ihn anzusehen. Sie stellte sich unter den heißen Wasserstrahl und seifte ihren ganzen Körper ein. An ihrem inneren Schenkel hatte sein Mund einen rosa Knutschfleck hinterlassen. Das heiße Wasser brannte auf ihren Brüsten, deren Haut seine Bartstoppeln aufgerauht hatten. Sie lächelte, als sich plötzlich der Duschvorhang öffnete.

»Tate!«

»Guten Morgen. Ich dachte, ich dusche gleich mit dir. Das spart Zeit und dem Hotel eine Portion heißes Wasser.«

Avery stand bebend unter der Dusche, deren Strahl plötzlich stechend scharf geworden zu sein schien. So mußte sich wohl Eva gefühlt haben, als Gott sie mit Schamgefühl gestraft hatte. Ihr Gesicht wurde farblos, ihre Augen schienen sich in die Höhlen zurückzuziehen, so daß sie größer wirkten als sonst. Sie schauderte.

Verwirrt legte Tate seinen Kopf schräg. »Du siehst aus, als hättest du einen Geist gesehen. Habe ich dich erschreckt?«

Sie schluckte. Ihr Mund öffnete und schloß sich, aber sie brachte keinen Ton hervor.

»Carole? Was ist los?«

Er betrachtete sie aufmerksam. Sein Blick wanderte über ihren blassen, zitternden Körper abwärts und dann wieder hinauf. Averys Herz sank noch tiefer.

Er zögerte einen Moment beim Anblick ihrer Brüste, ihres Bauchs, ihrer Schenkel – Stellen, die nur ein Liebhaber sieht – oder ein Ehemann. Er sah die verblaßte Narbe von der Blinddarmoperation, die nur in grellem Licht zu erkennen war. Avery hatte sich darüber schon Gedanken gemacht, aber jetzt wußte sie es. Carole hatte nie eine Blinddarmoperation gehabt.

»Carole?« Seine Stimme war ebenso verwirrt wie sein Blick. Obwohl ihre Gestalt sie endgültig verriet, bedeckte Avery ihre Scham mit einer Hand und streckte die andere bittend zu ihm aus. »Tate, ich...«

So scharf und tödlich wie ein Schwert traf sein Blick auf den ihren. »Du bist nicht Carole.« Stellte er leise fest, während sein Gehirn immer noch die widersprüchlichen Fakten zu sortieren versuchte. Und dann, als ihm mit voller Konsequenz klar war, wie die Dinge standen, sagte er noch einmal nachdrücklich: »Du bist nicht Carole.«

Er griff nach ihrem Handgelenk und riß sie aus der Dusche. Sie rutschte auf den Fliesen aus und stieß mit dem Schienbein gegen die Badewanne. Sie schrie gequält auf.

»Tate, bitte, ich –«

Er preßte ihren nassen, nackten Körper an die Wand und hielt sie dort fest. Seine Hand schloß sich fest um ihren Hals.

»Wer, zum Teufel, bist du? Wo ist meine Frau? *Wer bist du?*«

»Schrei nicht so«, wimmerte sie. »Sonst hört es Mandy.«

»Rede, verdammt noch mal«, drängte er diesmal leiser.

Ihre Zähne klapperten so sehr, daß sie kaum sprechen konnte. »Avery Daniels.«

»Wer?«

»Avery Daniels.«

»Avery Daniels, die Fernseh –?«

Sie nickte einmal. »Carole ist beim Absturz umgekommen, Tate. Ich habe überlebt. Man hat uns verwechselt, weil wir im Flugzeug die Plätze getauscht hatten. Ich habe Mandy auf dem Arm gehabt, als ich dem Feuer entkam. Sie haben geglaubt...«

Er umfaßte ihren nassen Kopf mit beiden Händen. »Carole ist *tot?*«

»Ja.« Sie schluckte schwer. »Ja. Es tut mir leid.«

»Seit dem Absturz? Sie ist beim Absturz gestorben? Du meinst, du hast ... die ganze Zeit?«

Wieder nickte sie kurz. Ihr Herz hämmerte wild, als sie sein Gesicht beobachtete. Er ließ sie los und wandte sich ab.

Hastig zog sie ihren Morgenrock über, griff in die Dusche und drehte die Wasserhähne zu, was ihr sofort leid tat. Die darauf folgende Stille war ohrenbetäubend und von lautem Mißtrauen erfüllt.

In dieser Stille hinein warf er ihr eine einfache Frage hin: »Warum?«

Die Stunde der Wahrheit war gekommen. Sie hatte die ganze Zeit gewußt, daß sie ihm irgendwann alles erklären mußte, aber sie war dennoch nicht darauf vorbereitet.

»Ich weiß nicht, wann die Verwechslung eigentlich geschehen ist«, sagte sie eindringlich. »Ich bin im Krankenhaus zu mir gekommen, von Kopf bis Fuß bandagiert, konnte nicht reden und mich nicht bewegen. Alle nannten mich Carole. Erst verstand ich nichts. Ich hatte höllische Schmerzen und entsetzliche Angst. Ich war verwirrt. Ich brauchte ein paar Tage, um dahinterzukommen, was geschehen sein mußte.«

»Und dann hast du nichts gesagt? Warum?«

»Ich konnte nicht! Weißt du nicht mehr, daß ich mich überhaupt nicht mitteilen konnte?« Sie griff flehend nach seinem Arm. Er schüttelte sie ab. »Tate, ich wollte es dir wirklich sagen, bevor mein Gesicht operiert wurde, aber ich konnte es nicht. Jedesmal, wenn ich zu weinen begann, glaubtest du, das sei meine Angst vor der Operation. Das war es auch. Aber weil ich dadurch meine Identität verlor. Und ich konnte es niemandem sagen.«

»Mein Gott, das klingt nach Science-fiction.« Er fuhr sich mit den Fingern durchs Haar. Als er bemerkte, daß er immer noch nackt war, griff er sich ein Handtuch und wickelte es sich um die Hüften. »Das war vor Monaten.«

»Ich mußte eine Weile Carole bleiben.«

»Warum?«

Sie warf den Kopf zurück und sah zur Decke. Ihre erste Mitteilung war nichts im Vergleich zu dem, was jetzt kam. »Es wird seltsam klingen...«

»Das ist mir völlig egal«, sagte er drohend. »Ich will wissen, warum du dich als meine Frau ausgegeben hast.«

»Weil dich jemand ermorden will!«

Ihre nachdrückliche Antwort überraschte ihn. Er wollte weiter mit ihr streiten, aber jetzt hob er den Kopf so plötzlich, als hätte er einen Schlag gegen das Kinn bekommen. *»Was?«*

Sie rang die Hände. »Als ich im Krankenhaus war, kam jemand in mein Zimmer.«

»Wer?«

»Das weiß ich nicht. Hör mich an, bevor du mich fragst. Ich war verbunden bis obenhin und konnte nicht gut sehen. Jemand, der mich als Carole ansprach, warnte mich, ich solle nicht kurz vor dem Ziel noch alles verraten. Er sagte, die Pläne seien nach wie vor gültig und du würdest den Tag nie erleben, an dem du dein Amt antreten könntest.«

Er schwieg einen Augenblick und lachte dann böse. »Und du erwartest, daß ich das glaube?«

»Es ist die Wahrheit!«

»Die einzige Wahrheit ist, daß du im Gefängnis landest. Sofort.« Er machte sich auf den Weg zum Telefon.

»Nein, Tate.« Sie griff nach seinem Arm. Er drehte sich um. »Ich lüge nicht, wirklich. Ich schwöre es. Jemand will dich umbringen, bevor du dein Amt antreten kannst.«

»Ich bin noch nicht einmal gewählt.«

»Aber fast, so wie es aussieht.«

»Und du kannst nicht sagen, wer derjenige ist?«

»Nein, noch nicht. Ich versuche schon die ganze Zeit, es herauszufinden.«

Er betrachtete einen Augenblick ihr ernstes Gesicht. Dann meinte er finster: »Ich kann selbst nicht glauben, daß ich mir diesen Mist anhöre. Du hast mich monatelang hinters Licht geführt. Und jetzt erwartest du, daß ich dir glaube? Du behauptest, ein Fremder sei zu dir ins Krankenhaus gekommen und hätte dir offenbart, daß er ein Attentat auf mich plant, habe ich das richtig verstanden?« Er schüttelte den Kopf.

»Kein Fremder, Tate. Es muß jemand aus der Familie sein.«

Sein Unterkiefer entspannte sich. »Bist du –«

»Denk doch nach! Nur ein Familienmitglied darf in die Intensivstation. Das klingt absurd, ich weiß, aber ich habe mir das nicht ausgedacht und auch nicht eingebildet. Ich habe seitdem Nachrichten bekommen, die jemand für Carole an Orte gelegt hat, wo nur sie sie finden konnte. Und in denen hieß es auch, daß der Plan immer noch gelte.« Sie lief zu ihrem Koffer und holte aus einer Seitentasche die Nachrichten, einschließlich des beschmierten Plakats. »Sie sind mit der Schreibmaschine von der Ranch geschrieben worden«, erklärte sie.

Er betrachtete sie eingehend. »Die hättest du selbst schreiben können.«

»Habe ich aber nicht!« rief sie. »Das war die Art und Weise, wie Caroles Partner –«

»Augenblick, Augenblick.« Er warf die Zettel zur Seite und hob beide Hände. »Das wird ja immer besser. Carole war also auch beteiligt und hat mit dem angeblichen Attentäter gemeinsame Sache gemacht?«

»Genau. Von dem Tag an, als sie dir begegnet ist. Vielleicht vorher schon.«

»Warum sollte Carole meinen Tod wollen? Sie hatte keinerlei politische Interessen.«

»Das ist keine politische, sondern eine persönliche Angelegenheit. Carole hat sich darum bemüht, deine Frau zu werden. Man hat ihr genau gesagt, was sie tun muß, damit du dich in sie verliebst. Wer hat euch einander vorgestellt?«

»Jack«, sagte er. »Sie hat sich bei ihm um einen Job beworben.«

»Das war kein Zufall.«

»Sie hatte einwandfreie Zeugnisse. Und sie konnte tippen. Das macht deine Theorie zunichte.«

»Ich weiß, daß ich recht habe.«

»Ich schätze, du kannst das beweisen«, erwiderte er sarkastisch und verschränkte die Arme über der Brust.

»Das brauche ich nicht. Zee kann es.«

Er war schockiert. »Meine Mutter?«

»Sie hat eine Akte über Carole Navarro. Ich habe sie gesehen. Da sie glaubt, ich sei Carole, hat sie mir gedroht, mich zu entlarven, wenn ich dich unglücklich mache.«

»Warum sollte sie das tun?«

»Sie schien anzunehmen, daß du dabei bist, dich wieder in deine Frau zu verlieben.« Sie sah ihm tief in die Augen. »Und nach gestern abend habe ich Grund, das auch zu glauben.«

»Vergiß gestern abend. Wie du genau weißt, war das alles nur falsches Spiel.«

Avery schluckte schweigend den Kummer hinunter, den diese Bemerkung hervorrief. Jetzt konnte sie sich nicht um ihre Gefühle kümmern. »Selbst wenn du Carole anfangs nicht als das erkannt hat, was sie war, Zee hatte sie durchschaut. Sie beauftragte einen Privatdetektiv –«

»Der was gefunden hat?«

»Das würde ich lieber nicht –«

»Was hat er gefunden?« fragte er beharrlich.

»Sie war Tänzerin in Oben-ohne-Bars. Man hatte sie unter anderem schon einmal wegen Prostitution verhaftet.« Angesichts seiner betroffenen Miene griff sie nach seiner Hand. Er entriß sie ihr. »Du kannst ja deine Mutter darüber befragen«, sagte sie, verärgert über seinen dummen männlichen Stolz. »Sie hat die Akte aufbewahrt. Außerdem kannst du so sehr überrascht ja gar nicht sein, denn du hast mir unter anderem vorgeworfen, Affären mit anderen Männern, abgetrieben und Drogen genommen zu haben. Monatelang erdulde ich jetzt schon die Vorwürfe, die dieser Frau galten.«

Er betrachtete sie einen Augenblick lang. »Also gut, nehmen wir an, an der Sache wäre etwas dran. Soll ich glauben, daß du dich selbst in Gefahr bringst, nur weil du ein so gutes Herz hast? Warum hast du mich nicht schon vor Monaten gewarnt?«

»Hättest du mir damals eher geglaubt als heute? Nein, Tate. Ich war hilflos. Ich hatte nicht die Kraft, mich zu schützen, und dich konnte ich noch viel weniger vor Schaden bewahren. Außerdem konnte ich das Risiko nicht eingehen. Wie lange hätte ich wohl noch gelebt, wenn, wer auch immer es war – *ist* –, herausgefunden hätte, daß er sein Geheimnis Avery Daniels, der Fernsehreporterin, anvertraut hat?«

Seine Augen verengten sich. »Ich glaube, ich weiß, warum Avery Daniels, die Fernsehreporterin, dieses Theater gespielt hat. Wegen der Story, stimmt's?«

Sie leckte sich schuldbewußt über die Lippen. »Nicht wirklich. Ich gebe allerdings zu, daß mich das auf die Idee gebracht hat.« Sie griff wieder nach seinem Arm und hielt ihn diesmal fest. »Aber jetzt ist es anders, Tate, jetzt wo ich begonnen habe... Mandy zu lieben. Als ich erst einmal den Anfang gemacht hatte, konnte ich nicht einfach fortgehen und die Dinge sich selbst überlassen.«

»Wie lange wolltest du noch vorgeben, meine Frau zu sein? Hätten wir den Rest unseres Lebens im Dunkeln miteinander schlafen sollen? Sollte ich dich nie nackt sehen? Wie lange wolltest du mit dieser Lüge leben? Für immer?«

»Nein.« Ihre Hand fiel von seinem Arm. »Ich weiß es nicht. Ich wollte es dir sagen, nur –«

»Wann?«

»Wenn es Mandy besser geht und du in Sicherheit bist.«

»Also wären wir wieder bei dem Attentat.«

»Nimm das nicht so leicht. Es ist wirklich ernst.«

»Dann sag mir, wen du im Verdacht hast. Du hast mit uns zusammengelebt, seit du die Klinik verlassen hast.« Er schüttelte wieder den Kopf und lachte über seine eigene Dummheit. »Herrgott, das erklärt so viel. Die Erinnerungslücken. Shep. Das Pferd. Es erklärt so viele Dinge«, sagte er finster. Dann räusperte er sich und fragte: »Warum habe ich das nicht gesehen?«

»Weil du nicht hingeschaut hast. Du hast Carole schon seit langer Zeit nicht mehr beachtet.«

Er schien darauf nichts sagen zu wollen und kam wieder auf seinen vorherigen Gedankengang zurück. »Was glaubst du, wer mich umbringen will? Meine Eltern? Mein Bruder? Mein bester Freund? Dorothy Rae? Nein, warte – Fancy! Das ist es.« Er schnippte mit den Fingern. »Sie will meinen Tod, weil ich ihr vor ein paar Jahren mein Auto nicht leihen wollte.«

»Mach keine Witze darüber.« Avery war verzweifelt.

»Das Ganze ist doch ein Witz«, sagte er. »Ein schlechter Witz, den eine berechnende, ehrgeizige Frau mit uns allen machen will. Zugestanden, ich war ein blinder, tauber Idiot, aber jetzt sehe ich alles ganz klar.

War da nicht so eine Sache mit einem schweren journalistischen Fehler vor einem Jahr oder so – irgendwelche Behauptungen, bevor die Fakten untersucht waren? Ja, das mußt du gewesen sein. Du hast dir das alles hier ausgedacht, um deinen guten Ruf wiederherzustellen. Du warst eine Reporterin auf der Suche nach einer heißen Story, und als sich die Gelegenheit bot, hast du zugegriffen.«

Sie schüttelte den Kopf und flüsterte bekümmert: »Nein.«

»Avery Daniels, du bist hinter deiner Story her, koste es, was es wolle, nicht wahr? Diesmal warst du sogar bereit, dich dafür zu prostituieren. Machst du das mit allen Leuten, die du interviewst? Ist das die Belohnung dafür, daß sie dir ihre Geheimnisse verraten?«

Sie wickelte sich fester in ihren Bademantel. »Ich habe mich nicht prostituiert, Tate. Alles, was zwischen uns geschehen ist, war ehrlich empfunden.«

»Ha, ha.«

»Doch, wirklich!«

»Ich habe mit einer Betrügerin geschlafen.«

»Und es genossen.«

»Offensichtlich, denn darin bist du genauso gut wie im Theaterspielen!«

Ihr Ärger war mit diesem einzigen Spruch schon wieder verpufft. Jetzt standen Tränen in ihren flehenden Augen. »Du täuschst dich, Tate, bitte glaub mir doch. Du mußt vorsichtig sein.« Sie zeigte auf das Plakat. »Er wird es am Wahltag tun. Morgen.«

Er schüttelte den Kopf. »Du wirst mich nie davon überzeugen können, daß mir jemand aus meiner Familie eine Kugel durch den Kopf schießen will.«

»Warte!« rief sie, als ihr plötzlich etwas einfiel. »Ein großer Grauhaariger ist dir von Stadt zu Stadt gefolgt.« Sie nannte ihm all die Orte, an denen sie den Grauhaarigen gesehen hatte. »Van hat die Videobänder, die das beweisen.«

»Ach ja, der Kameramann von KTEX«, sagte er und lächelte matt. »Das erklärt ihn also auch. Wer sonst ist in dein kleines Spiel eingeweiht?«

»Irish McCabe.« Sie erzählte Tate, was sie mit Irish verband, und daß er irrtümlich Carole als Avery identifiziert hatte. »Er hat ihren Schmuck, wenn du ihn zurück haben willst.«

»Was ist mit dem Medaillon?« Er deutete auf ihre Brust.

»Ein Geschenk von meinem Vater.«

»Sehr schlau«, bemerkte er mit widerwilligem Respekt, »du hast deine Spuren gut getarnt.«

»Hör zu, Tate. Wenn ich die Bänder von Van bekomme, wirst du sie dir dann ansehen und mir sagen, ob du den Mann erkennst?« Sie berichtete ihm, daß sie zu dem Schluß gekommen waren, daß ein Profi als Attentäter angeheuert worden war.

»Ihr drei stellt euch wohl vor, ihr könntet mit den Rutledges das große Geld machen, was?«

»So ist es nicht, Tate.«

Ein plötzliches Klopfen ließ sie beide zusammenschrecken. »Wer ist da?« fragte Tate.

Es war Eddy, der ihnen durch die Tür die letzten Termine sagte. Tate sah Avery an und hielt ein paar Sekunden ihren besorgten Blick. »Ist alles klar?« fragte Eddy.

Avery flüsterte: »Bitte, Tate, auch wenn du keinen Grund dazu siehst, du mußt mir vertrauen.«

»Alles in Ordnung«, rief er widerwillig zu Eddy hinaus. »Wir treffen uns in zwanzig Minuten.«

Avery atmete erleichtert auf. »Bitte, sag niemandem etwas, Tate. Schwör mir, daß du nicht darüber sprichst.«

»Warum sollte ich dir mehr trauen als meiner eigenen Familie und meinen Freunden?«

Sie antwortete vorsichtig. »Wenn das wahr ist, was ich behaupte, könnte dich dein Schweigen vor einem Attentat bewahren. Wenn nicht, dann vor einem Skandal. Wie auch immer – du kannst im Augenblick nichts gewinnen, wenn du mich als Betrügerin entlarvst. Also bitte ich dich, zu schweigen.«

Er sah sie lange und kalt an. »Du bist ebenso falsch, wie Carole es war.«

»Es ist schrecklich für mich, daß du mich so einschätzt.«

»Ich hätte die Anzeichen verstehen und erkennen müssen, daß die Veränderungen zu gut waren, um wahr zu sein. Wie zum Beispiel die Art, wie du dich um Mandy gekümmert hast, als du nach Hause kamst.«

»Sie ist schon so weit gekommen, Tate. Bekomme ich nicht wenigstens die Anerkennung dafür, daß ich sie liebe?«

»Du wirst zur Rechenschaft dafür gezogen, daß du ihr das Herz brichst, wenn du fortgehst.«

»Das wird mir auch das Herz brechen.«

»Jetzt weiß ich, woher das plötzliche Interesse an der Wahl und an politischen Themen kam und warum...« Er sah auf ihren Mund. »Warum so viele Dinge anders waren.« Einige Sekunden lang schien er gegen den Zug eines mächtigen Magneten anzukämpfen. Dann wandte er sich mit einem bösen Fluch ab.

Avery stürmte hinter ihm her und erwischte ihn, bevor er sich im Badezimmer einschließen konnte. »Was willst du tun?«

»Im Augenblick erst mal gar nichts. Ich bin schon so weit gekommen. Du und dein übles Theater werden mich nicht davon abhalten, die Wahl zu gewinnen, für mich, meine Familie und all diejenigen, die ihr Vertrauen in mich gesetzt haben.«

»Und was wird aus mir?«

»Ich weiß es nicht«, antwortete er offen. »Wenn ich dich bloßstelle, würden wir alle als Narren dastehen.« Er griff sich eine Handvoll ihres Haars an ihrem Hinterkopf. »Und wenn du uns bloßstellst, dann bringe ich dich um.«

Sie glaubte ihm. »Ich lüge nicht, Tate.«

Er ließ sie plötzlich los. »Ich werde mich wahrscheinlich von dir scheiden lassen, wie ich es bei Carole auch vorhatte. Deine Strafe wird sein, daß du den Rest deines Lebens die ehemalige Mrs. Rutledge bleiben wirst.«

»Du mußt vorsichtig sein. Jemand versucht, dich umzubringen.«

»Avery Daniels ist seit Monaten tot. Das wird sie auch bleiben.«

»Achte auf den großen Grauhaarigen in der Menge. Halte dich fern von ihm.«

»Es wird keine Karriere im Fernsehen mehr geben, keine Sensationsstory. Sie haben das alles vergeblich auf sich genommen, Miss Daniels.«

»Ich habe es getan, weil ich dich liebe.«

Er machte die Tür vor ihrer Nase zu.

Kapitel 46

Am Vorabend der Wahl endete Vans Suche. Sekundenlang starrte er auf den Monitor und konnte nicht glauben, daß er gefunden hatte, wonach er die ganze Zeit gesucht hatte.

Er hatte in der Nacht nur eine Stunde geschlafen, dann einen starken Kaffee getrunken und weitergemacht. Die Zigarettenkippen, der Müll und die Unordnung um ihn herum waren ihm gar nicht aufgefallen. Er war wie besessen gewesen.

Und jetzt erfüllte sich um halb zehn abends seine Mission, als er ein Band betrachtete, das er vor drei Jahren im Staat Washington aufgenommen hatte. Er erinnerte sich nicht einmal mehr an den Namen der Fernsehstation, für die er es gedreht hatte. Aber an den Auftrag erinnerte er sich gut. Seine vier Bänder waren zu einem Fünfminutenbericht zusammengeschnitten worden – jene Sorte, die den Leuten eine Gänsehaut verursachen, die sie aber konsumieren wie Popkorn.

Van sah sich mehrmals die entscheidenden Szenen an, um sicherzugehen, daß er keinen Fehler beging. Dann machte er eine Kopie von dem Band, das die deutlichsten Belege brachte.

Da er es im Originaltempo kopieren mußte, mußte er zwanzig Minuten totschlagen. Er nahm das Telefon und rief im Palacio del Rio an.

Aber sie wollten ihn nicht mit Mrs. Rutledge verbinden, was auch immer er sagte. Er knallte den Hörer auf die Gabel und wählte Irishs Nummer. Aber der hob nicht ab.

Während das Band noch kopiert wurde, ging Van im Zimmer auf und ab und versuchte, sich eine Möglichkeit zu überlegen, wie er Avery und Irish erreichen konnte. Es war wichtig, daß Avery das Band bekam, aber wie? Wenn er sie nicht einmal anrufen konnte, würde er sie auch auf keinen Fall persönlich erreichen. Sie mußte das Band unbedingt sehen.

Als die Kopie fertig war, hatte er immer noch keine Lösung gefunden. Die einzige Möglichkeit war, Irish ausfindig zu machen. Vielleicht hatte er eine Idee. Aber auch nach einer halben Stunde am Telefon erwischte er seinen Boß nicht. Also beschloß er, das Band zu Irish nach Hause zu bringen und dort zu warten. Das bedeutete, daß er quer durch die Stadt fahren mußte, aber die Sache war verdammt wichtig. Erst auf dem Parkplatz fiel ihm ein, daß sein Auto in der Reparatur war. Was nun?

Das Postfach. Wenn es keine andere Möglichkeit gab, wollten sie sich darüber verständigen. Er steckte das Band in eine Polstertüte und machte sich zu Fuß auf den Weg. Auf dem Briefkasten stand, daß er um Mitternacht geleert wurde, also konnte Irish das Päckchen morgen früh schon haben.

Inzwischen würde er allerdings weiterhin alle fünf Minuten versuchen, Irish zu erreichen. Wo war der Typ bloß? Irgendwann mußte er ja wieder auftauchen. Und dann konnten sie zusammen planen, wie sie Avery am besten mitteilen konnten, daß Rutledges Leben tatsächlich in Gefahr war.

Er kaufte sich ein Sechserpack Bier und machte schon auf dem Heimweg eine Dose auf. Zu Hause zog er seine Jacke aus und kehrte zu seinem Platz an der Videokonsole zurück. Dann sah er sich noch einmal eines der Bänder an, das ihn auf die Lösung des Rätsels gebracht hatte.

Als es halb durchgelaufen war, griff er wieder nach dem Telefon und wählte Irishs Nummer. Es klingelte fünfmal, dann hörte er, wie mit einem Klicken die Verbindung unterbrochen wurde. Er sah schnell zu seinem Telefon und entdeckte eine Hand in einem Handschuh, die auf die Gabel gedrückt hatte.

»Sehr interessant, Mr. Lovejoy«, sagte sein Besucher und nickte zu dem Monitor hinüber. »Ich konnte mich nicht erinnern, wo ich Sie schon einmal gesehen hatte.«

Dann wurde eine Pistole gehoben und aus nächster Nähe auf Vans Stirn abgefeuert.

Irish rannte ins Zimmer und nahm den Hörer beim sechsten Klingeln ab, als am anderen Ende gerade aufgelegt wurde. »Verdammt.« Er war bis jetzt im Nachrichtenraum gewesen, um den höllischen Tag, der das Nachrichtenteam morgen erwartete, vorzubereiten.

Er mochte solche Tage, bekam aber jedesmal schreckliches Sodbrennen dabei. Also trank er einen Schluck von seiner Medizin und hob den Telefonhörer ab. Er rief bei Van an, aber der ging nicht dran. Falls der Junge wieder mal dabei war, sich zu betrinken, würde er ihn umbringen. Er brauchte ihn morgen klar und munter.

Van und ein Reporter sollten dabeisein, wenn die Rutledges morgen in Kerrville wählten und vor dem Palacio del Rio die Ergebnisse abwarteten. Seine Anwesenheit in der Menge würde Avery beruhigen. Er glaubte nicht, daß jemand so dumm sein könnte, am Wahltag ein Attentat auszuführen.

Er hatte schon versucht, Avery anzurufen, aber man hatte ihm gesagt, Mrs. Rutledge fühle sich nicht wohl. Das war die offizielle Mitteilung, um zu erklären, warum Mrs. Rutledge ihren Mann auf seiner letzten Fahrt vor der Wahl nicht begleitete.

Irish war unruhig und ging später noch einmal zu seinem Postfach, aber es war leer.

Er legte sich ins Bett und versuchte nach seinen Gebeten, Van noch einmal anzurufen. Aber es hob nach wie vor niemand ab.

Avery verbrachte den Tag vor der Wahl voller Sorgen, weil Tate sie nicht mitgenommen hatte. Nachdem er heil und gesund wieder erschien, war sie vor Erleichterung ganz matt. Als sie sich alle zum Abendessen trafen, fragte Jack, ob es ihr besser ginge.

»Ach so, ja«, antwortete Avery verwirrt, »es geht mir wieder prima, danke.«

»Hauptsache, du bist morgen früh fit.« Jack interessierte sich nicht für ihr Wohlbefinden, er machte sich nur Sorgen um die Stimmung vor der Wahl.

Dorothy Rae kam, um Jack etwas zu sagen. Sie hatte schon seit Tagen keinen Drink mehr angerührt und gab sich viel mehr Mühe mit ihrem Äußeren. Sie wirkte auch nicht mehr ängstlich und ließ Jack nur selten aus den Augen, vor allem nicht, wenn Avery in der Nähe war. Offensichtlich betrachtete sie Carole nach wie vor als Bedrohung, die sie jedoch zu überwinden entschlossen war.

Tates Charme war ungebrochen, und Avery nahm an, daß niemand die Änderung in ihrer Beziehung bemerkt hatte. Er behandelte sie während des Essens mit größter Höflichkeit, aber seine Antworten auf ihre Fragen waren nie länger als unbedingt nötig. Die stählerne Kälte aus seinen Augen drang ihr bis ins Mark.

Zu allen anderen war er außerordentlich liebenswürdig, sprach mit jedem und schwor Eddy, zur Wahl keine außergewöhnliche Kleidung zu tragen und sich erst umzuziehen, wenn er eine Antrittsrede zu halten habe.

»Dann werde ich besser bis heute abend deinen Anzug bügeln lassen«, sagte Avery voller Überzeugung.

»Hört, Hört!« Nelson klopfte mit der Faust beifällig auf den Tisch.

Tate sah sie scharf an. Der einzige, dem er in diesem Kreis Mißtrauen entgegenbrachte, war sie. Dafür, daß sein Leben sich am kommenden Tag dramatisch ändern konnte, wirkte er unglaublich gelassen.

Trotzdem vermutete Avery, daß seine Ruhe nur äußerlich war, weil er die anderen nicht in Aufregung versetzen wollte. Das wäre typisch für Tate.

Sie sehnte sich nach einem Augenblick mit ihm allein und war froh, als die Besprechung nach dem Essen schnell endete. Jack und Eddy verschwanden. Mandy schlief schon. Avery hoffte jetzt auf eine Gelegenheit, mit Tate noch einmal über alles sprechen zu können. Zu ihrem Schrecken nahm er jedoch den Schlüssel und ging zur Tür.

»Ich gehe zu meinen Eltern.«

»Tate, hast du Van am Flughafen gesehen? Ich habe versucht, ihn anzurufen, aber er war noch nicht zurück. Ich wollte ihn bitten, die Bänder herüberzubringen, so daß du –«

»Du siehst müde aus. Warte nicht auf mich.«

Er verließ die Suite und blieb lange weg. Schließlich ging sie ins Bett.

Tate kam auch in der Nacht nicht zu ihr. Als sie wach wurde, weil ihr seine Wärme fehlte, erfaßte sie kurze Panik. Sie rannte durchs Schlafzimmer und riß die Tür auf.

Er schlief auf dem Sofa im Salon.

Es brach ihr das Herz.

Monatelang war er für sie wegen Caroles Betrug nicht zugänglich gewesen. Diesmal wegen ihres eigenen.

Kapitel 47

Irishs Magenschmerzen am vergangenen Abend waren nichts gewesen im Vergleich zu denen, mit denen er am Morgen der Wahl wach wurde.

Das schöne Herbstwetter würde zu einer hervorragenden Wahlbeteiligung beitragen. Allerdings war das Klima bei KTEX nicht so friedlich. Irish fluchte, als er zum x-ten Mal den Hörer auf die Gabel schmiß. Er erreichte Van nicht. Wo trieb sich dieser Idiot herum?

»Vielleicht ist er unterwegs«, meinte ein Kameramann.

»Vielleicht. Inzwischen gehst du. Sieh zu, daß du die Rutledges bei der Abfahrt aus dem Hotel noch erwischst.«

Der Kameramann und der Reporter waren froh, heil davonzukommen.

Irish griff nach dem Telefon und wählte die Nummer, die er inzwischen auswendig kannte. Es meldete sich das Palacio del Rio.

Aber man wollte ihn nicht mit Mrs. Rutledge verbinden, die Antworten blieben stereotyp dieselben.

Ärgerlich hängte er ein und wählte sofort Vans Nummer. Es klingelte endlos. »Wenn ich den erwische, mache ich Mus aus seinen Eiern.«

Er schnappte sich einen Laufburschen, der das Pech hatte, ihm über den Weg zu laufen. »He du, fahr zu Van und wirf ihn aus dem Bett.«

Er kritzelte Vans Adresse auf einen Zettel und schob ihn dem armen Kerl hin. »Komm bloß nicht ohne ihn wieder.«

Avery verließ mit Tate und Mandy das Hotel. Ihre Hände waren feucht, und sie wünschte, ihre Gesichtsmuskeln würden sich nicht verkrampfen, wenn sie längere Zeit zu lächeln versuchte. Tate strahlte so selbstbewußt wie möglich in die zahlreichen Kameras, die sie umgaben, sagte etwas über das gute Wahlwetter und wurde mit zahlreichen Fragen zu ernsteren Themen überschüttet, aber Eddy drängte sie zum Auto. Avery hatte gehofft, sie könnte unterwegs mit Tate allein sein, aber Eddy fuhr mit ihnen nach Kerrville.

Als der Wagen losfuhr, versuchte sie durch das Rückfenster Van zu sehen, entdeckte aber nur zwei andere Männer von KTEX. *Wo ist er?* fragte sie sich.

Er war auch nicht bei den Presseleuten, die sie im Wahllokal erwarteten. Ihre Sorgen wuchsen, so daß Tate sich einmal sogar zu ihr hinunterbeugte und flüsterte: »Lächle doch, mein Gott. Du siehst aus, als hätte ich schon verloren.«

»Ich habe Angst, daß du ermordet wirst, Tate, nicht um den Ausgang der Wahl.«

Die Rückfahrt schien ewig zu dauern, und als sie vor dem Hotel ausstiegen, suchte sie wieder die Menschenmenge nach Van ab, entdeckte aber nur den Grauhaarigen, der auf der anderen Straßenseite stand. Van war nicht zu sehen.

Irish hatte es ihr doch versprochen.

Irgend etwas stimmte nicht.

In der Suite angekommen, versuchte sie sofort ihn anzurufen. Sie wußte, was an einem solchen Tag im Nachrichtenzentrum alles los war. Während sie noch darauf wartete, daß jemand Irish ans Telefon holte, klackte es in der Leitung. »Hallo?«

»Ja, wer ist – Eddy, bist du das?«

»Ja.«

»Hier ist A–, äh, Carole.«

»Bitte, faß dich kurz, ja? Ich will die Leitungen möglichst freihalten.« Er mußte wohl im Salon abgenommen haben.

Er hängte ein. Am anderen Ende der Leitung herrschte Stille. Die Leute bei KTEX hatten wohl besseres zu tun, als am wildesten Tag des Jahres nach dem Boß zu suchen. Ärgerlich ging sie zur Familie in den Salon zurück.

Obwohl sie an der Unterhaltung teilnahm, wie man von ihr erwartete, dachte sie immer wieder daran, wo Van wohl abgeblieben war, und hoffte, daß er vielleicht nur seine Kamera aufbaute, um Tates Siegesfeier am späteren Abend aufnehmen zu können. Es gab bestimmt eine Erklärung für die Änderung im Plan.

Tate, wie angekündigt in legerer Kleidung, wirkte völlig entspannt, als er Zee seine Wünsche fürs Mittagessen darlegte.

Avery setzte sich auf die Sofalehne neben ihn. Abwesend legte er seinen Arm über ihren Schenkel und streichelte versunken ihr Knie. Zee verschwand, um die Bestellung aufzugeben, und er sah zu ihr auf und lächelte.

Und dann fiel es ihm wieder ein. Sie konnte beobachten, wie die Erinnerung das warme Leuchten in seinen Augen verzehrte, bis sie wieder kühl blitzten. Er hob langsam den Arm.

»Ich wollte dich noch etwas fragen«, sagte er. »Hast du eigentlich je an Verhütung gedacht?«

»Nein, und du auch nicht.«

»Klasse.«

Sie ließ sich von seiner vorwurfsvollen Haltung nicht so sehr einschüchtern, daß sie sich von ihm entfernt hätte. Für den Rest des Tages wollte sie sich nicht weiter von ihm entfernen, als sie es im Augenblick war.

»Irish, Apparat zwei für dich.«

»Ich bin doch schon am Telefon, verdammt«, brüllte er über das Chaos im Raum hinweg. »Sie sollen warten. Also«, sprach er wieder in die Muschel, »hast du versucht zu klopfen?«

»Bis meine Knöchel wund waren, Mr. McCabe. Er ist nicht zu Hause. Durch die Fenster konnte ich auch nichts sehen, an der Tür habe ich nicht einen Laut gehört. Und sein Auto steht auch nicht auf dem Parkplatz.«

»Verflucht«, murmelte Irish. Er hatte gehofft, daß Van zu Hause seinen Rausch ausschlief, aber offensichtlich war er eben wirklich nicht da. Er beendete das Gespräch und schaltete sich in die andere Leitung ein. Dort war nichts zu hören, als er sich meldete. »He, war nicht jemand an Apparat zwei?«

»Doch. Sie wird wohl aufgelegt haben.«

»Eine Frau? Hat sie ihren Namen gesagt?«

»Nein. Aber sie klang irgendwie gehetzt.«

Irishs Blutdruck stieg dramatisch. »Verfluchter Mist!«

Er stapfte in sein Büro, zündete sich eine Zigarette an. Er konnte nicht wissen, ob es wirklich Avery gewesen war, aber er hatte so ein ungutes Gefühl im Magen.

Er nahm einen Schluck Medizin und versuchte, noch mal im Hotel anzurufen. Die Telefonistin begann ihre übliche Litanei.

»Hör zu, du blöde Kuh, deine Scheißanweisungen sind mir egal. Und wenn du mich jetzt nicht sofort mit ihrer Suite verbindest, komme ich persönlich rüber und reiß dir deinen Kopf ab!«

Sie hängte ein.

Irish stapfte rauchend in seinem Büro auf und ab. Avery mußte verzweifelt sein. Dieser verantwortungslose Bastard Van war nicht bei ihr, und seine Anrufe kamen nicht bis zu ihr durch, also wußte sie nicht, daß er die ganze Zeit versuchte, sie zu erreichen.

Er zog seine Jacke an und stürmte durch den Nachrichtenraum. »Ich gehe weg. Wenn jemand anruft für mich, soll er mir eine Nachricht hinterlassen.«

»Wo gehen Sie...« Der Angestellte sprach nur noch mit einer Wolke Zigarettenrauch.

Avery versuchte kurz darauf, noch einmal bei Irish anzurufen, bekam aber nur die Information, daß er fortgegangen sei.

Sie konnte es nicht glauben. »Fortgegangen? An einem Wahltag? Das würde er nie tun.«

»Hören Sie, hier ist die Hölle los, besonders seit Irish weg ist. Also, wollen Sie eine Nachricht hinterlassen, oder was?«

Avery hinterließ keine Nachricht. Sie fühlte sich alleingelassen. Sie legte auf und ging in den Salon zurück. Ihre Augen suchten automatisch zuerst nach Tate. Er unterhielt sich mit Nelson. Zee tat so, als höre sie dem Gespräch zu, aber sie sah Tate mit abwesendem Blick an wie so oft. Jack und Eddy kümmerten sich um die letzten Vorbereitungen im Ballsaal und berichteten immer wieder von den letzten Umfragen vor Schließung der Wahllokale. Es sah bisher so aus, daß Tate mit Dekker Schritt hielt.

Dorothy Rae hatte sich mit Kopfschmerzen in ihr Zimmer zurückgezogen. Fancy spielte auf dem Boden mit Mandy.

Plötzlich hatte Avery eine Idee. Sie sagte zu Fancy: »Ich ... ich möchte gern, daß du etwas für mich erledigst.«

»Großmutter hat gesagt, ich soll mit der Kleinen spielen.«

»Das werde ich tun. Bitte, es ist sehr wichtig.«

Murrend folgte Fancy ihr ins Schlafzimmer. Seit Eddys Ohrfeige war sie viel netter geworden, auch wenn manchmal noch ein Rest ihres Trotzes zum Vorschein kam.

Sobald die Tür hinter ihnen geschlossen war, drückte Avery ihr einen kleinen Schlüssel in die Hand. »Das ist der Schlüssel von einem Postfach. Ich möchte, daß du hingehst und nachsiehst, ob etwas drin ist. Wenn ja, mußt du es mitbringen und mir persönlich geben – nur mir, keinem anderen, ja?«

»Was, zum Teufel, hat das zu bedeuten?«

»Das kann ich dir im Moment nicht erklären. Aber es ist wirklich wichtig.«

»Warum fragst du mich dann? Ich bin doch sonst immer an letzter Stelle.«

»Ich dachte, wir sind Freundinnen«, sagte Avery, um sie zu überreden. »Tate und ich haben dir auch kürzlich aus der Patsche geholfen. Du bist uns einen Gefallen schuldig.«

Fancy überlegte kurz und entschloß sich dann, Avery die Bitte zu erfüllen.

»Vielen Dank.« Avery drückte sie fest an sich. »Bitte geh einfach ganz unauffällig, ich werde ihnen dann schon etwas erzählen, wo du bist.«

»Warum ist alles so geheimnisvoll? Was ist das für ein Spiel? Du schläfst doch nicht mit einem Postboten, oder?«

»Vertrau mir. Die Sache ist sehr wichtig für Tate und uns alle. Und komm bitte schnell zurück.«

Fancy nahm ihr Täschchen aus dem Salon mit und ging zur Tür. »Ich komm' gleich wieder«, sagte sie kurz über ihre Schulter. Niemand achtete auf sie.

Kapitel 48

Fancy setzte sich auf den Barhocker und legte das rechteckige Päckchen aus dem Postfach auf den Tresen. Dann warf sie dem Barkeeper ein engelhaftes Lächeln zu. »Einen Gin Tonic, bitte.«

Seine freundlichen blauen Augen wirkten mißtrauisch. »Wie alt sind Sie?«

»Alt genug.«

»Machen Sie zwei daraus.« Ein Mann setzte sich auf den Hokker neben Fancy. »Ich gebe der Dame einen aus.«

Der Barkeeper zuckte mit den Schultern. »Von mir aus.«

Fancy betrachtete ihren Retter. Er war der Typ junger Aufsteiger, Versicherung oder Computer, schätzte sie. Vermutlich Ende Zwanzig und verheiratet. Auf der Suche nach ein bißchen Abwechslung. Die Bar hier war zur Zeit in Mode.

Die beiden musterten sich prüfend. Das Glitzern in seinen Augen, als er ihren Körper betrachtete, deutete darauf hin, daß er sie für einen guten Fang hielt.

»Danke für den Drink«, sagte sie.

»Bitte. Sie *sind* doch alt genug zum Trinken, oder?«

»Klar. Zum Trinken schon. Aber kaufen hätte ich den Drink nicht dürfen.«

Sie lachten. Das Paarungsritual hatte begonnen. Vermutlich würden sie in zwei Stunden irgendwo miteinander im Bett liegen.

Seit der Sache mit Eddy hatte sie den Männern abgeschworen. Ihre Mutter hatte ihr zwar versichert, daß irgendwann einer kam, der sie freundlich und mit Respekt behandelte, aber sie hatte keine Lust, herumzusitzen und auf den Prinzen zu warten.

Nein, verdammt noch mal. Sie war jetzt schon drei Tage brav gewesen. Dieser Typ hier war genau der Richtige. Sie hatte Caroles Auftrag ausgeführt und keine Lust, wieder ins Hotel zurückzufahren und nichts Besseres tun zu können, als fernzusehen. Sie würde natürlich zurückfahren, aber erst einmal wollte sie sich amüsieren.

Irish schaffte es nicht, in der Nähe des Hotels einen Parkplatz zu finden. Schließlich entdeckte er ein paar Häuserblocks weiter einen. Er kam ganz schön ins Schwitzen, bis er das Hotel erreichte. Notfalls würde er auch mit Bestechung bis zu den Rutledges durchdringen, aber er mußte mit Avery sprechen. Vielleicht kamen sie zusammen dahinter, was mit Van geschehen war.

Er kämpfte sich ungeduldig und mit steigendem Blutdruck durch eine Gruppe von asiatischen Touristen. Mitten im Chaos sprach ihn jemand an. »Hallo.«

»Oh, hallo«, sagte Irish und erkannte das Gesicht.

»Sie sind doch Irish McCabe, Averys Freund, oder?«

»So ist es.«

»Sie hat Sie gesucht. Kommen Sie bitte mit.«

Sie drängten sich durch die übervolle Hotelhalle. Irish wurde durch eine Seitentür zu einem Serviceaufzug geführt. Die grauen Türen schlossen sich.

»Danke«, sagte Irish und wischte sich den Schweiß mit dem Ärmel von der Stirn. »Hat Avery…« Mitten in der Frage wurde ihm klar, daß er ihren wirklichen Namen genannt hatte. »Sie wissen?«

Ein Lächeln. »Ja, ich weiß.«

Irish sah die Pistole, aber es blieb ihm nicht die Zeit, zu bemerken, daß sie wirklich auf ihn gerichtet war. Weniger als einen Herzschlag später griff er sich an die Brust und fiel auf den Boden des Aufzugs wie ein umgestürzter Baum.

Der Aufzug blieb auf der untersten Ebene des Hotels stehen. Der einsame Passagier hob die Pistole und zielte auf die Tür, aber er brauchte sie nicht abzufeuern. Es wartete niemand auf den Aufzug.

Irishs Leiche wurde einen kurzen Flur entlanggezogen, durch eine doppelte Schwingtür bis zu einer kleinen Nische, in der Automaten für das Hotelpersonal standen. Die vier Leuchtröhren darüber waren leicht mit dem Dämpfer der Pistole zu zerschlagen.

Bis man den Toten hier entdeckte, war schon ein anderer, weit wichtigerer, Mord geschehen.

Im Salon liefen drei Fernsehgeräte gleichzeitig. Es war ein wirkliches Kopf-an-Kopfrennen und lange kein eindeutiger Trend abzusehen. Als es schließlich hieß, Rutledge liege eine Spur vorn, ertönte ein Aufschrei im Raum. Avery zuckte zusammen. Ihre Nerven lagen bloß, und es brauchte nicht mehr viel, bis sie zusammenbrach.

Mandy war durch die ganze Aufregung so unruhig geworden, daß sie einen der Babysitter des Hotels engagiert hatten, der sie in einem anderen Zimmer beschäftigte.

Dadurch hatte Avery aber wieder ausreichend Gelegenheit, sich um Tate Sorgen zu machen und sich zu fragen, wo Irish und Van waren. Sie hätte sich am liebsten selbst auf den Weg gemacht, um nach ihnen zu suchen, aber sie wollte Tate nicht allein lassen. Je weiter der Abend voranschritt, desto sicherer wurden zwei Dinge: erstens, daß Tate die Wahl gewann, und zweitens, daß ihren Freunden irgend etwas Schreckliches zugestoßen sein mußte.

Wenn nun der Grauhaarige tatsächlich hinter ihr her gewesen war? Wenn er ihr Interesse an ihm bemerkt und Van und Irish irgendwo abgefangen hatte? Ihr war schlecht vor Angst, wenn sie daran dachte, daß ein Mörder hier unter ein Dach mit Tate und Mandy sein könnte.

Und wo war Fancy? Sie war schon seit Stunden weg. Ob ihr etwas passiert war? Warum hatte sie nicht wenigstens angerufen, um ihre Verspätung zu erklären?

»Tate, eine der Fernsehstationen hat gerade dich als den Gewinner bezeichnet!« verkündete Eddy, während er zur Tür hereinstürmte. »Bereit, nach unten zu gehen?«

Avery wartete mit angehaltenem Atem auf Tates Antwort. »Nein«, sagte er. »Nicht, solange es noch den leisesten Zweifel gibt und Dekker nicht anruft, um sich geschlagen zu geben.«

»Willst du dich nicht wenigstens umziehen? Oder möchtest du mir in diesem Punkt bis zum Schluß Widerstand leisten?«

»Bis zum bitteren Ende«, erwiderte Tate lachend.

»Wenn du gewinnst, ist mir das völlig egal.«

Nelson ging zu Tate und schüttelte ihm die Hand. »Du hast es geschafft. Du hast alles erreicht, was ich von dir erwartet hatte.«

»Danke, Vater«, sagte Tate mit etwas unsicherer Stimme.

»Bravo, kleiner Bruder«, meinte Jack. »Denkst du, wir sollten es als nächstes mit dem Weißen Haus versuchen?«

»Ich hätte es ohne dich nie geschafft, Jack.«

Dorothy Rae zog Tate zu sich herunter und küßte ihn. »Schön, daß du das gesagt hast, Tate.«

Über ihre Köpfe hinweg sah er schweigend zu Avery. Sein Ausdruck erklärte wortlos, wie sehr sie sich getäuscht hatte. Er war umgeben von Menschen, die ihn liebten. Sie war die einzige Verräterin.

Wieder öffnete sich die Tür. Avery drehte sich hastig um in der Hoffnung, Fancy zu sehen. Es war einer der Freiwilligen. »Der Ballsaal ist fertig, die Menge ruft in Sprechchören nach Tate, und die Musikkapelle spielt. Es ist phantastisch.«

»Ich denke, es ist an der Zeit, den Champagner aufzumachen«, sagte Nelson.

Als der erste Korken knallte, wäre Avery fast in Ohnmacht gefallen.

Johns Arm streifte Fancys Brust. Sie entzog sich ihm. Sein Schenkel drückte sich an den ihren. Sie schlug die Beine wieder übereinander. Sie war einfach nicht in Stimmung. Die Drinks schmeckten nicht besonders, und das Ganze machte keinen rechten Spaß.

Ich dachte, wir wären Freundinnen.

Sie schien Caroles Stimme über dem Getöse in der Bar zu hören. Carole war in den letzten Monaten wirklich fair zu ihr gewesen. Und was sie über Selbstachtung gesagt hatte, war auch nicht falsch. Wenn sie sich von jedem auflesen ließ, konnte sie keine Selbstachtung haben, denn die Männer taten mit ihr, was sie wollten, und ließen sie dann fallen wie einen gebrauchten Gummi.

Carole schien sie nicht für dämlich zu halten. Sie hatte sie sogar mit einem wichtigen Auftrag betraut. Und was tat sie? Sie ließ Carole hängen.

»Ich muß gehen«, sagte sie plötzlich und griff nach dem Umschlag auf der Bar und ihrer Tasche. »Danke für die Drinks.«

»He, wo gehst du hin? Ich dachte... du weißt schon.«

»Ja, ich weiß«, sagte Fancy. »Tut mir leid.«

Sie fuhr sträflich schnell zum Hotel zurück, immer mit einem wachen Auge auf Polizeistreifen.

Die Hotelhalle war total überfüllt. Alle waren gekommen, um Tates Sieg zu feiern. Fancy brauchte eine halbe Stunde, bis sie sich durch die Menge gekämpft hatte.

Plötzliche Stille kehrte im Raum ein, als das Telefon im Salon klingelte. Alle sahen erwartungsvoll zu Tate.

»Also gut«, sagte Eddy ruhig, »das ist er.«

Tate nahm den Hörer ab. »Hallo? Ja, Sir, hier ist Tate Rutledge. Ich freue mich, daß Sie anrufen, Senator Dekker.«

Eddy schüttelte beide Arme über dem Kopf wie ein Boxer, der einen anderen k.o. geschlagen hat. Zee klatschte in die Hände. Nelson nickte wie ein Richter, der gerade von seiner Jury eine gerechte Entscheidung bekommen hat. Jack und Dorothy Rae lächelten sich zu.

Kurz darauf legte Tate auf und sah ein paar Sekunden lang auf seine gefalteten Hände. Dann hob er den Kopf und sagte mit einem jungenhaften Grinsen: »Ich schätze, das bedeutet, daß ich der neue Senator von Texas bin.«

Sofort war in der Suite die Hölle los. Manche der Helfer johlten wie angreifende Indianer. Eddy zog Tate auf die Beine und sagte: »*Jetzt* kannst du dich umziehen gehen. Einer holt einen Aufzug und hält ihn fest. Ich rufe unten an und sage ihnen, daß wir in fünf Minuten unten sind.«

Avery rang die Hände. Sie hätte auch gern über Tates Sieg gejubelt und wollte ihm am liebsten einen Kuß geben, wie er dem Sieger zustand. Aber sie zitterte wie Gelee vor Angst.

Als sie zu ihm ins Schlafzimmer kam, stieg er gerade in seine Anzughose. »Tate, bitte geh nicht.«

»Ich kann nicht –«

Sie umklammerte seinen Arm. »Der Grauhaarige – er ist wieder da. Ich habe ihn heute morgen gesehen. Bitte geh um Himmels willen nicht, Tate.«

»Ich muß gehen.«

»Bitte glaub mir doch!«

Er hielt inne und sah sie an. »Warum sollte ich?«

»Weil ich dich liebe. Darum wollte ich die Rolle deiner Frau spielen. Ich habe mich in dich verliebt, noch während ich in der Klinik lag und bevor ich mich bewegen oder sprechen konnte. Alles, was ich dir gesagt habe, ist wahr.« Sie legte beide Hände um seine Schultern. »Aber ich habe es getan, um dich zu beschützen, nicht wegen der Story.«

»Tate, sie...« Eddy kam hereingestürzt. »Was, zum Teufel, ist hier los? Immer noch nicht angezogen? Los, wir müssen gehen.«

Tate sah von seinem Freund zu Avery. »Selbst, wenn ich dir glauben würde«, sagte er leise. »Ich habe keine andere Wahl.«

Eddy erklärte ihm, wem er öffentlich danken müsse. »Carole, du siehst furchtbar aus. Mach was mit deinem Gesicht, bevor du runterkommst.« Dann schob er Tate durch die Tür hinaus.

Avery folgte ihnen in den Salon. Da hörte sie jemanden Caroles Namen rufen. Fancy drängte sich durch die Menge ins Zimmer und lief Avery direkt in die Arme. »Fancy, wo warst du nur? War etwas in dem Postfach?«

»Hier.« Sie drückte Avery das Päckchen in die Hand. »Hoffentlich ist es den ganzen Streß wert!«

»Los, Carole, und du auch, Fancy, gehen wir!« Eddy winkte sie zur Tür.

Avery riß den Umschlag auf und sah das Videoband darin. »Halt sie auf, wenn du kannst.«

»Was?« Verblüfft sah Fancy sie im Schlafzimmer verschwinden. »Ich glaube, jetzt sind wirklich alle verrückt geworden.«

Avery steckte hastig das Band in den Videorecorder, ließ es im Zeitraffer laufen, bis das Bild kam. Sie las im Vorspann, daß Van Lovejoy der Kameramann war.

Aufgeregt begriff sie, daß etwas wirklich Wichtiges auf dem Band sein mußte, wenn Van es zum Postfach geschickt hatte.

Auf dem Band war ein Bericht über eine paramilitärische Gruppe von Weißen, die sich als Herrenmenschen empfanden und sich an Wochenenden in einem Lager in der Wildnis trafen, um zu planen, wie sie alle anderen auslöschen würden, die nicht so waren wie sie. Irgendwann wollten sie Amerika beherrschen und eine reinrassige Nation daraus machen.

Van mußte sehr von dem Haß der Organisation beeindruckt gewesen sein, denn er hatte die Kriegsspiele aufgezeichnet, die sie spielten. Man sah sie beim Training von Guerillataktik und beim Unterricht ihrer Kinder, denen sie beibrachten, daß sie allen anderen Menschen überlegen seien. Und das alles im Namen der Christlichkeit!

Es war ein fesselndes Video, und es tat ihr leid, daß sie es im Zeitraffer abspielen mußte. Trotzdem verstand sie noch nicht, warum es Van Irish geschickt hatte.

Die Kamera zeigte jetzt eine Gruppe von Männern in militärischer Kleidung, die bis zu den Zähnen bewaffnet waren. Avery ließ das Band noch einmal zurücklaufen und sah es sich langsam an, um jedes Gesicht deutlich erkennen zu können. Der Kommandant brüllte seinen Soldaten Befehle zu. Dann kam eine Großaufnahme von einem Gesicht. Avery schnappte nach Luft, denn sie erkannte ihn. Er sah anders aus. Die Haare waren fast ganz geschoren. Tarnfarben waren über sein Gesicht geschmiert, aber trotzdem erkannte sie ihn sofort, weil sie schon seit Monaten mit ihm zusammenlebte.

»Daß alle Menschen gleich sein sollen, ist ein Haufen Blödsinn«, brüllte der Kommandant in ein Mikrofon. »Ein pures Gerücht, das die Minderwertigen in Umlauf gebracht haben, in der Hoffnung, daß man ihnen glaubt.«

Der Mann, den Avery kannte, applaudierte und pfiff. Haß glühte in seinen Augen.

»Wir wollen nicht mit Negern und Judenschweinen und Verrückten zusammenleben, stimmt's?«

»Stimmt!«

»Wir wollen nicht, daß sie unsere Kinder mit ihrer roten Propaganda verderben, stimmt's?«

»Stimmt!«

»Also, was tun wir mit denen?« Die Gruppe erhob sich wie ein Mann. Vans Kamera blieb auf den Mann gerichtet, der am leidenschaftlichsten bei der Sache war. »Wir bringen die Hunde um!« rief er mit verzerrtem Gesicht.

Plötzlich ging die Tür auf. Avery schaltete hastig das Band ab und sprang vom Bett. »Jack!« Sie konnte kaum gerade stehen.

»Eigentlich müßten wir schon unten sein, aber ich bin froh, daß wir einen Augenblick für uns allein haben. Die anderen sind alle schon unten.«

Avery lehnte sich an den Fernsehapparat.

Er kam näher. »Sag mir, warum du auf Teufel komm raus mit mir geflirtet hast.«

Avery schnappte verzweifelt nach Atem. »Jack...«

»Nein, ich muß es wissen. Dorothy Rae sagt, ich wäre dir völlig egal, und daß du nur versuchen wolltest, Tate und mich zu entzweien. Deswegen hast du mich so gereizt. Du wolltest nur, daß ich der Dumme bin, stimmt's?«

»Ja, es tut mir leid, aber...«

»Nein, hör gut zu. Du kannst ihr nicht das Wasser reichen. Sie hat Charakter, ganz im Gegensatz zu dir.«

»Jack, seit wann arbeitet Eddy für Tate?«

Er trat ungeduldig von einem Fuß auf den anderen. »Was, zum Teufel...«

»Es ist wirklich wichtig!« rief sie. »Wie ist er Wahlkampfleiter geworden? Hat jemand seine Vergangenheit überprüft? Hat er sich den Job erschwindelt?«

»Worüber redest du? Wir haben ihn angestellt, er hat sich nichts erschwindelt. Das weißt du so gut wie ich.«

»Angestellt?« wiederholte sie matt. »Wer hat ihn angestellt, Jack? Wessen Idee war das?«

Jack sah sie ratlos an und zuckte mit den Schultern. »Vater.«

KAPITEL 49

Das Corte Real war schön, hatte nur einen Nachteil: Zu dem Ballsaal gab es nur eine Tür, zu der man durch einen engen Flur gelangte. Und das war wie ein Flaschenhals.

Der neue Senator wurde mitsamt seiner Familie durch die Menge geschoben, Fernsehscheinwerfer erzeugten eine Helligkeit um seinen Kopf, die wie ein Heiligenschein aussah. Sein Lächeln war bescheiden und doch voll Selbstvertrauen – genau die Kombination, die es nur bei großen Männern gibt.

Tates großer, grauhaariger Beobachter drängte sich am anderen Ende des Podiums durch die Menge. Er fiel nicht auf, obwohl er seine Ellenbogen benutzte. Das hatte er im Laufe der Jahre gelernt.

Aber in letzter Zeit hatte er sich öfter gefragt, ob er nicht langsam nachließ, denn er war fast sicher, daß Mrs. Rutledge ihn bei mehr als einer Gelegenheit entdeckt hatte.

Jetzt fiel ihm plötzlich auf, daß sie nicht bei Tate war. Er sah zur Tür. Aha, da war sie. Sie sah verzweifelt aus, offensichtlich weil sie von den anderen getrennt worden war.

Er wandte seine Aufmerksamkeit wieder dem jungen Mann mit der großen Ausstrahlung zu, dessen Erscheinen im Ballsaal die Menge wild gemacht hatte. Als er die Stufen zum Podium hinaufstieg, wurden die Luftballons von der Decke losgelassen. Dadurch steigerte sich das Durcheinander noch mehr, und es war kaum noch etwas zu sehen.

Auf der Bühne schüttelte Tate einigen seiner einflußreichsten Förderer die Hand, darunter ein paar berühmte Sportler und eine bekannte Filmschauspielerin. Er winkte dem Publikum zu, und sie jubelten.

Der Grauhaarige hielt seinen Blick fest auf Tate gerichtet – den Helden der Stunde. Mitten in dieser Freudenorgie war nur sein Gesicht ernst und entschlossen.

Er bewegte sich ohne zu zögern auf das Podium zu. Das Chaos hätte fast jeden eingeschüchtert, doch ihm machte es nichts aus. Er fand es nur lästig. Nichts würde ihn daran hindern, zu Tate Rutledge zu kommen.

Avery erreichte atemlos die Tür zum Ballsaal. Ihr Herz fühlte sich an, als würde es gleich zerbersten, die Muskeln ihrer Beine brannten. Sie war vom zwanzigsten Stockwerk über die Treppe heruntergerannt.

Sie hatte gar nicht erst versucht, einen Aufzug zu bekommen, sondern nur Jack kurz ins Bild gesetzt, daß das Leben seines Bruders in Gefahr war; dann war sie zusammen mit ihm losgelaufen. Irgendwo im Treppenhaus mußte Jack noch sein.

Sie blieb nur kurz stehen, um Atem zu holen, und stürzte sich wie wild in die Menge und in Richtung Podium. Es gelang ihr, voranzukommen, aber langsam.

Sie sah Tates Kopf über der Menge, als er die Stufen hinaufging. »Tate!«

Er hörte sie rufen und drehte sich um, konnte sie aber nicht sehen. Da griff jemand nach seiner Hand, um sie zu schütteln.

Avery suchte überall nach Eddy. Er stand auf dem Podium und wies allen ihre Plätze zu. Dann forderte er Tate auf, zum Rednerpult zu gehen, wo Dutzende von Mikrofonen seine ersten Worte als Senator aufnehmen würden.

»Tate!« Er konnte sie unmöglich hören, denn die Menge, die ihren Helden sah, grölte jetzt in voller Lautstärke. »O Gott, nein. Laßt mich durch. Laßt mich durch!«

Das Adrenalin in ihrem Blut gab Avery ungeahnte Kräfte. Ohne jede Rücksicht trat und kratzte sie die Leute und kämpfte sich zum Podium vor.

Jack hatte sie schließlich eingeholt. »Carole«, japste er, »was soll das heißen, Tates Leben ist in Gefahr?«

»Hilf mir, zu ihm zu kommen. Jack, um Gottes willen, hilf mir!«

Er tat sein bestes. Als sie etwas Raum vor sich hatte, sprang sie hoch und winkte wild. »Tate!«

Der Grauhaarige!

Er stand in der Nähe des Podiums, halb hinter einer Flagge des Staates Texas verborgen.

»Nein!« schrie sie. »Tate!«

Jack schob sie von hinten. Sie stolperte die Stufen hinauf. »Tate!«

Er hörte ihren Ruf, drehte sich zu ihr um und streckte die Hand nach ihr aus. Sie rannte über die Bretter, aber nicht zu Tate.

Ihre Augen waren fest auf seinen Widersacher gerichtet. Und die seinen auf sie. Als er plötzlich merkte, was sie vorhatte, wurde sein Blick kristallhart.

Wie in Zeitlupe sah Avery, daß Eddy in seine Jacke griff. Ihre Lippen formten das Wort, aber sie wußte nicht, daß sie wirklich schrie, als er die Pistole zog und auf Tates Hinterkopf zielte.

Avery machte einen Satz zu Tate und stieß ihn zur Seite. Den

Bruchteil einer Sekunde später traf sie Eddys Kugel, und sie fiel dem ahnungslosen Tate in die Arme.

Sie hörte die Schreie, hörte Tates verzweifelte Stimme und den ungläubigen Ausdruck auf den Gesichtern der Umstehenden.

Ihr Blick traf auf den von Nelson Rutledge in dem Augenblick, als Eddys zweite Kugel ihn in die Stirn traf. Sie hinterließ ein sauberes Loch, doch die Stelle, an der sie wieder herauskam, war weniger schön. Zee wurde mit Blut bespritzt. Sie schrie gellend.

Nelsons Gesicht zeigte Überraschung, dann Ärger, dann Zorn. Er war tot, noch bevor er umgefallen war.

Eddy sprang vom Podium in die Menge von hysterischen Zuschauern. Die texanische Flagge bewegte sich. Ein Mann trat dahinter hervor und feuerte seine Waffe ab. Eddy Paschals Kopf zerbarst, als sie ihn traf.

Und Avery hörte von weitem Zees Stimme.

»Bryan! Mein Gott. *Bryan!*«

Kapitel 50

»Ich dachte, es wäre wohl das Beste, wenn wir uns alle hier treffen, damit ich die Sachlage allen gleichzeitig erklären kann.«

Der FBI Sonderagent Bryan Tate sprach zu der düsteren Gruppe, die sich in Averys Krankenhauszimmer versammelt hatte. Ihre Augen waren rot und geschwollen vom Weinen, ihre Schulter war bandagiert und der linke Arm lag in einer Schlinge.

Die anderen – Jack und seine Familie, Zee und Tate, saßen auf Stühlen oder lehnten an der Wand. Alle hielten vorsichtig Abstand zu Avery, da Tate ihnen von ihrer wahren Identität berichtet hatte. Nach den tragischen Ereignissen des vergangenen Abends war Mandy zur Ranch gebracht worden, wo Mona sich um sie kümmerte.

»Ihr alle habt gesehen, was geschehen ist«, sagte Bryan Tate, »aber die Gründe dafür kennt ihr nicht, und es ist nicht leicht, darüber zu sprechen.«

»Sag ihnen alles, Bryan«, bat Zee leise. »Nimm keine Rücksicht auf mich. Ich möchte, daß sie es verstehen.«

Hochgewachsen und elegant stand er neben ihrem Stuhl, eine Hand auf ihrer Schulter. »Zee und ich haben uns vor vielen Jahren ineinander verliebt«, stellte er ohne weitere Einführung fest. »Keiner von uns beiden hat das vorausgesehen oder besonders gefördert. Es war falsch, aber das Gefühl war stärker als wir. Wir waren machtlos dagegen und haben schließlich kapituliert.« Seine Finger legten sich um ihre Schulter. »Die Konsequenzen waren weitreichend. Und gestern abend haben sie in einer Tragödie ihren Höhepunkt gefunden.«

Er erzählte ihnen, daß er ein paar Monate vor seinem Freund Nelson aus Korea zurückgekommen war. »Auf seine Bitte hin habe ich mich um Zee gekümmert«, sagte er. »Als er dann nach Hause kam, war die Beziehung zwischen uns schon weit mehr als nur Freundschaft oder einfache Anziehung geworden. Wir wußten, daß wir uns liebten und Nelson weh tun mußten.«

»Ich war schwanger«, sagte Zee und legte ihre Hand auf die von Bryan. »Schwanger mit dir, Tate. Ich habe Nelson unumwunden die Wahrheit gesagt. Er blieb ruhig, aber er stellte mir ein Ultimatum. Wenn ich mit meinem Geliebten und seinem unehelichen Kind fortging, würde ich Jack nie wiedersehen.«

Tränen standen in ihren Augen, als sie ihren älteren Sohn ansah. »Jack, du warst damals noch klein. Ich liebte dich, und Nelson wußte das, so daß er es für sich ausnutzte. Als ich versprach, Bryan nie wiederzusehen, sagte er, er würde mir vergeben und wolle Tate wie seinen eigenen Sohn aufziehen.«

»Was er auch getan hat«, sagte Tate.

Sein Blick traf auf den von Bryan. Der Mann war sein Vater, obwohl er ihn gestern abend zum ersten Mal gesehen hatte. Und der Mann, den er als seinen Vater gekannt und geliebt hatte, war vor seinen Augen erschossen worden.

»Ich wußte nichts von Nelsons Ultimatum«, sagte Bryan. »Zee schrieb mir, daß unsere Affäre – und ich konnte kaum glauben, daß sie eine so häßliche Bezeichnung dafür gewählt hatte – vorüber sei und daß sie wünschte, es wäre nie dazu gekommen.«

Aus Verzweiflung hatte Bryan sich freiwillig für eine gefährliche Mission in Übersee gemeldet. Als sein Flugzeug eine Störung hatte und abstürzte, hieß er den Tod willkommen, denn ohne

Zee wollte er nicht mehr leben. Doch das Schicksal wollte es anders, und er wurde gerettet.

Während er sich von seinen Verletzungen erholte, trat das FBI an ihn heran. Er war schon geheimdienstlich geschult worden. Sie schlugen vor, Bryan Tate für tot zu erklären, damit er als Geheimagent für sie arbeiten könne. Und das hatte er dreißig Jahre lang getan.

»Immer, wenn ich konnte, kam ich, um dich zu sehen, Tate«, sagte er zu seinem Sohn. »Aus vorsichtiger Entfernung, damit ich Nelson oder Zee nicht begegnete. Ich habe dir ein paarmal beim Football zugesehen und war sogar einmal eine Woche lang in der Nähe des Ortes, in dem du in Vietnam stationiert warst. Ich war bei deiner Examensfeier in der Universität von Texas. Ich habe dich und deine Mutter immer geliebt.«

»Nelson hat nie vergessen oder mir vergeben«, sagte Zee und beugte den Kopf, um sich die Nase zu putzen.

Bryan strich ihr tröstend übers Haar. Seine letzte Aufgabe als Agent war, eine Gruppe von Rassisten zu infiltrieren. Schon ganz am Anfang war er dabei einem extrem verbitterten Vietnamveteranen begegnet, den er als Eddy Paschal, Tates ehemaligen Kommilitonen, erkannte.

»Wir hatten schon eine dicke Akte über ihn, weil er bei verschiedenen neo-nazistischen Aktivitäten beteiligt gewesen war, einschließlich einiger ritueller Exekutionen. Wir hatten leider nie genug Beweise gegen ihn in der Hand, um etwas zu unternehmen.«

»Mein Gott, wenn ich mir vorstelle, daß ich mit diesem Kerl geschlafen habe!« sagte Fancy mit einem Schaudern.

»Das konntest du ja nicht wissen«, sagte Dorothy Rae liebevoll. »Er hat uns alle getäuscht.«

»Er wäre mir lebendig lieber gewesen«, sagte Bryan. »Er war rücksichtslos, aber sehr intelligent. Er hätte uns sehr nützlich sein können.«

Bryan sah Tate an. »Du kannst dir vorstellen, wie erstaunt ich war, als Nelson Kontakt mit ihm aufnahm, besonders, da Paschals Theorien den deinen total entgegengesetzt waren. Nelson hat ihm ein sauberes Image verpaßt, einen Schnellkurs in Werbetechnik und Kommunikation für ihn bezahlt und ihn als deinen Wahlkampfleiter nach Texas geholt. Damals wurde mir klar, daß Nelsons Absichten nicht die waren, die sie zu sein schienen.«

Tate lehnte sich an die Wand. »Er hat also die ganze Zeit vorgehabt, mich umbringen zu lassen. Es war alles eine große Show. Er hat mich für das öffentliche Amt erzogen, meinen Ehrgeiz unterstützt und Eddy angestellt, alles.«

»Ich fürchte, ja«, sagte Bryan finster.

Zee stand auf und ging zu Tate. »Verzeih mir, mein Junge.«

»Ich soll dir verzeihen?«

»Er wollte meine Sünde bestrafen, nicht dich«, erklärte sie. »Du warst nur das Opferlamm. Er wollte, daß ich leide, und wußte, daß es die schlimmste Strafe für eine Mutter ist, ihr Kind sterben zu sehen, besonders in einem Augenblick des persönlichen Triumphes.«

»Ich kann das nicht glauben«, sagte Jack und stand auch auf.

»Ich schon«, gab Tate ruhig zu. »Du weißt doch, daß er immer von Gerechtigkeit und Fairneß gesprochen hat, und davon, daß man für seine Fehler büßen muß. Er glaubte, du hättest mit deinem Leben gesühnt«, sagte er zu Bryan, »aber Mutter hatte noch nicht dafür bezahlt, daß sie ihn betrogen hatte.«

»Nelson war klug und rachsüchtig. Wie sehr, ist mir erst gestern abend klargeworden«, sagte Zee. »Tate, er hat dich auch dazu gebracht, Carole zu heiraten, eine Frau, die mich an meine eigene Untreue erinnern würde. Ich mußte meine Augen vor ihren Betrügereien verschließen. Denn schließlich konnte ich sie kaum für ein Vergehen zur Rechenschaft ziehen, das ich selbst auch begangen hatte.«

»Das war nicht das gleiche, Zee.«

»Ich weiß das, Bryan«, meinte sie nachdrücklich, »aber Nelson wußte es nicht. Für ihn war Ehebruch gleich Ehebruch und durch den Tod zu bestrafen.«

Jack wirkte verzweifelt. »Ich verstehe das trotzdem nicht. Wenn er Bryan so sehr haßte, warum hat er das Kind dann gerade Tate genannt?«

»Das war ein grausamer Scherz für mich«, sagte Zee. »Auch das sollte mich ständig an meine Sünde erinnern.«

Jack dachte darüber kurz nach. »Warum hat er Tate mir vorgezogen? Ich war sein wirklicher Sohn, aber er hat immer dafür gesorgt, daß ich mich meinem kleinen Bruder unterlegen fühlte.«

»Er ging davon aus, daß die Natur ihren Weg gehen würde«, erklärte Zee. »Er machte es ganz offensichtlich, daß er Tate vorzog, damit du dich gegen Tate stellst. Die Reibung zwischen euch sollte wiederum mir weh tun.«

Jack schüttelte den Kopf. »Ich kann immer noch nicht glauben, daß er so gemein war. Vater nicht.« Dorothy Rae griff nach seiner Hand und drückte sie.

Zee wandte sich Avery zu, die bisher geschwiegen hatte. »Er war entschlossen, sich an mir zu rächen. Er sorgte dafür, daß Tate Carole Navarro heiratete. Selbst nachdem ich von ihrer Vergangenheit erfahren hatte, bin ich nie auf den Gedanken gekommen, daß Nelson für ihre Verwandlung von der Oben-ohne-Tänzerin zur Ehefrau verantwortlich gewesen war. Jetzt glaube ich aber, daß er das zuwege gebracht hat, ebenso wie er Eddy rekrutierte. Auf jeden Fall haben sie ein Komplott geschmiedet. Carole hatte den Auftrag, Tate seelisch zugrunde zu richten. Nelson wußte, daß ich um so unglücklicher sein würde, je unglücklicher Tate war. Sie übertraf sich in der Erfüllung ihrer Pflicht. Die einzige Entscheidung, die sie unabhängig getroffen hat, war die Abtreibung. Ich glaube nicht, daß Nelson davon wußte. Es ärgerte ihn maßlos, aber nur, weil er fürchtete, es könnte Tate die Wahl kosten.«

Zee kam zum Bett und nahm Averys Hand. »Kannst du mir vergeben, daß ich dir so häßliche Dinge vorgeworfen habe?«

»Du wußtest es nicht besser«, sagte sie. »Und Carole hat deine Verachtung verdient.«

»Es tut mir leid wegen Ihres Freundes Mr. Lovejoy, Miß Daniels«, sagte Bryan mit sanftem Gesichtsausdruck – ganz anders als am vergangenen Abend, als er auf Eddy gezielt und geschossen hatte. »Wir hatten einen Mann abgestellt, der Paschal beobachtete, aber an jenem Abend ist er ihm entkommen.«

»Eigentlich haben wir es Van zu verdanken, daß Tate noch am Leben ist«, sagte sie gefühlvoll. »Er muß Stunden mit Bändern verbracht haben, bis er das eine fand, das erklärte, warum ihm

Eddy bekannt vorkam. Eddy muß Ihnen mehrmals entwischt sein, denn er ist mir zweifellos zu Irishs Haus gefolgt. Deswegen fand er heraus, wer ich wirklich bin.«

»Haben Sie schon etwas über Mr. McCabes Zustand erfahren?« fragte Bryan.

Avery lächelte durch ihre Tränen hindurch. »Nachdem ich darauf bestanden habe, durfte ich ihn heute morgen sehen. Er ist immer noch in der Intensivstation, und sein Zustand ist ernst, aber sie glauben, er wird es schaffen.«

»Ironischerweise hat ihm wohl sein schwerer Herzanfall das Leben gerettet. Es hat Paschal daran gehindert, ihn zu erschießen. Es war sein Fehler, daß er nicht wirklich festgestellt hat, ob McCabe tot ist, als er ihn aus dem Aufzug zog. Darf ich fragen, Miß Daniels«, fuhr Bryan fort, »was Sie auf den Gedanken gebracht hat, daß Tates Leben in Gefahr sein könnte?«

»Jemand hat es ihr gesagt«, antwortete Tate.

Erstaunen erfüllte die Gruppe wie ein Stromstoß. Jack sprach zuerst: »Wer? Wann?«

»Als ich noch im Krankenhaus lag«, erwiderte sie, »und alle mich für Carole hielten.« Sie erklärte ihre Rolle von jenem Augenblick an bis zum gestrigen Abend. Als sie fertig war, sah sie Bryan an und sagte entschuldigend: »Ich hatte Sie für einen gedungenen Attentäter gehalten.«

»Also haben Sie mich tatsächlich bemerkt?«

»Ich habe den erfahrenen Blick der Reporterin.«

»Nein«, sagte er. »Ich war persönlich betroffen und nicht so vorsichtig wie sonst. Ich bin unheimliche Risiken eingegangen, um in Tates Nähe bleiben zu können.«

»Ich weiß immer noch nicht, wessen Stimme es war, aber ich denke, es war Nelson und nicht Eddy, der mich in der Intensivstation besucht hat«, meinte Avery. »Obwohl ich zugeben muß, daß ich nie an ihn gedacht hatte.«

Um ihr zu helfen, sagte Bryan: »Miß Daniels konnte zu niemandem etwas sagen, ohne dadurch ihr eigenes Leben in Gefahr zu bringen.«

»Und das von Tate«, setzte sie noch hinzu und senkte den Blick, als er sie scharf ansah.

Jack sagte: »Du dachtest wahrscheinlich, daß ich meinen Bruder töten will – Kain und Abel.«

»Ich habe ein paarmal daran gedacht, Jack. Es tut mir leid.« Weil er und Dorothy Rae sich immer noch an den Händen hielten, sagte sie nichts über seine Beziehung zu Carole.

»Ich finde, es ist einfach phantastisch, wie du das gemacht hast«, erklärte Fancy. »Ich meine, die Carole gespielt.«

Dorothy Rae warf ihr einen dankbaren Blick zu. Sie verstand jetzt, warum ihre Schwägerin in letzter Zeit so mitfühlend und hilfsbereit gewesen war. »Können wir jetzt gehen, Mr. Tate? Und Avery schlafen lassen?«

»Nennt mich Bryan, und ja, das war alles.«

Sie gingen hinaus. Zee kam an Averys Bett. »Wie kann ich dir je danken, daß du meinem Sohn das Leben gerettet hast?«

»Ich möchte keinen Dank. Es war nicht alles Theater.« Die zwei Frauen tauschten einen vielsagenden Blick aus. Zee strich noch einmal über Averys Hand und ging an Bryans Arm hinaus.

Sie hinterließen nachdenkliches Schweigen. Tate verließ schließlich seinen Posten an der Wand und kam zu Averys Fußende. »Sie werden wahrscheinlich heiraten«, bemerkte er.

»Wie denkst du darüber, Tate?«

Er sah einen Augenblick auf seine Zehenspitzen und hob dann den Kopf. »Ich kann ihnen nichts vorwerfen. Sie lieben sich schon länger als ich lebe.«

»Jetzt verstehe ich gut, warum Zee immer so traurig wirkte.«

»Dad hat aus ihr eine Gefangene ihrer Gefühle gemacht.« Er lachte trocken. »Ich denke, ich kann ihn nicht mehr als Dad bezeichnen.«

»Warum nicht? Das war Nelson für dich. Was immer auch seine Motive gewesen sein mögen, er war ein guter Vater.«

»Vermutlich.« Er sah sie eindringlich an. »Ich hätte dich ernst nehmen sollen, als du mich gewarnt hast.«

»Ich war zu unglaubwürdig.«

»Aber du hattest recht.«

Sie schüttelte den Kopf. »Ich hatte nie Nelson im Verdacht. Eddy ja. Jack auch. Aber Nelson nicht.«

»Ich möchte über seinen Tod trauern, aber wenn ich höre, wie grausam er zu meiner Mutter war und daß er meinen besten Freund angeheuert hat, um mich zu töten – mein Gott.« Er atmete hörbar aus und fuhr sich mit der Hand durchs Haar. Tränen traten in seine Augen.

»Du hast viel auf einmal zu verdauen.« Sie hätte ihn gern getröstet, aber er hatte sie nicht darum gebeten, und bis er das tat, hatte sie kein Recht dazu.

»Wenn du deine Story schreibst, möchte ich dich um einen Gefallen bitten.«

»Es wird keine Story geben.«

»Es wird eine Story geben«, beharrte er. Er setzte sich neben sie aufs Bett. »Man feiert dich doch jetzt schon als Heldin.«

»Du hättest heute morgen in der Pressekonferenz nicht meine Identität preisgeben dürfen.« Sie hatte die Sendung aus dem Palacio del Rio gesehen. »Du hättest dich von mir als Carole scheiden lassen können, wie du es geplant hattest.«

»Ich kann meine politische Karriere nicht mit einer Lüge beginnen, Avery.« Ihre Blicke trafen sich für einen Augenblick, dann fuhr er fort: »Bis jetzt wissen nur die paar Menschen, die hier waren, und vermutlich ein paar Leute vom FBI, daß Nelson Rutledge das Komplott geschmiedet hat. Sie gehen davon aus, daß Eddy das alles angezettelt hat, weil er nach dem Krieg so desillusioniert von Amerika war. Ich möchte dich bitten, es im Sinne meiner Familie dabei zu belassen, besonders im Sinne meiner Mutter.«

»Wenn mich jemand fragt, werde ich das tun. Aber ich werde keine Story schreiben.«

»Doch, das wirst du.«

Wieder traten ihr die Tränen in die Augen. »Ich kann es nicht ertragen, daß du denkst, ich hätte bei allem nur die Story im Sinn gehabt, und Ruhm und Geld.«

»Ich glaube, du hast es getan, weil du mich liebst.«

Ihr Herz machte ein paar Extraschläge. »Das tue ich auch, Tate. Mehr als mein Leben.«

Er betrachtete die Bandage an ihrer Schulter und schauderte, dabei schloß er die Augen. Als er sie wieder öffnete, waren sie feucht. »Ich weiß.«

Epilog

»Siehst du's dir noch einmal an?«

Senator Tate Rutledge kam ins Wohnzimmer seines komfortablen Hauses in Georgetown, das er mit seiner Frau und seiner Tochter teilte. Diesmal saß Avery allein im Wohnzimmr und sah sich eine Aufnahme von ihrem Dokumentarfilm an.

Die Story, die sie geschrieben und verfilmt hatte, weil Tate darauf bestanden hatte, war überall im Fernsehen ausgestrahlt worden. Tate hatte sie davon überzeugt, daß die Öffentlichkeit ein Recht hatte, von der bizarren Reihe von Ereignissen zu erfahren, die dem Absturz des Fluges 398 gefolgt waren.

Der Film hatte Avery keinen Pulitzerpreis eingebracht, wurde aber allgemein bewundert. Im Augenblick prüfte sie die Angebote zur Erarbeitung verschiedener Dokumentarfilme, die sie bekommen hatte.

»Genießt du immer noch deinen Ruhm?« fragte Tate, zog seine Jacke aus und kam zu ihr.

Sie küßte seine Handfläche, als sie ihn zu sich aufs Sofa zog. »Irish hat heute angerufen. Deshalb habe ich wieder daran gedacht.«

Irish hatte den Herzanfall überlebt. Er behauptete, er sei wirklich gestorben und dann wieder ins Leben zurückgekehrt. Wie sonst hätte es passieren können, daß Paschal seinen Puls nicht gefühlt hatte? Er schwor, er hätte von weit oben beobachtet, wie Paschal seinen Körper in die Nische gezogen hatte.

Alle neckten ihn damit, aber Avery war nur wichtig, daß sie ihn nicht verloren hatte.

Am Ende des Bandes, noch bevor der Bildschirm schwarz wurde, erschien eine Widmung auf dem Bild. Sie lautete: »Dem Andenken an Van Lovejoy gewidmet.«

»Ich bin jetzt zu weit weg, um Blumen auf sein Grab zu legen«, meinte sie leise und schaltete den Apparat ab.

Nelsons schlimme Machenschaften hatten ihrer aller Leben sehr verändert, und sie würden die Ereignisse nie ganz vergessen können. Jack litt immer noch unter der Enttäuschung über seinen Vater. Er hatte sich entschlossen, die Anwaltspraxis in San Antonio weiterzuführen und nicht mit nach Washington zu kommen. Aber trotz der Entfernung waren sich die beiden Halbbrüder näher als je zuvor.

Tate dachte noch fast täglich über Nelsons grausamen Plan nach, aber er trauerte auch um den Verlust des Mannes, den er immer als Dad gekannt hatte.

Seine Gefühle gegenüber Bryan Tate waren widersprüchlich. Er mochte ihn, respektierte ihn und wußte zu schätzen, daß er Zee glücklich machte, seit sie verheiratet waren. Und doch konnte er nicht Vater zu ihm sagen.

In solchen schwierigen Augenblicken half ihm die Liebe seiner Frau ungemein.

Jetzt, da er an all das dachte, zog er sie in seinen Arm, drückte sie lange an sich und begrub sein Gesicht an ihrem Hals.

»Habe ich dir je gesagt, für wie mutig und faszinierend ich dich halte? Du hast das alles auf dich genommen, obwohl dein eigenes Leben dadurch gefährdet war. Mein Gott, wenn ich daran zurückdenke, als ich spürte, wie dein Blut über meine Hände lief.« Er drückte einen Kuß auf ihren Hals. »Ich hatte mich wieder in meine Frau verliebt und konnte nicht verstehen, warum. Noch bevor ich dich so recht kennengelernt hatte, hätte ich dich schon beinahe wieder verloren.«

»Ich war mir nicht so sicher, ob dir das etwas ausmachen würde«, sagte sie. Er hob den Kopf und sah sie prüfend an. »Ich hatte Angst, daß du mich nicht mehr willst, wenn du herausfindest, wer ich bin.«

Er zog sie wieder in seine Arme. »Ich will dich immer noch.« Die Art wie er das sagte, ließ keine Zweifel offen, und sein Kuß war so deutlich wie das Ehegelübde, das sie sich schon vor Monaten gegeben hatten.

»Ich bin immer noch damit beschäftigt, herauszufinden, wer du wirklich bist, obwohl du mir so nah bist«, flüsterte er ganz dicht an ihrem Mund. »So nah wie keine andere Frau zuvor.

Und das ist die volle Wahrheit. Ich weiß, wie sich dein Inneres anfühlt und wie jeder Teil deines Körpers schmeckt.«

Er küßte sie noch einmal mit Liebe und Leidenschaft.

»Tate«, seufzte sie, als sie sich voneinander lösten, »wenn du in mein Gesicht schaust, wen siehst du dann?«

»Die Frau, der ich mein Leben verdanke. Die Frau, die Mandy aus einem brennenden Flugzeug gerettet und ihre seelischen Wunden geheilt hat. Die Frau, die mein Kind in sich trägt.« Zärtlich strich er über ihren runden Bauch. »Die Frau, die ich mehr liebe als die Luft zum Atmen.«

»Nein, ich meine –«

»Ich weiß, was du meinst.« Er drückte sie in die Kissen des Sofas und legte sich zu ihr. »Ich sehe Avery.«

SANDRA BROWN

Schöne Lügen

Roman

Deutsch von Elke Iheukumere

1. Kapitel

Trotz der Gelassenheit, die sie nach außen hin ausstrahlte, zitterte Erin O'Shea vor Nervosität, als sie den Finger auf den Klingelknopf legte. Sie hörte das melodische Läuten im Inneren des Hauses, das wunderhübsch in einer der mittelständischen Wohngegenden von San Francisco lag.

Über die Schulter hinweg warf Erin einen Blick auf die Nachbarhäuser, die alle einen sehr gepflegten Eindruck machten mit ordentlichen Vorgärten, die zwar nicht protzig, doch makellos und sehr geschmackvoll aussahen. Das Haus, vor dem sie stand, war taubengrau gestrichen und mit Weiß abgesetzt, typisch für die Architektur von San Francisco, wie auch die anderen Häuser in dieser Straße; in die Garage konnte man direkt hineinfahren, der Wohnteil lag ein wenig höher. Steile Betonstufen führten zur Eingangstür, die mit einem altmodischen geätzten Glasfenster versehen war.

Erin versuchte, durch das undurchsichtige Glas etwas zu erkennen oder eine Bewegung im Inneren des Hauses zu sehen, während sie auf Schritte lauschte, die sich vielleicht näherten, doch es rührte sich nichts, und auch Geräusche drangen nicht heraus.

Wenn nun niemand zu Hause war? An diese Möglichkeit hatte Erin überhaupt nicht gedacht. Eigentlich hatte sie an gar nichts mehr gedacht, seit sie das Flugzeug aus Houston verlassen hatte, nur noch daran, dieses Haus zu finden. Ihre Gedanken, während sie die malerischen Straßen San Franciscos entlanggefahren war, hatten sich zielbewußt nur um eines gedreht: Der heutige Tag war das Ende einer drei Jahre andauernden Suche. Sie hatte über staubigen Archiven gebrütet, endlose Ferngespräche geführt, hatte erlebt, daß man ihr die Tür vor der Nase zuschlug, war enttäuscht gewesen über falsche Hinweise, bis sie jetzt endlich angekommen war.

Heute würde sie zum ersten Mal in ihrem Leben ihren Bruder sehen. Heute würde sie ihrem einzigen Blutsverwandten von Angesicht zu Angesicht gegenüberstehen.

Ihr Herz machte einen Hüpfer, als sie im Haus Schritte hörte, die sich der Tür näherten. Seine Frau? Eine Hausangestellte? Ihr Bruder? Sie schluckte.

Die Tür wurde sehr langsam geöffnet. Er stand vor ihr.

»Mr. Kenneth Lyman?« fragte sie.

Er antwortete nicht. Statt dessen betrachtete er sie von Kopf bis Fuß. Seine schnelle Musterung konnte nicht mehr als nur den Bruchteil einer Sekunde gedauert haben, doch hatte Erin das Gefühl, als wäre ihm kein Deut entgangen.

»Mr. Kenneth Lyman?« wiederholte sie.

Er nickte kurz.

All ihre Aufregung war plötzlich verschwunden und wurde ersetzt durch ein heißes Glücksgefühl, als dieser Mann bestätigte, ihr Bruder zu sein. Er sah umwerfend gut aus! Sie war überrascht, in seinen Gesichtszügen nichts zu finden, das den ihren ähnelte. Vom Typ her war er hell, sie dagegen dunkel. Vor ihrem inneren Auge hatte sie immer ein Gesicht gesehen, das die männliche Ausgabe ihres eigenen

Gesichtes darstellte, aber dieser Mann war so ganz anders, als sie ihn sich vorgestellt hatte.

Sein Haar wies ein sandiges Braun auf, aber als ein schwacher Schein des matten Februarlichtes darauf fiel, leuchtete es golden. Seine Brille in der schmalen Hornfassung hatte er nach oben auf den Kopf geschoben. Die Brauen auf der breiten Stirn waren dicht und genauso golden wie sein Haar. Blaue Augen, von dichten kurzen Wimpern beschattet, die am Ansatz dunkel, an den Enden jedoch hell waren, musterten sie eindringlich.

Seine Nase war gerade und schmal, der Mund darunter fest und breit, und sehr ernst. In dem kräftigen Kinn entdeckte sie ein bezauberndes Grübchen, das von einem eigensinnigen Willen zeugte.

»Entschuldigen Sie, daß ich Sie so anstarre«, begann Erin, doch selbst dann noch studierte sie ihn regelrecht. Würde sie je müde werden, dieses Gesicht zu betrachten, nach dem sie so lange gesucht hatte?

Noch immer war kein Wort gefallen. Seine Augen gingen zu einem Punkt hinter ihr, als erwarte er, dort noch jemanden zu entdecken. Er warf einen Blick auf den weißen Mercedes, den sie am Flughafen gemietet hatte, auf das Haus auf der anderen Straßenseite, die ganze Gegend, ehe er wieder bei ihr anlangte. Es war beunruhigend, daß er noch nichts gesagt hatte, aber er wußte ja auch gar nicht, wer sie überhaupt war.

»Ich habe einen weiten Weg zurückgelegt, um Sie zu sehen«, begann sie. »Darf ich reinkommen und einen Augenblick mit Ihnen reden?«

»Worüber sollten wir beide reden?«

Ein süßer, ziehender Schmerz in ihrem Herzen machte

sich beim Klang seiner tiefen, melodischen Stimme bemerkbar. Aber die Freude verwandelte sich recht schnell in Befangenheit bei dem etwas groben Ton. Wahrscheinlich glaubte er, sie wolle ihm etwas verkaufen. »Ich ... nun ja, die Angelegenheit ist ziemlich persönlich.« Sie wollte sich ihm nicht vorstellen, solange sie noch vor der Tür stand.

»Okay, es ist wohl besser, wenn Sie reinkommen.« Er tat einen Schritt zur Seite, und sie ging zögernd durch die Tür. Noch einmal warf er einen Blick nach draußen, ehe er die Tür schloß und sich dann ihr zuwandte.

Erst jetzt, als sie so nahe vor ihm stand, wurde ihr bewußt, wie groß er war. Für eine Frau war Erin ziemlich aufgeschossen, doch er überragte sie bei weitem. Oder vielleicht trug auch seine anmaßende Haltung zu diesem Eindruck bei. Eine Aura von Macht und Überlegenheit umgab ihren Bruder. Er war kein muskelbepackter Mann, doch strahlte er eine Kraft aus, die sie einschüchterte.

Erin betrachtete seinen kräftigen Hals hinter der gelockerten Krawatte. Die Ärmel seines Hemdes waren bis zu den Ellbogen aufgerollt und zeigten gebräunte, muskulöse Unterarme. Der weiße Stoff des Hemdes spannte sich über einem breiten Oberkörper und einem flachen Bauch, und seine langen Beine zeichneten sich durchtrainiert unter der grauen Flanellhose ab. Vielleicht spielte er ja Basketball. Oder Tennis? Sicher trieb er Sport, da er einen so athletischen Körper besaß. Sie wußte, daß er dreiunddreißig Jahre alt war.

Wieder hatte er das entnervende Schweigen aufgenommen und starrte sie mit der gleichen Unverfrorenheit an, mit der sie ihn betrachtete. Als sie ihre Handtasche von der Schulter nahm und sie unter ihren Arm klemmte, spannte sich jeder einzelne Muskel seines Körpers an, obwohl er sich nicht bewegt hatte. Er sah aus wie eine Katze kurz vor dem Sprung. Leicht macht er es mir nicht gerade, dachte Erin. Vielleicht wollte er gar nicht wissen, was aus seiner jüngeren Schwester geworden war, von der er vor dreißig Jahren getrennt worden war. Vielleicht wußte er ja nicht einmal, daß es eine Schwester gab.

»Meine Name ist Erin O'Shea«, stellte sie sich vor.

»Miss O'Shea.« Der Klang ihres Namens aus seinem Mund mit dieser tiefen Stimme rührte sie an. Seine blauen Augen ruhten noch immer auf ihrem Gesicht. Erins Zungenspitze fuhr über ihre trockenen Lippen.

»Dürfte ich mich setzen?« fragte sie.

Mit der ausgestreckten Hand deutete er auf ein Zimmer zu ihrer Linken, und sie steuerte darauf zu. Ihr entging nicht die Einrichtung des Hauses, es war gemütlich, wenn auch nicht besonders kostspielig eingerichtet. Irgendwie paßte diese Einrichtung gar nicht zu dem ersten Eindruck, den sie von ihrem Bruder hatte. Sie hätte geglaubt, daß er eine nüchterne Ausstattung bevorzugte, die besser zu seiner wortkargen Persönlichkeit paßte.

Was tue ich überhaupt? fragte sie sich. Ich bin erst einige Minuten mit ihm zusammen, und schon beginne ich seine Psyche zu analysieren! Dennoch, das Haus, dieses Zimmer, in dem sie mittlerweile auf einem bunt gemusterten Sofa saß, schienen nicht zu diesem Mann zu passen. Wahrscheinlich hatte seine Frau das Haus eingerichtet.

»Ist Melanie zu Hause?« fragte sie höflich.

Er antwortete ein wenig zögernd, mit einem vorsichtigen Blick. »Nein. Sie hat etwas zu erledigen.«

Erin lächelte und entspannte sich ein wenig. Sie war froh, daß sie einige Zeit mit ihm allein sein konnte. Wenn sie sich ihm zu erkennen gab, war es vielleicht ein wenig unangenehm, dabei einen Zuschauer zu haben. »Wenn ich recht überlege, ist es ein wenig überraschend, daß ich Sie an einem Tag mitten in der Woche zu Hause antreffe. Ich hätte geglaubt, daß Sie in der Bank sind.« Sie wußte, daß ihr Bruder in einer Bank arbeitete.

Die Augen, die sie noch immer eingehend betrachteten, wanderten jetzt zu ihrer braunen Wildledertasche, die sie neben sich auf das Sofa gestellt hatte. Er hatte so eine Art, sie zu durchleuchten, daß man glaubte, ihm würde nichts entgehen. »Ich bin heute früher nach Hause gekommen«, erklärte er.

»Kenneth – ich darf Sie doch Kenneth nennen?« Als er nickte, sprach sie weiter. Jetzt war es so weit. »Kenneth, was ich Ihnen zu sagen habe, wird Sie vielleicht überraschen«, ihr Lachen klang nervös, »oder sogar schockieren.« Sie blickte auf ihre Hände, die fest zusammengepreßt in ihrem Schoß lagen, dann hob sie den Kopf und sah ihm direkt in die Augen. »Wußten Sie, daß Sie adoptiert wurden?«

Die blauen Augen zogen sich ein wenig zusammen, noch immer betrachtete er sie. Nur an einem beinahe unmerklichen Senken des Kinns mit dem Grübchen merkte Erin, daß er genickt hatte.

Sie holte tief Luft. »Ich suche schon seit Jahren nach Ihnen, Kenneth. Ich bin Ihre Schwester.«

Sein Gesicht zeigte keinerlei Regung. Sie rührte sich nicht und wartete auf eine Reaktion. Erin hatte sich vorgestellt, daß er aufspringen, auf sie zulaufen und sie in seine Arme nehmen würde, oder daß er lachen würde, weinen, fluchen, Bestürzung zeigen, doch niemals, daß er einfach sitzen bleiben und sie anstarren würde, als trüge er eine Maske.

Schließlich griff er nach der Brille auf seinem Kopf und nahm sie ab. Er drehte das Gestell in der Hand. »Meine Schwester?« fragte er.

»Ja!« Sie nickte begeistert, und ihre kurzen dunklen Locken hüpften dabei auf und ab. »Ich weiß, es ist unglaublich, aber es stimmt! Darf ich Ihnen erzählen, was ich herausgefunden habe?«

»Bitte.« Er zeigte noch immer keine Gemütsbewegung über ihre Enthüllungen, doch wenigstens reagierte er jetzt. Mehr als alles andere wünschte sie sich, ihn dazu zu bringen, daß er seine Reserviertheit ihr gegenüber aufgab.

»Wir wurden adoptiert, aus einem kleinen katholischen Waisenhaus in Los Angeles. Wußten Sie das?«

»Ungefähr«, antwortete er zurückhaltend.

»Sie sind drei Jahre älter als ich. Unsere Mutter gab uns zur Adoption frei, als ich erst wenige Monate alt war. Ich wurde von einem Ehepaar mit dem Namen O'Shea adoptiert. Kurz darauf zogen sie nach Houston in Texas, wo ich aufwuchs. Erst als ich in die High School kam, begann ich mir Gedanken darüber zu machen, wer ich war und woher ich stammte. Ich denke, das geht allen Heranwachsenden so, aber da ich adoptiert wurde, war es für mich umso wichtiger, meine Wurzeln zu finden, wenn man es so nennen will. Ich bin sicher, Sie verstehen dieses Gefühl.«

»Ja«, sagte er. Er saß lässig auf dem weich gepolsterten Sessel, die Arme hatte er vor der Brust verschränkt. Es war eine entspannte Haltung, doch Erin fühlte, daß er diese Sorglosigkeit vortäuschte. Ihr Bruder konnte sich vielleicht überhaupt nicht entspannen.

»Erst Jahre später war ich endlich in der Lage, finanziell und auch sonst, eine wirkliche Suche nach meiner wahren Identität zu beginnen. Es gibt Organisationen, die adoptierten Kindern helfen, ihre natürlichen Eltern oder verlorene Geschwister zu finden. Glauben Sie mir, inzwischen kenne ich diese Organisationen alle. Ich habe nichts unversucht gelassen. Vor beinah vier Jahren …«

Sie hielt inne, als das rote Telefon auf dem Schreibtisch läutete. Mit der Geschmeidigkeit einer angreifenden Schlange erhob er sich aus dem Sessel und war mit wenigen großen Schritten beim Telefon. Er riß den Hörer hoch und meldete sich mit einem knappen »Ja«. Einen Augenblick lauschte er, dabei ließ er den Blick nicht von Erins erstauntem Gesicht. »Ja. Nein, alles in Ordnung. Wir bleiben in Verbindung.« Er legte den Hörer auf, ging zu seinem Sessel zurück und gab ihr ein Zeichen weiterzusprechen.

Erin war verwirrt durch seine abrupten, zackigen Bewegungen. Sagte man nicht üblicherweise »Entschuldigung«, wenn man einen Anruf beantwortete, während man sich mit jemandem unterhielt? Und warum hatte er sich förmlich auf das Telefon gestürzt, anstatt ein normales Gespräch zu führen? Ein merkwürdiges Verhalten …

»Nun ja, ich …«, stotterte sie. Wo war sie gerade stehen geblieben? Er schien mißtrauisch zu werden, weil sie den Faden verloren hatte.

»Sie sagten gerade: ›Vor beinah vier Jahren …‹«

»Ach ja.« Sie war verunsichert. »Vor beinah vier Jahren begann ich eine ausgedehnte Suche nach unseren leiblichen

Eltern. Meine Adoptivmutter verstand meinen Wunsch, daß ich sie finden wollte, und sie hat mir den Namen des Waisenhauses in Los Angeles genannt, wo man mich betreut hatte. Ich war schrecklich enttäuscht über die Entdeckung, daß es einige Zeit nach unserer Adoption durch ein Feuer zerstört und alle Unterlagen vernichtet worden waren. Das hat mich um Monate zurückgeworfen. Schließlich ist es mir aber gelungen, eine Nonne zu finden, die diesem Waisenhaus angehörte, als wir uns dort aufhielten. Von ihr habe ich zum ersten Mal erfahren, daß ich einen Bruder habe.« Zu ihrem Entsetzen begann ihre Stimme zu zittern, und sie fühlte, wie Tränen in ihre dunklen Augen traten.

»Können Sie verstehen, wie glücklich ich an diesem Tag war? Ich hatte einen Bruder! Es gab einen Menschen, mit dem ich meine Herkunft teilte. Ich begann, Gesichter in der Menge zu studieren. Jeden Mann Ihres Alters habe ich angestarrt und mich gefragt, ob Sie es vielleicht sein könnten. Ich will Sie nicht mit all den ermüdenden Einzelheiten aufhalten, aber zuletzt habe ich Ihre Adoptiveltern ermitteln können. Das war relativ einfach, da sie in Los Angeles geblieben sind. Es tut mir leid, daß sie verstorben sind. Sie kamen vor einigen Jahren um, nicht wahr?«

»Ja.«

»Ich habe auch meinen Vater verloren, Mr. O'Shea, als ich im College war. Ich hoffe, Sie hatten genauso viel Glück wie ich mit der Familie, die Sie adoptiert hat. Die O'Sheas haben mich geliebt, als wäre ich ihr eigen Fleisch und Blut. Und ich liebe sie auch.«

»Ja, meine Eltern, oder richtiger, die Lymans, waren großartig.«

»Oh, das freut mich so.« Erin war begeistert. »Eine der Agenturen, von denen ich Ihnen erzählt habe, hat mir geholfen, Sie hier zu finden. Ich habe einiges über Sie gehört, aber bei weitem nicht all das, was ich wissen möchte. Ich würde gern mehr über Sie erfahren, über Ihr Leben.«

Die Brille klebte jetzt gefährlich am Rande seiner Nasenspitze, und er starrte sie über das Brillengestell hinweg an. Dann nahm er sie ab und legte sie auf den Tisch neben sich. »Das ist eine ziemlich lange Geschichte«, meinte er. »Wir sehen einander nicht unbedingt ähnlich. Würden Sie glauben, daß wir Bruder und Schwester sind?«

Sie lachte, erfreut, daß er endlich auf sie einging. Die Linien um seinen Mund hatten sich etwas geglättet. Sie mußte geduldig sein mit ihm. Immerhin hatte sie ihm einiges zugemutet. »Das gleiche habe ich auch gedacht, als Sie an die Tür kamen. Wir sehen einander überhaupt nicht ähnlich.«

Seine Augen betrachteten jede Einzelheit ihres Gesichts, und sie blieb ganz still sitzen bei dieser Musterung, ließ ihm das gleiche Recht wie er ihr zuvor.

Er sah auf die wilden schwarzen Locken, die sie aus dem Gesicht gekämmt hatte. Dunkle Brauen wölbten sich wie Schwingen über ihre Augen – Natalie-Wood-Augen, hatte einer ihrer Freunde in der High School sie genannt. Sie waren rund, groß und so dunkel wie Ebenholz. In ihrer New Yorker Zeit hatte sie ein Kosmetikstudio konsultiert, das ihr beigebracht hatte, sie richtig zu betonen, mit einem Hauch Lidschatten und Lidstrich. Das Resultat war atemberaubend für jemanden, der sie zum ersten Mal sah. Ihre Augen drückten viel von dem aus, was Erin fühlte und dachte, mehr, als es mit Worten möglich war.

Doch daß ihr Bruder sie so eingehend betrachtete, mit solch aufrichtigem Interesse, machte sie verlegen. Seine Augen ruhten außergewöhnlich lange auf ihren Lippen, die sanft und feucht waren und gern lächelten.

Und als sein Blick dann von ihrem Kinn über ihren Hals schweifte, schien er auch ihre sanfte Haut zu begutachten, die in hellem Kontrast stand zu dem dunklen Haar und den dunklen Augen, und es sah aus, als überlege er, ob sie wohl über ihren Hals hinaus noch sanft war.

Erin strich sich umständlich einige unsichtbare Falten aus ihrem Wollrock, als seine Blicke weitergingen. Die smaragdgrüne Bluse, die sie unter der Jacke des Kostüms trug, schien ihr plötzlich viel zu eng, ganz besonders, als seine Augen auf der Korallenkette ruhten, die auf ihrer Brust lag. Sie stellte ihre übergeschlagenen Beine nebeneinander, als seine Prüfung ihre Knie bis hin zu den braunen Wildlederpumps einschloß.

Dann schaute er ihr wieder ins Gesicht, stand auf und kam herüber. »Nicht jeder Mann hat das Glück, mit einer Schwester gesegnet zu sein«, stellte er fest, »aber erst in der Mitte des Lebens von der Existenz einer solchen zu erfahren, grenzt an ein Wunder. Und wenn sie dann noch so hübsch ist wie Sie, ist das sogar ein Vergnügen.«

Sie errötete über und über. »Danke, Kenneth«, flüsterte sie glücklich: Er war stolz auf sie! Vielleicht würde dieser Fremde sie mit der Zeit besser kennenlernen und sie sogar mögen – vielleicht könnten sie einander ja sogar lieben lernen.

»Möchten Sie etwas trinken?« Er streckte ihr die Hand entgegen, und sie nahm sie, ohne zu zögern und ließ sich von ihm von der Couch ziehen. Seine Hand, die sich um ihre Finger schloß, war warm.

»Ja, danke. Das Flugzeug war voll besetzt, und ich war viel zu aufgeregt und zu sehr in Eile, um noch irgendwo anzuhalten unterwegs. Ich hoffe, Sie finden nicht, daß es unhöflich von mir war, einfach hereinzuschneien. Ich dachte, es wäre das beste, wenn ich Sie gleich persönlich kennenlerne und mich nicht lange telefonisch anmelde.«

»Sie hatten recht. Ich bin froh, daß Sie gekommen sind.«

Er führte sie durchs Haus – über den Flur, durch ein Eßzimmer – in eine sonnige Küche. Sie sah aus dem Fenster. Kenneths Haus lag auf einem Hügel, doch leider hatte man von hier aus keine Aussicht auf die Bucht oder die Golden Gate Bridge oder sonst ein Wahrzeichen dieser herrlichen Stadt. Statt dessen sah man nur die Dächer der Häuser, die etwas tiefer lagen.

Kenneth bot ihr einen Stuhl an dem kleinen runden Tisch an, der mitten in der Küche stand. »Was möchten Sie? Coke? Bier? Wein?«

»Coke, bitte«, sagte sie. »Ich kann es kaum erwarten, Ihre Frau kennenzulernen. Weiß sie, daß Sie adoptiert wurden?«

Er ignorierte ihre Frage und öffnete eine Büchse Coke, dann holte er zwei Gläser aus dem Schrank über der Anrichte. Während er Eiswürfel in die Gläser zählte, meinte er: »Melanie müßte eigentlich bald wieder hier sein. Sie hatte nur einige Dinge zu erledigen.«

»Wie lange sind Sie denn schon verheiratet?«

Er hielt inne, dann reichte er ihr das Glas. »Ein paar Jahre«, antwortete er ausweichend. Er lächelte charmant, und zum ersten Mal sah Erin zwei Reihen perfekter, strahlendweißer Zähne. Er sah wirklich außerordentlich gut aus, wenn er nicht gerade diese mißtrauische Miene aufsetzte. »Sie sind auch verheiratet, wie ich sehe«, meinte er lässig und setzte sich ihr gegenüber an den Tisch.

Sie folgte der Richtung seines Blickes zu dem großen Diamantring an ihrem Finger. »Nein«, murmelte sie. »Ich bin verlobt.« Aus irgendeinem Grund wollte sie jetzt nicht über Bart sprechen. Bart hatte ein besonderes Talent, eine Unterhaltung zu beherrschen, und sie wollte ihn nicht einmal erwähnen, um nicht diese ganz besondere, seltene Intimität ihres ersten Treffens mit ihrem Bruder zu zerstören. »Erzählen Sie mir von Ihrer Arbeit«, wechselte sie daher rasch das Thema.

»Was möchten Sie denn davon hören?« fragte er nüchtern. Erin stellte zu ihrem Erschrecken fest, daß er sie wieder mit diesen zusammengekniffenen Augen ansah, mit diesem Blick, der ihr das Gefühl gab, als sei sie ein Versuchskaninchen in einem Labor.

»Was genau arbeiten Sie? Ich weiß nur, daß Sie bei einer Bank angestellt sind.«

»Ja.« Er zuckte mit den Schultern. »Ich denke, ich mache ein wenig von allem.«

»Verstehe«, meinte sie, doch in Wirklichkeit verstand sie gar nichts.

»Und Sie?« fragte er. »Was arbeiten Sie?«

»Ich besitze eine Firma in Houston.«

Die goldenen Brauen zogen sich fragend in die Höhe. »Was für eine Firma?« wollte er wissen. Er stützte die Ellbogen auf die Tischplatte und legte das Kinn auf die Fäuste. Seine Handrücken und die Finger waren mit krausen blonden Härchen bedeckt. Er hatte lange schlanke Finger, nicht dicke kurze wie Bart. Seine gepflegten Nägel fielen ihr auf.

Erin hob den Blick und sah ihn an. Sie konnte kaum die

blauen Augen sehen unter den dichten Wimpern. Sein frappantes Äußere lähmte sie. Beinahe war sein Aussehen eine Barriere, die sie daran hinderte, ihn besser kennenzulernen. Aus einem unerfindlichen Grund erschien ihr eine Intimität zwischen ihnen gefährlich.

»Ich … äh … meine Firma organisiert Modenschauen und führt sie auch durch«, gab sie Auskunft.

»Von so einer Firma habe ich noch nie gehört«, zögerte er.

Sie lachte. »Das ist es ja gerade, was uns so einzigartig macht!« rief sie und legte unwillkürlich ihre Hand auf seine.

Genauso schnell, wie er sich zuvor bewegt hatte, legte er jetzt seine Hand auf ihre und hielt sie fest. Endlose Augenblicke lang starrten sie einander nur an. Als er dann sprach, vibrierte seine Stimme.

»Vor ein paar Minuten hast du gesagt, du wolltest mich besser kennenlernen. Ich möchte dich auch kennenlernen. Wir sollten gleich damit beginnen, findest du nicht?«

Sie schluckte verlegen und wünschte, er würde ihre Hand loslassen. Es wäre vergebens, sie ihm entziehen zu wollen. Seine Finger hielten ihre stählern fest. Sie sah ihr Spiegelbild in den Pupillen seiner Augen, und dieser Anblick machte ihr angst. »Womit sollten wir beginnen?« brachte sie stoßweise heraus.

»Damit, einander besser kennenzulernen.«

Ehe sie noch etwas sagen konnte, war er schon hochgeschnellt und um den Tisch gehechtet. Im nächsten Augenblick hatte er sie gepackt und seine Arme um sie geschlungen. Mit einer Hand griff er in ihre Locken, zog ihren Kopf zurück und sah ihr ins Gesicht.

»Wie könnten wir einander besser kennenlernen als mit einem Kuß geschwisterlicher Zuneigung?«

Das Gesicht, das ihrem immer näher kam, zeigte keine Anzeichen brüderlicher Freundlichkeit. Das war Erins letzter bewußter Gedanke, ehe sie fühlte, wie seine Lippen sich auf ihre legten. Seine Finger hatten sich so in ihrem Haar verkrallt, daß ihr Tränen des Schmerzes in die Augen traten und sich dort unter die Tränen der Demütigung mischten. Mit dem anderen Arm drückte er sie energisch an seinen kräftigen Körper.

Sie wand sich, doch ihre Bewegungen bewirkten nur, daß er sie noch fester hielt. Tief in ihrem Hals löste sich ein Schrei, ein Schrei, der von seinem Mund erstickt wurde. Ihre Lippen prickelten unter seinem Ansturm, und sie war machtlos gegen seine Zunge, die sich tief in ihren Mund schob.

Nie zuvor in ihrem Leben war Erin so geküßt worden. Es war abscheulich. Es war eine schreckliche Sünde. Da er um ihre Beziehung zueinander wußte, war die Art, wie er sie küßte, dekadent und abstoßend.

Doch es erregte sie auch.

Sie bemühte sich, die Kontrolle über ihre Sinne nicht zu verlieren – nicht etwa die körperliche Kontrolle. Ihre Arme konnte sie sowieso nicht bewegen, und zu allem mußte sie sich auch noch gegen ihn lehnen, damit sie nicht umfiel. Sie kämpfte einen verlorenen Kampf gegen ihren eigenen Willen und wehrte sich gegen das eigenartige Gefühl, das ihr über den Rücken lief. Es war schuld an der zitternden, hingebungsvollen Wärme in ihrem Bauch, die sie so gern ignoriert hätte. Ihre Augen, die sich vor Überraschung und Entsetzen geweitet hatten, schlossen sich jetzt ganz von selbst, sie gehorchten nicht länger dem Kommando ihres Gehirns, offen zu bleiben und diesen verabscheuungswürdigen Mann mit zornigen Blicken zu bestrafen.

Das Klirren eines Schlüssels in der Hintertür rettete Erin vor der Erniedrigung, sich ihm völlig zu unterwerfen. Sie versuchte noch einmal loszukommen, und diesmal gelang es ihr auch, ihn von sich zu stoßen, als er den Kopf hob und seine Arme etwas lockerte. Er blickte zur Tür, doch mit einer Hand hielt er immer noch Erins Arm fest.

Die Frau, die hereintrat,war zierlich, jung und blond. Sie lächelte kindlich, trotz der Traurigkeit in ihren braunen Augen.

Die beiden Menschen, die mitten in dem Zimmer standen, waren erstarrt in ihrer Haltung. Der Ausdruck der hübschen Fremden verriet Unbehagen, ihr Gesicht war verzerrt und blaß.

Der Mann hielt das Kinn vorgereckt. An ihn wandte sich die junge Frau mit fragendem Blick.

»Hallo, Mrs. Lyman.«

»Mr. Barrett«, antwortete sie ein wenig schüchtern. »Was ...?«

»Mrs. Lyman, kennen Sie diese Frau?« unterbrach er sie. »Haben Sie sie schon einmal gesehen?«

Die junge Frau, die von dem Mann, der eigentlich ihr Ehemann sein sollte, mit Mrs. Lyman angesprochen wurde, schüttelte den Kopf. »Nein, Mr. Barrett, ich habe sie noch niemals gesehen.«

Barrett! Barrett!

Erin hob den Kopf und sah den Mann, der noch immer ihren Arm umklammert hielt, ungläubig an. Die blauen Augen über ihr blickten kalt und unerbittlich.

»Wer sind Sie?« fragte sie.

2. Kapitel

»Das wollte ich gerade Sie fragen, Lady«, fuhr er sie an, als er sie durch die Küche schubste. Er rief der verdutzten Melanie Lyman über die Schulter hinweg zu: »Mrs. Lyman, rufen Sie doch bitte auf der anderen Straßenseite an und bitten Sie Mike rüberzukommen und sich um das Telefon zu kümmern. Sagen Sie ihm, er soll den Wagen vor dem Haus überprüfen lassen. Ich bin im Arbeitszimmer, aber ich möchte nicht gestört werden, es sei denn, es ist etwas Wichtiges. Und bitte, gehen Sie nicht nach draußen, ohne einen der Jungen mitzunehmen.«

»Ist in Ordnung«, hörte Erin sie leise sagen. Offensichtlich war sie daran gewöhnt, von diesem Rohling Befehle entgegenzunehmen, doch Erin O'Shea war das nicht. Sobald wie möglich würde sie ihre Wut an ihm auslassen, und er würde nicht wissen, wie ihm geschähe.

Er stieß sie in ein kleines Zimmer und schlug die Tür hinter ihnen zu, dann drehte er den Schlüssel im Schloß. Sie wirbelte herum, bereit zum Kampf. Zu ihrem Entsetzen riß er ihr grob die Jacke von den Schultern und hob sie über ihre Arme hinunter. Er warf sie quer durch den Raum auf das Ledersofa. Erin war viel zu überrascht, um zu protestieren, als er ihr dann die Bluse aus dem Rock zog. Er schob sie zur nächsten Wand, drehte sie mit dem Gesicht dorthin und hob ihre Arme hoch über den Kopf.

Erin keuchte auf vor Erniedrigung und Entsetzen, als er seine Hände in ihre Achselhöhlen legte und dann über ihre Seiten hinunterstrich. Unerbittlich tastete er sie ab, über ihre Rippen, ihre Brüste, zwischen ihren Brüsten hindurch glitten seine Hände bis hinunter zur Taille. Er schob die Hände unter ihren Rockbund, über ihren Bauch und abwärts. Als seine Hände dann an der Außenseite ihrer Schenkel angekommen waren, drehte er sie zu sich herum.

Erin konnte sich nicht daran erinnern, ein einziges Mal in ihrem Leben so zornig gewesen zu sein. Das Blut kochte in ihren Adern, ihr Herz raste, und der Kopf dröhnte. Sie blinzelte, um wieder klar sehen zu können, weil die Empörung ihren Blick getrübt hatte.

»Wollen Sie mir nicht die Kleider vom Leib reißen, um mich zu durchsuchen?« fauchte sie.

»Nur, wenn ich glaube, daß das absolut nötig ist. Im Augenblick glaube ich das noch nicht. Aber Sie sollten sich nicht zu früh freuen.«

Seine selbstgefällige Antwort machte sie nur noch böser, sie schob ihn von sich, um Abstand zu schaffen. Überraschenderweise trat er einen Schritt zurück.

»Wer, zum Kuckuck, sind Sie eigentlich, daß Sie es wagen, mich so zu behandeln? Ich verlange eine Erklärung von Ihnen, augenblicklich!« Sie wußte, daß ihre Worte auf diesen groben Kerl keine große Wirkung haben würden. Selbst in ihren eigenen Ohren klangen sie abgedroschen, melodramatisch und kindisch, doch in ihrem Kopf herrschte Panik, und gegenwärtig konnte sie sich nicht klarer ausdrücken.

»Ganz ruhig, Lady. Ich werde mich Ihnen zu erkennen geben, dann sparen wir uns weitere Temperamentsausbrüche und finden heraus, wer Sie wirklich sind – das ist nämlich das Gebot der Stunde.«

Er nahm eine Brieftasche aus seiner Jacke und hielt sie vor ihre Nase, Erin las: Lawrence James Barrett, Finanzministerium der Vereinigten Staaten.

Gütiger Himmel! Wo war sie da hineingeraten?

»Erfreut, Sie kennenzulernen, Miss O'Shea«, meinte er voller Sarkasmus. Wieder griff er nach ihrem Arm und hielt ihn nicht weniger fest als zuvor, dann schob er sie zur Couch. »Setzen Sie sich, und rühren Sie sich nicht«, befahl er.

Erin war viel zu benommen und verwirrt, um zu widersprechen; instinktiv gehorchte sie und sank auf das Sofa. Mr. Barrett nahm ihre Jacke und durchsuchte die Taschen. Als er nichts fand, warf er ihr die Jacke wieder zu. Erin faltete sie abwesend und legte sie neben sich. Sie dachte gar nicht daran, sie wieder anzuziehen oder die Bluse in ihren Rock zu stecken. Eine Art Fieber schien sie ergriffen zu haben, ihre Haut prickelte und war ungewohnt heiß.

Er streckte den Kopf durch die Tür. »Mike?«

»Ja, Lance?«

»Bring mir bitte die Tasche, die auf dem Sofa im Wohnzimmer liegt.«

»Sofort«, antwortete eine anonyme Stimme aus dem Hintergrund.

»Und sieh mal nach, ob du meine Brille findest.«

»Die liegt auf dem Tisch neben dem Sessel, in dem Sie gesessen haben«, antwortete Erin automatisch. Überrascht wandte er sich zu ihr um. Am liebsten hätte sie sich die Zunge abgebissen. Jetzt wußte er, daß sie ihn beobachtet hatte.

»Sieh mal auf dem Tisch neben dem Sessel nach«, rief er durch die Tür.

Während er darauf wartete, daß sein Untergebener seine Befehle befolgte, beobachtete Lance Barrett Erin. Unter seinen Blicken rutschte sie unbehaglich auf dem Sofa hin und her, und fühlte sich wieder wie ein Objekt, das geröntgt wurde. Sie versuchte, seinen Blicken standzuhalten, doch wußte sie, daß sie dabei kläglich versagte. In ihrem ganzen Leben hatte sie sich noch nie so nervös und verwirrt gefühlt wie durch die Wendung, die die Dinge jetzt genommen hatten. Um es mit einer Redensart ihrer Mutter zu sagen, sie war platt.

Mike war jünger als sein Vorgesetzter, kleiner und hatte schwarzes Haar. Sein Gesicht sagte nichts aus, für diese Art Arbeit der richtige Mann, dachte Erin. Niemand würde sich an ihn erinnern, in einer Menge würde er leicht untertauchen können.

Mr. Barrett nahm seine Brille und auch Erins Tasche von dem jüngeren Mann entgegen. »Der Wagen?« fragte er.

Mike warf Erin einen Blick zu, doch sein Gesicht zeigte keine Regung. Noch ein charakteristischer Zug für seinen Beruf, dachte Erin. »Sauber, Lance. Er wurde heute kurz nach Mittag im Internationalen Flughafen von San Francisco gemietet.«

»Okay, danke.« Mike wandte sich zum Gehen, doch Mr. Barrett hielt ihn zurück. »Bring mir alles, was du im Wagen findest – Taschen, Gepäck, alles, was dir wichtig erscheint. Ist er noch offen?«

Mike nickte, dann ging er und schloß die Tür hinter sich.

Mr. Barrett trat Erin gegenüber und bedachte sie noch einmal mit einem seiner langen, kompromißlosen Blicke. Dann setzte er seine Brille auf. »Also gut, Miss O'Shea«, erteilte er ihr das Wort. »Reden Sie.« Er ging zum Tisch hinüber und schüttete den Inhalt ihrer Handtasche darauf.

»Ich werde gar nichts sagen, ehe Sie mir nicht erklären, worum es hier überhaupt geht. Mit welchem Recht beleidigen Sie mich und fragen mich aus? Was ist geschehen? Und, Mr. Barrett, ich beabsichtige, mich bei Ihren Vorgesetzten über Ihr unhöfliches und unnötig grobes Benehmen zu beschweren.«

Er zog eine seiner goldenen Augenbrauen hoch und schien durch ihren Anflug von Mut belustigt. »Nur zu, beschweren Sie sich! Wir sind daran gewöhnt, uns werden jeden Tag noch viel schlimmere Dinge vorgeworfen. Und hier steht mein Wort gegen das Ihre. Außerdem, Lady, befinden Sie sich nicht gerade in einer Lage, wo Sie ein Ultimatum stellen können. Schon im nächsten Augenblick könnte ich furchtbar wütend auf Sie werden. Glauben Sie mir, wenn Sie schlau sind, vermeiden Sie das lieber.« Seine Augen glitten unverfroren über ihren Körper, und Erin errötete, als sie daran dachte, wie er sie geküßt hatte. Warum hatte er das nur getan? »Also, fangen Sie an«, mahnte er sie mit einem drohenden Unterton.

Also gut, Mr. Regierungsbeamter, ich werde Ihr kleines Spielchen eine Weile mitspielen, dachte Erin. Aber später werden Sie es noch bereuen, daß Sie mich so behandelt haben. »Was wollen Sie wissen?« fragte sie bissig.

»Ihren Namen.«

»Den habe ich Ihnen schon genannt.«

»Dann nennen Sie ihn noch einmal.«

Sie seufzte. »Erin O'Shea.«

»Adresse.«

»4435 Meadowbrook Road, Houston, Texas.«

»Das steht auch auf Ihrem Führerschein. Sehr gut«, meinte er. Während der ganzen Zeit, in der er mit ihr sprach, hatte er sich den Inhalt ihrer Handtasche vorgenommen. Er hatte den Führerschein kontrolliert, das Geld in ihrer Geldbörse, ihr Scheckbuch, ja sogar die Liste der ausgestellten Schecks. »Weiter«, sagte er.

»Was …«

»Was tun Sie hier?«

»Das habe ich Ihnen auch schon gesagt«, antwortete sie verärgert. Ihre Geduld mit diesem Schuft neigte sich dem Ende zu. Sie war das Spiel Räuber und Gendarm allmählich leid.

Er sah sie mit seinen verhangenen Augen an. »Wiederholen Sie es trotzdem«, meinte er. Seine kalte, stahlharte Stimme duldete keinen Widerspruch.

»Ich wurde adoptiert, als ich noch ein kleines Kind war. Seit einigen Jahren schon habe ich nach meinen leiblichen Eltern gesucht und nach meinem Bruder, von dem ich erfahren hatte. Wir wurden getrennt, als wir von verschiedenen Familien adoptiert wurden. Offensichtlich waren die Ämter damals in diesen Dingen noch nicht so feinfühlig.«

Er hatte ihre durchsichtige Make-up-Tasche geöffnet und untersuchte jetzt ihre Lippenstifte und die anderen Dinge darin. Er schnüffelte anerkennend an einem Parfümzerstäuber mit Estée-Lauder-Parfüm, öffnete ein Tablettendöschen und nahm eine kleine weiße Tablette heraus.

»Das ist Penicillin«, verteidigte Erin sich.

Er nickte und schloß das Döschen wieder. »Ich habe Ihnen ja keinen Vorwurf gemacht«, sagte er. »Erzählen Sie weiter.«

»Kürzlich habe ich erfahren, daß Kenneth Lyman mein Bruder ist. Ich bin aus Houston hergekommen, um ihn kennenzulernen. Das ist alles. Den Rest wissen Sie. Bitte, sagen Sie mir, was ist hier eigentlich los?«

Er zog den Reißverschluß der Kosmetiktasche zu und warf sie auf den Tisch. Nachdem er die Brille wieder auf den Kopf hochgeschoben hatte, lehnte er sich an die Tischkante und verschränkte die Arme vor der Brust. Er beobachtete sie bei seinen nächsten Worten ganz genau. »Kenneth Lyman hat vor zehn Tagen siebenhundertfünfzigtausend Dollar von der Yerba Buena Nationalbank unterschlagen. Seitdem hat man von ihm nichts mehr gehört.«

Seine offenen, deutlichen Worte trafen Erin wie ein Keulenschlag. Die Wirkung war so heftig, daß sie einen Augenblick lang nicht mehr atmen konnte. Und als sie wieder Luft bekam, war es ein schnelles, ruckartiges Schnappen.

Noch ehe sie zu dieser schrecklichen Nachricht etwas äußern konnte, wurde die Tür geöffnet, und Mike brachte ihre beiden Gepäckstücke sowie den Ledermantel. Er verließ den Raum genauso schweigend, wie er gekommen war.

»Wir wollen noch einmal ganz von vorn anfangen, Miss O'Shea, wenn das wirklich Ihr richtiger Name ist«, sagte Mr. Barrett. »Wie lange kennen Sie Kenneth Lyman schon?«

Erin sah ihn niedergeschlagen an: »Ich … ich habe ihn noch nie in meinem Leben gesehen. Ich habe Ihnen doch gesagt, daß …«

»Ich weiß, was Sie mir gesagt haben, Miss O'Shea. Aber Sie müssen zugeben, daß es eine sehr unwahrscheinliche und weithergeholte Geschichte ist. Kommen Sie schon, sagen Sie mir die Wahrheit. Haben Sie diese Sache zusammen mit Lyman geplant?«

»Wie bitte?« Erin sprang von der Couch auf. »Sind Sie noch bei Troste?«

»Setzen Sie sich«, schnauzte er. Sie wich Schritt um Schritt zurück, weg von diesem finsteren, drohenden Gesellen, bis sie gegen das Sofa stieß und darauf niedersank. »Ich habe meinen Bruder noch nie gesehen«, wiederholte sie langsam.

Er kniete auf dem Boden neben ihrem Gepäck und öffnete es. Feine Damenunterwäsche und Nachthemden kamen zum Vorschein, als er den Inhalt des Koffers durchsuchte. Er hob jedes einzelne Teil hoch und untersuchte es.

Ein durchsichtiges blaues Nachthemd mit einem Spitzenoberteil weckte sein besonderes Interesse. Langsam ließ er es über seine Hand gleiten. »Sehr hübsch«, sagte er. Erin wurde vor Verlegenheit, aber mehr noch Zorn, ganz rot. »Ich warte«, meinte er und fuhr fort, ihren Koffer zu durchwühlen.

»Worauf? Auf ein Geständnis?« Ihre Stimme triefte vor Entgegenkommen.

Er war schon aufgesprungen und neben ihr, ehe noch das letzte Wort aus ihrem Mund geschlüpft war. »Verdammt, ich bin Ihre hinterhältigen, scharfzüngigen Antworten langsam leid. Ich möchte die Wahrheit von Ihnen hören und zwar auf der Stelle. Haben Sie mich verstanden?« Er hatte die Hände zu beiden Seiten ihrer Hüften aufgestützt und sie so gefangen. Sie fühlte seinen Atem warm und eindringlich auf ihrem Gesicht. Seine Augen waren unglaublich blau, sie blitzten wie polierte Messer.

»Ja«, quetschte sie zwischen zusammengebissenen Zähnen heraus.

Langsam richtete er sich auf und trat dann ein paar Schritte zurück. War er so übel gelaunt, daß er für einen Augenblick die Kontrolle über sich verloren hatte? Er schien Mühe zu haben, das kühle, unpersönliche Äußere eines Regierungsvertreters zurückzugewinnen.

»In was für einer Branche arbeiten Sie?«

»Das habe ich Ihnen doch schon ge ...« Sie hielt inne, als sie sah, daß sich seine Stirn umwölkte. Sie schluckte ihren Stolz und auch ihre Wut hinunter. »Meine Firma hat den Namen Spotlight. Wir organisieren Modenschauen für Kaufhäuser, Verbände, Privatleute, oder wer sonst unsere Dienste in Anspruch nehmen möchte. Wir erledigen alles, von der Anstellung der Models, der Auswahl der Kleidung bis hin zur Bestellung der Blumen und Erfrischungen.«

»Sie werden entschuldigen, Miss O'Shea, aber kein durchschnittlich arbeitendes Mädchen mietet sich einen Mercedes, trägt fünfhundertsechzig Dollar in bar mit sich herum und kleidet sich in Oscar de la Renta Kostüme.«

Wie war es ihm nur möglich gewesen, die Scheine zu zählen, die er sich nur so nebenbei angesehen hatte? Woher wußte er, welcher Markenname in ihrem Kostüm eingenäht war? Sie blickte zu der Jacke, die neben ihr auf dem Sofa lag, und sah, daß das Etikett für jemanden mit den Augen eines Adlers und der Schläue eines Fuchses durchaus zu erkennen war.

Er hatte ihr Erstaunen bemerkt. »Ich mag ja vielleicht ein ungehobelter Agent sein, aber sogar ich habe schon von Oscar de la Renta gehört, und ich weiß auch, daß das Kostüm, das Sie tragen, Sie so viel gekostet haben muß, wie ich in einer ganzen Woche verdiene. Woher haben Sie das Geld, Miss O'Shea?«

»Das habe ich verdient!« Sie kreischte fast. »Ich bin kein durchschnittlich arbeitendes Mädchen, Mr. Barrett. Ich besitze eine eigene Firma und beschäftige zwölf talentierte Mitarbeiter. Meine Firma ist außerordentlich erfolgreich.«

»Meine Glückwünsche«, spottete er. »Und woher hatten Sie das Kapital, um eine solche Firma zu gründen?«

»Von meinem Mann.«

Ihre Antwort schien ihn zu irritieren, er kniff drohend die Augen zusammen. »Sie haben mir doch eben erklärt, Sie seien nicht verheiratet.«

»Das bin ich auch nicht«, sagte sie. Doch als sie sah, daß er einen Schritt auf sie zumachte, hob sie die Hände. »Ich bin Witwe.«

Seine Reaktion auf ihre Worte traf sie völlig unvorbereitet. Er warf den Kopf zurück und brüllte vor Lachen. »Oh, Junge, Sie lassen auch nichts unversucht, nicht wahr? Ich kann es kaum erwarten, auch noch dieses Märchen zu hören.« Er lachte noch immer.

»Aber es ist wahr!« rief sie.

»Bitte, erzählen Sie weiter. Ich bin schon ganz kribbelig vor Erwartung.« Frech verbeugte er sich vor ihr.

»Sofort nach dem Abschluß vom College bin ich nach New York gefahren und habe dort zwei Jahre lang als Model gearbeitet. Ich war nicht gerade sehr erfolgreich als Reklamemannequin, deshalb entschied ich mich, für eine Bekleidungsfirma als Hausmodel zu arbeiten.«

An seinem skeptischen Gesichtsausdruck erkannte sie,

daß ihn ihre Erklärung nicht befriedigte. »Sie müssen wissen, jede Modefirma, jedes Modehaus hat ein Model, nach dem die Kleidergrößen genormt werden. Ich besaß genau die Maße der Größe acht, und alle Schnitte für diese Größe wurden nach mir angefertigt – wenigstens, solange ich genau die korrekten Maße besaß.«

Sie leckte sich nervös über die Lippen, denn er betrachtete sie, als versuche er abzuschätzen, ob ihre Maße perfekt waren oder nicht. »Es ... es war ein guter Job, denn wenn ich von den Designern oder den Näherinnen nicht gebraucht wurde, lernte ich so viel wie möglich über das Geschäft – über Design, Farben, Stoffe, Accessoires, ja sogar über den Versand und das Rechnungswesen.«

»Ich habe bis heute geglaubt, alle Models seien dürr und flachbusig. Aber Sie, Miss O'Shea«, er grinste anzüglich, »sind groß und schlank, und trotzdem nicht flachbusig.«

Erins Wangen brannten, eine heiße Röte war in ihr Gesicht gestiegen. »Ich habe Ihnen doch gesagt, ich war nicht gerade erfolgreich in der Werbung«, murmelte sie.

Nach einem peinlichen Schweigen fragte er: »Und was passierte mit diesem märchenhaften Job?«

»Ich habe geheiratet.«

»Ach ja, beinahe hätte ich Ihren Ehemann vergessen.«

Erin verkniff sich eine patzige Antwort. »Der Eigentümer der Firma hat mich geheiratet«, erklärte sie mit ausdrucksloser Stimme. »Wir waren erst wenige Monate verheiratet, als die Ärzte bei ihm einen unheilbaren Krebs feststellten. Er ist gestorben. Und er hat mir sein Geld vererbt. Ich bin dann nach Houston gezogen und habe meine Firma Spotlight gegründet.«

»Er war älter als Sie?«

»Beträchtlich.«

»Also leben Sie jetzt von Ihrem Erbe und mieten mit seinem Geld einen Mercedes?«

»Nein, Mr. Barrett, das tue ich nicht«, gab sie aufgebracht zurück. »Er hatte zwei erwachsene Kinder aus einer früheren Ehe. Der größte Teil seiner Hinterlassenschaft ging an sie. Ich hatte nur um genug Geld gebeten, damit ich eine eigene Firma gründen konnte.«

»Wie großzügig von Ihnen.« Er sah sich jetzt den Inhalt des kleineren Koffers an. Es waren lauter weibliche Dinge, die er darin fand, und Erin war wütend über den Eingriff in ihre Privatsphäre. Sie würde vor diesem abscheulichen Menschen keine Geheimnisse mehr haben.

Er hielt eine Packung Tabletten hoch und gab sich wissend: »Anti-Baby-Pillen?«

Sie kochte vor Wut über so viel Unverschämtheit. »Nein, das sind Penicillintabletten. Ich hatte in der letzten Woche eine Halsentzündung.«

»Aber die gibt es normalerweise nicht in einer solchen Verpackung.«

»Ich habe sie von meinem Arzt bekommen, aus seinem Mustervorrat. Er hat mir damit einen Gang in die Apotheke erspart.«

Diese Antwort schien ihn zufriedenzustellen. Während er an einem Stück parfümierter Seife roch, blaffte er: »Sie müssen wirklich glauben, daß ich dumm bin, Miss O'Shea. Sie haben Ihren Mädchennamen wieder angenommen, nicht wahr?« Sie nickte nur. »Warum? Haben Sie sich etwa geschämt, einen alten Mann mit Krebs geheiratet zu haben, um dann sein Geld zu erben, als er passenderweise ins Gras biß?«

Erin fühlte, wie alles Blut aus ihrem Kopf wich und dann in einem Schwall dorthin zurückfloß. Sie schoß von dem Sofa hoch, machte ein paar große Schritte durch das Zimmer und hob die Hand, um ihm eine wohlverdiente, schallende Ohrfeige für seine Infamie zu verpassen. Doch ihre Hand wurde mitten in der Bewegung festgehalten und ihr Arm schmerzhaft nach hinten gedreht.

Er zog sie an sich, hielt sie so, daß sie sich weder verteidigen noch bewegen konnte. »Ich würde so etwas nicht noch einmal versuchen, wenn ich an Ihrer Stelle wäre«, drohte er. »Und jetzt erklären Sie mir, warum Sie nicht mehr den Namen Ihres Mannes tragen? Wenn es diesen Mann je gegeben hat.«

»Der Name meines Mannes war Greene. Ich war mit Joseph Greene verheiratet. Der Name ist in der Bekleidungsindustrie wohlbekannt, selbst heute noch. Ich benutze diesen Namen nicht, weil scheinheilige, chauvinistische Schufte, wie Sie einer sind, glauben könnten, daß es dieser Name war und sein Geld und nicht die vielen Stunden harter Arbeit, die meine Firma so erfolgreich gemacht haben.«

Sein Arm schloß sich noch fester um sie, und sie keuchte auf vor Schmerz, weil er ihren Arm noch weiter in ihren Rücken drehte. Seinen eisigen Augen war sie wehrlos ausgeliefert.

Zusätzlich zu ihrer Wut fühlte sie eine eigenartige Verwirrung. Der Schmerz in ihrem Arm war gar nichts, verglichen mit dem beunruhigenden Bewußtsein, ihm so nahe zu sein. Sein Oberkörper, gegen den sich ihre Brüste drängten, fühlte sich an wie eine Mauer. Harte Schenkel drängten sich gegen ihre, bis sie eine Position fanden, in der sie sich zusammenfügten.

Das kalte Licht in seinen Augen, das noch vor einem Augenblick so böse aufgeblitzt hatte, brannte jetzt vor Wildheit, die ihr noch viel mehr angst machte. Jeder Zentimeter ihres Gesichtes schien von einer heißen blauen Flamme verbrannt zu werden, und sie fühlte, wie diese Flamme ihre Augen, Schläfen, Wangen und Lippen verzehrte.

Erin senkte den Blick, sie gestand sich dieses drängende angenehme Gefühl in ihrer Brust ein, tolerieren konnte sie es jedoch nicht. Sofort fühlte sie, daß die nur mühsam unter Kontrolle gehaltene Anspannung in dem Körper an ihrer Seite nachließ, und er ließ sie los.

Sie wandte ihm den Rücken zu, um sich wieder zu fangen, und weil sie nicht wußte, was sie sonst hätte tun sollen, nahm sie ihren Platz auf dem Sofa wieder ein.

»Und wie heißt Ihr Freund?« fragte er und deutete auf den riesigen Ring an ihrer linken Hand. Klang seine Stimme nicht ein wenig anders? Weniger selbstsicher? Ein bißchen zittrig?

»Der Name meines Verlobten ist Bart Stanton. Er ist ein Geschäftsmann aus Houston.«

Wieder lachte er scheppernd auf, sein Lachen klang unmißverständlich höhnisch. »Bart Stanton! Bart, um Himmels willen«, sagte er und lachte noch immer. »Fährt er vielleicht einen El Dorado mit langen Stierhörnern auf der Motorhaube?«

»Ich habe es nicht nötig, mich weiterhin von Ihnen beleidigen zu lassen, Mr. Barrett!«

»Sie werden sich all das anhören, was ich zu sagen habe«, explodierte er, jetzt gar nicht mehr spöttisch. »Ich glaube Ihnen keine Sekunde, daß Sie wirklich diejenige sind, die Sie zu sein behaupten. Ich denke, daß Sie auf irgendeine Weise eine Kontaktperson für Lyman sind. Sie sind heute hier erschienen und haben erwartet, ihn hier zu treffen, haben jedoch mich vorgefunden. Dann haben Sie sich dieses Märchen ausgedacht und gehofft, daß ich dumm genug sein würde, darauf hereinzufallen. Aber da täuschen Sie sich, Lady.«

»Würden Sie bitte damit aufhören, mich Lady zu nennen. Sie kennen meinen Namen.«

»Ich kenne den Namen, den Sie mir genannt haben, Miss O'Shea. Oder sollte ich Sie lieber Mrs. Greene nennen? Aber das tut nichts zur Sache«, lenkte er ein, als er sah, daß sie in Hitze geriet. »Wenn ich recht überlege, ist O'Shea ein irischer Name. Und Sie sagen, daß man Sie aus einem katholischen Waisenhaus adoptiert hat. Sollten die siebenhundertfünfzigtausend Dollar vielleicht dazu benutzt werden, um Waffen damit zu kaufen, die dann nach Nordirland geschickt würden? Oder vielleicht sind Sie ja auch hierhergekommen, um Drogen zu verkaufen. Oder Drogen zu kaufen. Ich weiß noch nicht, welche meiner Vermutungen richtig ist, aber ich werde es herausfinden.«

»Das ist doch absurd«, flüsterte Erin rauh. »Alles, was Sie tun müssen, ist, meine Ausweise überprüfen zu lassen. Rufen Sie in meiner Firma an. Rufen Sie Bart an.«

»Sie klingen gar nicht wie jemand aus Texas.«

»Ich habe fünf Jahre lang in New York gelebt. Dort habe ich meinen Akzent verloren.«

»Wenn es stimmt, was Sie behaupten, wer wußte denn

davon, daß Sie auf dieser fanatischen Suche nach Ihrem so lange verschollenen Bruder waren?«

»Die Menschen, mit denen ich zusammen arbeite. Bart. Meine Mutter, Mrs. Merle O'Shea. Sie lebt in Shreveport, in Louisiana.«

Er machte sich Notizen auf einem kleinen Block, den er aus der Tasche seines Hemds geangelt hatte. Mitten in den Notizen hielt er inne. »Aber Sie haben doch gesagt, sie lebt in Houston.«

»Als mein Vater, Gerald O'Shea starb, ist sie zu ihrer Schwester nach Louisiana gezogen.«

»Wie ist der Name der Schwester?« fragte er barsch. Erin nannte ihm den Namen. »Telefonnummer«, befahl er. Sie gab ihm die Telefonnummer ihrer Tante und die Adresse.

Er klappte den Notizblock zu: »Machen Sie es sich gemütlich, Miss O'Shea. Ich habe einige Ferngespräche zu führen.« An der Tür wandte er sich, mit der Hand auf der Klinke, noch einmal um. »Ach, übrigens, Mike wird draußen vor der Tür stehen.«

»Erwarten Sie, daß ich ein Maschinengewehr unter meinem Rock hervorzaubere und alles hier in die Luft jage?« fragte sie mit all der Gehässigkeit, zu der sie fähig war.

»Nein, das erwarte ich nicht. Ich weiß, was sich unter Ihrem Rock befindet.« Mit einem unverschämten Blick verbeugte er sich, dann trat er in den Flur und schloß die Tür hinter sich.

Erin zerriß es vor Wut, sie lief in dem Zimmer auf und ab, tobte, weinte und verfluchte Mr. Lawrence Barrett in der nächsten halben Stunde. Doch als keine dieser energieaufwendigen Maßnahmen ein Ergebnis zeitigten oder ihre

Situation änderten, kniete sie sich resigniert auf den Boden und brachte etwas Ordnung in ihre Koffer. Ihre Hand zitterte, als sie das Nachthemd berührte, das er aus dem Koffer geholt und beinahe zärtlich gestreichelt hatte.

Er war ein Widerling, erteilte Befehle, tyrannisierte jeden und hatte sie ohne Grund beleidigt. Seine Aktionen waren allesamt brutal gewesen, selbst als er sie geküßt hatte. Warum nur kehrten ihre Gedanken immer wieder dahin zurück, wenn sie doch diesen Vorfall am liebsten in den hintersten Winkel ihrer Gedanken verbannt hätte?

Sie tröstete sich nur mit einem: Da er nicht ihr Bruder war, zählte Inzest also nicht zu seinen Sünden.

Ich werde nicht mehr an diesen Kuß denken, schwor sie sich. Und sie würde auch nicht mehr an dieses eigenartige Gefühl der Schmetterlinge in ihrem Bauch denken, das sie jedesmal befallen hatte, wenn Mr. Barrett sie mit seinen Blicken durchbohrte. Es war eine vollkommen unfreiwillige Reaktion, daß sich ihre Lippen ein wenig öffneten, als seine Augen auf ihnen geruht hatten, während er sie an sich gepreßt hielt. Erin O'Shea hatte damit nichts zu tun. Ganz sicher nicht.

Aber warum strebte sie dann danach, sich selbst etwas einzureden?

Sie hatte den Kopf an die Rückenlehne des Sofas gelegt und die Augen geschlossen, als er die Tür öffnete. Erschrocken zuckte sie zusammen. War sie etwa eingeschlafen?

»Das Glück scheint Ihnen heute nicht hold zu sein, Miss O'Shea.«

»Was wollen Sie damit sagen?« Ungehalten registrierte sie die Furcht in ihrer Stimme.

»Ich habe die Telefonnummer von Spotlight bekommen, aber es antwortet niemand am anderen Ende der Leitung.«

»Was?« rief sie. Dann aber begriff sie den Grund dafür. Sie warf einen Blick auf ihre Armbanduhr. »In Houston ist es schon nach achtzehn Uhr. Meine Angestellten sind alle nach Hause gegangen«, jammerte sie.

»Bart Stanton ist für die nächsten beiden Tage ins Panhandle *(Anm. d. Übers.: Ölförderungsgebiet im NW von Texas)* gereist. Unter seiner Nummer in Shreveport meldet sich niemand.«

Erin rieb sich über die Stirn. Denk nach, Erin, befahl sie sich selbst. Doch in ihrem Kopf wirbelten noch immer die Gedanken an die Ereignisse der letzten beiden Stunden. Es schien eine Ewigkeit her zu sein, seit sie an diesem Morgen aus dem Flugzeug von Houston gestiegen war. Sie war erschöpft und konnte nicht mehr klar denken. Zu viele unerwartete und unbegreifliche Dinge waren an nur einem Nachmittag auf sie eingestürmt.

»Eines allerdings habe ich zu Ihren Gunsten herausgefunden. Ich habe Mrs. Lyman gefragt, ob ihr Mann adoptiert wurde. Er wurde.«

»Dann glauben Sie mir doch sicher endlich.« Sie haßte den bittenden Ton ihrer Stimme und die Tränen, die sie in ihren Augen aufsteigen fühlte.

»Ich komme der Sache ein wenig näher«, gab er zu.

»Oh, danke, Mr. Barrett. Wenn Sie nichts dagegen haben, werde ich jetzt gehen. Für mich war es ein langer, ermüdender Tag, das darf ich wohl behaupten. Ich werde im Hotel Fairmont übernachten, wenn Sie mir noch irgendwelche Fragen stellen möchte. Natürlich bin ich erschüttert über das, was meinem Bruder zugestoßen ist, und ich möchte wissen, wie die Sache ausgeht. Ich werde San Francisco nicht verlassen, ehe der ganze Wirbel aufgeklärt ist.«

Sie nahm ihre Handtasche und ihren Ledermantel und ging zur Tür, die sie leider nicht erreichte. Mr. Barrett legte ihr eine Hand auf die Schulter und nahm ihr die Tasche aus der Hand.

»Sie irren sich schon wieder, Miss O'Shea. Sie werden nirgendwo hingehen, sondern die Nacht hier verbringen. Zusammen mit mir.«

3. Kapitel

Mit verständnislosem, verblüfftem Blick wandte Erin sich zu diesem Mann um, der sie mit Gewalt daran hinderte, das Zimmer zu verlassen. Sein Gesicht verriet nichts von seinen Gedanken, er sah sie nur ernst an.

Als Erin in ihrer Verwirrung endlich begriffen hatte, was er gesagt hatte, schob sie mit einer heftigen Geste seine Hand beiseite und entfernte sich einige Schritte von ihm.

»Sie müssen den Verstand verloren haben, Mr. Barrett.«

»Das wäre wohl der Fall, wenn ich Sie jetzt dieses Haus verlassen ließe, ohne genau zu wissen, wer Sie sind und warum Sie heute nachmittag hier auf Lymans Matte gestanden haben.«

Er wandte sich ab, als sei dieses Thema für ihn erledigt, und ging zur Tür. Dort wandte er sich noch einmal um. »Aber wie die Dinge liegen, bin ich ein ganz vernünftiger Mensch.« Er lächelte sie charmant und freundlich an, und Erin ärgerte sich maßlos. »Sie müssen mich jetzt bitte entschuldigen, ich habe zu arbeiten. Machen Sie es sich gemütlich, Sie haben dieses Zimmer ganz für sich.«

»Fahren Sie zur Hölle«, zischte sie.

Sein Lächeln wurde noch breiter. »Alles zu seiner Zeit!«

Er hatte die Tür hinter sich geschlossen und gerade zwei Schritte gemacht, als Erin die Tür aufriß. Mit einer tödlichen Geschmeidigkeit wirbelte er zu ihr zurück.

»Sie können mich hier nicht wie eine Gefangene halten«, kreischte sie.

»Kann ich das nicht? Wer sollte mir das verbieten?« forderte er sie heraus und entspannte sich ein wenig, als er begriff, daß sie für ihn keine wirkliche Bedrohung bedeutete.

Sie öffnete den Mund zu einer nachdrücklichen Beleidigung, doch kein Wort kam heraus. In der Tat, wer sollte ihn davon abhalten? Hoffnungslos sank sie in sich zusammen und seufzte tief. Warum versuchte sie, gegen einen Panzer anzukämpfen? Für eine Nacht würde sie es schon ertragen. Am Morgen würde sie in Houston anrufen, man würde ihre Identität bestätigen und auch den Grund für ihren Besuch bei Kenneth Lyman. Und wenn dann alles zu seiner Zufriedenheit erledigt war, würde sie diesem Mann nie wieder in ihrem Leben begegnen müssen.

Lance Barrett beobachtete Erin gründlich, er konnte beinahe die Gedanken lesen, die ihr durch den Kopf gingen. Es war sein Job, hinter das zu kommen, was andere Menschen wirklich dachten und fühlten, im Gegensatz zu dem, was sie erzählten, und er war auf diesem Gebiet ein As.

Verdammt! Sie ist eine wunderschöne Frau, dachte er. Als er ihr die Haustür geöffnet und sie auf der Schwelle gestanden hatte wie eine lebendig gewordene Figur aus einer Modezeitschrift, hatten sich seine Eingeweide schlagartig in Watte verwandelt. Natürlich war dieser erste Eindruck gleich wieder verschwunden, und seine professionelle Vorsicht hatte die Oberhand gewonnen. Doch auch jetzt konnte er die Blicke kaum von ihr losreißen.

Sie war mehr als wunderschön und sexy, darüber bestand keinerlei Unklarheit. Sie besaß Schlagfertigkeit und Verstand. Sie war kein kriecherischer Duckmäuser, die er normalerweise mit seinen Blicken in ein zitterndes Bündel verwandeln konnte. Erin O'Shea hatte sich ihm jetzt schon ein paarmal widersetzt. Mist, beinahe hatte er ihren Streit genossen.

Er hätte sie nicht küssen sollen. Wenn irgend jemand davon erfuhr, dann war er schneller zurück in Washington als wünschenswert. Und sie hatte recht, die Art, wie er sie durchsucht hatte, wäre wirklich nicht nötig gewesen. Gib es zu, Kumpel, du wolltest sie ganz einfach zu fassen bekommen.

Klar doch, ein Mann brauchte sie nur anzusehen, und er konnte jede Kurve, jede Form ihres Körpers unter diesem gut geschneiderten und perfekt sitzenden Kostüm erkennen. Verdammt! Es hatte ganz bestimmt mehr gekostet, als er in einer Woche verdiente, und das hatte ihn erbittert.

Er beobachtete sie auch jetzt, als sie sich auf ihre volle Unterlippe biß mit den wohlgeformten Zähnen. Auf ihrem Gesicht spiegelten sich ihre Gefühle wider, als würde ein Film ablaufen. Sie war keine Verbrecherin, das wußte er. Die Geschichte, die sie ihm erzählt hatte, war viel zu phantastisch, als daß sie sich jemand hätte ausdenken können. Wenn morgen die Wahrheit ans Licht kam, würde er sie einfach gehen lassen und einen seiner Männer hinter ihr herschicken, der sie im Auge behalten sollte.

Aber warum tat er es dann nicht gleich?

Lance war dazu ausgebildet worden, keinerlei Regung in seinem Gesicht zu zeigen. Deshalb ahnte Erin nichts von seinen Gedanken, die sich ausschließlich um sie drehten. Sie entschloß sich, aus dieser schrecklichen Situation das Beste zu machen.

»Wie mir scheint, habe ich gar keine Wahl, Mr. Barrett. Ich werde also bis morgen früh hierbleiben. Doch dann erwarte ich von Ihnen, daß Sie die nötigen Anrufe vornehmen, die Ihnen sehr schnell die Wahrheit beweisen werden.«

»Ihr patriotischer Wille zur Zusammenarbeit ist wirklich lobenswert«, stichelte er.

Sie unterdrückte wieder den Ohrfeigenwunsch: »Darf ich dann wenigstens Melanie sehen? Man hat uns einander noch nicht einmal vorgestellt, und dabei ist sie doch meine Schwägerin. Für sie muß das Ganze ein Alptraum sein.«

»Ich sehe keinen Grund, Ihnen Ihren Wunsch abzuschlagen. Ich werde sie zu Ihnen schicken. In der Zwischenzeit wäre es mir lieber, wenn Sie in diesem Zimmer bleiben würden.«

»Ich verspreche Ihnen, daß ich nicht weglaufe.«

»Ausgezeichnet.«

Immerhin hatte sie sich nicht bemüht, gute Miene zum bösen Spiel zu machen, dachte Erin auf ihrem Rückzug ins Zimmer. Der Mann war kein Mensch, Eiswasser floß statt Blut in seinen Adern. Er hatte ganz bestimmt jeden Clint-Eastwood-Film gesehen und versuchte jetzt, diesem Super-Macho nachzueifern.

Doch sie mußte zugeben, daß er seinen Job gründlich erfüllte. Immerhin war er ein Regierungsangestellter, der eine sehr schwierige Aufgabe bewältigen mußte. Sicher hatte er ein jahrelanges diszipliniertes Training hinter sich. Jetzt verstand sie auch, warum seinen Augen absolut nichts entging. Von dem Augenblick an, als er ihr die Haustür geöffnet hatte, hatte sie das Gefühl, als durchschaue er jede einzelne ihrer Bewegungen, errate jeden einzelnen ihrer Gedanken.

Sie ging zum Fenster und starrte hinaus. Hoffentlich hatte er nicht wirklich all ihre Gedanken gelesen. Einige davon, die ihn betrafen, hätte sie lieber für sich behalten.

Ihr Herz tat einen kleinen Sprung, als er erklärte, sie würde die Nacht mit ihm zusammen verbringen. Natürlich hatte er das nicht wortwörtlich gemeint, sondern im übertragenen Sinne. Dennoch würde es ihr schwer zu schaffen machen, wenn er wüßte, wie seine Worte sie elektrisiert hatten.

Eine leichte Röte stieg in ihre Wangen, als sie sich wieder an diesen geraubten Kuß in der Küche erinnerte. Sie legte die Hände an ihre brennenden Wangen, als sie daran dachte, wie sie auf diesen Kuß reagiert hatte, ehe Melanie Lyman sie glücklicherweise unterbrochen hatte. Da hatte sie noch geglaubt, er sei ihr Bruder, und sie hatte sich beinahe schuldig gefühlt, während sie seinen Kuß zu erwidern begann. Hatte sie sich schon jemals von einem Mann so unvermittelt angezogen gefühlt? Von irgendeinem Mann?

Sie blickte auf den glitzernden Diamanten des breiten Ringes an ihrem Finger und lächelte reumütig. Bart würde es nicht gefallen, wenn sie seine Küsse mit denen von Lance Barrett verglich. Das Ergebnis würde nämlich klar zugunsten des anderen ausfallen.

Erin sah ein, daß sie Bart gegenüber unfair war. Vor sechs Monaten, als er sie überredet hatte, seinen Verlobungsring anzunehmen, war sie den bequemeren Weg gegangen.

»Ach komm schon, Schatz, zieh ihn doch an.«

»Aber Bart ...«

»Ich weiß, ich weiß, meine Süße. Du zögerst noch immer, dich wieder zu verheiraten. Ich verspreche dir, ich werde dich mit dem Hochzeitstermin nicht bedrängen, wenn du nur wenigstens diesen Verlobungsring trägst. Außerdem wird morgen ganz Houston wissen, daß Bart Stanton einen Korb bekommen hat, wenn ich ihn jetzt zu dem Juwelier zurückbringe.« Er ließ seinen Kopf in dramatischer Demut hängen. Wie immer schmolz ihr Widerstand bei seinen Späßen.

Lachend hatte sie ihn gegen seine kräftige Schulter geboxt. »Oh, bitte, erspare mir deine Darbietung. Tausende von Frauen würden Schlange gestehen, wochenlang, ja monatelang, wenn ihnen von dem berühmten Bart Stanton ein Verlobungsring angeboten würde.«

»Aber ich will nur eine Frau, Süße.« Seine Stimme hatte jetzt den neckenden Ton verloren, er meinte es ernst. Erin wußte, wie es um ihn stand. Und gerade das machte es so kompliziert.

Seit über einem Jahr gingen sie schon miteinander aus. Bart war in Houston ein mächtiger Mann, er hielt sich immer im Hintergrund, doch in der Geschäftswelt schwang er ein gewaltiges Schwert. Es gab nur wenige Transaktionen, von denen Bart nicht wußte oder an denen er keinen Anteil hatte.

Er war sehr beliebt bei den Zeitungen und den Reportern der Fernsehanstalten, bezauberte sie mit seinem gutgelaunten, ein wenig schüchternen Benehmen eines Jungen vom Lande. Doch unter dem Kopf mit dem lockigen Haar operierte ein scharfer Verstand, der jedes Opfer irreführen und hinters Licht führen konnte, ehe derjenige überhaupt Unrat witterte.

Von Bart Stanton umworben zu werden, war kein kleiner Erfolg, und Erin wurde um dieses Privileg glühend beneidet. Wenn sie mit ihm zusammen erschien, behandelte man sie wie eine Königin, und das hatte ihr anfangs Spaß gemacht. Doch dann ahnte sie, daß sich Barts Gefühle entwickelten zu etwas, das mehr war als nur Zuneigung, und sie konnte sein Drängen nicht erwidern. Sosehr sie ihn auch mochte und sich in seiner Gesellschaft wohl fühlte, Liebe war es nicht.

»Ich werde den Ring tragen, Bart. Aber verstehe bitte, daß es für mich keine bindende Verpflichtung bedeutet. Ich möchte in naher Zukunft nicht heiraten. Und es soll auch nicht bedeuten, daß ich meine Meinung ändern werde, über ... über ...«

»Darüber, mit mir zu schlafen?« fragte er mit einer Stimme, in die er all seine Zärtlichkeit legte.

Sie sah ihm direkt in die Augen. »Ja.«

»Verflixt, du bist die störrischste Frau, die ich je kennengelernt habe«, stöhnte er und lachte gleich darauf leise. »Vielleicht ist ja gerade das der Grund dafür, daß ich dich so sehr liebe, Baby.« Er hatte sie fest in seine Arme geschlossen und ihre Verlobung mit einem Kuß besiegelt.

Eigenartigerweise hatte er sie hinfort nicht mehr darum gebeten, mit ihm zu schlafen. Bis zu diesem Zeitpunkt waren seine Bitten ein ständiger Grund zur Zwietracht zwischen ihnen gewesen.

»Es ist ja nicht so, als wärst du noch eine Jungfrau«, hatte er damals geschimpft, als sie zum erstenmal seine Einladung abgeschlagen hatte, über Nacht in seinem riesigen Haus in Houston zu bleiben. »Um Himmels willen, du warst doch schließlich schon einmal verheiratet.«

Sie war unerbittlich geblieben damals, und das bis heute.

Offensichtlich sah er sie dennoch als seinen Besitz an, seit sie seinen Ring trug, und hatte zwischenzeitlich einen anderen Ausweg für seine sexuellen Nöte gefunden. Eigenartigerweise war Erin dieser anonymen Frau – oder diesen anonymen Frauen – dankbar, die Bart das gaben, was sie ihm nicht geben konnte.

Die späte Nachmittagssonne San Franciscos ließ die Facetten des Diamanten in allen Regenbogenfarben aufleuchten, als Erin den Ring an ihrem Finger drehte. Ihr Entschluß stand nun fest: Sobald sie nach Houston zurückgekehrt war, würde sie Bart die Wahrheit sagen. Sie hatte sich schon viel zu lange damit entschuldigt, zunächst einmal ihren Bruder wiederzufinden. Er würde wahrscheinlich von ihr erwarten, daß sie Hochzeitspläne schmiedete, jetzt, wo sie ihn gefunden hatte. Wenn sie je zuvor Zweifel an ihrer Entscheidung gehegt hatte, so wußte Erin seit Lance Barretts Kuß ganz deutlich, daß sie Bart Stanton niemals heiraten würde.

Ihre Träumerei wurde unterbrochen, als sich die Tür öffnete und Melanie ihre blonde Mähne durch den Türspalt steckte.

»Miss O'Shea?« fragte sie schüchtern. »Mr. Barrett hat mir gesagt, daß Sie mich sprechen wollen.«

Erin unterdrückte den plötzlichen Wunsch laut aufzulachen. Sie war im Haus dieser Frau und dennoch bat die Gastgeberin sie förmlich um ihre Erlaubnis, das Zimmer betreten zu dürfen.

Sie ging mit ein paar schnellen Schritten zur Tür und reichte ihrer Schwägerin die Hände: »Melanie!«

Die junge Frau ergriff sie, und die beiden starrten einander lange schweigend an, musterten sich gegenseitig; dann schien es plötzlich ganz natürlich, daß sie sich schwesterlich umarmten.

Erins Herz tat weh, als sie fühlte, daß Melanies zierlicher Körper von Schluchzen geschüttelt wurde. Es störte sie nicht, daß Melanies Tränen Flecken auf ihrer seidenen Bluse hinterlassen würden. Sie strich Melanie über ihr langes glattes Haar und versuchte sie zu trösten, versicherte ihr, daß alles wieder gut werden würde.

Als Melanies Schmerz sich ein wenig gelegt hatte, standen auch in Erins Augen Tränen. »Wir sind wirklich dumm, nicht wahr?« meinte sie und versuchte zu lächeln. »Komm, setzen wir uns und machen uns erst einmal miteinander bekannt.«

»Es tut mir so leid, Miss O'Shea«, schniefte Melanie. »Ich mußte das ganz einfach tun, seit Ken ... nun ja, seit er ... seit er das angestellt hat. Ich kann es einfach nicht begreifen.« Sie schüttelte traurig den Kopf und blickte hilfesuchend Erin ins Gesicht.

»Bitte, nenn mich doch Erin.«

»Bist du wirklich Kens Schwester?« fragte die Kindfrau voller Hoffnung.

»Das kann ich so sicher behaupten, wie es den gegebenen Umständen nach möglich ist«, anwortete Erin.

»Du siehst ihm sehr ähnlich.« Melanie betrachtete Erin eingehender.

»Wirklich?« Die neue Schwägerin lachte erfreut auf. »Hast du Bilder von ihm?«

»Aber sicher. Eine ganze Menge.« Melanie sprang von der Couch, die Tränen waren für den Augenblick versiegt, sie öffnete eine Schublade im Schrank. Es war der gleiche

Schrank, gegen den Lance Barrett sich so lässig gelehnt hatte, dachte Erin unpassenderweise und haßte sich selbst dafür, daß sie sogar in einem Augenblick wie diesem an ihn denken mußte.

»Hier sind unsere Hochzeitsbilder«, sagte Melanie.

»Wie lange seid ihr denn schon verheiratet?« Hatte sie nicht Lance die gleiche Frage gestellt? Er hatte ihr eine ausweichende Antwort gegeben.

»Vier Jahre«, antwortete Melanie und ließ sich neben Erin auf die Couch fallen. Sie öffnete ein großes weißes Album. »Das ist Ken.«

Langsam nahm Erin Melanie das Photoalbum aus der Hand und hob es hoch. Sie war schrecklich nervös, als sie den lächelnden Mann auf dem Bild ins Auge faßte.

Sein Bild verschwamm vor ihren Augen, die feucht wurden, mit einer ungeduldigen Handbewegung wischte sie sich darüber, um besser zu sehen. Er war groß, ragte über seiner Braut auf, die voller Anbetung hochblickte. Sein Haar war genauso dunkel wie das von Erin, doch hatte es natürlich nicht ihre leichte Dauerwelle, sondern er trug es straff aus dem Gesicht gekämmt. Seine Züge waren unmißverständlich ein Familienerbe. Die Brauen wölbten sich über tiefdunklen Augen wie bei seiner Schwester. Sein Mund war weniger voll, die Lippen schmaler, doch die Ähnlichkeit zwischen ihnen verblüffte.

»Er sieht sehr gut aus, nicht wahr?« fragte Erin mit rauher Stimme. Ein dicker Kloß saß in ihrem Hals.

»Ja«, stimmte Melanie zu. »Ich habe mich in ihn verliebt, als ich ihn zum erstenmal sah. Ich kam in die Bank, und er stand hinter einem der Schalter. Ich fragte Daddy, wer der neue Angestellte war, doch er kannte seinen Namen nicht. Ich habe mich bemüht, es herauszufinden!«

»Dein Vater arbeitet in der gleichen Bank wie Ken?«

»Er ist der Präsident und Vorsitzender des Aufsichtsrates«, erklärte Melanie abwesend und blätterte dabei in dem Photoalbum.

Erin versuchte, diese Neuigkeit zu verdauen, während sie nur nickte, als Melanie ihr andere Bilder von Ken zeigte. Sie würde sie sich genauer ansehen, wenn sie später allein war. Irgend etwas störte sie daran, daß Melanies Vater ein so hohes Tier in der Bank war, in der ihr Bruder arbeitete. Ob es Ken wohl auch gestört hatte? Konnte das vielleicht sogar der Grund dafür sein, daß er das viele Geld unterschlagen hatte?

»Entschuldige, daß ich so neugierig bin, Melanie, aber ich möchte so viel wie möglich über Ken erfahren. Du bist einige Jahre jünger als er, nicht wahr?«

»Ja«, gab Melanie zu und senkte den Blick. »Er ist zehn Jahre älter, ich war erst zwanzig, als wir heirateten. Meine Mutter und mein Daddy bekamen einen Anfall, als ich ihnen von unseren Hochzeitsplänen berichtete. Wir hatten uns bis dahin immer nur heimlich getroffen. Ich glaube, ich habe die ganze Zeit über gewußt, daß sie nicht gerade glücklich darüber sein würden, wenn ich mit Ken ausging. Sie wollten, daß ich mit den Söhnen ihrer Freunde ausging, die jeden Tag im Country Club Tennis oder Golf spielen und an den Wochenenden zum Segeln fahren. Aber die haben mich alle überhaupt nicht interessiert. Ich habe mich in Ken verliebt, als er mich zum ersten Mal geküßt hat und mich dann für diesen Kuß um Entschuldigung bat.« Ihre braunen Augen blitzten, als sie weitersprach. »Ich habe ihm versichert, daß ich gar nichts dagegen hatte.«

Aber deine Eltern hatten etwas dagegen, dachte Erin.

Es klopfte leise an der Tür, dann öffnete sie sich, und Lance kam herein. »Was möchten die Damen zum Essen haben? Ich würde etwas beim Chinesen holen, wenn Sie einverstanden sind.«

Erin konnte so viel Gefühllosigkeit nicht begreifen. Er tat so, als sei diese bizarre Situation ein Familienpicknick.

»Chinesisches Essen klingt großartig«, freute sich Melanie. »Magst du das auch, Erin? Wenn nicht, können wir ja etwas anderes bestellen.«

»Ich dachte, Gefangenen verabreicht man nichts als Wasser und Brot«, wandte Erin sich direkt an Mr. Barrett.

Er sah sie einen Augenblick lang mit diesen eisigen blauen Augen an, ehe er brummte: »Nur aufsässige Gefangene bekommen das.« Mit Wucht fiel die Tür hinter ihm ins Schloß.

»Brutaler Zeitgenosse«, beschwerte Erin sich.

»Mr. Barrett?« fragte Melanie erstaunt. »Aber er ist einer der nettesten Männer, die ich je kennengelernt habe. Bis auf Ken natürlich.«

Erin sah sie erschrocken an. »Das kann doch wohl nicht dein Ernst sein! Er hat praktisch die Kontrolle über dein Haus und dein Leben übernommen, kommandiert herum wie ein General und erwartet, daß jeder vor ihm in die Knie geht. In unzulässigster Weise hat er sich in deine Privatsphäre gedrängt.«

»Aber er erledigt doch nur seinen Job, Erin«, widersprach Melanie. »Ken befindet sich in großen Schwierigkeiten, mußt du wissen. Als Mr. Barrett hierherkam, hat er sich für seine Aufdringlichkeit entschuldigt. Während der langen Stunden, in denen er mich verhört hat, hat er sich als der perfekte Gentleman erwiesen; er hat mich immer wieder beruhigt, wenn ich Angst hatte und wenn ich voller Kummer war über Ken und über seine Machenschaften. Er hat mich dazu bewogen, mich an Dinge zu erinnern, an die ich sonst niemals gedacht hätte, Dinge, die ihm vielleicht helfen könnten, Ken zu finden. Ich würde alles tun, um ihm zu helfen. Ich möchte, daß er Ken findet und ihn nach Hause bringt, damit er in Sicherheit ist.«

Erin hatte Mitleid mit der jungen Frau, sie stimmte ihr sogar zu in der Hoffnung, daß man den Vermißten bald finden würde. Doch sie wunderte sich, daß Melanie Lance Barrett in den höchsten Tönen lobte. Worte wie ›Gentleman‹ und ›entschuldigen‹ paßten nicht zu der Art, wie dieser Mann sie behandelt hatte.

Warum verdächtigte er die Schwester des Täters, wenn er offensichtlich glaubte, daß Kens Frau kein Teil dieser Verschwörung war? Seit Erins Ankunft hier hatte er sie mit Worten und Taten attackiert. Was hatte sie nur verbrochen, daß er sie einer so groben Behandlung unterzog?

Melanie bestand darauf, daß trotz allem Erins Besuch in ihrem Haus eine Feier wert war. Sie rang Mike die Erlaubnis für Erin ab, den Arbeitsraum zu verlassen und ihr im Eßzimmer zu helfen. Sie stellte ihre beste Tischdecke, das beste Porzellan und Kristallgläser zur Verfügung, dann deckte sie den Tisch wie für eine Dinnerparty.

Ihre Bemühungen waren rührend und auch irgendwie bemitleidenswert. Sie schien viel jünger zu sein als ihre vierundzwanzig Jahre. Und obwohl sie darüber sprach, wie ernst Kens Diebstahl war, so zweifelte Erin doch daran, daß Melanie das Ausmaß dieses Delikts zu erkennen vermochte. In allem, was sie sagte und tat, zeigte sich Naivität und blindes Vertrauen.

Sie lachten gerade alle drei darüber, daß eine widerspenstige Serviette mit dem besten Willen nicht so auf dem Teller stehen wollte, wie Melanie es gern hätte, als Lance hereinplatzte.

Mit mißbilligend gerunzelter Stirn fiel sein Blick auf Erin. Und er ließ auch gar keine Frage aufkommen über den Grund seiner Verärgerung. Sie war nicht in dem Raum, den er ihr zugewiesen hatte, also fuhr er gleich Mike an.

»Äh ... ich ... sie ... das heißt, Mrs. Lyman dachte ...«, stotterte Mike, ehe Lance ihn unterbrach. »Wir wollen essen, ehe es kalt wird.«

Mike seufzte erleichtert auf und warf Erin einen Blick zu, als wolle er sie für seinen Ungehorsam verantwortlich machen. Schnell nahm er Lance einige der Kartons ab, in denen das Essen verpackt war. Die Pappe paßte so gar nicht zu der hübschen Leinentischdecke und dem glitzernden Kristall der Gläser, doch das schien niemand zu bemerken, als alle Platz nahmen.

Erin sah verwundert auf, als Lance Melanie den Stuhl zurechtrückte. Er war überaus höflich ihr gegenüber, und seine Augen bekamen einen ganz sanften Blick, wann immer er sie ansah. Erin ließ sich von Mike den Stuhl zurechtrücken. Sie lächelte ihn an. »Danke«, sagte sie, und dabei entgingen ihr die Warnsignale, die Mike von seinem Vorgesetzten bekam.

Melanie erklärte Lance den Grund, warum sie ihr bestes

Porzellan hervorgeholt und den Tisch im Eßzimmer gedeckt hatte. »Man findet nicht jeden Tag heraus, daß man eine hübsche, bezaubernde Schwägerin hat. Wenn Ken hier wäre«, ihre Stimme zitterte ein wenig, »würde er bestimmt diese Überraschung auch feiern wollen.«

»Hat Ihr Mann je davon gesprochen, daß er eine Schwester hatte, von der er getrennt wurde?« fragte Lance sanft. Der Ton seiner Stimme täuschte über sein wirkliches Verhalten weg und war nur für Melanie allein bestimmt. Als er Erin einen Blick zuwarf, erschauerte sie vor der Kälte in seinen Augen.

»Nein. Wenn er wirklich etwas von Erin gewußt hat, so hat er mir doch nie etwas davon erzählt. Er würde sich freuen, sie zu sehen, das weiß ich.«

»Miss O'Shea.« Erin zuckte zusammen, als Lance das Wort an sie richtete. »Haben Sie bei all den Bemühungen, Ihre Familie zu finden, auch etwas über Ihre Eltern erfahren?«

Von jedem anderen Mann hätte Erin das als ganz normale Frage aufgefaßt. Doch sie kannte Lance Barrett mittlerweile gut genug um zu wissen, daß er ihr eine Falle stellte und hoffte, sie würde hineintappen.

»Leider nein. Die Nonne, die mir von Ken erzählt hat, erinnerte sich nur daran, daß meine Mutter uns beide zusammen in das Waisenhaus brachte. Sie erinnerte sich nicht mehr an sie und auch nicht an den Grund, warum sie ... warum sie ...« Wie immer, wenn Erin über dieses Thema sprach, verspürte sie einen dicken Kloß in ihrem Hals, und es fiel ihr schwer weiterzusprechen. »Warum sie uns im Stich gelassen hat«, beendete sie den Satz.

Die Geräusche am Tisch verstummten nach Erins Worten. Kein Besteck klapperte mehr auf dem Teller, keine Eiswürfel klirrten in den Gläsern, niemand sprach ein Wort. Schließlich unterbrach Melanie das Schweigen. So freundlich, wie ein Kind mit einem Spielkameraden umgeht, beschwichtigte sie: »Sie hatte bestimmt einen triftigen Grund dafür, Erin.«

Erin riß sich zusammen, sie blickte auf und sah Melanie an. Leichthin meinte sie dann: »Ja, wahrscheinlich.«

Die Unterhaltung bis zum Ende der Mahlzeit ging schleppend vonstatten. Nur einmal brachte Lance Melanie zum Lachen, als er ihr ein Erlebnis erzählte, von dem er schwor, es sei die Wahrheit, doch Erin empfand es als reichlich übertrieben. Wahrscheinlich hatte er eine alltägliche Begebenheit genommen und sie etwas ausgeschmückt, um sie interessanter zu machen.

Erin mußte zugeben, daß sie ihn dafür bewunderte, wie er Melanie behandelte und ihre Gedanken von dem Problem ablenkte, das ihre ganze Welt auf den Kopf gestellt hatte. Sie vergab ihm sogar widerstrebend, daß er weggefahren war, um das Essen beim Chinesen zu holen, denn Melanie speiste mit Genuß.

»Mike, wenn du fertig bist, könntest du nach drüben gehen und einen der Jungs ablösen, damit er für die anderen auch einen Imbiß holt. Wenn sie fertig sind und die Nacht eingeteilt ist, kannst du zurückkommen und mir Bericht erstatten.«

»Sicher, Lance. Meine Damen.« Mike entschuldige sich mit der für ihn typischen Knappheit.

»Was gibt es denn da auf der anderen Straßenseite?« Erins Neugier hatte die Oberhand gewonnen, und sie mußte diese Frage stellen.

»Mr. Barrett und seine Mannschaft haben drüben ihr Hauptquartier aufgeschlagen. Von dort aus können sie unser Haus überwachen, die Telefongespräche abhören und solche Sachen. Wir dürfen niemals das rote Telefon abheben, wenn es läutet. All unsere Anrufe über das normale Haustelefon werden mitgeschnitten. War es nicht ein Glück, daß das Haus gegenüber zufällig leer war, als sie es brauchten?«

Melanies Augen waren vor Aufregung ganz groß, doch sah Erin, daß Mr. Barrett sich zusammenreißen mußte. Er war gar nicht glücklich darüber, daß Melanie ihr so umfangreiche Erklärungen erstattete.

»Sie halten sich jetzt am besten wieder im Arbeitszimmer auf, Miss O'Shea«, bestimmte er, umfaßte ihren Arm und zog sie vom Stuhl hoch.

»Ich denke, ich sollte Melanie beim Abwasch helfen«, protestierte Erin und versuchte, sich aus seinem eisernen Griff zu befreien. Doch das war vergebens.

»Ich werde ihr helfen«, erklärte er.

Erin stolperte hinter ihm den Flur entlang, mit seinen langen Beinen konnte sie kaum Schritt halten. Als sie vor der Tür des Zimmers angekommen waren, entriß sie ihm ihren Arm und sah ihn funkelnd an. »Müssen Sie mich unbedingt so wüst anfassen?«

»Habe ich Ihnen weh getan?« fragte er erschrocken. War das wirklich Betroffenheit, die sie aus seiner Stimme hörte? Er legte seine Hand wieder auf ihren Arm, doch als er sie diesmal berührte, war er beinahe zärtlich, als wolle er beruhigend über die Stelle streicheln, die seine Finger noch im Augenblick zuvor im Schraubstock gehalten hatten.

Sie fühlte die Wärme seiner Hand durch die dünne Bluse,

als er über ihren Arm strich. All ihre Sinne reagierten, wie kleine Fühler lief seine Berührung über ihre Haut, rührte an ihr Herz und ließ es ganz weit werden. Seine Hand, mit der er noch immer über ihren Arm rieb, war so beruhigend, daß Erin den eigenartigen Wunsch verspürte, sich gegen seinen überwältigenden Oberkörper zu lehnen, um dort Trost zu finden.

Gab es nicht irgendwo eine Studie, die über die außergewöhnlichen Beziehungen Gefangener und ihrer Wärter berichtete? War es nicht so, daß Gefange oft so sehr von ihren Wärtern abhängig wurden, bis sie ihnen verfielen?

Diese Möglichkeit faßte Fuß in ihrem Gehirn und erschütterte sie bis tief in die Seele. Schnell machte sie der Nähe ein Ende, sie fürchtete sich auf einmal vor dem körperlichen Sog, den er auf sie ausübte. Zweifellos hatte sie sich die augenblickliche Sanftheit in ihm nur eingebildet, denn als sie jetzt in sein Gesicht sah, fand sie darin nur die übliche Härte und den bekannten Ingrimm.

Sie hörte, wie er einen leisen Fluch ausstieß, dann marschierte er eilig davon.

4. Kapitel

Erin blätterte gerade in den Photoalben, als Lance einige Stunden später hereinkam. Es war noch nicht einmal elf, doch ihr Körper brauchte gemäß der Uhrzeit von Houston und nach allem, was an diesem Tag geschehen war, Ruhe. Doch sie schaffte es nicht, sich einfach auf das Sofa zu legen und im Schlaf Vergessen zu finden.

Sie hockte über den Bildern und suchte auf jedem einzelnen nach Hinweisen, die vielleicht die Charakterzüge ihres Bruders enthüllten. Melanie hatte ihr die Alben zusammen mit einem Arm voller Decken und Kissen gebracht.

»Mr. Barrett hat mich gebeten, dich hiermit zu versorgen. Ich habe ihm vorgeschlagen, dich oben im Gästezimmer unterzubringen, aber das wollte er nicht.«

»Kann ich mir denken«, knurrte Erin.

»Mir ist eingefallen, daß diese Alben noch in unserem Schlafzimmerschrank waren. Möchtest du sie dir ansehen?«

»Danke, Melanie. Ich kann dir gar nicht sagen, wie bedrückend diese vier Wände für mich sind. Trotzdem möchte ich alles über Ken erfahren.«

Melanie zeigte ein Verständnis, das Erin überraschte. »Ich würde gern bei dir bleiben und mit dir reden, Erin. Aber ich glaube, es ist besser, wenn ich dich allein lasse. Immerhin mußt du über dreißig Jahre von Kens Leben nachholen.«

Impulsiv stand Erin auf, ging zu ihrer Schwägerin und gab ihr einen Kuß auf die Wange. »Danke, daß du mich akzeptierst. Ich weiß, wenn sie ihn erst einmal gefunden haben, wird für euch beide noch alles gut werden. Ich bin für dich da, wenn du Hilfe brauchst.«

»Oh, Erin, Ken wird dich lieben. Ich weiß es.« Jetzt klang Melanie wieder wie ein unschuldiges Kind.

Erin streifte die Schuhe von den Füßen und zog dann die Beine unter sich, als sie es sich in einer Ecke des Ledersofas gemütlich machte und die Fotos studierte. Da gab es Bilder von Ken mit einem netten Ehepaar, von dem Erin annahm, daß es seine Adoptiveltern sein mußten. Sie lachte über eines der Bilder, auf dem Ken etwa neun Jahre alt war und mit riesigen Mickey-Maus-Ohren vor den Toren von Disneyland stand. In den nächsten Stunden breitete sich sein ganzes Leben wie ein Kaleidoskop vor ihr aus. Mit dem Finger strich sie vorsichtig über eine Fotografie, die erst kürzlich aufgenommen worden sein mußte. Ken stand an der Fisherman's Wharf, sein dunkles Haar war vom Wind zerzaust, er lachte übermütig, seine langen Beine in den abgewetzten, abgeschnittenen Jeans waren gebräunt und muskulös.

Tränen brannten in Erins Augen, und sie betete darum, daß sie diesen Mann bald sehen könnte, der ihr einziger Blutsverwandter auf dieser Welt war. Mit dem Handrücken wischte sie sich die Tränen aus den Augen, gerade in diesem Augenblick ging die Tür auf.

Einen Moment lang blieb Lance stehen und genoß den Anblick der Person, die sich in eine Ecke der Couch gekuschelt hatte. Entweder ist sie diejenige, die sie zu sein behauptet, oder sie ist eine phantastische Schauspielerin, dachte er, als sie sich, wie gesagt, die Augen wischte.

Die Müdigkeit war ihr anzusehen, doch er fand, daß die eingefallenen Wangen nur noch den verlorenen Ausdruck in ihrem Gesicht unterstrichen, der es so unwiderstehlich machte. Die schwachen, lavendelfarbenen Schatten unter ihren riesigen, unergründlichen Augen ließen diese ganz verwunschen erscheinen. Jeder Mann, der auch nur einen Funken Verstand besaß, würde so schnell und so weit von ihr weglaufen wie möglich.

Er schluckte, weil sich unerklärlicherweise sein Hals verengte, als sein Blick auf die langen schlanken Beine fiel, die sie unter sich gezogen hatte. Der Rock war ihr über die Knie gerutscht und gewährte ihm einen herrlichen Anblick in seidigen Strümpfen. Eine Schande, dachte er. Wenn er nicht genau wüßte, daß jeder Muskel seines Gesichts es zu einer unergründlichen Maske formte, die nichts von seinen Gedanken verriet, hätte er sich vor ihr wahrscheinlich lächerlich gemacht. Er fühlte sich wie ein Schuljunge, der zum ersten Mal an eine Ausgabe des Playboy geraten war. Und er wünschte sich verzweifelt, daß ihn nicht ausgerechnet jetzt die Erinnerung überfallen hätte, wie ihre Lippen schmeckten.

»Mr. Barrett?«

Ihre zögernde Frage brachte ihn mit einem Ruck in die Wirklichkeit zurück. Vielleicht war sein Gesicht ja doch nicht so ausdruckslos gewesen, wie er geglaubt hatte. »Ich habe angenommen, Sie würden schon schlafen«, sagte er und schloß die Tür hinter sich.

»Nein. Ich bin zwar sehr müde, aber dieser Tag war tatsächlich zu aufregend für mich, glaube ich. Ich kann mich einfach nicht entspannen.« Sein Anblick wirkte alles andere als beruhigend auf sie. Wenn sie es genau bedachte, so steigerte seine Anwesenheit in diesem Zimmer ihre Unruhe noch.

»Möchten Sie vielleicht irgend etwas aus der Küche haben?« fragte er.

»Nein, danke.« Seine Höflichkeit machte sie nervöser als seine Feindseligkeit zuvor.

Sie sah ihm zu, als er seine Krawatte lockerte, sie auszog und über die Stuhllehne hängte. Dann stützte er beide Arme in seinen Rücken und reckte sich, dehnte seinen kräftigen Brustkorb. Das Spiel seiner Muskeln unter dem leichten Stoff seines Hemdes faszinierte sie. Schließlich stieß er den angehaltenen Atem in einem langen Seufzer aus und lockerte sich.

»Welche Decken möchten Sie haben?« fragte er, als er in den weichen Sessel sank. Mit dem Zeh des einen Fußes streifte er den Schuh von dem anderen.

Erin starrte ihn ungläubig an, als sie begriff, was er vorhatte. »Sie können doch nicht etwa ... Sie wollen doch nicht ... dies hier ist ...«

»Könnten Sie sich vielleicht ein wenig deutlicher ausdrücken, Miss O'Shea?« fragte er näselnd.

Sein Tonfall brachte sie auf: »Sie wollen doch nicht etwa in diesem Sessel schlafen?«

Er sah sich den Sessel an, in dem er saß, als denke er darüber nach. »Nun, ich hatte allerdings die Absicht. Aber wenn es Ihnen lieber ist, daß ich zu Ihnen auf die Couch komme ...«

»Bleiben Sie, wo Sie sind«, befahl Erin und durchbohrte ihn mit dem Zeigefinger, als er Anstalten machte, aus dem Sessel aufzustehen. »Was haben Sie eigentlich vor?« wollte sie wissen, dann stand sie auf, stützte die Hände in die Hüften und machte zwei Schritte auf ihn zu. »Sie haben sicher zu viele James-Bond-Filme gesehen, weil Sie glauben, Sie könnten eine Frau den ganzen Tag tyrannisieren und sie dann in der Nacht verführen. Nun, Mr. Barrett, ich erkläre Ihnen hiermit, daß ich, ganz im Gegensatz zu diesen wollüstigen Frauen im Kino, Ihnen widerstehen kann und werde.«

»Sie reden viel zuviel darüber, Miss O'Shea«, erklärte er ganz ruhig. Nach seinen Worten klang ihre Tirade selbst in ihren eigenen Ohren lächerlich. »Seien Sie versichert, daß mein Aufenthalt in diesem Raum rein beruflicher Natur ist«, sprach er weiter. »Und glauben Sie mir, ich würde lieber auf der anderen Straßenseite in dem Bett schlafen, das ich in den letzten zehn Tagen benutzt habe, als hier in diesem Sessel.«

»Es ist nicht nötig, daß Sie mich ständig überwachen«, fuhr sie ihn an.

Wieder klang seine Stimme erstaunlich ruhig. »Wahrscheinlich nicht, aber bis ich über Ihre Identität im Bilde bin, stehen Sie unter meiner Beobachtung. Ich möchte nicht riskieren, daß ein allgemeingefährliches Subjekt in der Nacht verschwindet.«

»Oh, um alles in der Welt!« stöhnte sie und rollte die Augen.

Sie warf sich verärgert auf die Couch und schmollte einen Augenblick, während er sich an den Kissen und den Decken zu schaffen machte. Seine geschmeidigen Bewegungen erregten ihre Aufmerksamkeit, und sie konnte gar nicht anders als ihn anstarren. Bei Lichte besehen versprach die Aussicht, die Nacht im gleichen Zimmer mit ihm zu verbringen, einige Spannung. Seinetwegen war sie bei weitem nicht so verwirrt wie über ihre eigenen Gefühle, ihr wild klopfendes Herz und das Gefühl der Erregung, das sie noch nie zuvor gefühlt hatte.

Als er die Decken und Kissen gerecht verteilt hatte, wandte er sich zu ihr um. Erins Angestellte kannten ihre geringschätzigen Blicke recht gut. Normalerweise bedachte sie diejenigen Menschen damit, die sich einen dummen Fehler geleistet hatten. »Ich würde gern duschen.«

»Vergessen Sie es.«

»Ich muß aber zur Toilette!« rief sie.

»Das werde ich Ihnen erlauben.«

»Wie entgegenkommend.« Sie schob sich an ihm vorbei, nahm ihre beiden Koffer und marschierte aus dem Zimmer. »Zeigen Sie mir den Weg, Herr Aufpasser«, zog sie ihn auf.

Seine goldenen Brauen über dem Dolchblick zogen sich zusammen, doch sagte er nichts, als er ihr den Weg durch den nur schwach erleuchteten Flur zu einem winzigen Badezimmer unter der Treppe zeigte.

»Sie können sich ruhig etwas Bequemeres anziehen«, meinte er. Er stand direkt neben ihr, und es war beinahe völlig dunkel. Jetzt, wo sie ihre hochhackigen Schuhe ausgezogen hatte, überragte er sie beträchtlich, und Erins Knie wurden schlabbrig wie Wackelpudding. Vor Erschöpfung zitterte sie. Sie versuchte ihre Unsicherheit zu überspielen: »Das würde Ihnen wohl gefallen.« Eigentlich hatten ihre Worte wie ein Vorwurf klingen sollen, doch zu ihrem Entsetzen klangen sie wie ein Vorschlag.

Er trat noch einen Schritt näher, und Erin fühlte seinen warmen Atem auf ihrem Gesicht. Immer näher kam er, bis sie zwischen ihm und der Wand gefangen war. Sein Körper war so angespannt wie der ihre, es war, als bedränge sie eine Art Statue.

Doch diese Statue war lebendig.

Und das Material, aus dem die Statue bestand, war nicht starr, sondern schmiegsam, und jetzt schmiegte er sich auch an sie. Er paßte sich ihrem Körper an, bis der Eindruck entstand, diese beiden Körper seien füreinander geschaffen.

Aus den Augenwinkeln sah Erin, daß er den Arm hob, und sie glaubte, er wolle sie umarmen. Doch seine ausgestreckte Hand drückte auf den Lichtschalter im Bad hinter ihr.

Die plötzliche Helligkeit bereitete dem Zauber, der wie eine Ewigkeit gedauert hatte, ein jähes Ende. Sie wandte sich schnell ab und schob ihre beiden Koffer ins Bad.

»Machen Sie nicht zu lange, sonst komme ich rein und hole Sie.«

»Wollen Sie etwa hierbleiben?« fragte sie voller Entsetzen und lehnte sich an den Türrahmen.

»Hmm-hmm.« Er schüttelte den Kopf.

Wütend preßte Erin die Lippen zusammen, dann knallte sie ihm die Tür vor der Nase zu, um nicht länger in sein spöttisches Gesicht sehen zu müssen.

Sie stellte die beiden Koffer auf den Boden und stützte sich dann mit steifen Armen auf das Waschbecken. Tief atmete sie ein und schloß die Augen, um den Anblick seines Gesichts zu vertreiben. Doch es schob sich vor ihr inneres Auge, und sie zitterte noch immer, selbst als sie das Wasser angestellt hatte.

Er ist ein Gewalttäter. Unverschämt. Gefühllos. Und dennoch benahm sie sich wie eine Idiotin, war völlig durcheinander nach einer flüchtigen Berührung. Sie hatte sich wirklich gewünscht, er würde sie noch einmal küssen. Du lieber Himmel!

Dennoch fragte sie sich, wie sich seine Lippen wohl anfühlten, wenn er Zärtlichkeit walten ließe. Der Kuß von heute war nur ein Test gewesen. Er hatte wissen wollen, wie weit sie die Geschichte mit ihrem Bruder wohl treiben würde. Dieser Kuß war wild und hart gewesen. Doch den Bruchteil einer Sekunde, als seine Zunge sich in ihren Mund geschoben, ein wenig gezögert und dann ihre Zungenspitze zart berührt hatte, hatte sie da nicht den Hauch einer weicheren Regung verspürt?

Nein! sagte sie sich und putzte ihre Zähne, so fest sie nur konnte, um auch noch den letzten Rest Geschmack seines Kusses aus ihrem Mund zu vertreiben.

Sie cremte ihr Gesicht ein und bürstete ihr Haar. Es war gar nicht so einfach, den großen Koffer in dem kleinen Raum zu öffnen, doch es gelang, ihn einen Spalt zu öffnen, dann schob sie die Hand hinein und suchte.

Sie ertastete eine Jeans und ein T-Shirt und zog beides heraus. Es war keine ihrer Designer-Jeans, die normalerweise fest und ein wenig hart waren. Es war eine alte Hose, abgetragen und verblichen. Mit einiger Mühe zog sie ihr zerknittertes Ensemble aus und schlüpfte in die frischen Sachen.

Sie überlegte einen Augenblick lang ernsthaft, ob sie ihren Büstenhalter ausziehen sollte. Sie haßte es, die ganze Nacht darin zu schlafen, deshalb öffnete sie ihn schnell, noch ehe sie ihre Meinung ändern konnte, und reckte sich dann erleichtert. Selbst wenn sie seit ihrem letzten Geburtstag die Grenze der Zwanziger hinter sich gelassen hatte, eine Tatsache, die ihrem Selbstwertgefühl nicht unbedingt Auftrieb gab, so war ihre Figur doch noch fest genug, daß sie ab und zu auf den Büstenhalter verzichten konnte. Der heutige Abend war ja gar nicht so wichtig.

Als sie das T-Shirt über ihren Kopf zog, stellte sie fest, daß es in der letzten Wäsche ein wenig eingelaufen war. Es machte also doch etwas aus, wenn sie keinen Büstenhalter trug. Ihre Brüste drängten sich allzu deutlich gegen das dünne Gewebe. Ungeduldig wollte sie das Oberteil gerade wieder ausziehen, als Lance von draußen gegen die Tür klopfte.

»Ihre Zeit ist um«, verkündete er.

»Es dauert noch eine Minute. Ich bin fast fer …«

Noch ehe sie ausgesprochen hatte, flog die Tür schon auf. Einen Augenblick lang stand sie mit vor der Brust verschränkten Armen vor ihm, den Saum ihres T-Shirts hochgehoben, und er konnte einen Blick auf die makellose Haut ihres Bauches werfen und erhaschte eine Andeutung der beiden wohlgerundeten Brüste unter dem rosafarbenen Stoff.

Schnell zog Erin das Shirt herunter. Als würden sie magnetisch angezogen, ruhten seine Augen auf ihren Brüsten. Sie fühlte, wie sich ihre Brustspitzen unter seinen Blicken aufrichteten, hart und prickelnd stellten sie sich auf. Jahrelang, noch bevor sie Joseph Greene geheiratet hatte, hatte sie als Hausmodel manchmal stundenlang beinahe nackt vor den Designern und Näherinnen gestanden, während diese die Kleider änderten, die sie anprobierte. Aber niemals hatte sie sich dabei so befangen gefühlt, niemals war sie sich ihres Körpers so sehr bewußt gewesen.

Sie kämpfte tapfer gegen eine plötzliche Schüchternheit an. »Sie sind wirklich ein Klotz!« keifte sie. »Ich habe doch gesagt, ich brauche noch einen Augenblick.«

Lance fiel es schwer, Worte zu finden. Sein Gehirn schaffte es nicht, die richtigen Signale zu seiner Zunge zu senden. Er schluckte, dann sprach er so gefaßt wie möglich: »Ich habe doch gesagt, Ihre Zeit ist abgelaufen.«

»Darf ich wenigstens noch eine Tablette nehmen? Ich habe heute sowieso schon eine vergessen.« Sie kramte in ihrer Make-up-Tasche und strengte sich an, das Zittern ihrer Hände vor ihm zu verbergen. Schließlich fand sie das Döschen mit Penicillin und drückte eine der Tabletten aus der Folie. Sie sah kein Glas, deshalb steckte sie die Tablette in den Mund und trank aus der Hand, in die sie etwas Wasser hatte laufen lassen. Mit Mühe würgte sie die Tablette hinunter. Als sie sich wieder aufrichtete, entdeckte sie im Spiegel, daß Lance auf ihre Hüften starrte. Schnell hatte er sich jedoch wieder im Griff und wandte seine Blicke ab. »Sie können Ihre Sachen hier lassen, wenn Sie möchten«, knurrte er. »Niemand sonst benutzt das Bad.« Dann ging er leise auf Strümpfen den Flur hinunter.

Ohne Kommentar nahm Erin seinen Vorschlag an. Sie würde ihr Gepäck hier stehen lassen. Er war sowieso nicht Gentleman genug, es ihr ins Zimmer zurückzutragen, und sie war zu erschöpft, die Koffer noch einmal zu schleppen. Es war auch viel einfacher, nicht mit ihm zu streiten, einfach das Licht auszuknipsen und ihm über den Flur in ihre Bleibe zu folgen.

Als sie langsam in das Zimmer trat, sah sie, daß Lance alle Lichter gelöscht hatte, bis auf eine Lampe auf dem Tisch neben seinem Sessel. Sie breitete eine Decke auf dem Ledersofa aus, legte ein Kissen in die Armlehne und setzte sich dann, eine andere Decke zog sie über ihre Beine.

Lance wartete geduldig, ohne ein Wort starrte er in die Luft. Er machte keine Anstalten das Licht zu löschen, und Erin wollte sich nicht hinlegen, solange es noch brannte. Das würde sie viel zu verletzlich machen, sie würde sich ihm ausgeliefert fühlen. Sie bemühte sich, ihn zu übersehen, blickte sich im Zimmer um, obwohl sie das schon den ganzen Spätnachmittag lang getan hatte.

»In diesem Kamin hat noch nie ein Feuer gebrannt«, sinnierte sie.

Lance bewegte den Kopf nicht, doch er hatte sie gehört. »Wie bitte?«

»Haben Sie bemerkt, daß in diesem Kamin noch nie ein Feuer angezündet worden ist? Er hat einen so hübsch geschnitzten hölzernen Sims, es ist Holz darin aufgestapelt, aber jegliche Anzeichen von Ruß oder Asche fehlen. Ich kann mir gar nicht vorstellen, einen Kamin zu haben, in dem ich nie ein Feuer anzünde.«

»Sie besitzen eine bemerkenswerte Beobachtungsgabe. Vielleicht hätten Sie besser meinen Berufsweg einschlagen sollen.« Sie sah ihn an und stellte fest, daß er sie aus seinem Sessel heraus anlächelte. Ohne darüber nachzudenken, erwiderte sie sein Lächeln. »Haben Sie einen Kamin?« fragte er.

»Drei Stück.«

»Drei?«

Sie lachte über sein erstauntes Gesicht. »Ja, ich lebe im Haus meiner Eltern, in dem Haus, in dem ich auch aufgewachsen bin. Als mein Dad starb, wollte Mutter das Haus verkaufen. Ich habe sie gebeten, es für einige Zeit zu vermieten, und das hat sie dann auch ein paar Jahre lang getan. Als ich New York verließ und nach Hause zurückkehrte, bin ich dort eingezogen. Es ist ein bescheidenes Haus, aber sehr alt und besitzt einen eigenwilligen Charakter. Ich habe es renoviert und neu eingerichtet.«

»Das hört sich gut an.«

»Die meisten Menschen würden es nicht einmal ansehen wollen, aber für mich ist es mein Zuhause. Ich denke, wenn man adoptiert wurde, ist es sehr wichtig, so eine Familientradition aufrechtzuerhalten. Das ist ein beinahe genauso wichtiger Teil, wie die Suche nach seiner Identität.«

Sie schwiegen beide eine Weile, bis Lance fragte: »Waren die O'Sheas gut zu Ihnen?«

»Sie waren wunderbare Eltern. Niemand hätte sich bessere Eltern wünschen können. Dad war groß und sehr kräftig. Er kam mir immer riesig vor, selbst, als ich schon erwachsen war. Er war der freundlichste Mann, den ich je gekannt habe, trotz seiner Größe. Er war Schreiner. Mutter ist klein und zierlich, voller Leben und hat viele Lachfältchen um ihre Augen, die so blau sind, wie Sie sicher noch nie welche gesehen haben.« Außer den deinen, fügte sie innerlich hinzu.

Lance streckte die Arme über den Kopf und gähnte ausgiebig, dann fuhr er sich mit beiden Händen durch sein goldbraunes Haar. »Jetzt schlafen sie mal. Gute Nacht«, ordnete er an und knipste das Licht aus.

»Gute Nacht.«

Erin rutschte unter die Decke, sie lag auf dem Rücken und starrte in die Dunkelheit. Sie hörte, daß Lance es sich in dem Sessel so bequem wie möglich machte. Die Decken und Kissen raschelten, dann breitete sich Ruhe aus.

Nach einer Denkpause flüsterte Erin: »Mr. Barrett?« Sie wußte instinktiv, daß er noch nicht schlief.

»Hm?«

Nervös zupfte sie an der Decke. Die Dunkelheit machte alles ziemlich intim. Es schoß ihr durch den Kopf, sie wären Liebende, nachdem sie miteinander ... »Was wird mit meinem Bruder geschehen, wenn Sie ihn gefunden haben?«

Sie hörte in der Dunkelheit, daß er seine Lage in dem Sessel änderte. Seine Stimme war leise, ein wenig zögernd ... vielleicht sogar traurig, als er antwortete. »Ich weiß es nicht. Das übersteigt meine Erfahrungen. Er hat eine unerhörte Geldsumme unterschlagen, von einer staatlichen Bank. Der Diebstahl allein würde genügen, um ihn Jahre hinter Gitter zu bringen. Die Regierung sieht es nicht so gern, wenn jemand kommt und ihr das Geld wegnimmt.«

»Dann muß er also ins Gefängnis«, meinte sie tonlos. Es war mehr eine Feststellung als eine Frage. Sie hatte bis jetzt noch gar nicht daran gedacht.

»Ja. Es mag ihm vielleicht ein wenig helfen, daß sein Schwiegervater Präsident der Bank ist. Winslow hat die örtliche Polizei gar nicht benachrichtigt, obwohl wir auch einige ihrer Leute eingesetzt haben, die dafür ausgebildet sind, eine Stecknadel in einem Heuhaufen zu finden, um es bildlich auszudrücken. Wenn Lyman das Geld vielleicht noch nicht ausgegeben hat und es zurückzahlen kann, könnte er mit einer hohen Geldstrafe und einer langen Bewährung davonkommen.«

»Aber das halten Sie selbst nicht für wahrscheinlich, oder?«

Er klang müde und auch ein wenig resigniert, als er antwortete. »Nein. In all den Jahren, in denen ich jetzt diese Arbeit mache, habe ich eigentlich nie die Gedankengänge eines Kriminellen verstanden.«

»Mein Bruder ist kein Krimineller«, begehrte sie auf.

»Er hat ein Verbrechen begangen. Und dem Wortsinn nach macht ihn das zu einem Kriminellen«, erklärte er.

Erin klagte: »Natürlich haben Sie recht. Es tut mir leid. Was sagten Sie gerade?«

»Nun, meiner Ansicht nach standen alle Anzeichen zu seinen Gunsten. Warum hat er so etwas getan? Warum hat er alles aufs Spiel gesetzt? Warum hat er Mrs. Lyman verlassen? Es war wirklich eine dumme, idiotische Sache, so etwas zu tun. Er mußte doch wissen, daß wir ihn erwischen.«

Erin wunderte sich über die Wut in seiner Stimme. Es war beinahe so, als wünschte er Ken nicht zu finden. »Melanie wird schrecklich leiden unter alldem. Ich glaube, sie hat den Ernst dieser Situation überhaupt noch nicht begriffen.«

»Das hat sie auch nicht. Sie ist so eine reizende junge Frau. Eigentlich hätten wir von überall aus unsere Nachforschungen anstellen können. Wir sind hauptsächlich hier, um sie zu beschützen. Wir wissen nicht, ob Lyman allein gearbeitet hat oder ob er in eine größere Sache verwickelt war. Sie könnte zum unschuldigen Opfer eines Mannes werden, der Rache sucht. Verdammt, ich weiß es nicht.« Seine Erbitterung war nur zu offensichtlich, und Erin dachte schuldbewußt, daß sie seine Sorgen noch vergrößert hatte.

Leise fragte sie: »Und was ist mit mir? Glauben Sie wirklich, daß ich ein harmlos aussehender Meuchelmörder bin, der sich mit einer tränenreichen Geschichte in das Vertrauen eines unschuldigen Mädchens schleicht, nur um sie dann kaltblütig umzulegen?«

Es dauerte eine Weile, ehe er antwortete. »Der Gedanke ist mir allerdings gekommen«, gestand er.

»Verstehe.« Sie klang heiser.

In ihrem Kopf wirbelte all das, was er ihr erzählt hatte, doch es war zu viel, was sie beschäftigte. Sie warf sich unruhig auf dem schmalen Sofa hin und her und suchte nach einer bequemen Lage, um einschlafen zu können. Schließlich gab sie verärgert auf, legte sich auf den Rücken und warf beide Arme über den Kopf.

War es das leise Rascheln von Stoff oder das Geräusch seiner Schritte, das sie alarmierte und ihr verriet, daß er nicht mehr in seinem Sessel saß, sondern neben ihr auf dem Boden hockte? Sie wußte es nicht. Aber sie wußte, daß er plötzlich so nahe war, daß sie die Wärme seines Körpers spürte. Sie lag ganz still und wagte nicht einmal zu blinzeln.

»Ich habe keine Ahnung, wer oder was Sie sind, aber ein Meuchelmörder sind Sie nicht.« Seine Stimme war rauh vor unterdrückten Gefühlen, doch hatte sie kaum Zeit, darüber nachzudenken, denn schon im nächsten Augenblick fühlte sie seine Lippen auf ihren.

Kam der glückliche Seufzer etwa von ihren eigenen Lippen? Hatte sie ihm wirklich in einer flehenden Geste den Kopf zugewandt? Warum hatte er gezögert, als seine Lippen nur noch minimal von ihren entfernt waren, ehe sie sich auf ihre legten und sich ihrer dann ganz bemächtigten?

Der Mantel der Dunkelheit, die über allem lag, löschte jeden Anflug von Feindseligkeit, alle Vorsicht und jegliches Mißtrauen, allen Ärger, der sich zwischen ihnen aufgebaut hatte. In diesem schwarzen, samtenen Kokon, in dem keine Urteile gefällt und keine Geheimnisse versteckt werden, verloren sie sich ineinander, ihre Streitigkeiten hatten sich in nichts aufgelöst. Sie waren nur noch zwei Menschen, die das Verlangen gleich machte, die Erfüllung einer Sehnsucht suchten, die genauso unbezwingbar wie unerklärlich war.

Erins Lippen lagen süß und zärtlich unter seinen und öffneten sich erwartungsvoll seiner suchenden Zunge. Er schmeckte sie, prägte sich mit Lippen, Zähnen und Zunge ihr Aroma ein, bis sie atemlos seinen Namen hauchte.

Ganz unbewußt senkten sich ihre Arme, und sie legte die Hände um sein Gesicht. Er bedeckte ihren Hals mit heißen, leidenschaftlichen Küssen. Seine Hände ruhten auf ihren Rippen, sie waren so groß, daß sie sie beinahe umfaßten. Erin fühlte, wie seine Daumen sanft über die Unterseite ihrer Brüste strichen.

Sie vergrub die Finger in seinem dichten, goldenen Haar, als er sein Gesicht zwischen ihre Brüste preßte. Seinen feuchten Atem fühlte sie durch ihr T-Shirt hindurch. Mit Erins Hilfe beseitigte er auch noch diese letzte Barriere. Sanft strichen seine Finger über ihre nackte Haut, vom Hals bis zur Taille erforschte er jeden einzelnen Zentimeter ihres Körpers.

Dann preßte er seine Lippen auf ihre Brüste. Er nahm eine ihrer Brustspitzen in seinen Mund und saugte daran. Als wären sie durch ein unsichtbares Band verbunden, fühlte Erin dieses Saugen tief in ihrem Unterleib. Wie ein winziger

Vulkan brach es aus ihr hervor, füllte ihre Adern mit geschmolzener Lava und brachte ihren Körper zum Brennen.

»O Gott!« Er stöhnte voller Schmerz und Entsagung auf. Seine Hände legten sich auf ihre Brüste, und er preßte seine Lippen auf ihren Mund. Sein wildes Verlangen wurde nur durch den Wunsch gezügelt, ihr so viel Glück zu schenken, wie er in diesem Kuß fand. Und auch wenn seine Zunge sie zu einem Kuß verführte, wie sie ihn noch nie zuvor in ihrem Leben erlebt hatte, so war dieser Kuß doch eine sanfte Verführung.

Viel zu schnell lösten sich seine Lippen wieder von ihren. Sie fühlte, daß er sie eindringlich ansah. Sein Gesicht war in der herrschenden Dunkelheit nicht zu erkennen, doch seine Augen schienen auch ohne Licht noch die gleiche Macht über sie zu haben. Er hielt sie ganz fest, und Erin erstarrte unter der hypnotischen Kraft seiner Blicke.

»Dies hier ist nie geschehen«, flüsterte er rauh. »Hast du mich verstanden, Erin?« Seine Stimme war drängend, sie zwang sie zu begreifen, was er ihr sagen wollte. »Dies hier ist nie geschehen. Weißt du, was ich meine?«

Benommen schüttelte sie den Kopf. Nie geschehen.

Aber natürlich konnte er sie im Dunkeln nicht sehen.

5. Kapitel

Als Erin am nächsten Morgen erwachte, hatte er den Raum bereits verlassen. Langsam öffnete sie die Augen, dann sah sie sich in dem Zimmer um, ohne den Kopf zu bewegen. Nichts hatte sich über Nacht verändert, es war alles noch genauso wie zuvor. Nur sie hatte sich verändert. Alle Veränderungen hatten nur in ihr selbst stattgefunden.

Vielleicht war ja alles auch nur ein Alptraum gewesen. Ja? Nein.

Also gut, wenn es zu angenehm gewesen war für einen Alptraum, dann war es jedenfalls nicht mehr als ein Traum gewesen. Nein. Sie konnte noch immer den Duft von Lances Rasierwasser auf ihrer Haut riechen. Ihre Brüste prickelten, wo seine Wangen mit den Bartstoppeln sie berührt hatten. Ihr Körper erinnerte sich an zu viele Einzelheiten seiner innigen Umarmung, selbst jetzt noch stand lebhaft jeder Augenblick der vergangenen Nacht vor ihrem inneren Auge. Es war kein Traum gewesen.

Ihre Blicke gingen wieder zu dem Sessel, in dem er geschlafen hatte. Das zerdrückte Kissen darin zeigte noch den Abdruck seines Kopfes. Ein Gefühl unendlicher Zärtlichkeit erwachte in Erin, und sie lächelte bei der Erinnerung an das, was geschehen war.

Doch ihr Lächeln verschwand, als sie seine Decke sah, die

er achtlos auf den Boden neben dem Sessel geworfen hatte. Zweifellos hatte er auch jeden Gedanken an sie genauso achtlos beiseite geschoben.

Sie preßte eine Faust auf ihren Mund und fühlte sich entsetzlich, wenn sie daran dachte, mit welcher Leidenschaft sie seine Küsse erwidert hatte. Himmel! Sicher sonnte er sich heute morgen in seinem Erfolg. Es hätte ihn nicht viel gekostet, sie zu verführen ... Nein!

Ein Schluchzen stieg in ihrer Brust auf, und eine einzelne Träne rann aus ihrem geschlossenen Auge über ihre hochrote Wange, dann barg Erin den Kopf in ihrem Kissen.

Wie hatte das alles nur geschehen können?

Sie konnte sich nicht damit herausreden, daß er sie mit Alkohol gefügig gemacht oder an ihre Sympathie appelliert hatte; auch hatte er sie nicht gewalttätig gezwungen, seine Küsse über sich ergehen zu lassen. Nicht einmal mit Schmeicheleien hatte er sie ködern müssen. Er war ganz einfach aus der Dunkelheit aufgetaucht, hatte sie berührt und geküßt, und sie war allzu willig gewesen, ihm all das und mehr zu geben als das, was er von ihr verlangt hatte.

Sie fühlte sich elend, noch einmal stöhnte sie auf vor Erniedrigung, wenn sie daran dachte, wie er mit seinen gierigen, räuberischen Lippen ihre nackten Brüste berührt hatte. Nein. Seine Lippen waren weder gierig noch räuberisch gewesen. Und um ihre Erniedrigung zu vervollständigen, schmerzte jedesmal, wenn vor ihrem inneren Auge das Bild wieder auferstand, ihr Körper vor Verlangen.

Sie durfte hier nicht liegenblieben und grübeln, es wäre besser, ihm gegenüberzutreten und so zu tun, als sei nichts geschehen. Für ihn war es sowieso nichts anderes gewesen als ein Intermezzo in der Dunkelheit. Er durfte nicht wissen, wieviel es ihr bedeutet hatte. Sie stand auf und bemerkte, daß ihr Oberkörper noch immer nackt war. Erst nach einer hektischen Suche fand sie ihr T-Shirt hinter der Couch.

Auf Zehenspitzen schlich sie zur Tür. Sie lauschte zuerst, doch waren keinerlei Geräusche aus dem Haus vernehmbar. So leise sie konnte, verließ sie den Raum und ging in das kleine Bad, das sie auch am vorhergehenden Abend benutzt hatte. Sie schauderte vor Verlegenheit, als sie daran dachte, in welch peinlichem Zustand Lance sie gestern hier überrascht hatte. Eigentlich brachte jeder Gedanke an ihn ihr Inneres in heißen Aufruhr.

»Oh, da bist du ja«, meinte Melanie, als Erin aus dem Bad kam. Ihre Schwägerin stand an der Schwelle zum Arbeitszimmer.

»Guten Morgen«, murmelte Erin und hoffte nur, Melanie würde ihr das Schuldgefühl nicht ansehen.

Sie benahm sich wie ein Idiot! Was war denn überhaupt geschehen? Sie hatte ein wenig geknutscht, das war alles. Die Menschen taten so etwas immer und überall. Deshalb war sie noch lange keine Prostituierte.

»Ich komme, um dich zu erretten«, tat Melanie geheimnisvoll. »Ich habe Mike dazu gebracht, dir zu erlauben, nach oben zu gehen für ein gründliches Bad! Danach frühstücken wir beide zusammen.«

»Und was ist mit General Barrett? Glaubst du, er wird Verständnis aufbringen für meine unentschuldigte Abwesenheit?«

»Vielleicht erfährt er es ja gar nicht.« Melanie lachte. »Er ist nämlich nicht da. Komm schon.«

Melanie ließ Erin Zeit genug, um ihre Koffer aus dem Behelfsbad zu hieven, sie bot ihr sogar an, einen davon zu tragen, dann nahm sie Erin mit nach oben und zeigte ihr das kleine, aber gemütliche Gästezimmer.

Es war mit weißen Korbmöbeln eingerichtet, die einen hübschen Kontrast zu den apfelgrünen Wänden boten. Die Tagesdecke auf dem Bett und auch die Gardinen hatten ein entzückendes Gänseblümchenmuster. In einer Ecke des Zimmers stand ein grün-weiß gestreifter Lehnsessel.

»Wenn du durch diese Tür dort gehst, kannst du dich in die Wanne legen«, gab Melanie Auskunft. »Ich habe nachgesehen, ob alles da ist, was du brauchst, aber wenn etwas fehlt, ruf mich bitte.«

»Danke, Melanie. Mir gefällt es hier. Ich werde mich beeilen und schnellstmöglich nach unten kommen.«

»Wegen mir brauchst du dich nicht zu beeilen«, beruhigte Melanie sie.

»Das tue ich auch nicht. Ich beeile mich nur Mr. Barretts wegen.«

Melanie kicherte leise, dann schloß sie die Tür und ließ Erin allein.

Das Bad war himmlisch, Erin genoß es, in dem warmen, duftenden Wasser zu liegen. Sie versuchte sich einzureden, daß sie sich nicht ungewöhnliche Mühe gab mit ihrem Äußeren an diesem Morgen, doch das Resultat ihrer Bemühungen sprach Bände.

Sie fönte ihr Haar, geschickt benutzte sie die Haarbürste, um es in eine kunstvolle Masse zerzauster dunkler Locken zu bringen. Dann wählte sie einen khakifarbenen Rock und dazu eine karierte Baumwollbluse in gedeckten blau- und burgunderfarbenen Tönen. Ihre Schuhe waren aus blauem Wildleder mit Absätzen aus Holz. Der einzige Schmuck außer ihrer goldenen Armbanduhr und Barts Diamantring bildeten ein paar goldene Ringe in ihren Ohren. Sie sah kühl aus und selbstbewußt, in perfekter Kontrolle der Situation.

Diese Kontrolle drohte sie aber umgehend zu verlassen, denn schon auf der Treppe hörte sie die Stimme von Lance Barrett in der Küche. Das Herz schlug ihr bis zum Hals, sie blieb stehen und umklammerte das Treppengeländer so fest, daß ihre Fingerknöchel weiß hervortraten.

»Hey, Lance, bist du da?« Sie erkannte die Stimme von Mike.

»Ja.«

»Charlie Higgins ist am Telefon, er will mit dir sprechen.«

»Ich komme sofort.«

Erin hörte seine Schritte, als Lance in das Wohnzimmer hinüberwechselte. Was würde er heute morgen zu ihr sagen? Was sollte sie sagen? Keine Minute lang glaubte sie, daß er vergessen haben konnte, was in der Dunkelheit der Nacht geschehen war, auch wenn er versucht hatte ihr einzureden, daß es nie geschehen war. Wie hätte sie je diese kostbaren Minuten vergessen können, wo sie in den Armen eines Mannes der Erfüllung so nahe gekommen war. Sie fühlte noch immer den Sturm der Gefühle wie die Nachwirkungen eines inneren Erdbebens.

Irgendwann mußte sie ihm gegenübertreten, sie konnte ihm nicht ausweichen, also brachte sie es am besten gleich hinter sich. Sie ging die letzten Treppenstufen hinunter und stand dann wie gebannt am Fuß der Treppe, von wo aus sie Einblick in das Wohnzimmer gewann. Lance hielt das Telefon eingeklemmt zwischen seinem Kinn mit dem bezaubernden Grübchen und der Schulter. Er machte sich Notizen auf einem Block, während er mit dem Mann am Telefon sprach.

Sie hatte erwartet, daß er genauso aussehen würde wie am Tag zuvor – graue Hose, dunkle Krawatte, weißes Hemd, die Uniform aller Regierungsangestellten. Doch er hatte sich umgezogen.

Lance war mit einer kurzen blauen Turnhose bekleidet, dazu trug er ein paar Turnschuhe. Sonst nichts. Während er sich über den Tisch beugte und seine Notizen machte, wurde das Papier naß vom Schweiß seiner Hand. Seine Brille rutschte auf der feuchten Nase nach unten, ungeduldig schob er sie immer wieder hoch. Schließlich nahm er sie ab und warf sie auf den Tisch, während er mit der anderen Hand hastig weiterkritzelte.

Lange stand Erin im Flur und starrte ihn nur an. Sie merkte nicht, wie lange sie dort stand, so gebannt war sie von seiner vollendeten Gestalt. Jetzt wußte sie auch, warum er sich in einem so ausgezeichneten körperlichen Zustand befand. Wenn er jeden Morgen lief – und so wie es aussah, war er keine kurze Strecke gelaufen –, dann hatte sie das Geheimnis seines durchtrainierten Körpers entdeckt.

Seine Arme und Beine waren kräftig und muskulös, die Schultern breit und wölbten sich über einem beeindruckenden Brustkorb, auf dem sich jetzt dichte, feuchte Löckchen ringelten. Erins Blicke folgten schamlos der Linie des Haares über die Rippen und den flachen, harten Bauch, bis hin zu dem elastischen Gurtband der Shorts. Es war beunruhigend anzusehen, daß sein Körper überall gleichmäßig von der Sonne gebräunt war. Noch viel beunruhigender allerdings war der Anblick seines Geschlechtsteiles unter den engen, feuchten Shorts.

»Nein, ich glaube, das genügt mir«, sagte er gerade. »Wenn ich sonst noch etwas von dir brauche, werde ich mich wieder melden. Danke, Charlie, dafür stehe ich bei dir in der Kreide.«

Er legte den Hörer auf und machte sich noch ein paar Notizen, ehe er sich aufrichtete.

Erschrocken zuckte er zusammen, als er entdeckte, daß sie ihn vom Fuß der Treppe aus beobachtete. Dann glitten seine Augen langsam über ihren Körper, von Kopf bis Fuß musterte er nun sie. Sekundenlang trafen sich ihre Blicke, und Erin stockte der Atem; sie war erstaunt, daß er ihr auswich. Wo war nur der selbstgefällige, wissende Spott, den sie in seinem Blick erwartet hatte?

Sie wagte einige Schritte vorwärts und betrat das Zimmer. Endlich hob er den Blick und sah sie ausdruckslos an. »Sie sind aber früh aufgestanden.«

»Sie auch«, antwortete sie. »Beginnen Sie Ihren Tag immer so?« wollte sie wissen und deutete mit dem Kopf auf seine Sportbekleidung.

»Ja, jeden Tag laufe ich einige Meilen«, antwortete er knapp. Warum war er nur so kurz angebunden? Er unterhielt sich nicht mit ihr, beantwortete lediglich ihre Frage aus Höflichkeit. Seine Augen verrieten ihr nichts von dem, was sie so verzweifelt wissen wollte.

»War es denn nicht kalt draußen?«

Er zuckte die Schultern, und sie bewunderte das Spiel seiner Muskeln. Es fiel ihr schwer, ihre Blicke von seinem

Oberkörper zu lösen. »Manchmal ist es ziemlich kalt, wenn ich anfange zu laufen, aber meistens wird mir dann bald warm. Ich hatte auch eine Jacke an, die habe ich aber draußen auf der Veranda liegen gelassen. Meine Jungs von der anderen Straßenseite sagten mir, daß Mike mich sprechen wollte.«

Er wischte sich mit dem Handrücken den Schweiß von der Stirn, dann putzte er sich die Hand an den Shorts ab. Seine Bewegungen erfolgten rein mechanisch, offensichtlich war er mit den Gedanken ganz woanders.

»Sie werden sich sicher über die Mitteilung freuen, daß sich die Angaben, die Sie zu Ihrer Identität gemacht haben, bestätigt haben.«

Er äußerte dies so nebenbei, als wäre es nicht wirklich wichtig. Überrascht sah sie zu ihm auf, doch sein Gesichtsausdruck verriet ihr nichts von seiner Gemütsverfassung. »Ich habe gestern abend noch einen Mittelsmann in Houston angerufen, und er hat sich gleich darum gekümmert. Was er gestern abend nicht mehr herausfinden konnte, ist ihm heute morgen gelungen. Wir wissen jetzt alles, was es über Sie zu wissen gibt, Miss O'Shea.«

Es schmerzte sie ein wenig, daß er wieder seinen förmlichen Ton anschlug. Gestern abend, ehe er zu seinem Sessel zurückgekehrt war, hatte er in der Dunkelheit leise ihren Namen geflüstert, und er hatte von seinen Lippen erregend geklungen. Doch sein Gedächtnis schien diesen Moment gelöscht zu haben.

»Wir wissen, daß dienstags und freitags Ihr Müll abgeholt wird – ich hoffe, Sie haben daran gedacht, den Müll rauszustellen vor der Abreise.«

Sollte das ein Witz sein? Aber er lächelte nicht, er sah sie noch nicht einmal an. Seine Augen schweiften durch das Zimmer und blieben zuerst an einem Gegenstand hängen, dann an einem anderen. Wenn er sie überhaupt ansah, dann nur recht vage. Seit sie in das Zimmer gekommen war, hatten sich ihre Blicke nicht wirklich getroffen.

»Natürlich können Sie gehen, wenn Sie möchten«, meinte er kühl.

Warum tat er so, als sei zwischen ihnen nichts geschehen? Warum lächelte er nicht oder neckte und quälte sie? Warum bat er sie nicht um Entschuldigung? Warum gab er sich so reserviert?

»Es tut mir leid, daß ich Ihnen Unannehmlichkeiten verursacht habe.«

Hätte er diesen letzten Satz nicht ausgesprochen, wäre Erin vielleicht gegangen und hätte immer wieder voller Verwunderung an diesen rätselhaften Mann gedacht, den sie einmal in San Francisco getroffen hatte. Es war diese beiläufige Verabschiedung, die sie wütend machte. Ihre Verwirrung wurde zu hilfloser Wut, also fuhr sie ihn an: »Vermutlich bewegte sich alles, was Sie getan haben, im Rahmen Ihrer Pflichten!«

Natürlich wußte er, was sie meinte, und Erin erkannte auch sofort, daß ihre Wut ihn ansteckte. »Genau«, erwiderte er schroff.

Gestern hatte sie mit ihm gestritten, weil er sie so schlecht behandelt hatte, aber das war erst der Anfang gewesen. Sie hatte keine Ahnung, welche Erniedrigung er sich noch für sie ausgedacht hatte. Ihre Augen glänzten wie glühende Kohlen, als sie ihn jetzt böse fixierte.

»Sie ...«, begann sie.

»Mrs. Lyman wartet mit dem Frühstück. Sie hat sich etwas ganz Besonderes einfallen lassen«, sagte Mike, der ausgerechnet in diesem Augenblick mit einem breiten Grinsen auftauchte.

Er hatte Erins Einleitung unterbrochen, und sie fühlte sich der Möglichkeit beraubt, Mr. Barrett deutlich ihre Meinung zu sagen und seine undurchdringliche Kaltschnäuzigkeit ein wenig zu erschüttern.

»Wir sind nicht hier, um zu essen«, fuhr Lance den verdutzten Mike an, und dessen Grinsen erstarb angesichts Lances schlechter Laune.

»Nein, Sir«, beeilte er sich zu versichern. »Sie hat nur all diese Sachen extra zubereitet und sagte ...« Er wußte nicht ein noch aus. Lance starrte ihn noch immer finster an, und Mike zog schnell die Serviette weg, die er sich unter den Gürtel seiner Hose geschoben hatte: »Gibt es etwas, das ich erledigen soll, Lance?«

Lance ließ die lang angehaltene Luft mit einem Zischen entweichen, dann fuhr er sich mit beiden Händen durchs Haar. »Nein, nein, frühstücke ruhig. Ich gehe nach drüben und ziehe mich um. Dann stehen noch einige Telefonate an, ich muß mit dem Hauptbüro sprechen, aber wenn du mich brauchst, ruf mich bitte. Mehr als eine Stunde bin ich sicher nicht beschäftigt.«

Mit diesen Worten kam er um den Tisch herum und verschwand, ohne Erin noch eines Blickes zu würdigen, aus dem Zimmer. Sie stand einen Augenblick wie ein begossener Pudel da, bis Mike sie in die Wirklichkeit zurückrief.

»Mrs. Lyman wartet auf Sie. Ich glaube, ich bin schon

satt.« Lances unwirsches Benehmen hatte ihn wirklich eingeschüchtert.

Agent Barrett besaß diese Wirkung auf andere Menschen.

Melanie erwies sich als ausgezeichnete Köchin, und während Erin die köstlichen Speisen verzehrte, die Melanie zubereitet hatte, dachte sie über ihre nächsten Aufgaben nach. Sie hatte keine Ahnung.

Ob es ihr nun gefiel oder nicht, sie war in das Leben ihres Bruders eingedrungen, und er steckte in großen Schwierigkeiten. Er würde nie mehr unbefangen sein können, entweder verurteilte man ihn zu vielen Jahren Gefängnis oder er würde ständig unter dem Stigma dessen leiden, was er sich eingebrockt hatte. Bis gestern war er für sie nicht mehr gewesen als ein Name auf einem Stück Papier, eine Hoffnung, ein Versprechen. Heute war er ein wirklicher Mensch mit wirklichen Problemen, und sie konnte sich nicht von ihm abwenden, er war ihr einziger Verwandter, und gerade jetzt brauchte er all den Beistand, den er nur bekommen konnte.

Ihr Grund, Ken finden zu wollen, war die Sehnsucht nach einer eigenen Familie. Sie hatte auf Wärme gehofft und Anteilnahme, Stunden voller Lachen und Erinnerungen. Konnte sie nun aus Enttäuschung abstreiten, daß Ken Lyman ihr Bruder war? Familien teilten nicht nur die fröhlichen Stunden miteinander. Sie teilten sich auch ihre Sorgen. Und vielleicht verband sie das viel enger miteinander.

Erin mochte Melanie. Die Naivität und Freundlichkeit der jüngeren Frau weckten in ihr die Zuneigung der großen Schwester, und sie fühlte sich verpflichtet, bei Melanie zu bleiben und ihr in den kommenden Tagen zur Seite zu stehen.

Ihr Entschluß war gefaßt, sie würde in San Francisco bleiben.

Während sie geistesabwesend an ihrer zweiten Tasse Kaffee nippte, fragte sie sich, warum sie sich nicht erleichtert fühlte, nachdem sie eine so wichtige Entscheidung getroffen hatte. Machte sie sich etwa Sorgen um ihre Firma? Eine längere Abwesenheit war nicht förderlich für das Geschäft, ganz besonders nicht, weil die Kunden oft den Wunsch hatten, mit ihr persönlich zu verhandeln. Sie vertrauten auf Erins Erfahrung, auf ihre Kreativität und ihren ausgezeichneten, wenn auch manchmal etwas extravaganten Geschmack. Manchmal wünschten sie ihre Meinung zu hören, ehe sie einen Vorschlag annahmen, den einer von Erins Mitarbeitern ihnen unterbreitet hatte.

Seit Gründung der Firma hatte sie sich nie mehr als ein paar Tage Urlaub geleistet. Ihre Angestellten hatte sie gut ausgebildet, sie würden auch ohne sie übergangsweise zurechtkommen. Und wenn man die Probleme bedachte, die sich manchmal im Zuge einer Modenschau ergaben, so waren sie doch unbedeutend und oberflächlich, verglichen mit denen, die ihr Bruder und seine Frau bewältigen mußten.

War es die Trennung von Bart, die sie zögern ließ, Melanie ihre Hilfe anzubieten? Er würde sehr verstimmt sein, wenn sie in San Francisco blieb. Er würde bitten und betteln, daß sie nach Hause kam, aber am Ende würde er sie doch verstehen. Sie hatte nicht die Absicht, ihm etwas von Kens Verfehlung zu erzählen, aber sie würde ihm ihre Gründe, in San Francisco zu bleiben, plausibel machen, ein so erfahrener

Mann wie Bart mußte begreifen, daß es besser wäre, wenn sie die hier vorgefundenen Probleme an Ort und Stelle löste.

Melanie hatte fröhlich geplaudert, während sie die Küche aufräumte und das Frühstücksgeschirr abwusch. Sie wollte unbedingt alles allein machen, Erin sollte ihr nicht helfen. Erin hoffte nur, daß sie die richtigen Antworten gab, weil sie immer noch darüber nachdachte, warum sie nicht bleiben wollte, bis man Ken gefunden hatte. Warum nur?

Der Grund lag auf der Hand, doch sie konnte sich den Tatsachen nicht stellen. Sie hatte sie irgendwo in den Hintergrund ihres Bewußtseins geschoben und weigerte sich, ihre Verschanzung aufzugeben.

Lance Barrett.

Sie wollte nicht hier bleiben, wo er immer in ihrer Nähe sein würde. In den letzten Jahren war es ihr viel zu oft passiert, daß sie sich wie eine Närrin vorgekommen war. Ihre durchaus praktisch veranlagten Eltern hatten ihr beigebracht, selbstbewußt aufzutreten, und sie hatte es sich nie erlaubt, Unannehmlichkeiten aus dem Weg zu gehen – ganz im Gegenteil, sie hatte sich ihnen immer gestellt.

Warum hatte Lance sie am gestrigen Abend nur so beeindrucken können? Sie hätte sich mit aller Kraft gegen ihn wehren sollen, gleich als er sie zum ersten Mal küßte. Sie hätte ihm eine Ohrfeige geben und Mike zu ihrer Rettung rufen sollen, alles nur Erdenkliche, aber nicht einfach auf dem Sofa liegenblieben und so willig auf seine Zärtlichkeiten reagieren. Was war nur in sie gefahren, daß sie sich so hatte hinreißen lassen?

Seit der High School hatte sie die Annäherungsversuche der Männer immer erfolgreich abgewehrt. Und ihr Widerstand war immer schwieriger geworden, da mit zunehmendem Alter auch die Annäherungsversuche der Männer zunahmen. Barts ständiges Drängen, mit ihm ins Bett zu gehen, war nur eines von vielen Beispielen. Nie hatte sie einem Mann so etwas erlaubt, bis auf den armen Joseph. Aber das war etwas völlig anderes gewesen.

Dennoch hatte Lances Benehmen am heutigen Morgen ihr einen Dämpfer versetzt. Nach dem Lichtlöschen gestern abend hatte er von Kens Zukunft gesprochen. Und dabei hatte es sich nicht angehört, als spräche er in seiner Eigenschaft als Regierungsangestellter. Es hatte geklungen, als mache er sich Sorgen. Sein Kuß war der Kuß eines feurigen Geliebten gewesen, ihr Körper war ihm nicht mehr fremd. Und ihren Namen hatte er mit aufrichtiger Inbrunst geflüstert, nach ihrem erregenden Zwischenspiel in der Dunkelheit.

Heute morgen jedoch war er wieder die Abweisung in Person, die sie mit einer spröden Stimme Miss O'Shea nannte. Wenigstens hatte er sie nicht verspottet. Er sah nicht übermäßig zufrieden mit sich aus, vielmehr schien er erschüttert und besorgt. Sie konnte es nicht begreifen. Auch wenn sie sich keinen Illusionen hingab, daß er wirklich etwas für sie empfand, so hatte sie doch ein gewisses Wohlwollen von ihm erwartet.

Noch mehr ärgerte sie sich über ihre Unfähigkeit, seine Küsse zu vergessen. Auch wenn das, was geschehen war, ihn in keiner Weise zu berühren schien, so hatte es sie doch aufgewühlt. Gefühle waren in ihr aufgestiegen, die sie vor dem gestrigen Abend nie für möglich gehalten hätte. Würde sie es ertragen können, sich in der gleichen Stadt wie er aufzuhalten? Würde sie es ertragen können, ihn zu sehen, wann immer sie Melanie besuchte? Ihr plötzlicher Einbruch in Kens Leben war schon turbulent genug. Sie würde alles noch viel komplizierter machen, wenn sie sich in noch mehr Gefühlen verzettelte.

Die Fragen und Gründe, die gegen ihren Aufenthalt hier sprachen, wirbelten durch ihren Kopf, bis sie glaubte laut aufschreien zu müssen. Und noch immer wußte sie nicht, wie es weitergehen sollte.

Doch ein Treffen mit Melanies Eltern wies ihr den Weg.

Spät an diesem Morgen läuteten die beiden an der Tür. Lance war noch nicht zurückgekommen, deshalb öffnete Mike, nachdem er sich vorher vom Wohnzimmerfenster aus informiert hatte, wer vor der Tür stand.

Erin, die mit einer Illustrierten auf der Couch im Wohnzimmer saß, war klar, daß auch Lance sie beobachtet haben mußte, ehe er ihr aufgemacht hatte. Sie erinnerte sich wieder daran, daß sie lange hatte warten müssen, ehe Schritte im Haus erklangen.

Mike folgte Melanies Eltern ins Wohnzimmer. »Ich sage besser Lance Bescheid«, murmelte er, dann ging er zu dem roten Telefon und sprach hinein. »Hat er sie gesehen?« fragte er. »Okay.« Er legte den Hörer wieder auf. »Er wird gleich hier sein«, meinte er.

»Wir sind nicht gekommen, um Mr. Barrett zu sehen; ich finde es empörend, daß ich meine Tochter nicht besuchen kann, ohne das Gefühl zu haben, von diesem Mann ausgefragt zu werden.«

Die Frau, die Mike mit diesem Bescheid begrüßt hatte, war offensichtlich daran gewöhnt, ihren Willen zu bekommen und sich keinem anderen beugen zu müssen. Mit einem traurigen Lächeln dachte Erin, daß Lance für Melanies Mutter wirklich ein Schock gewesen sein mußte.

Sie war eine kleine Frau, und ihre Figur machte es wohl nötig, daß sie auf Cocktailpartys Abstand von den Appetithäppchen hielt. Ihre Haut und ihr Haar waren außerordentlich gepflegt, ihr Kleid leger geschnitten, doch Erin kannte das Designeretikett, das sich darin verbarg. Sein Preis war absolut nicht leger, es sei denn, Geld spielte keine Rolle, und das traf bei Mrs. Charlotte Winslow offensichtlich zu.

Howard Winslow war ebenfalls perfekt durchgestylt und genauso nichtssagend wie seine Frau. Das bereits ergrauende Haar auf seinem patriarchalischen Kopf war kurz geschnitten. Hätte Erin seinen Beruf nicht gekannt, sie hätte ihn auf den ersten Blick erraten. Sein nachtblauer Anzug, das weiße Hemd und die dunkle Krawatte sagten ihr, daß er geradewegs aus der Bank kam, die er dirigierte. Seine Selbstsicherheit, der unerschütterliche Blick und sein autoritäres Verhalten gab den Kunden der Bank absolute Gewißheit, daß ihr Geld in guten Händen war.

Erin hatte spontan eine Abneigung gegen dieses Paar.

Melanie hüpfte die Treppe herunter, als sie die Stimme ihrer Mutter hörte, atemlos und aufgeregt betrat sie den Raum.

»Also wirklich, Melanie, ich wünschte, du ließest dir von meinem Friseur einen Termin geben. Dieses Schnittlauchhaar sieht abscheulich aus. Nur weil dein Mann Dummheiten gemacht hat, brauchst du dich doch nicht dermaßen gehenzulassen.«

Mrs. Winslows Worte erschreckten Erin. Wie konnte eine

Mutter nur so zu ihrem Kind sprechen. Ganz besonders, wenn dessen ganze Welt gerade eingestürzt war.

»Es tut mir leid, Mutter, ich habe in der letzten Zeit nicht an mein Haar gedacht«, entschuldigte Melanie sich zerknirscht. »Hallo, Vater.«

»Hallo, Melanie. Gibt es Neuigkeiten von Ken?«

»Nein, nicht direkt«, meinte Melanie geheimnisvoll und lächelte Erin an.

»Was?« flötete die Dame Winslow dazwischen. »Hat man ihn gefunden? Hatte er das Geld noch?«

»Nein, das ist es nicht«, erklärte Melanie niedergeschlagen. Ihre Fröhlichkeit war im Nu verschwunden. »Jemand ist gekommen, um ihn zu besuchen. Es ist ein sehr wichtiger Besuch.« Sie deutete auf Erin, die bis jetzt von den beiden Neuankömmlingen geflissentlich übersehen worden war.

»Nun?« ließ sich Mrs. Winslow vernehmen, nachdem sie Erin mit ihren stumpfen, blaßgrauen Augen gemustert hatte.

»Das ist Kens Schwester, Miss Erin O'Shea.«

Ein feindseliges Schweigen ging von den Ankömmlingen aus, dann stand Erin auf und begrüßte Melanies Eltern kühl. Die beiden starrten sie an, als sei sie aussätzig.

Ehe Erin noch etwas sagen konnte, wurde das Schweigen von Lance unterbrochen, der die Haustür aufschloß. Er sieht wirklich nicht schlecht aus, dachte Erin, sein Haar war noch feucht vom Duschen, sein Gesicht glattrasiert. Erin stieg der Duft seines After-Shave in die Nase und damit schmerzliche Erinnerungen.

Mit einem Blick schien er die Situation erfaßt zu haben. Er schob lässig beide Hände in die Hosentaschen, dann trat er näher. »Hallo, Mrs. Winslow, Mr. Winslow. Was führt Sie her?«

»Das müßten Sie doch wissen, Barrett«, fuhr Howard Winslow ihn an. »Wir haben in den letzten beiden Tagen keine Silbe von Ihnen gehört, obwohl ich eine laufende Unterrichtung verlangt habe.«

Langsam zog Lance die Hände aus den Hosentaschen, und Erin sah, daß er sie zu Fäusten geballt hatte, sein ganzer Körper drückte Ablehnung aus. Nur sein Gesicht zeigte keine Regung, wie immer. Als er sprach, war Erin überrascht von seinem ruhigen Ton. »Zunächst einmal, Mr. Winslow, haben Sie kein Recht, irgend etwas zu verlangen. Schließlich ist nicht Ihr Geld abhanden gekommen, dieses Geld gehört der Regierung und den Investoren Ihrer Bank. Und zweitens habe ich Ihnen erklärt, daß ich Sie von weiteren Entwicklungen in Kenntnis setzen werde. Doch die hat es nicht gegeben.«

»Warum nicht?« preschte Mrs. Winslow vor. »Es sollte für Sie und Ihre Bande von Grobianen doch nicht allzu schwierig sein, einen einzigen Verbrecher aufzuspüren.«

»Wenn Sie damit Mr. Lyman meinen, dann möchte ich Sie noch einmal darauf hinweisen, daß man ihn bis jetzt noch keines Verbrechens bezichtigen konnte. Wir wissen nur, daß er zur gleichen Zeit verschwunden ist, zu der ein größerer Geldbetrag fehlte. Ich würde meine Worte sorgfältiger wählen, wenn ich Sie wäre, Mrs. Winslow. Sie wissen nie, ob sie Ihnen nicht irgendwann einmal zur Last gelegt werden könnten.«

Erin wäre fast umgefallen, als sie hörte, was Lance sagte. Hatte er ihr nicht erst gestern abend das genaue Gegenteil davon erklärt? Er verteidigte ihren Bruder vor diesen entsetzlichen Menschen, und sie wäre ihm aus Dankbarkeit dafür am liebsten um den Hals gefallen. Seine Abneigung den Winslows gegenüber war genauso groß wie ihre eigene. Als er sie über die Köpfe der beiden Menschen hinweg ansah, las sie es in seinen Augen.

Seine Stimme blieb ausdruckslos, als er weitersprach. »Wie ich sehe, haben Sie Mr. Lymans Schwester schon kennengelernt.«

Mrs. Winslow schnaufte, doch ihr Mann zeigte sich etwas geschliffener. »Wir sind ihr gerade vorgestellt worden, als Sie hereinkamen«, erläuterte er. »Darf ich das so verstehen, daß Sie eine Blutsverwandte von Ken sind? Wir waren immer der Meinung, er hätte keine Familienangehörigen.« In seiner Bemerkung überwog das Mißtrauen.

Familienabstammung war für diese Leute wahrscheinlich sehr wichtig, dachte Erin. »Ja, Mr. Winslow, ich bin Kens Schwester«, erklärte sie. »Wir wurden von verschiedenen Paaren adoptiert, als wir noch klein waren. Vor einigen Jahren erfuhr ich von seiner Existenz und begann, nach ihm zu suchen. Erst vor ein paar Wochen waren alle Zweifel ausgeräumt, daß Ken Lyman mein Bruder ist. Ich bin gestern eingetroffen, um ihn kennenzulernen.«

Ihre Blicke wanderten unwillkürlich zu Lance, der sie noch immer ansah. Ob die anderen Personen im Raum wohl die Schwingungen fühlen konnten, die zwischen ihnen hin- und hergingen? »Ich war entsetzt, als ich von Mr. Barrett erfuhr, in welchen Schwierigkeiten Ken steckt.«

»Ich kann nicht gerade behaupten, daß ich entsetzt war, als ich von seinem Dieb ...« Mrs. Winslow hielt mitten im Satz inne und blickte ängstlich zu Lance. »Ich war nicht überrascht, daß er so plötzlich verschwand«, verbesserte sie sich dann, obwohl ihre Stimme vor Gift überquoll. »Ich habe ihm noch nie getraut. Seit dem Tag nicht, an dem ich ihn zum ersten Mal gesehen habe.«

»Mutter, bitte, sprich nicht so über Ken. Er ist doch dein Schwiegersohn.« Melanies Stimme zitterte, und ihre Unterlippe zuckte verräterisch. Erin widerstand dem Wunsch, zu ihr zu gehen und sie vor ihren lieblosen Eltern zu schützen.

»Aber das war nicht mein Fehler«, säuselte Melanies Mutter. Ihre Augen zogen sich zusammen, als sie ihre Tochter ansah und ihr dann mit dem beringten Zeigefinger drohte. »Ich habe dir gesagt, du würdest den Tag noch bereuen, an dem du ihn geheiratet hast. Und recht habe ich behalten. Es wird dir bis an dein Lebensende leid tun, ganz gleich, was jetzt noch mit ihm geschehen mag.«

Jetzt ging auch Mr. Winslow auf seine Tochter los. »Es ist ja nicht nur so, daß er viel zu alt für dich ist. Wir wußten überhaupt nichts über seine Herkunft oder Verwandtschaft. Ich denke, das, was er jetzt getan hat, rechtfertigt unsere Vorbehalte.«

Erin wollte nicht glauben, was sie da hörte. Wie konnte jemand absichtlich so grausam sein? Merkten diese beiden denn überhaupt nicht, wie ihre Worte Melanie kränken mußten? Das wollte Erin ihnen aber sagen!

Sie machte einen Schritt auf das Paar zu und öffnete gerade den Mund, um ihnen gehörig die Leviten zu lesen, als Lance sie unterbrach.

»Wenn Sie nichts dagegen haben, so würde ich gern diese Familiendiskussion auf einen anderen Zeitpunkt verschieben«, meinte er schnell. »Wir haben noch einige Dinge zu erledigen. Und ich werde Ihnen nicht noch einmal sagen, daß Sie nicht hierherkommen sollen. Wenn Mrs. Lyman Sie sehen möchte, dann kann sie Sie in Ihrem Haus aufsuchen.«

»Wollen Sie mir etwa verbieten, in das Haus meiner eigenen Tochter zu kommen?« Howard Winslow war außer sich über diese glatte Unverschämtheit.

»Ja. Ich möchte nicht, daß es hier aussieht wie bei einer Parade. Jemand, der sich vielleicht mit Mrs. Lyman in Verbindung setzen will, um ihr für uns nützliche Informationen zu liefern, könnte davon abgeschreckt werden.«

»Also, ich habe noch nie ...«

Lance ignorierte Charlotte einfach, er tat, als hätte sie gar nichts gesagt. »Ich habe die volle Unterstützung der Polizei von San Francisco. Wenn Sie noch einmal hier erscheinen, werde ich dort anrufen und Sie wegbringen lassen, nötigenfalls mit Gewalt. Jetzt gehen Sie. Sofort.«

Seine Stimme und auch sein Verhalten ließen keinerlei Widerspruch aufkommen. Mike, der sich während der ganzen Szene beinahe unsichtbar im Hintergrund gehalten hatte, tauchte jetzt plötzlich neben den Winslows auf, als hätte er die Absicht, sie zur Tür zu begleiten.

Charlotte reckte sich zu ihrer kurzen Größe und starrte Lance haßerfüllt an, ihre stahlgrauen Augen schossen Blitze in seine Richtung, dann stelzte sie zur Tür. Ihr Mann folgte mit einer ebenso hochmütigen Miene. Die Tür fiel derart krachend hinter ihnen ins Schloß, daß die Fenster darin klirrten.

Erin hörte, wie Lance leise einen unaussprechlich obszönen Fluch den beiden nachschickte. Mike stürmte aus dem

Zimmer und verschwand in der Küche, Melanie kam auf Erin zugelaufen.

»Erin, es tut mir so leid. Sie haben dich beleidigt, und das finde ich ganz schrecklich. Ich weiß gar nicht, warum sie so böse sind! Und die Art, wie sie über Ken reden, einfach so, als … als …« Sie brach in Tränen aus und rannte, so schnell sie konnte, nach oben.

Erin warf Lance einen fragenden Blick zu, doch er beachtete sie nicht. Er saß hinter dem Schreibtisch, hatte die Ellbogen aufgestützt und das Gesicht in seinen Händen verborgen. Erin lief hinter Melanie her.

Sie fand die junge Frau auf ihrem Bett, die so bitterlich weinte, wie ein Teenager um die erste unerwiderte Liebe. Erin tröstete sie mit Worten, die von allein aus ihrem Unterbewußtsein aufstiegen. Ganz sicher ergab all das, was sie sagte, überhaupt keinen Sinn, doch was es auch für ein Wortsalat war, es schien Melanie zu helfen. Mit großen, ungläubigen Augen sah sie zu Erin auf.

»Hast du gesagt, du bleibst bei mir, bis man Ken gefunden hat?« Sie wischte sich mit dem Handrücken über die Nase.

»Wenn du es möchtest, Melanie.«

»O ja, Erin. Ich brauche eine Freundin, die mich versteht und die meine Sorgen um Ken mit mir teilt.«

»Ich werde bleiben, solange du mich brauchst.« Ihr Herz tat ihr weh, als sie die Freude und die Erleichterung in Melanies tränenüberströmtem Gesicht sah. »Ich werde mir ein Zimmer in einem Hotel suchen, und du brauchst dann nur anzurufen, wenn du etwas von mir willst.«

»Nein, Erin. Ich möchte, daß du hier wohnst. Du kannst das Gästezimmer nehmen. Bitte, bleib bei mir. Bitte.«

Erin biß sich auf die Unterlippe, während sie nachdachte. Wenn sie hier im Haus wohnte, würde das bedeuten, daß sie in engem Kontakt mit Lance bliebe. Aber Melanies Bedürfnisse hatten Vorrang vor ihrem Schwur, ihm aus dem Weg zu gehen. Nachdem sie miterlebt hatte, wie die Eltern Melanie behandelt hatten, wußte Erin erst recht Bescheid um die Verlorenheit ihrer Schwägerin.

»Einverstanden.« Sie versuchte, sich ihre Bedenken nicht anmerken zu lassen.

Melanie begann sogleich, alle möglichen Unternehmungen zu planen, die sie zusammen machen könnten, aber Erin riet ihr, sich für eine Weile auszuruhen. Ehe sie das Zimmer verließ, lag Melanie auf dem Bett und atmete tief und gleichmäßig wie ein braves kleines Mädchen. Lance war allein im Wohnzimmer. Er blickte vom Schreibtisch hoch, auf dem sich die Papiere häuften. Endlich einmal saß seine Brille ordnungsgemäß auf der Nase und klebte nicht an einem anderen Teil seines Kopfes wie ein Anhängsel, das sich selbständig gemacht hatte.

»Geht es ihr gut?« fragte er.

Erin kam näher und ließ sich in den Stuhl vor dem Schreibtisch fallen. »Ja, obwohl es ein Wunder ist. Heute habe ich erlebt, daß es auch noch eine andere Form der Kindsmißhandlung gibt. Es erstaunt mich, daß Melanie weder verrückt noch aggressiv geworden ist.«

»Da stimme ich Ihnen zu. Wir müssen beinahe genausoviel Zeit dafür aufbringen, gegen diese Leute anzukämpfen und den Schaden wiedergutzumachen, den sie bei Melanie anrichten, wie wir für unseren Job brauchen.« Er lächelte fast. »Ich tue mein Bestes, sie Melanie so weit wie möglich vom Leib zu halten, bis die ganze Sache hier vorüber ist.«

»Das einzig Richtige«, antwortete Erin.

Sie schwiegen einen Augenblick und bemühten sich krampfhaft, einander nicht anzusehen. Erin wußte aus Erfahrung, daß ihr Gesicht viel zuviel von ihren Gefühlen verriet. Und das war jetzt besonders gefährlich, weil Lance so gleichgültig schien.

Nachdem seine Blicke einige Male durch das ganze Zimmer geirrt waren, fragte er: »Sagen Sie mir, wann Sie abreisen wollen, dann kann Mike den Flug buchen, wenn Sie das nicht schon getan haben. Er soll Sie zum Flughafen bringen.«

»Danke für Ihre Freundlichkeit, Mr. Barrett, aber ich bleibe.«

6. Kapitel

Erins Worte dröhnten in seinen Ohren und brummten in seinem Kopf. Er versuchte das heiße Glücksgefühl zu unterdrücken, daß sich in ihm breitmachen wollte. Den größten Teil der Nacht und den ganzen Tag über hatte er sich für das gescholten, was in der Nacht geschehen war. Es war unglaublich töricht von ihm gewesen, so etwas zu tun.

Den ersten Kuß konnte er noch rechtfertigen – vielleicht. Er hatte versucht, eine verdächtige Person zu überführen, um herauszufinden, wie weit sie mit ihrer Lüge zu gehen bereit war. Aber in der letzten Nacht gab es für ihn nur ein einziges Ziel – Lust.

Er wollte sich später fragen, warum er in der Nacht so besessen von ihr gewesen war, wenn er sie erst einmal bei Tageslicht sähe. Doch es war alles ganz anders gekommen. Beim ersten Wiedersehen am heutigen Morgen war das gleiche Verlangen nach ihr erwacht, das ihn auch in der Nacht getrieben hatte. Alle seine Muskeln hatten sich angespannt, und er fühlte sich so unbehaglich wie in zu enger Kleidung.

Auch als er Erin jetzt ansah, glaubte er, in ihren großen braunen Augen zu versinken, das Blut rauschte in seinen Ohren; am liebsten wäre er mit einem Satz über den Schreibtisch gesprungen und hätte sie in seine Arme gerissen zu einem leidenschaftlichen Kuß. Noch einmal wollte er ihre

Lippen schmecken, wollte ihre unglaublich zarte Haut unter seinen Händen fühlen, wollte bei Licht all das sehen, was er in der Dunkelheit geküßt hatte.

Und er wollte noch einmal dieses leise, wohlig schnurrende Geräusch hören, das aus ihrem Mund gekommen war, als er ihre Brüste geküßt hatte. Es war kein Geräusch gewesen, das sie beabsichtigt hatte, ganz unbewußt war es ihr entschlüpft.

Er mußte übergeschnappt sein! Was war aus seiner kalten Beherrschung geworden, aus seiner vielbeneideten Objektivität? Man liebt sie und verläßt sie wieder, Barrett. Seine Erfahrung hatte ihn beinahe davon überzeugt, daß ein leidenschaftlicher Kuß, eine sinnliche Berührung genügen würden, doch so war es nicht, es hatte bei weitem nicht genügt. Er wollte sie ganz, wollte sie mit einer Verzweiflung, die er seit seiner Pubertät nicht mehr kannte. Es ist unmöglich, Barrett! Unmöglich.

Immer, wenn seine Gedanken zu ihr abdrifteten, tröstete er sich damit, daß sie bald nicht mehr da wäre und daß er sich dann wieder in einen ganz normalen, vernünftigen Menschen verwandeln würde. Aber jetzt hatte sie ihm erklärt, daß sie nicht abreiste. Verdammt! Sie hatte sich ihm in allen Dingen widersetzt. Warum also glaubte er, daß sie sich auf einmal seinem Diktat beugen würde?

Er sprang von seinem Stuhl auf. »Den Teufel werden Sie tun, Miss O'Shea.«

Seine Reaktion traf sie völlig unvorbereitet, und einen Augenblick lang starrte sie ihn mit großen, fragenden Augen an, den Mund vor Überraschung ein wenig geöffnet. Sie hatte absolut keine Ahnung, wie bezaubernd feminin und wehrlos sie in diesem Augenblick aussah.

Dann aber verwandelte sich ihr Erschrecken in Zorn, und sie sprang ebenfalls auf, lehnte sich über den Schreibtisch und funkelte ihn an. »Ich werde nicht abreisen, meine Schwägerin braucht mich. Sie selbst haben das gerade erst vor zwei Minuten zugegeben. Was haben Sie denn dagegen, daß ich hierbleibe, Mr. Barrett?«

»Die Gründe, die dagegen sprechen, sind viel zu zahlreich, um sie Ihnen hier aufzuzählen.«

»Sie haben nicht ein einziges triftiges Argument, das dagegen spricht«, warf sie ihm vor.

»Das brauche ich auch gar nicht!« brüllte er, nahm die Brille von der Nase und warf sie auf den Schreibtisch. »Wenn ich sage, Sie werden nicht bleiben, dann werden Sie nicht bleiben. Ich habe das, was ich den Winslows gesagt habe, auch so gemeint, und das gleiche gilt für Sie, Miss O'Shea.«

Sie stand vor ihm und verschränkte die Arme vor der Brust, legte den Kopf zurück und sah ihn herausfordernd an. »Sie können so lange toben, wie Sie möchten, Mr. Barrett, ich lasse mich nicht so leicht einschüchtern. Wenn Sie die Polizei rufen, um mich aus dem Haus werfen zu lassen, werde ich Zeter und Mordio schreien. Was glauben Sie wohl, wie sich das auf Melanies Zustand auswirken wird? Sie hat mich von Anfang an in ihr Herz geschlossen. Dann müssen Sie mit zwei hysterischen Frauen fertigwerden. Außerdem bin ich Kens Schwester. Das allein gibt mir das Recht, hier zu sein.«

Sie hatte ihn in die Enge getrieben! Als sie sah, wie er sich auf dem Absatz herumdrehte, am Knoten seiner Krawatte zerrte und dann zum Fenster hinüberging, wußte sie, daß sie gewonnen hatte. Sie war schlau genug, ihn nicht noch weiter zu reizen, deshalb wartete sie geduldig ab.

»Sollten Sie irgend etwas unternehmen, das diese Operation in Frage stellt oder gefährdet, dann sind Sie weg hier.« Noch immer drehte er ihr den Rücken zu, doch als sie nicht antwortete, wandte er sich um. Sie nickte nur.

»Leisten Sie Mrs. Lyman Gesellschaft, lenken Sie ihre Gedanken von ihrem Ehemann ab, und bleiben Sie mir fern.«

Sein arrogantes Benehmen ärgerte sie, doch sie hielt ihre scharfe Zunge im Zaum. »Das war auch ganz meine Absicht«, war alles, was sie sagte.

»Und was ist mit Billy Bob, oder wie auch immer sein Name sein mag? Setzt er nicht alle Hebel in Bewegung, damit Sie nach Houston zurückkommen?«

Erin brauchte all ihre Selbstkontrolle, um ihren Ärger hinunterzuschlucken. Er wußte verdammt gut, wie Barts Name lautete, hatte er doch noch nie etwas übersehen oder vergessen.

»Bart«, sagte sie scharf und sprach dann ruhiger weiter. »Ja, er wird sich natürlich Sorgen machen. Ich werde ihn anrufen und auch meine Mitarbeiter und ihnen erklären, daß sie mich für eine Weile entbehren müssen.« Sie hob abwehrend beide Hände, als sie sah, daß er sie unterbrechen wollte. »Ich werde ihnen nicht sagen, warum.« Sie holte tief Luft. »Wenn das alles ist, General, dann würde ich jetzt gern wieder in die Kaserne zurückkehren.«

Er preßte die Lippen zu einem dünnen Strich zusammen, und sein kalter Blick war wirklich vernichtend, als er mit wenigen großen Schritten auf sie zukam. »Für Sie mag das ja vielleicht alles wie ein interessantes Spiel aussehen, Miss O'Shea, aber ich versichere Ihnen, das ist es nicht. Ich werde keine naseweisen Sprüche dulden.«

Mit einem Blick auf ihren Mund hatte er eigentlich seine Bemerkung noch unterstreichen wollen, doch statt dessen wurde sein gebieterischer Ausdruck plötzlich ganz sanft. Erin bemerkte, daß er die Hände zu Fäusten ballte und sie dann wieder löste. Seine Augen glitten von ihren Lippen über ihre Nase, ihre Wangen und höher. Unter seinem brennenden Blick schien sie zu schmelzen.

Der Moment war so voller Spannung und unterdrücktem Verlangen, daß sie unter dem Ansturm der Gefühle zu zittern begannen. Beide erinnerten sich lebhaft an Augenblicke, die sie besser vergessen hätten, jedoch in wortlosem Einverständnis hüteten und hätschelten.

Schließlich riß Lance sich von ihrem Gesicht los, stieß wieder eine leise Verwünschung aus, dann ging er zum Schreibtisch zurück und ließ sich in den Stuhl fallen. »Sie können damit auf der Stelle beginnen, mich in Ruhe zu lassen. Ich habe zu arbeiten.«

Sie antwortete nicht, sondern verließ kommentarlos das Zimmer. Hätte sie sich umgedreht, ihr wäre nicht der Blick schmerzlichen Verlangens in seinen Augen entgangen, mit dem er ihr nachsah.

Es fiel Erin eigenartigerweise sehr leicht, sich an den Tagesablauf in dem Haus zu gewöhnen. Sie benutzte den Telefonanschluß in Melanies Schlafzimmer, um sich bei ihrer Firma zu melden, wie sie es versprochen hatte.

»Guten Abend, Spotlight hier«, meldete sich eine freundliche Stimme am Telefon.

Erin lachte. »Ich hatte ganz den Zeitunterschied vergessen. In Houston ist jetzt wirklich schon später Nachmittag, nicht wahr?«

»Hallo, Urlauberin.« Betty, Erins Sekretärin, lachte. »Hast du gefunden, wonach du gesucht hast?« fragte sie gespannt.

Schon bevor Lance sie eingeschüchtert und ihr befohlen hatte, mit niemandem über Kens Abwesenheit zu sprechen, hatte sie sich entschieden, ihre Freunde nicht mit ihren Sorgen zu belasten. »Ja, ich habe ihn gefunden«, antwortete sie statt dessen. »Oder wenigstens habe ich seine Frau gefunden, die mich mit offenen Armen willkommen geheißen hat. Ken ist für ein paar Tage auf Reisen.«

»Willst du damit sagen, daß er noch gar nichts von dir weiß?«

»Nein. Wir wollen ihn überraschen.« Schnell wechselte Erin das Thema. »Wie stehen die Dinge bei euch? Gibt es irgend eine größere Katastrophe, von der ich wissen sollte?«

»Nein, nur ein paar kleinere, doch die haben wir schon bereinigt. Entspann dich und gönn dir eine schöne Zeit.«

»Betty, vielleicht bleibe ich länger hier als geplant. Ich erwarte von dir und auch von den anderen, daß ihr die Firma so führt, als sei ich anwesend. Ich bin überzeugt, das schafft ihr. Aber wenn es irgendwelche Fragen gibt oder wenn etwas Ungewöhnliches passiert, dann ruft mich bitte an.«

Betty hielt einen Augenblick inne, dann fragte sie: »Bist du sicher, daß alles in Ordnung ist?«

»Aber ja, ganz bestimmt«, log Erin. Sie gab Betty Melanies Telefonnummer, dann unterhielt sie sich mit Betty noch über das Wetter und über die Gesundheit aller Mitarbeiter und legte den Hörer schließlich auf.

Während sie ihre Koffer auspackte, fragte sie sich nochmals, ob ihre Entscheidung richtig war. Hätte sie am

Ende doch zu ihrer Firma und ihrem Leben in Houston zurückkehren und alles vergessen sollen, was seit der Ankunft hier in San Francisco geschehen war?

Nein, sie schüttelte den Kopf. Sie konnte ihren Bruder und auch Melanie nicht im Stich lassen, wo sie die beiden gerade erst gefunden hatte. Ihre Schwägerin verließ sich jetzt auf sie, und sie hatte die Absicht, dieses Vertrauen nicht zu enttäuschen, ganz gleich, welche Unannehmlichkeiten sie dafür auf sich nehmen mußte, einschließlich Lance Barrett.

Den Rest des Nachmittags verbrachte sie in Melanies Gesellschaft, stundenlang unterhielten sie sich über Ken. Melanie wußte eine ganze Menge von seinem Leben, bevor er sie kennengelernt hatte, und Erin vermutete, daß die beiden eine sehr glückliche Beziehung zueinander hatten. Deshalb schien ihr die Tatsache, daß er das Geld gestohlen und seine Frau ohne ein Wort verlassen hatte, nicht stimmig zu sein. Das alles war viel zu konträr, um darin einen Sinn zu finden.

Sie gingen durch den Hof und den Garten. Melanie war zu Recht stolz auf ihren Blumengarten, den sie mit großem Eifer versorgte. Sie nannte Erin jeden einzelnen Busch mit Namen, erklärte ihr, wann sie ihn beschnitt, wann sie düngte und wie oft sie goß. Erin meinte, daß der Garten im Frühling ein Blütenmeer sein müsse, und Melanie strahlte glücklich.

Es ist erstaunlich, dachte Erin, daß diese junge Frau, die mit einem silbernen Löffel im Mund geboren war, so viel Freude daran hatte zu kochen, ihr Haus und ihren Garten in Ordnung zu halten und den Lebensstil ihrer Eltern mit Country-Clubs und Partys ablehnte.

An diesem Abend backte Melanie zum Abendessen eine köstliche Quiche, die sie zusammen in der Küche aßen.

Lance und Mike hatten die Einladung zum Abendessen dankend abgelehnt, obwohl Melanie zu bedenken gab, daß sie für zwei Personen viel zuviel gekocht hätte.

Erst spät am folgenden Morgen sah Erin Lance wieder, und das war auch eher ein Zufall. Sie hatte Schwierigkeiten, den Reißverschluß ihres blauen Wollkleides zu schließen. Der weiche Stoff hatte sich in den Zähnchen verfangen, und ganz gleich, was sie auch versuchte, der Reißverschluß bewegte sich keinen Zentimeter. Sie war gerade auf dem Weg zu Melanie, um sie um Hilfe zu bitten, als sie im Flur mit Lance zusammenstieß.

»Oh!« rief sie überrascht und stellte sich stramm mit dem Rücken zur Wand, damit er ihren nackten Rücken nicht sah.

»Hi«, begrüßte er sie, ihr Zusammentreffen hatte ihn nicht minder verlegen gemacht.

»Hi.«

»Ich … äh … ich bin hier heraufgekommen, um für Mrs. Lyman eine kaputte Glühbirne auszuwechseln.«

»Oh.« Erin fühlte sich schrecklich albern, wie sie mit dem Rücken zur Wand stand und sich nicht rühren durfte, ohne die Schultern ihres Kleides festzuhalten, damit sie ihr nicht über die Arme herunterrutschten.

»Sie ist unten in der Küche.« Lance deutete abwärts und sah Erin fragend an. Zwischen seinen Brauen bildete sich eine steile Falte.

»Ich gehe ja schon! Wenn Sie es erlauben, würden wir gern heute nachmittag ausgehen. Sie möchte mir die Fisherman's Wharf zeigen.«

»Sie möchten die Sehenswürdigkeiten der Stadt besichtigen?« fragte er spöttisch.

»Nein, das will ich nicht!« wehrte sie sich. »Aber Melanie möchte mich herumführen. Es wird ihr guttun, der bedrückenden Atmosphäre dieses Hauses, zu der auch Sie beitragen, für ein paar Stunden zu entrinnen.«

»Ich bin nicht hier als Entertainer. Oder haben Sie den Grund für meine Anwesenheit hier vergessen?«

Sofort bedauerte Erin ihren Ausbruch. Er mußte Tausende von Dingen in seinem Kopf haben, während das rote Telefon im Wohnzimmer ständig läutete. »Nein, natürlich habe ich das nicht vergessen«, meinte sie schuldbewußt. »Sind Sie damit einverstanden, wenn wir ausgehen?«

»Ja, ja.« Er seufzte.

Sie sah ihn an und wurde gefangen von der Strahlkraft seiner Augen, die tief in die ihren blickten. Flüchtig wünschte sie sich, die Hand auszustrecken und über das Grübchen in seinem Kinn zu streichen, doch umgehend unterdrückte sie diesen Wunsch wieder. Das rasende Klopfen ihres Herzens hingegen konnte sie nicht unterdrücken. Rasch wandte sie sich ab und wollte davoneilen, ehe die kühle Luft in ihrem Rücken sie an ihr kleines Problem erinnerte. Sie preßte den Rücken wieder gegen die Wand.

»Was, zum Teufel, ist denn los mit Ihnen?« fragte er.

Es hatte keinen Zweck, so zu tun, als wäre alles in Ordnung. Genausogut konnte sie ihm erklären, warum sie sich so eigenartig verhielt. Sonst würde er den ganzen Tag hier vor ihr stehenbleiben, wenn sie nicht den ersten Schritt tat. »Schwierigkeiten mit meinem Reißverschluß. Ich wollte gerade zu Melanie gehen und sie um Hilfe bitten.«

Sofort umspielte ein Lächeln seinen Mund. Er lehnte sich neben sie. Seine Stimme klang verführerisch: »Sie ist gerade beschäftigt. Ich dagegen bin im Augenblick verfügbar, gewillt und in der Lage, einzuspringen.«

»Nein …«

»Lassen Sie mich sehen, was sich machen läßt.« Noch ehe sie sich wehren konnte, hatte er sie schon herumgedreht. Sie wurde über und über rot, denn bis auf die dünnen Träger ihres seidenen Büstenhalters war ihr ganzer Rücken nackt. Das Kleid war gefüttert, deshalb trug sie auch keinen Unterrock. Der Reißverschluß ging bis zu ihren Hüften, die nur von ihrer durchsichtigen Strumpfhose bedeckt waren.

Ein Schauer lief durch ihren Körper, als sie fühlte, wie er beide Hände unter den Stoff des Kleides schob und sie auf die sanfte Rundung ihrer Hüften legte. Seine Finger waren warm.

Lange Zeit bewegten sich beide nicht, und außer dem dumpfen Schlagen ihrer Herzen, von denen jeder sicher war, daß der andere es hören konnte, herrschte Stille. Zuerst glaubte Erin, sie habe sich die sinnlichen Bewegungen seiner Finger nur eingebildet, doch als sie sie plötzlich auf ihrem Bauch fühlte, wußte sie, daß es keine Einbildung war. Eine seiner Hände lag auf ihren Rippen, nahe … nahe … ganz nahe an ihrer Brust. Die andere Hand hatte er unter das Gurtband ihrer Strumpfhose geschoben, mit sanften Fingern erforschte er ihren Nabel.

Rühr sie nicht an, befahl sich Lance, doch seine Hände weigerten sich zu gehorchen. Dies hier ist verrückt. Ihr Verlobter ist so reich wie Krösus und du … bei Gott, sie fühlte sich wirklich herrlich an. Quäle dich doch nicht so. Zögernd legte er seine Hände wieder an die klemmenden Stoffteile.

»Treten Sie einen Schritt zurück«, flüsterte er mit rauher

Stimme. Erin machte zwei kleine Schritte und fühlte dann, wie er sachte den feinen Stoff aus dem Reißverschluß zog. Sie merkte, wie sich das Hindernis löste. Er zögerte, den Reißverschluß hochzuziehen und das Kleid zu schließen. »Danke«, murmelte sie verwirrt, als es endlich klappte.

»Augenblick noch«, meinte er und legte ihr beide Hände auf die Schultern. »Hier oben ist noch ein Haken.« Er zog sie näher zu sich und beugte sich über ihren Nacken, um den kleinen Haken besser sehen zu können und die Öse, in die er eingehakt werden mußte.

Seine Finger waren warm an ihrem Hals, und sein Atem blies in die kleinen Härchen in ihrem Nacken. Er hatte den Haken längst geschlossen, doch Erin machte keine Anstalten zum Aufbruch.

Er legte die Finger um ihren schlanken Hals, und sie fühlte, wie seine Daumen über ihren Nacken strichen. Sie schwankte ein wenig, dann konnte sie jedoch der Versuchung nicht länger widerstehen, sich an ihn zu lehnen. Unwillkürlich drängte sie ihren Po gegen seine Hüften, an ihren Oberschenkeln fühlte sie die harten Muskeln seiner Beine.

Seine Lippen streichelten ihr Ohr. »Riechst du immer so verlockend?« fragte er. Er schob eine Hand unter ihren Arm, um ihre Taille herum und legte sie auf ihren Bauch. Mit einem sanften, doch stetigen Druck zog er sie noch näher.

Sie fühlte seinen warmen Atem in ihrem Nacken, doch zu gleicher Zeit fühlte sie noch etwas anderes, das sich regte und sich an sie drängte. O Gott, dachte sie. Ich sollte es nicht zulassen, daß er …

»Erin, bist du noch nicht fertig?« rief Melanie von unten herauf.

Erin und Lance fuhren erschrocken auseinander. Erin versuchte sich zu fangen, mit unsicherer Stimme antwortete sie: »Ja … doch, ich … ich bin gleich unten.«

»In Ordnung. Ich warte draußen im Wagen auf dich«, gab Melanie Bescheid.

Mit vor Verlegenheit hochroten Wangen vermied Erin es, Lance anzusehen. Sie blickte auf den Teppich. »Danke«, murmelte sie noch einmal.

Verschwörerisch beugte er sich zu ihr, legte seine Lippen an ihr Ohr und flüsterte: »Es war mir ein Vergnügen.«

Erin raste die Treppe hinunter.

Zu jeder anderen Zeit hätte Erin das pulsierende, kosmopolitische Leben der Fisherman's Wharf genossen. Sie und Melanie schlenderten an den Piers entlang und nahmen die ungewöhnlichen Ansichten, Klänge und Gerüche in sich auf. Melanie zeigte ihr all die interessanten Dinge, und Erin schauderte es, als sie die verlassene Insel von Alcatraz erblickte. Ihre nackten, unheimlichen Mauern erhoben sich aus dem blauen Wasser der Bucht wie ein gefräßiges Seeungeheuer aus Beton. Die Golden Gate Bridge war selbst aus dieser Entfernung noch beeindruckend in ihren Proportionen. Melanie ratterte die Statistiken herunter wie ein Fremdenführer.

Sie gaben den einladenden Gerüchen eines Verkäufers an der Straße nach und kauften Pappbecher mit Shrimps, frisch aus dem Kübel mit gewürztem kochendem Wasser. Gierig verschlangen sie die Shrimps, dann entschieden sie, daß es noch nicht genug war und bestellten jeder noch einen Becher voll der Köstlichkeit. Später stöhnten sie über ihre Genußsucht, dabei hatten sie doch gerade erst begonnen.

Melanie mußte Erin die steile Straße zum Ghirardelly Square fast hinaufziehen. Sie gingen an den malerischen Geschäften vorbei, und obwohl sie von den Shrimps noch voll waren, genehmigten sie sich ein Eis mit heißen Früchten in der Old Chocolate Manufactory.

Erin konnte kaum noch atmen, sie platzte gleich. Wenn sie noch ein paar Wochen in San Francisco blieb, würde sie kugelrund nach Hause zurückkehren.

»Glaubst du, ich sollte zurückgehen und das Kleid kaufen?« fragte Melanie, als sie den letzten Löffel Eis in den Mund schob. Erin hatte sie dazu überredet, ein Kleid anzuprobieren, das sie in einer der Boutiquen gesehen hatten.

»Ich denke, das Kleid war für dich wie geschaffen, meine Liebe.« Erin parodierte die hohe Stimme der Verkäuferin, mit denen sie ihnen das Kleid angepriesen hatte, und beide kicherten.

»Okay.« Melanie stand auf. »Ich werde es mir kaufen. Du hast mich dazu überredet.«

Sie bahnten sich einen Weg durch die Menschenmenge vor den Geschäften. Eine Gruppe von Komödianten weckte Erins Aufmerksamkeit. »Wenn es dir nichts ausmacht, warte ich hier, bis du wiederkommst«, erklärte sie Melanie. »Ich möchte mir gern diese Vorstellung hier ansehen.«

»Sicher, ich bin bald wieder da.« Melanie verschwand in der Menge.

Erin war so gefesselt von den Kunststückchen der talentierten Spaßvögel, daß sie den Mann neben sich erst bemerkte, als er mit ihr sprach. »Sie sind sehr gut, nicht wahr?«

Sie blickte auf und sah in ein interessantes Gesicht, zweifellos das Gesicht eines Engländers. »Ja, das sind sie.« Sie lächelte den Mann an.

»Leben Sie hier in San Francisco?« fragte er.

»Nein, ich komme aus Houston in Texas. Sie sind offensichtlich genauso Tourist wie ich.«

Er lachte leise. »Sie haben mich durchschaut. Ich fürchte, ich kann es nicht verleugnen.«

»Woher kommen Sie?« fragte Erin ihn.

»Aus Kent. Dies ist meine zweite Reise in die … Kolonien.« Er grinste sie umwerfend an, und Erin mußte lachen. »Aber es ist meine erste Reise nach Kalifornien, und ich …«

Er wurde grob unterbrochen, als sich jemand zwischen ihn und Erin schob und nach ihrem Arm griff. »Entschuldigen Sie uns bitte, alter Junge«, sagte Lance mit einer Stimme, die nicht gerade liebenswürdig klang.

Erin hatte nicht einmal mehr die Zeit, dem freundlichen Engländer noch eine gute Reise zu wünschen, ehe Lance sie durch die Menschenmenge wegzerrte. Sie murmelte den Leuten, an denen sie vorbeikamen, Entschuldigungen zu, weil sie gegen sie stieß, und es entging ihr auch nicht, daß einige dieser Leute ihnen befremdete Blicke zuwarfen. Lances Benehmen war abstoßend, doch er schien die vielen Menschen und seine eigene Grobheit gar nicht zu bemerken.

Als sich die Menge etwas lichtete, fragte er sie verärgert: »Wo, zum Teufel, sind Sie gewesen? Wo ist Mrs. Lyman? Und wer war der Halunke, mit dem Sie sich unterhalten haben?« Bei jeder Frage verstärkte sich der Druck seiner Hand um ihren Oberarm, bis Erin beinahe vor Schmerz aufgeschrien hätte.

»Ich werde kein einziges, elendes Wort sagen, wenn Sie mich nicht sofort loslassen«, brauste sie auf.

Er blickte auf seine Hand, die noch immer ihren Oberarm umklammerte, und in diesem Augenblick schien er erst zu bemerken, daß er sie festhielt. Sofort ließ er los. »Also gut«, schrie er zurück. »Wo ist Mrs. Lyman?«

»Sie ist in einer Boutique und kauft sich ein Kleid«, erklärte Erin und rieb ihren schmerzenden Arm, um die Blutzirkulation anzuregen. »Sie hatte es anprobiert und ist jetzt zurückgegangen, um es zu kaufen. Ich habe hier draußen auf sie gewartet.«

»Und wer war der Mann, mit dem Sie sich so köstlich amüsierten?« Seine Augen blickten genauso kalt, wie seine Stimme klang.

Erins Toleranzgrenze war erreicht. »Ich habe keine Ahnung!« rief sie. »Er war ganz einfach nur ein Mann, ein sehr freundlicher, netter Mann, dem Sie nicht das Wasser reichen können«, fügte sie bissig hinzu.

»Sie können Ihre Menschenkenntnis für sich behalten, Miss O'Shea. Meine Unfreundlichkeit hat ihren Ursprung in meiner Besorgnis. Sie sind schon seit Stunden weg! Und als Clark dann anrief und erklärte, daß er Sie in der Menschenmenge verloren hatte ...«

»Sie haben uns beschatten lassen?« fragte sie ungläubig. »Das ist ja wohl ...«

»Nur zum Schutz von Mrs. Lyman natürlich.«

»Von wegen.« Erin entdeckte Melanie, die auf sie zukam und sich mit einem Mann unterhielt, der Armesündermiene aufsetzte, als er näher kam. »Ich habe sie gefunden«, erklärte er Lance.

»Ja, danke«, erwiderte Lance. Erin tat der junge Mann leid, der zweifellos in Lances Augen lesen konnte, was dieser von ihm hielt.

Melanie schien von der Spannung gar nichts zu merken, als sie danach alle vier auf Erins Wagen zuhielten. »Wir haben dort drüben geparkt und werden hinter Ihnen herfahren«, knurrte Lance und hielt Erin die Autotür auf.

»Jawohl, Sir. Ganz, wie Sie möchten, Sir.« Sie salutierte militärisch und freute sich darüber, wie er das Gesicht verzog und dann die Autotür ins Schloß warf.

Um Lance noch mehr zu ärgern, bat sie Melanie, ihr den längsten Umweg nach Hause zu zeigen. Sie fuhren dabei auch durch die Lombard Street, die kurvenreichste Straße der Welt, auf der es auf einer Länge eines Häuserblocks sieben Kurven gab. Der Mercedes schaffte diese Kurven mit Leichtigkeit, der Wagen, in dem Lance saß, jagte Rauchwolken in die Luft.

Als sich die ersten Anzeichen eines verdorbenen Magens meldeten, wußte Erin, daß sie für die Schlemmereien dieses Tages bezahlen mußte. Ihr Zusammenstoß mit Lance hatte auch noch dazu beigetragen, daß ihr Magen jetzt revoltierte. Sie ging zu Bett, verriet Melanie allerdings nichts von ihrer Übelkeit, sondern erklärte ihren Rückzug mit Übermüdung.

Sie versuchte zu schlafen, doch warf sie sich ruhelos in dem Bett hin und her, bis sie schließlich in einen oberflächlichen Schlummer fiel. Irgendwann nach Mitternacht wachte sie auf, mit heftigen Magenkrämpfen. Jeder einzelne Muskel in ihrem Körper zog sich zusammen, und ihr brach der Schweiß aus.

Die Gliedmaßen waren bleischwer, als sie die Decke zurückschob und aufzustehen versuchte. Sie schaffte es gerade noch, das Licht im Bad anzuknipsen und den Deckel der Toilette zu lüften, dann mußte sie sich sturzbachartig übergeben.

Sie konnte sich nicht daran erinnern, sich jemals in ihrem Leben so elend gefühlt zu haben. Es schien eine Ewigkeit zu dauern, bis ihr Magen leer war. Jeder einzelne Krampf nahm ihr den Atem, heiß und kalt lief es ihr über den Rücken, Hals und Kopf. Wie Feuer brannte es in ihren Ohren, der Kopf dröhnte. Dann wieder fror und zitterte sie. Schweißausbrüche folgten, und das Nachthemd klebte ihr am Körper.

Schließlich, als sie fürchtete, ohnmächtig zu werden, hielt sie ihr Gesicht unters kalte Wasser, und weil sie sich nicht mehr auf den Beinen halten konnte, kroch sie in ihr Zimmer zurück bis zum Bett. Sie sank darauf zusammen, erleichtert, daß all das, was sie krank gemacht hatte, nun draußen war.

Doch das stimmte nicht. Alarmiert stellte sie nur wenige Augenblicke später fest, daß ihr Magen sich wieder hob. In der Eile, ins Bad zu kommen, stieß sie gegen die Tür, und die Tür krachte an die Wand. Sie hockte noch immer vor der Toilette, als sie bemerkte, daß Melanie ins Bad gekommen war und sie entsetzt beobachtete.

Als Erin wieder in der Lage war, sich aufzurichten, gab es keine Melanie mehr. Wieder kroch sie zurück und ließ sich erschöpft in ihre Kissen sinken. Der ganze Körper tat ihr weh. Erschrocken fuhr sie zusammen, als plötzlich die Tür aufgerissen wurde und Lance hereinschoß. Seine Augen blickten wild, sein Haar war zerzaust, und er trug kein

Hemd. Die Jeans schien er sich in aller Eile übergezogen zu haben, er hatte zwar den Reißverschluß geschlossen, doch nicht den Knopf. Dazu trug er Turnschuhe, die Schnürsenkel schleiften am Boden. Hinter ihm erschien Melanies Gesicht im Türrahmen, bleich und verängstigt.

Lance kam schnell zum Bett und beugte sich über Erin, er legte ihr eine Hand auf die Stirn. Sein Gesicht zeigte nicht mehr die kalte Abweisung, er betrachtete sie besorgt von Kopf bis Fuß, als suche er nach Anzeichen einer Verletzung.

»Erin? Was ist passiert?« Das konnte doch nicht Lance sein. Es war jemand, der genauso aussah wie er. Lances Stimme hatte noch nie so besorgt geklungen und hatte sie Erin genannt, nicht Miss O'Shea. Sie liebte die Art, wie er ihren Namen aussprach. Was hatte er doch gleich wissen wollen?

»Ich … ich weiß es nicht.« Ihre Stimme klang, als hätte sie einen Sprung. Sie konnte kaum genug Atem holen, um zu flüstern. »Ich denke, ich habe einfach zu viel gegessen. Die Shrimps waren vielleicht nicht gut. Ich weiß es …« Sie griff nach ihrem Magen und krümmte sich vor Schmerz zusammen.

»Verdammt«, hörte sie ihn murmeln, dann befahl er: »Mrs. Lyman, rufen Sie Ihren Arzt an und sagen Sie ihm, daß es hier einen Notfall gibt. Dies ist mehr als ein verdorbener Magen. Wenn er nicht sofort kommen kann, suchen Sie einen anderen Arzt.«

»Er ist ein Freund von uns, er kommt bestimmt«, preßte Melanie heraus. Für Erin schien ihre Stimme vom dunklen Ende eines langen Tunnels zu kommen.

Sie geriet in Panik, als sie fühlte, daß sie sich wieder übergeben mußte. Sie hielt sich die Hand vor den Mund. Lance schob die Decke zurück und hob sie in seine Arme. Einen Arm hatte er um ihren Rücken gelegt, den anderen unter ihre Knie. Er trug sie ins Bad und setzte sie vor der Toilette ab. Erin hatte gar keine Zeit sich zu schämen, wieder mußte sie sich keuchend übergeben.

Als sie fertig war, richtete sie sich auf und lehnte sich bibbernd an die Wand. Lance legte ihr beschützend einen Arm um die Taille und reichte ihr ein Glas Wasser. »Hier, spülen Sie Ihren Mund damit aus, aber schlucken Sie es nicht runter.«

Das Glas stieß gegen ihre Zähne, doch Erin nahm gehorsam einen Schluck. Es war Mundwasser, mit Wasser verdünnt.

Sie wusch sich den Mund aus und spuckte dann alles in das Waschbecken. Wie würde sie diesem Mann je wieder in die Augen sehen können? Würde er sich nicht immer wieder daran erinnern, wie sie in diesem Augenblick ausgesehen hatte? Doch darüber konnte sie jetzt nicht nachdenken, sie klammerte sich an ihn wie eine Ertrinkende.

Behutsam legte er sie auf das Bett und breitete die Decke über sie, weil sie sich in einem Anfall von Schüttelfrost zusammenzog. Er saß auf der Bettkante und strich ihr das schweißfeuchte Haar aus der Stirn, als Melanie zurückkam. »Der Arzt ist in einer Minute hier. Er wohnt nur wenige Häuserblocks entfernt. Geht es ihr besser?«

»Ich denke schon«, hörte Erin Lance antworten. »Gehen Sie bitte runter in die Küche und bringen Sie einen Plastikbeutel mit Eis herauf.«

Erin konnte sich später gar nicht mehr daran erinnern, daß

Melanie gegangen und wiedergekommen war. Doch einige Sekunden später sagte Lance: »Wenn Ihnen wieder schlecht wird, werde ich Ihnen das hier auf den Hals legen. Das hilft vielleicht.« Sie nickte schwach, doch konnte sie die Augen nicht öffnen. Ihre Lider wogen Tonnen. All ihre Kraft schien sich in ihrer Rechten zu konzentrieren, mit der sie Lances Hand umklammert hielt, als sei dies eine Frage von Leben und Tod.

Sie mußte eingeschlafen sein, denn das nächste, was sie bemerkte, war eine Hand, die ihre Schulter schüttelte und eine fremde Stimme vom Ende eines Tunnels. »Miss O'Shea. Miss O'Shea. Wenn Sie schon einen Mann um zwei Uhr in der Nacht aus dem Bett holen lassen, dann könnten Sie ihn zumindest begrüßen.«

Das Gesicht, das sich über sie beugte, war so liebenswürdig wie die dazugehörige Stimme. Der Arzt hatte graues Haar, seine Augen waren von einem verwaschenen Blau. »Wie geht es Ihnen? Ist alles herausgekommen?«

»Ich glaube schon.« Sie nickte.

»Nach dem, was ich gehört habe, muß Ihr Magen ganz schön weh tun. Haben Sie noch Schmerzen?« Er hatte die Decke zurückgeschoben und untersuchte jetzt mit erfahrenen Händen ihren Bauch.

Einen Augenblick lang dachte sie über seine Frage nach, dann antwortete sie: »Es fühlt sich alles ganz leer an, aber ab und zu habe ich noch einen Krampf. Doch es ist nicht mehr so schlimm wie vorhin.«

»Nun, in dem Magen ist ja auch nichts mehr, was sich verkrampfen könnte.« Er lächelte. Jetzt maß er ihren Blutdruck und schob ihr ein Fieberthermometer unter die Zunge. »Ich werde Ihnen einige Fragen stellen, Sie brauchen nur zu nicken oder den Kopf zu schütteln. Haben Sie schon öfter so etwas gehabt?«

Nein.

»Hat ein Arzt bei Ihnen ein Magengeschwür festgestellt?«

Nein.

»Haben Sie Anzeichen von Blut gesehen, als Sie sich übergeben mußten?«

Nein.

»Sind Sie schwanger?«

Aus einem unerklärlichen Grund flogen ihre Blicke zu Lance, der am Fuß des Bettes stand. Er hatte sich mittlerweile ein Hemd angezogen, doch es nicht zugeknöpft.

»Nun?« fragte der Arzt nach.

Nein.

»Nehmen Sie irgendwelche Medikamente, einschließlich Tabletten zur Geburtenkontrolle?«

Sie wollte gerade den Kopf schütteln, als sie sich an das Penicillin erinnerte. Ja.

»Ich werde die Tabletten holen«, sagte Lance und ging ins Bad.

Der Arzt nahm das Thermometer aus ihrem Mund: »Nun, Fieber haben Sie jedenfalls nicht. Ihre Temperatur liegt sogar unter der Norm.« Er lachte leise.

»Das ist bei mir normal«, erklärte Erin und hoffte, die Grimasse in ihrem Gesicht würde als Lächeln durchgehen. »Wie ist Ihr Name?« fragte sie.

»Andrew Joshua.«

»Danke.« Sie fand wenigstens die Kraft zu nicken, und er tätschelte ihr die Hand.

»Zuerst einmal müssen Sie gesund werden, dann können Sie mir danken.«

Er nahm die Tabletten aus Lances Hand und zog eine silbergerahmte Brille aus der Brusttasche seines Anzuges, dann las er die Rezeptur auf der Rückseite des Döschens.

Erin blickte zu Lance. Er hatte beide Hände in den Taschen seiner Jeans vergraben und starrte sie von seinem Platz am Fußende aus an. Es kam ihr gar nicht in den Sinn, seine Anwesenheit hier in Frage zu stellen, während der Arzt sie untersuchte. Sie war einfach froh, daß er da war. Verwundert stellte sie fest, daß die steile Falte zwischen seinen Augenbrauen genau auf der gleichen Linie lag wie das Grübchen in seinem Kinn. Er bedachte sie mit einem kurzen, aufmunternden Lächeln, und die Wärme in seinem Blick schien sie anzurühren. Wie gern hätte sie jetzt weniger jammervoll ausgesehen.

Melanie war noch immer verschwunden.

»Aha, Penicillin«, meinte Dr. Joshua. »Wogegen nehmen Sie das?«

»Gegen eine Halsentzündung.«

»Wann hatten Sie Angina?«

»In der letzten Woche. Am Dienstag fing es an.«

»Und Sie haben die Anweisungen genau eingehalten und jeden Tag drei Tabletten genommen?«

»Vorgestern habe ich um die Mittagszeit eine ausgelassen.« Sie warf Lance einen schnellen Blick zu.

»Haben Sie die Einnahme hinterher nachgeholt, oder haben Sie sie überschlagen?«

»Ich habe sie überschlagen.«

»Nun, dann tun Sie uns allen einen Gefallen und überschlagen auch noch den Rest. Ich denke, daß Sie allergisch darauf reagiert haben. Es ist ein sehr gutes Mittel, aber Sie wissen ja selbst, wenn jemand allergisch auf etwas reagiert, kann selbst eine gute Sache gefährlich werden.«

»Aber ich habe mein ganzes Leben lang Penicillin genommen«, protestierte Erin.

»Dies hier ist eine neue, synthetische Version. Etwas in der Zusammenstellung macht diese Tablette für Sie unverträglich.«

»Davon hatte ich keine Ahnung«, murmelte Erin.

»Nun, jetzt wissen Sie Bescheid. Vergessen Sie nicht, Ihren Arzt davon zu unterrichten, wenn Sie wieder nach Hause kommen. Ich werde einen Bericht schreiben, den können Sie dann mitnehmen. Wie geht es denn Ihrem Hals?«

»In den letzten Tagen hat er sich gebessert.«

»Gut. Ich werde Ihnen eine Spritze geben, damit Sie schlafen können und die Magenkrämpfe aufhören. Ich werde auch ein Medikament hierlassen, das die Übelkeit vertreibt, falls es Ihnen noch einmal schlecht werden sollte; das bezweifle ich jedoch, Sie hätten das bis jetzt schon bemerkt. Essen Sie nur leichte Sachen und auch nur dann, wenn Sie wirklich hungrig sind.« Allein der Gedanke an Essen verursachte ihr ein flaues Gefühl, und Dr. Joshua lachte über ihren Gesichtsausdruck. »Ich bin sicher, daß Sie eine Weile gar keinen Appetit haben.«

Er gab ihr die Spritze und plauderte dabei über die letzte Spielsaison der Houston Oilers. Die leere Kanüle warf er in seine Tasche, dann erhob er sich: »Falls Sie nicht auch noch zu allem anderen eine Lungenentzündung bekommen möchten, stehen Sie jetzt am besten auf, damit wir das Bett frisch beziehen können. Sie sollten auch das Nachthemd wechseln.«

Erin versuchte sich aufzusetzen, doch ihre Muskeln versagten ihr den Dienst, und sie fühlte, daß sich ein weiterer Magenkrampf ankündigte. Mit einem Seufzer sank sie gepeinigt in die Kissen zurück. »Entschuldigung«, flüsterte sie.

Im nächsten Augenblick war Lance um das Bett geglitten. Er hob sie hoch wie zuvor und trug sie ins Bad. Dr. Joshua rief nach Melanie, damit diese das Bett neu bezog, und Lance setzte Erin vorsichtig auf den Stuhl vor der Frisierkommode.

»Ich hole Ihnen etwas zum Umziehen. Soll ich Mrs. Lyman herschicken?«

Erin schüttelte den Kopf. »Nein, ich schaffe es schon allein. Werfen Sie mir das Nachthemd einfach durch die Tür. Die Sachen liegen in der zweiten Schublade in der Kommode.« Auch wenn sie nicht viel gesprochen hatte, so hatte es sie doch vollkommen erschöpft.

Lance verschwand, und Erin schob die Träger des Nachthemds über ihre Schultern hinunter und wand sich heraus, ohne dabei vom Stuhl aufzustehen.

»Hier ist es«, rief Lance von der anderen Seite der Tür, und dann kam ein Nachthemd aus weichem Baumwollstoff auf sie zugesegelt. »Haben Sie es aufgefangen?« fragte er.

»Ja«, antwortete sie und fragte sich, was er wohl getan hätte, wenn das Nachthemd außerhalb ihrer Reichweite gelandet wäre. Sie wurde über und über rot, und ihre Krankheit hatte damit nichts zu tun. Sie wußte, was er getan hätte. Schnell zog sie das Nachthemd über den Kopf und versuchte, die kleinen Knöpfe am Halsausschnitt zu schließen. Für ihre schwachen Finger war das eine Sisyphusarbeit.

»Rufen Sie mich, wenn Sie fertig sind«, drang Lances Stimme herein.

»Ich bin fast ... ich ...« Sie konnte nicht weitersprechen.

Lance stieß die Tür auf und sah, daß ihre Arme matt heruntersanken. Ein Ausdruck unendlicher Zärtlichkeit breitete sich auf seinem Gesicht aus, und er kniete vor ihr nieder.

Von ihren Brüsten bis zu den Knien knöpfte er das Nachthemd so schnell er konnte zu, als fürchte er sich davor, diese Aufgabe hinauszuzögern. Beim letzten Knopf hielt er inne. Und dann fühlte sie plötzlich seine Wange an ihren nackten Knien und seine kräftigen Hände an ihren Unterschenkeln. Am liebsten hätte sie die Hand ausgestreckt, um das goldbraune Haar zu berühren, das sie an den Beinen kitzelte, doch sie brachte die Kraft dazu nicht auf. Seine Hände strichen über ihre Beine, massierten ihre müden, schlaffen Muskeln.

Lance hob den Kopf, dann verabreichte er ihrem Knie einen schnellen kleinen Kuß und schloß den letzten Knopf. Er hob sie wieder hoch, um sie zurück ins Schlafzimmer zu tragen. Sie genoß die kräftigen Arme, die sie hielten und sie gegen seinen harten, muskulösen Oberkörper drückten.

Der Arzt und Melanie waren noch dabei, das Bett zu beziehen, und unterhielten sich leise. Erin fühlte die Wirkungen der Spritze, sie war benommen und weit fort, ihr Kopf sank an Lances Brust, als er sich mit ihr in den Armen in einen Sessel setzte und sie auf seinem Schoß bettete.

Eine herrliche Mattigkeit ergriff von ihr Besitz. Das gleichmäßige Heben und Senken seines Brustkorbes unter ihrer Wange und die kleinen Härchen, die sich aus seinem offenen Hemdkragen hervorwagten und sie an der Nase kitzelten, waren berauschend. Unbewußt schmiegte sie sich noch enger an ihn, eine Hand schob sie in sein offenes Hemd und legte sie auf das dichte krause Brusthaar.

Sie wußte nicht einmal bestimmt, ob ihre Finger instinktiv nach den kleinen harten Brustwarzen gesucht hatten, die sich in dem dichten Haar verbargen, sie ahnte auch nichts von dem peinigenden Glücksgefühl, das Lance zu überwältigen drohte, als sie ihn an einer so intimen Stelle berührte. Ohne ein Wort, ohne daß sie auch nur einen Gedanken daran verschwendete, verriet ihm dieses Tasten das Geheimnis ihres Herzens. Lance tat es ihr gleich, unter seinem Hemd legte er seine Hand auf ihre und drückte sie so fest an sich, als wünsche er, eins mit ihr zu werden.

Erin glaubte, daß es Einbildung gewesen sein mußte, die sie fühlen ließ, wie er sein Gesicht in ihrem Haar vergrub. Die leise gemurmelten Worte waren unverständlich, hörten sich jedoch an wie eine Liebkosung voll unterdrückter Gefühle. Und die sanfte Berührung ihrer Stirn mit seinen Lippen war sicher auch Teil eines Traums. Aber ob sie es sich nun eingebildet hatte oder nicht, sie wollte, daß es immer so bliebe und murmelte einen schwachen Protest, als Lance mit ihr wieder aufstand und sie zum Bett hinübertrug.

Vorsichtig legte er sie hinein und zog die Decke über sie. »Lassen Sie sie morgen schlafen, solange sie möchte«, vernahm Erin die Stimme von Dr. Joshua.

»Wird sie bald wieder gesund sein?« War es Lance, der diese ängstliche Frage gestellt hatte? Er mußte es gewesen sein, denn schließlich war außer dem Arzt er der einzige Mann im Raum.

»Ja, sicher ist sie bald wieder auf den Beinen. Morgen wird sie sich schrecklich fühlen, aber übermorgen sollte sie über den Berg sein. Wenn das nicht der Fall ist, rufen Sie mich bitte.«

Erin hörte noch, wie der Arzt sich verabschiedete, und durch die halb geschlossenen Lider bemerkte sie auch, daß das Licht gelöscht wurde. Jemand kam zu ihr ans Bett. Wer auch immer es war, Erin fühlte, wie er ihre Hand ergriff und sie dann an eine stoppelige Wange preßte, ehe er sie an seinen Mund zog und ihre Innenseite hingebungsvoll küßte.

Sie wollte wissen, wer das gewesen war, aber sie vermochte die Augen nicht mehr zu öffnen.

Außerdem hatte sie wahrscheinlich wieder einmal Halluzinationen.

7. Kapitel

Den Sonnenstrahlen nach zu urteilen, die durch das Fenster fielen, mußte es später Nachmittag sein, als Erin erwachte. Reglos blieb sie liegen und wartete darauf, daß ein erneuter Magenkrampf sich meldete, doch nichts geschah. Sie fühlte sich nur entsetzlich schwach, und jeder einzelne Muskel in ihrem Körper schmerzte.

Sie drehte sich auf die Seite und sah, daß jemand daran gedacht hatte, einen Eiskübel neben das Bett zu stellen. Sie öffnete ihn, nahm zwei kleine Stückchen Eis heraus und legte sie auf ihre geschwollene, trockene Zunge. Noch ehe das Eis geschmolzen war, war Erin schon wieder eingeschlafen.

Der späte Abend tauchte den Himmel in ein sanftes Rot, als Erin vom Geräusch klappernden Geschirrs geweckt wurde. Sie drehte sich im Bett um und entdeckte Melanie, die einen Servierwagen ins Zimmer rollte.

»Du bist wach«, rief Melanie erfreut. »Ich dachte schon, du würdest ewig schlafen, aber Mr. Barrett sagte, daß ich dich unter keinen Umständen wecken dürfte.«

»Melanie?« krächzte Erin. Was war nur mit ihrer Stimme geschehen? Sie räusperte sich und versuchte es dann noch einmal. »Melanie, es tut mir so leid, daß ich dir solche Umstände mache.«

»Erin! Du wirst mich doch nicht beleidigen wollen, indem du dich entschuldigst. Du kannst doch nichts dafür, daß du krank geworden bist.«

»Ich weiß, aber ich habe dir so viel Mühe und Arbeit aufgeladen. Als hättest du im Augenblick nicht sowieso genug um die Ohren.« Sie versuchte sich aufzusetzen, doch gelang es ihr nur, sich ein wenig höher in die Kissen zu schieben.

Melanie stellte das Tablett auf den Nachttisch. »Ich bin diejenige, die sich entschuldigen muß, Erin.« Sie blickte auf ihre verschränkten Hände. »Ich konnte dir gestern abend nicht helfen. Seit meiner Kindheit habe ich schreckliche Angst vor Krankheiten. Immer, wenn ich in der Nähe eines Kranken bin, übertragen sich dessen Symptome auf mich. Verzeih mir, Erin, weil ich dich allein gelassen habe, als du mich am nötigsten gebraucht hättest.«

Erin nahm Melanies Hand. »Ich war viel zu beschäftigt, um es überhaupt zu bemerken«, winkte sie ab und rang um ein Lächeln. »Aber jetzt geht es mir schon viel besser.«

»Oh, das freut mich so. Mr. Barrett dachte, du möchtest vielleicht ein paar Cracker essen mit Tee. Er benimmt sich schon den ganzen Tag über so eigenartig. Weißt du, was er in der letzten Nacht getan hat? Er hat Dr. Joshua erklärt, du seist seine Frau. Ich habe mir jeden Kommentar verkniffen. Wenn er diesen wilden Gesichtsausdruck bekommt – du weißt schon, was ich meine –, dann bin ich mit allem einverstanden, was er sagt.« Melanie fiel gar nicht auf, daß das Gesicht ihrer Schwägerin jetzt auch noch das letzte bißchen Farbe verloren hatte. »Er meinte, dein Magen müsse ganz leer sein. Kannst du etwas essen, ohne gleich wieder … äh … ohne dich gleich wieder zu übergeben?« fragte sie ängstlich.

»Das weiß ich nicht«, antwortete Erin. Allein die Vorstellung von Tellern und Besteck war schon abstoßend, und jetzt schien ihr leerer Magen sich obendrein nervös zusammenzuziehen bei dem, was Melanie über Lance erzählte. Aber diese Schwäche ärgerte sie. »Ich werde ganz vorsichtig daran knabbern.«

Melanie setzte sich an das Fußende und unterhielt sich mit Erin, während die zwei der Cracker bewältigte. Dann nippte sie an dem lauwarmen Tee, um ihren Mund ein wenig anzufeuchten.

»Das rote Telefon läutet schon den ganzen Tag. Ich glaube, es tut sich etwas, aber bis jetzt hat Mr. Barrett noch nichts verlauten lassen.«

»Vielleicht gibt es ja auch nichts von Belang«, versuchte Erin die jüngere Frau zu trösten, die so hilflos und verloren aussah. Erin entschuldigte sich noch einmal bei ihr, weil sie ihr nicht die nötige Unterstützung bieten konnte.

»Sorge du nur dafür, daß es dir wieder besser geht, damit du gesund bist, wenn Ken nach Hause kommt.« Melanie stand auf. »Möchtest du vielleicht ein Bad?«

Erin dachte, daß sie die Gelegenheit nutzen sollte, solange noch jemand da war, um ihr zu helfen. Zusammen schafften sie es bis ins Badezimmer. Erin wusch ihr Gesicht, putzte sich die Zähne und ging auf die Toilette. Der Weg zurück zum Bett zog sich hin wie eine Weltreise.

Erleichtert sank sie in die Kissen, die Augen fielen ihr zu. »Danke, Melanie, daß du mir das Eis gebracht hast. Es war genau das, was ich brauchte«, murmelte sie schläfrig.

»Das habe ich gar nicht gebracht, das war Mr. Barrett.«

Melanie schloß leise die Tür hinter sich, und Erin blieb

allein zurück in dem ruhigen, dämmrigen Zimmer, nur ihre Gedanken leisteten ihr Gesellschaft.

Es war erstaunlich, was für einen Unterschied zwölf Stunden in Erins Befinden ausmachten. Am nächsten Morgen fühlte sie sich schon weitaus besser. Ganz vorsichtig streckte sie die Beine aus dem Bett und stand auf. Sie schwankte und der Raum verschwamm vor ihren Blicken, doch dann legte sich das Schwindelgefühl, und sie stakste langsam über den Flur.

Sie wusch sich und zog ein frisches Nachthemd an. Ihr Haar klebte am Kopf, doch ein gründliches Bürsten brachte halbwegs seine ursprüngliche Fülle zurück. Ihre ausgetrockneten Lippen erfrischte sie mit einem leicht getönten Lip Gloss. Und zum Schluß besprühte sie sich noch ein wenig mit Zitronenduft. Jedes Parfüm hätte wahrscheinlich ihren Magen aufs neue revoltieren lassen, doch jetzt fühlte sie sich wenigstens wieder wie ein Mensch. Sicher ging es ihr schon viel besser, da sich ihre Eitelkeit wieder meldete.

Sie saß auf der Bettkante und cremte ihre Hände ein, als die Tür einen Spaltbreit aufging und Lances Kopf sichtbar wurde. Sie hielt mitten in der Bewegung inne und starrte ihn an. Das blaßpfirsichfarbene Nachthemd, das sie jetzt trug, war aus dünnem Batist, doch nicht sehr durchsichtig. Von der mit Spitzen besetzten Schulterpartie an war es züchtig zugeknöpft.

»Hi«, sagte er.

»Hi.«

»Werden Sie es überleben?« Er lächelte breit.

Sie erwiderte das Lächeln. »Ich glaube schon, obwohl ich mich eine Weile sterbenselend fühlte.«

»Sie waren ziemlich krank.«

Erin wandte den Blick ab, sie genierte sich für das, was sich alles vor seinen Augen abgespielt hatte. »Ich möchte Ihnen danken, weil Sie mir so tatkräftig geholfen haben. Es war sicher nicht besonders angenehm für Sie.« Warum hast du dem Arzt erzählt, ich sei deine Frau? hätte sie ihn am liebsten gefragt. Sie starrte immer noch auf ihre nackten Füße, doch als er nichts sagte, blickte sie auf.

»Sie brauchen mir nicht zu danken«, meinte er schließlich. »Ich wünschte, ich hätte Ihnen die Schmerzen ersparen können.« Sie sahen einander eindringlich an, alles andere um sie herum schien zu versinken, es gab nur noch sie beide, die sich völlig ineinander verloren in diesem Augenblick. Doch dann zwang Lance sich, seine Blicke von ihr loszureißen, von dem bezaubernden Bild, das sie bot. »Sie sind vermutlich halb verhungert«, meinte er schnell. »Ich werde Ihnen etwas zu essen machen, aber erwarten Sie bitte keine kulinarischen Höchstleistungen.«

»Sie brauchen sich nicht zu bemühen. Melanie ...«

»... ist heute morgen zu einem Besuch bei ihren Eltern«, beendete er den Satz. »Familienangelegenheiten. Mike kümmert sich für mich um das Telefon. Ich stehe ganz zu Ihren Diensten.« Er lächelte, doch es war etwas verschämt. »Ich bin gleich wieder da.« Mit diesen Worten verließ er sie rasch.

Erin kletterte wieder ins Bett, nachdem sie, so gut es ging, die Laken geradegezogen hatte. Sie schüttelte die Kissen auf und lehnte sich dann zurück, erneut hatte sie das Gefühl der Kraftlosigkeit. Es würde noch eine Weile dauern, bis sie wieder so weit auf dem Damm wäre, Tennis zu spielen, dachte sie erschöpft.

Sie wollte gerade einnicken, als Lance mit einem Tablett ins Zimmer schwebte. »Das Spezialgericht des heutigen Morgens sind heiße Frühstücksflocken, trockener Toast und Eistee.« Seine Mundwinkel zogen sich nach oben.

Er lächelte so selten. Vielleicht gehörte das aber auch zu seiner Attraktivität. Denn wenn er lächelte, war es entwaffnend und unwiderstehlich. Ein Flattern, das mit ihrer Krankheit nichts zu tun hatte, huschte durch Erins Körper. Das Nachthemd über ihrer Brust bewegte sich im Rhythmus des heftig schlagenden Herzens. Sie sah, daß Lance auf genau diese Stelle blickte, als er sich vorbeugte und das Tablett auf ihren Schoß setzte.

»Der Tee ist wunderbar«, sagte sie errötend. »Etwas Süßes hätte ich nicht trinken können, aber ich sehne mich nach etwas Kaltem.«

»Dr. Joshua hat gesagt, Sie sollten ein paar Tage lang keine Milch und keine Fruchtsäfte trinken.«

»Ich trinke sowieso niemals Milch.«

»Nie?« fragte er.

»Nein, sie macht dick«, antwortete sie und biß ein Stück Toast ab.

»Aha!« Er betrachtete sie eingehend, folgte der Linie ihrer Beine unter der Decke. »Stimmt, Sie sind beinahe ein Schwergewicht.« Zum ersten Mal sah sie in seinen blauen Augen herzliche Belustigung aufblitzen. Er neckte sie!

»Das würde ich vielleicht sein, wenn ich immer Milch trinken würde«, lachte sie, und Lance stimmte aufgeräumt ein. »Was ist das?« fragte sie und warf einen zweifelnden Blick auf die Schale mit den heißen Frühstücksflocken. »Das sieht aus wie Pampe.«

»Ich bitte Sie, Madam. Diese Schale mit Sahnereisflocken ist die ›Surprise de chef‹. Es ist nicht ein einziges Klümpchen darin.«

»Sahnereisflocken. Bah!« Sie schauderte. »Erwarten Sie auch noch, daß ich das esse?«

»Unbedingt. Sie brauchen Kraft, und mit Toast allein werden Sie das nicht erreichen. Sie müssen etwas Nahrhaftes essen.«

»Ich fürchte, diese Spezialität bleibt mir im Hals stecken.«

»Also wirklich, wollen Sie den Küchenchef beleidigen?« Er nahm den Löffel, tauchte ihn in die Schale und machte Anstalten, sie zu füttern. Er hielt den Löffel so lange vor ihren Mund, bis sie ihn öffnete. Sie hatte das Zeug noch nicht heruntergeschluckt, als er ihr schon den nächsten Löffel voll hinhielt. Sie prustete, als sie den Mund öffnete, wie er es von ihr verlangte.

»Sie füttern mich ja wie ein Baby«, brachte sie heraus, ehe er den nächsten Löffel nachschob. »Prima machen Sie das.«

»Das sollte ich wohl können«, sagte er.

Himmel! Er ist verheiratet! dachte sie. Dieser Gedanke war ihr noch gar nicht gekommen. Bestimmt war er verheiratet und hatte ein Haus voller Kinder.

»Ich mußte immer den Nachwuchs meiner Schwester füttern, und das habe ich so oft gemacht, daß ich mittlerweile einige Tricks gelernt habe«, erklärte er. »Daher weiß ich auch das mit den Crackern. Immer wenn meine Schwester schwanger war, hat sie dieses Zeug kistenweise gekaut, wenn ihr übel war.«

»Haben Sie selbst auch Kinder?« Erin war erleichtert über seine Erklärung, daß es sich bei seinem Training um Nichten und Neffen gehandelt hatte, doch wußte sie immer noch nicht, ob er verheiratet war. Ehe sie sich zurückhalten konnte, war ihr diese Frage herausgerutscht. Der nächste Löffel mit dem faden Reis wurde mitten in der Bewegung angehalten.

»Nein«, sagte er leise. »Ich bin seit zehn Jahren nicht mehr verheiratet. Die Frau, die ich seinerzeit Hals über Kopf geheiratet hatte, entschied nach zwei Jahren des Ehelebens, daß ich sie unterdrückte und daß sie sich lieber ihrer Karriere widmen wollte. Sie hat mich verlassen und die Scheidung eingereicht.« Die Art seiner Erklärung ließ nicht viel Spielraum für eine Diskussion, deshalb beschloß Erin zu schweigen. Er war nicht verheiratet, schon seit langer Zeit nicht mehr. Aus unerfindlichen Gründen beruhigte sie das und erfüllte sie mit Wärme.

Nach einigen weiteren Löffeln schüttelte sie den Kopf: »Ich glaube, ich möche nichts mehr, danke.«

»Wahrscheinlich war das genug fürs erste. Zum Mittagessen bekommen Sie eine Kartoffelsuppe.«

»Eine französische?« fragte sie erfreut.

Seine Augenbrauen zogen sich ablehnend zusammen. »Nein, nein, eine praktische aus der Dose«, worauf beide verständnisvoll grinsten.

»Erzählen Sie mir von Ihrer Familie«, bat Erin, als Lance das Tablett von ihrem Schoß nahm. Der Duft seiner Seife stieg in ihre Nase, als er sich über sie beugte. »Sie haben eine Schwester?«

»Ja. Sie und ihr Mann erfreuen sich an vier Kindern. Wenn wir alle zusammen kommen, mit Mom und Dad, dann geht es zu wie in einem Tollhaus.«

Erin fühlte einen Anflug von Eifersucht. Gerald O'Shea hatte keine Brüder und Schwestern mehr, die noch lebten. Ihre Mutter hatte nur eine Schwester, die in Louisiana lebte und kinderlos verwitwet war. Erin hatte gehofft, daß Ken einen großen Clan haben würde, sie sehnte sich nach Verwandten. Nach Blutsverwandten. Nach Ahnen. Nach einer Familie.

»Ich beneide Sie«, sagte sie. »Ich habe mir immer Kusinen und Vettern gewünscht, Verwandte, die ich im Sommer und in den Ferien besuchen könnte. Ich wünschte, Ken und Melanie hätten Kinder.« Sie seufzte. Manchmal waren die einfachsten Träume diejenigen, die sich am wenigsten erfüllten.

Lance ging durch das Zimmer zum Fenster und stand dann mit dem Rücken zu ihr. »Wir haben eine Spur von Lyman gefunden«, sagte er völlig unerwartet.

Erin setzte sich auf, all ihre Teilnahmslosigkeit war mit einem Schlag verflogen. »Wirklich? Melanie sprach gestern abend schon davon. Was ist geschehen?«

»Wir haben herausgefunden, daß er einen Wagen gemietet hat. Natürlich hatten wir sofort an diese Möglichkeit gedacht, aber irgend jemand hat vergessen, ausgerechnet bei dieser kleinen Mietwagenfirma nachzufragen. Als der Eigentümer der Firma bei der Polizei meldete, daß ihm jemand einen gefälschten Führerschein vorgelegt hatte, kam die Polizei auf uns zu. Der Mann hat Lymans Identität bestätigt, als wir ihm ein Bild zeigten.« Lance atmete tief ein. »Also haben wir jetzt eine konkrete Spur. Wir wissen, was für einen Wagen er fährt, und wir kennen das Nummernschild des Wagens. Es sollte nicht länger als ein paar Tage dauern, bis wir ihn gefunden haben.«

Dazu konnte Erin nichts sagen. Sie lehnte sich zurück und schloß die Augen, insgeheim betete sie, daß ihr Bruder schon sehr bald zur Vernunft kommen würde und sich selbst der Polizei stellte, ehe man ihn fand.

»Dr. Joshua hat den Bericht geschickt, den Sie für Ihren Arzt nach Houston mitnehmen sollen. Er liegt unten.« Lance schien an dem Thema kein weiteres Interesse zu haben, und Erin ging es genauso.

»Gut, ich werde daran denken, ihn einzustecken, ehe ich nach Hause fahre«, sagte sie nur.

Erst jetzt bemerkte Erin, daß es regnete, ziemlich heftig sogar. Große dicke Tropfen schlugen an das Fenster, und der Regen trommelte auf das Dach des Hauses. Im Zimmer war es dämmrig, man fühlte sich heimelig und vertraut.

»Sicherlich müssen Sie zurück zu Ihrer Firma und ... zu allen ..., wenn man Lyman erst einmal gefunden hat.« Lances Stimme war tief und klang leise wie der Donner, der über die Hügel in der Ferne rollte. Er sah so groß aus vor dem grauen Hintergrund des Fensters. Den Unterarm hatte er an den Rahmen gelehnt, den Kopf in die Hand gestützt. Sein Daumen strich über das Grübchen an seinem Kinn.

»Ich denke schon«, erwiderte Erin ausweichend. Plötzlich erschien ihr die Aussicht, nach Houston zurückzufahren, nicht sehr verlockend. Aber sie liebte doch ihr Leben, das sie dort führte! Sie liebte ihre Firma. Sie mochte Bart. Aber irgendwie hatte das alles plötzlich an Wichtigkeit verloren. Sie wollte diesen Mann hier verstehen, wollte alles über seine Hoffnungen erfahren und sie ihm erfüllen, das bedeutete mehr als alles andere. Sein Glück lag ihr am Herzen. Wenn man sie in diesem Augenblick vor die Wahl stellen würde,

würde sie sich bestimmt eher für das Zusammensein mit Lance in diesem Zimmer entscheiden als für irgendwas sonst auf der Welt.

Es kam ihr so vor, als liebte sie ihn.

Seine unheimliche Gabe, Gedanken lesen zu können, versagte auch diesmal nicht. Ohne seine Stellung zu verändern, wandte er den Kopf zu ihr und nahm sie mit seinen himmelblauen Augen aufs Korn.

Erin wurde ganz komisch zumute, Verwirrung überkam sie. Sie wußte gar nicht, was sie tat, als sie unbewußt den Kopf schüttelte unter dem Ansturm der Gefühle, die durch ihren Körper strömten. Ihre zitternden Lippen formten seinen Namen, doch kein Laut drang aus ihrem Mund. Eine Träne rann über ihre Wange, schnell folgten andere, rannen unaufhaltsam aus ihren Augen.

Lance verließ das Fenster und kam näher. »Erin?« Ihr Name war kaum zu hören, obwohl in dem Raum Stille herrschte.

Dann stand er neben ihr, beugte sich herab, stützte die Arme zu beiden Seiten neben ihr auf das Bett. »Erin, warum weinst du?«

»Ich weiß es nicht«, schluchzte sie.

»Doch, du weißt es. Warum, Erin? Sag es mir.«

Sie konnte ihn nicht ansehen, denn ihre Liebe stand ihr zu deutlich ins Gesicht geschrieben. Daher senkte sie den Kopf und schüttelte ihn noch einmal. »Ich weiß es nicht«, sagte sie so leise, daß er es kaum hören konnte.

Er legte ihr einen Finger unters Kinn und zwang sie, ihn anzusehen. »Sag mir, daß ich weggehen soll. Sag mir, daß es sinnlos ist.«

»Daß es sinnlos ist«, wiederholte sie. Ihr Herz raste. Alles, was sie sehen konnte, was sie sehen wollte, war sein Gesicht, das nur eine Idee von ihrem entfernt war.

»Sag mir, daß ich weggehen soll.«

»Nein.« Sie schüttelte ablehnend den Kopf. »Das kann ich nicht.«

»Dann helfe uns Gott.« Er hatte diese Worte kaum ausgesprochen, als sich seine Lippen schon auf ihre preßten.

Die Matratze gab nach unter seinem Gewicht, als er sich neben sie legte und sie in seine Arme zog. Er verlor keine Zeit, fordernd drängte sich seine Zunge zwischen ihre Lippen und erforschte die honigsüße Höhlung ihres Mundes, nahm sie in Besitz.

Als sich das erste Verlangen gelegt hatte, wurden seine Küsse sanfter. Er küßte ihr die Tränen von den Wangen, dann bedeckte er ihr Gesicht, ihre Ohren und den Hals mit ihnen.

Erin nahm sein Gesicht in beide Hände und sah ihn mit ihren dunklen Augen an, in denen noch immer ungeweinte Tränen glänzten. »Lance.« Sie genoß es, seinen Namen auszusprechen. »Lance, Lance.« Sie hob den Kopf ein wenig und küßte dann das Grübchen an seinem Kinn, knabberte an seiner Unterlippe, bis er aufstöhnte und sie in die Kissen drückte. Er schob sich über sie und küßte sie wieder.

Fest in seinen Armen verankert, rollte sie mit ihm herum, so daß Erin jetzt auf ihn hinunterblickte. Mit beiden Händen strich er über ihren Rücken, ihre Schenkel, ihre Hüften und drückte sie noch enger an sich. Sie rutschte in die richtige Position auf ihm, und es nahm ihm den Atem, als sie einander so intim berührten.

Sie blies in seinen Hals und streichelte seinen Nacken.

Lance konnte es nicht länger ertragen, er vergrub die Finger in ihrem dichten Haar und zog ihren Mund an seinen. Atemlos und lachend, voller Glück, kugelte er mit ihr herum, bis sie beide auf der Seite lagen und einander ansahen. Ihre Köpfe teilten sich das gleiche Kissen, ihre Finger betasteten den andern, die Nase rubbelten sich, ihre Lippen gingen spazieren. Sie genossen einander.

Ein wenig schüchtern hob Erin die Hand und berührte die Krawatte. Mit zitternden Fingern streifte sie sie ihm über den Kopf. Lance half ihr dabei, indem er den Kopf vom Kissen hob. Er konnte geduldig sein, er hatte alle Zeit der Welt.

Erin öffnete die Knöpfe seines Hemds, schob es beiseite. Einen Augenblick lang sah sie ihn nur an. Er war so umwerfend männlich, daß er sie einschüchterte. »Ich finde dich schön, Lance«, stammelte sie.

Noch immer ein wenig schüchtern, legte sie beide Hände auf seinen Oberkörper und spielte mit dem dichten, hellen Haar auf seiner Brust.

»Du hast ein graues Haar!« rief sie aus. »Genau hier.« Sie zog daran.

»Autsch! Das ist festgewachsen.«

»Wie alt bist du?« fragte sie und rieb über die Stelle, an der sie ihm das Haar ausgezupft hatte.

»Siebenunddreißig.«

»Ich dachte, du seist erst dreiunddreißig. Aber da glaubte ich ja auch noch, du seist Ken.«

»Nein. Ich bin ein alter Mann, viel zu alt für jemanden wie dich.« Sanft strich er mit den Fingern über ihr Schlüsselbein.

»Ich hatte schon immer eine Vorliebe für Antiquitäten«,

räumte sie großmütig ein, und ihre Hände erforschten die harten Muskeln unter dem krausen Haar auf seiner Brust.

Lance genoß ihre sehnsüchtigen Berührungen, bis sie seine kleinen harten Brustwarzen anfaßte. Zischend stieß er den Atem aus, dann nahm er ihre Hände und preßte sie auf die aufgerichteten Knospen.

»Du spielst nicht fair«, schalt er sie, dann küßte er sie zärtlich auf den Mund.

»Zeig mir die Spielregeln«, forderte sie ihn übermütig auf.

Er hob ihre Arme, legte sie sich um seinen Hals. Die zwölf Knöpfchen, die das Nachthemd von der Schulterpartie bis zu ihrer Taille schlossen, erforderten all seine Geduld. Doch als er sie geöffnet hatte, hielt er einen Augenblick lang inne und genoß das Gefühl der Vorfreude, ehe er das Hemd beiseite schob.

Er ließ die Blicke über ihren Körper wandern, und Erin überraschte es, daß ihre Schüchternheit wie weggeblasen war. Selbst als er sich immer weiter vorwagte, hatte sie nicht den entferntesten Wunsch, ihn zurückzuhalten.

Sanft nahm er eine ihrer Brüste in seine Hand und hob sie ein wenig hoch. Er sah ihr in die Augen, als er mit dem Daumen ihre Knospe streichelte, bis er fühlte, wie sie sich zusammenzog und ihm entgegenreckte.

»Du bist wunderschön«, sagte er ehrfürchtig. »Genauso, wie ich es mir vorgestellt habe, ich wußte es.«

Erin verspürte einen Kloß in ihrem Hals, sie war unfähig, ihre Sehnsucht noch länger zu unterdrücken. Mit den Fingerspitzen strich sie über seine Lippen und flehte ihn an: »Bitte« und zog seinen Kopf zu sich herunter.

Seine Lippen waren heiß und feucht, als sie sich über ihrer

rosigen Brust schlossen. Sanft saugte er daran, dann strich er mit der Zungenspitze darüber. Eine Hand lag in ihrem Rücken, umschlang sie innig, damit sie spüren konnte, wie erregt er war. Als sie ihm bereitwillig entgegenkam, stöhnte er laut auf und preßte sie verlangend an sich.

Er hörte das leise Schnurren aus ihrer Kehle, das ihm schon vertraut war, sein Blut geriet in Wallung. Dieser Ton, ihr Duft, das Gefühl, sie in seinen Armen zu halten, sie zu schmecken, überwältigte ihn und jagte jeden vernünftigen, besonnenen und klaren Gedanken aus seinem Kopf. Selbst als er versuchte sich einzureden, daß das, was er tat, übergeschnappt war, versank er in der Umarmung Erin O' Sheas.

Er verließ das Bett gerade nur, um sich auszuziehen. Erin betrachtete ihn, sie verspürte keine Furcht vor seiner Nacktheit und seiner Erregung. Vorsichtig setzte er sich auf das Bett und schob ihr das Nachthemd über die Schultern hinunter. Mit hungrigen Blicken betrachtete er ihren Körper, jeden einzelnen Zentimeter schien er sich einzuprägen, ehe er sich auf sie schob.

Sie hatte nach Hause gefunden.

Ihrer beider Atem mischte sich, als sie einen langen, zufriedenen Seufzer ausstießen. Lance schmiegte sein Gesicht zwischen ihre Brüste und hielt sie an sich gedrückt. Erin schlang die Arme um seinen Rücken. Seine nackte Männlichkeit ergänzte ihre Weiblichkeit, sie freuten sich an dem Kontrast – haarige Rauheit gegen seidig sanfte Haut, harte Muskeln gegen sanfte Rundungen, drängende Kraft gegen eine einladende Verletzlichkeit.

Seine Hände begannen einen sinnlichen Angriff auf ihren

Körper, mit jeder Berührung erregte er sie. Er massierte sanft ihre Brüste, wurde dann kühner und streichelte die rosigen Spitzen, bis sie sich wieder aufrichteten und sich ihm entgegenreckten. Er senkte den Kopf und nahm eine der Versuchungen zwischen seinen Lippen, streichelte sie mit seiner Zunge, bis Erin leise Wonnelaute hörte und erst dann feststellte, daß sie von ihren eigenen Lippen kamen.

Sie lispelte seinen Namen und hob ihm ihren Körper entgegen, schmiegte sich an ihn und bedrängte ihn, doch er schob sie ein wenig von sich, legte ihr eine Hand auf den Bauch. Dann glitt seine Hand immer tiefer. Wie war es nur möglich, daß er mit seiner Hand, mit seinen Fingern, seinem Daumen, solch eine provozierende Energie auslösen konnte? Doch als er sich vorantastete, als er die Geheimnisse ihres Körpers erforschte, war Erin machtlos, sie keuchte auf vor Entzücken, das er dabei in ihr weckte.

Erin brauchte ihn nicht dazu anzuhalten, ihrem Körper noch gründlicher auf die Spur zu kommen. Er fuhr fort, sie mit seinen Liebkosungen zu quälen. Vorsichtig schob er die sanften Falten auseinander und streichelte zärtlich die kleine Knospe im Inneren, die feucht und nachgiebig war. »Erin«, war alles, was er sagen konnte, doch die Verwunderung in seiner Stimme drückte mehr aus als ein Lobgesang.

Erin bot ihm ihren Körper erwartungsvoll dar und rief seinen Namen. Oder war es nur ein Echo ihrer vibrierenden Sinne? Er hörte ihre Bitte, ob sie sie nun ausgesprochen oder sie ihm mit ihrem Körper übermittelt hatte, und drang dann mit einem einzigen Stoß tief in sie ein.

Dann aber hielt er abrupt inne, er bewegte sich nicht mehr, sondern sah nur fassungslos auf sie hinunter.

»Mein Gott, Erin. Warum hast du mir das nicht gesagt?« fragte er erschüttert.

»Ich dachte, es sei nicht so wichtig«, antwortete sie.

Tief sah er ihr in die Augen. »Du irrst dich, so etwas ist sehr wichtig.«

»Ich will ja die Bedeutung nicht heruntersetzen. Es ist ganz einfach so, daß es mir jetzt gerade nicht so wichtig erscheint.«

»Was ist dir denn wichtig?«

Mit zitternder Hand strich sie über sein Gesicht. »Ich will nur gut sein für dich.«

»O Gott«, hauchte er und küßte sie, dann durchbrach er den letzten Rest ihrer Unschuld.

Sie bewegten sich im Einklang, als hätten sie es zuvor eingeübt, befanden sich in perfektem Zusammenspiel ihrer Körper, jeder schenkte dem anderen die größten Wonnen der Ekstase und erfüllte ein Begehren, das sie beide bis zum jetzigen Augenblick niemals geahnt hatten.

Es gab keine Erklärungen für diesen spontanen Liebesakt. Hätten sie sich die Zeit genommen, ihre Motive zu durchleuchten, so hätten sie keine logische Erklärung dafür gefunden. Sie waren Träger einer angeborenen Kraft, die weder Entschuldigung noch Erklärung brauchte. Diese Kraft pflegt erst sichtbar zu werden, wenn sie zwischen zwei Menschen Funken entzündet hat. Und das ist seit altersher Rechtfertigung genug für ihre Existenz.

Sie flüsterten einander Worte zu, deren Bedeutung sie nicht erfassen konnten und die von selbst heraussprudelten. Lance stimulierte sie, führte sie ihrer Bestimmung zu, die sie sich bis jetzt nicht hatte vorstellen können. Als sie sie erreichte, war er bei ihr, auf dem Scheitelpunkt der Woge, die sie erfaßt hatte, und sie fühlte, daß dieses selige Gefühl, ihn in sich zu spüren, eine große Leere in ihrem Inneren füllte.

Er zog sich nicht sofort wieder zurück. Sein Atem ging schnell und ungleichmäßig, sie fühlte ihn an ihrem Ohr, als er sein heißes Gesicht an ihres legte. Zärtlich und sehr besitzergreifend hielt er sie in seinen Armen. Glaubte er, daß sie nur ein Traumwesen war? Die streichelnden Hände, die über ihren Körper glitten, schienen zu befürchten, daß sie im nächsten Augenblick verschwinden könnte.

Als sie sich bewegte, um unter ihm eine bequemere Lage zu finden, gab er ein leises Stöhnen von sich, das sich zu einem lustvollen Seufzer steigerte. Als Antwort darauf verspürte Erin ein neues heißes Verlangen in sich erwachen, das er mit aller Zärtlichkeit stillte.

Schließlich, als sie völlig erschöpft in den Kissen lagen und ihr Keuchen abflaute, zog er sich aus dem warmen, seidigen Hafen zurück. Ihre Beine waren noch immer verschlungen, als er sie in seine Arme zog und ihren Kopf an seine Brust drückte.

»Fühlst du dich gut?« fragte er und strich dabei über ihren Rücken.

»Noch ein wenig besser als gut.«

Ein leises Kollern ließ seine Brust beben, und sie hob den Kopf. »Du lachst?« fragte sie überrascht.

»Ist das denn verwunderlich?« Er zog eine Braue hoch.

»Bei dir schon. Du lachst so selten«, tadelte sie sanft.

Seine Schläfen kräuselten sich, doch die Augen blieben ernst. »Du bringst mich dazu«, gestand er.

»Wirklich?«

»Ja, das tust du.« Er küßte sie innig. Als sich allerdings ihre Zunge in seinen Mund schob, stieß er sie von sich.

»Erin, hör auf, sonst kann ich mich nicht zurückhalten. Und du bist noch krank.« Er stand auf und suchte seine Kleidung zusammen, dann begann er sich anzuziehen. »Was mußt du von mir denken, wenn ich mich einer schwachen, hilflosen Frau so aufdränge? Außerdem bin ich im Dienst. Im Dienst der Regierung.« Sein Grinsen war in seiner Offenheit schamlos. »Aber das nennt man eine überirdische Kaffeepause.«

Erin kicherte. »Du machst dich. Du hast sogar ein Späßchen gewagt.«

Er zog einen kurzen blauen Slip an. Erin seufzte, weil es ihr so viel Vergnügen bereitete, ihm beim Anziehen zuzuschauen. »Ich hätte nie gedacht, daß du so heiße Unterwäsche trägst. In dieser Aufmachung siehst du beinahe genauso gut aus wie ohne«, meinte sie schelmisch.

Ihre Verwegenheit ließ ihn kurz innehalten, doch dann verzog sich sein Gesicht zu einem breiten Lächeln. »Ich wette, das sagst du allen Jungs«, neckte er sie. Wieder gackerte Erin laut auf.

Als er fertig angezogen war, kam er zum Bett und beugte sich über sie. »Geht es dir wirklich gut? Ich wollte nicht so stürmisch sein, aber Erin, du ...« Er konnte den Satz nicht beenden, ohne sie zunächst einmal zu küssen. »Habe ich dir weh getan?« Aus seiner Stimme klang hörbare Besorgnis.

»Bitte, Lance, es geht mir so gut. Nein, du hast mir nicht mehr weh getan, als ich wollte.« Sie lächelte ihn liebevoll an, dann strich sie ihm eine Haarsträhne aus der Stirn. »Es war wunderschön, und ich fühle mich großartig.«

Er setzte sich auf die Bettkante und nahm ihre Hände in seine. »Erin«, begann er langsam. Sein Daumen zeichnete kleine Kreise in ihre Handfläche, und er starrte darauf. Dann hob er den Kopf, und ihre Blicke trafen sich. »Es gibt noch so viele unbeantwortete Fragen, aber ich wollte nicht über andere Männer sprechen, während ich dich liebte.«

»Das verstehe ich.«

Er beugte sich über sie und küßte die sanfte Rundung ihrer Brust, dann legten sich seine Lippen auf ihre. »Können wir uns später sehen?« fragte er und betrachtete sie von Kopf bis Fuß, was seinen Worten doppelte Bedeutung verlieh.

»Hmm-hmm.« Ihre Erwiderung klang wie ein Versprechen.

»Ruh dich aus.« Er drückte noch einen Kuß auf ihre Stirn und machte sich auf den Weg.

8. Kapitel

Einige Stunden später war Erin gerade aus dem Bad gekommen und rieb sich das feuchte Haar trocken, als jemand an ihre Schlafzimmertür klopfte. Sie schlang ein dickes Handtuch um den Kopf und rief munter: »Herein.«

Mike steckte den Kopf durch die Tür. »Miss O'Shea, da ist ein Anruf für Sie, von einem gewissen Bart Sowieso. Möchten Sie ihn sprechen?«

Bart! Erschrocken preßte sie die Hände vor den Mund. Mike sah sie neugierig an, und sie stotterte: »J-ja ... ich ... ich werde den Anruf entgegennehmen. Bitten Sie ihn, einen Augenblick zu warten.«

»Sie brauchen nur den Hörer in Mrs. Lymans Zimmer abzunehmen, der funktioniert genauso.«

»Danke, Mike.«

Er hatte die Tür beinahe hinter sich geschlossen, als er sich noch einmal umwandte: »Ach, übrigens, es freut mich, daß es Ihnen besser geht.« Noch ehe sie Zeit hatte, ihm zu antworten, war er schon draußen. Verglichen mit Mikes gewohnter Zurückhaltung war dieser Satz fast ein Epos.

Erin brachte das Handtuch ins Bad zurück und fuhr sich mit dem Kamm durch ihre feuchten Locken. Was konnte sie Bart sagen? Eigentlich hatte sie keine Lust, mit ihm zu sprechen, nicht schon so bald, nachdem sie Lance geliebt hatte.

Als Lance sie verlassen hatte, war sie eingeschlafen und hatte deshalb auch noch keine Zeit gefunden, über ihre Reaktion auf ihr intimes Zusammensein nachzudenken. Das Ausmaß dieses Geschehens war noch zu neu für sie, zu innig und auch zu beängstigend. Sie wollte alles in Gedanken noch einmal erleben, jede Berührung, jedes Gefühl und wollte noch einmal in Gedanken den Worten lauschen, die Lance zu ihr gesagt hatte.

Aber wenn sie jetzt nicht mit Bart redete, wer weiß, was ihm dann einfiele. Er könnte die falschen – oder die richtigen – Schlüsse ziehen und das nächste Flugzeug besteigen.

Sie seufzte, als sie in Richtung Melanies Zimmer loszog. Es wäre besser, gleich mit ihm zu reden, anstatt es auf später zu verschieben. Telefonisch konnte man keine Verlobung auflösen, deshalb würde sie sich im Augenblick ganz normal und unbefangen mit ihm unterhalten. Und sobald sie wieder in Houston war, würde sie ihm sagen, daß sie ihn nicht heiraten konnte.

Jetzt erst recht nicht, nach allem, was geschehen war.

»Hallo«, rief sie in den Hörer.

»Nun, es wurde langsam Zeit, meine Süße. Warum, um alles in der Welt, hat das so lange gedauert? Ich hänge jetzt schon volle fünf Minuten an diesem verdammten Telefon. Ist alles in Ordnung, Baby?«

Hatte Bart sie schon jemals mit ihrem Namen angesprochen? überlegte Erin verdrossen. Doch gleich tat es ihr leid, und sie antwortete so fröhlich wie möglich: »Mir geht es ausgezeichnet, Bart. Tut mir leid, daß du warten mußtest.« Doch eine Erklärung sparte sie sich.

»Wie geht es deinem Bruder? Magst du ihn?« Barts

Stimme strapazierte ihre Nerven. Seine Freundlichkeit und seine ewig gute Laune schienen ihr jetzt völlig fehl am Platze. Er war so gar nicht der Mann, der tiefe Gefühle hegte, der die Dinge ernst nahm und bei dem Lachen etwas Besonderes war. »Süße, bist du eingeschlafen?« bellte Bart in den Hörer.

»Oh, nein. Ich ... äh ... ich habe Ken überhaupt noch nicht gesehen«, gestand sie ihm.

»Was soll das heißen, Baby? Es ist doch hoffentlich alles in Ordnung, oder?«

»Ja, ja«, versicherte sie ihm schnell. »Aber er ist im Augenblick auf Geschäftsreise, und seine Frau, Melanie, die wirklich ganz besonders liebenswert ist, meinte, es wäre das beste, wenn wir ihm gar nichts verraten würden, bis er ... bis er diese Angelegenheit, in der er gerade unterwegs ist, zum Abschluß gebracht hat.« Klang das verständlich? Erin war es nicht gewöhnt zu lügen, und es fiel ihr nicht gerade leicht, auch mit der Konzentration hatte sie Schwierigkeiten. Immer wieder sah sie in Gedanken Lances durchdringenden Blick vor sich, und sie hörte die kostbaren Worte der Liebe, die er ihr zugeraunt hatte.

»Ich bin gestern erst aus dem Panhandle zurückgekommen. Wir haben eine neue Ölquelle erschlossen, Süße. Ich wünschte, du wärst bei mir gewesen, um diesen Erfolg mit mir zu feiern.«

»Das ist ja großartig, Bart.« Ihre Begeisterung hielt sich in Grenzen. Was für einen Unterschied machte schon eine Ölquelle mehr, besaß er doch schon dreißig andere.

»Ich habe heute morgen in deinem Büro angerufen, und Betty hat mir diese Nummer gegeben. Wer war denn der Mann am Telefon, da es nicht dein Bruder sein konnte?«

Barts Intelligenz durfte man niemals unterschätzen. »Ach das …« Denk nach, Erin! »… ist ein Geschäftspartner von Ken. Er war eben hier und hat einige Unterlagen gebracht. Melanie und ich saßen draußen im Garten. Deshalb hat es auch so lange gedauert, bis ich ans Telefon gekommen bin. Er mußte uns erst suchen.«

Sie wollte ihm nichts davon erzählen, daß sie krank gewesen war. Es wäre typisch für ihn, wenn er ohne lange Umstände anreisen würde. Im letzten Herbst hatte sie eine ganz normale Erkältung gehabt. Am nächsten Morgen holte die Klingel sie aus dem Bett, und zu ihrem Erstaunen stand eine Krankenschwester vor der Tür, die sich für diesen Tag bei ihr zum Dienst meldete. Nein, Bart brauchte nicht zu wissen, daß sie krank war.

»Wann kommt denn dein Bruder zurück? Und wann wirst du endlich heimkehren? Ich fühle mich so einsam wie ein Iltis. Ich vermisse dich, mein Liebling.«

Was war es doch gleich, was Lance in ihr Ohr geflüstert hatte? »Heb dich ein wenig … ah, Erin … Ja, so ist es richtig … Ja … Ich werde auf dich warten … Ich warte auf dich, mein Liebes … aber beeil dich!«

»Ich vermisse dich auch, Bart«, hörte sie sich selbst bestätigen wie ein Automat.

»Ich weiß, wie wichtig das für dich ist, Liebling, sonst würde ich nicht so ergeben hier stillsitzen und auf dich warten.«

»Und ich weiß, daß du bei weitem nicht so einsam bist, wie du mir weismachen willst«, antwortete sie. »Oder hast du etwa deine Einladungen zum Dinner von sechs auf vier zurückgeschraubt in dieser Woche?«

»Ach, komm schon, Süße. Mach dich nicht lustig über mich«, jammerte Bart. »Dir ist hoffentlich klar, daß ich das alles gar nicht genießen kann ohne dich. Beeil dich und komm nach Hause, mein Herz. Ich liebe dich, das weißt du doch.«

Erin schluckte. Hatte Lance von Liebe gesprochen? Hatte sie gesagt: »Lance, ich liebe dich«? Sie glaubte nicht, denn wenn es so gewesen wäre, hätte sie sich daran erinnert. »Natürlich weiß ich das, Bart«, flüsterte sie. »Und ich liebe dich ja auch.«

Aber nicht so. Nicht genug. Bei weitem nicht genug. Nicht wie …

»Brauchst du irgend etwas? Geld? Kann ich von hier aus etwas für dich tun?«

Er war wirklich schrecklich nett zu ihr. Würde es ihn verletzen, wenn sie ihm erklärte, daß sie sich plötzlich und unwiderruflich in einen anderen Mann verliebt hatte? »Nein, Bart, mir fehlt nichts. Ich werde dich in ein oder zwei Tagen anrufen und dir meine Pläne mitteilen.«

»Okay, Süße. Paß gut auf dich auf. Es gibt wirklich Gesindel dort in San Francisco, mußt du wissen. Sei vorsichtig.«

»Das bin ich, ich verspreche es dir. Auf Wiedersehen, Bart.«

»Auf Wiedersehen, Baby.«

Erin blickte auf den Diamantring an ihrem Finger und bewunderte ihn für das, was er war – ein kostbares, edles Juwel. Aber sein Licht war kalt, er strahlte keine Wärme aus. Er rührte mit seinem Feuer nicht an ihr Herz, so wie es ein paar blaue Augen unter goldenen Brauen getan hatten. Diese Augen waren schillernder und besaßen mehr Strahlkraft als jeder perfekt geschliffene Edelstein.

Sie zog den Ring vom Finger, und als sie dann wie im Traum ins Gästezimmer zurückgegangen war, trat sie an die Kommode mit ihrem Schmuckkästchen. Sie hob den Deckel und ließ den Ring hineinfallen, dann schloß sie das Kästchen mit einem hörbaren Geräusch.

Als sie schließlich ihr Haar trocknete, eine warme Hose und einen Angorapullover angezogen hatte, zitterte sie vor Schwäche. Das heiße Bad war wunderbar gewesen, aber jetzt fühlte sie sich wackelig und benommen. Sie brauchte unbedingt eine Stärkung.

Zuerst unterhielt sie sich mit Mike, der im Wohnzimmer in der Nähe des Telefons postiert war. Dann ging sie in die Küche und knipste das Licht an. Es hatte aufgehört zu regnen, doch der Nachmittag war trübe und bewölkt. Sie konnte die Dose mit Kartoffelsuppe, die Lance erwähnt hatte, nicht finden, deshalb machte sie sich ein überbackenes Käsesandwich und eine Tasse Bouillon.

Sie hatte das Sandwich fast aufgegessen und aß gerade die Bouillon, als sich die Hintertür öffnete und Lance eintrat. Sofort begann sie zu strahlen. Sie wußte, sie sah frisch aus, und in der Freude, ihn wiederzusehen, war sie ganz rot geworden. Würde er es wagen, sie vor Mike zu küssen?

Das glückliche Lächeln gefror auf ihrem Gesicht, die fröhliche Begrüßung blieb ihr auf der Zunge stecken, nachdem Lance die Tür hinter sich geschlossen hatte und sich dann zu ihr umwandte. Sein Gesicht war hart, und seine Augen blickten kälter als an dem Tag, an dem er ihr zum ersten Mal begegnet war. Er schien durch sie hindurchzusehen, sein Körper war angespannt und das Stimmungsbarometer sichtlich auf dem Gefrierpunkt.

»Ich sehe, du fühlst dich merklich kräftiger. Es ist doch erstaunlich, was ein wenig Bewegung fertigbringt.« Seine Stimme klang bitter und die Worte kamen schnarrend, gezielt verletzend und voller Zweideutigkeit aus seinem Mund.

»Es geht mir wirklich viel besser«, sagte sie betroffen. Warum nur sah er sie so böse an? »M-möchtest du irgend etwas?« Sie haßte sich dafür, daß sie stotterte. Was hatte sie nur verbrochen, daß er so aufgebracht war? War ihr Zusammensein vor ein paar Stunden bereits Vergangenheit?

»Nein. Ich hasse Bouillon.«

»Möchtest du etwas Kaltes?«

»Nein, danke, Miss O'Shea«, antwortete er übertrieben höflich. »Eigentlich bin ich nur gekommen, um Sie zu fragen, ob Sie mir Ihren Wagen leihen können. Ihren Mietwagen«, korrigierte er sich. »Clark hat mich gerade angerufen. Der Wagen, mit dem er Mrs. Lyman zu ihren Eltern gefahren hat, hat eine Panne. Sie stehen in einer Werkstatt. Mrs. Lyman hat mich gebeten, sie abzuholen.«

»Selbstverständlich.«

»Sie hat gefragt, ob Sie mitkommen würden – wenn Sie sich kräftig genug fühlen.«

Erin stand mit zitternden Knien auf und nickte. »Aber gern! Etwas frische Luft könnte ich gut gebrauchen.«

»Man sieht Ihnen gar nichts an, Miss O'Shea. Wie mir scheint, sind Sie in einer ausgezeichneten körperlichen Verfassung«, schnaufte er verächtlich. Er wandte ihr den Rücken zu und begab sich stampfend ins Wohnzimmer.

Warum benahm er sich so? Was war geschehen in diesen wenigen Stunden, um aus dem zärtlichen, wilden Geliebten einen sarkastischen Rüpel zu machen? Wie konnte er, wie konnte irgend jemand, ein solch explosives Liebesereignis einfach in Hohn und Spott untergehen lassen?

Die Antwort auf ihre Frage traf sie wie ein Eimer kaltes Wasser ins Gesicht. Für ihn war das Ganze gar nicht so weltbewegend gewesen. Affären wie diese standen wahrscheinlich für einen Mann wie Lance auf der Tagesordnung. Bei ihm war Liebe nicht blind. Sie wußte, daß sich auch andere Frauen von seinem guten Aussehen angezogen fühlen würden, genauso wie es ihr erging. Erin O'Shea würde in die Liste der Gespielinnen eingehen, die Lance Barretts sexuelle Gelüste für einen Augenblick lang befriedigt hatten. Er hatte sehr schnell wieder vergessen, was geschehen war.

Sie war ein solcher Dummkopf, nicht einmal schüchtern hatte sie versucht zu protestieren. Ihr Gewissen hatte sie vollständig im Stich gelassen. Erin O'Shea, die immer so stolz auf ihre aufrechte Moral gewesen war und auf ihre umsichtige Lebensweise, hatte ihren Körper einem Mann geschenkt, ohne überhaupt einen Gedanken an die moralischen Konsequenzen zu verschwenden. Und jetzt wurde sie, wegen Lances Verhalten, von Schuldgefühlen und Selbstvorwürfen gepeinigt.

Er hatte sie mit unentschuldbarer Grobheit behandelt, hatte sie verächtlich gemacht und ihr dann den Rücken zugewandt, um zu verschwinden. Hätte er sie angeschrien, sie mit Worten beleidigt, sie hätte es ertragen, weil er ihr das Gefühl gab, es nicht anders zu verdienen. Doch dann wurde sie plötzlich zornig. Wie die meisten Frauen gab es eines, was Erin von einem Mann nicht ertragen konnte, und das war Gleichgültigkeit.

Sie flog aus der Küche, ihre Augen blitzten kampfbereit.

Als sie ihn dann sah, wie er am Schreibtisch lehnte und ruhig mit Mike sprach, verlor sie einen Großteil ihrer Angriffslust. Er trug seine Brille und las einen Bericht, den einer seiner Agenten durchgegeben hatte. Gerade in dem Augenblick, als Erin ins Zimmer trat, schob er seine Brille auf den Kopf. Es war eine so entzückende Gewohnheit von ihm. Lance, was ist denn geschehen? flehte ihr Inneres.

Er wirbelte zu ihr herum, als hätte er ihre Worte gehört. Verdammt! fluchte er stumm. Warum mußte sie so wunderschön sein? Der korallenrote Pullover unterstrich noch die cremig zarte Haut, die er ja nun von Kopf bis Fuß kannte. Die graue Hose umschloß ihren kleinen Po so eng wie ein Handschuh, und er konnte das feste Fleisch beinahe fühlen. Ihre dunklen, weichen Locken umrahmten ihr Gesicht, und er wußte, wie sie sich anfühlten. Ihre Augen, die ihn vom ersten Augenblick an verzaubert hatten, leuchteten. Es war ein Leuchten, das unmißverständlich verriet, daß sie gerade geliebt worden war. Von ihm.

Beinahe hatte er sich selbst davon überzeugt, daß das ganze Geheimnis um sie zerfallen würde, wenn er sie wiedersah, außerhalb ihres Schlafzimmers. Bloß der rauschende Regen hatte sie in eine so intime Verzauberung gehüllt, daß sich danach alles als ein großer Betrug herausstellen mußte. Keine Wirklichkeit konnte so wunderbar sein. Sein heimtückisches Gemüt hatte ein kleines sexuelles Abenteuer zu einer Erfahrung werden lassen, die ihn bis in die Seele erschüttert hatte.

Wie hatte sie so lange auf der Welt sein können, mit solch einem Aussehen, ohne je einen Mann gehabt zu haben? Seine unerwartete Entdeckung, daß sie noch Jungfrau war, hatte ihn beinahe zurückweichen lassen. Beinahe. Aber zu diesem Zeitpunkt hätten das zu guter Letzt weder Himmel noch Hölle geschafft.

Aber sie war doch verheiratet gewesen. Was war mit ihrem Mann? Vielleicht hatte sie ihn ja doch angelogen. Dieser Verlobte, von dem sie erzählt hatte, mußte der dümmste Trottel auf Gottes Erdboden sein. Jeder, der so dumm war, eine Frau wie sie ihre Unschuld hüten zu lassen, verdiente es, von dieser hinterhältigen kleinen Schlampe betrogen zu werden.

Er seufzte insgeheim auf. Also gut, Barrett, sie ist keine hinterhältige kleine Schlampe. Bis vor ein paar Stunden noch war sie eine Jungfrau. Lance Barrett war nie ein Mann gewesen, der einer Frau die Unschuld nahm, und auch Erin hatte er nicht gezwungen. Warum hatte sie sich ihm widerspruchslos hingegeben?

Warum? Warum hatte sie sich von ihm lieben lassen? Warum hatte sie überdies bis zum heutigen Morgen ihm selber das Gefühl der Unschuld vermittelt?

Nie zuvor hatte ihn jemand so tief und ohne Einschränkung akzeptiert. Sie war ihm mit einer solchen Bejahung entgegengekommen, daß es mehr würde als eine körperliche Vereinigung – Seelen hatten sich getroffen. Auch als sie liebessatt und schläfrig geworden waren, hatte er gezögert, die intime Umarmung zu lösen. Nur unter Aufbietung eisernen Willens war es ihm gelungen, sie loszulassen, ehe er nochmals Opfer seines wilden Verlangens wurde.

Jetzt sah er sie an und wußte nicht, ob er sie mitten in ihr verlogenes Gesicht schlagen oder sie so lange küssen sollte, bis sie seinen Namen rief, so wie vor einigen Stunden, als das blendend helle Licht auf dem Höhepunkt ihrer Vereinigung sie miteinander verschmolzen hatte.

Brüsk sprach er sie an. »Holen Sie Ihren Mantel und die Autoschlüssel.« Dann wandte er sich an Mike. »Es wird sicher nicht lange dauern, ich bin bald wieder zurück.«

»Sicher, Lance.« Mike salutierte.

Lance legte die Hand um Erins Oberarm und schob sie aus der Tür, auf den Mercedes zu. »Vertrauen Sie mir genug, um mich fahren zu lassen?« fragte er.

»Das einzige, worauf ich bei Ihnen vertrauen kann, ist, daß Sie sich wie ein Barbar aufführen.« Sie entriß ihm ihren Arm und warf ihm die Autoschlüssel zu. Ohne ein Wort ging sie zur Beifahrerseite des Wagens. Beide ließen die Autotüren krachen, dann startete Lance den Motor und fluchte leise, als er nicht gleich ansprang. Schließlich legte er den Gang ein und fuhr mit quietschenden Reifen aus der Einfahrt.

Es tat gut, wieder draußen zu sein. Erin drückte auf den Knopf, der die Fenster öffnete, und atmete tief die frostige Luft ein. Schweigend fuhren sie durch die Straßen. Lance hielt das Lenkrad in beiden Händen, seine Augen starr auf die Straße vor ihm gerichtet.

Verwirrung, Schmerz und Wut stritten in Erins Innerem, doch sie wollte auf keinen Fall, daß Lance ihre Nervosität bemerkte. Eher würde die Hölle einfrieren, als daß sie ihn danach fragen würde, warum er sein Verhalten ihr gegenüber so grundlegend geändert hatte. Sie brauchte allerdings nicht lange auf die Antwort zu warten.

Erin sah ihn überrascht an, als er von der Hauptstraße abbog und den Wagen durch baumbestandene Seitenstraßen lenkte. Ihr wurde klar, daß sie sich im Golden Gate Park befanden, aber die Gegend, durch die sie im Augenblick fuhren, war unbeleuchtet und verlassen. Er bremste und stellte dann den Motor ab. Große Bäume breiteten ihre kahlen Zweige über ihnen aus, wie ein Schirm ohne Stoff. Der neblige Dunst des Abends hüllte sie mit seinem Schweigen ein.

Lance legte den Arm auf die Lehne ihres Sitzes und wandte sich zu ihr. Tiefe Schatten lagen auf seinem Gesicht und gaben ihm ein unheimliches Aussehen. Erin verspürte einen Anflug von Furcht.

»Sie können wirklich stolz auf sich sein, Miss O'Shea.«

»Wie meinen Sie das?«

»Ich meine damit, daß Sie einen Mann, der alt genug ist, es besser zu wissen, wie einen riesigen Narren haben aussehen lassen.«

»Bitte, Lance, ich weiß nicht, was du meinst.« Sie zwang sich, ihr wild schlagendes Herz unter Kontrolle zu bringen. »Sollten wir nicht Melanie …«

»Das kann warten«, fertigte er sie ab. »Ich will das jetzt hier ein für allemal klären.«

Ihre eigene Verärgerung wuchs unter seinem herablassenden Ton. »Was ist denn los? Ich habe keine Ahnung, wovon du sprichst.«

Zu ihrem Erstaunen grinste er, doch das Lächeln erreichte seine Augen nicht. »Dieser einsame alte Iltis vermißt dich schrecklich, meine Süße«, meinte er in perfekter Imitation von Barts Stimme mit dem Texas-Akzent.

Jetzt begann Erin langsam zu begreifen, Erniedrigung und Wut stiegen in ihr auf. »Du hast gelauscht! Du hast meine Unterhaltung am Telefon mitgehört!«

Er zuckte lässig die Schultern. »Das ist Gewohnheit. Ich

höre alle Telefongespräche mit, die im Hause der Lymans ankommen. Das hast du gewußt.«

Sie hatte es gewußt, jedoch nicht mehr daran gedacht. »Aber du hörtest doch, daß dieser Anruf für mich war. Es hätte dich nicht zu interessieren brauchen, was da geredet wurde!«

»Oh, es hat mich aber interessiert, Miss O'Shea«, widersprach er. »Sie würden sich wundern, wie aufschlußreich diese Unterhaltung für mich gewesen ist. Jetzt weiß ich endlich, was für eine hinterhältige Lügnerin du bist.«

»Das bin ich nicht«, widersprach sie heftig.

»Nein? Ich vermisse dich, Bart, ich liebe dich, Bart«, ahmte er sie nach. »Du hast es nur versäumt, dem guten alten Bart zu erzählen, was du gerade getan hattest, ehe er anrief.«

»Das ist ja abscheulich.« Sie wollte ihren Ohren kaum trauen.

»Da hast du verdammt recht.« brüllte er. »Ich denke, Bart würde es ziemlich abscheulich finden, wenn er erführe, daß seine Verlobte heute morgen gelernt hat, mit einem unvergleichlichen Talent zu bumsen.«

Erin dachte gar nicht lange nach, sie hob die Hand und schlug ihm ins Gesicht. Es war ihr zunächst nicht bewußt, daß sie ihn geschlagen hatte; erst als sie das Geräusch hörte, das durch die Abgeschiedenheit des Wagens klatschte, erkannte sie den Vorgang. Ihre Hand brannte, doch es war die Sache wert, dachte sie, als sie den erstaunten Ausdruck auf Lances Gesicht sah. Ihr Sieg war hingegen von kurzer Dauer, denn er reagierte sofort. Er griff nach ihr und hielt ihr Handgelenk eisern fest.

»Wenn du so etwas noch einmal tust, breche ich dir den Arm in Stücke«, drohte er, und sie glaubte ihm. Seine Stimme klang rauh, als hätte er etwas im Hals. »Ich kenne Ihren Typ, Miss O'Shea.«

Sie wand sich unter der Klammer seiner Faust um ihr Handgelenk. »Ich bin kein Typ«, wehrte sie sich, mit mehr Mut, als sie fühlte.

»Doch, das sind Sie«, sagte er unnatürlich sanft. »Es macht Spaß, sich mit einem Regierungsbeamten zu vergnügen, ein wenig Spion zu spielen, wenn man doch weiß, daß man immer noch einen Millionär in Texas warten hat.«

»Nein«, wehrte sie sich. Tränen des Schmerzes rannen über ihre Wangen. Es war nicht der Schmerz, den seine Finger um ihr Handgelenk verursachten, es war der Schmerz über seine schlechte Meinung von ihr. Wenn er sie doch nur erklären lassen würde.

»Nun, das Spielchen ist vorbei. Es mag Ihnen ja gefallen, mit mir herumgemacht zu haben, aber ich bleibe lieber in meinen Kreisen.«

»Kreise?« fragte sie. »Wieso glaubst du, daß wir uns in verschiedenen Kreisen bewegen?«

»Weil du einen beknackten weißen Mercedes fährst und ich eine braune Chevette. Sagt dir das nichts?« Er ließ sie so unvermittelt los, daß sie schwankte und dann gegen ihn stieß. Er rückte von ihr ab und schaute trübe aus dem Seitenfenster.

Es dauerte einen Augenblick, bis sie begriff, was er mit seinen Worten gemeint hatte. Doch als sie es begriffen hatte, schäumte sie vor Wut. »Wie kannst du es wagen, mich so zu beleidigen!« Ihre Stimme gellte. »Wie kannst du es wagen anzunehmen, daß es mir etwas ausmacht, was für einen Wagen ein Mann fährt oder wieviel Geld er hat. Ich … ich habe mit dir … mit dir geschlafen, weil ich es wollte.«

»Ach, wirklich?« säuselte er und wandte sich zu ihr um. Dann machte er eine plötzliche Bewegung auf sie zu, legte die Hände auf ihre Schultern und drückte sie in ihren Sitz. Er beugte sich über sie. »Magst du es denn nicht, wie Stanton dich liebt? Was für eine Entschuldigung wirst du dem armen alten Bart denn in deiner Hochzeitsnacht liefern, wenn er herausfindet, daß du noch nicht mehr so unschuldig bist? Aber er wird ja sicher glauben, daß dein Mr. Greene sich das genommen hat, was ihm rechtmäßig zustand.«

»Hör bitte auf«, schluchzte sie.

Er schob sich über sie: »Wenn er dich in deinen Armen hält, schmiegst du dich dann auch so an ihn?« Erin wand sich und versuchte ihn von sich zu stoßen, doch er war viel zu stark, und die Bewegungen seines Körpers auf ihrem machten deutlich, was er meinte. »Wenn er dich küßt, schnurrst du dann auch ganz leise?«

Er versuchte sie zu küssen, doch Erin wandte den Kopf ab. Er griff nach ihrem Kinn und zog ihren Kopf zu sich, dann fiel sein Mund wie ein Schmiedehammer auf ihren. Sie kämpfte gegen ihn, doch er hielt sie so fest, daß sie sich nicht wehren konnte. Der Druck seiner Finger auf ihrem Kinn war so unerbittlich, daß sie fürchtete, ihre Knochen würden brechen.

»Reagiert dein Körper auf ihn genauso wie auf mich?«

Er schob ihren Mantel auseinander und legte seine Hand auf ihre Brust. Ganz gegen ihren Willen fühlte sie, wie sie seine Berührung genoß. Seine Finger drückten sich in das weiche Fleisch, dann begann er sie zu streicheln. Er schob eine Hand unter ihren Pullover und massierte sanft ihre Brust. Es gelang ihm, ihren Büstenhalter zu öffnen, er nahm ihre Brustspitze zwischen zwei Finger, doch jetzt war er nicht mehr brutal, sondern entschlossen, sie zu erregen.

Auch mit seinen Lippen setzte er den Angriff auf sie fort. Doch wurde desgleichen sein Kuß langsam sanfter. So langsam, daß Erin es anfangs nicht bemerkte, bis sie plötzlich hörte, wie sie leise aufstöhnte. Ihre Lippen wurden nachgiebig unter der verführerischen Macht seiner Zunge, ihr Körper schwoll unter seinen forschenden Händen an. Sie wußte nicht einmal, daß sie sprach, als sie flüsterte: »Oh, Lance«, bis er sich mit einem Ruck von ihr losriß.

Sein Name hatte die Mauer der Enttäuschung, der Wut und der Ablehnung durchbrochen, die er um sie herum errichtet hatte, seit er heute morgen Zeuge ihrer Unterhaltung mit Stanton geworden war. Im Nu rutschte er wieder auf den Fahrersitz und umklammerte das Lenkrad, bis die Fingerknöchel weiß hervortraten. Es war beinahe so, als wolle er es aus der Verankerung reißen, und er legte die Stirn auf seine Hände.

Gott! Was hatte er nur getan?

Erin sah ihn mit einem Gefühl der Leere und Hilflosigkeit an. Seine Schultern krümmten sich, er preßte die Hände vor die Augen. Seine Brust hob und senkte sich heftig, es war eine komplette Niederlage.

Schließlich hob er den Kopf und streckte beide Arme in Verzweiflung von sich. »Es tut mir leid«, wimmerte er. »Nie, noch nie zuvor in meinem Leben habe ich ... Wenn ich dir weh getan habe ... es tut mir so leid«, wiederholte er mit hohler Stimme. Er kniff die Augen zusammen und legte Daumen und Zeigefinger an die Nasenwurzel. Als er sprach, war es mehr zu sich selbst als zu ihr, und er hörte nicht auf, den Kopf zu schütteln. »Ich weiß nicht, was in mich gefahren ist.«

Melanie schien, als sie sie abholten, die Anspannung gar nicht aufzufallen, die zwischen den anderen Fahrgästen des Wagens herrschte. Schweigend fuhren sie nach Hause.

Erin hatte bemerkt, daß die Augen ihrer Schwägerin rot und geschwollen waren, also hatte sie geweint. Die sonst so lebhafte junge Frau hatte sie und Lance ganz zerstreut begrüßt, als sie aus dem Haus gekommen und in den Fond des Wagens gestiegen war. Lance hatte Clark gebeten, bei dem Wagen zu bleiben, bis er fertig repariert war.

Melanie hockte zusammengesunken in einer Ecke, und man sah ihr an, daß sie keine Lust hatte, sich zu unterhalten. Seit ihrer Ankunft in San Francisco hatte Erin Melanie noch nie so verzagt gesehen. Es schien, als habe eine Verzweiflung sie erfaßt, die zu tief war für Tränen, eine Hoffnungslosigkeit, die mit normalen Mitteln nicht zu besiegen wäre.

Sobald sie das Haus betreten hatten, entschuldigte Melanie sich und ging die Treppe hinauf in ihr Zimmer.

Lance und Erin wechselten kein einziges Wort. Sie hängte ihren Mantel an die Garderobe und verschwand in der Küche, um etwas zu trinken. Auf dem Flur zur Treppe begegnete sie Lance nochmals, der aus dem Wohnzimmer kam, wo er mit Mike gesprochen hatte. Kalt und unpersönlich nickte er ihr zu, als sei er ein Fremder. Dabei hatte sie am Vormittag in seinen Armen gelegen und seinem Liebesgeflüster gelauscht. Sie kannte seinen Körper und dennoch kannte sie den Mann nicht, dem er gehörte. Den Grund für seinen Ärger hatte er ihr erklärt – ihre Unterhaltung mit Bart – und hatte sie völlig mißverstanden.

Wie konnte er nur glauben, daß sie einer solchen Hinterhältigkeit fähig wäre? Dachte er wirklich, daß sie das, was zwischen ihnen geschehen war, auf die leichte Schulter nehmen würde? Er kannte sie einfach nicht. Und genau darum ging es. Sie kannten einander nicht in den Zusammenhängen, die eigentlich zählten.

In ihrem Zimmer bereitete sie sich auf das Schlafengehen vor. Sie hatte gerade das Licht im Bad gelöscht und wollte sich hinlegen, als es an der Tür klopfte.

»Ich bin es.«

»Komm rein, Melanie. Ich bin noch nicht im Bett«, antwortete Erin.

Melanie hatte einen dünnen Morgenmantel über ihr Nachthemd geworfen. »Störe ich?«

»Natürlich nicht.«

»Wie war dein Tag heute?« fragte Erin die jüngere Frau, die erschöpft in den Lehnsessel sank.

»Es war schrecklich, Erin.« Sie fuhr sich durchs Haar und drehte den Ehering an ihrem Finger. »Meine Eltern machen mich verrückt. Sie haben heute morgen angerufen und darauf bestanden, daß ich sie besuchen sollte. Weißt du, worüber sie mit mir sprechen wollten? Über eine Scheidung. Sie wollen, daß ich mich von Ken scheiden lasse.«

»Oh, Melanie! Wie konnten sie dir so etwas vorschlagen, ausgerechnet zum jetzigen Zeitpunkt?«

»Ich weiß es nicht. Natürlich habe ich mich geweigert, sie

auch nur anzuhören, aber sie haben mich in die Zange genommen und mir all die Gründe für eine Scheidung klarzumachen versucht. Den Hauptgrund, der dagegen spricht, wollten sie gar nicht hören. Ich liebe Ken.« Sie barg ihr Gesicht in den Händen und begann zu schluchzen, ihre Schultern bebten so sehr, daß es Erin das Herz zerriß. Sie kniete vor ihrer Schwägerin nieder und zog sie in ihre Arme.

»Mein Vater ist schuld, daß Ken das alles getan hat. Er hat ihn immer unter Druck gesetzt, in der Bank hat er ihm die unmöglichsten Arbeiten aufgehalst, und dann hat er ihn vor anderen Leuten lächerlich gemacht, wenn ihm Fehler unterliefen. Ken hat sich solche Mühe gegeben, es meinem Vater recht zu machen, aber dem reichte es nie. Seit etwa einem Jahr hat er davon gesprochen, sich einen anderen Job zu suchen, aber ich habe ihn gebeten, abzuwarten. Mein Vater hat keinen Sohn, verstehst du, und ich glaubte, daß Ken vielleicht diese Lücke füllen könnte, weil mir das nicht gelungen war. Ich war so selbstsüchtig, ich habe nicht begriffen, wie schrecklich Ken gelitten hat.«

»Mach dir keine Vorwürfe, Melanie. Ken ist ein erwachsener Mann. Er hat vielleicht gelitten, hat sich unzulänglich gefühlt, aber er hat etwas Unrechtes getan und wird die Konsequenzen tragen müssen. Das weiß er auch, und bestimmt wird er dir deswegen keine Vorwürfe machen.«

»Aber warum hat er dann nicht versucht, sich mit mir in Verbindung zu setzen? Ich habe seit dem Morgen, als er zur Arbeit ging, nichts mehr von ihm gesehen oder gehört. Erin, ich fühle mich so elend ohne ihn.«

Erin tätschelte Melanie den Rücken, so gut es ihr möglich war, und tröstete ihre Schwägerin: »Ich glaube, er setzt sich deshalb nicht mit dir in Verbindung, weil er dich liebt. Er möchte sicher nicht, daß du auch noch in die ganze Sache hineingezogen wirst. Er will dich auf diese Art schützen.«

»Weniger Schutz und mehr von ihm wäre mir lieber.«

Erin lächelte zärtlich. »Ich kann das verstehen, aber ich bezweifle, ob ein Mann dazu in der Lage ist.« Ihre Gedanken schweiften einen Augenblick ab. »Männer sehen die Dinge anders als wir Frauen.« Sie klang melancholisch.

Melanie putzte sich die Nase und wischte sich die Tränen aus den Augen. »Ich habe mich heute gar nicht um dich kümmern können«, schniefte sie. »Nicht einmal erkundigt habe ich mich, wie du dich fühlst.«

»Mir geht es gut. Ich fühle mich wesentlich besser.«

Melanie nickte abwesend. Erin sah, daß sie in ihrer Depression verharrte. Die Abwesenheit ihres Mannes hatte ihr den Boden unter den Füßen weggezogen, den sie nur selber zurückerobern konnte.

Melanie bestätigte Erins Überlegungen, indem sie sagte: »Wenn du nichts dagegen hast, werde ich jetzt wieder in mein Zimmer gehen. Heute abend bin ich bestimmt keine gute Gesellschaft. Ich möchte mich ins Bett legen, das ich mit Ken geteilt habe, und möchte an ihn denken. Klingt das verrückt?«

»Mir kommt das ganz normal vor. Aber wenn du mitten in der Nacht den Wunsch verspürst, mit jemandem zu reden, dann gibt es mich. Du störst mich nicht!«

»Danke, Erin. Ich ... ich bin wirklich froh, daß du hier bist.«

Sie schlang die dünnen Arme um Erins Hals, und Erin erwiderte die Umarmung. »Ich bin auch froh, hier zu sein. Gute Nacht.«

»Gute Nacht.«

Erin hatte den Tag über so viel geschlafen, daß sie sicher nicht würde einschlafen können. Erstaunlicherweise schlief sie trotzdem sofort ein. Sie hatte noch über Lances eigenartiges Benehmen nachdenken wollen, aber ihre Gedanken vollführten seltsame Kapriolen. Kens Verschwinden war ein Problem, mit dem sie noch fertigwerden mußte, und Melanies Verzweiflung erfüllte sie auch mit Sorge. Doch ihr Kopf weigerte sich, solch beunruhigende Dinge zu ordnen. Sobald sie sich in die Kissen gekuschelt hatte, sank sie bereits in Schlaf.

Ihre Träume waren erfüllt von Lance. In einem Augenblick ragte er grausam und rachsüchtig auf, im nächsten Augenblick schon lag sie in seinen Armen, und er liebte sie. Ihre Fingerspitzen fühlten das dichte Haar in seinem Nacken, sein Duft hüllte sie ein, als er sie an sich drückte. Immer wieder flüsterte er ihren Namen in ihr Ohr. Erin. Erin. Sie zog ihn noch enger an sich und umarmte ihn.

Einen Augenblick lang, nachdem sie die Augen geöffnet hatte, glaubte sie noch immer zu träumen, Lance, rief sie leise. Er beugte sich über sie, und ihre Arme lagen um seinen Hals.

»Was ...«, keuchte sie, löste sich von ihm und verschwand unter der Decke.

9. Kapitel

»Psst, es ist alles in Ordnung. Entschuldige, wenn ich dir angst gemacht habe«, flüsterte er. »Erin ...«

»Was tust du hier?« fragte sie unwirsch. Was für eine Nummer war jetzt dran? Sie traute ihm nicht, er war undurchschaubar. Und deshalb verstand sie nicht, warum ihr Herz Bocksprünge machte und sie am ganzen Körper bebte, als sei ihr Traum Wirklichkeit geworden. Sie hatte buchstäblich gefühlt, wie ...

»Erin, ich muß dir etwas sagen. Soll ich das Licht anmachen?« Sie wehrte ab. »Wir haben Neuigkeiten bekommen. Sie sind nicht gut. Ich brauche dich, um es Mrs. Lyman beizubringen.«

»Ken?«

Sie spürte, daß er nickte. »Ja«, sagte er dann. Eine schlimme Vorahnung überkam sie.

»O Gott«, flüsterte sie. »Lance, habt ihr ihn gefunden?«

»Ja.« Er holte tief Luft. Im Dunkeln suchte er nach ihren Händen, sie hatte sie vor den Mund gepreßt. Er nahm sie in seine und wärmte sie zwischen seinen kräftigen Fingern. »Erin, er ist tot.«

»Nein«, ächzte sie und schüttelte den Kopf. Das durfte nicht wahr sein. Gott war nicht so grausam. »Nein«, wiederholte sie entschieden.

Lance griff nach ihren Schultern. »Es tut mir leid, Erin, du mußt mir glauben. Sie haben ihn gestern abend gefunden, in einem schmuddeligen Hotel in den Außenbezirken von San Diego. Offensichtlich plante er, im Dunkeln über die Grenze zu schlüpfen.«

Sie versuchte, all das zu begreifen, was er sagte, aber es gelang ihr nicht. Nur eine grausame Wahrheit hatte noch Bedeutung für sie. Sie würde ihren Bruder nie lebend sehen. Kenneth Lyman war tot. Erst nach einer Weile dämmerte es ihr, daß Lance aufgehört hatte zu sprechen. »Wie ist es geschehen?« fragte sie. Aber was bedeutete das jetzt noch?

»Darüber sprechen wir später.«

»Sag es mir jetzt«, verlangte sie mit tonloser Stimme.

»Er wurde umgebracht.« Lance seufzte. »Man hat ihn ausgeraubt, sein Taschengeld, seine Uhr und alles andere. Aber die Ironie des Ganzen ist, daß der Koffer mit dem Geld unter seinem Bett gefunden wurde.« Er hielt einen Augenblick inne, dann fragte er: »Bist du in Ordnung?«

»Ja«, antwortete sie. Ihre Ruhe überraschte sie selbst. »Wir sagen es jetzt Melanie.« Sie wartete nicht auf seinen Kommentar, stand auf und zog ihren Morgenmantel über. Als sie sich nach ihm umsah, wartete er bereits im Flur auf sie.

Vor der Tür von Melanies Zimmer schlug er vor: »Vielleicht ist es besser, wenn du reingehst und sie aufweckst. Ruf mich, wenn du soweit bist.«

Es war das Schwerste, was Erin in ihrem ganzen Leben zu bewältigen hatte, aber sie ging in das Zimmer, weckte Melanie auf, half ihr, sich etwas überzuziehen und stützte sie dann, als Lance der jungen Frau schonend den Tod ihres Mannes beibrachte. Erin hatte erwartet, daß ihre Schwägerin zusammenbrechen würde, daß sie weinen oder schreien oder vielleicht hysterisch werden würde. Aber sie lauschte Lances Worten unbewegt und ohne eine Träne zu vergießen.

Als er schließlich seinen Bericht geendet hatte, ohne Einzelheiten zu erwähnen, sagte sie abgehackt: »Ich glaube … ich wußte, daß er tot war … Ich hatte den ganzen Tag über so ein Gefühl … als wenn ich ihn nie wiedersehen würde. Eigenartig …«

Sie fragte Lance, was sie jetzt tun mußte, und er antwortete ihr behutsam: »Nun, wir sind sicher, daß er es ist, aber leider müssen Sie hinfahren, um die Leiche zu identifizieren. Weil er keines natürlichen Todes gestorben ist, haben Sie eine Menge Papiere zu unterschreiben, bis sein Leichnam freigegeben wird. Ich werde Ihnen natürlich bei alldem zur Seite stehen.«

»Danke, Mr. Barrett. Ich benötige Ihre Hilfe unbedingt.«

»Soll ich Ihre Eltern anrufen …«

»Nein!« erklärte Melanie, plötzlich energisch. »Das tue ich selbst. Allerdings möchte ich gern, daß Erin mitkommt.«

Lance sah aus, als wolle er widersprechen, doch Erin versicherte ihr schnell: »Natürlich«, ehe er etwas einwenden konnte.

Mit grimmigem Gesicht sah er auf seine Uhr. »Ich kümmere mich um die Flugtickets. Es ist jetzt halb sieben. Könnten Sie in etwa zwei Stunden reisefertig sein?«

»Ja, das schaffen wir«, antwortete Melanie ganz ruhig.

Die Ereignisse der nächsten Tage blieben Erin für immer als ein verschwommener Wirbel von Agonie im Gedächtnis. Sie konnte sich später an keine Einzelheiten mehr erinnern, obwohl einige der Dinge für den Rest ihres Lebens in ihrem Gedächtnis haften würden.

Mit äußerster Disziplin schafften sie und Melanie es, sich in der zugestandenen Zeit auf die Reise nach San Diego vorzubereiten. Sie kleideten sich praktisch und warm, Erin trug einen blauen Blazer über einer elfenbeinfarbenen Seidenbluse zu einem Rock aus karamelfarbenem Wollstoff. Als sie das Haus verließen, holte sie noch ihren ledernen Trenchcoat aus der Garderobe.

Melanie war ähnlich gekleidet, sie hatte ihr Haar zu einem strengen Pferdeschwanz zurückgekämmt und sich nicht geschminkt – doch sah sie trotzdem schön aus, beinahe wie eine tragische Heldin. Erins Herz flog dieser jungen Frau zu, die sich als so tapfer erwies.

Lance fuhr sie mit dem mittlerweile reparierten Wagen der Regierung zum Flughafen. Melanie saß still in einer Ecke im Fond, Erins Augen waren voller Tränen, doch Melanie bewahrte die Fassung. Das einzige Anzeichen ihrer Verzweiflung war ihre Hand, die Erin auf dem Flug von San Francisco nach San Diego umklammert hielt. Sie saßen am Fenster und hatten ihre Mäntel und Taschen auf einen Sitz zwischen sich gelegt. Lance saß auf der anderen Seite des Ganges, den ganzen Flug über starrte er aus dem Fenster. Melanie gegenüber war er ausnehmend höflich, auch mit Erin ging er zuvorkommend um, jedoch in eher unpersönlicher, reservierter Weise.

Am Flughafen wurden sie von einem Mann empfangen, der Mike ähnelte, er führte sie zu einem anderen, gleichermaßen unauffälligen Wagen. Lance saß vorn neben dem schweigsamen Fahrer, Erin und Melanie teilten sich die

Rückbank. Die beiden Männer sprachen leise miteinander, aber was sie sagten, war nicht zu verstehen. Melanie betrachtete den Verkehr und die vorbeifliegende Landschaft, als sei sie davon hypnotisiert.

Es schienen Stunden zu vergehen, während derer sie in dunklen Korridoren saßen und auf den einen oder anderen Beamten warten mußten. Lance verschwand in verschiedenen Büros, er sprach mit nüchtern gekleideten Männern, die Melanie neugierige Blicke zuwarfen. Man erbat Auskünfte von ihr, und sie beantwortete alle Fragen teilnahmslos, aber wahrheitsgemäß.

Mit Erin sprach kaum jemand. Ihre einzige Aufgabe war es, Melanie zu unterstützen, die diese Tortur mit mehr Haltung durchstand, als Erin es ihr je zugetraut hätte.

Sie war Lance dankbar dafür, daß er Melanie, soweit es ging, vor den Unannehmlichkeiten schützte. Er mußte hinter den Kulissen eine Menge Papierkram erledigt haben, um die gesetzlich vorgeschriebenen Prozeduren abzukürzen. Jede Behörde, die etwas mit dem Gesetz zu tun hatte – sei es von Regierungsseite aus, von Staats wegen oder der Stadt –, schien irgendwie in den Fall verwickelt zu sein, und jede brauchte ihre Angaben und Informationen.

Die Sonne war längst untergegangen, als sie das letzte der Büros verlassen hatten, um sich auf den Weg zum Krankenhaus zu machen. Erin fürchtete sich vor dem, was jetzt auf sie zukam. Auch wenn man Ken zweifelsfrei identifiziert hatte, so mußten doch Melanie und sie in das Leichenhaus gehen, um ihre Bestätigung abzugeben, ehe ihnen der Tote übergeben werden durfte.

Der Mann, der sie am Flughafen abgeholt hatte, führte

Melanie durch einen Flur zu einer gepanzerten Tür, Erin folgte ihnen, zuletzt kam Lance.

Ehe sie vor der Tür stehenblieben, faßte Lance sie am Arm und drehte sie um. »Erin, du wirst nicht dort hineingehen«, erklärte er ruhig, aber bestimmt.

»Doch, das werde ich. Melanie braucht mich.«

»Ich gehe mit ihr. Du wirst nicht hineingehen«, wiederholte er …

»Du brauchst mir nicht vorzuschreiben, was ich tun oder lassen soll.« Sie entzog ihm ihren Arm. »Ich möchte meinen Bruder sehen.«

»Nein, das möchtest du nicht. Nicht so.« Er hielt sie jetzt an beiden Armen fest. »Denk nach, Erin. Du hast dir ein Bild von ihm gemacht. Er war ein gesunder, gutaussehender junger Mann. Möchtest du ihn nicht lieber so in Erinnerung behalten, als wenn …« Er hielt inne, dann drängte er: »Du willst doch nicht, daß deine einzige Erinnerung an ihn so bleibt, wie er jetzt aussieht. Geh nicht!«

Sein bittender Blick und beschwörender Gesichtsausdruck überzeugten Erin davon, daß er recht hatte. Sie nickte und taumelte dann gegen seine Schulter. Er führte sie zu einem typischen Behördensofa, und Erin setzte sich.

Melanie und der Mann waren inzwischen vor der Tür der Leichenhalle stehengeblieben und warteten auf Lance. Er legte Erin noch einmal aufmunternd eine Hand auf die Schulter. »Es wird nicht lange dauern«, flüsterte er.

Als die drei zurückkamen, weinte Melanie leise. Erin lief auf sie zu und nahm die junge Frau in die Arme, die ein Häuflein Elend geworden war.

Mit einer Hand hielt sie ein Stück Papier umklammert.

Ein tränenüberströmtes Gesicht blickte zu Erin auf. »Das haben sie in seiner Tasche gefunden, Erin. Es ist ein Brief an mich. Er hat mich geliebt, das steht drin, er hat mich geliebt.« Sie sank in Erins Arme und schluchzte, während sie unaufhörlich wiederholte, daß Ken sie geliebt hatte.

Erin stützte Melanie, sie setzte sich mit ihr auf das unbequeme Sofa, während Lance sich um den Transport des Leichnams nach San Francisco kümmerte. Erin war froh, daß Melanie endlich weinen konnte. Die Tränen erleichterten sie, sie waren wichtig für ihre Trauer. Besser sie ließ ihren Tränen freien Lauf, als daß sie völlig betäubt ihrer täglichen Arbeit nachging und wie eine Aufziehpuppe funktionierte – so wie es in den letzten Tagen der Fall gewesen war.

Auf der Fahrt zum Flugplatz und während der Zeit, in der sie auf ihren Flug warteten, weinte Melanie um ihre Liebe und ihr Leben. Als sie endlich in das Flugzeug stiegen, war sie am Ende ihrer Kräfte. Glücklicherweise gab es genug freie Plätze.

Eine hilfreiche Stewardeß schlug vor, die Armlehnen einiger Sitze hochzuklappen, damit Melanie sich hinlegen konnte. Sie war nicht mehr dazu fähig abzulehnen, und als Erin eine Decke über sie zog, schloß sie die vom Weinen geschwollenen Augen.

Lance, der sich noch mit seinem Kollegen unterhalten hatte, kam als letzter an Bord. Er setzte sich neben Erin und verstaute einen unauffälligen Koffer unter dem Sitz. Erin wußte, was es mit diesem Koffer auf sich haben mußte, sie wandte den Kopf ab. Dieser braune Koffer war grauenvoll, er hatte das Leben ihres Bruders zerstört.

Nachdem das Flugzeug die hellen Lichter San Diegos hinter sich gelassen hatte und der Himmel um sie herum dunkel war, fragte Lance: »Wie geht es ihr?«

»Die Tränen haben geholfen. Sie mußte sie herauslassen. Erst jetzt, durch das nochmalige Sehen, hat sie begriffen, daß er wirklich tot ist.« Sie biß sich auf die Lippen. »War er ...?«

»Nein, es war ein gnädiger Tod. Der Leichenbeschauer hat als Ursache Tod durch Ersticken angegeben. Wahrscheinlich hat man ihn im Schlaf überrascht und ihm ein Kissen auf das Gesicht gedrückt.«

Erin legte eine Hand vor den Mund, sie war ganz blaß geworden und starrte wort- und blicklos vor sich hin. »Ich bin froh, daß er diesen Brief geschrieben hat«, äußerte sie eine Weile später. »Was auch immer darin steht, er scheint Melanie versichert zu haben, daß er sie liebte.«

»Gott sei Dank, daß die Diebe ihm wenigstens diesen Brief nicht weggenommen haben.«

»Gibt es Hinweise auf Verdächtige?«

»Nein. Wahrscheinlich wird er als einer dieser unaufgeklärten Morde in die Geschichte eingehen. Das Motiv dafür war Raub. Der – oder die – Täter benötigten wohl kaum mehr als eine Minute, offensichtlich waren es Profis. Natürlich hatten wir Glück, daß sie den Geldkoffer unter dem Bett nicht gefunden haben.«

»Ja, ist das nicht toll von uns!« Sie klang schrill. Der unüberwindliche Drang, ihm weh zu tun, ergriff von ihr Besitz. Sie wollte ihn für die Art bestrafen, wie er sie gestern abend behandelt hatte. Sie wollte, daß er unter ihren Worten litt, so wie sie unter seinen gelitten hatte.

»Du darfst stolz auf dich sein, Mr. Barrett. Du kannst jetzt als Held nach Hause gehen. Was sagst du, wenn unter deinen

Augen das Leben eines Menschen ruiniert wird? ›Nun, Jungs, wenigstens hat die Regierung ihr Geld wieder‹? Oder sagst du ›alles erledigt‹?«

Es war nicht fair. Sie wußte, daß sie ihm gegenüber nicht fair war. Er trug schließlich nicht die Verantwortung für Kens Verbrechen. Aber sie war verletzt. Sie würde ihren Bruder nie im Leben zu Gesicht bekommen. All ihre Träume, Familienbande zu knüpfen, sich ihm mitzuteilen, Zuneigung zu finden, waren grausam zunichte gemacht. Sie wollte jemanden strafen, wollte sich rächen für den Schmerz, der sie zerriß. Dafür mußte Lance jetzt herhalten. Es war nicht fair, aber sie verspürte ein perverses Gefühl der Befriedigung, als sie sah, wie die Linien um seinen Mund sich verschärften. Er zog die Brauen zusammen und sah sie finster an.

Um seinem Blick auszuweichen, lehnte sie sich in ihrem Sitz zurück und schloß die Augen. Ein paar Minuten später fühlte sie mehr, als sie es hörte, daß er sich an die Stewardeß wandte, die an ihrer Sitzreihe vorbeiging.

Er berührte ihren Arm. »Hier, trink das.«

Er hielt Erin ein Glas hin. »Was ist das?«

»Brandy, den brauchst du jetzt.«

Sie schüttelte abwehrend den Kopf. »Nein, so was Starkes trinke ich nicht.«

Er warf ihr einen grimmigen Blick zu. »Nun, aber ich«, sagte er und trank sein Glas in einem großen Schluck leer. Tränen traten in seine Augen, er verzog das Gesicht und rang nach Luft, als der starke Alkohol durch seine Kehle jagte. Doch dann lehnte er den Kopf zurück und schloß die Augen. »Du solltest es wirklich versuchen. Für die Nerven wirkt das Wunder.« Langsam nippte er an Erins Ration.

Lange schwiegen sie. Es war Lance, der schließlich das Schweigen brach: »Tut mir leid, was mit Lyman passiert ist, Erin. Ich habe niemandem gewünscht, daß es so enden würde.«

Sie wandte den Kopf zu ihm. Ihre Blicke trafen sich. »Das weiß ich«, flüsterte sie. »Was ich eben gesagt habe, war gemein. Kannst du mir verzeihen?«

Anstelle einer Antwort griff er nach ihrer Hand und hielt sie fest. Er reichte der Stewardeß die Gläser und rückte dann ein Stück näher, die Armlehne zwischen ihren Sitzen klappte er hoch. Nur einige Lichter in dem Flugzeug brannten noch, die wenigen Passagiere schliefen entweder oder lasen im Licht der kleinen Lampen über ihren Sitzen. Die Flugbegleiterin hatte sich zurückgezogen, da alle Passagiere versorgt waren.

Lance hielt Erins Hand in seiner und streichelte sie mit der anderen. Er fuhr den Umrissen der langen ovalen Fingernägel nach, strich über ihre Knöchel und die dünnen, kaum sichtbaren Adern auf ihrem Handrücken. Sein Knie drängte sich an ihres, und irgendwann berührten sich auch ihre Schultern.

»Erzähl mir von deinem Mann, Erin.« Seine Bitte hatte er leise ausgesprochen, und sie traf Erin völlig unerwartet.

Sie tat nicht so, als hätte sie seine Worte nicht gehört. Statt dessen gab sie einem unerklärlichen Drang nach und legte den Kopf an seine Schulter. »Joseph war der netteste Mann, dem ich je begegnet bin. Als Geschäftsmann hatte er unerhörten Erfolg. Ein Teil seines Erfolges war auf die Tatsache zurückzuführen, daß seine Angestellten ihn verehrten. Selbst der niedrigste Mitarbeiter bekam seinen Anteil vom

Gewinn der Firma. Einige mochten ihm vielleicht vorwerfen, daß er ein gerissener Manager war, aber ich glaube, er wollte wirklich seinen Reichtum mit anderen teilen.«

Lance hob einen Arm und legte ihn um ihre Schulter, er zog sie an sich. Jetzt lag ihr Kopf auf seiner Brust. »Als er begann, Interesse an mir zu zeigen, da glaubte ich zuerst, daß es die Anerkennung meiner Arbeit war, meiner Entscheidungen auf geschäftlicher Ebene. Und so war es auch. Doch nachdem wir einige Male ausgegangen waren, um zusammen zu essen, wurde mir klar, daß er sich mit mir traf, weil er mich mochte. Ich denke, im Gegenzug ließ ich ihn seine Jugend noch einmal erleben. Er war schon seit vielen Jahren Witwer, seine erwachsenen Kinder führten ihr eigenes Leben. Lange Zeit bedeutete die Firma sein einziges Interesse am Leben. Er war sehr einsam.«

Sie holte tief Luft. »Nun ja, nach einer Weile bat er mich, ihn zu heiraten. Ich war erschrocken und hatte auch ein wenig Angst. Er war in seinem Benehmen mir gegenüber immer außerordentlich höflich gewesen, deshalb hatte ich mit einem Heiratsantrag überhaupt nicht gerechnet. Ich habe ja gesagt, nicht etwa, weil ich ihn liebte, wenigstens nicht auf die romantische Art, sondern weil ich glaubte, daß meine Ablehnung für ihn zu schmerzhaft gewesen wäre.«

Sie hatte eine Hand auf Lances Schenkel gelegt, jetzt fuhr sie mit dem Finger der Bügelfalte seiner Hose nach, auf und ab. »Ich habe ihn geheiratet, auch wenn alle anderen entsetzt waren. Vermutlich haben alle geglaubt, ich sei ein Mitgiftjäger, ein Goldgräber. Es hat mir nicht gefallen, daß die Leute so schlecht über mich sprachen, aber ich war wirklich nicht berechnend. Außerdem wollte ich nicht zulassen, daß das

Gerede der Leute mich oder Joseph in unserer Entscheidung beeinflußten. Ich war jung, einsam und fühlte mich auch ein wenig geschmeichelt, daß ein so erfolgreicher Mann mich liebte. Das war alles, mehr Gründe gab es nicht. Er ist noch im gleichen Jahr gestorben.«

Lance legte seine Hand auf ihre und preßte sie auf seinen Schenkel. »Nun, alles war es nicht, Erin.«

Sein Ton klang so intim, daß sie über und über rot wurde.

Sie hob für einen kurzen Augenblick den Kopf. Er beugte sich so nah zu ihr, daß ihre Gesichter fast zusammenstießen. Seine blauen Augen bohrten sich tief in die ihren. Schnell legte sie den Kopf wieder an seine Brust.

»Unsere Ehe wurde nie vollzogen. Joseph ... er hat es versucht, aber ... aber er war schon zu krank.« Sie stotterte, ihr Gesicht war jetzt hochrot. »Als er dann einen Arzt aufsuchte, um sich untersuchen zu lassen ... nun ja, du weißt schon, wo ... da wurde ein Tumor festgestellt. Er war nicht mehr zu operieren.«

Erins Gedanken gingen zurück zu den traurigen Tagen nach Josephs Tod. Erst jetzt wurde ihr bewußt, wie sehr sie sich geändert hatte, seit sie Lance kannte. Nach Josephs befremdlichen Bemühungen, sie zu seiner Frau zu machen, auch im körperlichen Sinne, hatte sie sich vor Sex gefürchtet. Joseph war völlig verzagt gewesen, als er begriff, daß er nicht auch in dieser Hinsicht ihr Mann werden konnte; Erin hatte seinen Schmerz und seine Enttäuschung so deutlich gefühlt, als seien sie Teil ihres Selbst. Sie wollte nie wieder in ihrem Leben mit Sex etwas zu tun haben. Er konnte den Preis der Selbstachtung eines Menschen nicht wert sein.

Danach hatte sie sich mit keinem Mann mehr eingelassen.

Das war keineswegs auf einen Mangel an Gelegenheiten zurückzuführen. Viele Männer in New York hatten ihr den Hof gemacht, doch gelang es ihr stets, ihre Leidenschaft so lange im Zaum zu halten, bis sie frustriert abließen und sich eine andere Partnerin suchten. Auch in Houston erging es ihr nicht besser, bis sie Bart traf und sie schließlich übereingekommen waren, nicht miteinander zu schlafen.

Es war nicht der Akt selbst, vor dem sie sich gefürchtet hatte. Die O'Sheas waren ein liebevolles Paar gewesen, mit einem gesunden, aktiven Liebesleben. Schon als Kind ahnte Erin, daß ihre Eltern da etwas ganz Besonderes teilten.

Ihr Problem war die Angst, nochmals enttäuscht zu werden, wenn etwas nicht stimmen sollte.

Warum aber hatte sie dann Lance Barrett so bereitwillig willkommen geheißen? Seit der ersten Umarmung, als sie noch geglaubt hatte, er sei Ken, hatte sie ein überwältigendes Verlangen gespürt, das dann in ihr loderte, bis es einem Waldbrand gleichkam. Selbst als sie ihm beleidigende Worte entgegengeschleudert hatte, hatte sie noch gegen die sexuelle Anziehungskraft ankämpfen müssen, die von ihm ausging.

Und er war über all das im Bilde gewesen. Ihr Körper hatte die Sehnsucht nicht länger geheimhalten können, und seiner hatte instinktiv darauf reagiert. Die uralte Herausforderung der Geschlechter brach sich Bahn, und er hatte sie weder ignoriert, noch wollte er ihr widerstehen.

Sie riskierte ein gefährliches Spiel. Der Grund, warum sie sich geweigert hatte, Barts Geliebte zu werden, war zum Teil darin begründet, daß sie sich zwanghaft nach einer Familie sehnte. Irgendwie hatte sie gewußt, daß Bart kein Ehemann und kein Vater für ihre Kinder sein würde. Und wenn sie sich zu weit mit ihm einließ, könnte er vielleicht zum Stolperstein werden, wenn sie das verwirklichen wollte, was sie sich im Leben am sehnlichsten wünschte.

Wenn Bart ein Stolperstein war, dann war Lance der reinste Felsen. In ein paar Tagen würde jeder seiner Wege gehen, und damit wäre die Sache ausgestanden. Warum setzte sie also jetzt und hier ihre Zukunft aufs Spiel? Eine kurze Affäre mit Lance würde zu nichts führen. Es war dumm – hoffnungslos und unmoralisch.

Doch jetzt, wo sie seinen warmen Atem an ihrer Wange fühlte und den sanften Druck seines Armes gegen ihre Brust, dachte sie an das Schicksal und daß sie die Kontrolle darüber verloren hatte.

Sie hob unglücklich den Kopf. Er ertrank in ihren großen Augen, in denen er ihre Gedanken lesen konnte, und preßte die Lippen zusammen, dann sagte er: »Das, was gestern abend im Park passiert ist, tut mir sehr leid.«

»Du warst wütend.« Sie nickte. »Ich habe es gespürt.«

»Das ist keine Entschuldigung für das, was ich beinahe getan hätte. Gott! Eine Vergewaltigung«, klagte er sich an. »Ich bin noch nie einer Frau gegenüber gewalttätig geworden, Erin. Das mußt du mir glauben. Habe ich dir weh getan?« Der schuldbewußte Ausdruck auf seinem Gesicht rührte sie.

»Ein wenig«, antwortete sie.

»Ich wünschte, es wäre nie geschehen. Wenn ich es irgendwie rückgängig machen könnte, ich würde alles dafür tun.«

»Warum entschuldigst du dich nicht einfach?« schlug sie mit einem verführerischen Lächeln vor.

Er erwiderte es zärtlich, dann legte er den Zeigefinger auf

ihre Lippen. Langsam und provozierend strich er damit von einem Mundwinkel zum anderen. »Erin, ich entschuldige mich für mein ekelhaftes Benehmen.«

»Vergebung ist gewährt«, flüsterte sie. Sein Finger glitt zu ihrer Unterlippe und stieß dann gegen ihre Zähne.

Verstohlen sah er sich um. »Ich wünschte, wir säßen hier nicht in der Öffentlichkeit«, brummte er.

»Warum? Was würdest du denn tun, wenn es anders wäre?«

»E ... Erin.« Er brachte ihren Namen zwischen zusammengebissenen Zähnen hervor, weil sie im gleichen Augenblick seinen Zeigefinger zwischen ihre Zähne nahm und sanft daran saugte. »Wenn du deine Hand auf meinem Oberschenkel noch ein wenig höher schiebst, dann weißt du zweifellos, was ich tun würde.«

»Was denn, bitte schön?« Sie wurde übermütig.

Er nahm ihre Herausforderung an. »Wahrscheinlich würde ich dich so küssen.«

Mit einem Arm hielt er sie fest, die andere Hand legte er um ihr Gesicht und senkte seinen Kopf. Zuerst stupste er sie nur, biß zart in ihre Lippen, strich mit der Zungenspitze darüber. Dann zog er sich ein wenig zurück, um das Ergebnis seiner Bemühungen zu betrachten. Über ihre Augen mit den dunklen Wimpern hatte sich ein Schleier gelegt, durch ihre halb geöffneten Lippen, die von seinem Kuß noch feucht waren, kam sanft ihr Atem.

»Erin«, hauchte er, dann schlossen sich seine Lippen über ihren. Im Augenblick konnte sie ihre Probleme sowieso nicht lösen. Sie hatte einen Verlobten, der Millionär war, na und? Immerhin trug sie diesen verdammten Diamantring nicht mehr. Er hätte auf die Minute genau sagen können, wann sie den Ring ausgezogen hatte, den Ring, der den Anspruch des anderen auf sie deutlich machte.

Und wenn er sie nun nie wiedersah? Und wenn ihr Einkommen viermal so groß war wie seines? Was, zum Teufel, machte das alles in diesem Augenblick aus?

Erin O'Shea. Die Kabine war dunkel und gemütlich, und sie brauchten einander. Ihr Körper war anschmiegsam, gab seinen Forderungen nach. Sie ließ ihre Hand über seine Lenden gleiten, die sie so gut kannte und die sich danach sehnten, sich wieder in ihr zu verlieren. Ihre Lippen waren leicht geöffnet und boten seiner suchenden Zunge Einlaß. Es fiel ihm schwer, das Stöhnen zu unterdrücken, das sich in seiner Brust formte und ihm den Hals zuschnürte.

»Du schmeckst nach Brandy.« Der Kuß war vorüber, doch ihre Lippen berührten sich noch immer. »Von jetzt an liebe ich Brandy.«

»Trink ruhig weiter«, forderte er sie auf. Und jetzt war es ihre Zunge, die in seinen Mund eindrang, ihn erforschte und ausfüllte. Als sie sich ein wenig zurückbeugte, fuhr sie mit der Zungenspitze über das Grübchen in seinem Kinn, und er fühlte sich gleichzeitig schwach und sehr mächtig.

Ihr Zeigefinger folgte ihrer Zunge und streichelte über die verlockende Stelle, dann fragte sie mit drängender Stimme: »Und wenn du es geschafft hättest, mich so zu küssen, was würdest du dann tun?«

Willig beteiligte er sich an dem Spiel der Sinne. Er setzte sein Regierungsgesicht auf: »Ich bin noch nicht überzeugt, daß du nicht vielleicht doch ein ausgekochter Verbrecher bist, der sich hinter einer verführerischen Maske verbirgt.

Ganz besonders jetzt, wo du versuchst, mich zu betören, regt sich mein Mißtrauen.«

»Das ist aber längst nicht alles, was sich regt.« Sie rückte noch näher.

Hatte sie ihn wirklich mit ihrer Hand berührt oder hatte ihm das nur seine überaus lebhafte Vorstellungskraft vorgegaukelt? Herrjeh, so wie er sich im Augenblick fühlte, war alles möglich. Er schluckte. »Du lenkst mich vom Thema ab«, knirschte er.

»Das tut mir leid, Sir«, flötete sie zerknirscht. »Bitte, sprich weiter.«

»Wie ich schon sagte.« Er räusperte sich gebieterisch. »Wahrscheinlich würde ich es für nötig erachten, dich noch einmal zu durchsuchen.«

Er verzog den Mund in dieser unverschämten Art, die ihr mittlerweile vertraut war. Beim ersten Mal hatte dieser arrogante Ausdruck sie eingeschüchtert. Jetzt stellte sie fest, daß er ihr Herz vor Erregung schneller schlagen ließ.

»Du möchtest doch sicher nicht in deiner Pflichterfüllung nachlassen«, erklärte sie mit ernstem Gesicht.

»Nein, das kann ich mir auf keinen Fall leisten.« Er senkte den Kopf wieder zu ihr, doch diesmal küßte er sie nicht. Statt dessen sah er ihr tief in die Augen und schob dann seine Hand unter ihren Blazer. Warm und schwer lag sie auf ihrer Brust, und genauso warm und schwer war das Gefühl, das sie in ihrem Unterleib und zwischen ihren Schenkeln verspürte. Mit quälender Langsamkeit schob er seine Hand tiefer.

Erin war gefangen von diesem Gefühl, das seine Finger durch ihre Bluse auf ihrem Körper auslösten. Seine Augen bezwangen sie, hielten ihre Blicke zärtlich und doch bestimmt gefangen. Er konnte nicht genug bekommen von ihr.

Seine Hand umschloß ihre Brust, sanft massierte er sie, bis er fühlte, wie sich ihre Brustspitze in seiner Hand aufrichtete und sich ihm voller Verlangen entgegenreckte. Ihre Lippen öffneten sich leicht, und sie hauchte seinen Namen.

»Du hast zwei sehr feminine Angewohnheiten, Erin O'Shea«, flüsterte er leise. »Die eine ist diese hier.« Er strich mit dem Daumen über ihre empfindsame Knospe. »Die andere ist, meinen Namen auszusprechen, ohne ihn wirklich zu sagen. Ich finde beide Angewohnheiten hinreißend.«

Nun kümmerte er sich um die beiden obersten Knöpfe ihrer Bluse, dann glitt seine Hand über ihre nackte Haut. So sanft, als würde er ein Kind entkleiden, schob er die Spitze ihres Büstenhalters beiseite und umschloß die Rundung mit seiner Hand.

Erin schmiegte sich mit ihrer Brust fest an ihn, doch selbst dabei ließen ihre Blicke ihn nicht los. Als sein Daumen wieder über ihre Brustspitze strich, legte sich ein Schleier über ihre Augen.

Er beugte sich zu ihr, preßte seinen Mund auf ihr Ohr und bedeckte es mit vielen kleinen Küssen, dann wisperte er: »Erin, Gott helfe mir, aber ich verlange nach dir.« Seine Worte und suchenden Hände hüllten sie in Seligkeit.

Er rollte ihre Brustspitze zwischen seinen Fingern. »Habe ich dir eigentlich schon gesagt, was für eine wunderschöne Farbe sie haben? Ich kann mich genau daran erinnern, wie sie sich angefühlt haben, wie ich sie mit meiner Zunge gestreichelt habe. Ich weiß, wie sie schmecken. Und genau jetzt möchte ich ...«

Das Signal zum Anlegen der Gurte leuchtete auf, und sie hörten die leise Glocke, die die Aufmerksamkeit der Fluggäste wecken sollte. Lance erlaubte sich an ihrem Ohr einen herzhaften Fluch. Er setzte sich auf und schloß schnell die Knöpfe ihrer Bluse, ehe er sich auf seinen Platz zurückzog.

Erin streckte die Hand aus und legte sie auf seinen Arm, doch er zischte: »Rühr mich nicht an.« Als er sah, daß sein Aufbrausen sie verletzt hatte, lächelte er. »Hast du noch nicht bemerkt, daß es bei mir ein wenig dauern wird, ehe ich mich wieder sittsam sehen lassen kann?« Mit einem schiefen Grinsen sah er sie an, und es dauerte einen Augenblick, ehe sie begriff, was er meinte. Als es ihr klar wurde, zog sie die Hand mit einem Ruck zurück und blickte nach vorn, sie wagte nicht, sich zu bewegen. Er lachte leise.

Erst als sie zur Landung ansetzten, riskierte sie einen zweifelnden Blick zu ihm hinüber. »Lance, glaubst du ... findest du, daß ich mich schamlos benehme, nach alldem, was heute geschehen ist? Bin ich deswegen ein abscheulicher Mensch?«

Das Lächeln, mit dem er sie bedachte, war zärtlich und offen zugleich. »Ich habe in den letzten Jahren genug Erfahrung damit gesammelt, die Reaktionen der Menschen in den verschiedensten Schreckenssituationen zu beobachten. Dabei habe ich festgestellt, daß ein Ausbruch der Gefühle aufgrund von Aufregung oder Trauer die vielfältigsten Formen annehmen kann. Manche Menschen weinen oder schreien oder fangen an zu toben. Andere lachen unkontrolliert. Und einige wenden sich der Liebe zu.« Er machte eine inhaltsschwere Pause. »Das eine Gefühl ist dabei genauso natürlich wie das andere, Erin.«

»Danke«, murmelte sie.

10. Kapitel

»Hallo, Tante Reba. Hier spricht Erin. Ist Mutter da?«

»Erin, wir haben gerade über dich gesprochen. Bist du wieder in Houston?«

»Nein, ich rufe aus San Francisco an.«

»Gut, dann will ich dich nicht aufhalten. Deine Mutter kann es kaum erwarten, mit dir zu sprechen. Auf Wiedersehen, mein Liebes.«

Die Beerdigung sollte in einer Stunde sein, aber Erin hegte den unaufschiebbaren Wunsch, vorher mit ihrer Mutter zu sprechen; deshalb hatte sie sich die Zeit genommen zu diesem Ferngespräch.

Gestern war der schwerste Tag in Erins gesamtem bisherigen Leben gewesen. Melanie hatte sich entschieden, Kens Beerdigung nicht mehr hinauszuschieben. Sie sollte um vier Uhr am heutigen Nachmittag stattfinden, und das bedeutete, daß sie kaum Zeit hatten für all die Vorbereitungen, die bis dahin getroffen werden mußten. Dennoch war es eine kluge Entscheidung, dachte Erin. Je eher Melanie wieder zu einem normalen Leben zurückkehren konnte, desto besser.

»Hallo, Erin.« Die fröhliche Stimme von Merle O'Shea war Balsam für Erins wunde Seele.

»Mutter, es tut so gut, deine Stimme zu hören. Wie geht es dir?«

»Gut. Aber viel wichtiger ist, wie es dir geht? Du klingst unglücklich.«

Mehr Anstoß brauchte Erin nicht, die ganze Geschichte sprudelte aus ihrem Mund, stoßweise, unterbrochen von vielen Tränen. Sie begann mit ihrer Ankunft vor dem Haus von Ken Lyman und beendete ihre Geschichte damit, daß um vier Uhr am heutigen Nachmittag eine Beerdigung stattfinden würde. Heftiges Schluchzen folgte.

»Oh, mein liebes Mädchen, es tut mir ja so weh um dich. Ich kann mir vorstellen, wie furchtbar das alles für dich gewesen sein muß. Ganz besonders, weil du dich doch so darauf gefreut hast, deinen Bruder endlich kennenzulernen.« Erin hörte, wie ihrer Mutter die Stimme versagte. Immer, wenn Erin litt, litt ihre Adoptivmutter mit. Sie war zwar nicht in ihrem Leib gewachsen, doch ganz sicher in ihrem Herzen.

»Gibt es irgend etwas, das ich für dich tun kann? Möchtest du, daß ich nach San Francisco komme?«

Das wäre wirklich ein übermenschliches Opfer. Merle O'Shea fürchtete sich vorm Fliegen. »Nein, Mutter. Es hat mir so sehr geholfen, mit dir reden zu können. Wirklich, jetzt geht es mir schon viel besser. Ich muß mich zusammenreißen, um Melanies willen.«

»Es hört sich an, als wäre sie ein liebes Mädchen.«

»Das ist sie auch. Wir fühlen uns wie Schwestern.«

Die nächste Frage schien ihrer Mutter schwerzufallen. »Erin, hast ... ich meine, hast du irgendwelche Informationen gefunden über ... über deine natürliche Mutter?«

Erin lächelte in den Hörer. Ihre Mutter konnte also einen Anflug von Eifersucht nicht unterdrücken. »Nein, Mutter, das habe ich nicht.«

»Ich werde es mir nie verzeihen, daß ich damals alle Unterlagen vernichtet habe, die mir das Waisenhaus gegeben hat, noch ehe ich sie überhaupt gelesen hatte. Als Gerald und ich dich bekamen, war ich so aufgeregt und wollte dich ganz für mich allein haben ...«

»Mutter, bitte. Das haben wir doch alles schon tausendmal besprochen. Damals hattest du das Gefühl, das Richtige zu tun für mich. Außerdem bin ich nicht einmal sicher, ob ich überhaupt noch mehr erfahren möchte. Ich glaube, eine weitere Enttäuschung könnte ich nicht verkraften.«

Beide waren einen Augenblick lang in Gedanken versunken, ehe Merle fragte: »Dieser Mr. Barrett, ist er nett? ich hoffe, er ist nicht einer von diesen Hartgesottenen.«

Erin hatte absichtlich nicht von ihrer persönlichen Beziehung zu Lance Barrett angefangen. War er nett? »Ja, er ist, glaube ich, ganz nett, obwohl er die Sache natürlich sehr professionell angeht. Ich würde ihn aber nicht hart nennen.«

Ihre Mutter gab sich mit dieser Antwort zufrieden. »Gut. Ich denke, du solltest wenigstens im Augenblick dankbar sein dafür.«

»Ja, der Meinung bin ich auch.«

»Wann kommst du nach Hause, Erin? Ich fühle mich viel besser, wenn ich dich wieder in Houston weiß. Dann bist du wenigstens nicht ganz so weit weg.«

Erin seufzte. Sie hatte noch keine Terminpläne gemacht, obwohl sie wußte, daß es unvermeidbar auf sie zukam. »Ich kann es noch nicht sagen, Mutter«, antwortete sie wahrheitsgemäß. »Ich möchte auf jeden Fall zuerst sicher sein, daß es Melanie gutgeht. Ich denke, in ein paar Tagen wird es soweit sein. Ich sage dir Bescheid.«

»Tu das bitte.« Merle zögerte noch einen Augenblick, dann sprach sie weiter. »Erin, ich weiß, wieviel dir das alles bedeutet hat. Wenn ich dir diesen Schmerz hätte ersparen können, dann hätte ich es getan. Das weißt du doch sicher, nicht wahr?«

»Ja, Mutter, natürlich.«

»Manchmal geschehen Dinge in unserem Leben, für die es keine Erklärung gibt. Ich hoffe, das hat nicht deinen Glauben erschüttert, daß Gott immer in deiner Nähe ist.«

»Hat es nicht, diesen Glauben brauche ich im Augenblick dringender als alles andere.«

»Ich werde dich in meine Gebete einschließen. Ich liebe dich, Erin.«

»Ich dich auch. Auf Wiedersehen, Mutter.«

»Auf Wiedersehen.«

Erin legte den Hörer auf, sie haßte es, die liebevolle Verbindung zu der Frau abzubrechen, die ihr ihr Leben gewidmet hatte, auch wenn sie nicht ihre leibliche Mutter war.

Bekümmert ging sie in das Gästezimmer zurück und zog sich für die Beerdigung um. In Houston hatte sie ein schlichtes Halston Kleid aus schwarzer Wolle eingepackt, das sie zu einer Dinnerparty hätte tragen können, wenn es sich ergeben hätte. Statt dessen trug sie es jetzt zu einer Beerdigung. Eine schwarze Strumpfhose und schwarze Wildlederpumps vervollständigten ihre Garderobe. Als Schmuck dienten allein zwei Perlen in ihren Ohren und eine Perlenkette um den Hals.

Erin stand Schwarz sehr gut, es paßte zu ihrem dunklen Haar, den dunklen Augen und ihrer hellen Haut. Doch Melanie hatte dieses Glück nicht. Das schwarze Kleid, das sie sich von Charlotte Winslow geliehen hatte, hing wie ein Sack um ihren Körper. Ihr helles Haar hatte sie streng nach hinten gekämmt, und das Kleid ließ sie noch blasser erscheinen. Ihre Augen, in denen Erin gelegentlich kindliche Freude hatte tanzen sehen, waren jetzt ausdruckslos und leer.

Ein eigenartiger Zug setzte sich vom Haus aus zur Friedhofskapelle in Bewegung. Erin und Melanie fuhren mit dem unauffälligen Wagen, den das Bestattungsunternehmen ihnen zur Verfügung gestellt hatte. Sie wurden von Melanies Eltern begleitet, die von der ganzen Hektik abgestoßen zu sein schienen. Erin warf ihnen einen geringschätzigen Blick zu und fragte sich, ob die Beerdigung wohl zeitgleich mit einem Bridge-Turnier stattfand oder mit einem Golfspiel, zu dem Melanies Eltern lieber gegangen wären, das sie aber der Umstände halber hatten absagen müssen.

Lance, Mike und Clark folgten ihnen in einigem Abstand in ihrem Regierungswagen.

Melanie schien alle Tränen geweint zu haben, die sie hatte, ehe sie gestern in das Flugzeug gestiegen waren. Nach der Landung, als Lance und Erin sie aufgeweckt hatten, war sie still und in sich gekehrt gewesen, ein wenig abweisend sogar. Die Beerdigung überstand sie äußerlich gelassen.

Eine Trauer, wie sie sie seit dem Tode Gerald O'Sheas nicht mehr verspürt hatte, ergriff von Erin Besitz, als sie einen Blick auf den bescheidenen Sarg mit den kupferfarbenen Chrysanthemen warf, der die sterblichen Überreste ihres Bruders enthielt.

Sie hatte so kurz davorgestanden, ihn kennenzulernen und zu lieben, so nahe am Ziel war sie gewesen, und nun mußte sie diese Hoffnung mit ihm begraben. Nie würde sie seine Stimme hören. Und sie würde nie die Eigenheiten seiner Persönlichkeit kennenlernen. Wäre sie nur ein paar Tage früher in sein Leben getreten, so hätte ihr Erscheinen vielleicht seinen ganzen Lebenslauf ändern können. Hätte ihre Existenz in seinem Leben vielleicht die Wende gebracht?

Während der Beerdigungszeremonie hielt sie sich tapfer, genau wie Melanie. Nur ganz am Rande folgte sie dem Geschehen, war sie doch in einen tiefen Sumpf der Verzweiflung gestürzt.

Als sie ins Haus der Lymans zurückkehrten, herrschte schon Dämmerung. Erin ging mit Melanie nach oben und brachte sie bis zu ihrem Zimmer. Als allererstes wollte Erin das schwarze Kleid ausziehen, und zwar ein für allemal, sie würde es nie wieder tragen.

Rasch schlüpfte sie in die Jeans, die sie in der ersten Nacht in diesem Haus angehabt hatte und dazu in einen bequemen Pullover, dann bürstete sie ihr Haar und erneuerte das Make-up. Als sie damit fertig war, fühlte sie sich schon ein wenig besser, deshalb beschloß sie, obwohl sie gar nicht hungrig war, etwas von den vielen Gerichten zu probieren, die Freunde und Nachbarn mitgebracht hatten. Sie hatte sich noch immer nicht vollständig von ihrer Krankheit erholt, fühlte sich weiterhin angeschlagen und hatte auch in den letzten drei Tagen nur wenig gegessen.

Am Fuß der Treppe blieb sie wie angewurzelt stehen, denn zu ihrem Erstaunen kam Melanie die Treppe herunter und schleppte zwei schwere Koffer mit sich.

»Melanie, was …«

»Erin, das ist wahrscheinlich das Unhöflichste, was ich je

in meinem Leben getan habe, aber ich werde dich hier alleinlassen.«

Erin war verblüfft über Melanies Ruhe. »Aber ... aber wo willst du hin? Und warum?«

»Hast du meine Eltern nicht gehört?«

Man kann sie nicht überhören, wäre Erin beinahe herausgerutscht. Die Winslows hatten ihre Tochter von der Beerdigung nach Hause begleitet, und kaum im Haus angelangt, hatten sie Melanie bedrängt, sie solle mit ihnen kommen. Sie waren recht massiv geworden und der jungen Witwe auf den Leib gerückt.

»Ich habe ihnen gesagt, daß ich die Nacht in meinem eigenen Haus verbringen möchte, ganz besonders, da du ja auch noch hier bist. Aber ich mußte ihnen meine Rückkunft für morgen versprechen.« Melanie preßte entschlossen die Lippen aufeinander. »Das ist ein Versprechen, das ich auf keinen Fall einlösen werde. Sie haben mein Leben ruiniert, ganz zu schweigen von Ken. Ich werde ihnen nicht die Möglichkeit geben, mich wieder vor ihren Karren zu spannen.«

Erin sah sich hilfesuchend um, sie entdeckte, daß Lance hinter ihr stand. Er hörte Melanies Erklärung ebenfalls.

»Aber wo willst du heute nacht hin?« fragte Erin, als klammere sie sich an einen Strohhalm.

»Das weiß ich noch nicht.« Melanie zuckte die Schultern. »Es ist mir auch gleichgültig, ich will auf alle Fälle weg. Weg von ihnen.« Sie vergrub die Hände in den Taschen. »Eigentlich will ich das Haus gar nicht verkaufen, aber ich kann es nicht ertragen, hierzubleiben und ihren ständigen Sticheleien ausgesetzt zu sein. Verstehst du mich?«

Es war eine Bitte um Mitgefühl. Trotz all ihrer Einwände gegen Melanies Pläne sagte Erin: »Natürlich verstehe ich dich.«

»Danke, Erin, inzwischen kenne ich dich ja. Ich lasse einen Brief für meine Eltern hier und lege ihn auf den Tisch im Flur. Bitte gib ihn ihnen, wenn sie morgen kommen, um mich abzuholen.«

»Gerne würde ich mehr für dich tun.«

»Nein, ich werde mich bei dir melden. Ich habe deine Adresse und deine Telefonnummer in Houston notiert. Ganz gewiß ist es nicht nett von mir, einen Gast einfach so sitzenzulassen, aber ich muß es tun, es geht nicht anders.«

Erin lächelte. »Ich bin kein Gast, ich gehöre zur Familie.«

»Brauchen Sie noch etwas, Mrs. Lyman? Haben Sie genug Geld?« fragte Lance ruhig, der noch immer hinter Erin stand. Er befürwortete Melanies Entschluß voll und ganz.

»Ja, ich habe mein eigenes Konto. Es tut mir leid, daß ich Ihnen noch mehr Arbeit aufbürde, Mr. Barrett, aber wenn Sie all Ihre Sachen aus dem Haus geholt haben, würden Sie dann bitte den Schlüssel bei den Leuten nebenan abgeben? Ich habe ihnen schon Bescheid gesagt. Meine Nachbarin will sich in meiner Abwesenheit um das Haus kümmern, bis ich zurückkomme.«

»Abgemacht«, erklärte er.

Impulsiv ging Melanie zu ihm und lag im nächsten Augenblick in seinen Armen. »Ich danke Ihnen, daß Sie trotz allem so freundlich waren«, hörte Erin sie an seiner Brust murmeln. »Ich weiß, daß Sie Ihr möglichstes getan haben, um Ken zu finden und ihn mir wiederzubringen. Sie hätten ihn sicher gerecht behandelt, wenn Sie ihn gefunden hätten.«

Lance schloß für einen Augenblick die Augen. »Ich hätte Ihnen von Herzen gewünscht, daß es anders ausgegangen wäre, Mrs. Lyman.« Melanie löste sich aus seinen Armen und ging zur Tür.

»In gewisser Weise bin ich froh, daß Ken nicht ins Gefängnis gehen und noch mehr Schmach erleiden mußte. Er war schon so lange unglücklich. In seinem Brief an mich«, sie legte eine Hand an ihre Brust, und Erin nahm an, daß sie dort den Brief verborgen hielt, »hat er gesagt, daß er sich immer nach Anerkennung gesehnt hat. Ich denke, er hat das Geld nur deshalb genommen, weil er so die Aufmerksamkeit auf sich ziehen wollte, als hätte er gesagt: ›Ich lebe. Hier bin ich, Kenneth Lyman.‹ Ich bin zwar keine Psychologin, aber seine Motive sind mir plötzlich klargeworden. Und ich weiß, daß er mich geliebt hat, trotz allem.«

Erin rollten ganz von allein die Tränen über die Wangen, als sie ihre Schwägerin noch einmal in die Arme schloß. Sie und Lance standen an der Haustür, als Melanie ihren Wagen aus der Garage fuhr, ihnen zuwinkte und davonrollte.

»Glaubst du, sie wird es schaffen, Lance?« fragte Erin ein wenig ängstlich.

»Es wird ihr wesentlich bessergehen als bisher«, murmelte er, und seine Worte trösteten Erin. »Komm«, forderte er sie auf und grinste begütigend. »Ich werde dir dein Gesicht abwischen.« Er zog ein Taschentuch aus seiner Tasche und wischte ihr die Tränen von den Wangen. »Wie lange ist es eigentlich her, seit du etwas Vernünftiges gegessen hast?«

»Ich kann mich gar nicht mehr erinnern.« Sie runzelte die Stirn.

»Das habe ich mir gedacht«, bestätigte er. »Du bist schon

ganz dünn geworden.« Als wolle er es ihr beweisen, legte er eine Hand auf ihre Rippen und schob Erin dann in Richtung Küche. »Da drin ist genug zu essen für eine ganze Armee, und wenn wir es jetzt nicht essen, müssen wir es morgen wegwerfen. Auf die Plätze ...!«

Während Erin in der Küche ihren Teller füllte, ging Lance ins Wohnzimmer und hob den Hörer des roten Telefons ab. »Mike, sag den Jungs, sie sollen eine Pause machen und rüberkommen, um an dem Überfluß hier teilzunehmen.«

Lance trug keine Krawatte, die Ärmel seines Hemds hatte er hochgerollt, als er in die Küche zurückkam. »Das ist noch nicht genug«, er begutachtete ihren Teller. Trotz ihres lauten Protests nahm er noch ein gebratenes Hühnerbein und auch noch einen Löffel Kartoffelsalat und häufte beides auf ihren Teller.

»Ich werde zu fett«, wehrte sie ab, als er Anstalten machte, ihr noch mehr draufzupacken.

Er produzierte sein freundlich neckendes Grinsen, das sie so selten an ihm sah und das sie so bezauberte. »Unmöglich! Außerdem kenne ich an deinem Körper einige Stellen, die ein paar liebliche Polster ganz gut vertragen könnten.« Seine Augen blickten anzüglich auf ihre Brüste.

»Ich ...« Sie öffnete den Mund, um ihm zu widersprechen, doch in diesem Augenblick ging die Hintertür auf und die Männer polterten herein. Sie kannte nur Mike und Clark, aber es versammelten sich noch drei andere in der Küche. Sie war sicher, daß diese Männer sie kannten, und wußte auch, daß allesamt ihre Unterhaltung mit Bart gehört hatten. Die Bekanntmachung war ihr daher einigermaßen peinlich.

Alle verhielten sich ein wenig steif, über die Maßen höflich und viel zu still. Erin nahm an, daß ihre Zurückhaltung mit ihrer Anwesenheit zusammenhing. Schließlich hatte es heute eine Beerdigung gegeben, und jedermann kannte die Umstände. Um es sich selbst und auch ihnen ein wenig leichter zu machen, beschloß Erin, die Stimmung ein wenig aufzulockern.

Sie begann damit, den Männern einige entgegenkommende Fragen zu stellen, und es dauerte nicht lange, da antworteten sie ihr bereitwillig, ohne vorher Lance einen fragenden Blick um Erlaubnis zuzuwerfen. Die Schleusen waren geöffnet, und als sie zu Ende gegessen hatten und wieder aufbrachen, hatte es sogar spontanes Gelächter gegeben.

Erin sammelte die Pappteller ein und warf alles in den Abfalleimer. Lance bestand darauf, ihr zu helfen, zusammen spülten sie die Schüsseln und Töpfe. Dank der wackeren Kollegen war nicht viel übrig geblieben.

»Am besten bringe ich die Schüsseln morgen rüber zu der Nachbarin. Sie weiß sicher, wem sie gehören«, bot sich Lance an.

»Gute Idee.« Erin wischte die Anrichte mit einem feuchten Schwamm ab. Sie wollte ihn nicht fragen, aber es mußte heraus: »Wann wirst du abreisen?«

Lance antwortete nicht sofort. Er beschäftigte sich eingehend damit, den Plastiksack mit den Abfällen zuzubinden und ihn dann neben die Hintertür zu stellen, damit man ihn morgen hinaustragen konnte. »Wir bauen heute nacht all unsere Fahndungsgeräte ab. Ich habe noch einige Dinge zu erledigen; wenn ich es bis morgen nicht schaffe, werde ich wahrscheinlich erst übermorgen hier verschwinden. Und wie steht es mit dir?«

Erin vermied es, ihn anzusehen. Sie band die Schürze ab und hängte sie in den Schrank. »Ich weiß es nicht. Eigentlich hatte ich vor, noch ein paar Tage bei Melanie zu bleiben, aber jetzt ...« Sie hielt inne.

Als sie sich umwandte, stand er direkt hinter ihr. Er legte beide Hände auf ihre Schultern und massierte sie leicht. »Du bist erschöpft«, flüsterte er besorgt. »Es warten noch einige Papiere im Wohnzimmer auf mich. Ich schließe dann ab, wenn ich gehe. Geh du nur schon nach oben.«

Er schickte sie einfach weg. Sie hatte nicht so recht gewußt, was sie von ihm erwartete, aber vielleicht doch ein wenig mehr als nur einen Gute-Nacht-Gruß.

Als sie in den Flur trat, hörte sie hinter sich seine Stimme. »Erin?« Sie blieb stehen, ihr Herz begann schneller zu schlagen, dann drehte sie sich herum. Er schaute sie nicht an, sondern stand mit dem Rücken zu ihr und starrte aus dem Fenster. »Ja?« Lance, dreh dich um! schrie alles in ihr.

»Wenn dir heute nacht etwas fehlt, brauchst du nur den Hörer des roten Telefons aufzuheben. Wir lassen es bis morgen angeschlossen.«

War das alles? Hatte er ihr sonst nichts zu sagen?

»Okay«, antwortete sie enttäuscht und schlich die Treppe hinauf.

Mechanisch kleidete sie sich aus und machte sich bereit fürs Bett. Als sie dann unter die Decke schlüpfte, waren das Bett, das Zimmer, das Haus genauso kalt und leer wie ihr Herz.

Es ergibt doch alles einen Sinn, schalt Erin sich selbst. Du liebe Zeit, was hatte sie denn erwartet? Er tat seinen Job, und morgen war dieser Job zu Ende. Er würde nach Washington zurückfahren und auf seinen nächsten Einsatz warten. Erin O'Shea würde wahrscheinlich in dem Bericht erwähnt werden, den er ablieferte, und irgendwann einmal würde er sich an sie erinnern, doch ihre Affäre wäre bald vergessen ebenso wie die Erinnerung an ihr Gesicht.

Er hatte sie recht amüsant gefunden, eine Ablenkung bei einem schwierigen Fall. Sie bot ihm bei dem Druck, unter dem er während seiner Arbeit stand, eine willkommene Zerstreuung.

Aber wie konnte er sie jetzt schon ad acta legen? Erinnerte er sich denn nicht, was in diesem Zimmer geschehen war? In diesem Bett? Die vier Wände schienen das Echo der unverständlichen, leidenschaftlichen Worte, die sie in sein Ohr geflüstert hatte, zurückzuwerfen. Sie hatten doch wie ein Liebeslied klingen sollen.

Kindisch! Einfältig! schalt sie sich selbst.

Sie konnte auch ihn immer noch hören. »Oh, meine Süße ... du bist bereit ... perfekt, perfekt. Du fühlst dich ... Erin, ich werde warten ... Erin ... Erin ... Erin ...«

Es war spät in der Nacht, als sie aufwachte, wahrscheinlich schon nach Mitternacht. Trotz der Stille im Haus konnte sie nicht mehr einschlafen. Nachdem sie die Decke zurechtgezogen, ins Bad gegangen und sich dann eine Weile ruhelos im Bett hin- und hergeworfen hatte, kam sie auf die Idee, sich etwas zu trinken zu holen.

Sie kroch aus dem Bett, zog einen Morgenmantel über, machte sich aber nicht die Mühe, ihre Hausschuhe anzuziehen. Ohne Licht tappte sie leise nach unten. Am Fuß der Treppe angekommen, schlug Entsetzen über ihr zusammen.

Das Haus brannte!

In Panik fuhr ihre Hand zum Hals. Ihr Herz raste. Sekunden vergingen, ehe sie begriff, daß sie sich geirrt hatte. Kein Rauch stieg ihr in die Nase, das Feuer schien sich auf das Arbeitszimmer zu beschränken.

Mit zitternden Knien ging sie durch den dunklen Flur und wagte einen Blick nach vorn: Es brannte kein Licht, doch im Kamin, der bis jetzt nicht benutzt worden war, knisterte ein Feuer.

Erstaunt schritt sie über die Schwelle, doch dann blieb sie wie angewurzelt stehen. Lance lag in dem Sessel, in dem er schon einmal geschlafen hatte. In einer Hand hielt er ein leeres Glas, neben seinem Ellbogen auf dem Tisch stand eine Flasche Brandy.

Mutig schritt sie weiter, der Mann schlief tief und fest. Sie lächelte zärtlich, als sie bemerkte, daß er die Brille auf den Kopf geschoben hatte. Sein zerzaustes Haar leuchtete im Schein des Feuers golden.

Auf Zehenspitzen schlich sie sich noch näher und betrachtete sein Gesicht. Ihr Herz schwoll vor Liebe. Liebe? Ja! Sie liebte ihn, ein herrliches und zugleich schmerzliches Gefühl. Es gab eine Million Gründe, warum es falsch war, ihn zu lieben, aber in diesem Augenblick richteten all die Hindernisse in ihrem Kopf nichts aus gegen den Sturm der Gefühle, die sie überfluteten.

Hoffentlich würde sie ihn nicht aufwecken, zaghaft streckte sie die Hand aus und nahm ihm die Brille vom Kopf. Er bewegte sich nicht. Sie legte die Brille auf den Tisch. Sein

Haar schien lebendig zu werden im Schein des Feuers, die Versuchung, es zu berühren war mächtiger als ihre Vorsicht.

Die goldbraunen Strähnen zwischen ihren Fingern fühlten sich an wie das Fell eines Welpen, als sie ihm eine widerspenstige Locke aus der Stirn strich. Er öffnete die Augen.

Eine Ewigkeit blieben ihre Blicke ineinander versunken. Sie wagten beide nicht zu atmen, weil sie fürchteten, diesen träumerischen Zauber zu zerstören, dem sie sich ganz hingaben. Sie schienen nicht genug zu bekommen vom Anblick des anderen.

Er bewegte sich nicht, hob nur die Hand und nahm die von Erin, die sie immer noch über seinen Kopf hielt. Fest und warm umschlossen seine Finger die ihren. Er zog ihre Hand an seine Wange und preßte sie dagegen. Nur wenig bewegte er den Kopf, dann drückte er den Mund in ihre Handfläche, und Erin fühlte, wie sich seine Zungenspitze hervorwagte. Er küßte ihre Hand mit einer Inbrunst, die nur das Vorspiel zu einem Liebesakt sein konnte.

Langsam, als hätten sie die Schwerkraft überwunden, zog er sie auf seinen Schoß. Das Glas, das er noch immer in der Hand hielt, fiel mit einem leisen Splittern auf den Boden. Sie schmiegte sich auf seinen Schoß, die Beine legte sie über seinen rechten Oberschenkel. Er schob ihren Morgenmantel beiseite und barg sein Gesicht an ihrem Hals.

»Erin, wenn du ein Traum bist, hoffe ich, daß ich niemals aufwache.« Seine Stimme war drängend und voll unterdrückter Leidenschaft.

Sie legte den Kopf zurück, damit seine suchenden Lippen ihren Hals erreichen konnten. »Lance, ich bin kein Traum. Ich bin nur zu wirklich. Lance …« Seine Lippen preßten sich auf ihre und erstickten alle weiteren Worte. Er zog sie eng an sich. Das laute Klopfen seines Herzens dröhnte in ihren Ohren, ihre Lippen verschmolzen, erhitzt von der Flamme, die in ihnen brannte.

»Du schmeckst schon wieder nach Brandy«, meinte sie, als sich ihre Lippen voneinander lösten. Sie knabberte an seiner Unterlippe. »Bist du etwa diesem Zeug verfallen?«

»Dem hier bin ich verfallen«, murmelte er und streichelte ihr Ohr mit seiner Zungenspitze. »Und dem hier.« Er bedeckte ihr Gesicht mit vielen kleinen Küssen. »Und diesem.« Jetzt preßte er sein Kinn auf ihr Dekolleté. »Und diesem«, stöhnte er auf an ihren Brüsten. Mit einer Hand umfaßte er sie leicht, dann glitt seine Hand tiefer, über ihren Magen und ihren Bauch und schloß sich über dem Hügel, wo ihr Schoß in ihre Schenkel überging. Er drückte seine Hand fest dagegen.

Erins Knie zitterten, eine Art Rausch breitete sich in ihr aus und machte sie bereit für ihn, kündete von einem unstillbaren Verlangen. Ihr Körper wollte mehr, sie schlang die Arme um seinen Hals und zog ihn an sich.

Er umfaßte ihre Schultern und sah ihr tief in die Augen. »Erin, heute nacht verlange ich mehr nach dir, als ich je in meinem Leben nach einer Frau verlangt habe. Aber ich könnte es nicht ertragen, dich auszunutzen, gerade jetzt, wo du so verletzbar bist. Du hast einen schweren Tag hinter dir, deine Gefühle sind über die Maßen beansprucht worden. Bist du ganz sicher, daß du mich jetzt willst?«

Statt einer Antwort schob sie seine Hände sanft von ihren Schultern. Dann entledigte sie sich mit Schwung ihres Morgenmantels. Er sog scharf den Atem ein, als er ihr Nachthemd sah. Es war das gleiche, das er am ersten Tag in diesem Zimmer in der Hand gehalten hatte. Die blaßblaue Seide ließ ihre Haut durchsichtig schimmern. Die Brüsseler Spitze am Oberteil schloß sich eng um ihre Brüste und überließ nichts der Phantasie.

»Erin ...«, brachte er mit erstickter Stimme hervor.

Seine entwaffnende Bewunderung machte sie kühn. Sie schob die dünnen Träger einen nach dem anderen über die Schultern hinunter. Es dauerte nur einen Herzschlag lang, dann stand sie bis zur Taille entblößt vor ihm.

Er betrachtete sie wie geblendet. Der Schein des Feuers warf einen goldenen Schein auf ihren Körper und zauberte glänzende Lichter in ihr Haar. Sie war die wunderschönste Frau, die er je gesehen hatte. Und auch die zarteste. Wieder fragte er sich, ob sie wirklich existierte.

Um sich davon zu überzeugen, streckte er den Zeigefinger aus und strich damit sanft über ihre Brust. Fasziniert beobachtete er, wie sie sofort reagierte. Er beugte den Kopf zu ihr hinunter und berührte dann die hart aufgerichtete Knospe mit seiner Zunge. Er hörte über das rasende Klopfen seines Herzens hinweg, wie Erin seinen Namen hauchte. Er hatte gewußt, daß es ihm nicht genügen würde, sie nur einmal zu schmecken, deshalb legten sich seine Lippen auf ihren Busen, er saugte daran, und der Geschmack machte ihn schwindlig.

Er stand auf und hob sie hoch, dabei fiel ihr Nachthemd zu Boden. Mit ihr auf dem Arm tat er einige Schritte rückwärts und legte sie dann auf den Teppich vor dem Kamin.

Es überraschte ihn, wie schon zuvor, als sie ihm so offen dabei zusah, wie er sich entkleidete. Zum ersten Mal in seinem Leben als erwachsener Mann war er befangen. Doch ihre Hände, die ihn zu sich zogen, ließen schnell seine Ängste, daß sie ihn vielleicht nicht vollkommen finden könnte, verschwinden.

Er küßte sie leidenschaftlich, preßte ihren sanften Körper an seinen. Im Kamin knisterte das Holz, seine Musik war eine herrliche Begleitung zu ihrem Liebesgeflüster.

Erin hatte nie zuvor diese hilflose Hingabe gefühlt, dennoch genoß sie ihr Ausgeliefertsein. Lance eroberte ihren Körper, ihre Gedanken und ihre Seele, doch sie wehrte sich nicht. Seine Hände und sein Mund waren die Waffen, die er in diesem Turnier gekonnt einsetzte, den Sieg schließlich vollzog er mit unsäglicher Zärtlichkeit.

Er liebte sie auf unterschiedlichste Weisen, die sie sich nie hätte vorstellen können. Er kniete vor dem Eingang zu ihrer Weiblichkeit, streichelte und küßte sie, brachte sie bis an die Schwelle der Erfüllung, dann holte er sie in die Wirklichkeit zurück, nur um sie dann über diese Schwelle hinwegzutragen, wieder und wieder fachte er ihre Leidenschaft an.

Ihre Hände glitten über seinen Körper, sie sah zu, wie sich seine Muskeln unter ihren Fingerspitzen anspannten. Sein mächtiger Brustkorb wölbte sich unter ihrer Berührung. Schüchternheit überkam sie, als sie über seinen Nabel hinweg nach unten strich und dann mit dem gelockten goldenen Haar spielte.

Sein ganzer Körper spannte sich vor Ungeduld. Er wartete. Und als sie dann endlich ankam, stieß er den lang angehaltenen Atem in zitternder Erleichterung aus.

»Ja, Erin. Berühre mich. Du sollst dich nie vor mir fürchten. Nie. Berühre mich. Berühre mich …«

Seine unzusammenhängenden Worte gaben ihr das nötige Selbstvertrauen und weckten ein Verlangen, das sie zuvor noch nicht gekannt hatte. Sie wurde kühner, ihre Hand schloß sich um ihn, und sie hoffte, ihm damit Freude zu bereiten. Die pulsierende Kraft, die sie unter ihren Fingern fühlte und sein leises Aufkeuchen waren Beweis genug, daß er ihre Verwegenheit begrüßte.

Er legte seine Hand auf ihre und hielt sie fest. »Du verzauberst mich auf eine Art und Weise, die mir noch nie begegnet ist, Erin«, flüsterte er. »Du bist … du bist …«

Er konnte den Satz nicht mehr beenden. Ihre Vereinigung war süß und schnell und vollkommen. Einen Augenblick später, als sie in seinen Armen lag, hob er den Kopf und sah ihr in die halbgeschlossenen Augen.

»Du bist ein Wunder.«

11. Kapitel

»Hey, Schlafmütze!«

Erin schmiegte sich an den warmen Körper neben ihr und protestierte mit einem leisen Murmeln. Sie legte ein Bein über den haarigen Schenkel an ihrer Seite.

»Wir stehen lieber auf«, sagte Lance an ihrem Ohr. Doch sofort strafte er seine eigenen Worte Lügen, denn er knabberte genüßlich an ihrem Ohrläppchen.

»Nein«, murmelte Erin in das Kissen, als sie sich noch näher an ihn schmiegte und mit ihren Brüsten über seinen Oberkörper strich.

»Hast du vergessen, daß ich hier ein wichtiger Mann bin?« Seine Hände konnten nicht widerstehen, er mußte dieses verlockende, sanfte Fleisch berühren, das unter seinen Fingern zum Leben erwachte. »Meine Männer warten auf mein Kommando. Ich kann nicht den ganzen Tag mit einem unersättlichen Weib im Bett herumtoben.«

Sie gab ihm einen Klaps auf den nackten Po. »Wer ist hier unersättlich?« Sie hob ein wenig den Kopf, um ihn auf den Hals zu küssen. Gleichzeitig schob sie ihr Knie hoch und bekam auch sofort die erwartete Reaktion zu spüren. Er rollte sie auf den Rücken und küßte sie, trank von ihren Lippen wie ein Verdurstender. Doch als sie dann in seinen Armen weich und nachgiebig wurde, gab er ihre Lippen frei, ließ sie los und legte seine Stirn gegen ihre.

»Du kannst einen Heiligen in Versuchung führen, Erin O'Shea, aber Mist, ich muß wirklich aufstehen. Es ist schon beinahe acht Uhr.« Er schwang die Beine aus dem Bett. Irgendwann in der Nacht waren sie ins Gästezimmer übergewechselt. Jetzt zog er seine Boxer-Shorts an.

Erin, deren Körper noch immer unter den Auswirkungen dieser Liebesnacht glühte, rückte zur Bettkante und schlang ihre Arme um seine Taille, ihre Wange lag an seinem Bauch.

»Lance«, sagte sie weinerlich. »Mußt du denn wirklich so früh aufstehen?« Ihre Hände streichelten seine Hüften und die Rückseite seiner Oberschenkel. Mit den Fingernägeln fuhr sie über die empfindliche Haut der Innenseiten, gleichzeitig drängte sie ihre Brüste gegen ihn.

»Erin ...« Er hielt den Atem an, als er ihre Zungenspitze auf seiner nackten Haut fühlte. Mit aller Kraft versuchte er die Kontrolle, die ihm zu entgleiten drohte, aufrechtzuerhalten. »Erin«, drohte er mit erhobenem Zeigefinger. »Du willst es ja nicht anders.«

Triumphierend sah sie zu ihm auf. »Hmm.« Langsam schob sie die Unterhose, die plötzlich zu eng geworden zu sein schien, wieder über seine Schenkel hinunter.

Er kaute lächelnd auf seinen Mundwinkeln. »Weißt du eigentlich, was mein Motto ist?«

»Nein.« Sie schüttelte den Kopf, und ihr Haar streichelte seine Brust. »Was denn?«

»Man soll den Leuten immer das geben, was sie wollen.« Die Matratze bewegte sich unter seinem Gewicht, als er sich über sie schob und sie hastig in seine Arme zog.

Er ließ sie verträumt im Bett zurück, während er duschte, sich rasierte und anzog. Dann kam er zurück ins Zimmer, beugte sich über sie und küßte sie auf die Wange. »Ich werde uns Kaffee machen.«

Der Blick, mit dem sie ihn ansah, war voller Liebe. Sie nickte. »Ich komme gleich runter«, sagte sie.

Nachem er die Tür hinter sich geschlossen hatte, reckte Erin sich wie eine satte Katze, dann vergrub sie das Gesicht in dem Kissen, auf dem Lance geschlafen hatte; tief atmete sie den Duft ein, der noch darin hing.

War Liebe so? Kannten auch andere Menschen auf der Welt dieses herrliche Gefühl der Erregung, das einem durch den Körper rann und jeden einzelnen Nerv im Körper lebendig machte? Würde ihr Herz diese Hochstimmung immer ertragen können, brennen vor Liebe zu diesem Mann?

In der letzten Nacht hatte er ihre wildesten Phantasien übertroffen, als er ihr zeigte, wozu ein liebender Mann fähig war. Ihre körperlichen Intimitäten hatten keinerlei Scham überwinden müssen. Auch die Dauer ihres Liebesspiels variierte, einmal war es wild und gierig, das andere Mal langsam und zärtlich, und sie zögerten den Höhepunkt so lange hinaus, bis er von selbst über sie hereinstürzte.

Zwischen diesen Ausbrüchen der Ekstase teilten sie sich ihre geheimsten Ängste, Träume und Gedanken mit. Sie erinnerten sich an ihre Kindheit, an Geschichten aus ihrer Jugend und lachten darüber. Kleine Dinge wurden plötzlich überaus wichtig, jeder wollte die Erlebnisse des andern so weit wie möglich nachvollziehen.

In allem, was er tat, spürte Erin Lances Liebe. Jeder Blick, jede Berührung sprach von seinen Gefühlen, auch wenn er ihnen bis jetzt noch nicht mit Worten Ausdruck verliehen hatte.

Als sie aus dem Bett kletterte, trug die Vorfreude, ihn gleich wiederzusehen, viel zu ihrer neu erwachenden Energie bei, und sie wußte, daß seine Liebeserklärung nur eine Frage der Zeit war. Er würde sie nicht mehr so einfach aus seinem Leben verschwinden lassen. Sie mußten einen Weg finden, ihre grundsätzlich verschiedenen Arten zu leben, ihre beiden Karrieren miteinander in Einklang zu bringen. Der gute Wille war vielfach vorhanden.

Lance. Lance Barrett. Lawrence Barrett. Sie liebte diesen Namen und sprach ihn immer wieder laut aus, in der gekachelten Dusche, zum Rauschen des Wassers.

Erin wählte eine schwarze Wollhose, und weil sie sich heute morgen so unwiderstehlich fühlte, zog sie dazu eine rosa Georgettebluse an. Spitzeneinsätze um den Kragen gaben einen verlockenden Blick auf die cremig zarte Haut darunter frei. Sie tupfte sich ein aufregendes Parfum hinter die Ohren und an ihren Hals und gab dann auch frivol etwas davon zwischen ihre Brüste. Sie prickelten noch von den Liebkosungen der Nacht.

Unten sprach sie mit Mike, der Leuten von der Telefongesellschaft dabei half, das rote Telefon abzubauen. Er sah sie an und wünschte ihr fröhlich einen guten Morgen. Ob er wußte, wo Lance die Nacht verbracht hatte? Machte sie sich etwas daraus, daß er es wußte? Nein! Der Duft von frisch aufgebrühtem Kaffee führte sie in die Küche. Lance stand an der Anrichte und bestrich gerade zwei Scheiben Toast mit Butter.

Sie trat hinter ihn und schlang die Arme um seine Taille.

»Guten Morgen, Mr. Barrett«, flötete sie. Ihre Hand schlüpfte unter seinen Gürtel.

»Guten Morgen, Miss O'Shea. Ich hoffe, Sie hatten eine geruhsame Nacht.« Er drängte seinen Po gegen sie.

Erin kicherte. »Geruhsam würde ich nicht gerade behaupten, aber sie war recht angenehm, vielen Dank.« Leise, mit einem verführerischen Unterton in der Stimme, fügte sie hinzu: »Für alles.« Ihre Hand schob sein Hemd in der Hose auseinander, dann berührte sie ihn mit kühnem Griff.

Das Messer, das er in der Hand gehalten hatte, fiel klirrend auf die Anrichte. »Miss O'Shea, ich sollte Sie vielleicht warnen … ahhh, Erin … warnen, daß es gegen das Gesetz verstößt, einen Angestellten der Regierung in … in Verlegenheit zu bringen.« Die Unsicherheit in seiner Stimme paßte zu dem plötzlich pfeifenden Atem.

»Ist das amtlich?« forderte sie ihn heraus.

»Ja.« Er sog scharf den Atem ein. »Oh, bitte sehr«, stieß er zwischen den zusammengebissenen Zähnen hervor. »Du hörst besser auf mit dem, was du da tust, sonst …«

»Sonst was?« wollte sie wissen.

Er wirbelte herum und schwang einen Arm um sie, zog sie an sich, bis sie fühlen konnte, was ihre suchenden Finger angerichtet hatten. Aus seinen Augen leuchtete ihr das Verlangen entgegen. »Du weißt schon, was sonst passiert«, brummte er. Dann küßte er sie geschwind, doch voller Leidenschaft, auf den Mund und schob sie von sich. Anerkennend betrachtete er sie von Kopf bis Fuß.

»Wie kannst du nur so engelhaft aussehen, wo ich doch weiß, daß unter deinem unschuldigen Äußeren das Herz einer Sirene schlägt?«

Erin stützte beide Fäuste in die Hüften, eine Geste, die den dünnen Stoff der Bluse über ihren Brüsten herausfordernd spannte. »Wie kannst du nur etwas so Hinterlistiges von mir behaupten?« fragte sie hochmütig. »Du mußt wissen …«

»Was muß ich wissen?«

»Du mußt wissen«, sie lächelte verschmitzt, »daß du mit dieser Behauptung absolut richtig liegst.« Sie hob ihm die Lippen entgegen, als sein Kopf sich zu ihr senkte, doch ausgerechnet in diesem Augenblick läutete es an der Tür.

»Die Türglocke hat dich gerettet, Miss O'Shea, vor einem Schicksal, das dir einiges beschert hätte!«

»Wie schade!«

»Geh und sieh nach, wer es ist. Mike ist beschäftigt, und ich möchte diesen Toast essen. Aus mir schleierhaften Gründen habe ich heute morgen einen Bärenappetit.«

»Dein Appetit erstreckt sich auf Verschiedenstes.« Sie blinzelte ihm zu.

Er gab ihr einen frechen Klaps auf den Po, als sie aus der Küche lief.

Sie lächelte noch immer, als sie die Haustür öffnete. »Bart!« schrie sie entsetzt auf, denn niemand anders als ihr Verlobter stand vor ihr.

»Hi, Süße«, begrüßte er sie ein wenig schüchtern. »Ich wollte dich nicht erschrecken … hatte auch nicht damit gerechnet, daß du mir die Tür öffnen würdest.«

Erin war kreidebleich geworden, ihr Herz schlug ihr bis zum Hals. Sie hatte schon seit Stunden nicht mehr an Bart gedacht. Oder seit Tagen? Entschieden nicht mehr seit der letzten Nacht. Ihn jetzt so plötzlich vor sich zu sehen, war ein unerhörter Schock.

»Baby, ich weiß, daß du die Hölle durchgemacht haben mußt, aber ich bin so müde. Darf ich reinkommen?«

Erin war noch viel zu benommen, um klar denken zu können. »Oh ... aber natürlich«, antwortete sie. »Es tut mir leid. Es ... ich bin ganz einfach überrascht dich zu sehen, daran liegt es.«

Er betrat das Haus, und alles schien plötzlich zu schrumpfen. Seine Anwesenheit war überwältigend, er beanspruchte allen vorhandenen Sauerstoff. Erin konnte plötzlich nicht mehr atmen, sie rang nach Luft, um ihre schmachtenden Lungen zu füllen.

»Bart, wie ...? Warum ...?« Sie brachte keinen zusammenhängenden Satz heraus.

»Meine Süße, ich bin ein wenig ärgerlich auf dich. Warum hast du mir nichts von den Schwierigkeiten erzählt, in die dein Bruder verwickelt war? Ich bin doch ein Champion im Bereinigen von Schwierigkeiten, vielleicht hätte ich euch helfen können. Gestern habe ich die ganze Sache in Houston in der Zeitung gelesen, der Name ist mir förmlich ins Gesicht gesprungen. Dann habe ich schnell einige Geschäftstermine verschoben und mich gestern abend von Jim herfliegen lassen.«

Erin wußte, daß durch Kens Tod die ganze Geschichte mit der Unterschlagung ans Tageslicht gekommen war. Die Nachrichten hatten landesweit darüber berichtet. Eine so ungewöhnliche Sache konnte man gar nicht geheimhalten. Natürlich hatte Bart, der jeden Tag mehrere Zeitungen las, die Tragödie erfahren und sich gleich an den Namen ihres Bruders erinnert. Umgehend hatte er sich von dem Piloten seines Lear Jets nach San Francisco fliegen lassen.

»Warum hast du mir nichts von der ganzen Geschichte verraten, damit ich dir helfen konnte, Süße?«

»Ich habe es eben nicht getan«, fuhr Erin ihn an. Doch als sie sah, daß sie ihn mit ihrer Schroffheit gekränkt hatte, zügelte sie sich. »Tut mir leid, Bart, ich wollte nicht so böse sein. Die letzten Tage waren aufreibend.«

»Ich weiß, Baby. Aber jetzt bin ich ja bei dir. Du brauchst dir keinen Kummer mehr zu machen.« Er legte einen Arm um ihre Schultern und zog sie an sich. In einer fürsorglichen Geste drückte er sie an seine Brust und tätschelte ihren Kopf. »Ich habe dich so vermißt.« Seine Stimme hatte einen Unterton, den Erin sehr gut kannte.

Sie kämpfte gegen die plötzliche Ablehnung, die sie ergriffen hatte. Doch als er einen Finger unter ihr Kinn legte und ihren Kopf zu sich hob, wehrte sie sich nicht. Dies war nicht die richtige Zeit und auch nicht der richtige Ort, um ihn vor die vollendete Tatsache zu stellen, daß sie sich in einen anderen Mann verliebt hatte.

Der Kuß begann mit einer beinahe väterlichen Zärtlichkeit, doch dann wurde er eindringlicher, besitzergreifender. Er hielt sie in seinen Armen gegen seinen massiven Körper gedrückt, so fest, daß sie sich nicht befreien konnte. Bart war nicht dick, doch er besaß stahlharte Muskeln. Ihn zeichnete nicht die sehnige Kraft und Schlankheit eines ... Läufers aus. So wie Lance. Niemand sah so aus oder fühlte sich so an wie Lance.

Lance. Lance. Sie mußte Bart von Lance erzählen. Schmeckte er denn nicht Lances Küsse auf ihren Lippen? Spürte er nicht in ihrem Zögern, daß sie von einem anderen geküßt werden wollte?

Sie rang nach Luft, als Bart sie endlich losließ. »Darauf habe ich schon die ganze Woche gewartet«, erklärte er mit einem glücklichen Lächeln.

Hinter ihnen räusperte sich jemand, und als Erin herumwirbelte, entdeckte sie Lance, der lässig im Türrahmen lehnte. Seine Haltung trog. In den blauen Augen leuchtete ein eisiges Licht, sein Kinn hatte er in dieser arroganten Art gehoben, die sie schon bei ihrer allerersten Begegnung abgestoßen hatte. Die Kiefer waren angespannt, weil er die Zähne zusammenpreßte.

»Wollen Sie mich nicht Ihrem ... Ihrem Freund vorstellen, Miss O'Shea?« fragte er gedehnt.

Sie versuchte, ihm in die Augen zu sehen, ihn mit ihren Blicken um Geduld und Verständnis zu bitten, doch er wich aus, fixierte Bart.

»Äh ... Bart Stanton, das ist Lance Barrett, er arbeitet im Finanzministerium. Lance hat Kens Fall bearbeitet.«

»Erfreut, Sie kennenzulernen, Mr. Barrett«, begrüßte Bart Lance herzlich, er ging zu ihm hinüber und schüttelte seine Hand mit der ihm üblichen Überschwenglichkeit.

»Stanton.« Lance nickte knapp.

Bart mußte die Reserviertheit bemerkt haben, denn er zog schnell seine Hand zurück und warf Lance einen prüfenden Blick zu. »Es hat da wohl eine ungewöhnliche Wendung gegeben in diesem Fall, nicht wahr, Mr. Barrett?« fragte Bart. »Sind alle Ihre Fälle so interessant?«

»Nein. Dieser hier war ganz besonders ... anregend.« Lance warf Erin einen sarkastischen Blick zu, und sie wurde rot bis unter die Haarwurzeln. Seine Wortwahl ließ jede erdenkliche Spekulation zu.

»Ich wünschte, ihr beide würdet über meinen Bruder nicht als ›Fall‹ sprechen!« rief sie in einem Anflug von Selbstverteidigung. »Er ist tot.« Sie barg ihr Gesicht in beiden Händen, um ihnen nicht zu zeigen, wie verletzt sie war von Lances grausamen Worten. Warum benahm er sich nur so? Ein kalter Stein schien sich an die Stelle seines Herzens gewälzt zu haben, das so leidenschaftlich für sie geschlagen hatte.

Bart zog sie wieder in seine Arme. »Es tut mir leid, mein Schatz. Du hast ja recht.« Besorgt tätschelte er ihre Schulter. »Ich würde gern deine Schwägerin kennenlernen. Melanie? So heißt sie doch, nicht wahr?«

Erin hob voller Verzweiflung den Kopf. »Sie ... sie ist nicht da. Sie ist gestern abend weggefahren, gleich nach der Beerdigung.«

»Sie ist weggefahren? Was willst du damit sagen? Sie hat dich hier allein gelassen?«

Erin warf einen erbarmungswürdigen Blick zu Lance hinüber. »Ja.« Als sie sah, daß Bart weitersprechen wollte, unterbrach sie ihn schnell. »Ihre Eltern sind ganz entsetzliche Menschen, Bart. Sie wollte ihnen eine Weile entkommen. Ich kann es ihr nicht verdenken, daß sie abgereist ist.«

»Nun, ich wünschte nur, du wärst hier nicht zurückgeblieben. Hätte ich das gewußt, wäre ich schon gestern abend gekommen, gleich nach der Landung.«

Erins Knie wurden weich bei dem Gedanken, daß Bart hier angekommen wäre, während sie und Lance einander nackt in Armen gehalten hatten, vor dem Kamin. Sie griff nach dem kleinen Tisch, der im Flur stand, um sich zu stützen.

»Ich habe auf sie aufgepaßt, Mr. Stanton«, meinte Lance lakonisch. »Ich bin den größten Teil der Nacht über wach gewesen.«

Die Zweideutigkeit seiner Worte war so offensichtlich, daß Erin schon glaubte, Bart würde es verstehen. Vernichtet schloß sie die Augen.

Offensichtlich hatte Bart diese Zweideutigkeit aber nicht herausgehört. »Süße, du siehst wirklich mitgenommen aus«, meinte er. »Ist alles in Ordnung?«

Als Erin die Augen öffnete, erkannte sie, daß er sich zu ihr herunterbeugte, sein wettergegerbtes Gesicht war besorgt verzogen. »Ja«, stotterte sie. »Ich bin nur ein wenig müde.«

»Jetzt, wo Melanie nicht mehr hier ist, brauchst du doch nicht zu bleiben, oder?« fragte er leise.

Sie blickte zu Lance, dessen Nonchalance sich nicht geändert hatte. Dennoch bemerkte sie, daß er auf dem Sprung war. Sie hob den Blick und sah ihm tief in die Augen, suchte nach einem Anzeichen von Zärtlichkeit, das sie zuvor in ihnen gelesen hatte, doch davon war nichts mehr zu erkennen. Seine Augen blickten unpersönlich und genauso undurchdringlich, als stünde zwischen ihnen eine Wand aus Stahl.

Sie konnte jetzt nicht abreisen! Sie mußte wissen, was er dachte. Die letzte Nacht war der Himmel gewesen für sie, für ihn mußte sich diese Nacht genauso endgültig eingeprägt haben. Er hatte doch nicht nur so tun können, als bedeute sie ihm etwas? Wenn sie jetzt abreiste, würde sie es nie erfahren.

»Bart, ich ...«, begann sie.

»Wo ist denn dein Ring?«

Bart hatte ihre Hand genommen und sofort bemerkt, daß

sie den Ring mit dem Diamanten nicht mehr trug. Wortlos blickte Erin zu ihm auf, verzweifelt wühlte sie in ihrem Innern nach einer Antwort. Doch die Antwort kam aus einer anderen Ecke.

»Sie hat ihn meinetwegen ausgezogen.«

Sie und Bart wandten gleichzeitig den Kopf und starrten Lance an. Er sah Erin in die Augen. Würde er Bart von ihnen erzählen? Ja! Es wäre furchtbar, doch ein klarer Schnitt. Er würde offen seine Liebe zu ihr erklären. Ihr Herz schwoll an vor Dankbarkeit.

Doch als sie ihn erwartungsvoll ansah, fand sie einen Blick vor, der nicht warm und liebevoll sanft war, sondern kalt und eisig. Es lag etwas darin ... was? Herausforderung. Er wartete lange, dann verzog er angewidert den Mund und schaute Bart an. »Da wir zu Beginn nicht wußten, welche Ausmaße dieses Verbrechen annehmen würde, fand ich es besser, daß die Damen keinen so wertvollen Schmuck trugen. Deshalb habe ich Miss O'Shea gebeten, zu ihrem eigenen Schutz den Ring abzuziehen.«

Es war eine tollkühne Lüge, doch Bart schluckte sie: »Oh, ich verstehe. Danke, Mr. Barrett.« Er wandte sich Erin zu, die zur Salzsäule erstarrt war. »Wie lange wird es dauern, bis du deine Sachen gepackt hast?«

Noch einmal sah sie zu Lance hinüber, doch der heftete seine Blicke auf den Boden. Er hatte nicht die Absicht, Bart das geringste zu verraten. Seine einzige Absicht war es, Beleidigungen in ihre Richtung auszusprechen, damit Bart als ein Dummkopf dastand und sie sich schämen mußte für das, was sie aus Liebe getan hatte. Sein Spott verkündete ihren Betrug an Bart mit Pauken und Trompeten.

Endlich hob Lance den Kopf und sah sie an. Ihr Herz zog sich schmerzlich zusammen, als sie seinem unerbittlichen Blick begegnete, der ihr deutlich sagte, daß die Intimitäten einer glücklichen Nacht für ihn nicht mehr gewesen waren als ein willkommenes Intermezzo.

Sie ließ den Kopf hängen. »Es wird nicht lange dauern«, und dann stieg sie mit schweren Schritten die Treppe hinauf.

Später konnte sie sich gar nicht mehr daran erinnern, wie sie ihre Koffer gepackt und sich im Gästezimmer umgesehen hatte, ob sie nicht etwas vergessen hatte. Allerdings wußte sie noch, daß sie den Ring aus dem Schmuckkästchen genommen und wieder an ihren Finger gesteckt hatte. Doch ihre Meinung hatte sie nicht geändert. Sie würde Bart niemals heiraten können, aber das mußte warten. Später würde sie es ihm sagen. Der Ring schien sie zu Boden zu drücken, wie ein Würgeeisen um ihren Hals.

Der nächste Gedanke wurde ihr erst bewußt, als sie im Flur stand. »Ich bin mit dem Taxi vom Flughafen gekommen«, hörte sie Bart sagen. »Wir können deinen Mietwagen nehmen und ihn am Flughafen abgeben, ehe wir uns mit Jim treffen.«

»Ja«, antwortete sie gefügig, und es wäre ihr ebenso recht gewesen, zu Fuß nach Houston zurückzukehren.

»Komm, Süße, ich bringe dein Gepäck zum Wagen.«

Er ging mit ihren Koffern die kleine Vortreppe hinunter, und Erin blieb im Flur zurück mit Lance und Mike.

»Auf Wiedersehen, Mike«, sagte sie, es fiel ihr auf, daß sie nicht einmal seinen Familiennamen wußte.

»Miss O'Shea.« Er beugte den Kopf und nickte ihr höflich zu.

Lance kam mit lässigen Schritten näher. Er nahm ihre Hand. Die Mundwinkel hatte er in einem wissenden Lächeln hochgezogen. »Miss O'Shea, ich kann Ihnen gar nicht sagen, was für eine Freude es war … Sie kennengelernt zu haben.« Seine Blicke glitten über die Stellen ihres Körpers, die er so gut kennengelernt hatte.

Es war eine bestplazierte Beleidigung, mit einem Ruck entriß sie ihm die Hand. Voller Abscheu sah sie zu ihm auf, ehe sie auf dem Absatz kehrtmachte und durch die offene Tür hinausrauschte zum Auto. Lance schloß die Tür nicht gleich, er sah ihr nach, bis der weiße Mercedes hinter der nächsten Kurve seinen Blicken entschwand. Dann sackte er zusammen und lehnte sich an die Wand. Sein verzweifelter Schrei schien aus dem Innersten der Hölle zu kommen. »Gott, nein, bitte. Nein! Wie kann ich das ertragen?«

Mike sah, wie er die blauen Augen gepeinigt zusammenpreßte, er sah die gebleckten Zähne und die geballten Fäuste, die er an die Schläfen preßte. Irrtümlicherweise nahm er allerdings an, daß der Grund dafür die Ankunft der Eltern von Mrs. Lyman war, die gerade um die Kurve bogen, hinter der der weiße Mercedes verschwunden war.

Das Licht der Sprechanlage auf ihrem Schreibtisch blinkte, und ein Summen ertönte. Erin nahm den Hörer ab. »Ja, Betty?« fragte sie.

»Das Mädchen aus der Boutique Vier in Tulsa ist wieder am Apparat. Sie ruft schon zum vierten Mal in dieser Woche an wegen einer Bademodenshow mit den Modellen von der Bill Blass Ferienkollektion.«

Erin rieb sich die Stirn. »Dann sag ihr bitte zum vierten

Mal in dieser Woche, daß Mr. Blass in Europa ist und ich nicht mit ihm reden kann, ehe er zurückkommt.«

Sofort bedauerte sie ihre heftige Antwort und holte tief Luft. »Es tut mir leid, Betty.«

»Du brauchst dich nicht bei mir zu entschuldigen«, wehrte Betty ab. »Geht es dir heute nicht gut?«

»Ich fühle mich nicht ganz auf dem Damm«, gab sie zu.

»Warum legst du dich dann nicht für eine Weile hin?«

»Nein, ich habe zu viel zu tun.«

»Okay«, meinte Betty ohne großen Nachdruck. »Und da wir gerade miteinander sprechen, Lester hat angerufen und darum gebeten, daß er jemanden zu der Show bei den Walshes in Albuquerque mitnehmen darf. Er muß über Nacht bleiben und fürchtet, es wird ihn umbringen, wenn er ohne seinen Lebenspartner auskommen muß.«

Lester war eines der männlichen Models, die Erin ab und zu in ihren Modenschauen einsetzte. »Ist der Lebenspartner männlich oder weiblich?« wollte sie wissen.

Betty lachte leise. »Du kennst doch Lester.«

»Dann sag ihm, daß er sich lieber umbringen soll. Die Walshes sind sehr konservativ, anständig und reich, ich möchte sie als Kunden behalten. Wir wollen da nichts aufs Spiel setzen. Der Lebenspartner, egal ob männlich oder weiblich, bleibt zu Hause.«

»Ich habe ihm bereits gesagt, er soll seine Pistole schon mal laden, doch mußte ich ihm versprechen, dich wenigstens zu fragen.«

Erin lachte und war Betty insgeheim dankbar dafür, daß sie diesen aussichtslosen Tag ein wenig aufgeheitert hatte. »Danke, Betty, du bist wirklich eine Freundin.«

»Und ob ich das bin. Jetzt entschuldige mich bitte, ich muß mit diesem Weib in Tulsa sprechen. Wenn du etwas brauchst, ruf durch.« Sie legte den Hörer auf, und Erin lehnte sich in dem ledernen Bürosessel zurück.

Die weichen Kissen wollten sie allerdings ersticken, deshalb stand sie auf und ging zum Fenster. Sie starrte auf die Skyline von Houston, auf die eine gnadenlos gleißende Sonne aus einem wetterfeuchten Himmel brannte. Das Klima im Juli war entsetzlich mit seiner Gewitterschwüle, man bekam Beklemmungen.

Besonders, wenn man im fünften Monat schwanger war.

Ganz unbewußt rieb Erin mit der Hand über ihren noch immer ziemlich flachen Bauch. Doch da sie noch nie einen Bauch gehabt hatte, kam er ihr wie ein Ballon vor. Die meisten Sachen paßten ihr noch, aber sie zog es jetzt vor, weite Flatterkleider zu tragen.

Wie allem anderen gegenüber in letzter Zeit, so war sie auch ihrer hübschen Umgebung gegenüber völlig apathisch. Ihr Büro war in Elfenbein- und Pfirsichtönen dekoriert. Das elegante Ambiente, das von so viel Geschmack zeugte, sollte die Kunden beeindrucken, und das gelang auch meistens.

Ironischerweise paßte heute ihr Kleid zu der Umgebung. Es war ein weicher Voile-Druck, der die Farben des Raumes trug. Albert Nipon hatte es nicht als Schwangerschaftkleid entworfen, doch diente es seinem Zweck. Es wurde seitlich geknöpft, über die Brust hinunter. Das Oberteil hatte Falten und fiel von der Taille hinab zu einem anmutig weiten Rock.

Die Schwangerschaft bereitete Erin keine Schwierigkeiten, das mußte sie zugeben. Doch immer wenn sie hungrig war, hatte sie dieses lästige Gefühl, bereits voll zu sein. Der

Arzt sah die Ursache darin, daß sie vorher so dünn gewesen war. Sie hatte die morgendliche Übelkeit nur in den ersten Wochen der Schwangerschaft verspürt, doch eine winzige gelbe Tablette vor dem Frühstück hatte geholfen. Sie war jetzt allerdings recht zurückhaltend mit Medikamenten. Seit San ...

Ganz gleich, was auch geschah, ihre Gedanken wanderten immer wieder dorthin zurück. Nach San Francisco. Zu Lance Barrett. Und auch zu dem grausam belustigten Gesichtsausdruck und seinem abweisenden Blick, als sie mit Bart abgereist war.

Bart. Der liebe Bart. Warum hatte sie ihm weh tun müssen? Sie erinnerte sich überdeutlich an den Tag, an dem sie ihm den kostbaren Verlobungsring zurückgegeben hatte.

»Was soll das?« Er hatte gestutzt und mit einem ratlosen Gesichtsausdruck auf den Ring geblickt.

»Ich kann dich nicht heiraten, Bart.« Sie durfte nicht länger drum herum reden.

Er hatte seinen großen, schweren Kopf geschüttelt, als wolle er die Gedanken darin auseinanderklauben. »Wie meinst du das, Erin? Warum?«

»Weil ich schwanger bin.«

Er hatte sie verständnislos angestarrt. Es war beinahe so, als würde sie eine Fremdsprache sprechen. Schließlich blinzelte er, dann öffnete er den Mund. »Schwanger?«

»Ja.«

Sie beobachtete ihn und sah, wie seine Benommenheit langsam einem Begreifen wich und sich dann zur Wut steigerte. »Schwanger!?« Diesmal kam das Wort als Schuß aus seinem Mund. »Wie? Wer?« Noch ehe sie ihm antworten konnte, dröhnte seine Stimme: »Antworte mir, verdammt noch mal!«

Sie begegnete seinem Rasen ganz ruhig, die Hände hatte sie fest im Schoß gefaltet. Es war das einzige Anzeichen der Furcht, die sie vor diesem riesigen Bären fühlte, den sie so unerhört gereizt hatte. »Das tut nichts zur Sache, Bart. Das Baby gehört mir und sonst niemandem auf der Welt.«

»Tu nicht so zimperlich, du Schlampe. Es sind noch immer zwei Menschen nötig, um ein Baby zu machen. Sogar so ein ungebildeter Klotz wie ich, von dem du tatsächlich annimmst, er sei allzu töricht, weiß das.« Er packte sie an den Armen. »Wer war dieser Mann, denn bei Gott, ich weiß, daß ich es nicht war! Und nicht etwa, weil ich es nicht versucht hätte!«

»Bart, bitte«, flehte sie. »Du tust mir weh.«

Er blickte auf seine Hände, deren Fingerknöchel hervortraten, so ungestüm hatte er ihre Arme gepackt. »Verzeihung«, murmelte er. Sofort ließ er sie los und stand auf. Betroffen lief er vor dem Sofa in ihrem Wohnzimmer ein paarmal hin und her, ehe er stehenblieb: »Es war Barrett, nicht wahr?«

Sie hob überrascht den Kopf. Woher hatte er das wissen können? Aber es hatte keinen Zweck, ihn anzulügen. »Ja«, gestand sie leise.

»Zur Hölle mit ihm!« fluchte er und schlug mit der Faust in die Handfläche der anderen Hand. »Ich werde diesen Bastard umbringen. Hat er dich vergewaltigt? Wenn er dir weh getan hat ...«

Sie schüttelte heftig den Kopf. »Nein, so war es nicht, er hat mich nicht vergewaltigt.«

Ihre Antwort wirkte wie ein Dämpfer. Ein wenig gefaßter fragte er: »Hat er dich verführt, Süße? Du konntest nicht anders, nicht wahr? War es so, mein Liebling?«

Tränen rannen über ihr Gesicht, doch sie blickte zu ihm auf und gab ihm eine ehrliche Antwort. »Nein, Bart. Ich wußte genau, was ich tat.«

Die massigen Schultern sanken nach vorn, er vergrub seine Hände tief in den Hosentaschen. »Ich verstehe«, war alles, was er sagte. Lange schwiegen sie, Erin schluchzte leise vor sich hin.

»Ich nehme an, dieser Schuft weigert sich, dich zu heiraten. Dieser wertlose Hund. Du brauchst es nur zu sagen, Erin, dann werde ich dafür sorgen, daß sich jemand um diesen Mr. Barrett kümmert. Ich kenne die richtigen Leute, es kostet mich höchstens ein paar Telefonate. Er wird so schnell erledigt sein, daß ...«

Erin sprang von der Couch hoch und zerrte Bart am Jackett. Ihr Gesicht war naß von Tränen. »Nein!« schrie sie. »Nein! Wage es nicht, ihm etwas anzutun. Sag mir, daß du es nicht tun wirst. Gott! Es darf ihm nichts geschehen!« Sie sank gegen ihn, und Bart legte die Arme um sie, hielt sie fest und klopfte ihr beruhigend den Rücken.

»Psst, meine Süße, reg dich nicht auf«, beruhigte er sie. »Ich werde nichts tun, was du nicht willst.« Seine Stimme klang unsicher: »Bist du auch in Ordnung?« Bart Stanton, der Schrecken der Sitzungszimmer, ließ sich von nichts und niemandem einschüchtern, aber bei einer weinenden Frau zerfloß er wie Butter in der Sonne.

Erin löste sich aus seiner Umarmung und nickte. »Ja.« Sie schniefte ein wenig. Dann hob sie den Blick und sah ihn mit umflorten Augen an. »Bart, er weiß es ja noch nicht einmal. Du mußt mir versprechen, daß du es ihm nicht verraten wirst, und du darfst ihm auch nichts tun, unter gar keinen Umständen.«

Er sah sie mit diesem prüfenden Blick an, der ihm den Ruf eines scharfsinnigen Geschäftsmannes eingebracht hatte. »So ist das also«, meinte er langsam und bedächtig. »Du liebst ihn, nicht wahr?«

»Ja«, antwortete Erin ohne Zögern.

Er trat ans Fenster und starrte auf die baumbestandene schattige Wiese draußen. Der Frühling hatte triumphierend Einzug gehalten, alles war üppig und grün, frisch und fruchtbar. Der Gedanke machte ihn ganz krank, doch er mußte aussprechen, was er dachte. »Ich weiß ja, wie du zu deiner Religion stehst, aber vielleicht wäre es vernünftig, wenn man alle Dinge bedenkt, wenn du … äh … wenn du eine Operation in Erwägung ziehen würdest.«

Sie wunderte sich nicht über seine Hemmung, das Wort deutlich auszusprechen. Mit einem traurigen kleinen Lächeln schüttelte sie den Kopf. »Nein, Bart. Das hat nichts mit meiner Religion zu tun. Ich könnte so etwas niemals fertigbringen.«

»Aber du wirst das Kind auch nicht zur Adoption freigeben.« Es war keine Frage, sondern eher eine Feststellung, auch kannte er schon ihre Antwort.

»Glaubst du, daß ich mit meiner Herkunft überhaupt so etwas erwägen würde?« ermahnte sie ihn liebevoll. »Nein, Bart, ich werde mein Baby ganz allein großziehen.«

Er baute sich vor ihr auf. Hastig, damit er es sich nicht anders überlegte und sie ihn nicht unterbrechen konnte, kamen die Worte aus seinem Mund. »Liebling, heirate mich. Es ist mir ganz gleich, von wem das Baby ist. Ich habe diese Dinge, die ich eben gesagt habe, gar nicht so gemeint. Ich war einfach nur wütend, meine Süße, da ich mich schon so lange nach dir sehne. Ehrenwort, es macht mir nichts aus, daß du ein Kind bekommst. Himmel noch mal, jeder wird sowieso glauben, daß es mein Kind ist.«

»Aber wir beide würden es besser wissen, nicht wahr?« fragte sie leise. »Ich möchte nicht mit einer Lüge leben müssen, Bart. Und ich möchte es auch für dich nicht.«

»Aber ich liebe dich. Du bist meine Traumfrau, und die Bedingungen, unter denen ich dich haben kann, sind mir ganz gleichgültig.«

Erin seufzte und fuhr ihm mit beiden Händen durch sein dichtes, dunkles Haar. »Ich weiß. Aber meine Antwort lautet trotzdem nein.«

Sie hatte sich ihm verweigert und tat es weiterhin. Bart war nicht mehr so stürmisch wie damals, als er sie zum ersten Mal gebeten hatte, ihn zu heiraten. Aber er blieb trotzdem in ihrer Nähe, als könne er damit einen Gesinnungswandel erwirken.

Doch das war ein Irrtum. Wieder legte sie eine Hand auf ihren Leib, liebevoll strich sie darüber, als der Summer der Sprechanlage sich meldete und sie aus ihren Tagträumen riß.

»Ja, Betty?« fragte sie, während sie auf den Knopf drückte.

»Hier ist jemand, der mit dir sprechen will, Erin. Hast du Zeit?«

»Ja. Wer ist es denn?«

»Ein Mr. Lance Barrett.«

12. Kapitel

Erins Herz setzte einen Schlag lang aus. Es war ganz unmöglich, daß sie sich verhört hatte. Sie schloß die Augen, ein lähmendes Schwindelgefühl ergriff sie, und beinahe wäre sie vom Sessel gekippt. Die Welt um sie herum schwankte wild, ehe sie sich langsam wieder beruhigte. Sie umklammerte die Schreibtischkante und sank dann hintüber.

»Erin, hast du mich gehört?« hakte Betty nach.

»J-ja, ich habe dich gehört.« Was konnte sie tun? Lance war hier. Hinter dieser Tür dort drüben. Sie mußte ihn empfangen. Aber würde sie das durchstehen?

Was wollte er von ihr? Wenn er nun merkte, was mit ihr los war? Was sollte sie ihm sagen? All diese Fragen wirbelten durch ihren Kopf, doch blieben sie unbeantwortet stecken. Sie würde ihm aufrecht gegenüberstehen müssen und konnte nur um Festigkeit beten.

»Schick ihn rein, Betty«, antwortete sie so sachlich wie möglich.

Schnell fuhr sie sich noch einmal mit der Hand durchs Haar und leckte sich über ihre plötzlich spröden Lippen, dann strich sie das Kleid über ihren Brüsten glatt, die durch die Schwangerschaft voller geworden waren. Er durfte das nicht sehen, allerdings war er sehr wachsam und ausgebildet, Dinge wahrzunehmen, die ...

Er trat durch die große, doppelflügelige Eichentür.

Wenn Erin geglaubt hatte, daß die Erinnerung sein Bild in ihrem Innern verschönt hatte, so hatte sie sich gründlich getäuscht: Im Gegenteil, er sah in Wirklichkeit sogar noch besser aus; sein Haar war locker gekämmt, ein wenig länger und von der Sommersonne gebleicht.

Die blauen Augen hatten nichts von ihrem strahlenden Glanz eingebüßt, die hellen Brauen standen im Kontrast zu seinem sonnengebräunten Gesicht. Kleine weiße Linien hatten sich um die Augen eingegraben, an die sie sich nicht erinnerte, doch wahrscheinlich stachen sie nur deshalb hervor, weil er so braun gebrannt war.

Wenn möglich wies das Grübchen in seinem Kinn auf noch mehr Arroganz hin als zuvor. Doch er lächelte und Erin entging dabei nicht der Zug von Verletzlichkeit um seinen Mund, den sie im Februar noch nicht bemerkt hatte.

Doch die größte Veränderung an ihm war seine Kleidung. Sie hatte ihn damit geneckt, daß er mit den korrekten Anzügen, den weißen Hemden und den dunklen Krawatten wie ein Uniformierter herumlief. Er hatte sich damit verteidigt, daß es Angestellten der Regierung verboten war, Aufmerksamkeit zu erregen, indem sie sportliche Designer-Anzüge und bunte Hemden trugen.

Sein hellgelbes Hemd war nicht gerade bunt, aber der Schnitt des dunkelbraunen Jacketts stammte sicher nicht aus dem Kaufhaus. Die lohfarbene Hose schmiegte sich eng an seine Oberschenkel und Hüften, man sah, daß sie maßgeschneidert war. Er hatte auf eine Krawatte verzichtet, statt dessen stand der Hemdkragen ein wenig offen, so daß sein dicht behaarter Oberkörper sichtbar wurde.

Ihr Entschluß, kühl und unpersönlich zu bleiben, löste sich in Luft auf, als er mit seiner überwältigenden männlichen Anwesenheit in ihre weibliche Domäne eindrang. Sie war ihm verfallen.

»Hallo, Erin«, er verbeugte sich knapp.

Sie sollte jetzt eigentlich aufstehen und auf ihn zugehen, seine Hand schütteln; aber sie fürchtete sich davor, den Platz hinter ihrem Schreibtisch zu verlassen. Wenn sie aufstand, könnte er ihren Zustand bemerken.

»Hallo, Lance«, erwiderte sie seine Begrüßung freundlich. Ihre Lippen zitterten, doch sie war entschlossen, ihm so zu begegnen, als sei er ein alter Freund. »Komm rein und setz dich«, forderte sie ihn auf und wies auf einen Stuhl vor ihrem Schreibtisch. »Das ist aber eine Überraschung.«

Er verhielt sich genauso zurückhaltend wie sie, als er sich näherte und umsah mit diesen Augen, denen nichts zu entgehen schien. Auch sie würde seinen Blicken nicht entkommen, deshalb war es eine kluge Entscheidung, hinter dem Schreibtisch sitzen zu bleiben.

»Du hast es hübsch hier, Erin«, meinte er und deutete mit einer ausladenden Handbewegung in die Runde. »Ich bin beeindruckt.«

Er lächelte, als er sich setzte, und ihr Herz begann zu rasen. Die Zähne leuchteten in seinem gebräunten Gesicht, was für eine Erscheinung!

»Danke. Wir befinden uns gerade in einer weniger geschäftigen Jahreszeit. Im Sommer geht es hier etwas gemächlicher zu. Wir werden erst wieder viel zu tun haben, wenn unsere Kunden ihre neuen Kollektionen vorbereiten für den Herbst und Weihnachten.« Zu der Zeit würde sie schon hochschwanger sein und die hektische Betriebsamkeit dann wohl nur mühsam ertragen.

»Ich hätte wahrscheinlich vorher anrufen sollen, statt hier einfach hereinzuschneien, aber ich dachte, es wäre besser, wenn ich mich nicht lange telefonisch anmelde.«

Seine Worte waren beinahe die gleichen, die sie zu ihm gesagt hatte, als sie vor dem Haus der Lymans aufgetaucht war. Er sah sie an. Ob sie sich noch daran erinnerte? Ja, das war der Fall, und beide lächelten.

»Du hast recht. Ich bin froh, daß du gekommen bist«, wiederholte sie seine damalige Antwort. Nun lachten sie laut auf. Es folgte ein angespanntes Schweigen, während dessen sie einander ansahen. Lance knöpfte sein Jackett auf, und Erin hatte Zeit, sich wieder zu fangen. »Du siehst verändert aus.«

»Wieso?«

»Deine Kleidung. Sie ist nicht so ... konservativ wie früher.«

Er hatte ihr Zögern bemerkt, jetzt zeigte sich auf seinen Zügen wieder der Sarkasmus, der ihr noch so lebhaft vor Augen war. »Du meinst wohl, sie ist nicht mehr so langweilig, oder?«

Vergnügt stimmte sie ihm zu. »Ja, langweilig. Hat etwa das Finanzministerium neue Uniformen genehmigt?«

Er zuckte die Schultern, ihre Reaktion auf seine nächsten Worte beobachtete er sehr sorgfältig. »Das weiß ich nicht. Ich arbeite nicht mehr für die Regierung.«

Sie war überrascht. »Wie bitte?« Ihre Augen weiteten sich vor lauter Fragen.

»Ich habe schon länger dort aufgehört zu arbeiten.

Eigentlich bin ich heute in meiner letzten offiziellen Mission hier. Ich habe mich mit einem Kollegen zusammen selbständig gemacht.«

»Lance ...« Erin suchte nach Worten. »Ich weiß gar nicht, was ich dazu sagen soll. Bist du glücklich? Ist es das, was du wolltest? Aber du warst doch so gut in deinem Job.«

»Danke.« Er lächelte. »Ich nutze meine Erfahrungen aus der Vergangenheit für das, was ich jetzt tue. Dieser Freund, mit dem ich mich selbständig gemacht habe, hat schon vor einigen Jahren seine Arbeit beim Finanzministerium aufgegeben. Er besucht Banken, Firmen und Konzerne, und hält dort Seminare, wie man Wirtschaftskriminalität verhindern beziehungsweise aufspüren kann. Er bildet die Angestellten dieser Firma aus, wie man mit Kriminellen umgeht, zum Beispiel bei einem Überfall oder so.«

Er schlug die Beine übereinander. »Nun ja, vor einigen Monaten hat er mich angerufen. Seine Firma wuchs ihm über den Kopf. Er konnte nicht alle Kunden zufriedenstellen und wollte wissen, ob ich an einer Mitarbeit interessiert wäre. Er war schon eine Weile aus dem Geschäft mit der Regierung heraus und konnte meine Erfahrungen der letzten Jahre gut brauchen, um seine Geschäftsgrundlagen aufzufrischen.«

Er stellte ein Bein wieder auf den Boden, dann beugte er sich vor. »Erin, ich bin erstaunt, wie lukrativ unser Unternehmen ist. Die Firmen sind bereit, riesige Summen auszugeben, um sich größere Verluste zu ersparen. Wir verdienen eine Menge Geld, aber wir bieten ja auch wertvolle Dienste.«

Seine Begeisterung war ansteckend, und Erin freute sich

über seinen Erfolg. Er war so viel entspannter, weniger auf der Lauer, so hatte sie ihn noch nie gesehen.

»Um die Wahrheit zu sagen«, sprach er weiter, »war ich mit meiner Arbeit sehr unzufrieden nach ... San Francisco.« Seine Stimme erstarb, er sah sie eindringlich an.

Es waren zwar mittlerweile fünf Monate vergangen, doch immer noch verspürte Erin einen Kloß im Hals, wenn von Ken die Rede war. Sein Tod, ehe sie ihn hatte kennenlernen können, blieb eine offene Wunde in ihrem Inneren. »Ich glaube, das kann ich verstehen«, murmelte sie.

»Hörst du eigentlich manchmal von Mrs. Lyman?« wollte er wissen.

Erins Gesicht hellte sich auf. »Ja, Melanie ist nach Oregon gezogen und hat Arbeit bei einem Floristen gefunden, für sie der ideale Beruf. Ab und zu schreibt sie mir. Sie hat das Haus in San Francisco verkauft, liebt ihre Arbeit und ihre kleine Wohnung. In der letzten Woche hat sie mich angerufen, ich bin überzeugt, daß sie glücklich werden wird.« Erin lächelte geheimnisvoll.

»Wieso?« fragte er und grinste ein wenig. Er schien sich wirklich dafür zu interessieren.

»Nun ja, da gibt es diesen Mr. Alan Carter, dem eine Baumschule gehört. Er verkauft Blumen an diesen Floristen, bei dem Melanie arbeitet. Wie Melanie sagt, ist er ein ›süßer netter Mann von Ende Zwanzig‹.«

Sie lachten gemeinsam über Melanies Beschreibung. »Er wurde Witwer, als seine Frau vor anderthalb Jahren ganz plötzlich auf tragische Weise umkam, und da ist ein zweijähriger Sohn.«

»Aha!« meinte Lance.

»Melanie hat letzte Woche angerufen und mich gefragt, ob ich glaube, daß es für sie nach Kens Tod noch zu früh wäre, mit Mr. Carter zum Essen zu gehen. Natürlich sei es keine richtige Verabredung, meinte sie. Sie sind einfach zwei einsame Menschen, die zusammen essen gehen wollten. Und dieser kleine Junge, der so niedlich ist, sollte natürlich auch mitkommen. Ich glaube, genauso hat sie es gesagt.«

»Sie ist eine sympathische Frau. Ich hoffe sehr, daß sie glücklich wird«, sann Lance, der plötzlich ernst geworden war.

»Ich glaube, daß Mr. Carter, so ein Mann wie er, genau das ist, was Melanie braucht. Ich bin froh, daß sie nicht mehr in San Francisco ist, bei ihren Eltern.«

»Da stimme ich dir absolut zu.«

Schweigen senkte sich wieder über sie. Sie vermieden es einander anzusehen, obwohl sie sich der Nähe des anderen überaus bewußt waren. In Wirklichkeit bildete diese Nähe eine Art Zweierkabine, jede Bewegung des andern registrierten sie, jeden Atemzug. Die kleinste Nuance in ihren Stimmen entging ihnen nicht, eine belebende Spannung lag in der Luft.

Er hatte gesagt, er sei in seiner letzten offiziellen Tätigkeit hier. Teils aus Neugier und teils aus dem Wunsch, das Schweigen zu brechen, fragte Erin: »Warum bist du gekommen? Hat es etwas mit Ken zu tun? Du hast gesagt, du seist geschäftlich hier.«

»Ja. Ich habe etwas für dich.« Er griff in die Brusttasche seines Jacketts und stand auf. »Warum kommst du nicht herüber?« Er ging zu dem pastellfarbenen Sofa neben dem großen Panoramafenster. Offensichtlich erwartete er, daß sie ihm folgte.

Sie würde aufstehen müssen und sich seinen scharfen Blicken aussetzen müssen, die ihr nicht geheuer waren. Aber wenn sie sich weigerte aufzustehen, würde sie seine Aufmerksamkeit noch anstacheln und das wollte sie auf jeden Fall vermeiden. Sie holte tief Luft und zog so weit wie möglich ihren Bauch ein, dann stand sie mit zitternden Knien auf.

In der Angst, daß ihm jeden Augenblick auffallen würde, daß sie sich in anderen Umständen befand, ging sie zu dem Sofa hinüber, wo er schon auf sie wartete. Erst nachdem sie sich gesetzt hatte, setzte auch er sich ans andere Ende.

»Erin, das hier befindet sich schon seit einigen Monaten in meinem Besitz.« Er zog einen ganz normalen weißen Briefumschlag aus seiner Tasche. »Ehe Mrs. Lyman ihr Haus verkauft hat, hat sie noch einmal Kens Sachen durchgesehen. Alles, wovon sie glaubte, ich könnte es in meinem Bericht verwenden, hat sie mir nach Washington geschickt.«

Er hielt inne und sah in ihre dunklen Augen. »Ich denke, sie hatte nicht die Absicht, mir das hier zu schicken. Wahrscheinlich wußte sie nicht einmal, daß es zwischen die für mich bestimmten Sachen geraten war. Vielleicht hätte ich es ihr zurückschicken sollen, aber ich wußte, daß du es gern hättest, und das wäre sicher auch in ihrem Sinne.«

Erins Neugier war jetzt schon übermächtig. Wenn er die Absicht gehabt hatte, ihr Interesse zu wecken, so war ihm das perfekt gelungen. Er reichte ihr den Umschlag. Es dauerte einen Augenblick, ehe ihre Blicke sich von seinen gelöst hatten und sie sie auf das lenken konnte, was sie in der Hand hielt.

Sie öffnete den Umschlag und griff hinein. Ihre Finger schlossen sich um ein etwas hartes Papier. Als sie es aus dem Umschlag zog, sah sie ein inzwischen vergilbtes Schwarzweißfoto vor sich. Ihr Herz begann lauter zu klopfen, das Blut rauschte in ihren Ohren, und ihr Hals war ganz trocken.

An der Kleidung, die die drei Menschen auf dem Bild trugen, erkannte Erin, daß es vor etwa dreißig Jahren aufgenommen worden sein mußte.

Eine junge Frau saß auf einer Steinbank in einer Umgebung, die ein Park sein konnte. Neben ihrem Knie stand ein schüchtern aussehender kleiner Junge, noch ein Kleinkind. Auf ihrem Schoß hielt sie ein Baby. Runde, dunkle Augen blickten aus dem kleinen Gesicht, ein Spitzenhäubchen saß auf seinem Kopf.

Die Frau starrte direkt in die Kamera, doch sie lächelte nicht. Es war, als würde sie durch den Photographen hindurchblicken. In Gedanken schien sie weit weg zu sein. Ihre Augen hatten einen herzzerreißenden Blick, sie sah dem kleinen Jungen und dem Baby sehr ähnlich. Ihr Gesicht war schmal, beinahe zerbrochen sah sie aus, als hätte sie ihr Leben nicht mehr im Griff. Ihre Unsicherheit wurde auch deutlich in der Art, wie sie den Kopf hielt, in der Art, wie sie das Baby an sich drückte und in der schmalen Hand, die auf der Schulter des kleinen Jungen ruhte. Sie schien Verzweiflung zu verkörpern. Der sanfte Ausdruck in ihrem Gesicht machte ihre Resignation dem Schicksalsschlag gegenüber, der sie augenscheinlich getroffen hatte, noch bewegender.

Schon seit einiger Zeit hatten Tränen Erins Blick verschleiert, dennoch starrte sie weiter auf dieses Foto. Minuten vergingen, während sie jede Einzelheit in sich aufsog, versuchte, durch das Bild hindurch in eine andere Dimension zu gelangen, die Gedanken dieser Frau zu erfassen. Lance störte sie nicht, er rührte sich nicht einmal. Er wagte kaum zu atmen.

Schließlich sah Erin zu ihm auf. Gott, sie ist so wunderschön, dachte er. Auch wenn ihr Gesicht jetzt naß war von Tränen, so war sie doch die wundervollste Frau, die er je gesehen hatte. Es hatte ihn beinahe übermenschliche Kraft gekostet, durch die Tür dieses Büros zu gehen. Als er sie zum letztenmal gesehen hatte, hatten diese dunklen Augen Giftpfeile auf ihn abgeschossen. Ein vernünftiger Mann hätte sich zurückgezogen und alles auf sich beruhen lassen.

Aber er war nicht vernünftig. Nein, nicht Lance Barrett. Es war beinahe so, als könne er sich selbst nicht genug strafen. Er mußte sie einfach wiedersehen, mußte sich davon überzeugen, daß das, was in San Francisco geschehen war, nur eine flüchtige Verzauberung gewesen war. Affären wie diese waren zum Scheitern verurteilt, sie waren zu heftig und deshalb auch schnell verflogen. So wurde es doch in diesem Lied gesungen, nicht wahr? Er würde sie wiedersehen, und dann könnte er sie für immer aus seinen Gedanken verbannen.

Aber eine innere Stimme hatte ihm gesagt, daß es nicht so sein würde. Irgend etwas war im letzten Februar mit ihm geschehen, seitdem hatte er sich verändert. Er hatte sich verliebt.

Er hielt sich ständig vor, daß er zu alt war, um sich wegen einer Frau zum Narren zu machen. Wegen jeder kleinsten Unaufmerksamkeit fuhr er seine Männer an, ließ seinen

Grant an ihnen aus. Einer von ihnen war sogar mit einem gebrochenen Kiefer wieder aufgewacht, nur weil er Lance geraten hatte, ein Intermezzo mit einem netten Weibsbild würde sicher seine Laune heben. Er konnte weder schlafen noch essen. Seine Familie und auch seine Freunde begannen ihm aus dem Weg zu gehen. Doch sie konnten ihn nicht mehr verachten, als er selbst es schon tat.

Erin hatte ihn in die Hölle geschickt. Nun, er hatte sie durchlitten, und es hatte ihm nicht gefallen. Das erste Stückchen Himmel, das er seit den letzten fünf Monaten gesichtet hatte, war ihr Anblick jetzt, als er eben durch diese Tür getreten war.

Verdammt! Es ging ihm jetzt sogar noch schlechter als zuvor. Der ganze Mann bestand aus Aufruhr, nur weil er in ihrer Nähe war. Er wollte ihr seine Liebe erklären, wagte es aber nicht.

Sie duftete köstlich und schien von innen nach außen zu strahlen. Ihre Lippen waren feucht geöffnet, er konnte sogar ihre rosige Zungenspitze sehen, hinter der Reihe perlweißer Zähne. Gott, er wünschte, er könnte sie mit seinen Lippen erfühlen, in seinem Mund, er wollte sie schmecken.

Als Erin ihn jetzt mit ihren tränenschimmernden Augen ansah, brauchte er seine gesamte Selbstkontrolle, um sie nicht in seine Arme zu reißen und nie wieder loszulassen. Sie war so ganz anders, als er sie im Gedächtnis hatte, und doch so vertraut. Sie war die erste Frau, die ihn vollkommen geliebt hatte, einzigartig zu ihm paßte. Sie war Erin O'Shea. Seine Erin.

Aber da war noch etwas …

»Auf der Rückseite steht ein Text«, sagte er sanft.

Erin drehte das Bild herum und las laut: »Kens Mutter Mary Margaret Conway und seine Schwester. Sie starb zwei Wochen, nachdem das Bild aufgenommen wurde, an Tuberkulose. Das kleine Mädchen war bereits adoptiert, als wir Ken bekamen. Gott schütze sie alle.« Das Bild war mit einem Datum versehen und mit ›MRL‹ unterzeichnet.

»Das sind die Initialen von Kens Adoptivmutter. Vermutlich bekam sie das Bild, als sie Ken aufnahm. Ich habe es in einem Umschlag gefunden, auf dem in Kens Handschrift stand: ›Papiere meiner Mutter‹. Wahrscheinlich hat er selbst sie auch erst bekommen, nachdem sie gestorben war.«

»Dann wußte er also von mir.«

»Ich denke schon.«

Wieder flossen Erins Tränen. »Lance, das ist meine Mutter«, flüsterte sie und strich mit einem Finger über das Bild. »Mary Margaret Conway. Ich kenne jetzt ihren Namen.«

»Und sie hat dich geliebt. Wahrscheinlich wußte sie, daß sie sterben würde, und hat dich deshalb in das Waisenhaus gebracht, damit du gut versorgt würdest.«

»Mein Vater?« Sie sah erwartungsvoll zu ihm auf.

Doch Lance schüttelte traurig den Kopf. »Ich weiß es nicht, Erin. Aber jetzt hast du wenigstens einen Namen. Das ist ein Anhaltspunkt, wenn du noch einmal mit einer Suche beginnen möchtest.«

Sie seufzte, doch war es kein trauriger Laut. Ein Gefühl der Ruhe und Zufriedenheit überkam sie. »Ich weiß es nicht. Vielleicht später einmal. Doch für den Augenblick genügt mir das hier. Es ist sogar mehr als genug. Ich ...« Sie hielt inne, die Gefühle überwältigten sie, und ihre Nerven wollten sie schon im Stich lassen. »Ich weiß nicht, wie ich dir danken soll.« Langsam hob sie den Blick und sah ihn an, sie bemerkte einen eigenartigen Glanz in seinen Augen.

»Es war das mindeste, was ich für dich tun konnte, Erin. Ich habe mich dir so verbunden gefühlt, als du deinen Bruder verlorst. Und dieses Bild, das mir in die Hände fiel, wollte ich dir unbedingt bringen. Ich denke, Mrs. Lyman wird nichts dagegen haben.«

Ganz unbewußt waren sie ein Stück zueinander gerückt, die bestehenden Anziehungskräfte taten ihre Wirkung. Der frische Duft seines After-Shave stieg ihr in die Nase, erfüllte ihren Kopf und machte sie ganz benommen. Sein starker, kräftiger Körper versprach Trost für einen Menschen, der sich nach diesem Trost sehnte und ihn brauchte. Für einen Menschen, der von unlösbaren Problemen zugedeckt war. Für einen Menschen, dessen Welt vor fünf Monaten einstürzte und jeden Tag ein wenig weiter zerbröckelte.

»Erin«, sagte er mit rauher Stimme. »Erin …«

Die Tür wurde aufgerissen, und Bart kam hereingaloppiert. »Süße, ist alles in Ordnung mit dir?« Er warf Erin einen schnellen, prüfenden Blick zu, ehe er Lance anstarrte, der vom Sofa aufgesprungen und gefährlich nahe vor ihm zum Stehen gekommen war. »Was, zum Teufel, wollen Sie hier?« verlangte Bart zu wissen.

»Das geht Sie einen Dreck an«, erwiderte Lance trügerisch ruhig.

»Nur weiter so«, forderte Bart ihn heraus. »Ich sollte Sie zu Brei schlagen.«

»Sie können es gerne versuchen«, bot Lance ihm voller Sanftmut an.

Erin blieb auf dem Sofa sitzen. Sie war viel zu aufgewühlt,

um aufzustehen und sich zwischen die beiden Männer zu werfen. Ihr Kopf dröhnte und sie hatte einen säuerlichen Geschmack im Mund. »Bitte, bitte, ihr beiden.«

»Hat er dich aufgeregt, meine Süße? Du hast geweint.« Bart sank vor dem Sofa in die Knie und legte beide Hände auf die von Erin.

»Nein, er ...«, begann Erin.

»Weshalb ich Erin sehen wollte, hatte einen ganz privaten Grund, das geht Sie gar nichts an, Stanton«, brauste Lance auf.

»Alles, was mit Erin zu tun hat, geht mich etwas an«, bellte Bart und stand wieder auf.

»Nicht das, was sie und ich einander zu sagen haben.« Erin kannte den Ton von Lances Stimme nur zu gut. Er war wütend, und der kalte, knappe Ton traf sie wie Hagel im Winter. Seine Augen blickten eisig.

Bart war kein Feigling, aber er erkannte Lance als würdigen Gegner an. Er zog sich ein wenig zurück. »Dann werden wir es Erin überlassen, was sie dazu zu sagen hat.« Für den Bruchteil einer Sekunde ließ er Lance aus den Augen und wandte sich an Erin. »Süße, hast du Mr. Barrett noch etwas zu sagen?«

Die Bedeutung seiner Frage entging Erin nicht. Sie wußte, daß er sie in diesem Augenblick fragte, ob sie Lance etwas von dem Baby sagen wollte. Gott, was sollte sie nur tun?

Sie wollte es ihm so gern eröffnen. Sie wollte sehen, wie ein glückliches Strahlen auf seinem Gesicht diesen furchterregenden Ausdruck ablöste, mit dem er Bart jetzt betrachtete. Es wäre das Wundervollste auf der ganzen Welt.

Aber durfte sie dieses Risiko eingehen? Was sollte sie tun, wenn er sie danach nur mit Verachtung strafte? Angenommen, er würde sie dafür schelten, daß sie keine Pille zur Schwangerschaftsverhütung genommen hatte? Könnte sie es ertragen, wenn er sie aus einem Schuldgefühl und aus einem Gefühl der Verantwortung heraus gönnerhaft behandelte? Würde er sich verpflichtet fühlen, ihr gegenüber das ›Richtige‹ zu tun?

Du sollst dich nie vor mir fürchten, Erin. Nie …

Nein. Sie konnte ihn nicht in die Falle locken, indem sie ihm von ihrer Schwangerschaft erzählte. Sosehr sie nach ihm verlangte, sie wollte ihn nicht unter diesen Bedingungen haben. Hinterhältige Frauen hatten diesen Trick benutzt, solange man denken konnte. Es war die ultimative Waffe, um einen Sieg zu erringen – die Trumpfkarte.

Sie liebte Lance. Das war eine unbestreitbare Tatsache. Doch er hatte seiner Liebe zu ihr nie Ausdruck verliehen. In all den Stunden voller Leidenschaft, die sie in San Francisco miteinander verbracht hatten, hatte er nie die Illusion von Liebe in ihr entfacht.

Perfekt, perfekt … ich werde auf dich warten …

Ihre Anziehungskraft auf ihn war rein körperlicher Natur. Gewiß, es war ein verzehrendes Gefühl, aber Erin, die sich immer nach den starken Bindungen einer Familie gesehnt hatte, die voller Liebe zusammenhielt, genügte das nicht.

Ich weiß nicht, was mit mir los ist …

Sie sah zu ihm auf und war gefangen von der Kraft seiner Augen. Sie schienen bis in ihre Seele zu blicken und ihren Geist zu berühren. Lange und tief versanken sie ineinander, denn Erin wußte, es würde das letzte Mal sein. Es würde ihr für den Rest des Lebens genügen müssen.

Du hast zwei wirklich sehr weibliche Eigenschaften, Erin O'Shea …

Schließlich senkte Erin den Blick und schüttelte den Kopf. »Nein, ich habe nichts mehr zu sagen.«

Eine stickige Stille hängte sich über alle, sie wurde hier oben so dicht, daß die Geräusche des Verkehrs, viele Stockwerke unter ihnen auf den Straßen von Houston, heraufdrangen. Erin schloß die Augen vor dem Schmerz in ihrem Herzen, als sie hörte, wie Lance sich umwandte und zur Tür ging. Das leise Klicken der Tür, die hinter ihm ins Schloß fiel, war wie eine Gewehrkugel, die ihr Leben beendete.

Sie sank auf dem Sofa zusammen und gab sich ganz ihrem Elend hin, das sie förmlich betäubte. Bart begann sich Sorgen um ihre Gesundheit zu machen. Er versuchte in seiner liebevollen, ein wenig ungeschickten Art, sie zu trösten, doch das gelang ihm nicht. Schließlich schlug seine Verzweiflung in Wut um, und er befahl: »Also, Erin, ich möchte nicht, daß du dein Baby verlierst, also reiß dich zusammen!«

Mehr noch als seine Worte war es die Tatsache, daß er sie mit ihrem Namen angesprochen hatte, die Erin aus ihrer Starre holte, so daß sie sich aufsetzte und die Tränen zurückdrängte.

»So ist es schon besser«, brummte er.

»Du hast mich mit meinem Namen angesprochen, Bart.«

»Tue ich das sonst nicht?« Er sah sie verwirrt an.

Sie lächelte gutmütig und legte eine Hand an seine Wange. »Nein«, flüsterte sie.

Er stand auf und entfernte sich ein paar Schritte von ihr.

»Süße, es fällt mir schrecklich schwer, dir das zu sagen, aber ich finde, du solltest Barrett erzählen, daß du ein Baby von ihm bekommst. So, wie er dich eben angesehen hat, habe ich geglaubt ... es war, als ob ... nun ja, du weißt schon. Es war, als würde er dich lieben. Ich werde hinter ihm herlaufen und ihn zurückholen.«

»Nein, Bart. Ich kann es ihm nicht sagen.«

Langsam und zögernd widersprach er ihr. »Er hat ein Recht, es zu wissen, mein Schatz. Das Baby ist auch sein Kind.«

Sie biß sich auf die Lippen. Daran hatte sie noch gar nicht gedacht. »Mmh. Er wird es erfahren müssen, irgendwann einmal, aber jetzt noch nicht. Vielleicht, wenn es auf der Welt ist, kann mein Anwalt es ihm ...« Sie hielt inne, sie hatte keine Energie mehr.

»Du weißt, daß ich nach wie vor bereit bin, dich zu heiraten.« Bart räusperte sich. »Aber vielleicht wirst du deine Meinung ändern? Ich liebe dich.« In seinen Augen lag ein Ausdruck unsäglicher Traurigkeit.

»Ich mag dich auch sehr gerne, Bart. Du bist der beste Freund, den ich habe«, versicherte sie ihm.

»Ich weiß.« Er schnaufte freudlos. Nach einer Weile fragte er: »Soll ich den Arzt rufen, damit er dir ein Beruhigungsmittel gibt? Du siehst so aus, als könntest du es gebrauchen.«

Erin lachte nervös auf. »Nun, in diesem Fall täuscht mein Aussehen nicht, denn genauso fühle ich mich.« Als er besorgt die Stirn runzelte, winkte sie rasch ab. »Nein, ich brauche kein Beruhigungsmittel. Es war ein ereignisreicher Tag. Ich möchte nur nach Hause und mich ins Bett legen.«

»Soll ich dich begleiten?«

»Nein, es wird schon gehen.«

Sie machten sich zusammen auf den Weg. »Warum ist Barrett überhaupt gekommen?« wollte Bart plötzlich wissen.

Erins Finger schlossen sich um den Umschlag mit dem Bild, das eine solche Kostbarkeit für sie bedeutete als einziges Andenken an ihre Mutter und ihren Bruder. Dazu war es das einzige Geschenk, das sie je von Lance bekommen hatte. Eine Weile wollte sie es ganz für sich allein behalten.

»Es hatte etwas mit einer unerledigten Sache in Kens Fall zu tun«, antwortete sie ausweichend.

Erin war ausgelaugt von der Hitze und erschöpft von dem Aufruhr der Gefühle am heutigen Tag, als sie ihr Haus durch die Hintertür betrat. Sie bemerkte, daß die Petunien in dem Blumenbeet die Köpfe hängen ließen, weil sie Wasser brauchten. Wenn sie noch einen Rest Pflichtbewußtsein besäße, würde sie den Pflanzen Wasser geben, doch ihre Kräfte hatten sie verlassen.

Sie stellte die Klimaanlage an, die sie in dem alten Haus hatte einbauen lassen. Mit schleppenden Schritten ging sie die Treppe hinauf in ihr Schlafzimmer und stellte dort den Ventilator an, der die stickige Luft ein wenig herumwirbelte, ehe die Raumtemperaturen sanken.

Sie zog sich um und wählte ein lose fallendes Sommerkleid mit schmalen Trägern. Der blaßblaue Chiffon hüllte sie ein wie eine Wolke. Sie konnte keine enge Kleidung mehr ertragen, deshalb zog sie auch ihre Strumpfhose und die andere Unterwäsche aus und schlüpfte in ein Bikini-Höschen.

Allein der Gedanke an Essen ließ eine Woge von Übelkeit

in ihr aufsteigen, doch dann ging sie hinunter in die Küche und goß sich ein Glas Eistee mit Zitronensaft ein.

An der Tür des Wohnzimmers blieb sie stehen und sah sich um. Sie liebte dieses Zimmer. Die Wände waren in einem dunklen Beige gestrichen, das sehr gut zu dem weißen Holz und den Fensterläden paßte. Das Sofa und die Sessel waren auch weiß, doch auf ihnen lagen bunte Kissen in allen Schattierungen von Blau, Grün und Orange, und gegenüber befand sich der gemauerte Kamin. Im Haus gab es insgesamt drei.

Lance hatte ein Feuer angezündet in jenem unbenutzten Kamin, damals in der Nacht. War das Feuer für sie angezündet worden? Hatte er sich gewünscht, sie würde herunterkommen ...?

Hör auf!

Sie sank in einen der Sessel und legte die Füße hoch. In ihrer Hand hielt sie das Foto, das Lance ihr heute gebracht hatte. Während sie an ihrem Tee nippte, starrte sie auf das Familienbild. Morgen würde sie einen goldenen Rahmen dafür kaufen und es aufstellen. Was für einen sollte sie wählen? Etwas Viktorianisches mit Filigranarbeit an den Ecken? Oder vielleicht etwas Schlichtes, damit die Aufmerksamkeit nicht von dem Bild abgelenkt wurde?

Zum ersten Mal in ihrem Leben hatte sie das Gefühl, ein Erbe zu besitzen. Sie sollte zufrieden sein.

Das war sie auch. Beinahe. Wäre da nicht ein gebrochenes Herz und der Gedanke an diesen Mann ...

Sie stöhnte auf, als es an der Tür läutete. Wahrscheinlich war es der Zeitungsjunge, der die Rechnung für diesen Monat kassieren wollte. Mit schweren Gliedern erhob sie sich und schleppte sich zur Haustür.

Lance stand auf der Veranda, zwischen den beiden großen Töpfen mit den Geranien zu beiden Seiten der Tür. Er hatte sein braunes Jackett ausgezogen und noch einen Knopf seines Hemds geöffnet, außerdem die Ärmel hochgekrempelt.

Sie zuckte zurück vor dem in Harnisch geratenen Eindringling.

»Zieh dich aus.«

Sie starrte ihn benommen an. Ihre Ohren spielten ihr wohl einen Streich. »Wie bitte ...?«

»Ich sagte, zieh dich aus.« Er schob sich an ihr vorbei und strebte auf das Wohnzimmer zu. »Und wenn du es nicht tust, werde ich es tun.« Sie schloß die Tür und ging hinter ihm her. Der Ton seiner Stimme ließ keinen Widerspruch zu, und sie zweifelte keinen Augenblick daran, daß er seine Drohung wahr machen würde.

Nun, so leicht ließ sie sich nicht ins Bockshorn jagen. Sie machte ein paar Schritte auf ihn zu und hob trotzig ihr Kinn. »Wenn du das willst, dann mußt du mich zuerst umbringen.«

»Du solltest mich lieber nicht herausfordern«, knurrte er. »Ich stehe sowieso kurz davor, dir deinen hübschen Hals umzudrehen.«

»Was habe ich denn getan, daß du so schrecklich wütend auf mich bist?« Ihr Herz raste. Ob er etwas wußte? Natürlich wußte er es. Ihm entging doch nie etwas!

Mit zusammengekniffenen Augen sah er sie an. Die goldenen Wimpern formten einen anmutigen Bogen. »Ich konnte nicht genau herausfinden, was es war in deinem Büro, aber ich wußte, daß sich etwas geändert hatte. Ich wollte gerade ins Flugzeug steigen, als es mir wie Schuppen von den

Augen fiel.« Sein Gesicht hatte plötzlich jedes Anzeichen von Verärgerung verloren. Der Wechsel war so abrupt, als hätte er eine Maske abgelegt. »Erin …«

Er beendete den Satz nicht. Statt dessen kam er herbei und streckte die Hand aus, um sie zu berühren. Wie im Reflex legte sie zum Schutz eine Hand auf ihren Leib. Doch er schob ihre Hand entschlossen beiseite und legte seine Hand an diese Stelle.

Ihr Bauch, den er als flach und elastisch kannte, war jetzt leicht geschwollen und ein wenig rund. Er machte noch einen Schritt auf sie zu, seine Hand lag noch immer auf ihrem Bauch, und er stieß in einem Seufzer den lang angehaltenen Atem aus. Sie entdeckte einen Schatten in seinen Augen. »Stanton?« fragte er.

Ihre Lippen zitterten, als sie zu lächeln versuchte. »Nein, Lance.«

In seinen blauen Augen stand die Frage riesengroß, und sie antwortete ihm, indem sie ihre Augen zustimmend schloß.

Langsam, als sei sie zerbrechlich, schloß er sie in seine Arme und drückte sie zögernd an sich. Er lehnte seine Stirn an ihre. »Himmel, Erin, warum hast du mir das nicht gesagt? Wolltest du etwa mein Baby zur Welt bringen und es mir verheimlichen? Warum?«

Nie zuvor hatte sie Lance so verwirrt gesehen. Er sah sie kopfschüttelnd an – also doch nicht aus Stahl? Ein Mann mit Herz und Seele?

Sie schmiegte sich in seine Arme. »Glaubst du denn, ich hätte das gewollt? So etwas kann man nicht einfach in einem Brief oder am Telefon mitteilen. Soweit ich wußte, würde ich dich nie wiedersehen. Ich wollte es dir sagen, nachdem das

Baby geboren war, aber bis dahin kam es mir wie ein Risiko vor.«

»Risiko?« Er schob sie ein Stück von sich, hielt sie an den Schultern fest. »Was denn für ein Risiko?«

Erin vermied es, ihn anzusehen. »Lance, ich wußte nicht, wie du reagieren würdest, wenn ich dir von … dem Baby erzählen würde. Es hätte ja auch sein können, daß du wolltest, daß ich …« Er verstand ihre Andeutung, auch ohne daß sie die Worte aussprach.

»Und das hättest du nicht tun können.« Es war keine Frage, sondern eine Feststellung.

»Niemals!« rief sie aus.

»Warum nicht?«

Nervös kaute sie an ihrer Lippe. »W-weil meine Religion so etwas nicht erlaubt.«

»Aus keinem anderen Grund?«

»Doch. Ich glaube, so etwas könnte ich überhaupt nicht tun.«

»Gibt es noch einen Grund, der dich davon abgehalten hat, mein Baby abtreiben zu lassen?« Sein Klammergriff um ihre Schultern unterstrich die Bedeutung seiner Worte.

»Nein«, antwortete sie ausweichend. Doch er glaubte ihr nicht.

»Es muß noch einen Grund geben, Erin. Sag ihn mir.«

»Nein.«

»Sag ihn mir, verdammt!« schrie er sie an.

»Weil ich dich liebe!« schrie sie zurück.

Die Worte schienen in dem stillen Haus von den Wänden widerzuhallen, beide waren außer Atem geraten.

Im nächsten Augenblick hatte er sie schon in seine Arme

gerissen. Mit einem Arm umschlang er sie, die andere Hand vergrub er in ihren Locken und drückte ihren Kopf an sich. Erin fühlte seine Lippen in ihrem Haar.

»Erin, Erin, weißt du eigentlich, was wir beide einander angetan haben? Wenn ich daran denke, daß du die ganze Zeit allein gewesen bist, wo ich hätte bei dir sein müssen. Ich habe es mir so sehr gewünscht, Gott, wie habe ich mich danach gesehnt, und mit dem Baby hat das gar nichts zu tun.«

Sie legte die Arme um seine Taille und schmiegte sich an ihn, wollte in ihm zur Ruhe kommen. »Was willst du damit sagen, Lance?«

»Als du mich in San Francisco verlassen hast, da habe ich geglaubt, ich müßte sterben vor Heimweh nach dir. Weil ich dich so sehr liebte.« Er beugte sich zu ihr und küßte sie auf den Hals. »Aber ich mußte dich gehen lassen. Als du die Möglichkeit hattest, Stanton von uns zu erzählen, hast du es nicht getan. Ich glaubte, du wolltest mit ihm zurück nach Houston fahren und mich vergessen.«

»Oh, Lance. Du warst damals so sarkastisch und so grausam, so abweisend. Ich dachte, du hättest mich nur zu deiner Unterhaltung benutzt und wärst jetzt froh, daß Bart gekommen war und dich von mir befreite.«

Er preßte sie noch fester an sich und sagte ihr damit, wie sehr sie sich geirrt hatte. »Mein Benehmen war doch nur ein Versuch, mich abzuschotten. Ständig habe ich meine Liebe zu dir bekämpft, und ich fürchtete mich davor, daß du herausfinden könntest, daß ich mich in dich verliebt hatte. Immer habe ich mir vorgestellt, wie ihr beide, du und Stanton, euch über mich lustig machtet.«

Er preßte seine Lippen auf ihre schmalen Schultern. Sie

zog das Hemd aus seiner Hose und schob ihre Hände darunter, massierte seinen muskulösen Rücken.

»Erinnerst du dich noch an Higgins?« fragte er. »Er war der Mann hier in Houston, mit dem ich mich damals deinetwegen in Verbindung gesetzt habe. Er hat mir ständig von dir berichtet. Von ihm wußte ich auch, daß du Stanton nicht geheiratet hast.«

»Aber warum bist du dann nicht schon viel früher gekommen?«

»Du kannst das wahrscheinlich nicht verstehen, aber ich konnte nicht zu dir kommen, ehe ich dir nicht etwas zu bieten hatte.«

Er ließ sie los, ging zur Couch hinüber und setzte sich, die Hände verschränkte er zwischen den Knien. »Als ich dich kennenlernte, warst du eine erfolgreiche Frau und um so vieles wohlhabender als ich. Ich habe dich dafür bewundert, denn ich bin bei weitem nicht der Männerprotz, den du in mir zu wittern scheinst, Erin.« Er grinste sie an, wurde aber gleich wieder ernst. »Ich konnte dir nicht meine Liebe erklären und dich bitten, mich zu heiraten, wenn ich nicht einmal ein Haus für dich hatte, sondern nur meine kleine, verstaubte Wohnung in Washington. Ich sah vorerst keine Zukunft, wenigstens keine, die ich dir bieten konnte. Ich wollte nicht zu dir kommen, ehe ich mir eine Position in der Gesellschaft geschaffen hatte und mehr Geld verdiente.«

Sie setzte sich neben ihn und legte einen Arm um seine Schultern. »Das war mir doch ganz nebensächlich. Es hätte mir niemals etwas ausgemacht, das habe ich dir auch gesagt.«

»Nun, mir hat es aber etwas ausgemacht.« Er zog sie in

seine Arme und holte tief Luft. »Willst du mich heiraten, Erin? Ich bin natürlich bei weitem nicht so reich wie Stanton, aber ...«

Sie legte ihm einen Finger auf die Lippen. »Du hast mir das gegeben, wonach ich mich auf dieser Welt am meisten gesehnt habe.« Sie nahm seine Hand und legte sie auf ihren Leib, dabei lächelte sie ihn strahlend an.

»Seit Jahren schon, eigentlich seit Joseph gestorben ist, habe ich nach etwas gesucht. Ich habe wie besessen gearbeitet, weil ich glaubte, der berufliche Erfolg sei mein Ziel. Aber das stimmte nicht. Ruhelos habe ich dann nach Ken gesucht, und ich bin sehr glücklich, daß ich jetzt so viel über sein Leben mit Melanie weiß. Und dir verdanke ich es, daß die bedrückenden Fragen über die Frau, die mich geboren hat, endlich beantwortet sind. Ich weiß jetzt, warum sie mich in das Waisenhaus gegeben hat, deshalb habe ich meinen Frieden gefunden. Aber Lance ...« Ihre Stimme brach, sie sprach weiter, voller unterdrückter Gefühle. »In Wirklichkeit wußte ich nicht, wonach ich überhaupt suchte, bis ich dich fand.«

Er küßte sie, seine Lippen schlossen sich über ihren, voller Wonne genoß er dieses Gefühl, das ununterbrochen seine Gedanken erfüllt hatte. Sie öffnete ihre Lippen seiner suchenden Zunge und erwiderte seinen Kuß mit der gleichen Leidenschaft.

Als sie sich voneinander lösten, meinte er: »Ich habe mir einige Häuser in Georgetown angesehen, aber dieses hier gefällt mir am besten.« Dabei betrachtete er gar nicht ihr Haus, schaute statt dessen auf ihre Brust und fuhr mit der Fingerspitze dem Ausschnitt ihres Kleides nach.

Sie versuchte, sich ihre Erregung nicht anmerken zu lassen. »Würde das bedeuten …? Ich meine, könnten wir wirklich hier leben, trotz deiner Arbeit?«

»Alles, was ich brauche, ist ein Telefon und ein Flugplatz in der Nähe.« Er zwinkerte: »Wann kann ich einziehen?«

Sie wußte, daß er wahrscheinlich beruflich und auch im persönlichen Bereich ein Opfer brachte. Er tat es für sie, und dafür liebte sie ihn um so mehr. »Sobald du eine ehrbare Frau aus mir machst«, antwortete sie.

Wieder fielen sie sich in die Arme. Seine Hand glitt an ihrer Seite hinunter, und er streichelte ihre Schenkel.

Genüßlich knabberte sie an seinem Hals. »Wirst du mit mir nach Shreveport fahren, um meine Mutter kennenzulernen?« fragte sie leise, dann hob sie den Kopf und sah ihn an. »Lance, sie weiß noch nichts von dir und auch nicht von dem Baby. Ich wollte nicht, daß sie sich Sorgen macht, bis ich nicht eine vernünftige Lösung meiner Probleme vorzuweisen hatte.«

»Und diese vernünftige Lösung bin ich?« Er tat, als sei er beleidigt, doch lächelte dabei. Seine Finger spielten mit dem Spitzenbesatz am Bein ihres Höschens.

»Wenn wir es ihr sagen, wird es wahrscheinlich eine Blitzhochzeit geben.« Sie nahm sein Gesicht in beide Hände.

»Vor Blitzen habe ich mich noch nie gefürchtet«, winkte er ab und preßte seine Lippen wieder auf ihre.

»Meine Arbeit wird es wohl mit sich bringen, daß ich vorläufig noch viel unterwegs sein muß, bis ich andere Leute ausbilden kann, die die Seminare für mich halten.«

»Dann komme ich mit«, erklärte sie begeistert.

»Nein, das wirst du nicht. Du bleibst zu Hause und kümmerst dich um das Baby.«

»Das Baby packen wir in eine Reisetasche. Ich will auf keinen Fall eine dieser Frauen werden, die ihren Ehemann opfern, weil sie sich um ihre Kinder kümmern. Ich werde dich begleiten.«

Er begann zu lachen, und sie runzelte die Stirn, weil er lachte, während es ihr doch ernst war. »Was ist denn daran so komisch?«

»Du. Ich weiß gar nicht, wie ich auf den Gedanken kommen konnte, daß du sanft und nachgiebig werden würdest, wenn ich dich erst einmal geheiratet hätte. Du forderst mich permanent heraus.«

Sie stieß ihn von sich. »Das ist nicht wahr!«

Er lachte noch mehr. »Siehst du! Schon wieder!«

»Ich werde dir zeigen, wie es aussieht, wenn ich dich herausfordere, Mr. Barrett!« rief sie und sprang von der Couch auf. Ehe ihm eine Entgegnung einfiel, lief sie nach oben. Im nächsten Augenblick hörte er, wie eine Tür hinter ihr ins Schloß fiel.

»Diese Frau ruiniert mich«, murmelte er und fuhr sich durchs Haar. Er stand unten an der Treppe und blickte nach oben, dann überzog plötzlich ein breites Grinsen seine Miene. »Aber wenigstens werde ich dann glücklich zugrunde gehen.« Er hatte sein Hemd schon ausgezogen, noch ehe er die erste Stufe betrat.

Alle Türen im ersten Stock standen offen, bis auf eine. Es dauerte nur eine Minute, bis er das getan hatte, was er tun mußte und bis er diese Tür schwungvoll öffnete. Wie ein siegreicher Wilder stand er im Türrahmen. Seine Nacktheit war seine Waffe, und diese Waffe ließ ihn noch wilder erscheinen.

Erin, die wartend auf dem Bett lag, brach in Gelächter aus. Sie hatten den gleichen Gedanken gehabt, denn auch sie trug nur noch ihren Slip.

Mit einem arroganten Lächeln kam er auf sie zu. Die Matratze bewegte sich, als er sich darauf kniete. »Du findest das alles wohl sehr lustig, nicht wahr?« fragte er.

Sie lächelte ihn schelmisch an, dann rückte sie so nahe an ihn, daß sie ihn berührte. »Was glaubst du wohl?« kokettierte sie.

Ohne lange Umstände schob er zwei Finger unter das Band ihres Slips und zog ihn über ihre Beine hinunter. Er hatte die Absicht gehabt, sie noch ein wenig auf die Folter zu spannen, aber als er ihren Körper betrachtete, der durch die Schwangerschaft erblüht war, brachte er das nicht fertig.

Er hob den Blick: »Du bist so wunderschön.«

Er schob sich über sie und verspürte wieder einmal diesen Jubel der perfekten Harmonie ihrer Körper, sie paßten zusammen wie die Teile eines Puzzles.

»Wie ist es nur möglich, daß menschliche Haut so samtig sein kann?« murmelte er und barg sein Gesicht in ihrer Achselhöhle. Bis zu ihrem Hals bedeckte er ihren Körper mit Küssen, dann schlossen seine Lippen sich über ihren. Sie verschmolzen miteinander, ihre Zungen umspielten sich, bis der Kuß drängender und heißer wurde und kein Raum mehr war für etwas anderes als für den Taumel ihrer Gefühle.

Atemlos zog Lance sich nochmals ein Stück von ihr zurück, um sie zu betrachten. Die Veränderung ihrer Brüste lockte ihn. Sanft strich er darüber. »Tun sie weh?« fragte er besorgt.

Sie kuschelte sich eng an ihn. »Nicht sehr.«

»Ich möchte dir sozusagen nicht zu nahe treten.«

»Das tust du auch nicht. Du erleichterst mich höchstens.« Sie legte beide Hände unter ihre Brüste und hob sie ein wenig hoch.

Seine Lippen berührten sanft die empfindliche Haut. Dann streichelte er die rosigen Spitzen mit seiner Zunge. Erin bog ihm ihren Körper entgegen, und er bemühte sich, das schmerzliche Verlangen in ihrem Innern mit seinen streichelnden Händen zu stillen. Doch das genügte nicht.

Er rutschte ein wenig an ihr herunter und legte dann seinen Kopf dorthin, wo sein Baby heranwuchs. Zart küßte er ihren Leib. Erin vergrub die Finger in seinem von der Sonne gebleichten Haar und zog ihn noch näher an sich. Mit vielen kleinen Küssen bedeckte er ihren Leib, bis die Leidenschaft die Oberhand über seine Zärtlichkeit gewann.

»Lance«, keuchte sie, als seine drängenden Lippen das geheimnisvolle Delta liebkosten, hinter dem sich der Quell ihrer Weiblichkeit verbarg.

Er ergötzte sich an ihr. »Erin, Erin, du bist so süß, daß ich süchtig nach dir werden könnte.«

Sein Name kam wie ein Schluchzen über ihre Lippen: »Lance, bitte ...«

Er schob sich über sie und drängte ihre Schenkel auseinander. »Erin, du mußt es mir sagen, wenn ich ...«

Sie erstickte seine Worte mit ihrem Kuß. Ihre Hände auf seinen Hüften überzeugten ihn davon, daß er nicht zaghaft zu sein brauchte. Er akzeptierte das, was sie ihm so willig bot, beide Hände schob er unter ihren Körper und hob ihn hoch, um sie zu lieben.

Sie gaben sich den Freuden hin. Ihre Beine waren noch

umeinander geschlungen, Erin lag auf ihm, ihr Kopf ruhte an seiner Brust. Sie stützte sich auf einen Ellbogen und zupfte an seinem Vlies. »Lance, du hast schon wieder ein graues Haar!«

Er lachte leise. »Seit ich dich kenne, ist es ein Wunder, daß sie nicht schon alle ergraut sind.«

Sie barg ihr Gesicht in dem hübschen Fell und küßte ihn. Gedankenverloren strich er über ihr Haar. »Erin, was hast du gefühlt, als du herausfandest, daß du schwanger warst? Warst du entsetzt? Oder warst du glücklich?«

Sie hob den Kopf, all ihre Liebe leuchtete aus ihren Augen. »Ich war begeistert, Lance. Es war eine so wundervolle Entdeckung, und ich ... ich ... ich kann es gar nicht erklären. Wundervoll ist nicht genug, um zu beschreiben, was ich fühlte. Und ich war überrascht. Als ich die ersten Symptome verspürte, hat es noch Tage gedauert, ehe ich überhaupt begriff, was mit mir los war.«

Lance lachte. »Miss O'Shea, hast du denn nicht gewußt, daß das, was wir beide miteinander getan haben, zu einem Baby führen konnte?«

Als Strafe für seine Unverschämtheit knallte sie ihm einen Kuß auf sein Ohr. »Natürlich wußte ich, daß so etwas passieren konnte! Es war nur einfach so, daß wir ... äh ... ich meine, als du ... nun ja, ich habe einfach nicht daran gedacht.« Ein wenig schüchtern fügte sie hinzu: »Wenn ich dich liebe, Lance, kann ich an nichts anderes mehr denken.«

Zweifelnd umfaßte er ihr Gesicht und erforschte ihren Blick. »Erin, liebst du mich?«

»Das habe ich dir doch schon gesagt.«

»Dann wiederhole es«, befahl er.

Sie lächelten beide und erinnerten sich an den Tag, an dem er sie mit Fragen bombardiert hatte, in dem kleinen Arbeitszimmer bei den Lymans. Genau wie damals, so antwortete sie ihm auch jetzt aufrichtig. »Ich liebe dich, Lance.«

Und in dem Bruchteil der Sekunde, ehe er sie küßte, fühlte er ein eigenartig feines Zucken an ihrem Bauch. Doch Erin hatte sich gar nicht bewegt. Was um alles in der ...?

Seine blauen Augen weiteten sich überrascht, als er begriff, was es gewesen war. »Ist das ...?«

Erin strahlte ihn an und wiegte den Kopf, ihre Lippen trennte kaum mehr als ein Hauch. »Ja, mein Liebster«, flüsterte sie. »Er kann es genausowenig erwarten, seinen Daddy bei sich zu haben, wie ich.«